KB111187

잃어버린 시간을
찾아서 4

꽃핀 소녀들의 그늘에서 2

À LA RECHERCHE DU TEMPS PERDU
À L'OMBRE DES JEUNES FILLES EN FLEURS

잃어버린 시간을
찾아서 4

꽃핀 소녀들의 그늘에서 2

마르셀 프루스트 김희영 옮김

민음사

일러두기

1 이 책은 Marcel Proust의 *Le Temps retrouvé, A la recherche du temps perdu* (Gallimard, "Bibliotheque de la Pleiade", 1989)를 번역했다. 그리고 주석은 위에 인용한 책과 *Le Temps retrouvé*(Gallimard, Collection Folio, 1990), *Le Temps retrouvé*(Le Livre de Poche, 1993), *Le Temps retrouvé*(GF Flammarion, 2011)를 참조하여 역자가 작성했다. 주석과 작품 해설에서 각 판본은 플레이아드, 폴리오, 리브르드포슈, GF-플라마리옹으로 구분하여 표기했다.

2 총 7편으로 이루어진 프루스트의 『잃어버린 시간을 찾아서』를 원고의 길이와 독서의 편의를 고려하여 13권으로 나누어 편집했다. 1편 「스완네 집 쪽으로」 (1, 2권), 2편 「꽃핀 소녀들의 그늘에서」(3, 4권), 3편 「게르망트 쪽」(5, 6권), 4편 「소돔과 고모라」(7, 8권), 5편 「갇힌 여인」(9, 10권), 6편 「사라진 알베르틴」(11권), 7편 「되찾은 시간」(12, 13권)

3 작품명 표기에서 단행본은 『 』, 개별 작품은 「 」, 정기간행물은 《 》로 구분했다.

2부

↙

고장의 이름
—고장

이 년 후 질베르트에 대한 관심이 거의 사그라들었을 때, 난 할머니와 함께 발베크로 떠났다. 새로운 얼굴의 매력에 끌릴 때면, 또는 어느 소녀 덕분에 고딕 성당이나 이탈리아 궁전과 정원이 궁금해질 때면, 나는 서글프게도 어떤 존재에 대한 사랑으로서의 우리 사랑은 어쩌면 현실적인 것이 아닐지도 모른다는 생각이 들었다. 왜냐하면 즐거운 몽상이나 고통스러운 몽상의 결합은 이 사랑을 한 여인에게 연결하여, 우리 사랑이 한동안 필연적인 방식으로 그 여인으로부터 영감을 받았다고 생각하게 하지만, 한편 의도적으로 혹은 자신도 모르는 사이에 이런 몽상과의 결합에서 벗어나기라도 하면, 이번에는 오히려 그 사랑이 오로지 자신에게서만 왔다는 듯이 다른 여인에 대한 사랑으로 다시 태어날 수 있기 때문이다. 그렇지만 발베크로 떠나 그곳에 처음 머물 때까지만 해도 내가 완전히 무관심한 상태였던 것은 아니다. 난 자주(우리 삶은 거의 연대순을 따르지 않으므로, 나날의 흐름에 많은 시간의 불일치를 끼어들게 한다.) 전날이나 그 전날이 아닌, 훨씬 더 오래전 내가 질베르트를 사랑했던 시절 속에 살았다. 그럴 때면 다시는 그녀를 볼 수 없다는 생각이 갑자기 그때와 똑같은 아픔으로 다가왔다. 그녀를 사랑했던 자아는 이미 완전히 다른 자아로 바뀐 채 다시 불쑥 나타났고, 또 이런 일은 심각한 일보다 사소한 일을 통해 더 많이 나타났다. 예를 들어 나의 노르망디 체류에 대해 미리 말해 본다면 나는, 발베크 방파제에서 스친 낯선 이에게서 '체신부 국장의 가족'이라는 말을 들었다. 그런데(이 가족이 내 삶에 어떤 영향을 끼치게 될지 당시에는 알지 못했다.) 내게 별 의미 없는 말로 비쳐야 했을 이 말이 단번에 내게 생생한 아픔을, 오래전에 질베르트와 헤어지면서 대부분 파괴된 자아가 느꼈던 아픔을 똑같이 불러일으켰다. 예전에 질베르트가 내 앞에서 자기 아버지와 체신부 국장 가족에 대해 했던 얘기,* 결코 생각해 본 적도 없는 얘기가 그제야 생각났기 때문이다. 그런데 사랑의 추억은 기억의 일반적인 법칙에서 예외가 아니며, 또 이 기억의 법칙은 보다 일반적인 습관의 법칙의 지배를 받는 법이다. 습관은 모든 걸 약화하므로, 우리가 망각했던 부분이 바로 우리에게 어떤 존재를 가장 잘 생각나게 한다.(이 부분은 별 의미가 없었기에 모든 힘을 간직한 채로

---

* 화자의 열렬한 사랑이 될 알베르틴의 친척 봉탕 씨의 직책에 대해서는 약간의 혼동이 있다. 『잃어버린 시간을 찾아서』 3편, 「게르망트 쪽」에서는 건설부 장관 비서실장으로 나온다.

그냥 방치되어 있었다.) 바로 이런 이유로 우리 기억의 가장 좋은 부분은 우리 밖에, 비바람이나 밀폐된 방의 냄새 속에, 타오르기 시작한 불길의 그을음 속에, 다시 말해 우리 지성이 필요로 하지 않아 방치했던 것, 과거의 마지막 저장소, 우리의 모든 눈물이 메말랐을 때에도 여전히 우리를 울리는 최상의 저장소를 발견하는 곳이라면 어디에나 존재한다. 우리 밖이라고 했던가? 아니다, 우리 안이라고 하는 것이 맞다. 그러나 이 저장소는 우리 시선에서 빠져나가 조금은 오래 지속되는 망각 속에 존재한다. 바로 이런 망각 덕분에 때때로 우리는 우리의 옛 존재를 되찾을 수 있고, 이 존재가 대했던 그대로의 사물과 마주하며 다시 괴로움에 빠질 수 있다. 왜냐하면 그때 우리는 더 이상 현재의 우리가 아닌 예전의 그 존재이며, 그 존재는 이제 우리에게 무관심해진 사람을 사랑했기 때문이다. 습관적인 기억의 찬란한 빛 아래서 과거의 이미지가 점차 희미해지고 사라지면서 그 이미지로부터 아무것도 남지 않을 때 우리는 더 이상 과거를 찾지 못하리라. 아니, 오히려 몇 마디 말이('체신부 국장'이라는 말 같은) 망각 속에 조심스럽게 담겨 있지 않았다면, 다시는 과거를 찾지 못했으리라. 마치 출판된 도서를 국립도서관에 맡기지 않으면 다시는 찾아볼 수 없는 것처럼.

그러나 질베르트에 대한 이런 고통과 사랑의 부활은 자면서 꾸는 꿈과 마찬가지로 오래가지 않았는데, 발베크에는 이 감정을 오래 지속시켜 줄 옛 '습관'이 없었기 때문이다. 그리고 만약 이런 '습관'의 효과가 모순되어 보인다면, 그 이유는 습관이 다양한 법칙에 복종하기 때문이리라. 파리에서 내가 질베르트에게 점점 무관심해질 수 있었던 것은 '습관' 덕분이었다. 습관의 변화, 즉 '습관'의 일시적 중단이 내가 발베크로 떠날 무렵에 '습관'의 작품을 완성했다. 습관은 사물을 약하게 하지만 안정시켜 주고, 사물의 붕괴를 초래하지만 그 붕괴를 무한히 유보한다. 몇 해 전부터 나는 날마다 이럭저럭 전날 정신 상태에 따라 다음 날 정신 상태를 가늠해 왔다. 그런데 발베크에서는 새로운 침대가 ─ 그 침대 옆으로 파리의 아침 식사와는 다른 식사를 가져오는 ─ 질베르트에 대한 내 사랑을 길러 왔던 상념을 더 이상 받쳐 줄 수 없었다. 칩거 생활은 세월의 흐름을 정지시키므로 시간을 버는 가장 좋은 방법은 장소를 바꾸는 일일 때가 있다.(물론 드문 일이긴 하지만.) 발베크로의 내 여행은 그저 자신의 치유된 모습을 보고자 나서는 회복기 환자의 첫 외출과도 같았다.

오늘날이라면 우리는 아마도 이 여행을 보다 쾌적하다고 여겨지는 자동차로 했을 것이다. 지구 표면이 변하는 다양한 단계를 보다 가까이에서, 보다 내밀하게 쫓을 수 있으므로, 어떤 의미에서는 그것이야말로 진정한 여행이라고 생각할 수 있기 때문이다. 그러나 여행의 특별한 기쁨은 우리가 피곤할 때 도중에 내리거나 멈출 수 있는 데 있지 않으며, 출발지와 도착지의 차이를 지각할 수 없게 하기보다는, 오히려 그 차이를 될 수 있는 한 더 깊이 느끼게 하여, 우리 상상력이 단 한 번의 비약으로 살던 장소에서 욕망하는 장소 한복판으로 데려다 주듯이 우리 상념 속에 있던 차이를 그 전체 안에서 그대로 느끼게 하는 데 있다. 그리고 이것은 어떤 거리를 통과한다기보다는 상이한 모습으로 존재하는 지구상의 두 개별적인 고장을 결합하고, 하나의 이름에서 다른 이름으로 우리를 데려다 주며, 또 기차역이라는 그 특별한 장소에서 실현되는 신비스러운 작업으로 압축되어 더욱 기적적으로 보인다.(원하는 곳 어디에서나 마음대로 멈출 수 있는 자동차 산책에는 도착 점이 있다고 보기 어려우므로 기차 여행이 훨씬 더 그렇게 보인다.) 기차역은 도시에 속한다기보다는, 표지판에 새겨진 이름이 그러하듯 도시의 본질을 함유한다.

그러나 우리 시대 모든 분야에는, 사물을 둘러싼 현실과의 관계에서만 사물을 보여 주려 할 뿐, 사물을 현실로부터 분리하는 본질적인 것, 즉 정신 활동은 제거하려는 이상한 습성이 있다. 우리는 이런저런 그림을 같은 시대에 만들어진 가구와 장식품, 벽걸이 융단 한가운데 '진열'하는데, 이는 어제만 해도 무식했던 여주인이 이제는 갑자기 고문서 보관소나 도서관에서 하루하루를 보내면서 오늘날의 저택에 능숙하게 배치해 놓은 빛바랜 장식품 같은 것으로, 그런 장식품 가운데서 우리가 식사를 하며 바라보는 걸작은 미술관 전시장에서만 기대되는 황홀한 기쁨은 주지 못한다. 미술관이야말로 모든 세부적인 장식품 없이 텅 비어 있는 모습이 예술가가 창작을 위해 전념하는 그 내면의 공간을 가장 잘 표현해 준다.*

---

* 프루스트는 여러 번 예술 작품의 미술관 전시에 대한 필요성을 강조했다.(러스킨의 『참깨와 백합』의 서문, 『생트뵈브에 반하여』, 플레이아드, 167쪽.)

불행하게도 우리가 어느 멀리 떨어진 목적지를 향해 출발하는 이 기차역이라는 경이로운 장소는 또한 비극적인 장소이기도 하다. 왜냐하면 그곳에서는 생각 속에서만 존재하던 고장들이 우리가 직접 살 고장들로 변하는 기적이 일어나지만, 바로 그런 이유로 해서 대합실을 나서기만 하면, 조금전까지만 해도 돌아갈 수 있었던, 우리가 머물렀던 친숙한 방으로의 복귀는 단념해야 하기 때문이다. 이런 신비스러움에 이르는 역한 냄새가 가득한 동굴 속으로, 가령 내가 발베크로 떠나는 기차를 타기 위해 갔던 생라자르 역 같은 유리로 지어진 커다란 공장 작업실 안으로 일단 들어가기로 결심한다면, 집에 돌아와서 잠을 자겠다는 기대 따위는 모두 버려야 한다.* 역은 내장을 비운 도시 위로 비극적인 흥조가 몰려와 무거워진 광막하고도 황량한 하늘을 펼치고 있었으며, 만테냐나 베로네세가 거의 현대적인 모습의 파리를 그린 몇몇 하늘과도 비슷한 하늘 아래서는 기차로 출발하는 일이나 십자가를 세우는 일 같은 뭔가 무시무시하고도 장엄한 일 외에는 어떤 일도 일어날 수 없을 것처럼 보였다.**

---

* 생라자르 역과 관련해서는 특히 클로드 모네(Claude Monet, 1840~1926)의 그림이 유명하다. 모네는 1877년 제3차 인상파 전시회에 생라자르 역 그림 일곱 편을 전시했는데, 현대성의 표징으로 여겨지는 과학기술의 발전은 당시 예술가들이 즐겨 택한 주제였다. 유리와 강철로 지어진 기차역에 대한 모네의 열정은 전부 열두 편의 연작으로 나타난다.

** 안드레아 만테냐(Andrea Mantegna, 1431?~1506)의 「그리스도의 십자가 처형」은 루브르 박물관에 있다.(만테냐에 대해서는 『잃어버린 시간을 찾아서』 2권 234쪽 주석 참조.) '십자가 처형'에 관한 파올로 베로네세(Paolo Veronese,

파리의 내 침대 구석에서 폭풍우에 파도 거품이 이는 발베크의 페르시아 풍 성당을 바라보는 것으로 만족하는 동안, 내 몸은 이 여행에 대해 아무 반대도 하지 않았다. 반대가 시작된 건 내 몸이 여행의 일부가 될 것이며, 또 그곳에 도착하는 저녁, 사람들이 내 몸은 알지 못하는 '나의' 방으로 안내하리라는 걸 깨달았을 때부터였다. 내 몸의 저항은 출발 전날 밤 어머니가 우리와 함께 가지 않는다는 사실을 알았을 때 더욱 격렬해졌다. 노르푸아 씨와 함께 스페인으로 출발할 예정이었던 아버지가 외무부 업무에 붙잡혀 차라리 파리 근교에 집을 빌리는 편이 낫다고 생각했기 때문이다.* 게다가 발베크를 관조하는 일이 육체적인 불편함을 치러야 한다고 해서 보고 싶은 마음이 줄어든 것은 아니었으며, 오히려 이런 불편함이 내가 찾고자 하는 인상의 실재를 구체화하고 보증해 주는 듯했는데, 이 인상은 내가 보고 나서도 집에 돌아가 잠을 자는 데 방해되지 않았던, 자칭 그와 가치가 동등하다는 어떤 공연이나 '파노라마'로도 대체될 수 없을 것 같았다. 사랑하는 사람과 기쁨을 주는 사람이 언제나 같지 않다는 사실을 느낀 게 이번이 처음은 아니었다. 나를 돌봐 주던 의사가 출발 날 아침

1528~1588)의 그림은 여러 편 있지만 이 중에서도 루브르 박물관에 있는 「갈바리아 언덕」을 가리키는 것처럼 보인다.(『소녀들』, 폴리오, 538쪽 참조.)

* 화자 아버지의 직업은 확실치 않다. 다만 노르푸아 씨와의 관계로 미루어 외무부의 비서실장이 아닌지 추정될 뿐이다. 「소돔과 고모라」에서 아버지가 노르푸아 씨와 함께 상트페테르부르크로 떠나는 장면이 나온다. 따라서 노르푸아 씨와의 스페인 여행이란 업무를 위한 것으로 추정되며, 아버지는 여기에 관광과 문화적인 목적으로 톨레도 방문을 추가한다.

내 불행한 표정을 보고는 놀라서 이렇게 말했다. "맹세하지만, 만약 일주일만 여유가 생긴다면, 난 누가 빌지 않아도 시원한 바람을 쏘이러 바닷가로 가겠네. 승마를 하거나 요트도 탈 수 있을 테고 아주 즐거울 걸세." 나는 라 베르마를 보러 가기 훨씬 전부터 이미 내가 좋아하는 것은 그것이 무엇이든 고통스러운 탐색 후에야 얻을 수 있으며, 이런 최고 선을 위해서는 내 기쁨을 추구하는 대신 우선 그 기쁨을 희생해야 한다는 사실을 알고 있었다.

할머니는 물론 우리의 출발에 대해 뭔가 다른 방식으로 생각하셨고, 예전에 예술적인 성격을 띤 선물을 주려고 하셨을 때처럼, 이번 여행에 대해서도 적어도 부분적으로는 오래된 '판화' 같은 걸 주고 싶어 하셨으며, 그래서 세비네 부인이 파리에서부터 숀과 '퐁오드메르'를 거쳐 '로리앙'에 갔을 때처럼 반은 기차로 반은 마차로 하는 여정을 다시 하고 싶어 하셨다.* 그러나 할머니가 여행 계획을 짤 때는 모든 지적인 유익함을 고려하는 까닭에 기차를 놓칠 위험이나 짐을 분실하거나 목이 아프거나, 교통 법규 위반이 따르리라는 걸 알았던 아버지가 반대해서 할머니는 그 계획을 포기해야 했다. 그래도

---

* 원문에 동양을 의미하는 l'Orient으로 표기된 이 단어는 실제로는 '로리앙(Lorient)'을 가리키는 것처럼 보인다. 아마도 프루스트는 17세기 세비네 부인 시대의 표기법을 그대로 따른 듯하며, 이와 같은 표기법의 근거는 이 도시가 동인도 척식회사 설립 이십 년 후에 세워졌다는 데서 연유한다.(『소녀들』, 폴리오, 539쪽 참조.) 숀과 퐁오드메르는 파리 북쪽에 위치한 마을로, 세비네 부인이 1689년 로리앙으로 가던 중 들렀던 곳이다.

할머니는 바닷가에 나가는 순간 세비녜 부인이 "사륜마차를 탄 족속"*이라고 부르는 사람들에게 방해받지 않으리라는 걸 알고는 기뻐하셨다. 르그랑댕이 여동생에게 소개장을 써 주려고 하지 않았으므로 발베크에는 아는 사람이 하나도 없었기 때문이다.(르그랑댕이 소개장을 써 주지 않은 데 대해 할머니의 자매인 셀린과 빅투아르**는 할머니만큼 좋게 생각하지 않으셨다. 르그랑댕의 여동생이 처녀였을 때부터 알아왔던 할머니 자매분들은 예전의 친밀함을 표시하려고 여동생을 단지 '르네 드 캉브르메르'라고 부르면서 지금의 현실과는 맞지 않는데도 그녀로부터 받은 선물을 여전히 보존하면서 방에 장식하거나 화제로 삼아 왔는데, 이 소개장 사건 이후로는 캉브르메르 부인의 어머니 르그랑댕 부인 댁에 가서도 그 딸의 이름은 결코 입 밖에 내지 않음으로써 우리가 받은 모욕에 복수했다고 믿었고, 그 집에서 나올 때는 "난 네가 누군지 아는 사람에 대해 한 마디도 하지 않았어." "아마도 '부인이' 알아챘을걸."이라고 말하면서 서로를 칭찬하고 만족스러워했다.)

그래서 우리는 1시 22분발 기차로 파리를 떠나기만 하면 되었다. 그토록 오랫동안 기차 시간표에서 찾아보기를 좋아했고, 그래서 내가 그 기차를 모른다고는 도저히 상상할 수 없을 만큼 매번 내게 감동을 주는, 거의 자비로운 출발의 환상을 주는, 그 기차로 떠나기만 하면 되었다. 상상 속에서 그리는 행복은 행복에 대한 우리 지식의 정확성보다는 그것이 우

---

* 세비녜 부인이 딸인 그리냥 부인에게 1671년에 보낸 편지에 나오는 구절이다.
** 「스완」에서 할머니 자매들의 이름은 셀린과 플로라로 나온다.(『잃어버린 시간을 찾아서』 1권 69쪽.)

리에게 불러일으키는 욕망과의 일치에서 오는 법이므로, 나는 내가 이미 행복을 자세히 아는 듯한 느낌이 들었고, 객차 안에서 날씨가 서늘해지면 특별한 기쁨을 느낄 것이며, 어느 역이 가까워지면 이런저런 효과를 관조하리라고 믿어 의심치 않았다. 그리하여 기차는 언제나 그것이 통과하는 오후의 빛 속에 감싸인 채로 도시 이미지들을 내 마음속에 깨어나게 했으므로 여느 기차와는 다르게 생각되었다. 마침내 나는, 한 번도 만나 본 적은 없지만 우리가 그 우정을 차지했다고 믿으며 기뻐하는 사람에 대해 흔히 그러듯, 길을 가는 중에 날 데리고 갈 그 금발 예술가인 나그네에게 특별하고도 변치 않은 용모를 부여했는데, 그 나그네는 시간이 되면 석양빛을 향해 멀리 사라지기에 앞서 생로* 대성당 발밑에서 작별 인사를 할 것이었다.

발베크에 '그저 멍청하게만' 갈 수 없었던 할머니는 친구들 가운데 한 분 댁에 들러 이십사 시간 머무르기로 하셨고, 난 이런 할머니를 방해하지 않으려고 그날 저녁으로 그분 댁에서 출발하여 다음 날 발베크 성당을 구경하기로 했다. 들은 바에 따르면, 발베크 성당이 발베크 해변에서 꽤 멀리 떨어져 있어, 내가 해수욕 요법을 시작하면 그곳에 갈 수 없을지도 모른다고 생각했기 때문이다. 그리고 어쩌면 새로운 숙소에 들어가 머무르기로 승낙한 이상 그 첫 번째 잔인한 밤이 닥치기 전

---

* 바스노르망디주의 망슈 데파르트망에 위치한 도시로, 러스킨(John Ruskin, 1819~1900)은 『건축의 칠등(七燈)』(1849)에서 생로 대성당에 대해 언급했다.

에 내 여행의 경이로운 목적을 먼저 실행하는 게 훨씬 덜 고통스러울 거라고 생각했는지도 모른다. 그러나 지금은 우선 나의 옛 처소를 떠나야 했다. 어머니는 우리와 역까지 함께 갔다가 집에 들를 필요 없이 곧바로 생클루로 이동하여 그곳에 머무를 준비를 하셨는데, 실제로는 짐짓 그런 척하는 것뿐이었다. 내가 발베크로 가지 않고 어머니와 함께 집에 간다고 할까봐 걱정되셨던 모양이다. 또 어머니는 생클루의 집을 빌린 지얼마 안 되어 할 일도 많고 시간도 없다는 핑계를 댔지만, 실은 내게 긴 이별로 인한 잔인한 슬픔을 맛보게 하지 않으려고, 기차 출발 시각까지 우리와 함께 기다리지 않겠다고 결심하셨다. 어떤 결정적인 약속도 끌어들이지 않는 이런저런 부산한 준비로 감추고 있다가 더 이상 이별을 피할 수 없게 되었을 때, 이별은 무력하고도 지극히 명철한 의식의 한 거대한 순간에 완전히 집중되어 돌연 나타난다.

처음으로 난 어머니가 나 없이도 살 수 있으며, 나를 위해서가 아니라 다르게, 다른 삶을 살 수도 있다고 느꼈다. 아마도 나의 부실한 건강이나 신경증이 아버지의 삶을 조금은 복잡하고 우울하게 만들었을지도 모른다고 생각하시고는, 어머니 쪽에서 아버지와 함께 살려고 하는 게 틀림없었다. 이 이별이 더욱 나를 슬프게 한 것은, 아마도 어머니가 말씀은 하지 않았지만, 이것이 내가 어머니에게 연이어 끼친 실망에 대한 마지막 결정으로, 이제는 더 이상 바캉스를 함께 보낼 수 없다는 걸 어머니가 깨달았는지도 모른다고 생각했기 때문이다. 또 어쩌면 이 이별은 어머니가 미래를 위해 체념하기 시작한 첫 번째 삶의 시도로서, 아버지와 어머니께 앞으로 다가올 세월 동안 내가 어머니를 거의 만나지 못하고, 악몽에서조차 결코 나타나지 않았던 일, 즉 어머니가 내게 조금은 낯선 여인이 되어, 나도 없는 집에 혼자 들어가서는, 문지기에게 내게서 온 편지가 없는지 물어보게 될, 그런 삶의 시작이기 때문인지도 몰랐다.

가방을 들어 주려는 짐꾼에게 나는 거의 대답조차 할 수 없었다. 어머니는 자신에게 가장 효과적인 듯 보이는 방법으로 나를 위로하려고 애쓰셨다. 어머니는 슬픔이 가득한 나의 얼굴을 못 본 척해 봐야 아무 소용이 없다는 걸 알고 부드럽게 농담을 건네셨다.

"발베크의 성당이 이렇게 불행한 얼굴로 자기를 보러 온 걸보면 뭐라고 할까? 러스킨이 말하는 그 황홀한 나그네가 과연이런 모습일까? 게다가 만약 네게 이런 상황에 대처할 만한 힘이 있다는 걸 엄마가 알게 된다면, 멀리서도 엄마는 우리 아들과 계속 같이 있는 거나 같아. 내일이라도 당장 엄마 편지를 받을 수 있을 거야."

"어미야." 하고 할머니가 말씀하셨다. "네 모습이 꼭 세비네 부인 같구나, 눈앞에다 지도를 놓고 한순간도 우리로부터 눈을 떼지 못하는."

또 어머니는 내 기분을 바꿔 주기 위해 저녁 식사로 뭘 주문할 거냐고 묻기도 하고, 프랑수아즈에게 감탄하면서 그녀가 쓴 모자와 외투가 알아볼 수 없을 정도로 변했다며 칭찬을 아끼지 않았는데, 사실 그 커다란 새가 달린 모자와 끔찍한 무늬에 흑옥 장식이 잔뜩 달린 외투는 전에 고모할머니가 입었을 때는 어머니를 소름 끼치게 했었던 것이다. 그러나 외투가 더 이상 쓸모 없게 되자, 프랑수아즈는 외투를 뒤집어 무늬 없는 아름다운 빛깔 안감을 밖으로 나오게 했다. 또 모자에 붙인 새로 말하자면, 오래전에 망가져 폐품이 되었던 것이다. 때때로 우리는 아주 의식 있는 예술가가 추구하는 세련미를 어느 민요나, 대문 위 적절한 위치에다 하얀빛 또는 유황빛 장미로 꽃 피운 시골 농부의 집 정면에서 발견하고 놀라는 경우가 종종 있는데, 이와 마찬가지로 프랑수아즈도 샤르댕이나 휘슬러*의 초상화에서 보았다면 우리를 매혹했을 벨벳 띠와 둥근 리본 매듭을 정확하고도 소박한 취향으로 모자에 달아 모자를 더욱 근사하게 만들었다.

좀 더 먼 시절로 거슬러 올라가 보면, 우리 집 늙은 하녀의 얼굴에 고상함을 주던 겸손함과 성실성이 그 의복에까지 배어들어, 신중하면서도 비천하지 않은, '자신의 신분을 지키고

---

* 시메옹 샤르댕(Siméon Chardin, 1699~1779)은 프루스트 미학에서 아주 중요한 자리를 차지한다. 그러나 주네트(Genette)는 샤르댕에서 렘브란트(Rembrandt, 1606~1669)로 옮겨 가는 프루스트의 여정이 곧 플로베르에게서 프루스트로 가는 여정과 다름없다고 말하며 이는 사물의 본질을 그대로 재현하는 샤르댕·플로베르의 '실체적' 글쓰기'가 렘브란트·프루스트의 간접화된 '은유적 글쓰기'로 새롭게 주조되었음을 알린다고 단언한다.(주네트, 『문채』 I 45쪽.) 제임스 휘슬러(James Abbott McNeill Whistler, 1834~1903)는 미국 태생 화가로 파리와 런던에서 대부분을 보냈으며 쿠르베와 마네의 영향을 받았다. 1877년 대표작인 「검정과 금의 녹턴」을 러스킨이 비난했던 유명한 일화가 있으며, 프루스트는 아마도 이런 러스킨의 영향에서 벗어나면서 휘슬러를 좋아하기 시작한 것으로 보인다.

자리를 보존할 줄' 아는 여인으로서 그녀는 남들에게 잘 보이려고 하지 않으면서도 우리 동반자로 손색없는 여행복 차림을 하고 있었다. 빛바랜 버찌 빛 나사 천 외투와 투박하지 않은 모피 깃에 감싸인 프랑수아즈는, 어느 늙은 거장이 기도서에 그려 놓은 안 드 브르타뉴* 왕비의 모습을 연상시켰는데, 그 그림에서는 모든 것이 제자리에 놓여 있어 전체의 조화로운 느낌이 모든 부분에 골고루 퍼지면서 사치스럽지만 지금은 한물간 의상의 독특함이 눈이나 입술, 손과 더불어 독실한 신앙을 경건하게 잘 표현하고 있었다.

프랑수아즈에 관해서는 생각이 어떻다 하는 얘기를 할 수 없었다. 아무것도 알지 못한다는 것은 아무것도 이해하지 못하는 것이라는 그런 절대적인 의미에서 그녀는 아무것도 알지 못했다. 그저 가슴으로만 도달할 수 있는 극히 몇 가지 진실을 제외하고는 말이다. 그녀에게는 광대한 관념의 세계 같은 건 존재하지 않았다. 그러나 그녀의 눈에서 나오는 밝은 빛, 코와 입술의 섬세한 선, 제아무리 교양 있는 사람들에게서도 찾아보기 어려운, 만약 있다면 최고의 품위와 엘리트 정신의 고결한 초연함을 의미하는 여러 특징 앞에서 우리는, 모든 인간적인 개념과는 무관하다는 사실을 우리가 잘 알고 있는, 지극히 총명하고도 선량한 개의 눈을 바라볼 때처럼 혼란을 느꼈다. 그래서 우리는 이런 겸손한 형제들이나 농부들 사

---

* 「안 드 브르타뉴의 기도서」는 1508년에 발표된, 프랑스 화가 장 부르디숑(Jean Bourdichon, 1457~1521)의 작품이다.

이에는 정신은 소박하지만 사교계의 뛰어난 사람들과 흡사한 이가 있는 게 아닐까, 아니 어떤 부당한 운명 탓에 소박한 정신을 가진 사람들 사이에 살게 되어 이성의 빛을 빼앗겼으면서도 교육을 많이 받은 자들보다 더 자연스럽게 본질적으로 엘리트의 본성에 근접하는, 마치 뿔뿔이 흩어진 채로 길을 잃은, 이성을 빼앗긴 성가족의 일원처럼, 가장 높은 지성을 지니고도(그들의 눈빛이 어떤 것에 적용되지 않아도 너무도 명백히 드러나 알아보지 않을 수 없는) 그 재능을 발휘하기에는 단지 지식만이 부족한, 아직은 유년 시절에 머물러 있는 그런 친지들이 있는 게 아닐까 자문해 보았다.

어머니는 내가 눈물을 참기 힘들어하는 걸 보고는 이렇게 말씀하셨다. "레굴루스도 아주 중대한 상황에서는 ……하는 습관이 있었다던데.* 또 이렇게 하면 네 엄마에게 상냥한 게 아니지. 할머니처럼 세비녜 부인을 인용해 볼까. '네게 없는 용기를 내가 대신 내야겠구나.'"** 그러고는 다른 사람에 대한 애정이 이기적인 슬픔을 다른 쪽으로 돌려 준다는 사실을 떠올리고는 생클루로 가는 여정이 순조로울 것 같으며, 예약한 대절 마차도 만족스럽고 마부도 예의 바르며 마차도 편하다

---

* 레굴루스(Regulus)는 로마의 명장으로 에크노무스 해전에서 카르타고를 쳐부수었으나 아프리카로 진군하다 포로가 되었다.(기원전 256) 화자의 어머니는 『생트뵈브에 반하여』에서 『플루타르코스의 영웅전』을 인용하며 "레굴루스는 고통스러운 상황에 직면할 때도 단호한 모습을 보여 주었다."라고 말한다. 그러나 플루타르코스는 레굴루스에 대한 글을 쓴 적이 없으며 따라서 이 문단은 허구적인 인용문으로 간주된다.(『소녀들』, GF플라마리옹, 358쪽 참조.)
** 여기 인용된 편지는 1671년 세비녜 부인이 딸 그리냥 부인에게 보낸 것이다.

면서 나를 기쁘게 해 주려고 애쓰셨다. 난 이런 세세한 이야기에 미소를 지으려고 애쓰면서 납득과 만족의 표시로 머리를 끄덕였다. 하지만 이런 이야기는 어머니와의 이별을 더욱더 절감하게 했을 뿐이라, 난 찢어지는 가슴으로 마치 어머니가 이미 나를 떠나가 버리기라도 한 듯 어머니를 바라보았다. 시골에 갈 때 쓰려고 산 둥근 밀짚모자를 쓰고 한창 더울 때 긴 여행을 하게 되어 가벼운 옷차림을 한 어머니는 다시는 내가 보지 못할 '몽트르투'* 빌라에 속하는 다른 인물로 보였다.

여행으로 인한 호흡곤란을 피하기 위해 의사는 내게 출발하면서 맥주나 코냑을 충분히 마시라고 권했는데, 잠시 신경 조직이 일시적으로 상처를 덜 받는, 그가 '쾌감'이라고 일컫는 상태가 되도록 하기 위해서였다. 나는 어떻게 할지 망설였지만 적어도 내가 그러기로 결정하는 순간에는 내게도 그만한 권리와 분별력이 있다는 걸 할머니가 인정해 주기를 바랐다. 그래서 나는 내 망설임이 알코올을 마실 장소, 즉 역 구내식당이나 식당차의 바하고만 관계 있다는 듯 말했다. 그러자 이내 할머니의 얼굴에는 그런 생각은 하지도 말라는 듯 질책하는 표정이 나타났고, 그 바람에 나는 "뭐라고요?" 하고 외치면서, 갑자기 술을 마시러 가기로 결심했다. 말로 통보하면 언제나 반대에 부딪혔으므로, 행동에 옮기는 것만이 내 자유를 증명하는 필수적인 방법인 듯. "뭐라고요? 내가 얼마나 아픈지 아시잖아요. 의사가 뭐라고 말했는지도 아시고요. 그런데도

---

* 파리 근교 생클루시의 한 마을 이름이다.

내게 그런 충고를 하시는 거예요!"

　내 불편함이 어떤지 할머니에게 설명하자 할머니는 몹시 비통해하면서도 다정한 표정으로 대답하셨다. "그럼 어서 가서 맥주나 리큐어를 마시고 오렴. 그게 그렇게도 너의 기분을 좋게 해 준다면." 곧바로 나는 할머니에게 달려들어 키스를 퍼부었다. 하지만 혹시라도 내가 기차 바에 가서 술을 과하게 마신다면, 그렇게 하지 않으면 심한 발작이 일어날 것 같았고, 또 그렇게 하면 할머니 마음이 가장 많이 아플 거라고 생각했기 때문이다. 첫 번째 역에 도착했을 때, 난 우리 객차로 돌아와서 할머니께 내가 발베크에 가게 되어 얼마나 행복한지 모르며, 만사가 잘될 것 같고, 어쨌든 내가 엄마로부터 멀리 떨어져 지내는 데 금방 적응할 것이며, 기차는 쾌적하고 바의 남자와 승무원 들이 정말 매력적이라 그들을 다시 보기 위해서라도 이런 여행을 자주 하고 싶다고 말했다. 할머니는 이 모든 좋은 소식에도 나처럼 기뻐하지는 않으시는 듯했다. 할머니는 내 눈을 피하시면서 "잠을 좀 자야 하지 않겠니."라고 대답하시고는 시선을 창문 쪽으로 돌렸다. 창에는 커튼이 쳐졌지만 창틀을 완전히 가리지는 못했으므로, 햇살이 출입문의 반짝거리는 떡갈나무와 의자를 덮은 천 위로 스며들어(객차 안 너무 높은 곳에 붙어 있어 지명을 읽을 수는 없지만 여기저기 풍경을 보여 주는 철도회사의 배려로 붙인 포스터보다 더 자연과 어우러진 삶을 설득력 있게 광고라도 하듯이) 숲의 빈터에서 낮잠에 빠지게 하는 따사롭고도 졸린 빛과도 흡사한 빛을 던지고 있었다.

　그러나 내가 눈을 감았다고 생각한 할머니가 이따금 커다란 물방울무늬 베일 너머로 나를 힐끗 쳐다보다가는 눈길을 돌리고 다시 쳐다보는 모습이 보였는데, 마치 고통스럽기만 한 훈련에 익숙해지려고 노력하는 것 같았다.

그래서 난 할머니께 말을 걸었지만 내 말이 할머니 마음에 들지는 않은 듯했다. 그러나 내 목소리는 내게 기쁨을 주었고 내 몸의 가장 무감각한 움직임이나 가장 내적인 움직임도 마찬가지였다. 난 그 움직임을 지속하려고 애쓰면서 내 각각의 억양을 낱말에 오래 머무르게 했고, 그러자 눈길 하나하나가 기분 좋게 그 눈길이 닿은 지점에 여느 때보다 오래 머무르는 걸 느낄 수 있었다. "어서 쉬어라." 하고 할머니가 말씀하셨다. "그래도 잠이 안 오면 뭘 좀 읽어 보렴." 그러고는 세비네 부인의 책을 한 권 주셨는데, 내가 책을 펼치는 동안 할머니는 보세르장* 부인의 『회고록』에 열중하셨다. 할머니가 여행을 할 때면 이 두 부인의 책도 언제나 함께였다. 할머니가 선호하는 작가들이었다. 그 순간 나는 머리를 움직이기 싫었고, 이미 취한 자세를 그대로 유지하면서 큰 기쁨을 느꼈으므로 세비네 부인의 책을 펼치지도 않은 채 그냥 손에 쥐고는 시선을 떨구지도 않았다. 내 앞에는 온통 창문의 푸른빛 차양뿐이었

---

* 보세르장의 『회고록』은 허구 작품으로, 빌파리지 부인의 모델로 간주되는 부아뉴 백작 부인(Mme de Boigne)의 『회고록』에서 영감을 받은 것으로 보인다. 부아뉴 백작 부인은 1751년에 아델 도스몽드로 태어나 런던에서 망명하던 중 부아뉴 백작과 결혼했으며 부르봉 왕가의 복귀로 파리 사교계의 일인자가 된 여인이다. 그녀가 쓴 『회고록』은 7월 왕정에 대한 중요한 기록으로 평가되며, 그녀의 열렬한 독자였던 프루스트는 이 부인에 대한 글을 1907년 《르 피가로》에 게재했다. (『소녀들』, 폴리오, 540쪽 참조.)

다. 하지만 차양을 바라보는 일은 너무도 경이로웠고 난 내 명상을 다른 데로 돌리려고 하는 사람 누구에게도 대꾸하지 않았다. 차양의 푸른빛은 어쩌면 아름다움이 아닌 그 강렬한 선명함으로, 내가 태어났을 때부터 조금 전 내가 술을 마셨을 때까지, 또 술의 효과가 나타나기 시작한 순간까지 내 눈앞에 있던 모든 빛깔을 지워 버린 듯했으며, 이런 차양의 푸른빛에 비하면 다른 빛깔들은 흐릿하고 무의미해 보였다. 마치 맹인으로 태어난 사람이 어둠 속에서 살다가 나중에 수술을 받아 마침내 빛깔을 구별하게 되면 어둠이 아무것도 아닌 것으로 보이듯이. 나이 든 승무원이 차표를 검사하러 왔다. 그가 입은 재킷에 달린 금속 단추가 계속 은빛으로 반사되면서 날 매혹했다. 그에게 우리 옆 자리에 앉으라고 청하고 싶을 정도였다. 그러나 승무원은 다른 객차로 갔고 난 향수에 젖어서, 대부분의 시간을 기차에서 보내는 까닭에 이 나이 든 승무원을 하루도 빼 놓지 않고 볼 수 있는 철도 종사원들의 삶을 상상했다. 푸른빛 차양을 바라보면서 느꼈던 기쁨, 내 입이 반쯤 벌어진 데서 느꼈던 기쁨이 드디어 줄어들기 시작했다. 이제 움직일 수 있을 것 같았다. 몸을 조금 흔들었다. 할머니가 내민 책을 열고, 여기저기 내가 택한 페이지에 주의력을 고정할 수 있었다. 책을 읽을수록 세비녜 부인에게 더욱 감탄하게 되었다.

시대나 살롱의 삶에 관계되는 순전히 형식적인 특징에 속지 않으려면 주의가 필요하다. 몇몇 사람들은 세비녜 부인의 글을 읽었다는 걸 증명하기 위해 이런 말을 하는 것만으로도 충분하다고 생각한다. "내게 알려 다오, 내 착한 애야.""그 백작은 아주 재치 있는 분으로 보였단다." 또는 "건초를 말리는 일은 아주 재미있단다."* 일찍이 시미안 부인은 자신이 할머니인 세비녜 부인과 닮았다고 생각하며 이런 글을 쓴 적이 있다.** "라불리 씨는 아주 건강해요. 본인의 사망 소식을 들을 수 있을 만큼 말이죠." 또는 "후작님, 당신 편지가 얼마나 마음에 들었는지 몰라요! 답장을 쓰지 않고는 견딜 수가 없군요." 또는 "제 생각으로 당신은 제게 답장을, 저는 당신에게 베르가모트 향이 든 상자를 보내기로 한 것 같군요. 우선 여덟 상자를 보내는 걸로 제 책임을 다하겠어요. 나중 것도 곧 갈 거예요. 이처럼 땅에서 많은 수확물을 거둔 적도 없었답니다. 필시 당신을 기쁘게 해 주기 위해서일 겁니다." 시미안 부인은 피를 흘리는 요법이나 레몬나무 재배 같은 편지를 쓰면서 세비녜 부인이 쓴 편지와 같다고 생각한 것이다. 그러나 자신의 내면으로부터, 자기 가족과 자연에 대한 사랑으로부터 세비녜 부인에 이르게 된 할머니는 세비녜 부인 편지의 진정한 아름다움을, 아주 다른 아름다움을 내게 가르쳐 주셨다. 그 아름다움은 세비녜 부인이 내가 곧 발베크에서 만나게 될 엘스티르*** 라는 화가와 같은 부류의 위대한 예술가라는 점에서 더욱 강

---

* 세비녜 부인이 자신의 소유지인 로세에서 1671년 쿨랑주에게 보낸 편지다.
** 폴린 드 시미안 후작 부인(Pauline de Simiane, 1674~1737)은 세비녜 백작 부인의 손녀이자 그리냥 부인의 딸이다. 여기 인용된 편지는 그녀가 1734년과 1735년 고몽 후작에게 보낸 것이다.
*** 「스완의 사랑」에서 비슈라고 불리던 화가가 드디어 여기서 처음으로 엘스티르라고 명명된다.

한 인상을 남기게 될 것이었다. 엘스티르는 사물을 바라보는 나의 시각에 큰 영향을 미쳤다. 나는 발베크에서 세비녜 부인이 엘스티르와 동일한 방식으로, 즉 원인부터 설명하지 않고 우리 지각이 받아들이는 순서에 따라 사물을 제시한다는 걸 알게 되었다. 그런데 이미 그날 오후 객차 안에서 달빛을 묘사한 편지를 다시 읽으면서 그 점을 깨달았다. "나는 유혹에 견디지 못했단다. 그래서 필요도 없는 모자와 카자크*를 걸치고는 내 방 공기만큼이나 그렇게도 상쾌한 산책로로 나갔단다. 거기서 난 수많은 환영들을 발견했다. 흰옷과 검은 옷을 입은 수도사들, 회색과 흰색 옷을 입은 몇몇 수녀들, 땅 위에 여기저기 던져진 천 조각들, 나무에 기댄 채 똑바로 매장된 사람들 등등."** 나중에 내가 『세비녜 부인 서간문』에 있어서의 도스토옙스키적 양상이라고 부르게 될 그 점에 난 매혹되었다.(세비녜 부인은 도스토옙스키가 인물을 묘사한 것과 같은 방식으로 풍경을 묘사한 게 아닐까?)

저녁에 할머니 친구분 댁에 할머니를 모시고 갔다 몇 시간 지낸 후 다시 혼자 기차를 탔을 때, 난 다가올 밤이 그렇게 힘들 거라고는 생각하지 않았다. 졸음이 오는 상태가 오히려 날 깨어 있게 하는 그런 감옥 같은 방에서 보내지 않아도 되었으니까. 내 마음을 진정시켜 주는 활동으로 날 둘러싸며 동반하는 기차의 온갖 움직임은 내가 잠 못 이루면 나와 함께 이야기

---

* 무릎까지 내려오는 긴 여성용 블라우스 또는 코트를 가리킨다.
** 여기 인용된 편지는 세비녜 부인이 딸 그리냥 부인에게 1680년에 보낸 것들이다.

를 나누면서 그 소리로 날 잠들게 해 주었고, 또 나는 그 소리를 콩브레의 종소리마냥 이런저런 리듬과 짝을 지웠다.(내 충동적인 움직임에 따라 처음에는 네 개의 균등한 십육분음표로 들렸다가 다음에는 십육분음표가 사분음표에 격렬하게 부딪히는 소리가 들렸다.) 그 소리는 내 불면증에 반대되는 압력을 행사하면서 불면증의 원심력을 약화해 내 몸의 균형을 유지해 주었고, 그런 반대 압력 위에서 내 부동 자세와 오래지 않아 내 수면은, 조류와 물결이 흘러가는 대로 졸음 속에서 이리저리 떠돌다가 바닷속에서 잠든 물고기 또는 단지 폭풍우의 도움으로 날개를 펼치는 어느 독수리의 화신이라도 된 듯, 뭔가 강력한 힘이 주의 깊게 보호하는 가운데 휴식을 취할 때와 같은 그런 상쾌한 인상에 이끌려 가는 듯 느꼈다.

해돋이는 삶은 달걀이나 그림이 든 신문, 카드놀이, 또는 배들이 아무리 애를 써도 좀처럼 헤치고 앞으로 나아가지 못하는 강물처럼 긴 여행의 동반자다. 어느 순간 내가 잠이 들었는지 확인해 보려고 조금 전 내 정신을 가득 채웠던 생각들을 열거해 보려 했을 때(또 내게 이런 질문을 던지게 한 불확실성조차 긍정적인 대답을 주려 했을 때) 나는 차창 너머 작은 검은 숲 위로 부드러운 솜털 같은 부분이 장밋빛으로 고정되어 꼼짝하지 않는 깊게 파인 구름을 보았는데, 그 빛을 흡수하여 물들인 날개의 깃털이나 화가의 충동적인 몸짓이 칠해 놓은 파스텔처럼 변하지 않을 장밋빛이었다. 하지만 난 이 빛깔이 무기력하거나 변덕스럽게 느껴지지 않고 오히려 필연성이자 삶 자체인 듯 느껴졌다. 이내 이 빛깔 뒤로 빛의 공간이 몰려왔다. 그러자 빛깔은 더욱 선명해졌고 하늘은 살구색으로 변했다.* 나는 창문에 눈을 붙이면서, 마치 빛깔 자체가 자연의 심오한 삶과 관계된다는 듯 더 잘 보려고 애썼다. 하지만 선로가 방향을 바꾸면서 기차도 방향을 틀었고, 그러자 아침 경치는 창틀 안에서 달빛 비치는 푸른빛 지붕이 있는 밤의 마을로, 온갖 별이 뿌려진 하늘 아래 어둠의 유백색 진주 빛 때가 긴 빨래터 있는 밤의 마을로 바뀌었다. 내가 분홍빛 하늘의 띠를 잃어버리고 슬퍼했을 때, 그 띠는 다시 반대편 차창을 통해 그러나 이번에는 붉은 빛이 되어 나타났고, 선로의 두 번째 모퉁이에서는 그조차 보이지 않았다. 그래서 나는 진홍빛을 발하는 변덕스럽고도 아름다운 아침의 그 불연속적이고도 대립되는 단편들을 한데 모아 새로운 화폭에 담기 위해, 이런 단편들에 대한 전체적인 시각과 연속적인 화폭을 가지기 위해, 이 창문에서 저 창문으로 계속 쫓아다니며 시간을 보내지 않으면 안 되었다.

풍경이 가파르고 험해지더니 기차는 두 산 사이에 있는 작은 역 앞에 멈췄다. 골짜기 밑바닥 급류가 흐르는 시냇물 가에 창문이 물에 닿을 듯 말 듯 잠겨 있는 어느 산지기의 집 한 채만이 보였다. 만약 한 존재가 그 고장의 산물이어서, 지난

---

* 클로드 모네(Claude Monet, 1840~1926)의 「인상, 해돋이」를 연상시킨다. 1863년 에두아르드 마네(Édouard Manet, 1832~1883)의 「풀밭 위의 점심」이 공모전에 낙선하면서 스캔들이 일어나자, 나폴레옹 3세는 낙선한 그림들의 전시회 개최를 허락했으며, 그리하여 1874년 첫 번째 낙선화 전시회가 열렸는데, 여기에 모네의 그림 「인상, 해돋이」가 전시되었다. 이 그림을 본 미술비평가 르루아가 이들 화가들을 조롱하기 위해 '인상파(Impressioniste)'라는 이름을 붙였고 이후부터 이들은 인상파로 불리게 되었다.

날 메제글리즈 쪽이나 루생빌 숲 속을 혼자 돌아다니면서 내가 그렇게도 나타나 주기를 열망했던 농부 아가씨에게서보다 그 고장 특유의 매력을 더 많이 음미하게 해 주었다면, 그 존재는 두말할 것도 없이 그때 그 집에서 나와 저 떠오르는 해가 비스듬히 비치는 오솔길을 따라 우유 항아리를 들고 역 쪽으로 오는, 내가 본 바로 그 키 큰 소녀였으리라. 높은 산이 다른 세계를 가리는 골짜기에서 그녀가 만나는 사람들은 오로지 잠시 멈추는 기차에 탄 사람들뿐이리라. 그녀는 기차 옆을 따라가면서 잠에서 깨어난 몇몇 승객에게 카페오레를 내밀었다. 아침 햇살이 반사되어 다홍색으로 물든 그녀의 얼굴은 하늘보다 더 분홍빛이었다. 그녀 앞에서 나는, 매번 우리가 아름다움과 행복에 대해 새롭게 인식할 때마다 마음속에 다시 생겨나는 그 살고 싶은 욕망을 느꼈다. 아름다움과 행복은 개별적인 것이건만 우리는 늘 그 사실을 잊고, 이 아름다움과 행복을 우리 마음에 들었던 여러 다른 얼굴들이나 우리가 체험했던 갖가지 기쁨들 사이에서 일종의 평균치를 형성하는 관습적인 표본으로 대체함으로써 무기력하고도 무미건조하며 추상적인 이미지만을 간직한다. 그러나 이 이미지에는 우리가 아는 것과는 전혀 다른 새로운 사물의 성질이, 아름다움과 행복의 고유한 성질이 결핍되어 있다. 그래서 우리는 삶에 대해 비관적인 판단을 하며, 이 판단이 적절하다고 생각한다. 그 이유는 우리가 아름다움과 행복을 충분히 고려했다고 생각하지만, 실은 그 아름다움과 행복을 없애고 이에 관해 단 하나의 분자도 들어 있지 않은 종합적인 사실로 대체했기 때문이다.

이렇게 해서 누군가가 새로 나온 '좋은 책'에 대해 말하면 어떤 문인은 그 책이 자기가 지금까지 읽었던 모든 좋은 책들을 한데 모아 놓은 일종의 합성물일 거라 상상하고 미리부터 권태의 하품을 한다. 그렇지만 좋은 책이란 특별하고도 예측할 수 없는 것이다. 그것은 지나간 모든 걸작들의 합산이 아니라 이 모든 것을 완전히 흡수해도 아직 발견되기에 충분치 않은 그 어떤 것으로 이루어졌으며 그 이유는 바로 책이 이런 합산 밖에 존재하기 때문이다. 보기도 전에 싫증부터 냈던 문인도 이런 새로운 작품을 접하면 작품에 묘사된 현실에 흥미를 느낀다. 이처럼 내가 혼자 있을 때 내 상념이 그리던 아름다움의 모델과는 전혀 거리가 먼 이 아름다운 소녀는, 즉시로 내게 어떤 종류의 행복에 대한 취향을,(행복에 대한 취향은 순전히 형태, 언제나 특별한 형태를 통해서만 알 수 있다.) 그녀 곁에서 살면 실현될 듯 보이는 그런 행복에 대한 취향을 주었다. 그러나 여기서도 여전히 '습관'의 일시적 중단이 상당 부분 작용했다. 우유 파는 아가씨가 이용할 수 있도록 내가 그녀 앞에 내민 것은 생생한 쾌락을 음미할 능력이 있는 나의 존재 전부였다. 평상시 우리는 최소한으로 축소된 존재로 살아간다. 우리 능력의 대부분은 잠들어 있다. 자신이 해야 할 일을 알며 다른 능력의 도움을 필요로 하지 않는 습관에 그 능력들이 의지하기 때문이다. 그러나 이 여행 날 아침, 틀에 박힌 삶이 중단되고 장소와 시간이 바뀌자 이런 능력은 그 존재를 드러낼 수밖에 없었다. 방 안에 틀어박혀 살며 아침에 늦게 일어나는 습관이 사라졌기 때문에 그 자리를 채우려고 내 모든 능력이 달려와 서로

열심히 경쟁하면서 — 바다 물결처럼 여느 때와는 다른 높이
로 똑같이 높아지면서 — 가장 저속한 것에서 가장 고상한 것
으로, 호흡이나 식욕, 혈액순환으로부터 감성이나 상상력으
로 높아져 갔다. 그 소녀가 다른 여자들과 다르다고 믿게 하는
이 장소의 야생적인 매력이 그녀의 매력에 덧붙었는지는 모
르겠지만 여하튼 그녀는 이 장소에 그런 매력을 더했다. 만일
내가 매시간 그 소녀와 함께 지낼 수 있다면, 급류나 소, 기차
가 있는 곳까지 함께 가서 항상 곁에 머물 수 있다면, 그녀가
날 안다고 느낄 수 있다면, 그녀의 생각 속에서 한자리를 차지
할 수만 있다면 삶이 정말이지 무척이나 감미로울 것 같았다.
소녀는 내게 시골 생활과 이른 새벽의 매력에 대해 가르쳐 주
었으리라. 나는 소녀에게 카페오레를 달라고 손짓했다. 소녀
의 주의를 끌 필요가 있었다. 소녀가 날 보지 못해서 난 그녀
를 불렀다. 소녀의 커다란 몸 위로 그 얼굴이 얼마나 금빛과
분홍빛으로 빛나던지, 마치 조명을 받은 채색 유리를 통해 보
이는 듯했다. 소녀가 왔고 나는 점점 더 크게 보이는 그 얼굴
에서 눈을 떼지 못했다. 그 얼굴은 우리가 고정할 수 있는, 아
주 가까이 당신 곁으로 다가와 눈앞에 보이며, 금빛과 붉은빛
으로 당신 눈을 부시게 하는 태양과도 같았다. 그녀는 내게 날
카로운 눈길을 던졌지만, 그때 마침 승무원이 출입문을 닫았
고 기차는 다시 움직이기 시작했다. 그녀가 역을 떠나 다시 오
솔길로 접어드는 모습이 보였다. 이제 날이 환히 밝았다. 여명
에서 난 점점 멀어져 가고 있었다. 내 열광이 이 소녀 탓에 생
겼는지, 또는 반대로 그녀 가까이에서 느꼈던 기쁨 대부분이

내 열광으로부터 야기되었는지, 어쨌든 그녀는 내 기쁨과 아주 밀접하게 어우러졌고, 그녀를 다시 보고 싶은 내 욕망은 다른 무엇보다도 먼저 이 흥분 상태가 완전히 가시지 않기를 바라는, 거기에 자기도 모르게 끼어들게 된 존재와 영원히 헤어지고 싶지 않다는 그런 정신적인 것이었다. 이 상태가 쾌적하게 느껴졌기 때문만은 아니다. 이는 특히 이 상태가 내가 보는 것에 다른 음색을 주고,(팽팽하게 당겨진 현이나 신경의 빠른 진동이 다른 음향이나 다른 안색을 생겨나게 하듯이) 나를 한 명의 배우로서 미지의 세계 속으로, 무한히 흥미로운 세계 속으로 들어가게 해 주었기 때문이다. 기차가 속도를 내는 동안에도 여전히 내 시야 안에 있던 그 아름다운 소녀는 하나의 경계로 분리된, 내가 아는 삶과는 다른 삶의 일부처럼 보였고, 사물에 의해 깨어난 감각들도 더 이상 이전과 동일한 감각이 아니어서, 이제 거기서 빠져나온다는 사실이 내게는 마치 죽음처럼 생각되었다. 적어도 이 새로운 삶과 연결된 듯 보이는 감미로움을 느끼기 위해서는 매일 아침 이 시골 소녀에게 카페오레를 청하기 위해 역 근처에 사는 것만으로도 족했으리라. 그러나 슬프게도 그녀는 내가 점점 더 속도를 내어 달려가는 저 다른 삶에는 영원히 부재할 것이며, 그래서 내가 체념하고 받아들이기 위해서는 어느 날엔가 같은 기차를 타고 같은 역에서 멈추기로 계획을 세워야만 했으리라. 이런 계획은 타산적이고 능동적이며, 실질적이고 기계적이며, 또 게으르고 원심적인 우리 정신의 성향에 약간의 양분을 제공해 준다는 이점이 있다. 왜냐하면 우리 정신에는, 우리가 받았던 즐거운 인상을 보다 일반적이고 초연한 방식으로 그 자체로서 심화하는 데 필요한 노력을 기꺼이 회피하려는 성향이 있기 때문이다. 다른 한편으로 우리는 이 인상을 계속 음미하고 싶어 하기 때문에, 정신은 이 인상을 미래 속에서 상상하기를 좋아하며, 이 인상을 다시 태어나게 해 줄 환경을 능숙하게 준비하기를 좋아한다. 이런 일은 인상의 본질에 대해서는 아무것도 가르쳐 주지 않지만, 우리 마음속에서 그 인상을 다시 만드는 수고를 피하게 하며, 밖에서 새로 인상을 받아들일 수 있다는 희망을 갖게 해 준다.

베즐레, 샤르트르, 부르주, 보베 등 몇몇 도시명은 그 약칭 만으로도 그곳에 있는 주요 성당을 지칭한다.* 우리가 자주 받아들이는 이런 부분적인 말의 의미는 — 우리가 아직 알지 못하는 장소인 경우 — 마침내 그 이름 전체를 주조하여, 우리가 그 이름에, 우리가 한 번도 본 적 없는 도시의 관념을 집어넣으려 할 때면, 마치 주물처럼 동일한 조각술과 동일한 양식을 부과하면서 일종의 거대한 대성당을 만들어 낸다. 그렇지만 내가 발베크라는 페르시아 풍에 가까운 이름을 읽은 것은 기차역 구내식당 위 하얀색 글자로 쓰인 파란 게시판에서였다. 난 활기차게 역을 나와 성당으로 가는 큰길을 건너서는 다만 성당과 바다를 보겠다는 생각에 모래사장이 어디 있는지 물어보았다. 그러나 상대방은 내가 하는 말을 이해하지 못하는 듯했다. 내가 있던 곳은 옛 발베크, 즉 '발베크 육지'로

---

* 여기 나오는 지명은 모두 유명한 성당이 있는 실제 도시이다.

서 바닷가도 항구도 아니었다. 물론 어부들이 그 기적의 그리스도를 발견한 곳은, 전설에 따르면 바로 바닷속이었으며, 나로부터 몇 미터 떨어진 곳에 있는 성당의 채색 유리가 그 발견을 얘기해 주었다. 성당 중앙 홀과 탑을 만드는 데 사용된 돌도 물론 파도치는 절벽에서 캐냈다. 바로 이런 이유로 나는 성당 채색 유리창 밑에서 바다가 끝이 날 거라고 상상했는데, 실제로 바다는 이십 킬로미터 이상 떨어진 '발베크 해변'에 있었고, 성당 둥근 지붕 옆에 있는 종탑은, 곡식의 낟알이 쌓이고 새들이 빙빙 도는 노르망디의 험한 절벽과도 같다고 읽은 적이 있어 절벽 밑에서 높이 솟아오르는 파도의 마지막 거품을 받으리라 늘 상상해 왔건만, 두 개의 전차 선로 분기점이 있는 광장에 세워져 있었으며, 종탑 앞 카페에는 금색으로 '당구'라는 글자가 적혀 있었다. 종탑은 집들을 배경으로 뚜렷이 드러났으며, 집의 지붕 사이로는 돛단배 하나 보이지 않았다. 그리고 성당은 — 카페와 내가 길을 물어보았던 행인과 내가 되돌아갈 역과 더불어 내 관심 안에 들어온 — 나머지 다른 모든 것과 하나가 되어, 이 늦은 오후의 어떤 사건 또는 산물인 양 보였고, 이 시간에 하늘로 부풀어 오른 흐물흐물한 그 둥근 지붕은 집의 벽난로를 적시던 빛과 같은 빛으로 그 껍질을 분홍빛과 금빛으로 녹이면서 무르익게 하는 과일과도 같았다. 그러나 트로카데로* 박물관에서 모형으로만 보았던 사도상들이

---

* 파리 16구 트로카데로 광장에는 인류 박물관과 문화재 박물관, 현대 미술관이 있다.

성당 정문 깊숙한 부분의 조각된 성모상 양쪽에서 마치 나에게 인사라도 하듯 기다리는 모습을 보았을 때, 나는 오로지 조각상의 영원한 의미에 대해서만 생각하고 싶었다. 호감 가는 얼굴에 코가 납작한 온화한 모습의 등 굽은 사도상들은, 화창한 날을 찬미하는 찬송가를 부르면서 우리를 마중하려고 앞으로 나온 듯했다. 그러나 그들의 표정은 죽은 자처럼 굳어 있었고, 우리가 그들 주위를 돌 때만 변화를 보였다. 나는 이렇게 말했다. 바로 여기구나, 발베크 성당이구나, 자신의 영광스러움을 아는 듯 보이는 이 광장은 발베크 성당을 소유한 세계에서 유일한 장소구나. 이제껏 내가 본 것은 이 성당의 사진과 그 유명한 성당 정문의 사도상들과 성모상의 모형뿐이었다. 그러나 지금 내가 보는 것은 성당 그 자체이며 조각상 자체다. 바로 이것들이다. 다시 말하면 유일한 것들, 지금까지 내가 보아 온 것을 훨씬 능가하는 그 이상의 것이다.

어쩌면 그 이하일지도 모른다. 마치 한 젊은이가 시험 보는 날이나 결투하는 날, 제시된 질문이나 쏜 총알이 자기가 가진, 또 증명해 보이고 싶었던 지식이나 용기에 비해 아주 하찮게 여겨지듯이, 이와 마찬가지로 내 정신은 지금까지 내가 보아 왔던 복제품 밖으로 '성당 정문의 성모상'을 높이 세우면서 복제품을 위협하는 변전으로부터 격리하여, 설령 복제품이 파괴된다 할지라도 성모상은 온전하게 남아 이상적이고 보편적 가치를 유지하고 있었는데, 그토록 수천 번이나 새겨 보았던 조각이 이제 돌이라는 그 고유 속성으로 환원되어 내 팔이 미치는 곳에 자리를 차지하고 선거 포스터와 내 지팡이 끝과 경쟁하며, 광장으로 이어져 큰길로 진입하는 부분과 분리되지 않고, 카페와 합승 마차 사무실의 눈길을 피할 수 없어 그 얼굴에 석양빛의 — 그리고 몇 시간 후에는 곧 가로등 불빛의 — 절반을 받고, 어음할인 사무소가 나머지 절반 빛을 받으며, 이 신용 은행 출장소와 동시에 제과점 부엌에서 나오는 악취에 배어 '개체'의 폭력에 복종하는 모습을 보자 그만 놀라지 않을 수 없었다. 만약 내가 이 돌 위에 내 이름을 새겨 놓고 싶었다면, 그건 바로 성모상이, 저 유명한 발베크의 성모상이 내가 이제껏 보편적인 삶과 신성불가침의 아름다움을 부여해 온 유일한(슬프게도 단 하나임을 뜻하는) 조각상이었기 때문인데, 이제 그것이 이웃집과 똑같은 그을음으로 때가 잔뜩 낀 몸에서 때를 벗겨 내지도 못한 채로 자신을 바라보기 위해 모여든 모든 찬미자들에게 내 분필 조각 자국과 내 이름 글자를 함께 전시할 것이었다. 또 끝으로, 내가 그토록 오랫동안 욕망해 왔던 불멸의 예술 작품인 성모상은 이제 성당과 함께 내가 그 높이를 재고 주름살을 셀 수 있는 작고 늙은 돌로 된 노파로 바뀌어 있었다. 시간이 흘렀고 역으로 돌아가야 했다. 거기서 할머니와 프랑수아즈를 기다려 함께 '발베크 해변'으로 가야 했다. 발베크에 대해 내가 읽은 글과 스완이 한 말을 생각해 보았다. "정말 근사하다네, 시에나*만큼이나 아름다운 곳이지." 나의 이런 환멸에 대해 난 여러 우발적인 이유들, 즉 그

---

* 이탈리아 중부에 위치한 이 도시는 고딕 성당과 중세도시 모습을 그대로 보존하고 있는 것으로 유명하다.

때 좋지 못했던 내 몸 상태나 피로, 사물을 제대로 바라볼 줄 모르는 무능력을 탓하면서, 나를 위해 예전 모습을 그대로 보존하고 있는 도시들이 있으리라고 생각하며, 어쩌면 머지않아 캉페를레의 진주 빛 비 한가운데로, 시원한 물방울 소리 속으로 뚫고 들어갈 것이고, 또 퐁타벵을 적시던 그 초록빛과 분홍빛 반사광을 통과할 수 있으리라 생각하며 스스로를 위로했다.* 그러나 발베크로 말하자면, 내가 그곳에 들어서자마자 지금까지 완전히 밀폐한 채로 가두어야 했던 이름을 내가 방긋 열어 놓았다는 듯이, 또 그 이름이 내가 조심성 없이 제공한 이런 출구를 이용해 그때까지 그 안에 살던 모든 이미지들을 내쫓았다는 듯이, 전차며 카페며 광장을 지나가는 행인들이며 할인 은행 지점이 어떤 외부 압박과 압력 공기의 힘에 의해 발베크라는 음절 안으로 밀려와서는, 음절이 그 위로 닫히면서 페르시아 풍 성당 정문을 감싸도록 내버려 두고 또 계속해서 그것들을 음절 안에 가두는 것을 멈추지 않았다.

'발베크 해변'으로 우리를 데려다 줄 작은 지방 열차에서 난 할머니와 다시 만났지만 할머니는 혼자였다. 모든 준비를 미리 해 두기 위해 할머니는 프랑수아즈를 먼저 보내셨는데(그러나 잘못된 정보를 주셔서 그만 프랑수아즈를 틀린 방향으로 가게 하는 데만 성공하셨다.) 지금쯤 프랑수아즈는 그런 줄도 모르고 낭트 방향으로 전속력으로 달리다가 아마도 보르도에 도착해서야 깨어날 것이었다. 사라져 가는 석양빛과 오후의 끈질긴 더

---

* 『잃어버린 시간을 찾아서』 2권 344쪽 주석 참조.

위로 가득한(아! 슬프게도 오후의 더위가 할머니를 얼마나 피로하게 했던지 난 석양빛 덕분에 할머니의 얼굴에서 뚜렷이 그걸 보고 말았다.) 객차에 앉자마자 할머니는 내게 "그래 발베크는?" 하고 미소를 지으며 물으셨다. 내가 느꼈으리라 생각되는 그 커다란 기쁨에 대한 열렬한 기대로 그 미소가 얼마나 환하게 빛났던지 나는 감히 할머니께 실망했단 얘기를 단번에 털어놓을 수 없었다. 게다가 내 정신이 찾았던 인상은 내 몸이 익숙해져야 할 장소에 가까워지면서 점점 관심 밖으로 밀려났다. 난 아직도 한 시간 이상이나 걸릴 여정의 끝에 가서야 만날 발베크 호텔 지배인을 상상해 보려고 애썼다. 그에게 난 지금 존재하지 않는 인간일 테지만 할머니보다는 멋진 동반자, 틀림없이 숙박료를 깎아 달라고 할 할머니보다는 멋진 사람을 동반한 자로 소개되고 싶었다. 지배인은 내게 오만한 자의 모습으로 분명히 각인되었지만 그 윤곽은 매우 불분명했다.

매번 작은 열차가 '발베크 해변'에 이르는 정거장들 중 하나에 멈출 때마다 내게는 이름 자체가(앵카르빌, 마르쿠빌, 도빌, 퐁타쿨뢰브르, 아랑부빌, 생마르르비외, 에르몽빌, 멘빌)* 낯설어서, 만약 그 이름들을 책에서 읽었다면 콩브레 근교 몇몇 마을 이름과 연관 지었을지도 모를 정도였다. 그러나 음악가의 귀에는 여러 동일한 음을 가지고 물질적으로 구성된 두 모티프가, 화음이나 오케스트라의 색깔이 달라지면서 그 유사성

---

* 여기 나오는 도시들이 모두 실제로 존재하지는 않는다. 이중 앵카르빌(오트 노르망디에 위치한다.)은 알베르틴의 동성애적 취향과 관계되는 곳이다.

을 잃을 수 있다. 이와 마찬가지로 모래와 지나치게 바람이 잘 통하는 텅 빈 공간, 소금으로 만들어진 이 쓸쓸한 이름들 위로 '빌(ville)'이란 어미가 '비둘기 날다(Pigeon-vole)'라는 놀이의 '날다(vole)'처럼 빠져나오는데도, 이 이름들은 루생빌이나 마르탱빌 같은 이름들을 전혀 연상시키지 않았다.* 그 이유는 내가 이런 고장 이름들을 콩브레 '식당'의 식탁에서 고모할머니가 발음하는 걸 자주 들었기 때문이다. 과일 잼 맛, 장작불 냄새, 베르고트가 쓴 책 종이 냄새, 건너편 집 사암토 빛깔 같은 추출물이 섞인 어떤 어두운 대지의 매력만이 담겨 있는 그곳에서 말이다. 오늘날까지도 이 이름들은, 여전히 내 기억 밑바닥에서 가스 거품마냥 솟아오를 때면, 표면에 도달하기에 앞서 통과해야 하는 여러 다른 환경들의 포개진 단층 너머로 여전히 그 특별한 효능을 간직하고 있다.

모래언덕 높은 곳에서 바다를 멀리 내려다보는, 또는 이제 막 도착한 호텔 방의 긴 의자마냥 무례하고도 강렬한 초록빛 언덕 기슭에 이미 어둠에 적응한 몇몇 별장들로 구성되어 테니스 코트까지 뻗어 나간, 또 때로는 서늘하고도 공허하며 불

---

* '비둘기 날다(pigeon-vole)'라는 놀이는 아이들이 날아다니는 새의 이름을 대면 이기고, 그러지 못하면 지는 놀이로 '날다'라는 말이 반복된다. 여기 해변이나 휴양지를 가리키는 일련의 지명에 '별장'을 의미하는 '빌(ville)'이란 어미가 붙어 있는데, 똑같이 빌(ville)이란 어미가 붙은 루생빌(Roussainville)이나 마르탱빌(Martinville)은 이런 해변이나 휴양지와는 달리 대지의 이미지를 구현한다는 뜻이다. 이 문단에서는 앵카르빌이나 마르쿠빌처럼 바람 부는 해변 도시의 공기 같은 이미지가, 평원에 위치한 콩브레 근교의 루생빌이나 콩브레의 어두운 대지 이미지와 대조를 이룬다.

안한 바람에 깃발을 펄럭거리는 카지노까지 있는 이 작은 휴양지는, 내게 처음으로 그들의 친숙한 손님들을, 그러나 겉모습만 보여 주었고 — 흰 모자를 쓰고 테니스 치는 사람들, 자기 집 타마레스크 나무와 장미꽃 옆에 사는 역장, 나로서는 전혀 알 수 없는 삶의 일상적인 자취를 그리면서 사냥개를 부르지만 늑장 부리는 개 탓에 등불이 켜진 후에야 별장으로 돌아가는 '납작한 밀짚모자'를 쓴 부인 — 또 그 일상적이고도 친숙한 모습이, 이상하게도 오히려 날 무시하는 듯 보여 낯설기만 한 내 시선과 향수에 젖은 마음을 무척이나 아프게 했다. 그러나 우리가 드디어 '발베크'* 그랜드 호텔의 로비에 상륙해서 그 거대한 인조대리석 계단 앞에 섰을 때, 내 고통은 얼마나 격심했던지! 그동안 할머니는 우리가 함께 살게 될 낯선 사람들의 적의나 경멸에도 아랑곳하지 않고 지배인과 호텔 '방 값'을 흥정했다. 지배인은 얼굴이나 목소리가 상처투성이인(얼굴에는 수많은 여드름 자국이 있었고, 목소리에는 먼 이국 태생과 유년 시절을 여러 나라에서 보낸 데서 온 상이한 억양이 배어 있었다.) 키 작고 뚱뚱한 땅딸보였는데, 사교계 인사가 입는 연미복 차림에 심리학자 같은 눈길로 '합승 마차'가 도착할 때마다 보통 대귀족들은 불평분자로, 호텔 도적들은 대귀족으로 혼동했다! 자신의 월급이 500프랑도 안 된다는 사실은 아마도 잊은 듯, 그는 500프랑, 아니 그의 표현에 따르자면 '25루

---

* 발베크 성당과 달리 발베크 그랜드 호텔은 실제로 노르망디의 유명한 해변 도시 도빌 근처에 위치한 카부르 해변의 그랜드 호텔을 모델로 한다. 프루스트는 이곳에서 1907년부터 1914년까지 휴가철에 머물렀다.

이' 정도를 '상당한 금액'으로 여기는 사람들은 이 그랜드 호텔에 머무를 자격이 없는 파리아족에나 속한다고 여겼다.* 사실 이 고급 호텔에서 그다지 비싼 값을 내지 않고도 지배인의 존경을 받는 사람이 있다면, 그건 그들이 가난해서가 아니라 인색함 때문에 돈을 낭비하지 않는다는 사실을 지배인이 확신하는 경우였다. 사실 인색함이란 사회적 명성에는 조금도 누가 되지 않을 것이다. 인색함은 악덕이며 따라서 어떤 사회적 신분에서나 만날 수 있기 때문이다. 사회적 신분, 아니, 그보다는 차라리 신분이 높다는 걸 함축하는 듯 보이는 표지야말로 유일하게 지배인의 관심을 끌었다. 이를테면 호텔 홀에 들어서면서 모자를 벗지 않는다거나, 무릎 아래로 끈을 매는 골프 반바지나 허리가 꼭 끼는 반코트를 입거나, 납작한 모로코 가죽 담배 케이스에서 자줏빛과 금빛 띠를 두른 여송연을 꺼내는 모습이 그러했다.(아! 슬프게도 내게는 이런 이점들이 하나도 없었다.) 그는 사업 이야기에 세련된 표현, 하지만 왜곡된 표현을 덧칠했다.

지배인이 모자도 벗지 않고 휘파람을 불며 듣는데도 할머니가 화도 내지 않고 약간은 가식적인 어조로 "그럼 얼만가요? 내 적은 예산으로는 너무 비싸군요." 하고 물어보시는 소릴 나는 들었다. 의자에 앉아 기다리면서 나는 내 깊은 곳으로 도피

---

* 여기서 '루이(louis)'는 나폴레옹 초상이 새겨진 20프랑짜리 금화로 1차 세계대전까지 쓰였는데, 보수주의자인 지배인은 '프랑'이란 말 대신 '루이'란 말을 사용함으로써 자신이 마치 귀족인 듯 뽐내고 있다. 파리아족은 인도 카스트 사회에서 천민을 가리킨다.

했고, 영원한 상념의 세계로 이주하여 나로부터 어떤 것도, 어떤 살아 있음의 흔적도 내 몸 표면에 드러내지 않으려고 ── 마치 상처를 입으면 생리 기능의 억제로 죽은 시늉을 하는 몇몇 동물들처럼 무감각한 상태가 되려고 ── 평상시 습관이 완전히 결핍된 이곳에서 지나치게 괴로워하지 않으려고 애썼다. 이런 습관의 결핍은, 같은 순간에 지배인이 존경을 표하며 뒤따르는 강아지에게조차 친밀하게 대하는 한 우아한 귀부인이나, 모자에 깃털을 꽂고 홀에 들어서면서 "편지 있어요?"라고 묻는 잔뜩 멋 부린 젊은이, 인조대리석 계단을 올라가면서 자기 '집(home)'에 들어가는 듯한 이들이 보여 주는 습관적인 태도를 보는 동안 더욱 예민하게 느껴졌다. 동시에 미노스와 아이아코스 또 라마단토스*의 시선이,(나는 그 시선 속으로, 마치 아무것도 더 이상 보호해 주지 않는 미지의 인간에게 내던지듯 내 벌거벗은 영혼을 내던졌다.) 아마도 '접대' 기술에 정통하지 않을 듯한 '접대 담당 책임자'란 직함을 가진 신사들로부터 준엄하게 내게로 떨어졌다. 조금 더 멀리 닫힌 유리문 뒤에서는 사람들이 독서실에 앉아 책을 읽고 있었는데, 그들을 묘사하려면 조용히 그곳에서 책을 읽을 수 있는 권리가 있는 선택된 사람들의 행복과, 할머니께서 지금 내가 느끼는 이런 인상에는 아랑곳없이 그곳에 들어가 책을 읽으라고 명령할 경우의 공포를 생각하면서, 이런 두 가지 감정에 따라 단테가 '지옥과 천국'에 부여한 색깔들을 차례로 택해야 했을 것이다.

---

* 모두 제우스의 아들로, 죽은 후에 지옥으로 불려 가서 판관이 된다.

내 고독의 인상은 잠시 후 더 커졌다. 내가 할머니께 몸이 좋지 않으니 파리로 다시 돌아가야 할 것 같다고 털어놓자 할머니는 아무 이의도 제기하지 않으셨지만, 우리가 그곳을 떠나든 머무르든 필요한 물건을 사러 가야겠다고 말씀하셨다.(프랑수아즈가 내 소지품을 전부 다 가져갔기 때문에, 다 나를 위한 물건들이라는 걸 나중에야 알았다.) 할머니를 기다리는 동안 밖에서 서성거리려고 나갔는데, 군중으로 혼잡한 거리는 방과 같은 더위를 유지했고, 이발소와 제과점 문은 아직 열려 있었으며, 제과점 안에서는 단골들이 뒤게트루앵* 동상 앞에서 아이스크림을 먹고 있었다. 군중의 모습은 외과 의사 대기실에서 '화보'를 뒤적이던 환자가 군중 사진을 보고 느끼는 그런 정도의 기쁨을 주었다. 이런 거리 산책을, 지배인은 어떻게 기분 전환이 되리라고 내게 권할 수 있었으며, 또 지극한 고통의 장소인 이 새로운 숙소가 어떻게 호텔 안내 책자가 말하듯이 어떤 이들에게 "지극히 감미로운 체류"가 될 수 있는지, 난 나와 다른 사람들이 너무도 많다는 사실이 그저 놀라울 뿐이었다. 물론 과장이야 있겠지만 그래도 호텔 책자는 모든 손님들에게 호소하며 그들 취향에 영합했다. 이 책자는 손님들을 발베크 그랜드 호텔로 불러들이기 위해 "진미"와 "카지노 정원이 보이는 환상적인 전망", "유행의 여왕이 내린 칙령이니 이를 어기는 자는 당장 교양이 없는 자로 간주될지니 누구든

---

* Duguay-Trouin(1673~1736). 브르타뉴 지방 생말로의 유명한 해적으로 생말로에 그 동상이 있다. 이처럼 화자의 발베크 체류는 노르망디와 브르타뉴 사이에서 흔들리고 있다.

훌륭한 교육을 받은 자는 이런 위험에 처하려 하지 않을 것이다."라는 문구를 내세웠다.

할머니를 필요로 하는 마음은 내가 할머니께 실망을 안겨 드렸을지도 모른다는 두려움으로 더욱 커졌다. 할머니는 내가 이 정도의 피로에도 힘들어하는 걸 보고 어떤 여행도 나를 이롭게 할 수 없다는 생각에 틀림없이 낙담했으리라. 나는 호텔로 돌아가 기다리기로 결심했다. 지배인이 직접 와서 버튼을 눌러 주었다. 그러자 '리프트'*라고 불리는 아직은 내게 생소한 인물이(노르망디 성당이라면 천장이 있을 법한 호텔 가장 높은 곳의 자기 방에서, 마치 카메라 렌즈 뒤의 사진사나 파이프오르간 연주자처럼 기다리다가) 우리에 갇혀 길든 부지런한 다람쥐마냥 민첩하게 나를 향해 내려오기 시작했다. 그러고는 기둥을 따라 다시 미끄러지듯 올라가면서 나를 이 상업용 건물 중앙홀에 위치한 둥근 지붕 쪽으로 끌고 갔다. 층계마다 작은 연결 계단이 양쪽에 있었고, 그 사이로 복도가 부채처럼 펼쳐졌으며, 기다란 침대 베개를 든 하녀가 복도를 지나갔다. 석양의 어둠으로 흐릿해진 그녀의 얼굴에 내 꿈속의 가장 정열적인 얼굴을 포개 보았지만, 나를 돌아다보는 그 시선에서 나는 내 허무의 공포만을 읽을 수 있었다. 그렇지만 쉴 새 없이 올라가는 동안 층마다 하나뿐인 화장실 유리창 불빛이 단 하나의 수직선으로 이어지는 그 시적인 것과는 거리가 먼 명암의 신비

---

* 영국에서 엘리베이터나 엘리베이터 보이를 가리키는 말로, 여기서는 이 부분을 제외하고는 엘리베이터 또는 엘리베이터 보이로 옮기고자 한다.

를 침묵 속에 통과하면서, 나는 내가 느끼는 지극한 불안감을 없애기 위해, 내 여행의 기술자이자 포로 생활의 동반자인 젊은 오르간 연주자에게 말을 걸었는데, 그는 끊임없이 악기의 스톱을 조작하고 파이프를 누르면서 오르간을 연주하고 있었다.* 내가 그만큼 장소를 차지하고 수고를 끼치게 해서 미안하다고 말하고, 또 그의 기술을 행사하는 데 혹시 방해가 되지 않았는지 묻고 나서는, 그의 현란한 재주를 칭찬하기 위해 호기심 이상의 몸짓을 보이며 그에 대해 내가 느끼는 호감을 털어놓았다. 그러나 상대방은 내 말에 놀랐는지, 일에 열중한 탓이었는지, 아니면 예의를 지키려 했는지, 귀가 멀었는지, 장소를 고려해서인지, 위험이 두려웠는지, 아니면 머리가 아둔해서인지, 또는 지배인의 명령 때문이었는지, 한 마디 대꾸도 하지 않았다.

아무리 하찮은 인물이라 할지라도 그 사람을 알기 전과 알고 난 후에 우리와 관련해서 달라지는 인물의 위상만큼 외부 현실에 대한 인상을 각인해 주는 것도 없다. 나는 그날 오후가 끝날 무렵 발베크행 작은 기차를 탔던 바로 그 사람이었고 내 마음에도 같은 영혼이 있었다. 그런데 영혼 속 그 장소, 오후 6시에는, 아직 지배인과 고급 호텔과 그 종업원들을 상상할 수 없는 불가능성과 더불어 내가 도착할 시각에 대한 막연하

---

* 엘리베이터 조작을 파이프오르간 연주에 비유하는 장면이다. 여기서 표현된 '스톱(registre)'과 '파이프(tuyaux)'는 파이프오르간 연주와 관계되는 용어로, 건반 옆에 위치하는 스톱을 조작하여 바람통이나 파이프에 보내어 소리를 내는 데 거의 10옥타브까지 낼 수 있다고 한다.

고도 불안한 기대만이 있었는데, 지금 이 장소에는 국제적 인물인 지배인의 얼굴에 난 여드름 짠 자국과(그는 원래 루마니아 태생으로 모나코인으로 귀화했으며, 틀린 줄도 모르고 자기 딴에는 품위 있다고 생각되는 표현들을 늘 사용했는데, 이를테면 '루마니아의 독창성(originalité roumaine)'*이란 표현이 그랬다.) 엘리베이터 버튼을 누르는 그의 몸짓이며 엘리베이터 보이며, 말하자면 그랜드 호텔이라는 판도라의 상자로부터 나온 부인할 수도, 파기할 수도 없는, 그리고 실현된 모든 것이 그러하듯 메마른 꼭두각시 같은 인물들이 마치 기둥을 장식하는 프리즈처럼 나란히 놓여 있었다.** 그러나 나의 참여 없이 이루어진 이 변화는, 적어도 그 일이 내 밖에서 일어났다는 걸 증명해 주었는데, — 그 자체로는 별 흥미가 없는 — 이는 마치 해를 앞쪽에서 보면서 출발한 여행자가 해가 뒤쪽에 있는 걸 보고 그동안 많은 시간이 흘렀음을 확인하는 것과도 같았다. 난 피로로 기진맥진했고, 열이 났고, 자고 싶었지만 그에 필요한 것은 아무것도 없었다. 적어도 잠시나마 침대에 눕고 싶었지만

---

* '루마니아 태생(origine roumaine)'이란 말을 잘못 표현한 것이다.
** 제우스의 명에 따라 헤파이스토스가 여자를 만들고, 그리하여 판도라라는 여인이 탄생하며, 절대 상자를 열면 안 된다는 제우스의 명령을 어기고 판도라가 상자를 열자 온갖 재앙과 악이 빠져나오며 희망은 상자 안에 남는다는 이 그리스 신화를, 그러나 프루스트의 화자는 달리 해석한다. 재앙은 바로 상상력이나 꿈을 방해하는 욕망의 실현이며, 희망은 아직 이루어지지 않은 것, 화자가 꿈꾸고 창조하려는 모든 것을 가리킨다.(『소녀들』 2권, GF플라마리옹, 360쪽 참조.) 그리고 '프리즈'란 고대 건축에서 원기둥 옆을 장식하는 그림이나 조각상 부분을 말한다.

그래 봐야 소용없을 일이었다. 신체적인 몸이 아니라, 그저 감
각들의 총체인 지각하는 몸으로는 휴식을 취할 수 없었을 테
니까. 또 우리 몸을 둘러싼 낯선 물건들이 지속적으로 경계를
하며 방어 태세를 취하도록 우리 지각에 강요하면서, 내 시각
이나 청각, 내 모든 감각들을, 마치 우리 안에 갇혀 설 수도 앉
을 수도 없었던 라 발뤼* 추기경처럼 그토록 축소되고 불편한
자세로(설령 내가 다리를 뻗는다 해도) 만들었을 테니까. 우리
주의력이 방 안에 물건이 있다는 걸 의식하게 해 준다면, 우리
습관은 이런 물건의 존재에 대해 무감각해지도록 만들고 대
신 우리에게 자리를 내어준다. 그런데 이런 자리가 발베크의
내 방에는(명목상의 내 방에는) 없었다. 그 방은 내가 모르는 것
들로 가득했으며, 내가 그 물건들에 던진 것과 똑같은 경계의
눈길을 되돌려 보내면서 내 존재는 전혀 고려하지 않고 오히
려 내가 그들의 일상을 방해한다는 걸 증명했다. 추시계만 해
도 — 집에서는 한 주에 몇 초 동안, 내가 깊은 명상에서 깨어
났을 때에만 들렸는데 — 여기서는 한순간도 쉬지 않고 내가
알지 못하는 언어로, 더구나 내 마음을 틀림없이 상하게 할 이
야기를 계속 떠들어 댔고, 커다란 보랏빛 커튼은 제삼자가 있
는 게 성가시다는 걸 보여 주려고 마치 어깨를 으쓱하는 이와
흡사한 태도를 취하면서 대답도 없이 그 이야기를 들었다. 보
랏빛 커튼은 천장이 아주 높은 이 방에 거의 역사적인 성격을

* La Balue(1421~1491). 루이 11세의 총리를 지냈으나 배신했다는 이유로 십
일 년 동안 나무 우리에 갇혔던 전설적인 인물이다.

부여하여, 기즈 공작의 암살이나 훗날 쿡 여행사 안내원이 인솔하는 관광객들의 방문에 어울리는 방으로 만들었을지는 모르지만,* 내 수면에는 전혀 도움이 되지 않았다. 벽을 따라 쭉 늘어선 유리문이 달린 작은 책장들의 존재와 특히 방 한구석에 가로로 놓인 다리 달린 커다란 거울이 날 고통스럽게 했는데, 그 방을 떠나기 전에는 휴식을 취하는 게 거의 불가능할 듯 보였다. 매 순간 나는 시선을 들어 올려 — 파리에 있는 내 방 물건들은 나 자신의 눈동자와 마찬가지로 날 방해하지 않았는데 그 이유는 물건들이 이미 내 기관의 부속품이자 나 자신의 확장에 지나지 않았기 때문이다. — 할머니가 나를 위해 일부러 선택한 호텔 꼭대기에 있는 전망 좋은 방의 높은 천장을 바라보았다. 그러자 쇠풀 냄새가 우리가 보고 듣는 지대보다 더 내밀한 지대, 냄새의 성질을 시험하는 지대, 말하자면 자아의 거의 내부까지 공격하며 나를 꼼짝 못하게 했고, 난 겁에 질린 채 코를 쿵쿵거리며 끊임없이 반격을 해 보았지만 아무런 소용도 없이 그저 지칠 뿐이었다.** 날 포위한 적들로부터 위협을 받으며 몸에 난 열이 뼛속까지 파고드는 것 외에 세계도 방도 육체도 가지지 못한 난 혼자였고 죽고 싶었다. 그때

---

* duc de Guise(1550~1588). 앙리 1세라고 불리는 인물로 앙리 3세에게 암살되었다. 이 암살은 폴 들라로슈(Paul Delaroche, 1797~1856) 그림의 주제가 되었다. 쿡 여행사는 1841년 영국인 토머스 쿡이 런던에 설립한 세계 최초의 여행사다.
** 이 부분은 『잃어버린 시간을 찾아서』 첫머리에 나오는 방에 대한 긴 묘사를 환기한다.(『잃어버린 시간을 찾아서』 1권 22~24쪽 참조.)

할머니가 들어오셨다. 억압되었던 내 마음은 이내 무한의 공간을 향해 열리면서 확장되었다.

할머니는 우리 가운데 누군가가 아플 때면 항상 퍼컬린*으로 만든 실내복을 입으셨는데(그 옷을 입으면 편하기 때문이라며 항상 자신이 하는 일에 대해 이기적인 이유를 둘러대셨다.) 그 옷은 우리를 돌보고 우리 옆에서 밤을 새기 위해 하녀나 간병인이 입는 작업복 또는 수녀복이었다. 그러나 그런 이들의 보살핌과 친절함 또는 미덕에 대해 우리가 느끼는 고마움은 우리가 그들에게서 어느 한 사람에 불과하며, 그래서 혼자 있다는 느낌, 자기 생각이나 삶에 대한 욕망을 책임질 수 있는 사람은 자기뿐이라는 느낌을 강하게 주는 데 반해, 할머니와 함께 있을 때면 내 마음속에 있는 슬픔이 아무리 크다 해도 그 슬픔이 보다 큰 연민의 정으로 받아들여진다는 것을, 또 나와 관계된 일이라면 무엇이든 내 근심이나 소망이 할머니 마음속에서 나 자신의 소망보다 더 강렬하게 내 생명을 보존하고 성장하고 싶은 소망으로 떠받쳐지고 있다는 것을 나는 알 수 있었다. 내 생각이 내 정신에서 할머니의 정신으로, 환경이나 인격의 변화 없이 옮겨 갔으므로 할머니의 마음속에서 어떤 빗나감도 없이 연장되리라는 사실도 잘 알았다. 그리고 — 거울 앞에서 넥타이를 맬 때, 눈에 보이는 쪽이 손을 움직이는 쪽과 다른 편에 비친다는 사실을 깨닫지 못하는 누군가처럼, 또는 벌레가 춤추며 날아가는 그림자를 땅에서 쫓는 개처럼 — 육

---

* 『잃어버린 시간을 찾아서』 3권 334쪽 주석 참조.

체의 겉모습에 속은 나는, 마치 영혼을 직접적으로 지각하지 못하는 이 세상에서 우리가 자주 속듯이, 할머니 품 안에 몸을 던졌고, 또 그렇게 함으로써 할머니가 열어 주는 그 넓은 마음에 이를 수 있다는 듯 할머니 얼굴에 내 입술을 내밀었다. 이렇게 할머니의 뺨과 이마에 입술을 대고 있으면 아주 유익하고도 영양이 풍부한 뭔가를 길어 올리는 느낌이 들어 나는 젖 빠는 아이처럼 꼼짝도 않고 그 진지하고도 평온한 식탐을 간직했다.

그리고 난 그 열렬하며 고요하고 아름다운 구름마냥 뚜렷이 드러난 할머니의 커다란 얼굴을, 그 뒤로 애정이 빛을 발하는 게 느껴지는 얼굴을 지칠 줄 모르고 바라보았다. 무엇이든 할머니의 느낌을 조금이라도, 아무리 적다 해도 받기만 하면, 그게 뭐든 할머니와 관계되는 것이기만 하면, 그것은 즉시 영적이고 성스러운 것이 되었다. 아직은 흰머리가 많지 않은 할머니의 아름다운 머리칼을, 난 마치 할머니의 선한 마음을 애무하듯 그렇게도 존경하는 마음으로 조심스럽고 다정하게 손으로 쓰다듬었다. 할머니는 내 수고를 하나라도 덜어 줄 수만 있다면 그것만으로도 대단히 기뻐하셨고, 또 내 피곤한 사지가 꼼짝 않고 조용히 있을 때에도 할머니가 침대에 누운 나를 도와 장화를 벗겨 주면서 큰 기쁨을 느낀다는 걸 알았으므로, 그렇게 하지 못하도록 말리면서 나 스스로 옷을 벗으려는 몸짓을 하자 할머니는 내게 애원하는 눈길로 웃옷과 반장화 첫 번째 단추에 댔던 내 손을 멈추게 했다.

"제발, 내가 하게 해 다오. 너는 이 일이 이 할미한테 얼마나 큰 기쁨이 되는지 모른단다. 그리고 특히 오늘 밤, 필요한 게 있으면 잊지 말고 벽을 두드리거라. 내 침대도 이 침대와 같은 쪽에 붙어 있고 벽도 아주 얇으니. 지금이라도 곧 침대에 눕자마자 한번 해 보렴. 우리가 잘 이해했는지 알아보게."

사실 난 그날 밤 세 번 노크를 했다. 일주일 후 몸이 아프면서는 며칠 동안 매일 아침 이 노크를 반복했는데, 할머니가 이른 시간에 우유를 주고 싶어 하셨기 때문이다. 그래서 할머니가 깨어난 기척을 들었다고 생각되면 ― 할머니가 우유를 주고 나서 바로 주무실 수 있도록 ― 수줍은 듯 조그맣게 그래도 알아들을 수는 있게 세 번 노크했다. 혹시 할머니가 주무시는데도 내가 착각해서 할머니를 깨우는 게 아닌지 두려웠고, 또 할머니가 처음에 알아듣지 못한 신호를 계속해서 기다릴까 봐 두려워 감히 다시는 노크를 하지 못할 것 같았기 때문이다. 내가 노크를 하자마자 세 번의 노크 소리가, 보다 침착한 권위를 띤 다른 어조의 노크 소리가, 두 번에 걸쳐 보다 분명하게 되풀이되었고, 또 그 소리는 이렇게 말했다. "흥분하지 말거라. 소리 들었다. 곧 그곳으로 가마." 그러고는 이내 할머니가 오셨다. 난 할머니가 내 소리를 듣지 못했을까 봐, 또는 옆방에서 두드린 걸로 착각했을까 봐 걱정했다고 말했고, 그러면 할머니는 미소를 지으셨다.

"내 귀여운 손주의 노크 소리를 다른 것과 혼동할 리가 있나! 아마 수천 개의 소리가 들려도 할머니는 구별할 수 있을 걸! 그렇게도 바보 같고, 열에 들뜨고, 날 깨우지나 않을까, 내가 알아듣지 못하면 어떡하나, 그렇게도 애태우는 녀석이 이 세상에 또 있을라고? 사람들은 바스락거리는 소리만 듣고도 금세 자기 생쥐라는 걸 알아차리지. 특히 이 할미의 것처럼 단 하나뿐인 투정 부리는 생쥐인 경우에는 더더구나 그렇단다. 난 벌써 조금 전부터 네가 망설이며 침대에서 뒤척거리며 온갖 궁리를 하는 걸 다 듣고 있었단다."

할머니가 덧창을 열었다. 호텔 앞에 불쑥 나온 별관 지붕 위에는, 아직 잠들어 있는 도시를 깨우지 않으려고 아침 일찍 작업을 시작해서 조용히 일을 마친, 이런 도시의 부동성으로 더욱 민첩해 보이는 지붕 잇는 일꾼마냥, 햇살이 벌써 자리 잡고 있었다. 할머니는 내가 창문까지 갈 필요가 없도록 시각과 날씨를 알려 주셨고, 바다에 안개가 꼈으며 빵 가게가 벌써 문을 열었고, 들리는 마차 소리가 어떤지, 다시 말해 하루의 서막을 알리는 모든 사소한 이야기들을, 아무도 참석하지 않는 미사의 '입장 기도'를, 우리 두 사람에게만 속하는 삶의 작은 편린들을 말씀해 주셨다. 이 이야기들을 나중에 프랑수아즈나 낯선 사람들에게 다시 들려주면서, 이를테면 오늘 새벽 6시에는 칼로 자를 듯한 짙은 안개가 꼈다고, 습득한 지식이 아니라 나 혼자만이 받은 애정의 표시를 자랑할 것이었다. 부드러운 아침이 교향곡처럼 내가 두드리는 세 번의 노크 소리에 운율을 맞춘 대화로 열렸고, 애정과 기쁨이 스며든 칸막이벽은 조화롭고도 비물질적인 것이 되어, 천사처럼 노래하며 열렬히 기다려 온 연이은 세 번의 노크 소리로 두 차례 되풀이되면서, 할머니의 모든 영혼과 할머니가 오신다는 약속을 수태고지의 환희와 음악의 정확성으로 옮길 줄 알았다. 그러나 내가 도착한 이 첫날 밤, 나는 할머니가 방을 나가시자 파리에서 집을 떠나는 순간 그랬던 것처럼 다시 괴로움에 빠져들었다. 어쩌면 내가 느낀 이 공포는, ― 다른 많은 사람들도 느끼겠지만 ― 낯선 방에서 잔다는 이 공포는, 어쩌면 현재 우리 삶의 가장 좋은 부분을 구성하는 요소들이 미래에는 존재하지 않을 거라는 사실을 우리 정신이 인정할 수밖에 없을 때 나타나는 저 커다란 절망적인 거부, 그런 거부의 가장 소박하고도 막연하며 생리적이고 거의 무의식적인 형태에 지나지 않는지도 모른다. 이 거부는 우리 부모님께서 언젠가는 돌아가실 것이며, 삶의 불가피함이 나와 질베르트를 멀리 떨어져 살게 할 것이며, 또는 그저 친구들도 다시 만나지 못하는 고장에서 영구히 살게 될지도 모른다는 생각이 들 때마다 느껴지는 공포의 맨 밑바닥에 놓여 있었다. 이 거부는 또한 나 자신의 죽음을 생각해야 할 때면, 또는 베르고트가 그의 책에서 약속한 사후 삶을 생각할 때면 느껴지는 어려움의 밑바닥에 놓여 있었다. 나는 이런 사후의 삶 속으로, 더 이상 존재하지 않을 거라는 관념을 쉽게 받아들이지 않는 내 추억이나 내 결점, 내 성격 들을 가져갈 수 없으며, 또 나를 위해서도 이런 것들이 더 이상 존재하지 않을 무나 영원을 원치 않았다.

스완이 파리에서, 특히 내가 괴로워했을 때 이렇게 말한 적이 있었다. "자네는 오세아니아 주의 아름다운 섬으로 떠나야 하네, 그러면 다시는 이곳으로 돌아오고 싶은 생각이 들지 않을 걸세." 그때 나는 그에게 이렇게 대답하고 싶었다. "그러면 따님을 보지 못할 텐데요. 따님이 한 번도 본 적 없는 사물과 사람 들 사이에서 살아야 할 텐데요." 하지만 내 이성은 이렇게 대답했다. '그게 무슨 소용이란 말인가, 넌 더 이상 슬퍼하지 않을 텐데.' 왜냐하면 내 이성은 습관이 — 이제 이 낯선 숙소를 좋아하게 하고, 거울 위치와 커튼 빛깔을 바꾸고, 추시계를 멈추게 하는 임무를 담당할 — 처음엔 우리 마음에 들지 않던 동반자들을 소중한 사람으로 만들 뿐만 아니라 그들 얼굴에 다른 형태를 주고, 그들 목소리에 호감을 느끼게 하고, 그들 마음의 성향을 변하게 하는 임무를 맡으리라는 걸 알고 있었기 때문이다. 물론 장소와 사람에 대한 이런 새로운 우정은 옛 우정의 망각을 바탕으로 짜인다. 하지만 내가 영원히 사람들과 헤어져 그들에 대한 추억마저 잊어버리는 그런 삶의 전망을 별 두려움 없이 예상할 수 있다고 생각한 것은 바로 내 이성이었고, 또 이 이성이 나를 위로하려는 듯 내 마음에 망각의 약속을 제공했지만 그것은 오히려 절망감만을 부추겼다. 이별이 드디어 완성될 때, 우리 마음은 습관이 가져다주는 진정 효과를 틀림없이 느낄 테지만, 그때까지는 계속 괴로워하리라. 또 우리가 사랑하고, 우리가 오늘 가장 소중한 기쁨을 느끼는 이들에 대해, 그들의 모습도 보지 못하고 대화를 나눌 기회도 박탈당할지 모른다는 미래에 대한 두려움, 이런 결핍에서 연유하는 고통에, 현재 우리에게 보다 잔인하게 느껴지는 고통, 즉 우리가 현재 느끼는 고통은 더 이상 고통으로 느껴지지 않으며 또 그 고통에 무관심해지리라는 생각이 덧붙으면서, 이 두려움은 사라지기는커녕 점점 더 커져 간다. 왜냐하면 그때 가면 우리 자아는 변할 것이며, 더 이상 우리 주위에는 우리 부모님이나 정부, 친구들의 매력도 존재하지 않을 뿐만 아니라 그들에 대한 우리 애정도 변할 것이기 때문이다. 현재 우리 마음에서 중요한 부분을 차지하는 애정도 그때 가면 우리 마음에서 송두리째 뽑혀 나가, 현재는 끔찍하게만 생각될 그들과 헤어진 삶을 오히려 즐겁게 받아들일 것이다. 그러므로 이것은 우리 자신의 진정한 죽음이다. 물론 이 죽음 뒤에는 부활이 따르겠지만, 이 부활은 다른 자아로의 부활이므로 이미 죽음을 선고받은 옛 자아의 부분들은 이 새로운 자아를 사랑하는 데 절대 도달할 수 없다. 놀라서 거부하는 것은 — 방 크기나 분위기에 대한 막연한 애착 같은 아주 사소한 요소라 할지라도 — 바로 이런 옛 자아의 부분들이며, 우리는 이런 거부의 몸짓에서, 죽음에 대한 우리의 은밀하고도 부분적이며 명백하고도 진정한 저항을, 단편적이고 연속적인 죽음에 대한 절망적이고도 일상적인 긴 저항을 인식해야 한다. 우리 모든 삶의 여정 속에 슬그머니 끼어든 이 죽음은 매 순간 우리로부터 우리 자신의 조각들을 떨어져 나가게 하지만, 그 죽어 가는 조각들 위에는 새로운 세포들이 증식한다. 그리고 나처럼 예민한 사람이 — 다시 말하면 그 중개자인 신경조직이 제 기능을 하지 못하여 곧 사라져 갈 자아의 가장 보잘것없는 요소로부터 나오는 신음 소리를 의식에 이르는 도중에 막지 못하고, 반대로 피로에 지친 무한히 고통스러운 신음 소리만 뚜렷이 들리도록 내버려 두는 — 지나치게 높아 낯설기만 한 천장 아래서 느끼는 이 불안한 공포감은, 내 몸속에 아직 남아 있는 그 낮고도 친숙한 천장에 대한 우정의 항변이었다. 아마도 언젠가는 이런 우정도 사라지고, 다른 우정이 대신 그 자리를 차지하리라.(그때 죽음이, 그리고 다음에는 새로운 삶이, '습관'이라는 이름으로 그 이중 작업을 수행할 것이다.) 그러나 이 우정은 자신이 완전히 소멸될 때까지 매일 저녁 괴로워할 것이며, 특히 이 첫날 저녁에는 이미 실현된 미래 앞에서 자신이 있을 자리를 발견하지 못한 채 저항했고, 상처를 받으면서도 딴 데로 돌릴 수 없었던 내 시선이 그 접근하기 어려운 천장에 닿을 때마다, 비명을 지르며 내 가슴을 찢어 놓았다.

그러나 다음 날 아침! ─ 종업원이 나를 깨우러 오고 더운 물을 가져다준 후 세수를 하고 나서 필요한 물건을 찾으려고 아무리 애를 써 봐야 소용없을 정도로 뒤죽박죽인 가방에서 아무짝에도 쓸모없는 물건만 꺼내는 동안, 벌써 점심 식사와 산책의 즐거움을 생각하면서, 또 방 창문과 책장 모든 유리문을 통해 마치 선실의 둥근 유리창을 통해 보듯 그 황량하고도 그늘 없는 바다, 그렇지만 바다 넓이 절반에 가느다랗고 움직이는 선 하나로 그어진 부분이 그늘져 보이는 바다를 보면서, 또 점프대 위에 올라간 사람들마냥 파도가 잇따라 솟아오르는 모습을 시선으로 좇으면서 난 얼마나 큰 기쁨을 느꼈던가! 그리고 매번 호텔 이름이 쓰인 빳빳하게 풀 먹인 수건을 손에 들고 얼굴을 닦아 보려 하지만 잘 닦이지 않을 때마다, 난 창문으로 다가가 그 광대하고도 눈부신 산악 지대의 서커스로, 여기저기 갈고닦은 반투명 에메랄드 광석이 물결치는 눈 덮인 산꼭대기로 시선을 던졌는데, 물결은 잔잔하면서도 세차게 잔뜩 찌푸린 사자의 형상을 만들어 내며 위로 높이 치솟아올랐다 이내 부서지며 흘러내렸고, 태양은 그 경사진 면에 얼굴 없는 익명의 미소를 덧붙였다. 마치 승합마차 차창에 기대어, 보고 싶은 산맥이 밤사이에 가까워졌는지 혹은 지나쳐 버렸는지를 확인하려고 하다 잠들어 버리는 나그네처럼 매일 아침 나는 창문에 기대었는데 ─ 이 창문에서 바다의 언덕은 뒤로 물러났다 춤을 추며 우리 쪽으로 다가왔으며 멀리서 보이는 첫 파동은 토스카나의 프리미티프* 그림 배경에 나오는 빙하처럼 투명하고도 어렴풋하며 푸르스름한 원경 속에 비치는 모래사장 맨 끝머리에 지나지 않았다. 때로는 태양이 내 바로 옆 초록빛 물결 위에서 웃고 있었는데, 그 초록빛은 땅의 물기보다는 오히려 빛의 액체 같은 유동성을 머금은 듯, 알프스 산 초원에(태양이 거인처럼 여기저기 드러누웠다 즐거운 듯 불규칙하게 껑충껑충 뛰면서 비탈길을 내려오는 산에) 보존된 초록빛처럼 그렇게도 부드러웠다. 게다가 바닷가와 물결이 빛을 통과하고 축적하기 위해 나머지 다른 요소들 한복판에 파 놓은 이 빈틈 사이로 우리 눈이 좇는 것도 빛이요, 빛이 오는 방향에 따라 바다의 높낮이를 바꾸고 위치를 정하는 것도 바로 빛이었다. 조명의 다양성은 여행 중 우리가 오랫동안 실제로 답사하는 거리와 마찬가지로 장소의 방향을 바꾸기도 하고, 또 우리 앞에 새로운 목표를 설정하고는 도달하고 싶은 욕망을 일으키기도 한다. 태양이 호텔 뒤쪽에서 솟아올라 내 앞에 모래톱을 드러내며 바다의 첫 번째 지맥까지 조명하는 아침

---

* 『잃어버린 시간을 찾아서』 2권 345쪽 주석 참조.

이면 바다의 또 다른 사면이 나타나는 듯했고, 또 구불구불한 빛의 길을 걸어가면서 시간의 기복에 따른 풍경 가운데 가장 아름다운 경치를 가로질러 부동의 다채로운 여행을 계속하도록 부추기는 듯했다. 그리고 이 첫날 아침부터 태양은 내게 미소를 머금은 손가락으로 멀리, 어떤 지도에도 이름이 없는 바다의 그 푸른 꼭대기들을 가리켰고, 물마루와 눈사태로 울려 퍼지는 혼돈의 표면에서 최상의 산책으로 얼이 빠진 태양은, 바람을 피하려고 내 방에 들어와 흐트러진 침대 위에서 휴식을 취하며 젖은 세면대와 열린 가방 안으로 풍요로운 빛을 뿌려 놓아, 바로 그 찬란함과 어울리지 않는 사치로 무질서의 인상을 더했다. 아! 슬프게도, 한 시간 후에는 커다란 식당에서 ── 우리는 점심 식사를 하며 레몬을 담은 가죽 호리병에서 금빛 레몬즙을 몇 방울 가자미 위에 뿌렸지만, 이내 접시에는 깃털처럼 꼬불꼬불한, 고대의 키타라*마냥 울리는 생선 가시만이 남았다. ── 투명하지만 닫혀 있어 활력적인 바닷바람을 느끼지 못해 할머니에게 잔인하게만 보였던 유리창은 진열창처럼 환히 보이는 바닷가와 우리를 갈라놓았고, 그 안으로 하늘 전체가 다 들어와 하늘의 푸른빛은 유리창 빛깔로, 하늘의 흰 구름은 유리의 흠집으로 보였다. 나는 보들레르가 말하는 "방파제에 앉아 있는 듯", 또는 "규방" 깊숙이 있는 듯 느껴져 그의 "바다에 빛나는 태양이"** ── 떨리는 황금빛 화살처럼

---

* 고대 그리스의 현악기를 말한다.
** "방파제에 앉아 있는 듯"이란 구절은 보들레르의 산문시 「항구」에 나오며, "규방"과 "바다에 빛나는 태양"은 『악의 꽃』 중 「가을의 노래」에 나온다.

단조롭고도 표면적인 저녁 광선과는 아주 다른 — 바로 이 순간 바다를 토파즈마냥 태우고 맥주처럼 발효시켜 금빛 우유로 만들고, 또는 우유마냥 거품 일게 하는 이런 태양이 아니었을까 하고 자문해 보았다. 한편 여기저기서 이따금 커다란 푸른빛 그림자가 떠돌아다녔는데, 마치 어느 신(神)이 하늘에서 거울을 움직이고 이동하면서 즐거워하는 듯했다. 이런 발베크 식당이 건너편 집에 면한 콩브레 '식당'과 다른 점은, 단지 수영장 물처럼 아무것으로도 가려 있지 않고 초록빛 태양으로 가득하며, 몇 미터 떨어진 곳에 만조와 한낮의 햇볕이 천상의 도시 앞에서처럼 에메랄드와 황금의 파괴할 수 없는, 그러나 움직이는 성벽을 세우는 그런 겉모습에만 있는 것은 아니었다. 콩브레에서는 누구나 우리를 알고 있어 나는 어느 누구에게도 신경을 쓰지 않았다. 그러나 해수욕장 생활에는 이웃이란 게 존재하지 않는다. 나는 아직 젊었고, 그래서 다른 사람 마음에 들고 싶었으며, 그들을 소유하고 싶은 욕망을 단념하기에는 지나치게 감수성이 풍부했다. 내게는 식당에서 식사하는 사람들이나 방파제 위를 걸어가는 젊은이들과 소녀들에 대해 사교계 인사가 느낄 법한 고상한 무관심은 없었으며, 그들과 함께 소풍을 갈 수 없다는 게 괴로웠다. 그러나 다른 한편으로는 사교계 예절은 무시하고 내 건강만 중시하는 할머니께서 혹시 그들에게 나를 산책 동반자로 받아들여 달라며, 내게는 굴욕적인 부탁을 할지도 모른다는 생각이 들자 훨씬 괴로움이 덜했다. 그들은 내가 알지 못하는 어느 별장 쪽으로 들어가기도 하고, 테니스장에 가려고 손에 라켓을 들고 별장에서 나오기도 하고, 또는 말에 올라타 그 말발굽으로 내 가슴을 짓밟기도 했는데, 나는 이런 그들을 열정적인 호기심을 가지고 바라보았고, 사회적 비율이 달라진 이 바닷가의 눈부신 조명 아래서 나는 그들의 모든 움직임을, 그토록 많은 빛이 들어오는 그 커다란 유리창의 투명함을 통해 좇았다. 그러나 유리창은 바람을 가로막았고, 할머니 의견에 따르면 그것이 바로 유리창의 결점이었다. 내가 한 시간 동안이나 바깥 공기의 혜택을 받지 못한다고 생각한 할머니가 인내심을 잃고 슬그머니 창문 하나를 열자 단번에 메뉴와 신문, 식사하던 사람들의 머리 베일과 모자가 모두 날아가 버렸다. 천국의 숨결에 기운을 얻은 할머니는 욕설이 난무하는 와중에도 마치 성녀 블랑딘*처럼 침착하게 미소를 지었고, 이런 모습이 나의 고립과 슬픔의 느낌을 더욱 가중하는 가운데, 헝클어진 머리 때문에 분노한 그 건방진 관광객들을 우리에 맞서 결집시켰다.

보통은 부자들과 국제적인 인사들로 구성된 이런 사치스러운 호텔 투숙객들에게 어느 정도 발베크의 지방 색채를 부여하는 것은, 투숙객 중 일부가 바로 프랑스 내 이곳 주요 행정구역의 저명인사들로 구성되었다는 점인데, 캉의 법원장과 셰르부르의 변호사협회 회장, 르망의 대공증인 같은 이들은,**

---

* 177년에 고문을 당한 블랑딘(Blandine) 성녀의 고요함과 경건함은 전설적인 것으로 알려져 있다.
** 캉은 프랑스 바스노르망디주, 칼바도스의 도청 소재지이며, 셰르부르는 같은 주 북쪽 끝에 위치한 항구 도시로 비가 많이 온다. 르망은 페이드라루아르주에 위치하며 자동차 경주 대회로 유명하다.

한 해 동안 전쟁터의 저격병이나 체커 게임의 말처럼 흩어져 있다가 바캉스 철이 되면 이 호텔로 몰려들었다. 그들은 해마다 같은 방을 차지하고 귀족인 척하는 아내들과 함께 작은 그룹을 이루었고, 거기에 파리 유명 변호사나 의사 들이 합류했으며, 파리에서 온 사람들은 출발하는 날 이렇게 말했다.

"아! 그렇군요. 당신들은 우리와 같은 기차를 타지 않는군요. 점심 식사 전에 집에 돌아갈 수 있다니 특권층이시네요."

"특권층이라니요? 당신들은 수도이자 대도시인 파리에 사시면서요. 우리는 겨우 인구 10만 명밖에 안 되는 작은 도청 소재지에 사는걸요. 아니, 최근 조사로는 12만 명이라고는 하더군요. 그래도 250만이나 되는 당신네에 비하면, 또 아스팔트며 파리 사회의 모든 광채를 되찾게 될 당신네에 비하면 아무것도 아니지요."

그들은 파리(Paris)의 '리(ri)'를 시골 사람처럼 굴려서 발음했지만, 거기에는 쓸쓸함 같은 건 조금도 배어 있지 않았다. 왜냐하면 그들은 그 지방 명사였고, 다른 사람들처럼 파리에 갈 수도 있었지만 ― 캉 법원장은 파리 대법원 판사로 여러 번 추천받은 적이 있다. ― 자기가 사는 도시를 사랑해서, 또는 이름 없이 살고 싶어서, 또는 명예욕 때문에, 아니면 단지 보수적인 성향 탓에 성관(城館)에 사는 사람들과 이웃으로 지내기를 더 좋아해서 그곳에 남아 있는 편을 선호했기 때문이다. 게다가 그들 중 몇몇은 곧바로 그들 도청 소재지로 돌아가지 않았다.

왜냐하면 ― 발베크 만(灣)은 대우주 한복판에 있는 별도의 소우주로서 계절을 담은 바구니에는 날씨가 다양한 날들과 연이은 달들이 원처럼 모여 있어, 리브벨*이 보이면 소나기가 온다는 전조였지만, 발베크가 캄캄할 때에도 집들 사이로 햇빛이 비치는 걸 볼 수 있었고, 또 추위가 닥쳐도 이쪽 다른 해안에서는 아직도 이삼 개월 동안 더위가 계속될 거라고 확신했으므로 — 바캉스를 늦게 시작하거나 바캉스가 긴 그랜드 호텔의 고객들은 가을이 가까워 오면, 곧 도착할 비와 안개를 염두에 두어 가방을 작은 배에 싣고 여름을 보내러 리브벨 또는 코스트도르로 갔기 때문이다. 발베크 호텔의 이 작은 그룹은 새로운 손님이 도착할 때마다 경계하는 표정으로 바라보며 아무 관심도 없는 척하다가 그 손님에 대해 나중에 그들의 친구인 식당 책임자 에메에게 물어보았다. 해마다 그곳에 와서 여름 한철 일하고 그들의 식탁을 잡아 두는 이가 언제나 같은 에메였기 때문이다. 그래서 그들 부인들은 에메의 아내가 아기를 기다린다는 것을 알고는, 식사 후 각자 갓난아기 옷을 만들었는데, 그러면서도 손안경 너머로 우리를 경멸하듯 위아래로 훑어보는 걸 멈추지 않았다. 할머니와 내가 삶은 달걀을 샐러드에 넣어 먹었기 때문인데, 이는 알랑송**의 상류사회에서는 하지 않는 저속한 행동으로 취급되었다. 그들은 사람들이 "폐하"라고 부르는 한 프랑스인에 대해서도 경멸하듯 냉소적인 태도를 취하는 척했는데 그자는 스스로를 야만인들

---

* 리브벨은 노르망디 해변 도시 카부르 근처의 리바벨라를 연상시킨다고 지적된다.(『소녀들』, 폴리오, 542쪽 참조.)
** 바스노르망디주 오른 데파르트망의 도청 소재지이다.

이 사는 오세아니아 주 한 작은 섬의 왕이라고 칭했다.* 그는 얼굴이 예쁜 정부와 호텔에 투숙했고, 정부는 해수욕을 하러 갈 때마다 지나는 길에 50상팀짜리 동전을 비처럼 뿌렸으므로 아이들은 그녀에게 "여왕 만세."라고 외쳤다. 법원장과 변호사 회장은 그 여자를 거들떠보지도 않는 척했고 친구들 중 누군가가 그녀를 처다보기라도 하면, 그녀가 직공 아가씨라는 걸 가르쳐 주어야 한다고 생각했다.

"그래도 저 두 사람이 오스탕드**에서 왕실용 탈의실을 사용한 건 확실하다고 하던데요."

"당연히 그랬겠죠. 20프랑이면 빌려 주니까요. 당신도 원하면 얼마든지 그럴 수 있어요. 저 사람이 왕에게 뵙기를 청하자, 왕이 저런 꼭두각시 군주는 알 필요가 없다고 말씀하셨다고 하더군요."

"아! 그래요, 정말 재미있는 이야기네요! 세상에는 이상한 사람들도 많으니까……!"

아마도 이 모든 이야기는 사실이었을지도 모른다. 그러나 법원장과 변호사 회장과 공증인이, 그들이 카니발이라고 부르는 무리가 지나갈 때면 무척이나 기분 나빠하며 큰 소리로 분개한 것은 그들 자신이 대다수 군중의 눈에는 돈을 아낌없

---

* 백만장자인 제당 업자의 아들 자크 르오디(Jacques Lehaudy)에 대한 암시로, 그는 자신을 사하라 사막의 황제라고 칭하며 여러 사람에게 귀족 칭호를 나누어 주었고, 여가수 마르그리트 델리에(Marguerite Dellier)를 여황제로 칭했다.(『소녀들』, 폴리오, 543쪽 참조.)
** 벨기에의 해수욕장이자 항구이다.

이 써 대는, 왕이나 왕비도 알지 못하는 평범한 부르주아에 지나지 않는다는 사실을 거북하게 여겼기 때문이다. 이 점을 간파한 그들 친구인 식당 책임자는 진짜 군주보다는 인심이 후한 군주에게 더 상냥한 얼굴을 지어야 한다는 걸 잘 알았으므로 군주의 주문을 받으면서도 멀리서 옛 고객에게 의미 있는 윙크를 보냈다. 또한 어쩌면 그들이 '우아하지' 않다고 잘못 알려졌다는 점과 더구나 '멋쟁이 신사'에게 그들이 우아하다는 점을 설명할 수 없기 때문인지도 몰랐다. '멋쟁이 신사'란 대기업가의 아들로 폐병 환자이며 백수인 한 건방지고 우아한 젊은이에게 그들이 붙여 준 이름으로, 그는 날마다 새 재킷을 걸치고 단춧구멍에 난초 꽃을 꽂고, 샴페인을 곁들인 점심을 먹으며, 창백하고도 무표정한 얼굴로 입술에 무심한 미소를 지으면서 카지노의 바카라* 게임에 막대한 돈을 걸러 갔다. 공증인은 뭔가 아는 듯한 표정으로 "달리 돈을 낭비할 방법이 없으니까요." 하고 법원장에게 말했다. 법원장 부인은 확실한 소식통에게서 들었다며 이 '퇴폐적인' 젊은이가 부모를 슬픔으로 죽게 했다고 말했다.**

　한편 변호사 회장과 친구들은 작위를 가진 어느 부유한 노부인에 대해 야유를 멈추지 않았는데, 그 노부인이 언제나 하

---

* 바카라는 이탈리아 말로 '영'을 의미하며 16세기 초 유럽 귀족들이 시작한 전통 있는 카지노 게임이다.
** 이 문단에서 말하는 인물은 나중에 '옥타브'로 밝혀진다. 아마도 작가이자 영화감독인 장 콕토(Jean Cocteau, 1889~1963)에게서 부분적으로 영감을 받은 것처럼 보인다.(『소녀들』, 폴리오, 543쪽 참조.)

인을 있는 대로 거느리고 다녔기 때문이다. 공증인 부인과 법원장 부인은 식사 시간 식당에서 노부인을 만날 때마다 무례하게도 그들의 손안경을 들고 아주 세밀하게 경계하는 눈초리로 살펴보았다. 마치 화려한 이름이 붙어 있으나 수상쩍게 생긴 음식을 체계적으로 관찰한 뒤 결과가 마음에 안 들어 거리감을 두고 구역질 난다는 듯 찌푸리며 멀리하는 것처럼 말이다.

아마도 그녀들은 그저 그렇게 하면서 자신들에게 뭔가 결핍되었다 할지라도 — 노부인이 가진 어떤 종류의 특권이나 노부인과 교제하는 일 같은 — 그건 그녀들이 가질 수 없어서가 아니라 가지기를 원치 않기 때문이라는 걸 보여 주고 싶었는지도 모른다. 그리고 결국에는 자신들도 가지고 싶어 하지 않는다고 확신했다. 그리하여 그녀들은 자신들이 알지 못하는 삶의 형태에 대한 욕망이나 호기심, 새로운 존재의 마음에 들고 싶어 하는 희망을 모두 제거하고 대신 그 자리에 가장된 경멸이나 작위적인 쾌활함을 채워 넣었는데, 이러한 제거는 만족감의 표지 뒤에 불쾌감을 느껴야 한다는, 또 자신에게 끊임없이 거짓말을 해야 한다는 불편함을 초래했으며, 바로 이런 두 조건이 그녀들을 불행하게 만들었다. 그러나 이 호텔에 있는 사람들은 아마도 형태는 다르지만 모두 같은 방식으로 행동한다고 할 수 있었는데, 그들은 자존심 때문에, 또는 적어도 어떤 교육 원칙이나 지적인 습관을 위해 미지의 삶에 참여한다는 그 감미로운 불안감을 희생했다. 노부인이 고립된 그 소우주는, 공증인 부인과 법원장 부인이 화가 나서 야유하는 그룹처럼 그렇게 악의적인 원한으로 오염되어 있지 않았다. 그 소우주는 오히려 섬세하고도 고풍스러운 향기, 하지만 그만큼 인위적인 향기를 풍겼다. 사실 노부인은 새로운 존재에 대해 뭔가 신비스러운 호감을 발견하고, 그 존재를 유혹하고 또 그로 인해 스스로 젊어지고자 애쓰는 일에 매력을 느꼈으며, 자기 세계의 사람들하고만 교제하는 즐거움이나, 자기 세계가 최고이며, 잘못된 정보로 인한 타인의 멸시는 무시해도 된다는 즐거움 따위에는 이미 매력을 느끼지 않고 있었다. 아마도 그녀는 만약 자신이 익명의 존재로 발베크 호텔에 도착했다면, 검정 모직 옷에 유행이 지난 모자를 쓴 모습이 어느 건달의 웃음을 자아내, 그 건달이 앉은 '흔들의자'로부터 "참 궁상맞군!"이라는 말을 나오게 했을지도 모르며, 상대방이 후추와 소금을 구레나룻 사이에 묻힌 법원장처럼 그녀가 좋아하는 상쾌한 얼굴과 재치 있는 눈길의 주요 인사라면, 부부 공동의 손안경을 얼른 집어 들고 그 기이한 현상의 출현을 확대경으로 비춰 보게 했을지도 모른다고 생각했다. 또 어쩌면 이 첫 번째 순간이 짧다는 걸 알면서도 그래도 두렵기만 한 순간에 대한 무의식적인 불안감으로 — 물속에 처음 머리를 집어넣을 때처럼 — 부인은 자신의 신분과 습관을 호텔에 알려 주기 위해 하인을 미리 보내고서도 지배인의 인사를 아주 짧게 끊고, 자만심보다는 소심함이 엿보이는 태도로 자기 방에 곧장 들어가서는, 창문에 걸린 커튼을 자기가 가져온 병풍과 사진으로 바꾸고, 적응해야만 하는 외부 세계와 자기 사이에, 습관의 칸막이를 아주 효과적으로 배치함으로써 여행을 온 것이 그녀 자신이라기보다는 오히려 그녀가 머무는 자기 집이라는 느낌을 주었는지도 모른다.

그리하여 한쪽에는 노부인이, 다른 한쪽에는 호텔 종업원들과 거래 상인들이, 그리고 이들 사이에 노부인의 하인들이 있었다. 하인들은 그들의 여주인 대신 새로운 사람들과 접촉했고, 그녀 주위에 친숙한 분위기가 유지되도록 하면서 그녀와 해수욕객들 사이에 그녀의 선입관을 그대로 적용했으므로, 그 부인은 자기 친구들이라면 집에 초대하지도 않았을 사람들의 마음을 얻기 위해 조금도 신경 쓰지 않았고, 계속해서 자기만의 세계에서, 친구들과의 서신 왕래나 추억, 자신의 신분, 품위 있는 태도, 예절 능력을 마음속으로만 의식하면서 나날을 보냈다. 매일 노부인이 사륜마차로 산책하려고 내려올 때면 볼 수 있는, 부인의 소지품을 들고 뒤따르는 하녀와 그녀 앞에서 걸어가는 하인의 모습은, 마치 이국 땅 한가운데 있는 자기 나라 색깔로 장식된 대사관 문전에서 치외법권의 특권을 보증하는 보초병과도 흡사했다. 우리가 도착한 날 노부인은 오후 늦게까지 자기 방에서 나오지 않았으므로 우리는 식당에서 부인을 보지 못했다. 새로 온 손님이었으므로 지배인은 점심시간에 우리를 자신의 보호 아래 식당으로 데리고 들어갔는데, 이런 지배인의 모습은 마치 군복을 입히려고 신병을 의류 담당 하사에게 데려가는 장교와도 비슷했다. 노부인을 보는 대신, 우리는 잠시 후 한 시골 신사와 딸이 들어오는 모습을 보았다. 별로 이름난 가문은 아니었지만, 그들은 브르타뉴의 아주 오랜 가문 출신으로, 스테르마리아 씨와 그 따님이었다. 지배인은 저녁에야 돌아올 줄 알고 그들의 식탁을 우리에게 대신 내주었던 것이다. 그들은 이웃으로 알고 지내는 성의 주인을 만나려고 발베크에 왔던 참이라, 외부에서 받는 초대와 답례 방문 사이에 꼭 필요한 경우에만 호텔 식당에 들렀다. 그들의 거만한 태도는 주위에 앉은 모르는 사람들에게 어떤 인간적인 감정이나 관심을 전혀 갖지 못하게 했으며, 특히 그중에서도 스테르마리아 씨는 냉정하고 성급하고 쌀쌀맞고 거칠고 까다롭고 악의적인 표정을 짓고 있어, 마치 기차역 구내식당에서 마주치기는 하지만 전에 만난 적이 없으며 앞으로도 결코 만날 일 없는 여행자, 또는 찬 닭고기 음식과 객실 구석 자리만으로 다투는 관계 외에는 다른 어떤 관계도 맺지 않을 그런 사람처럼 보였다. 식사를 막 시작했을 때, 누군가가 달려와서 금방 도착한 스테르마리아 씨의 명령이라며 우리에게 자리에서 일어나 달라고 했는데, 그는 우리에게 미안하다는 말은 한 마디도 하지 않은 채, 큰 소리로 식당 책임자에게 차후에는 이와 같은 실수가 되풀이되지 않도록 주의하라고 당부했다. '자기가 알지 못하는 사람들'이 자기 식탁을 차지했다는 게 불쾌했던 것이다.

그리고 물론 한 여배우(오데옹 극장에서 맡았던 몇몇 배역보다는 우아함과 재치, 훌륭한 독일 도자기 수집품 때문에 더 많이 알려진)와 그녀 덕분에 많은 교양을 쌓았다는 아주 부유한 젊은이인 그녀 애인과 평판 좋은 귀족 출신인 두 젊은이는 — 이들 넷은 짝을 지어 따로 생활하면서 함께 여행을 하고, 발베크에서도 모든 사람이 점심 식사를 끝낼 무렵 아주 늦게 식사를 했으며, 낮에는 자기들 방에서 트럼프 놀이를 하며 지냈다. ─ 어떤 악의적인 감정도 표현하지 않고, 몇몇 재치 있는 대화 형태나, 세련된 미식가 취향을 만족시키기 위한 까다로운 요구만을 드러냈는데, 이런 취향 때문에 그들은 자기들끼리 함께 생활하고 함께 식사하는 데에서만 즐거움을 느꼈으며, 거기에 입문하지 못한 사람들과의 공동생활은 견디지 못했다. 음식이 차려진 테이블, 또는 트럼프 놀이를 하는 테이블 앞에서 그들 각자는 맞은편에 앉은 손님이나 상대방 마음속에, 파리의 많은 저택들에 진짜 '중세'니 '르네상스' 시대 것이니 하며 장식하는 싸구려 물건들을 식별하는 지식과, 모든 물건에 대해 좋고 나쁜 것을 구별하기 위한 그들 공통 기준이 활용되지 않고 그냥 유보된 채로 간직되어 있다는 사실을 알고서야 마음을 놓았다. 어쩌면 그런 순간에 식사나 놀이의 침묵 속에서, 어쩌다 드물게 던져지는 익살스러운 감탄사나, 젊은 여배우가 점심을 먹기 위해 혹은 포커를 하기 위해 입은 멋진 새 드레스만으로도 특별한 삶이 드러났으므로, 그들은 도처에서 그런 삶 속에 빠져들고 싶었는지도 모른다. 게다가 그들이 속속들이 아는 습관으로 그처럼 감싸이면, 그 특별한 삶은 주변 삶의 신비로부터 그들을 지켜 주기에 충분했다. 긴 오후 동안, 그들에게 바다는 그저 부유한 독신자 방에 걸린 상쾌한 색조 그림처럼 드리운 풍경에 불과했고, 카드놀이를 하던 사람이 놀이 순번 사이에 할 일이 없어 날씨나 시간을 알아보려고, 혹은 나머지 사람들에게 간식 시간을 환기하려고 그쪽으로 시선을 들어 바라보는 대상일 뿐이었다. 그리고 저녁이 되면 그들은 호텔에서 식사를 하지 않았는데, 그 시간 호텔 안에는 전기 불빛이 넘쳐흘러 식당은 거대하고 경이로운 수족관이 되었고, 그 유리 벽 앞에서 어둠에 가려 눈에 보이지 않는 발베크 일꾼들이나 어부들, 또 프티부르주아 가족들이 유리에 코를 대고, 가난한 사람들에게는 낯선 물고기나 연체동물의 삶만큼이나 경이로운 식당 안 사람들의 사치스러운 삶이 금빛 소용돌이 속에서 느릿느릿 흔들거리는 모습을 바라보았다.(유리 벽이 그 경이로운 동물들의 잔치를 언제까지 보호해 줄 수 있을지, 또 어둠 속에서 탐욕스럽게 구경하던 그 신분 낮은 사람들이 어느 날 수족관 안으로 들어와 그들을 잡아먹을지를 아는 것은 중요한 사회문제다.) 그동안 어둠 속에 섞여 멈춰 선 군중 가운데는 어쩌면 작가나 인간-어류학의 애호가가 있어, 늙은 암컷 괴물의 턱이 한 조각 먹이를 꿀떡 삼켰다가 닫히는 모습을 구경하면서 이 괴물들을 인종이나 선천적 성질에 따라 분류하거나, 또한 이를테면 어느 세르비아 태생 노부인이 그러하듯, 바다에 사는 거대 물고기 같은 턱이 있는데도 어린 시절부터 포부르생제르맹이라는 귀족 사회의 담수에서 살아 라로슈푸코* 가의 여인처럼 샐러드를 먹는 그런 후천적 성질을 기준으로 그들을 분류하면서 즐겼는지도 몰랐다.

그 시간에는 연미복 차림의 세 남자가 늦게 오는 여배우를 기다리는 모습이 보였다. 곧 여배우는 거의 매일 저녁 새 드레스를 입고, 애인의 특별한 취향에 따라 선택한 스카프를 매고

---

* 프랑스의 유서 깊은 명문 귀족 중 하나로, 특히 17세기 라로슈푸코 공작은 모랄리스트 문학의 최고봉으로 꼽힌다.

는 자기 방이 있는 층에서 '엘리베이터 보이'를 부른 다음, 마치 장난감 상자에서 나오듯 엘리베이터에서 나왔다. 그리고 그들 네 사람은 모두 고급 호텔의 국제적 현상이 발베크에 이식되어 사치를 꽃피우게 했지만 음식은 그렇지 못하다고 생각하여 거기서 약 이 킬로미터 떨어진 곳에 있는, 음식이 맛있다고 소문난 작은 레스토랑으로 마차를 타고 저녁을 먹으러 갔는데, 그곳에서 그들은 음식 메뉴를 정하는 일과 요리법에 대해 요리사와 끝없이 논의했다. 이런 여정 동안 발베크에서 시작되는 그 사과나무로 둘러싸인 도로는 그저 멋지고 작은 식당에 가기 위해 통과해야 하는 거리에 지나지 않았고 — 밤의 어둠 속에서는 파리에 있는 그들 집으로부터 앙글레 카페 또는 투르다르장 레스토랑까지 가는 길과 별로 구별되지 않는* — 한편 부유하고 젊은 친구들은 그처럼 옷을 잘 입은 애인을 둔 그를 부러워했다. 애인이 쓴 스카프는 이 작은 사회 앞에 향기롭고도 부드러운 베일처럼 드리웠지만 이 사회를 세상 사람들로부터 격리했다.

불행하게도 내 마음의 평온함으로 말하자면 나는 이 모든 사람들과 동떨어져 있었다. 나는 그들 가운데 여러 사람에게 신경을 썼다. 그 가운데서도 오목한 이마에 편견과 교육의 눈가리개 사이로 멍한 시선을 던지고 있는 남자에게 나란 존재를 알리고 싶었는데, 그는 다름 아닌 이 지역 대영주이자 르그

---

* 앙글레 카페는 파리에서 당시 유명했던 레스토랑이며(『잃어버린 시간을 찾아서』 3권 110쪽 주석 참조.) 투르다르장은 오늘날까지도 유명한 레스토랑이다.

랑댕의 매제로, 가끔 발베크에 찾아와서는 가든파티를 베푸는 탓에 일요일이면 호텔 손님을 눈에 띄게 줄게 만드는 사람이었다. 손님들 중 한두 명이 연회에 초대를 받았고, 또 초대받지 못한 사람들은 초대받지 못한 사실을 다른 사람에게 보이지 않으려고 그날 먼 곳으로 소풍을 갔기 때문이다. 게다가 이 호텔에 처음 등장한 날 그는 푸대접을 받았는데, 지중해 연안에서 최근 상륙한 호텔 직원이 그가 누구인지 알아보지 못했기 때문이다. 하얀 플란넬 정장도 입지 않았을 뿐만 아니라, 프랑스의 예스러운 태도와 고급 호텔 생활에 대한 무지로, 그가 부인들이 있는 로비에 들어서면서 문에서부터 모자를 벗자, 지배인은 이런 그를 보고 가장 비천한 계층 사람이라고 평가하고는, 자신이 '평범한 집안 출신' 사람이라고 부르는 부류에 포함하면서, 그에게 답례하기 위해 모자에 손도 대지 않았던 것이다. 다만 공증인의 아내만이 온갖 점잔은 다 빼면서도 어딘지 속된 모습을 풍기는 이 신사에게 마음이 끌렸고, 르망 상류사회의 비밀을 송두리째 아는 사람으로서 정확한 판단과 확고한 권위를 토대로 이 새로 온 사람이 아주 신분 높고 훌륭한 교육을 받았으며, 발베크에서 만나는 다른 사람들과는 뚜렷이 대조를 이룬다는 느낌을 받았으나, 자신이 현재 교제하지 않는 이상 교제할 수 없는 분으로 판단한다고 단언했다. 르그랑댕의 매제에 대한 이런 호의적인 평가는 어쩌면 남을 두렵게 하는 점이 전혀 없는 그의 개성 없는 외모에서 연유했는지도 모르며, 어쩌면 성당지기 모습을 한 지주 귀족에게서 그녀 자신의 성직자 지상주의에 부합하는 비밀결사단의 표시를 알아보았기 때문인지도 몰랐다.

날마다 말을 타고 호텔 앞을 지나가는 젊은이들이 최신 유행품을 파는 상점의 고약한 주인 아들로 우리 아버지께서 그들과의 교제를 결코 허락하지 않으리라는 걸 알았다 해도 난 별 상관이 없었다. 이 '해수욕장 생활'은 그들을 내 눈에 반신기마상(半神騎馬像)으로 우뚝 솟아오르게 했으며, 따라서 내가 바랄 수 있는 건 기껏해야 모래밭에 가서 앉으려고 호텔 식당을 나가는 게 고작인 이 불쌍한 소년에게 그들의 시선이 제발 떨어지지 말았으면 하는 것이었다. 나는 오세아니아 주 어느 무인도 왕이었다는 모험가나, 건방진 외모 아래 겁 많고 다정한 영혼이 감춰져 나에게만 애정의 보물을 아낌없이 줄지도 모른다고 상상하곤 했던 그 젊은 폐결핵 환자에게도 나에 대한 호감을 불어넣고 싶었다. 게다가 (보통 여행길에서 알게 된 사이라고 말하는 것과는 달리) 우리가 이따금 다시 찾아가는 바닷가에서 어떤 사람과 함께 있는 걸 남들이 보면 진짜 사교생활에 비할 데 없는 가치를 줄 수 있으므로 해수욕장에서의 우정만큼 파리에 돌아간 후에도 거리를 두지 않고 정성을 다해 유지되는 관계도 찾아보기 힘들다. 나는 이 모든 일시적인 명사 또는 지역 명사들이 나에 대해 가질 의견에 많은 신경을 썼으며, 다른 사람의 입장에 나 자신을 두고 그들의 정신 상태를 다시 생각해 보는 내 성향에 따라 그들의 실제 신분, 이를테면 파리에서 차지했을지도 모르는 지극히 낮은 신분에다 그들을 두지 않고, 그들 스스로가 생각하는 그런 신분에서 그들을 생각했다. 또 사실인즉 발베크에는 공통된 척도가 없었으므로,

이런 척도의 부재가 그들에게 일종의 상대적인 우월성과 특이한 관심을 부여하여, 실제로도 그들을 그렇게 보이게 했다. 아, 슬프게도 이 모든 사람들 중에서도 스테르마리아 씨의 멸시가 내게는 가장 고통스러웠다.

왜냐하면 스테르마리아 씨 딸이 들어왔을 때부터 나는 그녀의 창백하며 거의 푸른빛에 가까운 아름다운 얼굴과 키가 큰 날씬한 몸매와 걸음걸이에서 뭔가 특이한 점을 발견했는데, 그것은 내게 그녀가 받은 유전적 요인과 귀족 교육을 적절하게, 또 내가 그녀 이름을 알았던 만큼 더욱 뚜렷이 떠올려 주었다. 어느 천재 작곡가가 작곡한, 표현이 풍부하면서도 섬광 같은 불꽃이나 강물의 속삭임, 전원의 평화로움을 찬란하게 묘사한 주제가* 대본을 미리 읽어 본 청중에게 그들의 상상력을 올바른 길로 이끌어 주는 것과 마찬가지라 할 수 있다. 스테르마리아 양이 지닌 매력의 근원이라 할 수 있는 '혈통'은 그녀의 매력을 보다 명료하고 완전하게 만들었다. 마치 값이 비싸면 우리 마음에 든 물건의 가치가 더 높아 보이듯이 그녀의 매력도 좀처럼 접근될 수 없음을 알리면서 더욱 욕망을 부추겼다. 유전적인 나무줄기가, 선택된 수액으로 만들어진 그녀의 안색에 이국적인 과일 또는 유명 포도주의 맛을 부여했다.

그런데 어떤 우연한 일 덕분에 나는 할머니와 내가 호텔 모든 투숙객의 눈에 즉각적으로 명예로워지는 방법을 손에 쥐

---

* 바그너의 「니벨룽겐의 반지」에 나오는 마술적인 불꽃과, 그 서곡 「라인의 황금」에 나오는 라인강의 모티프, 또 「탄호이저」에 나오는 젊은 목동의 노래에 대한 암시처럼 보인다.(『소녀들』 2권, GF플라마리옹, 361쪽 참조.)

게 되었다. 사실 노부인은 첫날부터 방에서 내려올 때면 앞장서서 걸어가는 하인과, 방에서 잊고 나온 책과 담요를 가지고 달려오는 하녀 탓에, 사람들의 호기심과 존경심을 자극하며 그들 영혼에 어떤 효과를 자아내고 있었는데, 스테르마리아 씨만큼 그런 효과에 민감한 사람도 없었다. 지배인이 우리 할머니 쪽으로 몸을 기울이며 친절하게도(마치 페르시아 왕이나 라나발로나* 왕비를 이런 강력한 군주와는 아무 관계도 없는, 그저 몇 발짝 안 되는 곳에서 그 모습을 구경하는 데 흥미를 느끼는 어느 비천한 구경꾼에게 알려 준다는듯이) 할머니 귀에다 대고 "빌파리지 후작 부인이랍니다."라고 속삭였다. 그러나 바로 그 순간 노부인은 우리 할머니를 보았고 놀라움과 기쁨의 시선을 감추지 못했다.

아는 사람이라곤 아무도 없는 고장에서, 스테르마리아 양에게 접근하는 데 필요한 어떤 도움도 받지 못하는 이곳에서, 요정들 가운데서도 가장 강력한 요정이 작고 늙은 여자의 모습으로 나타난 이 사건이 얼마나 내게 기쁨을 주었을지는 쉽게 상상할 수 있을 것이다. 아무도 없다는 말은 실질적인 차원에서 한 말이다. 미학적으로 말하면, 인간 유형의 수는 제한되어 있어, 스완이 예전에 그러했듯이 옛 거장들의 그림에서 그들을 찾지 않아도, 우리가 있는 곳이면 어디든지 아는 사람들을 다시 만나는 기쁨을 종종 갖게 된다. 그리하여 발베크

---

* 라나발로나 3세 왕비로 마다가스카르의 왕비였으나, 1897년 프랑스로 통합된 후 폐위되었다.

에 체류하던 첫날부터 나는 르그랑댕과 스완네 문지기와 스완 부인을 만나게 되었는데, 이를테면 르그랑댕은 카페 종업원으로, 스완네 문지기는 두 번 다시 보지 못한 잠시 들른 외국인으로, 그리고 스완 부인은 수영 선생으로 만났다. 또 얼굴과 정신의 몇몇 특징들은 분리되지 않고 일종의 자력(磁力) 같은 것으로 서로를 붙들고 있어, 그 결과 자연이 한 인간을 새로운 육체 안에 집어넣어도 그 인간의 모습은 그렇게 많이 훼손되지 않는 법이다. 카페 종업원으로 변한 르그랑댕은 신장이나 코 옆 모양, 또 턱 일부를 그대로 간직하고 있었다. 남성과 수영 감독이라는 신분으로 변한 스완 부인은 평소의 외모뿐만 아니라 말하는 방식에서도 그 점이 확인됐다. 다만 붉은 허리띠를 두르고 조금만 파도가 일어도 수영 금지 깃발을 들어 올리는 모습이 ─ 수영 감독이란 수영도 거의 할 줄 모르면서 조심성만 많은 사람이다. ─ 예전에 스완이 「모세의 생애」 벽화에 나오는 이드로 딸의 모습 아래서 오데트를 알아보았지만 별 도움이 되지 못했듯이 내게도 별 도움이 되지 않았다.* 한편 이 빌파리지 부인은 실제 인물이었고, 힘을 빼앗긴 마법의 희생물도 아니었으며, 오히려 반대로 내게 백배나 더 되는 힘을 사용할 수 있게 해 주어, 덕분에 나는 마치 전설에 나오는 새의 날개를 타고 날아온 것처럼 ─ 적어도 발베크에서는 ─ 스테르마리아 양과 나를 갈라놓은 그 무한한 사회적 거리를 순식간에 뛰어넘으려 한다고 생각했다.

---

* 『잃어버린 시간을 찾아서』 2권 68~71쪽 참조.

불행하게도 이 세상에는 내 할머니만큼 자기만의 작은 세계에 파묻혀 사는 사람도 없었다. 자신이 그들의 존재조차 알아차리지 못하고 발베크를 떠날 때까지 그 이름조차 기억 못할 그런 사람들의 의견을 내가 중요시하고, 그런 사람들에게 내가 관심을 가졌다는 걸 알았다면, 할머니는 경멸까지는 몰라도 나를 이해하지 못했을 것이다. 빌파리지 후작 부인의 위세가 호텔에서 대단했고 또 우리에 대한 부인의 우정이 스테르마리아 양의 눈에 우리 평판을 높여 줄 거라고 기대했지만, 이런 사람들이 만약 빌파리지 후작 부인과 할머니가 담소하는 모습을 본다면, 그것이 내게 큰 기쁨이 될 거라고는 차마 할머니에게 고백할 용기가 나지 않았다. 그렇지만 할머니 친구는 내게 조금도 귀족 계급에 속한 인물로 보이지 않았다. 내 정신이 그 이름을 주목하기 훨씬 전 아주 어렸을 때부터 집안 사람들이 말하는 걸 들어 온 탓에 그 이름은 이미 내 귀에 매우 친숙했다. 그리고 그녀의 작위는, 자주 사용되지 않는 세례명처럼 기이한 특징만을 덧붙여 주었는데, 이를테면 로드바이런 거리나 그렇게도 서민적이고 비속한 로슈슈아르 거리와 그라몽 거리 같은 곳에서도, 레옹스레노 거리나 이폴리트르바 거리 이상으로 고귀한 것은 눈에 띄지 않는 것과 마찬가지다.* 빌파리지 후작 부인은 내게 그녀 사촌인 막마옹보다 더

---

* 로드바이런과 로슈슈아르와 그라몽 거리는 명문 귀족 이름을 딴 거리이며, 레옹스레노와 이폴리트르바 거리는 건축가 이름을 딴 거리다. 이 중에서도 로슈슈아르는 프랑스의 아주 오래된 가문인데, 그 이름을 딴 거리는 파리 9구 환락가에 위치한다. 거리 이름의 자의성을 지적하는 부분이다.

특별한 세계의 인간으로 생각되지 않았고, 나는 이 막마옹을 그처럼 공화국 대통령이었던 카르노와 구별하지 못했으며, 또 프랑수아즈가 비오 9세의 사진과 함께 샀던 라스파유와도 구별하지 못했다.* 할머니에겐, 여행 중에는 다른 사람과 교제해서는 안 되며, 우리가 사람들을 만나려고 바닷가에 온 게 아니며, 그런 짓은 파리에서도 얼마든지 할 수 있고, 또 그런 사람들은 야외에서, 파도 앞에서 보내야 하는 소중한 시간을 예의범절이나 하찮은 일에 허비하게 만들 뿐이라는 원칙이 있었다. 또 이런 자신의 의견을 모든 사람이 공유한다고 생각하는 편이 편하다고 생각했는지, 아니면 우연히 같은 호텔에서 마주친 옛 친구끼리는 서로 모른 체해도 된다고 생각했는지, 지배인이 빌파리지 부인 이름을 말하는 걸 듣고도 눈을 딴 데로 돌리며 부인을 못 본 척했는데, 한편 빌파리지 부인은 자기를 아는 척하기를 원치 않는 할머니의 태도를 이해한다는 듯 허공만 바라보았다. 부인은 멀어져 갔고, 나는 마치 가까이 다가오는 듯하다가 멈추지 않고 그대로 사라져 버리는 구조선을 바라보는 조난자마냥 홀로 고립된 채 그대로 서 있었다.

부인도 다른 사람과 마찬가지로 식당에서 식사를 했지만 다른 쪽 끝에서 했다. 부인은 호텔에 숙박하는 사람들이나 방문객들 가운데 아는 사람이 하나도 없었고, 캉브르메르 씨도

---

* 파트리스 드 막마옹(Patrice de Mac-Mahon, 1808~1893)과 마리 프랑수아 사디 카르노(Marie François Sadi Carnot, 1837~1894)는 프랑스 제3공화국의 대통령이었다. 교황 비오 9세와 라스파유에 대해서는 『잃어버린 시간을 찾아서』 3권 112쪽 주석 참조.

모르는 것처럼 보였다. 사실 캉브르메르 씨가 아내와 함께 변호사 회장 오찬에 초대를 받아 호텔에 오던 날, 나는 그가 빌파리지 부인에게 인사하지 않는 모습을 목격했는데, 변호사 회장은 귀족인 캉브르메르 씨를 식탁에 맞는 영광에 도취되어 평소 친하게 지내던 친구들을 피하고, 멀리서 그들에게 이 역사적 사건을 암시하려는 듯 윙크를 보내는 걸로 만족했으며, 그래도 이런 암시가 자기 쪽으로 오라는 뜻으로 해석되지 않도록 조금은 신중을 기했다.

"그런데 회장님은 아주 훌륭한 분하고 접촉하시는군요, 자신이 아주 멋진 사람이라고 생각되시겠어요." 하고 법원장 부인이 그날 저녁 말했다.

"멋지다고요? 왜요?" 하고 변호사 회장이 조금은 과장된 놀라움으로 기쁨을 감추면서 물었다. 그러고는 더 이상 감출 수 없다고 생각했는지 이렇게 덧붙였다. "제가 초대한 손님 때문에 그러시나요? 하지만 점심 식사에 친구를 초대하는 게 어째서 멋진 일이죠? 어디서든 식사는 해야 하잖아요!"

"그렇지 않아요, 아주 멋져요! 그분들은 '드 캉브르메르'*니까요, 그렇지 않아요? 전 그분들을 알아보았답니다. 후작 부인이잖아요. 진짜 귀족이죠. 부인 쪽이 귀족인건 아니지만요."

"오! 아주 소박한 여인이랍니다. 매력적인 여인이죠. 전혀

---

* 무슈나 귀족 칭호가 붙을 때는 '드(de)'를 붙이고 이런 존칭이 없을 때는 '드'를 생략한다는 걸 이 부르주아 부인도 예전의 베르뒤랭 부인처럼 모르고 있다. 변호사 회장도 같은 실수를 범한다. (『잃어버린 시간을 찾아서』 2권 141쪽 주석 참조.)

점잖도 빼지 않으시고. 전 부인이 우리 쪽으로 오실 줄 알았어요. 오시라고 눈짓을 했으니까요……. 부인을 그분께 소개해 드렸을 텐데!" 하고 그는 크세르크세스 왕이 에스더에게 했던 "짐이 나라의 절반을 그대에게 준다 할지라도?"*라는 말을 인용하면서 이 제안의 중요성을 가벼운 아이러니로 완화했다.

"아뇨, 우리는 겸손한 바이올렛처럼 숨어 있겠어요."

"잘못 생각하시는 겁니다, 여러 번 말씀드리지만." 일단 위험이 지나갔다는 것을 알자 변호사 회장은 대담해져서는 이렇게 말했다. "그분들이 부인을 잡아먹지는 않을 겁니다. 자, 재미있는 베지크** 게임이나 하러 갈까요?"

"기꺼이 그렇게 하죠. 감히 회장님께 먼저 제안을 드릴 수는 없었답니다. 이제는 후작 부인들하고만 상대하시니까!"

"아, 그렇게 대단한 분들이 아니랍니다. 내일 저녁 그분 댁에서 식사하기로 했는데 저 대신 가시겠어요? 진심이에요. 솔직히 말해 전 이곳에 있는 게 더 좋거든요."

"싫습니다, 싫어요! 절 반동분자라고 처단할 텐데요." 하고 법원장이 자신의 농담에 눈물이 나도록 웃어 대며 외쳤다. "그런데 당신도 페테른***에 초대를 받으셨죠." 하고 그는 공증인을 향해 몸을 돌리며 말했다.

"오! 일요일마다 가기는 가죠. 그래도 남의 눈에 띄지 않게

---

* 라신의 「에스텔」 2막 7장에 나오는 구절이다. 에스더와 크세르크세스 왕에 대해서는 『잃어버린 시간을 찾아서』 1권 113쪽 주석 참조.
** 카드놀이의 일종이다.
*** 캉브르메르 후작의 영지를 말한다.

금방 나온답니다. 하지만 그분들은 변호사 회장님 댁 오찬에는 오셔도 저희 집에는 오시지 않아요."

변호사 회장에게는 정말 유감스럽게도 드 스테르마리아 씨는 그날, 발베크에 없었다. 하지만 변호사 회장은 식당 책임자에게 은밀히 말했다.

"에메, 자네가 드 스테르마리아 씨에게 그분이 이 식당에서 유일한 귀족은 아니라고 말해 주게나, 자네도 오늘 아침 나하고 점심 식사를 함께한 신사를 보지 않았는가? 안 그런가? 콧수염이 작고 군인 같은? 그분이 바로 드 캉브르메르 후작님이시라네."

"정말이십니까? 어쩐지 제게도 그렇게 보이더군요."

"그 사람만이 작위를 가지고 있는 게 아니라는 걸 가르쳐 줄 수 있을 걸세. 꼴좋겠지. 그런 귀족들의 입을 다물게 하는 것도 나쁘지는 않지. 그런데 에메, 내가 한 말은 하고 싶지 않으면 안 해도 되네. 날 위해서 한 말이 아니니까. 게다가 그 작자도 그 점을 잘 안다네."

다음 날 드 스테르마리아 씨는 변호사가 자신의 친구를 위해 변호를 맡았다는 사실을 알고는 직접 인사를 하러 왔다.

"우리 공동의 친구인 '드 캉브르메르'가 우리를 한자리에 모으려 했지만, 마침 날짜가 맞지 않아서, 그만……" 하고 변호사 회장은 말했는데 거짓말쟁이들의 대다수가 그렇듯이, 별 의미가 없어 사람들이 캐지 않을 거라고 상상하며 말하는 세부 사항들이야말로 바로 그 사람의 성격을 폭로하기에 충분하며 (대수롭지 않은 사실에서 우연히 그 세부 사항과 모순된 점이 드러나는) 영원한 불신을 초래하는 요소다.

여느 때와 같았지만 스테르마리아 양의 아버지가 변호사 회장과 담소를 나누려고 자리를 비웠으므로 난 좀 더 쉽게 그녀를 바라볼 수 있었다. 두 팔꿈치를 탁자에 괴고 컵을 양쪽 팔뚝 위로 쳐들 때와 같은 그녀의 독특한 대담함과 늘 아름다운 자태, 금세 사그라지는 메마른 시선, 스스로의 억양으로는 잘 가려지지 않는 목소리 깊숙이에서 느껴지며 내 할머니를 불쾌하게 하는 그 가족 특유의 타고난 냉혹함, 시선이나 억양에서 자신의 생각을 표현하기가 무섭게 다시 되돌아가는 일종의 유전적인 안전장치, 이 모든 것들이 그녀를 바라보는 사람에게 인간적인 호감의 부족과 감수성 결핍, 풍부한 자질의 불충분함을 그녀에게 물려준 혈통에 대해 생각하게 했다. 그렇지만 금세 메말라 버리는 그녀의 눈동자 깊은 곳에서, 난 다른 무엇보다도 관능의 쾌락을 좋아하는 오만한 여인이, 쾌락을 느끼게 하는 남자라면 코미디언이건 어릿광대건 구애받지 않고 그 매력에 이끌려 남편을 버리는 그런 비굴한 온순함 같은 걸 느낄 수 있었다. 또 비본 강의 하얀 수련 꽃 한가운데를 선홍빛으로 물들이던 빛깔과도 흡사한 관능적이고도 싱싱한 분홍빛이 그녀의 창백한 뺨에서 꽃피는 모습을 보았을 때, 그녀가 브르타뉴에서 보낸 시적인 삶을, 습관 때문인지 타고난 품위 때문인지 아니면 가난한 사람에 대한 혐오 때문인지 또는 집안의 인색함 때문인지는 모르겠지만, 그녀가 별 가치를 느끼지 못하는, 그러나 그 몸속에 담고 있는 그런 시적인 삶을 내가 그녀에게 찾으러 간다 해도 쉽게 허락해 줄 것 같은 생각이 들었다. 그녀가 물려받은 나약한 의지는 그 표정에 뭔가 느슨함을 드러냈고, 그 정도 의지로는 어쩌면 유혹에 저항할 힘이 부족한 듯 보였다. 그녀는 식사 때면 어김없이 조금은 유행이 지난 멋 부린 깃털 달린 회색 펠트 모자를 썼는데, 그런 모습이 그녀를 조금은 부드럽게 만들었다. 모자가 그녀의 은빛 어린 분홍빛 안색과 잘 조화를 이루어서가 아니라, 모자를 쓴 모습이 어쩐지 그녀를 초라해 보이게 하여 나와 가까워진 듯 생각되었기 때문이다. 아버지 앞에서는 관례적인 태도를 취하지 않을 수 없지만, 그녀 앞에 있는 사람들을 지각하고 분류하는 데는 아버지와 다른 원칙을 갖고 있어 내게서도 필시 하찮은 사회적 신분을 보지 않고 대신 성별과 나이만을 보는지도 알 수 없는 일이었다. 스테르마리아 씨가 그녀를 두고 혼자 외출한 어느 날, 특히 빌파리지 부인이 우리 식탁에 앉으러 와 내가 대담하게 그녀와 접근할 수 있을 정도로 좋은 인상을 갖게 해 준다면, 아마도 우리는 몇 마디 말을 나누고 만날 약속도 하고 더 깊은 관계도 맺을 수 있을지 모른다. 그리고 그녀가 부모와 떨어져 홀로 그 소설 속 별장 같은 곳에 남아 있을 한 달 동안, 어쩌면 우리는 단둘이 저녁마다 황혼 속에서 어두컴컴한 물 위로 히스 덤불의 분홍색 꽃이 부드럽게 반짝이고 물결이 찰랑거리는 떡갈나무 아래를 산책할 수 있을지도 모른다. 스테르마리아 양의 일상적인 삶을 가두고 또 그녀 눈동자의 기억 속에 담겼기에 그토록 많은 매력으로 새겨진 그 섬을 우리는 함께 답사하리라. 그렇게 많은 추억들로 그녀를 에워싸는 이런 장소들을 관통하고 나서야 비로소 진정으로 그녀를 소유한다는 느낌이 들 것이기에. 이런 장소는 내 욕망이 벗기고 싶은 베일이자 자연이 그 여인과 몇몇 존재들 사이에 쳐 놓은 베일로서(이와 동일한 의도에서 자연은 우리 모두에게 우리 자신과 생생한 쾌락 사이에 생식 행위를 두며, 곤충에게는 곤충이 가져갈 꽃가루를 꽃꿀 앞에 두는 것이다.) 여인을 완전히 소유할 수 있다는 환상에 속아 그들은 우선 여인이 살고 있는 풍경을 소유해야 한다고 생각하는데, 이런 풍경은 관능적인 쾌락보다 그들의 상상력에 더 효과가 있지만 관능적인 쾌락 없이는 어떤 풍경도 그들 마음을 끌기에는 충분치 않다.

그러나 나는 스테르마리아 양으로부터 시선을 돌리지 않을 수 없었다. 그녀의 아버지가 아마도 저명인사와 사귀는 일이 아무리 짧은 순간에 지나지 않을지라도 그 자체로서 충분히 흥미로우며, 또 거기에 포함된 모든 이점을 발전시키는 데는 즉석에서 대화를 나누거나 나중에 교제하는 일이 뒤따르지 않아도 악수를 하거나 날카로운 시선을 던지는 것만으로 충분하다고 생각했는지, 서둘러 변호사 회장의 곁을 떠나 이제 막 소중한 걸 얻은 사람처럼 손을 비비며 딸 앞에 앉으려고 돌아왔기 때문이다. 변호사 회장으로 말하자면, 그는 이 만남의 첫 감동이 지나가자 여느 날처럼 식당 책임자에게 말을 건넸는데, 때로 이런 말이 들렸다.

"하지만 에메, 난 왕이 아니라오, 왕 옆에나 가시게. 그런데 법원장, 그 작은 송어가 아주 맛있어 보이는데요. 우리도 에메에게 부탁합시다. 에메, 당신이 저쪽에 가져다준 저 작은 생선이 추천할 만한 것 같은데, 우리에게도 갖다주시오, 넉넉히 말이오."

변호사 회장은 줄곧 에메라는 이름을 되풀이했으므로 누군가 식사에 초대할 때면 초대받은 손님이 "완전히 댁에 계신 것 같네요."라고 말할 정도였다. 그 역시 함께 있는 사람의 말을 그대로 따라 하는 것이 재치 있고 우아하다고 믿는 인간들처럼 그런 소심함과 천박함과 어리석음이 섞인 성향에 따라, '에메'라는 이름을 계속해서 발음해야 한다고 생각했다. 변호사 회장은 에메라는 이름을 계속해서 그러나 미소를 지으며 되풀이했는데, 이는 식당 책임자와 사이가 좋다는 걸 보여 주는 동시에 식당 책임자보다 자신이 한 수 위라는 걸 과시하기 위한 행동이었다. 식당 책임자도 자기 이름이 나올 때마다 감동한 듯 자랑스러운 표정으로 미소를 지으면서, 자신이 영광스럽다고 느끼며 또 그 농담도 이해했다는 걸 보여 주었다.

보통 때도 항상 만원인 이 그랜드 호텔 넓은 레스토랑에서의 식사는 내게 항상 두려움을 주었지만, 이 고급 호텔의 소유자(또는 합자회사에서 선출된 사장 겸 총지배인인지는 확실히 잘 모르겠지만)가 이곳에 며칠 묵으러 왔을 때는 더욱 그러했다. 그는 이 호텔뿐 아니라 프랑스 도처에 호텔을 일고여덟 개 가지고 있어, 그곳들을 오가며 가끔 일주일씩 머물렀다. 그럴 때면 대개 저녁 식사가 시작될 무렵마다 식당 입구에는 작은 키에 머리는 하얗고 코가 붉은 무표정하고도 지나치게 정중한 남자가 나타났는데, 아마도 몬테카를로와 런던에서 유럽 최고 호텔 경영자 중 한 명으로 꽤나 알려진 사람인 듯했다. 한번은 내가 저녁 식사가 시작될 즈음 잠시 외출했다 돌아오는 길에 그 앞을 지나간 적이 있었는데, 아마도 내가 자기네 호텔 손님이라는 걸 보여 주기 위해서인 듯 인사를 하긴 했지만 그 인사가 어찌나 냉랭하던지, 나는 그 이유가 자신이 누구인지를 잊지 않는 인간의 신중함 때문인지 아니면 보잘것없는 손님에 대한 멸시 때문인지 잘 구별할 수 없었다. 반대로 아주 중요한 사람들 앞에서 총지배인은 역시 냉랭하게 인사를 하기는 했지만 허리를 깊숙이 기울이고, 일종의 조심스러운 존경심으로 시선을 낮추어, 마치 장례식에서 죽은 여인의 아버지나 성찬(聖餐)* 앞에 서 있는 듯했다. 이렇게 어쩌다 냉랭한 인사를 할 때를 제외하면, 그는 마치 얼굴에서 튀어나올 것 같은 번쩍이는 눈길로 모든 것을 보고, 모든 것을 결정하고, '그랜드 호텔의 만찬에서' 세세한 것의 준비부터 전체적인 조화에 이르기까지 전부 다 살피면서 꼼짝도 하지 않았다. 그는 무대감독이나 오케스트라 지휘자보다 더 분명히 자신을 진정한 총사령관으로 여기는 듯했다. 최고조의 강렬한 시선으로 응시하는 것만으로도 모든 것이 준비되었으며, 또 어떤 실수도 혼란을 야기할 수 없다는 걸 확신하기에 충분해 보였고, 또 자신이 책임을 다한다는 걸 보여 주기 위해 드디어는 어떤 몸짓도 하지 않았을 뿐만 아니라 모든 일들을 파악하고 지휘하는 주의력으로 고정된 눈길도 움직이지 않았다. 내 스푼을 움직이는 일조차 그의 시야를 벗어나지 못하는 듯 느껴졌고, 그래서 수

---

* 성체(聖體)라고도 불리는 이 의식은 그리스도가 죽기 전날 자신의 살과 피를 상징하는 빵과 포도주를 제자들에게 나눠 주며 이를 기념하라고 명령한 데서 유래한 미사 의식의 핵심이다.

프가 나온 후에 그가 자취를 감추었어도, 그 감시의 눈길은 저녁 식사 내내 내 식욕을 빼앗아 갔다. 그의 식욕은 대단했는데 이 점은 그가 다른 손님들과 같은 시각에 식당에서 일개 개인으로서 점심 식사를 하는 모습만 봐도 알 수 있었다. 이 식탁이 특별한 점은, 그가 식사를 하는 내내 또 다른 지배인, 즉 이 호텔에 거주하는 지배인이 선 채로 그와 이야기를 한다는 점이었다. 지배인은 총지배인의 부하였으므로 총지배인의 비위를 맞추려고 애썼고 또 무척이나 무서워했다. 내 두려움은 점심 식사 동안에는 그다지 크지 않았는데, 손님들 속에 파묻힌 총지배인이, 마치 병사들과 같은 식당에 있는 장군이 병사들에게 전혀 신경을 쓰지 않는다는 듯한 태도를 취하는 것과 유사한 조심성을 보였기 때문이다. 그렇지만 '제복 입은 종업원들로' 둘러싸인 호텔 경비원이 내게 "저분은 내일 디나르로 가신답니다. 거기서 비아리츠로 가시고요. 그다음에는 칸으로 가신답니다."*라고 알려 주었을 때, 나는 그제서야 숨통이 좀 트이는 느낌을 받았다.

아는 사람이 없어서 호텔에서의 내 삶은 쓸쓸했지만, 프랑수아즈가 지나치게 많은 사람들과 사귀어서 불편하기도 했다. 그녀의 친분 관계가 우리에게 많은 편의를 주었을 거라고 생각할 수도 있겠으나 전혀 그렇지 않았다. 프롤레타리아 출신은 프랑수아즈의 지인이 되기 힘들었고, 또 그렇게 되기까

---

* 디나르는 브르타뉴, 비아리츠는 대서양 연안, 칸은 지중해 연안의 유명 해수욕장이다.

지는 그녀에게 엄청난 예의를 갖추는 등 몇 가지 조건을 구비
해야 했는데, 그러나 일단 그 조건에 도달하기만 하면 그녀에
게는 둘도 없는 사람이 되었다. 그녀의 오랜 법전은 자신은 주
인의 친구들에 대해 어떤 의무도 지고 있지 않으며, 바쁠 때
는 할머니를 만나러 온 부인을 쫓아 버려도 괜찮다고 가르쳤
다. 하지만 자신이 알고 지내는 사람들, 다시 말해 자신의 까
다로운 우정을 획득한 소수의 서민들에 대해서는 무척이나
섬세하고 절대적인 예절을 갖추어 행동했다. 이렇게 해서 커
피 집 남자와 벨기에 부인의 드레스를 지어 주는 어린 하녀와
친해진 프랑수아즈는 점심 식사 후 바로 할머니의 옷을 준비
하러 올라오지 않고 한 시간 후에야 올라와서는, 커피 집 남자
가 가게에서 프랑수아즈에게 커피나 차를 대접하고 싶어 했
다거나, 하녀가 바느질하는 걸 보러 와 달라고 해서 거절할 수
없었으며, 또 거절해서도 안 되기 때문에 늦었다고 말했다. 게
다가 어린 하녀가 고아이고 외국 사람 집에서 자랐으며 지금
도 가끔 그 집에 며칠 지내러 간다는 사실을 알고부터는 특별
한 배려를 베풀기까지 했다. 하녀의 처지가 프랑수아즈에게
동정심과 동시에 관대함 그리고 멸시의 감정을 유발했기 때
문이다. 고향에 가족들이 있고, 부모님으로부터 물려받은 작
은 집에서 동생이 몇 마리 소를 키우는 그녀와, 뿌리가 없는 하
녀는 결코 같은 사람일 수가 없었다. 어린 하녀가 8월 15일*에
은인들을 보러 가고 싶다고 말하자 프랑수아즈는 이런 말을

---

* 프랑스에서 8월 15일은 성모 승천 대축일로 공휴일이다.

여러 번 되풀이했다. "그 애가 날 웃기더군요. '8월 15일에는 우리 집에 가고 싶어요.'라고 말하는 거예요. '우리 집'이라뇨! 자기 고향도 아니고 그냥 사람들이 거두어 준 건데, 진짜 자기 집인 듯이 '우리 집'이라고 하지 뭐예요. 가여운 것! 진짜 '우리 집'이 있다는 게 뭔지도 모르니, 얼마나 안됐는지." 그러나 프랑수아즈가 손님들이 데리고 온 하녀들하고만 사귀었다면, 즉 그녀와 함께 '하인들 방'에서 저녁 식사를 하고 그녀의 아름다운 레이스 모자와 단정한 옆얼굴을 보면서 어쩌면 어느 귀족 여자가 무슨 사정으로 몰락했거나 개인적인 애착 때문에 우리 할머니의 동반녀로 일한다고 믿는 사람들하고만 사귀었다면, 한 마디로 호텔 사람이 아닌 외부 사람들하고만 사귀었다면 별 문제가 없었을 것이다. 어떤 경우에도, 또 그녀가 모르는 사람이라 할지라도 외부 사람들은 우리에게 도움이 되지 않는다는 이유로 그들이 심부름하는 걸 막을 수는 없었기 때문이다. 그러나 프랑수아즈는 호텔 소믈리에, 주방에서 일하는 사람, 우리 층 객실 청소 책임자하고도 사귀었다. 그 결과 우리 나날의 생활은, 프랑수아즈가 처음 도착하던 날, 아직 그녀가 어느 누구와도 아는 사이가 아니었을 때에는 할머니나 내가 감히 엄두도 못 내는 시간에 지극히 사소한 일로 마구 초인종을 울려 대곤 해서 우리가 그 점에 대해 가볍게 충고를 하면 "그 때문에 비싼 돈을 내는 거잖아요." 하고 대답하면서 마치 자기가 돈을 내는 듯 행동했었는데, 이제 주방 사람과 친해지고 난 후부터는(처음에는 우리 편의를 위해 좋은 징조로 보였던) 할머니나 내가 발이 시리다고 해도 전혀 늦은 시간이 아님에도 좀처럼 벨을 누르려 하지 않았다. 그렇게 하면 화덕에 불을 다시 지펴야 하고, 종업원들의 저녁 식사를 방해해서 싫어할지도 모르므로 분명 우리를 좋게 생각하지 않을 거라는 이유였다. 그러고는 모호하지만 그럼에도 말하는 뜻이 분명하지 않은 것은 아닌 "실은……."이란 구절로 설명하면서 우릴 비난했다. 우리는 이보다 더 심각한 표현인 "그것은 ……이지요!"란 단정적인 구절을 듣게 될까 봐 겁이 나 더 이상 우기지 않았다. 그렇게 해서 프랑수아즈가 물 데우는 사람과 친해진 후부터 우리는 더 이상 더운 물도 쓸 수 없었다.

마침내 할머니의 반대에도 불구하고 그러면서도 할머니로 인해 우리는 교제라는 걸 하게 되었다. 어느 날 아침 할머니와 빌파리지 부인이 문에서 부딪쳤고, 두 사람은 서로 놀라움과 망설임의 몸짓을 나누며 조금 물러서서는 미심쩍어 하는 척하다가 드디어는 예의와 기쁨의 맹세를 하면서 서로 가까이 다가가지 않을 수 없었다. 이는 마치 몰리에르 연극에서 두 배우가 서로 몇 발짝 떨어진 곳에서 서로를 발견하지 못하고 각자 다른 곳을 향해 오랫동안 독백을 하다가, 어느 순간 상대를 발견하고 자신의 눈을 의심하며 독백을 중단하고는, 결국은 둘이서 함께 말하고 합창단이 그 대화를 받쳐 주며 서로의 품에 달려드는 장면과도 흡사했다.* 빌파리지 부인은 조심스

---

* 17세기 극작가 몰리에르(Molière, 1622~1673)의 「아내의 학교」(1662)에 나오는, 각각의 인물이 서로를 알아보지 못한 채 홀로 독백하는 장면을 가리킨다. 「의사의 사랑」(1665)이나 「스가나렐 혹은 상상 속의 오쟁이 진 남편」(1660)에

러운 마음에서 잠시 후 할머니 곁을 뜨려 했지만, 반면 할머니는 점심때까지 함께 있길 원했다. 어떻게 해서 부인이 우리보다 더 빨리 우편물을 받아 보는지, 또 맛있게 구운 고기를 먹을 수 있는지를 알고 싶었기 때문이다.(뛰어난 미식가인 빌파리지 부인은 호텔 음식을 그다지 즐기지 않았고, 할머니도 호텔 식사가 나올 때마다 언제나처럼 세비네 부인의 글을 인용하면서 "배가 고파 죽을 정도로 산해진미네."라고 말씀하셨다.)* 그리고 후작 부인은 날마다 식사가 나올 때까지 식당에서 우리 쪽으로 와 일어서지 말고 그대로 앉으라며 곁에서 기다리곤 했다. 때때로 점심 식사가 끝나고 흐트러진 냅킨 옆에서 나이프가 식탁보 위를 굴러다니는 지저분한 시간까지 담소가 길어지기도 했다.** 나로서는 발베크를 좋아하려면 땅의 끝에*** 와 있다는 생각을 간직해야 한다고 믿었으므로, 멀리 바다 쪽만 바라보려고 애쓰면서 보들레르가 묘사한 효과를 떠올리며 시선을 테이블 위에 떨어뜨리지 않으려고 애썼는데, 거대한 생선이 나오는 날이면 테이블을 내려다보지 않을 수 없었다. 그 생선은 나이프와 포크의 시대와 동시대가 아닌 대서양에 생명이 몰려오

도 이와 유사한 장면이 나온다.

* 1689년 세비네 부인이 오레에서 딸 그리냥 부인에게 보낸 편지에 나오는 구절로, 송아지 고기나 영계를 기대했던 부인 앞에 사냥한 고기가 나오자 실망해서 한 말이다.

** 샤르댕의 그림에 대한 암시이다.(『생트뵈브에 반하여』, 플레이아드, 372쪽 참조.)

*** 프루스트가 발베크를 노르망디가 아닌, 땅의 끝으로 간주되는 브르타뉴에 위치시키려 했던 시절의 흔적이 엿보인다.

기 시작하던 원시시대, 킴메르 족*의 시대에 서식했던 바다 괴물로, 무수한 등뼈와 푸르고 붉은 신경이 있는 몸체가 자연에 의해, 그러나 건축학적인 도면에 의해 바다의 다채로운 대성당처럼 건축되어 있었다.

이를테면 자신이 특별 대우하는 장교가 이제 막 이발소 안으로 들어오는 손님을 알아보고 그 손님과 더불어 잡담을 시작하는 걸 보면서 이발사가 그들이 같은 세계에 속한다는 걸 깨닫고 기뻐하며 비누 그릇을 가지러 가면서도 미소를 짓지 않고는 못 배기는 경우가 있는데, 이는 이발소라는 속된 일을 하는 업소에 사회적인 즐거움, 더 나아가 귀족 사회의 즐거움이 추가됨을 알기 때문이다. 마찬가지로 식당 책임자 에메는 빌파리지 부인이 우리에게서 옛 친구를 되찾은 걸 보고는 적당한 시간에 물러갈 줄 아는 집안의 여주인처럼, 똑같이 거만하면서도 겸손하고 현명하면서도 신중한 미소를 지으며 입가심용 물을 찾으러 갔다. 그것은 또한 자신이 앉은 식탁에서 맺어진 약혼자들의 행복을 방해하지 않고 지켜보는 행복과 감동에 젖은 아버지의 모습과도 같았다. 거기다 에메를 기쁘게 하려면 프랑수아즈 앞에서와는 달리 작위를 가진 사람의 이름을 대는 것으로도 충분했다. 프랑수아즈 앞에서 '아무개 백

---

* 호메로스의 시에 나오는 이 종족은 세계의 서쪽 끝 암흑 속에 살았다고 알려진다. 또한 킴메르족은 고대 유목민들로 헤로도토스에 따르면 원래 코카서스와 흑해 북쪽 영역에서 기원전 8세기와 7세기에 살았다고 전해진다. 지금의 우크라이나와 러시아에 해당하는 곳이다.(『잃어버린 시간을 찾아서』 1권 232쪽 주석 참조.)

작'이라고 하면, 그녀는 금세 얼굴이 어두워지고 말투가 무뚝뚝해지고 퉁명스러워졌는데, 이는 그녀가 에메 못지않게, 아니 오히려 에메보다 더 귀족을 소중히 여긴다는 증거였다. 또 남들에게서 발견했다면 가장 큰 결점으로 보였겠지만, 프랑수아즈에게서는 그런 거만함이 장점이었다. 그녀는 에메처럼 친절하고 호의로 가득한 족속이 아니었다. 그런 족속은 조금은 재미있고 신문에 나지 않는 새로운 이야기를 누군가가 말해 줄 때 많은 기쁨을 느끼고 그 기쁨을 표현한다. 그러나 프랑수아즈는 자신의 놀란 모습을 보이고 싶어 하지 않았다. 오스트리아의 루돌프* 황태자처럼 프랑수아즈가 그 존재를 상상조차 해 보지 못한 사람이, 확실하다고 여겨지는 소식통으로부터 죽지 않고 살아 있다는 말을 들어도 그녀는 그저 "그래요." 하고 마치 오래전부터 알고 있었다는 듯이 대답했을 것이다. 거기다 그녀가 지극히 겸손하게 주인님이라고 부르는, 그녀를 거의 길들이다시피 한 우리 입을 통해 귀족의 이름이 나올 때에도 화난 기색을 감추지 못하는 것을 보면, 아마도 프랑수아즈의 집안이 마을에서는 풍족하고 독립적인 입지를 굳히고 있어서 마을 사람들로부터 존경을 받아 왔으나, 귀족들로부터는 시달림을 받아 왔던 게 아닌가 하는 생각이 들기까지 했다. 물론 에메 같은 인물이야 자선 기관에서 자라지 않았다면 어린 시절부터 그 동일한 귀족들 집에서 하인으로 일했

---

* 오스트리아의 황제 프랑수아 조제프의 외아들(1858~1889)로 정부와 함께 의문의 죽음을 당한 비운의 왕자이다.

을 테지만 말이다. 그러므로 프랑수아즈에게서 빌파리지 후작 부인은 귀족임을 용서받아야 했다. 하지만 적어도 이 점에 대해서 프랑스의 대영주나 귀부인은 뛰어난 재능을 보였으며, 또 이것이 그들의 유일한 관심사였다. 프랑수아즈는 주인과 다른 사람들과의 교제에 관해 끊임없이 단편적인 관찰만을 수집하고, 거기서 이따금씩 잘못된 결론을 이끌어 내는 하인들의 일반적인 경향에 따라 — 동물 생활에 대해 인간이 그렇듯이 — 남들이 줄곧 우리에게 '무례하게 굴었다'고 생각했는데 이런 결론에 쉽게 이른 것도 우리에게 지나친 애정을 느낌과 동시에 우리를 불쾌하게 만드는 일에 재미를 붙였기 때문이다. 그러나 빌파리지 부인이 우리와 자기를 세심한 배려로 감싸 준다는 사실을 어떤 착각의 여지도 없이 확인한 그녀는, 빌파리지 부인이 후작 부인임을 용서했고 또 그녀가 후작 부인이라는 사실에 계속 감사했으므로, 우리가 아는 어느 누구보다도 부인을 좋아했다. 사실 부인만큼 그토록 지속적으로 우리를 상냥하게 대하는 사람은 없었다. 우리 할머니가 빌파리지 부인이 읽는 책에 관심을 보이거나, 부인이 친구로부터 받은 과일이 맛있어 보인다고 말하기만 하면, 한 시간 후에는 틀림없이 심부름꾼이 우리 방으로 그 책이나 과일을 전해 주러 왔다. 그래서 우리가 부인을 만나 감사의 뜻을 표하면, 부인은 그 말에 대한 답례로 선물을 한 목적이 어떤 특별한 실질적인 이유 때문이라며 핑계를 댔다. "그 책은 명작이라고는 할 수 없지만, 이곳은 신문이 너무 늦게 도착하니까, 그래도 뭔가 읽을 게 있어야 할 것 같아서요." 또는 "바닷가에서는 늘 과일이 떨어지지 않도록 조심해야 하니까요."라는 식이었다.

　"그런데 부인이나 부인 손자는 굴은 전혀 드시지 않나 봐요." 하고 빌파리지 부인이 우리에게 말했다.(이 말은 지금까지 내가 굴에 대해 품어 온 혐오감을 더해 주었는데, 사실 나는 살아서 움직이는 굴의 생살이 발베크의 바닷가를 더럽히는 해파리의 끈적임보다 더 역겨웠다.) "이 연안의 굴은 아주 맛이 좋답니다! 아! 우리 하녀가 제 편지를 가져올 때 부인네 것도 같이 가져오라고 할게요. 어쨌든 따님이 '날마다' 편지를 써 보낸다고요? 어떻게 그처럼 할 말이 많을 수 있을까요!" 할머니는 입을 다물었지만 어쩌면 경멸하는 마음에서 그랬는지도 모른다. 할머니는 어머니에게 세비녜 부인의 이런 말을 줄곧 되풀이해 왔기 때문이다. "편지를 받으면 금방 또 다른 편지를 받고 싶어지는구나. 편지를 받는 것 외에 다른 건 아무것도 바라지 않는단다. 내가 느끼는 기분을 이해할 수 있는 사람은 그리 흔치 않을 거다." 나는 할머니가 빌파리지 부인에게 "난 그런 소수의 사람들을 찾아다니며 다른 이들을 피한단다."*라는 세비녜 부인의 결론을 적용할까 봐 겁이 났다. 그러나 할머니는 전날 빌파리지 부인이 우리에게 보내온 과일에 대한 찬사로 화제를 돌렸다. 사실 그 과일들은 어찌나 싱싱해 보였던지, 식탁에 나온 과일 그릇이 무시되는 것에 질투심을 느꼈던 지배인조

---

* 여기 인용된 첫 번째 편지는 세비녜 부인이 딸 그리냥 부인에게 1671년 2월 18일에 두 번째 편지는 2월 11일에 보낸 것이다.

차 이렇게 말했을 정도였다. "저도 부인과 마찬가지로 그 어떤 후식보다 과일을 좋아합니다." 할머니는 친구에게 호텔에서 주는 과일이 대개는 맛이 없었는데 그래서인지 그 과일이 더 맛있었다고 말했다. "세비녜 부인처럼, 갑자기 맛없는 과일을 구하고 싶은 생각이 들면 파리에서 보내오도록 해야 한다고 말할 수는 없지만요."* 하고 할머니는 덧붙였다. "아, 그렇군요. 세비녜 부인의 책을 읽으시죠. 부인을 처음 만났을 때부터 부인이 『서간집』을 갖고 있는 걸 보았어요.(후작 부인은 호텔 정문에서 우리 할머니와 마주치기 전까지는 할머니를 만난 적이 없다는 사실을 잊었던 모양이다.) 딸에 대한 그 끈질긴 근심이 조금은 과장되었다고 생각하지 않으세요? 진심으로 보기에는 말이 너무 많아요. 자연스러움이 부족해요." 할머니는 이런 대화가 불필요하다고 생각하셨는지, 또 이해하지 못하는 사람 앞에서 자신이 좋아하는 걸 말해야 하는 어려움을 피하려고 하셨는지 보세르장 부인의 『회고록』**을 핸드백으로 감추셨다.

빌파리지 부인은 멋진 헝겊 모자를 쓰고 많은 사람들로부터 존경을 받으며 '하인들 방으로 식사하러' 가는 프랑수아즈와 자주 마주쳤는데(그녀가 정오라고 부르는 시각에) 그때마다 프랑수아즈의 걸음을 멈추게 하고는 우리 안부를 물었다. 그러면 프랑수아즈는 후작 부인의 전갈을 전하면서 "그분께서 '제 인사를 꼭 전해 주세요.'라고 말씀하셨답니다."라고 말했

---

* 세비녜 부인이 딸 그리냥 부인에게 1694년에 보낸 편지에 대한 암시이다.
** 26쪽 주석 참조.

다. 프랑수아즈는 부인 목소리를 흉내 내면서 부인이 한 말을 문자 그대로 정확하게 인용한다고 생각했지만, 실은 플라톤이 소크라테스의 말을, 사도 요한이 예수의 말을 왜곡한 것 못지않게 그 말을 왜곡하고 있었다. 물론 프랑수아즈는 부인의 이런 배려에 감동했다. 단, 할머니가 빌파리지 부인이 예전에는 아주 매력적이었다고 단언하자, 부자들은 서로를 두둔하는 법이니 할머니도 계급의 이해를 위해 그런 거짓말을 한다고 생각하며 할머니의 말을 믿으려 하지 않았다. 부인이 과거에 아름다웠다는 사실에 대해서는 아주 희미하게만 그 흔적이 남아 있었으므로 그 망가진 아름다움을 복원하려면 프랑수아즈가 아닌 다른 훌륭한 예술가가 필요할 듯 보였다. 왜냐하면 나이 든 여자가 지난날 얼마나 아름다웠는지를 이해하려면 쳐다보는 것만으로 부족하고 얼굴 모습 하나하나를 해석해야 하기 때문이다.

"내가 틀리지 않았는지 한 번쯤 부인에게 물어보려고 한단다. 혹시 게르망트와 친척 관계가 아닌지 말이다." 하고 할머니가 말했을 때, 그 말은 내 기분을 몹시 상하게 했다. 어떻게 내 마음속에 경험이라는 저속하고도 수치스러운 문과, 상상력의 황금 문을 통해 들어온 두 이름에 공통적인 기원이 있다고 믿을 수 있단 말인가?

며칠 전부터 자주 화려한 마차를 타고 지나가는 키가 크고 붉은 머리에 조금은 코가 큰 뤽상부르 대공 부인*의 모습이 보

─────────────

* 아마도 이 뤽상부르 대공 부인은 노르망디 투르빌 해변에 자주 피서 왔던 사

였는데, 그녀는 이 고장에 몇 주 동안 피서를 와 있었다. 그녀가 탄 사륜마차가 호텔 앞에 멈춰 서더니 시종이 지배인에게 와서 뭔가를 말한 다음 다시 마차로 되돌아가 이번에는 아주 근사한 과일을(마치 바다의 만(灣)처럼 한 바구니에 여러 계절 과일을 한데 모은) 날라 왔다. 바구니에는 '뢱상부르 대공 부인'이라는 명함이 붙어 있었고, 명함에는 연필로 몇 자 적혀 있었다. 도대체 어떤 왕족이 이 호텔에 익명으로 머무르기에, 지금 이 순간의 바다 빛처럼 둥글게 부풀어 청록색으로 빛나는 자두와, 맑은 가을날처럼 마른 가지에 달린 이 투명한 포도와, 군청색 하늘 빛깔이 도는 이 배를 보내왔단 말인가? 대공 부인이 방문하려는 사람이 내 할머니의 친구일 거라고는 상상해 본 적도 없었다. 그렇지만 다음 날 저녁 빌파리지 부인은 싱싱한 금빛 포도와 자두와 배를 우리에게 보내왔다. 자두는 저녁 식사 시간의 바다처럼 연보랏빛으로 변했고, 군청색 배에는 뭔가 분홍빛 구름 모양이 감돌았지만 우리는 그 과일을 금방 알아보았다. 며칠 후 해변에서 열리는 교향곡 연주회가 끝나고 나오는 길에 우리는 빌파리지 부인을 만났다. 거기서 들은 작품(「로엔그린」의 전주곡과 「탄호이저」의 서곡 등)이 가장 높은 진리를 표현한다는 사실을 확신한 나는 그 진리에 도달하기 위해 가능한 한 나를 높이려고 노력했고, 그 진리를 이해하기 위해 내 안에 감춰진 가장 훌륭하고 가장 심오한 것을 꺼

강 대공 부인에게서 영감을 받은 듯하다. 그녀는 파라솔을 쓰고 흑인을 데리고 다녔다고 한다.(『소녀들』, 폴리오, 544쪽 참조.)

내 모두 그 진리에 맡겼다.

그런데 연주회에서 나와 호텔로 가는 길을 들어서면서 할머니와 내가 잠시 멈춰 서서는 빌파리지 부인과 함께 담소를 나누며 또 부인이 우리를 위해 크로크므시외*와 크림 계란 요리를 주문했다고 알렸을 때, 멀리서 뤽상부르 대공 부인이 우리를 향해 오는 모습이 보였다. 그녀는 파라솔에 반쯤 몸을 기댄 채 크고 근사한 몸을 가볍게 기울이면서 제2제정 시대에 미인이었던 여인들에게는 더없이 친숙한 아라베스크 무늬를 그리고 있었는데, 여인들은 어깨는 늘어뜨리고 등은 치켜세우고 허리는 들어가게 하고 다리는 쭉 뻗으면서, 몸의 중심을 통과하는 그 눈에 보이지 않는 단단하고도 비스듬한 줄기의 골격 주위에 스카프마냥 부드럽게 자기들의 몸을 흔들 줄 알았다. 그녀는 매일 아침 사람들이 해수욕을 마치고 점심 식사를 하려고 돌아갈 시각에 나와 바닷가를 한 바퀴 돌았는데, 그녀의 점심시간은 오후 1시 30분이어서 해수욕객들이 돌아가고도 한참이 지난 후에야 한적하고 뜨거운 방파제를 지나 자기 별장으로 돌아갔다. 빌파리지 부인은 먼저 할머니를 소개했고, 그런 후에 나를 소개하려 했는데 이름이 기억나지 않았는지 내게 이름을 물어야 했다. 어쩌면 이름을 아예 알지 못했거나, 할머니가 딸을 누구에게 시집보냈는지 오래전에 잊어버린 것 같았다. 내 이름이 부인에게 강한 인상을 준 모양이었다. 그동안 뤽상부르 대공 부인은 우리에게 손을 내밀며 때때

* 햄을 넣은 샌드위치에 치즈를 넣어 구운 것이다.

로 후작 부인과 이야기하면서도 할머니와 내게, 마치 유모 품에 안긴 아기에게 미소를 지을 때 곁들이는 입맞춤의 싹처럼, 부드러운 눈길을 던졌다. 게다가 우리보다 높은 위치에 있다는 기색을 보이지 않으려는 소망에서 뭔가 우리와의 거리를 잘못 계산한 것 같기도 했다. 왜냐하면 잘못된 거리 조절 탓에 우리를 향한 그녀 눈길이 얼마나 선한 빛으로 젖었던지, 마치 우리가 아클리마타시옹 공원 쇠창살 너머로 머리를 내미는 착한 동물 두 마리이기라도 한 듯 우리를 쓰다듬으려 하는 순간이 다가오는 걸 보았기 때문이다. 게다가 금방 이 동물과 불로뉴 숲의 생각은 내게 보다 견고해졌다. 마침 그 시각, 행상들이 방파제를 왔다 갔다 하면서 과자랑 사탕, 작은 빵을 사라고 소리를 지르고 있었다. 대공 부인은 우리에 대한 호감을 어떻게 표현해야 할지 몰라 하다가 맨 처음 지나가는 사람을 불러 세웠다. 그에게 있는 것은 오리에게나 던져 줄 법한 호밀 빵 한 개가 전부였다. 대공 부인은 그걸 집어 들며 내게 말했다. "이걸 당신 할머니께 드리세요." 하지만 그녀는 그걸 내게 내밀었고 세련된 미소를 지으면서 말했다. "당신이 직접 할머니께 드려야 해요." 대공 부인은 나와 동물 사이에 중개인이 없다면 내 기쁨이 더 완전할 거라고 생각했던 모양이다. 그때 다른 행상들이 가까이 다가왔다. 대공 부인은 행상들이 가진, 노끈으로 묶은 작은 와플이나 카스테라, 보리 사탕이 든 꾸러미로 내 호주머니를 가득 채워 주었다. "당신도 먹고, 할머니에게도 드려요." 그러고는 어디서나 자기를 뒤따르는 그 붉은 비단 옷을 입은 흑인 소년을 시켜 행상에게 값을 치르게 했는데, 흑인 소년은 이 바닷가의 명물이 되고 있었다. 잠시 후에 대공 부인은 빌파리지 부인에게 작별 인사를 했고, 우리에게도 친구인 빌파리지 부인을 대하듯 친밀하게 굴며 또 우리 수준에 맞추려는 듯 손을 내밀었다. 하지만 이번에는 우리 수준을 존재의 영역에서 그리 낮지 않은 수준에 두는 듯했는데, 왜냐하면 우리와의 평등함을, 마치 어린 꼬마가 인사를 하면, 어른에게 인사하듯이 답하는 그런 어머니 같은 다정한 미소로 표현했기 때문이다. 이제 우리 할머니는 경이로운 진화 과정을 통해 더 이상 오리나 산양이 아닌, 스완 부인이 '베이비'라고 부르는 존재가 되어 있었다. 드디어 대공 부인은 우리 세 사람 곁을 떠나 자신의 근사한 몸을 약간 앞으로 숙여 햇빛이 찬란한 방파제 위를 산책하기 시작했다. 접은 채로 손에 들었던 푸른빛 프린트된 무늬의 하얀 파라솔에 몸을 휘감는 모습이 마치 막대기에 감긴 뱀과도 같았다. 뢱상부르 대공 부인은 내가 처음으로 만난 왕족이었다. 마틸드 공주는 그녀와 같은 종류의 왕족은 아니었으니까. 또 다른 왕족이 그 자비로운 은혜로 날 놀라게 해 준다는 것은 나중에 알게 될 것이다.* 이튿날 군주와 부르주아 사이의 호의적인 중개자라고 할 수 있는 대귀족의 다정함을 표현하는 방식을 난 빌파리지 부인의 이런 말을 통해 배웠다. "대공 부인께서 당신을 매력적이라고 하더군요. 그분

---

* 무력을 통해 왕이 된 나폴레옹의 동생, 제롬 보나파르트의 딸인 마틸드 공주가 전통적인 왕족의 피를 물려받은 뢱상부르 대공 부인과는 다르다는 걸 빗대었다. 그리고 또 다른 왕족이란, 화자가 「게르망트 쪽」에서 파름 대공 부인에게 소개받는 장면을 암시한다.

은 아주 판단력도 뛰어나고 마음도 너그러운 분이시죠. 다른 군주나 왕족 들과는 달라요. 정말 훌륭한 분이에요." 그러고 나서 빌파리지 부인은 확신에 찬 표정으로 또 우리에게 이런 말을 하게 되어 무척이나 기쁘다는 듯 덧붙였다. "두 분을 다시 만나면 대공 부인께서도 무척 기뻐하실 거예요."

그러나 바로 그날 아침 뤽상부르 대공 부인을 보내면서 빌파리지 부인은 다정함의 영역에 들어가지 않는 한 마디 말로 나를 더더욱 놀라게 했다.

"당신이 정무 부처 국장의 아들인가요?" 하고 부인이 물었다. "아버지가 아주 매력적인 분인가 봐요. 지금은 아주 즐거운 여행을 하고 계시고요."

며칠 전에 우리는 아버지와, 아버지와 함께 여행 중인 노르푸아 씨가 가방을 잃어버렸다는 소식을 엄마의 편지를 통해 전해 들었다.

"가방을 다시 찾았다나 봐요. 정말은 가방을 잃어버렸던 게 아니고, 이런 사정이 있었답니다." 하고 빌파리지 부인이 말했는데, 무슨 영문인지는 모르지만, 부인은 이 여행에 대해 우리보다 더 자세히 아는 듯했다. "아버님은 다음 주에 예정보다 빨리 귀국하실 거예요. 아마도 알제시라스로 가는 걸 포기하시는 모양이에요. 그래도 톨레도에서는 하루 더 보내고 싶으신가 봐요. 이름은 잘 기억나지 않지만, 티치아노의 제자를 찬미하시는데, 그의 그림을 그곳에서밖에 볼 수 없다나 봐요."*

---

* 알제시라스는 스페인 남쪽 지브롤터 해협 근처의 도시이다. 톨레도는 스페인

빌파리지 부인이 먼 거리에서, 아는 사람 무리의 간단하고도 미미하며 희미한 동작을 바라보는 데 사용하는 그 무심한 망원경 속에는, 도대체 어떤 우연이 내 아버지가 보이는 바로 그 지점에 엄청난 확대경 한 조각을 끼워 넣어 아버지의 좋은 점, 아버지를 일찍 돌아오게 한 우발적인 사건, 아버지가 세관에서 당한 어려움, 엘 그레코에 대한 취향 등을 뚜렷이 드러나게 하고 또 그녀의 시력 등급을 변경하여, 마치 귀스타브 모로가 제우스를 연약한 인간 옆에 그리면서 인간 이상의 크기를 부여했듯이, 그렇게도 작은 사람들 옆에 유독 아버지만을 그렇게 크게 보이게 했는지 난 묻고 있었다.*

할머니는 빌파리지 부인에게 인사를 한 뒤, 유리창 너머에서 식사 준비가 되었다는 신호가 올 때까지 기다리면서 좀 더 공기를 들이마시기 위해 호텔 앞에 머물렀다. 그때 소란스러운 소리가 들렸다. 야만인들 왕의 젊은 정부가 해수욕을 마치

마드리드 남서쪽 70킬로미터 지점에 위치한 관광도시이다. 13세기의 고딕 성당과 엘 그레코, 고야, 반다이크 등의 그림이 박물관에 소장되어 있다. '티치아노의 제자'란 바로 엘 그레코를 가리키는데, 그리스 출신의 그는 1567년경 베네치아의 티치아노 작업실에서 작업하다가 1576년 톨레도에 정착하여 평생 그곳에서 그림을 그렸다.

* 귀스타브 모로(Gustave Moreau, 1826~1898)가 그린 「제우스와 세멜레」에 대한 암시다. 귀스타브 모로는 앵그르(Ingres, 1780~1867)의 신고전풍 데생과 들라크루아(Delacroix, 1798~1863)의 화려한 색채 표현에 많은 영향을 받았으며, 이탈리아에서 르네상스 회화를 공부한 뒤로는 신화나 성서에서 소재를 딴 환상적이고 신비스러운 작품을 많이 그렸다. 초현실주의의 선구자로 현대 미술에 큰 영향을 끼친 그의 주요 작품으로는 「오이디푸스와 스핑크스」(1864), 「오르페우스」(1867), 「살로메의 춤」(1876), 「제우스와 세멜레」(1896) 등이 있다.

고 점심 식사를 하러 돌아오는 중이었다.

"정말이지, 재앙이야! 프랑스를 떠나고 싶을 정도야!" 하고 마침 그곳을 지나가던 변호사 회장이 격분해서 소리쳤다.

한편 공증인의 아내는 눈을 크게 뜨고 그 가짜 왕비를 주시했다.

"블랑데 부인이 저런 모양으로 저 사람들을 바라보다니 화가 나서 견딜 수 없군요." 하고 변호사 회장이 법원장에게 말했다. "뺨이라도 한 대 치고 싶을 정도예요. 저러니까 저 천박한 여자가 자신을 중요하게 생각하죠. 물론 그 점이 저 여자가 노리는 것으로, 사람들의 관심을 끄는 것 말고는 아무것도 생각하지 않지만요. 저 여자 남편에게 정말 꼴사나운 일이라고 주의를 주시죠. 나는 더 이상 저런 위장한 자들에게 관심을 갖는 사람들과는 같이 다니지 않겠습니다."

뤽상부르 대공 부인의 도착으로 말하자면, 과일을 가져왔던 날 그녀의 마차 행렬이 호텔 앞에 도착하던 모습을 공증인이나 변호사 회장, 법원장 아내들의 무리가 보지 못했던 것은 아니었다. 그녀들은 얼마 전부터 사람들이 그토록 경의를 표하며 대하는 빌파리지 부인이 진짜 후작 부인인지 또는 사기꾼인지 알고 싶어 안달이 나 있었고, 부인에게 그만한 자격이 없다는 걸 알게 될 날만을 애타게 기다리고 있었다. 빌파리지 부인이 호텔 로비를 지나갈 때면 도처에서 이상한 낌새를 잘 맡는 법원장 부인이 손에 든 뜨개질감에서 코를 쳐들고 부인을 바라보아, 다른 두 친구들은 웃음을 터뜨리지 않을 수 없었다.

"오! 저는 말이에요, 아시다시피." 하고 그녀가 거드름을 피우며 말했다. "저는 언제나 처음에는 나쁜 쪽을 생각한답니다. 정말 결혼한 여자인지는 출생증명서와 공증받은 증명서를 보여 줘야 인정하죠. 게다가 걱정하지 마세요. 제가 곧 조사를 시작할 테니까요."

그래서 날마다 부인들은 웃으면서 달려왔다.

"소식을 들으러 왔어요."

그러나 뤽상부르 대공 부인이 방문한 날 저녁 법원장 부인이 입에 손가락을 갖다 댔다.

"새로운 소식이 있어요."

"오! 퐁생 부인은 정말 대단해요! 저는 한 번도 본 적이 없는데……. 말해 줘요, 무슨 일이 있었는지?"

"저기 머리가 노랗고, 얼굴에 루즈를 30센티미터나 칠하고 10리 밖에서부터 냄새가 나는, 그런 여자들밖에 타지 않는 마차를 탄 여자가 조금 전 자칭 후작 부인이라고 하는 사람을 만나러 왔지 뭐예요."

"우이유 우이유! 파타트라!* 보세요! 그 여자라면 우리도 본 여자군요, 기억나세요, 변호사 회장, 우리가 아주 인상이 나쁘다고 했던 그 여자예요. 그런데 그 여자가 후작 부인을 만나러 온 줄은 미처 몰랐군요. 흑인을 데리고 온 여자죠, 그렇죠?"

"바로 그 여자예요."

"아! 조금도 놀랍지 않네요. 그 여자 이름을 아세요?"

---

* '우이유'는 의성어로 아랍 여인이 손을 입에 댔다 뗐다 하면서 내는 날카로운 소리를 가리키며, '파타트라'는 쨍그랑 하고 뭐가 깨지는 듯한 소리를 표현한 의성어이다.

"그럼 알죠. 제가 아무것도 모르는 척하고 명함을 받았더니, 룩상부르 대공 부인이라는 가명을 쓰고 있지 뭐예요! 그녀를 경계하길 잘했어요! 이런 곳에서 앙주 남작 부인* 같은 여자와 잡거하는 것도 꽤 재미있는 일이네요."

변호사 회장은 법원장에게 마튀랭 레니에의 「마세트」**를 인용했다.

게다가 이와 같은 오해를 보드빌*** 2막에서 일어나 마지막 막에 가서 해결되는 일시적인 오해라고 생각해서는 안 된다. 영국 왕과 오스트리아 황제의 조카인 룩상부르 대공 부인이 빌파리지 부인과 함께 마차로 산책하려고 찾아왔을 때, 이두 부인은 온천장 같은 데서 마주칠 수밖에 없는 품행 나쁜 여자처럼 보였다. 포부르생제르맹 사람들 중 4분의 3은 대부분의 부르주아들 눈에 도박으로 재산을 다 써서 없앤 방탕아들, 따라서 아무도 초대하지 않는 사람으로 보인다.(사실 개별적으로 그런 사람이 없지 않은 건 아니다.) 부르주아들은 이 점에서 지나치게들 순진해서 포부르생제르맹 사람들에게 약간의 결점이 있다 해도 이 결점이 최대의 경의와 더불어 그들이 초대받는 데, 부르주아 자신은 결코 초대받지 못할 자리에 초대받는

---

* 앙주(Ange) 남작 부인은 뒤마 피스(Alexandre Dumas fils, 1824~1895)의 『화류계 여인』(1855)에 나오는 여주인공 쉬잔의 가명이다.
** 16세기 풍자 시인 레니에(Mathurin Régnier, 1864~1936)가 쓴 풍자시의 제목이자 이 시에 나오는 뚜쟁이 여인의 이름이다.
*** 노래나 연극, 춤이 섞인 풍자극으로 16세기 중엽 프랑스에서 시작되어 19세기에 이르러서는 전 세계에서 유행했다.

데 방해가 되지 않는다는 사실을 알지 못한다. 그리고 포부르 생제르맹 사람들은 부르주아가 초대받지 못한다는 사실을 잘 알았기 때문에 그들에 대해 말할 때면 소박함을 가장하거나 특히 친구들 가운데 '가난뱅이' 친구들에 대해 험담하듯 하는 데, 바로 이 점이 오해를 더 깊어지게 한다. 만약 우연히도 어느 상류사회 귀족이 매우 부유하고 재계의 중요한 회장직을 맡은 관계로 프티부르주아와 교제를 한다면, 귀족도 훌륭한 부르주아가 될 자격이 있음을 깨달은 부르주아는 그 귀족이 결코 도박으로 파산한 후작 따위와는 어울리지 않을 것이며, 후작이 친절한 사람일수록 그런 교제를 더 피할 거라고 생각한다. 하지만 이 부르주아는 대기업 이사회 회장인 공작이, 마치 어느 군주가 현직 공화국 대통령의 딸보다 폐위된 왕의 딸과 자기 아들을 결혼시키듯이, 프랑스에서 가장 오랜 가문인 도박꾼 후작의 딸을 며느리로 삼는 걸 보고는 깜짝 놀라게 된다. 다시 말해 이 두 세계는 발베크 만의 한쪽 끝에 위치한 바닷가 주민들이 또 다른 끝에 위치한 바닷가를 바라보듯이 서로를 허구적이고 거짓된 시각으로 보고 있다. 리브벨에서도 '오만한 마르쿠빌'이 약간은 보이며 그래서 마르쿠빌 쪽에서도 리브벨을 보고 있다고 생각하지만, 이는 틀린 생각이다. 리브벨의 변화한 모습은 반대로 대부분 마르쿠빌에서는 보이지 않는다.*

---

* 부르주아와 귀족 계급 사이에 놓인 거대한 심연에 대해 말하는 단락이다. 부르주아는 근면과 성실을 내세우며 그들만의 원칙이 있는 것처럼 보이고, 자유주의자이자 방탕한 귀족 계급은 원칙도 없이 무질서한 생활을 영위하는 것처럼 보

내가 갑자기 열이 나서 온 발베크의 의사는 심한 더위에 하루 종일 바닷가 햇볕 아래 있어서는 안 된다고 말하며 몇 가지 약을 처방해 주었는데, 겉으로는 존중하는 척하며 그 처방을 받으신 할머니가 그중 어느 것도 따르지 않기로 굳게 결심하셨다는 걸 나는 이내 알아챘다. 그래도 건강 요법에 한해서는 의사의 충고를 고려하여 마차로 주변을 산책하자는 빌파리지 부인의 제안을 받아들였다. 그래서 점심 식사 때까지 나는 할머니 방과 내 방을 왔다 갔다 하며 보냈다. 할머니 방은 내 방처럼 직접 바다에 면하지 않고, 삼면이 각기 다른 쪽, 즉 방과 제 한 구석과 호텔 안마당 그리고 들판에 면해 있었다. 그리고 가구도 내 방과는 달랐는데, 그곳에는 금속선과 장미 무늬가 수놓인 안락의자 서너 개가 놓여 있어서 방에 들어서면 싱그럽고 좋은 냄새가 풍기는 듯했다. 각기 다른 방향, 다른 시간에서 온 듯한 태양 광선이 벽 모서리를 부수고, 해변이 반사된 유리문 옆 서랍장 위로 들길에 핀 꽃과 같은 알록달록한 제단을 설치하고, 언제라도 날아갈 준비를 마친 겹쳐진 빛의 흔들거리는 따뜻한 날개를 칸막이벽에 머물게 하고, 태양이 포도밭을 꽃 줄처럼 장식하는 작은 마당 창문 앞에는 시골풍 사각형 양탄자를 목욕탕처럼 따뜻하게 덥히고, 안락의자의 실크 꽃무늬를 하나하나 드러내면서 가장자리 장식 줄을 떼어 내는

이지만, 실은 자기들만의 의식으로 굳게 닫힌 폐쇄적인 사회다. 또 여기서 말하는 '오만한 마르쿠빌(Marcouville l'Orgueilleuse)'은 아마도 노르망디의 캉에서 바이외로 가는 길에 위치한 '오만한 브레트빌(Bretteville-l'Orgueilleuse)'에 대한 추억이 작용한 것처럼 보인다.

듯 보이면서 가구 장식의 매력과 복잡성을 더하는 그런 시각에, 내가 산책을 가려고 옷을 갈아입으러 가기에 앞서 잠시 지나는 방은, 바깥 광선의 다양한 빛깔을 분해하는 프리즘 같기도 하고, 또는 내가 맛보려 하는 낮의 꿀물이 분리되고 흩어지면서 취하게 하는 모습이 뚜렷한 꿀벌 통 같기도 하고, 또는 은빛 광선과 장미꽃잎의 파닥거림 속에 녹아든 희망의 정원 같기도 했다. 그러나 나는 무엇보다도 먼저 그날 아침 네레이드*마냥 해변을 뛰노는 '바다'의 모습이 어떤지 알고 싶은 마음에 초조함을 못 이기고 커튼을 열었다. '바다들'은 매번 하루도 같은 모습인 적이 없었으니까. 다음 날이면 다른 바다가 나타나고, 이따금 전날 바다와 비슷할 때도 있었지만, 같은 바다를 본 적은 한 번도 없었다.

바다의 아름다움이 너무도 희귀해 바다를 바라보는 내 기쁨이 놀라움으로 더 커지는 날도 있었다. 어떤 특권이 있기에 다른 아침이 아닌 바로 그날 아침에 창문이 방긋 열리면서 놀라움으로 가득한 내 눈앞에 글라우코노메**란 요정을 드러내 보였던가? 느릿하고 아름다운 자태로 부드럽게 숨을 쉬는 요정에겐 어렴풋하게나마 에메랄드의 투명함이 있었고, 그 투명

---

* 네레이드(Nereid) 또는 네레이데스(Nereides)는 그리스 신화에 나오는 바다의 요정들로 아름다움과 미래를 예언할 수 있는 능력이 있다. 그중에서도 포세이돈의 아내가 된 암피트리테, 아킬레우스를 낳은 테티스, 시칠리아의 갈라테이아가 유명하다.
** Glauconome. 쉰 명의 네레이드 가운데 하나로 '빛나게 다스리는 여인'이란 뜻이다.

함 너머로 요정을 채색하는 여러 무거운 요소들이 밀려오는 모습이 보였다. 요정은 눈에 보이지 않는 안개 너머로 나른한 미소를 지으면서 태양을 뛰놀게 했고, 투명한 표면 주위에 마련된 텅 빈 공간에 불과한 안개는 이 때문에 더욱 압축적이고 인상적으로 보였다. 마치 조각가가 대리석 덩어리에 나머지 돌들은 다듬지 않고 내버려 둔 채 여신상만을 뚜렷이 드러나게 하듯이. 이렇게 요정은 그 유일한 빛깔 안에서 우리를 거친 대지 위 도로를 달리는 산책에 초대했고, 빌파리지 부인의 사륜마차 안에 앉은 우리는 결코 요정에게는 이르지 못한 채 그 부드러운 파닥거림의 싱그러움을 하루 종일 멀리서 바라보았다.

빌파리지 부인은 생마르스르베튀나 케틀롬 암벽까지 또는 다른 목적이 있는 소풍지로 가기 위해 일찍부터 마차를 준비시켰는데, 그곳은 너무 멀어서 그렇게 느린 마차로는 하루 종일 가야 했다. 긴 산책을 앞두고 나는 기쁨에 들떠 최근에 들은 곡조 몇 개를 흥얼거리면서 빌파리지 부인이 준비를 끝내기만을 기다리며 서성거렸다. 일요일일 경우, 호텔 앞에는 부인 마차뿐 아니라 여러 삯마차가, 페테른의 캉브르메르 부인 성에 초대받은 사람들, 그리고 벌써는 아이들처럼 호텔에 그냥 남아 있기보다는 발베크에서의 일요일은 지겹다면서 점심 식사가 끝나자마자 근처 바닷가로 몸을 숨기거나 어떤 경관을 방문하러 가는 사람들을 기다렸다. 그리고 자주 사람들이 블랑데 부인에게 캉브르메르네 성에 갔다 왔느냐고 물으면 블랑데 부인은 단호하게 "아뇨, 우리는 베크의 폭포에 갔다 왔어요."라고, 마치 그런 이유 때문에 페테른에 가서 하루를 보내지 않았다는 듯 대답했다. 그러면 변호사 회장은 동정 섞인 어조로 이렇게 말했다.

"부러운데요. 당신과 가는 곳을 바꾸었으면 좋았을 텐데, 다른 재미가 있을 테니까요."

내가 기다리는 현관 앞 마차들 옆에는 희귀 관목처럼 제복 입은 젊은 호텔 종업원이 서 있었다. 그는 염색한 듯 보이는 머리칼과 특이한 조화를 이루는 식물 같은 피부로 사람들의 시선을 끌었다. 호텔 내부, 성당 정문 안 현관 홀 또는 로마네스크 양식 성당에서 예비 신자 회랑에 해당하는 홀은 호텔에 묵지 않는 사람들도 들어갈 수 있는 곳으로, '밖의' 심부름을 도맡아 하는 심부름꾼의 동료들이 별로 하는 일 없이 조금씩 움직이고 있었다. 아마도 그들은 아침에 청소를 돕는 것 같았다. 그러나 오후에는 흡사 고전극의 합창대가 아무 할 일도 없이 단역배우 수를 추가하기 위해 무대에 남아 있는 것처럼 거기 그렇게 남아 있었다. 내가 그렇게도 두려워하던 총지배인은 '원대한 계획을 품고' 이들의 수를 대대적으로 늘릴 작정이었다. 그의 결정은 호텔 지배인을 무척이나 괴롭혔는데, 그는 이 모든 아이들이 '훼방꾼'에 불과하다고 생각했다. 말하자면 이 아이들은 사람들이 지나가는 걸 방해만 할 뿐, 아무짝에도 쓸모없다고 생각했다. 그러나 적어도 점심과 저녁 식사 사이 손님들이 외출했다 돌아오는 시간 동안 그들은 흡사 연극에서처럼 사건의 빈틈을 메웠다. 이를테면 맹트농 부인이 세운 여학교 학생들이 젊은 이스라엘 여자 옷차림으로 에스더나 조아드가 퇴장할 때마다 막간극에 나오는 것과 흡사한 역할을 수행했다.* 그러나 밖에 서 있는 제복 입은 종업원은 아름다운 빛깔 제복과 날씬하고도 유약한 몸매로, 후작 부인이 내려오기만을 기다리는 나로부터 그리 멀지 않은 곳에서 부동 자세를 취하고 있었는데 그의 그런 모습에는 우수가 깃들어 있었다. 형들이 보다 찬란한 운명을 위해 호텔을 떠났으므로 그는 이 낯선 땅에서 홀로 남은 듯 느꼈다. 드디어 빌파리지 부인이 나타났다. 부인의 마차를 돌보고 마차에 오르도록 부인을 도와주는 임무도 틀림없이 그 제복 입은 종업원이 맡았을 것이다. 그러나 하인들을 데리고 오는 이들은 그들로부터 시중을 받기 때문에 호텔에서 거의 팁을 주지 않고, 또 과거 포부르생제르맹의 귀족들도 똑같이 행동한다는 사실을 그는 잘 알고 있었다. 빌파리지 부인은 이 두 범주에 다 속했다. 그래서 그 나무와도 같은 종업원은 후작 부인으로부터 기대할 것이 전혀 없다는 결론을 내리고는 집사와 하녀가 부인을 마차에 오르게 하고 짐을 올리도록 내버려 두면서 형들이 부러운 듯 서글프게 꿈꾸며 식물 같은 부동 자세를 취했다.

우리는 떠났다. 기차역을 한 바퀴 돌고 나서 시골길로 들어섰는데, 울타리 친 아름다운 목초지 사이로 난 커브 길에서 벗어나 양쪽에 경작된 밭이 있는 모퉁이에 이르는 동안 그 길은 금방 콩브레의 길처럼 친숙해졌다. 밭 한가운데에는 여기저기 사과나무가 보였고, 이제 꽃이 지고 암술 송이밖에는 없는 사과나무는, 그러나 나를 매혹하기에 충분했다. 어느 곳에서

---

* 『잃어버린 시간을 찾아서』 1권 113쪽 주석 참조.

도 흉내 낼 수 없는 그 잎은 이제 막 끝난 결혼식 단상에 깔린 양탄자처럼 넓게 펼쳐져 붉은빛 꽃들이 뿌려진 하얀 새틴 면 사포에 의해 최근에 짓밟힌 듯했다.

　다음 해 5월 나는 파리의 한 꽃집에서 사과나무 가지 하나를 사다 놓고 꽃들 앞에서 수없이 많은 밤을 지새웠다. 꽃잎 안에는 똑같은 크림 빛 정수(精髓)가 피었으며, 잎의 새싹은 그 거품으로 칠해졌고, 또 하얀 꽃관 사이에는 나에 대한 친절 때문인지 아니면 창의력이 풍부한 취향이나 재치 있는 대조를 보이려 했는지, 꽃집 주인이 양쪽에 여분으로 아름다운 분홍빛 꽃봉오리를 덧붙인 것 같았다. 나는 꽃들을 바라보다 램프 불 밑에 갖다 놓았다. 발베크에서 여명이 붉은빛으로 물들었을 같은 시각에 같은 붉은빛으로 물드는 꽃들을 바라보면서 그토록 오래 자주 그 앞에 있었고, 상상의 길 쪽으로 꽃들을 옮기고 꽃들의 수를 늘리면서 내가 마음속에서 외우다시피 한 그 울타리 친 목초지의 준비된 액자 안에, 이제 막 준비를 끝낸 화폭 위에 이 꽃들의 데생을 펼쳐 놓았다. 그리고 내가 그토록 보고 싶었던 목초지를 언젠가 다시 볼 수 있다면, 봄의 색깔이 천재의 매력적인 영감과 더불어 캔버스를 뒤덮는 바로 그 순간에 보고 싶었다.

　내가 지금 찾아가려는 바다, 그 '찬연한 태양'*과 더불어 내가 만나기를 기대하면서 구상했던 바다의 그림을, 그러나 난 발베크에서 내 꿈이 허용하지 않는, 해수욕객들과 탈의실과

---

* 보들레르의 『악의 꽃』 중 「가을의 노래」에서 인용한 구절이다.

유람선 같은 그토록 저속한 지대 사이에서 파편화된 형태로만 만날 수 있었다. 하지만 빌파리지 부인의 마차가 언덕 꼭대기에 이르러 나뭇잎들 사이로 바다가 보였을 때, 바다를 자연과 역사 밖에 두었던 현대의 세부적 요소들이 아주 멀리 사라져 버렸고, 그러자 난 그 물결을 바라보며 르콩트 드릴이 「오레스테이아」에서 묘사한 그리스 영웅 시대의 긴 머리 전사들이 "여명 속 맹금류의 비상처럼 10만 개의 노로 요란한 파도를 헤쳐 간다."는 바로 그 물결을 떠올릴 수 있었다.* 그러나 다른 한편으로는, 내가 더 이상 바다 가까이 있지 않았으므로 바다는 살아 있지 않고 응고된 듯 보였으며, 바다의 색채에서도 힘이 느껴지지 않아, 그림의 색채인 양 또는 나뭇잎 사이의 하늘인 양 변하기 쉬운, 그러나 단지 하늘보다 더 짙푸르게 보일 뿐이었다.

　빌파리지 부인은 내가 성당을 좋아한다는 걸 알자 이번에는 이 성당, 다음에는 저 성당으로, 특히 '오래된 담쟁이로 뒤덮인' 카르크빌 성당을 보러 가자고, 그 장소에 없는 성당 정문을 눈에 보이지 않는 정교한 잎들로 멋있게 둘러싸는 듯한 손짓을 하면서 약속했다. 빌파리지 부인은 종종 이런 작은 몸짓으로 묘사하는 방식과 더불어 어떤 역사적 기념물의 매력과 특징을 나타내는 데 적절한 단어를 알고 있었는데, 전문적인 용어 사용은 피했지만 자신이 말하고 있는 내용에 정통하

---

* 19세기 고답파 시인 로콩트 드릴(Leconte de Lisle, 1818~1894)이 아이스킬로스의 「오레스테이아」에서 영향을 받아 쓴 비극 「에리니에스」에 나오는 구절이다.

다는 인상은 감추지 못했다. 그녀는 이 점에 대해 자신이 자란 아버지 소유의 성관 가운데 하나가 이 지역에 있으며, 또 이곳에는 발베크 부근 성당과 같은 양식의 성당들이 많기 때문이라고 변명했다. 더욱이 그 성관이 르네상스 건축의 가장 아름다운 표본임에도 부인은 자신에게 건축에 대한 취향이 없는 걸 부끄럽게 생각하는 듯 보였다. 그러나 그 성관은 또한 진정한 박물관이기도 했는데 쇼팽과 리스트가 연주했고 라마르틴이 시를 낭송했으며, 한 세기에 걸친 모든 유명한 예술가들이 그 집 방명록에다 생각이나 멜로디를 적어 넣거나 스케치를 그렸다. 빌파리지 부인은 자신의 우아함과 받았던 훌륭한 교육, 또 실제로 겸손한 탓인지, 아니면 철학적 지성이 결핍된 탓인지, 자신의 예술에 대한 모든 소양을 그저 물질적인 원인으로만 돌렸으므로, 마침내는 미술이나 음악, 문학, 철학을 역사적 기념물로 분류된 유명한 장소에서 가장 귀족적으로 자라난 소녀의 전유물로 여기게 했다. 그녀에게는 유산으로 물려받은 그림 외에 다른 그림은 없는 듯했다. 부인은 그녀가 한 목걸이가 옷 위로 나온 걸 보고 할머니가 마음에 든다고 하자 흡족해했다. 거기에는 가족들이 아니면 누구하고도 집 밖에 나가 본 적이 없는 티치아노가 그린 부인의 증조모 초상화가 들어 있었다. 그렇게 해서 진품임이 확인되었다. 부인은 크로이소스*와 같은 부호가 출처도 모르고 사들인 그림에 대해서

---

* Croesus(기원전 560?~기원전 546). 리디아 최후의 왕이자 부호의 상징으로 소아시아 연안의 그리스 여러 도시를 정복했다.

는 듣고 싶어 하지도 않았고, 또 그런 그림은 처음부터 가짜라고 확신하고는 보러 가고 싶어 하지도 않았다. 우리는 부인이 꽃 수채화를 즐겨 그린다는 사실을 알았고, 그래서 수채화를 칭찬하는 이야기를 들은 적 있는 할머니가 그 이야기를 꺼내셨다. 빌파리지 부인은 겸손해하며 화제를 바꾸었는데, 마치 칭찬을 해도 별로 새로울 게 없다고 할 정도로 충분히 알려진 예술가인 양 놀라거나 즐거워하는 기색도 없었다. 부인은 단지 그 일이 매력적인 소일거리이며 붓 아래서 태어나는 꽃들이 대단치는 않지만, 그래도 꽃을 그리다 보면 적어도 자연의 꽃들과 더불어 살게 되고, 특히 꽃을 모방하려고 할 때면 가까이 다가가서 들여다보아야 하는데 그런 아름다움은 결코 싫증나는 법이 없다고 말했다. 그러나 발베크에서 빌파리지 부인은 눈을 쉬게 하려고 자신에게 휴가를 주고 있었다.

할머니와 나는 부인이 대부분의 부르주아보다 더 '자유주의자'라는 사실을 알고 놀랐다. 부인은 예수회 신도들을 추방한 데 대해 사람들이 분노하는 걸 알고 놀라워했으며, 그런 일은 군주제에서도 늘 있었던 일로 스페인에서도 일어난 적이 있다고 말했다. 부인은 공화국을 옹호했고 교권 반대주의자에 대해서도 다음과 같은 정도로만 비난했다. "미사에 가고 싶을 때 미사에 못 가게 하는 건 미사에 가고 싶지 않을 때 억지로 가게 하는 것만큼이나 나쁘다고 생각해요." 또 그녀는 이런 말도 던졌다. "오! 오늘날의 귀족이란 과연 무엇일까요!" "내가 생각할 때 일하지 않는 인간은 아무것도 아니랍니다." 어쩌면 부인은 자기 입에서 나오는 말은 뭔가 재미있고 정감이 가며 기억할 만한 것이 된다고 느꼈던 모양이다.

우리는 신중하면서도 조심스럽게 공정해지려고 노력하면서 보수주의자들의 사상을 직접 비난하는 걸 거부하는데, 바로 이런 정신을 가진 사람을 통해 진보적인 의견이 솔직하게 표명되는 걸 듣자 ── 그렇다고 해서 빌파리지 부인이 그토록 싫어하는 사회주의에 대한 의견까지는 아니라 해도 ── 할머니와 나는 만물의 척도와 진리의 본보기가 이 유쾌한 동반자에게 있다는 사실을 기꺼이 믿게 되었다. 티치아노와 부인 성관의 회랑, 루이 필리프의 대화술을 평하는 말을 듣고 우리는 부인을 믿었다. 그러나 ── 석학들이 이집트 그림이나 에트루리아* 비문에 대해 말할 때는 우리를 감탄하게 하지만 현대 작품에 대해서는 얼마나 진부한 말만 늘어놓는지, 그들이 전념하는 학문 분야에서 저 형편없는 보들레르론과 같은 진부함이 보이지 않는다면 그런 우리가 지나치게 그들 학문을 높이 평가한 때문은 아닌지 하고 묻게 되는 것처럼 ── 빌파리지 부인은 지난날 그녀 부모님의 초대를 받아 그녀도 직접 엿보았던 샤토브리앙이나 발자크, 빅토르 위고에 대한 내 질문에, 그들에 대한 내 찬사를 비웃으면서 조금 전 대귀족이나 정치가들과 관련된 흥미진진한 일화들을 얘기할 때처럼 그 작가들에 대한 재미있는 이야기들을 해 주는 동시에 그들을 신랄하

---

* 로마에 정복당한 최초의 민족으로 건축이나 예술 문화 등 다양한 분야에서 로마에 많은 영향을 끼쳤다.

게 비난했다. 그들에게는 겸손함이나 자기 지우기, 단 하나의 적절한 표현으로 만족하면서 과장된 문체의 우스꽝스러움을 피하는 절제된 기술, 시의적절한 표현, 진정으로 가치 있는 사람만이 도달할 수 있다고 배워 온 판단의 중용과 단순함이라는 자질이 부족하다는 것이었다. 그녀는 살롱과 아카데미, 정부 부서의 위원회에서 이런 장점 때문에 어쩌면 발자크나 위고, 비니 같은 사람보다 더 뛰어나 보이는 몰레나 퐁탄, 비트롤, 베르소, 파스키에, 르브룅, 살방디, 혹은 다뤼를 망설이지 않고 선호한 것이 분명했다.*

"당신이 경탄을 금치 못하는 스탕달의 소설도 마찬가지랍니다. 스탕달 자신도 당신의 그 경탄하는 어조를 들었다면 무척 놀랐을 거예요. 아버지께서는 메리메** 씨 댁에서 — 적어도 그분에겐 재능이 있답니다. — 스탕달을 만났는데, 여러 번 내게 벨(스탕달의 본명이었답니다.)은 정말 경박한 사람으로, 만찬에서는 그런대로 재치가 있지만, 그의 책에 관해서는 어떤 환상도 품을 수 없다고 말씀하시곤 했죠. 게다가 당신 자신

---

* 여기 인용된 인물들은 모두 실존 인물로, 몰레(Molé) 백작은 생트뵈브가 스탕달보다 더 훌륭하다고 평한 시인이자 총리를 지낸 인물이며, 퐁탄(Fontanes)은 프랑스 혁명기에 시인이었으며, 비트롤(Vitrolles) 후작은 부르봉 왕가의 복권을 준비했던 정치인이며, 베르소(Bersot)는 철학가이자 파리고등사범학교 총장을 지냈으며, 파스키에(Pasquier) 공작은 장관과 수상을 지냈고, 르브룅은 시인이자 극작가로 참의원을 지냈으며, 살방디(Salvandy) 백작은 장관을 지냈으며, 다뤼(Daru) 백작은 스탕달의 사촌으로 베네치아의 백작이었다.
** 프로스페르 메리메(Prosper Mérimée, 1803~1870). 프랑스 소설가로, 대표작으로는 『콜롱바』, 『카르멘』 등이 있으며 고전적인 문체로 사실주의 문학을 지향했다.

도 스탕달이 발자크의 과도한 칭찬에 대해 어떤 식으로 어깨를 추켜올렸는지는 이미 알 거예요.* 그런 점에서 본다면 적어도 스탕달은 좋은 대화 상대였죠." 부인에겐 이 모든 위대한 사람들의 자필 서명이 있어, 그들과 자기 가문과의 특별한 친분을 자랑하며, 자신의 판단이 그들과 교제를 할 수 없었던 나 같은 젊은이들의 판단보다 훨씬 정확하다고 여기는 듯했다.

"나는 그분들에 대해 말할 수 있다고 생각해요. 우리 아버지 집에 자주 오셨으니까요. 재치가 넘치는 생트뵈브 씨도 말했듯이, 가까운 곳에서 본 사람만이 그 가치를 보다 정확하게 판단할 수 있다고 한 말을 믿어야겠죠."

경작한 밭들 사이로 때때로 마차가 언덕길을 올라가면서 예전 몇몇 거장들이 자신들 그림에 표시한 그 소중한 작은 꽃 모양 서명처럼 진짜 들판의 표시를 덧붙이면서 들판을 보다 현실적으로 만들었는데, 콩브레에 있는 것과 비슷한 푸른빛 수레국화꽃들이 망설이듯 우리 마차 뒤를 따라왔다. 이내 우리가 탄 마차의 말들이 그 꽃들과 거리를 두었지만, 몇 발짝 더 나아가자 또 다른 수레국화가 기다리다 우리 앞 풀밭 속에 그 푸른 별을 꽂았다. 또 몇몇 꽃들은 대담하게도 길가까지 나와 있어 나의 먼 추억과 또 이 길든 꽃들과 더불어 한 무리의

---

* 스탕달(Stendhal, 1783~1842)의 본명은 앙리 드 벨(Henri de Beyle)이다. 그가 쓴 『파르마의 수도원』(1839)에 대해 오노레 발자크(Honoré de Balzac, 1799~1850)가 "사상(思想) 문학의 걸작"이라고 극찬하자 스탕달은 이 글에서 말하는 '어깨 추켜올리는 것'과는 전혀 상관없는 감사 편지를 보냈다고 한다.(『소녀들』, 폴리오, 546쪽 참조.)

성운(星雲)이 형성되었다.

우리는 언덕을 다시 내려가기 시작했다. 그러다가 걸어서 또는 자전거나 작은 이륜마차 또는 마차를 타고 올라오는 이들과 마주치곤 했는데 — 화창한 날의 꽃들, 그러나 들판의 꽃과는 달리 하나하나가 다른 꽃에는 없는 뭔가를 감추고 있어, 이 뭔가가 우리 마음속에 야기한 욕망을 다른 유사한 욕망으로 만족할 수 없게 하는 — 소를 몰거나 짐수레 위에 비스듬히 드러누운 농가 소녀, 아니면 산책 중인 어느 가겟집 딸, 또는 사륜마차에서 부모 맞은편 보조 의자에 앉은 신분 높은 어느 우아한 아가씨였다. 메제글리즈 쪽으로 혼자 쓸쓸하게 산책하면서 내 품에 안길 농부 아가씨가 지나가기만을 바랐던 내 꿈이 내 밖의 어느 것과도 연결되지 않는 공상이 아니라, 마을 여자건 신분 높은 아가씨건 간에 우리가 만나는 소녀들은 모두 나의 이런 꿈을 실현해 줄 준비가 되었다고 블로크가 가르쳐 주던 날, 그는 내게 새로운 시대를 열었고, 내 삶의 가치도 바꾸어 놓았다. 지금 내가 몸이 아프고 혼자서 외출도 하지 못하고, 결코 그녀들과 사랑을 나누지 못하도록 선고받았다 할지라도, 그럼에도 마치 감옥이나 병원에서 태어난 아이가 오랫동안 인간의 기관으로 소화할 수 있는 음식이 마른 빵과 약밖에 없다고 믿다가 갑자기 복숭아나 살구, 포도가 단순한 들판의 보석이 아니라 아주 맛있는, 쉽게 소화할 수 있는 음식이라는 걸 알았을 때처럼 난 행복했다. 비록 간수나 간호원이 아름다운 과일을 따는 걸 허락하지 않을지라도, 이런 아이에게 세상은 보다 아름답게 보이며, 삶 역시 보다 관대해 보일 수밖에 없다. 왜냐하면 우리 외부에 있는 현실에 욕망이 부합되는 걸 알게 되면, 비록 실현이 불가능할지라도 그 욕망은 보다 아름답게 보이고, 또 우리는 이전보다 신뢰감을 가지고 욕망에 의지할 수 있기 때문이다. 그리고 ─ 한순간 욕망을 충족하지 못하게 가로막는 그런 우발적이고도 특별한 작은 장애물들을 우리가 개별적으로 생각 속에서 지우기만 하면 ─ 우리는 삶에서 욕망의 충족이 가능하다고 상상하면서 삶에 대해 보다 즐겁게 생각할 수 있다. 길을 지나가던 아름다운 소녀들의 뺨에 언젠가 내가 입을 맞출 수도 있다는 사실을 안 날부터 나는 그 영혼에 호기심을 느꼈다. 세계 또한 이전보다 더 흥미로워 보였다.

빌파리지 부인의 마차가 빨라졌다. 우리 방향으로 오는 소녀의 얼굴이 보일 듯 말 듯했다. 그렇지만 ─ 존재의 아름다움은 사물의 아름다움과는 다르기에 우리는 그 아름다움이 의식적이며 의지적인 존재의 유일한 아름다움이라고 생각한다. ─ 그녀의 개별성과 모호한 영혼, 내게는 미지의 존재인 의지가 놀랄 만큼 축소되면서 완벽한 작은 이미지로 그녀의 방심한 시선 속에 그려지자, 곧 암술을 위해 준비된 꽃가루의 신비스러운 응답인 양, 나는 그녀의 상념 속에 나라는 인간을 의식하게 하여 다른 남자에게 가려는 그녀의 욕망을 방해하지 않고는, 내가 그녀의 몽상 속에 자리 잡아 그녀 마음을 사로잡지 않고는, 결코 그녀 곁을 지나치지 않겠다는 그런 희미하고도 미세한 욕망의 싹이 내 마음속에 솟아오르는 걸 느꼈다. 그동안 우리 마차는 계속해서 멀어졌고, 아름다운 소녀는 이미 우리 뒤로 처졌으며, 내게서 한 인간을 구성하는 어떤 관념도 포착하지 못한 그녀의 눈은 얼핏 본 나를 이미 망각하고 있었다. 소녀가 아름답게 보였던 이유는 그녀를 살짝 보았기 때문일까? 어쩌면 그럴지도 모른다. 우선 한 여인 곁에 멈출 수 없다는 불가능성, 그리고 다른 날 다시 만나지 못할지도 모른다는 걱정이, 갑자기 그 여인에게 병 또는 가난 때문에 우리가 방문하지 못하는 고장이나, 필시 우리가 쓰러질 싸움에서 얼마 남지 않은 그 빛바랜 날들과 같은 매력을 주는지도 모른다. 따라서 만약 습관이 없다면, 시시각각 죽음의 위협을 느끼는 존재들에게는 — 다시 말해 모든 인간에게는 — 삶이 감미로워 보일 것이다. 그리고 만약 우리 상상력이 소유할 수 없는 것에 대한 욕망으로부터 야기된다면, 이 상상력의 비약은 스쳐 가는 여인의 매력이 일반적으로 빠른 통행 속도에 정비례하는 이런 만남에서는 우리가 그 여인의 실재를 완전히 지각한다는 사실에 제한받지 않는다. 들판이나 도시에 어둠이 떨어지고 마차가 빨리 달리기만 하면, 고대의 대리석처럼 훼손된 여인의 상반신이, 달리는 속도나 그 모습을 뒤덮는 황혼 덕분에 각각의 길모퉁이나 상점 구석에서 틀림없이 우리 심장에 '아름다움'의 화살을 쏠 것이다. 그러면 우리는 이 아름다움이, 단지 이 세상에서 뭔가 그리움으로 고무된 우리의 상상력이 저 스쳐 가는 여인의 파편적이고 덧없는 모습에 덧붙인 보충물에 지나지 않는 건 아닌지 하고 가끔은 묻고 싶어진다.

만약 마차에서 내려 우리와 마주친 그 소녀에게 말을 걸 수만 있었다면, 나는 마차에서는 식별하지 못했던 피부의 어떤 결함을 보고 그녀에게 환멸을 느꼈을지도 모른다.(그러자 그녀의 삶 속으로 뚫고 들어가려는 온갖 노력들이 갑자기 불가능해 보였다. 왜냐하면 아름다움이란 일련의 가정들로서 우리가 추한 모습을 보게 되면 그 모습은 이미 미지의 세계로 열리는 길을 가로막으며 그 가정들을 축소하기 때문이다.) 어쩌면 그녀가 했을 한 마디 말 혹은 미소가 그녀 얼굴과 행동의 표현을 읽는 데 뜻하지 않은 열쇠나 암호를 제공해 주었을지 모르지만, 그 역시 금세 진부해졌으리라. 가능한 일이다. 내가 아무리 많은 핑계를 대도 빠져나갈 수 없던 어떤 근엄한 분과 함께 있던 날만큼 내 삶에서 그렇게나 욕망을 불러일으킨 여자를 만난 적이 없었기 때문이다. 내가 처음으로 발베크에 갔던 시절부터 몇 해가 지난 후 나는 아버지 친구분과 함께 마차로 파리를 달리고 있었는데, 밤의 어둠 속에서 빠르게 걸어가는 한 여인을 보고, 어쩌면 일생에 단 한 번뿐일지도 모를 내 행복의 몫을 예의범절 같은 걸로 놓치는 건 무분별한 짓이라고 생각되어, 한 마디 변명도 하지 않고 달리는 마차에서 뛰어내려 그 미지의 여인을 쫓아간 적이 있었다. 여인은 두 갈래 길에서 사라졌다가 세 번째 길에서 다시 모습을 드러냈는데, 내가 숨을 헐떡이며 가로등 밑에서 본 사람은 내가 그토록 피해 왔던 베르뒤랭 부인이었다. 부인은 반갑고 놀란 마음에 "어머나! 내게 인사하려고 달려오다니 고마워요!" 하고 소리쳤다.

그해 발베크에서도 이처럼 소녀들과 만나게 되면 나는 할머니와 빌파리지 부인에게 머리가 너무 아파 걸어서 혼자 돌아가는 편이 낫겠다고 단언했다. 두 분은 내가 내리는 걸 허락하지 않았다. 그래서 나는 그 아름다운 소녀를,(움직이는 익명의 존재였으므로 역사적 기념물보다 더 다시 보기 어려운) 내가 가까이 다가가서 보기로 맹세한 소녀들의 명단에 추가했다. 그렇지만 내가 원하면 사귈 수 있을 듯 보이는 조건의 소녀가 내 눈앞으로 다시 지나갔다. 바로 농장에서 호텔로 크림을 추가로 가져오던 우유 배달 소녀였다. 그녀는 곧 나를 알아보았고, 어쩌면 내가 뚫어지게 바라보자 놀라서 바라봤는지는 모르겠지만, 하여간 날 주의 깊게 바라보는 것 같았다. 그런데 다음 날 아침 내내 휴식을 취하던 내게 프랑수아즈가 정오경에 커튼을 열러 와서는 누군가가 내 앞으로 호텔에 맡겨 놓은 편지 한 통을 내밀었다. 나는 발베크에 아는 사람이 아무도 없었다. 그래서 그 편지가 우유 배달 소녀로부터 왔을 거라고 생각했다. 하지만 애석하게도 그것은 베르고트의 편지였다. 지나는 길에 나를 보고 가려했지만 내가 잠든 걸 알고는 한 마디 멋진 글을 남겼고, 그걸 엘리베이터 보이가 봉투에 넣어 두었는데, 내가 우유 배달 소녀의 편지로 착각했던 것이다. 나는 몹시 실망했다. 베르고트의 편지를 받는 편이 더 어렵고 더 영광스러운 일이라는 생각도, 그 편지가 우유 배달 소녀로부터 오지 않았다는 사실 앞에서는 전혀 위로가 되지 않았다. 그녀 역시 그 후에 빌파리지 부인의 마차에서 단지 슬쩍 스쳐 갔던 다른 소녀들과 마찬가지로 다시는 만나지 못했다. 이 모든 소녀들을 만나고 또 잃어버렸다는 사실은 나를 더욱 동요하게 만들면서 욕망을 줄이라고 권하는 철학자들에게서 어떤 예지 같은 것을 발견하게 했다.(그렇지만 철학자들이 존재의 욕망에 대해 논하기를 원한다면, 단지 그 욕망이

의식 있는 미지의 존재를 대상으로 하여 우리를 불안하게 하는 유일한 것이기 때문이다. 철학이 부의 욕망을 논하려 한다고 가정하는 자체가 지극히 부조리한 일일 것이다.) 동시에 나는 이 예지가 불완전하다고 판단할 준비가 되었는데, 왜냐하면 소녀들과의 만남이 이 모든 시골길의 독특하면서도 평범한 꽃들, 하루 나절의 덧없는 보석, 산책의 행운을 자라게 하여 세상을 더욱 아름답게 보이게 했으며, 어쩌면 다시는 되풀이되지 않을 여러 우발적인 상황들이 그것을 완전히 즐기는 걸 방해하긴 했지만 어쨌든 삶에 대한 새로운 애착을 준다는 생각이 들었기 때문이다.

그러나 어쩌면 어느 날엔가 내가 보다 자유로운 몸이 되는 날이 오면 다른 길에서 비슷한 소녀들을 만나게 될지도 모른다고 기대한다는 사실 자체가, 매력적으로 생각되는 여인 곁에서 살고 싶은 욕망이 지닌 그 배타적인 개별성을 이미 망가뜨리기 시작했는데, 왜냐하면 그러한 욕망을 인위적으로 만들어 낼 수 있다고 생각한다는 것만으로도 나 스스로가 암묵적으로나마 그 욕망이 환상에 지나지 않는다는 걸 인정한 것이기 때문이다.

빌파리지 부인이 그녀가 말하던, 담쟁이로 뒤덮인 성당이 작은 언덕 위에 세워져 있고, 마을과 마을을 관통하는 강물이 내려다보이며, 그 강물 위로 중세의 작은 다리가 보존된 카르크빌로 우리를 데리고 가던 날, 할머니는 내가 그 유적을 혼자 구경하고 싶어 할 거라고 생각하고는 친구에게 광장이 잘 보이는 제과점에서 간식을 먹자고 제안했다. 제과점은 금빛으로 반짝이는 녹청 아래 아주 오래된 건물의 다른 부분인 듯했다. 나는 나중에 그곳에서 두 분을 만나기로 했다. 혼자 남은 내가 앞에 있는 녹색 덩어리에서 성당을 발견하려면, '성당'에 대한 관념을 보다 깊이 파헤쳐 보는 노력을 해야 했다. 실제로 라틴어에서 모국어로 번역하거나, 모국어에서 라틴어로 옮겨야 할 때, 평소에 익숙한 형태를 벗어던져야만 문장의 의미를 더 잘 깨닫게 되는 학생들과 마찬가지로, 여느 때는 종탑만 보아도 스스로 모습을 드러내어 그다지 생각해 볼 필요가 없었던 그 성당이라는 관념에, 여기 담쟁이덩굴의 아치는 고딕식 채색 유리의 아치이며, 저기 나뭇잎들의 돌출부는 기둥의 돋을새김에 해당한다는 것을 잊지 않으려고 끊임없이 환기해야 했다. 그러나 약간의 바람이 불어와 움직이는 성당 정문을 흔들자 빛의 소용돌이와도 같은 것이 일면서 전율하듯 번져 나갔고, 나뭇잎들은 파도처럼 부서졌고, 식물로 뒤덮인 정면은 파르르 떨면서 물결치듯 애무하며 사라지는 기둥을 함께 휩쓸어 갔다.

성당을 떠나 오래된 다리 앞에 이르렀을 때, 아마도 일요일이어서인지 마을 소녀들이 꽃단장을 하고, 지나가는 남자들을 부르는 모습이 보였다. 다른 소녀들보다 옷차림이 근사하지는 않았지만, 어떤 영향력에 의해서인지 다른 소녀들을 지배하는 듯 보이는 — 소녀들이 하는 말에 거의 대꾸도 하지 않는 — 키 큰 소녀 하나가 보다 엄숙하고 의지 있어 보이는 얼굴로 다리 가장자리에 반쯤 걸터앉아 두 다리를 늘어뜨리고 있었으며, 그녀 앞에는 이제 막 낚은 듯 보이는 물고기로 가득 찬 작은 항아리가 놓여 있었다. 소녀의 피부는 햇빛에 그

을어 갈색이었고 눈은 부드러웠으나 주변 사람들을 멸시하는
듯했으며, 코는 섬세하고도 매력적으로 생겼다. 내 시선은 그
녀의 살결 위에 놓였고, 내 입술도 엄밀히 말해 내 시선을 좇
는다고 할 수 있었다. 그러나 내가 이르고 싶었던 것은 단지
소녀의 몸만이 아닌 그 안에 살고 있는 인간이었으며, 그 인간
을 건드리기 위해서는 그녀의 주의를 끌어야 했고, 그 인간 속
으로 꿰뚫고 들어가기 위해서는 그 마음속에 있는 어떤 관념
을 일깨워야 했다.

   이 아름다운 낚시하는 소녀의 내적인 존재는 아직 내게 닫
혀 있는 듯했으며, 마치 내가 암사슴의 시야에 놓이기라도 한
듯, 그토록 내게는 낯선 어떤 굴절률에 따라 그녀 시선이라는
거울 안에 나 스스로의 모습이 몰래 반사되는 것을 얼핏 본 후
에도, 내가 그녀의 내면에 들어가 있는지가 의문스러웠다. 그
러나 내 입술이 그녀 입술에서 쾌락을 느끼는 것만으로 끝나
는 것이 아니라 그녀 입술에도 쾌락을 주어야 하듯이, 마찬가
지로 나라는 관념이 그녀 존재 안에 들어가 자리 잡고 그리하
여 그녀가 나에 대한 관심뿐 아니라 감탄과 욕망, 또 내가 그
녀를 되찾을 때까지 나에 대한 추억을 간직해 주기를 바랐다.
그러나 빌파리지 부인의 마차가 나를 기다리고 있을 광장이
불과 몇 발짝 안 되는 곳에서 보였다. 내게는 아주 짧은 순간
밖에 없었다. 벌써 소녀들이 이렇게 멈춰 선 나를 보고 웃는
듯 느껴졌다. 호주머니에는 5프랑이 있었다. 나는 5프랑을 꺼
내서 그 아름다운 소녀에게 내가 부탁하려는 심부름을 설명
하기에 앞서 그녀가 내 말에 귀를 기울이도록 그 눈앞에 잠시

동전을 들고 있었다. "이 고장 분인 것 같아서 부탁입니다만." 하고 나는 낚시하는 소녀에게 말했다. "저를 위해 작은 심부름을 하나 해 주실 수 있을까요. 광장에 있다는 제과점으로 가야 하는데 어딘지 몰라서요. 거기서 마차가 날 기다리고 있거든요. 잠시만요……. 혼동하지 않게 그 마차가 빌파리지 후작부인의 마차인지 물어봐 주시겠어요? 게다가 금방 알 수 있을 거예요. 말 두 마리가 끄는 마차거든요."

그렇게 말하면서 나는 그녀가 날 중요한 사람으로 생각해 주길 바랐다. 그러나 '후작 부인'과 '말 두 마리'라는 단어를 입 밖에 내는 순간 나는 갑자기 커다란 안도감을 느꼈다. 낚시하는 소녀가 나를 기억하리라는 사실과, 또 그녀를 다시 만날 수 없다는 두려움이 가시면서 그녀를 다시 만나고 싶은 욕망의 일부마저 사라지는 듯 느꼈기 때문이다. 눈에 보이지 않는 입술로 그녀 안에 있는 인간을 이제 막 건드렸으며 또 내가 그녀 마음에 든 것 같았다. 그리고 그 마음을 이렇게 강제로 빼앗는 이 비물질적 소유가 육체의 소유와 마찬가지로 그녀의 신비로움을 지웠다.

우리는 위디메닐 쪽으로 내려갔다. 콩브레 이후 자주 느껴 보지 못한 깊은 행복감이, 그중에서도 마르탱빌 종탑이 내게 주었던 것과 유사한 행복감이 갑자기 날 가득 채웠다. 하지만 이번에는 불완전한 채로 남았다. 우리가 따라간 산등성이 길의 움푹 팬 곳에서, 나무로 뒤덮인 오솔길의 시작을 표시하는 듯한 세 그루 나무가 내게는 처음이 아닌 것처럼 보이는 한 폭의 그림을 이루었고, 나무들이 뚜렷이 드러난 장소가 어딘지 알 수 없으면서도 예전에 내게 친숙했던 장소임에 틀림없다는 생각이 들었다. 그러자 내 정신은 어느 먼 옛날과 현재라는 시간 사이에서 비틀거렸고, 발베크 근교가 흔들렸고, 나는 우리의 이 모든 산책이 허구에 지나지 않으며, 발베크는 내가 상상 속에서만 방문한 장소이고, 빌파리지 부인은 소설 속 인물이며 고목 세 그루는 우리가 읽는 책에서 실제로 거기 옮겨졌다고 생각되는 장소를 묘사하고 있어 우리가 책에서 눈을 들면 마주칠 현실이 아닐까 하고 물어보았다.

나는 세 그루의 나무를 바라보았다. 나무들은 잘 보였지만, 내 정신이 포착하지 못하는 뭔가를 숨기고 있음을 느꼈다. 마치 너무 멀리 있어 우리가 아무리 팔을 뻗고 손가락을 늘어뜨려도 이따금 그 덮개에만 잠깐 스칠 뿐 아무것도 잡히지 않는 그런 물건처럼. 그때 우리는 보다 힘찬 도약으로 팔을 뻗고 더 멀리 닿기 위해 잠시 휴식을 취한다. 그러나 내 정신이 집중하고 도약하기 위해서는 절대적으로 혼자 있어야 했다. 게르망트 쪽으로 산책 갔을 때 부모님으로부터 멀리 떨어져 있었듯이 이번에도 얼마나 홀로 있고 싶었던지! 반드시 그렇게 해야만 한다는 생각마저 들었다. 사실 나는 사유 자체에 대한 노력을 요하는 어떤 종류의 기쁨을 인식했으며, 이 기쁨에 비하면 이런 기쁨을 포기하는 게으른 쾌감 같은 건 초라해 보였다. 이 기쁨은 대상이 무엇인지 예감은 하면서도 나 스스로 만들어 내야 했으며, 나는 이 기쁨을 아주 가끔씩만 느꼈고, 그러나 어쩌다 이런 체험을 할 때면 그동안 일어났던 일들은 전혀 중요하지 않게 보여, 이 기쁨의 유일한 현실에만 매달리다 보면 마침내 진정한 삶을 시작할 수 있을 거라고 생각했다. 빌파리지 부인이 알아채지 못하게 눈을 감으려고 한순간 손을 눈앞에 갖다 대었다. 아무것도 생각하지 않다가 다시 집중하여 되찾은 생각을 가지고 힘차게 나무들을 향해, 아니 오히려 그 끝에서 나 스스로가 나무들을 보는 내면의 방향으로 뛰어들었다. 나는 나무들 뒤에서 조금 전에 알아본 것과 동일한, 그러나 어렴풋한 대상을 느꼈지만 그 대상을 내게로 되돌려 놓을 수는 없었다. 그동안 마차가 점점 앞으로 나아가면서 나무 세 그루가 다가오는 모습이 보였다. 저 나무들을 어디서 보았을까? 콩브레 부근에는 이런 모양으로 길이 트인 곳은 한 군데도 없었다. 어느 해 내가 할머니와 광천수를 마시러 갔던 독일 시골에도 저 나무들을 생각나게 하는 경치는 없었다. 나무들을 본 것이 내 삶에서 아주 먼 시절의 일이었기에 그 주변을 감싸고 있던 풍경이 내 기억 속에서 완전히 사라져 버려, 마치 읽은 적 없다고 생각하던 책에서 어떤 페이지들을 발견하고는 감동하듯이, 내가 어린 시절에 읽고 망각한 책에서 세 그루 나무만이 홀로 떠오른 걸까? 혹은 반대로 적어도 내게는 언제나 똑같은 꿈의 풍경이 있어, 그 낯선 모습이 게르망트 쪽에서 자주 경험했듯이 내가 외관 뒤에 감추어져 있을 거라 예감하고 그 신비에 도달하려고 밤을 지새우며 기울인 노력, 또는 내가 그렇게도 알고 싶었던 장소이지만 그 장소를 알게 되면서부터는 발베크처럼 아주 가식적으로 보였던 장소에 내가 다시 한 번 더 그 신비를 끌어들이려고 기울인 노력이 수면 중에 밖으로 표출된 것뿐일까? 혹은 어젯밤 꿈에서 떨어져 나온 완전히 새로운 이미지인데도 이미 지워져 버린 까닭에 아주 먼 옛날 일인 듯 느껴진 걸까? 아니면 내가 한 번도 본 적 없는 나무들로, 게르망트 쪽에서 보았던 나무들이나 수풀과 마찬가지로 먼 과거마냥 모호하고 파악하기 힘든 의미를 그 표면 뒤에 감추고 있어 나로 하여금 어떤 상념 속으로 빠져들도록 부추기면서 내가 추억을 알아본다고 믿은 걸까? 또는 어떤 상념도 감추지 않고, 단지 내 시력의 피로 탓에 이따금 사물이 공간에서 이중으로 보이듯이 시간 속에서 이중으로 보인 걸까? 알 수 없는 일이었다. 그동안 나무들이 내게로 다가왔다. 어쩌면 나무들은 신화의 출현, 즉 예언을 알려 주는 마녀들 또는 노르넨*의 원무곡인지도 몰랐다. 아니, 차라리 내게는 과거의 유령, 또는 어린 시절의 소중한 동반자나 우리의 공통 추억을 불러내는 사라진 친구로 생각되었다. 나무들은 망령처럼 나와 함께 데리고 가 달라고, 생명을 돌려 달라고 부탁하는 듯 보였다. 그 소박하고도 열정적인 몸짓 속에서, 나는 말을 사용하는 힘을 잃어버린 탓에 원하는 대로 말도 못 하고, 또 우리가 자신의 말을 짐작하지 못할까 봐 안타까워하는 연인의 무기력한 그리움을 알아보았다. 이윽고 교차로에서 마차는 나무들을 떠났다. 내가 유일하게 진실이라고 믿었던, 나를 정말로 행복하게 해 주리라고 믿었던 것으로부터 날 먼 곳으로 데리고 가는 마차는 내 삶과 닮았다.

_____

* 북유럽 신화에 나오는 운명과 예언의 여신으로, 그리스 신화의 모이라 여신에 해당한다.

나무들이 실망한 듯 팔을 흔들며 멀어지는 모습을 보자니 이렇게 말하는 것만 같았다. 네가 오늘 우리에게서 배우지 못한 것은 앞으로도 결코 배울 수 없을 거야. 만약 네가 네게로 뻗어 가려고 애쓰는 우리를 이 길 한구석에 그냥 내버려 둔다면, 우리가 네게 가져다준 너 자신의 일부마저 모두 영원히 허무 속으로 떨어지고 말 거야. 사실 만약 나중에 내가 지금 느꼈던 기쁨과 근심을 다시 한 번 느낀다 해도, 또 어느 날 저녁 — 언제나 그렇듯이 너무 늦게 — 내가 이런 감정에 전념한다 해도, 나무들이 내게 무엇을 주고 싶어 했는지, 내가 나무들을 어디서 보았는지는 결코 알지 못했을 것이다. 마차가 갈림길에 들어서면서 난 나무들로부터 등을 돌려서 더 이상 나무들을 볼 수 없었다. 빌파리지 부인이 내게 왜 그렇게 꿈꾸는 듯한 얼굴이냐고 물었지만, 난 마치 친구를 잃은 듯, 나 스스로가 죽은 듯, 혹은 죽은 이를 부인하거나 신을 알아보지 못한 듯, 그저 슬프기만 했다.*

귀가를 생각해야 했다. 자연에 대해 어떤 감각이 있는 빌파리지 부인은 우리 할머니보다 더 냉정했지만, 그래도 박물관

---

* 이 세 그루 나무의 일화는 「스완」에 나오는 세 종탑 일화처럼 화자의 소명 의식과 관련하여 핵심이 되는 부분이다. 그러나 글쓰기의 욕망을 일깨우고 기쁨을 가져다주는 종탑과 달리 화자는 이 부분에서 자신이 느낀 인상에 대한 설명을 시도한다. 비의지적 기억? 아니면 꿈의 편린? 아니면 옛 삶의 추억, 오인의 환상, '데자뷔'의 착각 등. 이 일화는 질 들뢰즈(Gilles Deleuze, 1925~1995)에 따르면 감각의 공통 성질에 근거하는 비의지적 기억보다는 상상력과 무의식의 형태에 근거하는, 따라서 예술에 보다 가까운 경험으로 평가된다.(『프루스트와 기호들』, 민음사, 90~91쪽 참조.)

이나 귀족 저택 외에도 몇몇 옛것이 지닌 소박하면서도 위엄이 깃든 아름다움을 알아볼 줄 알았는데, 그녀는 마부에게 인적은 드물지만 멋있게 보이는 오래된 느릅나무가 심긴 발베크 옛길로 가라고 말했다.

이 옛길을 알고 난 후부터는 변화를 주기 위해 — 편도 여행인 경우를 제외하고 — 돌아올 때는 샹트렌과 캉틀루 숲을 통과하는 다른 길을 택했다. 눈에는 보이지 않지만 수를 셀수 없을 만큼 많은 새들이 우리 바로 옆 나무들에서 응답하는 소리가 마치 눈을 감고 휴식하는 듯한 느낌을 주었다. 나는 내 오케아니데스에게 귀를 기울였다.* 그러는데 우연히 새한 마리가 한 잎에서 다른 잎 아래로 지나가는 모습이 보였고, 그때 새와 노래 사이에는 별 뚜렷한 관계가 없어 보였으므로 나는 노래의 근원이, 놀라서 파드득 날아가며 우리에게 눈길을 주지 않은 이 새의 몸 안에 있다고는 도저히 믿지 못했다.

그 길은 프랑스에서 흔히 볼 수 있는 길들 가운데 하나로 꽤 가파른 오르막길과 긴 내리막길로 이루어져 있었다. 그때 나는 그 길에 이렇다 할 매력을 느끼지 못했으며 단지 돌아간다는 사실에만 만족했다. 하지만 훗날 그 길은 내 기억 속에서

---

* 그리스 비극 시인 아이스킬로스(Aeschylos, 기원전 525~기원전 456)의 비극 「포박된 프로메테우스」에 대한 암시로, 불을 훔친 프로메테우스의 행동에 분노한 제우스가 그를 청동 사슬로 바위산에 결박한 것을 말한다. 이런 프로메테우스를 물의 신인 오케아노스의 딸들이 위로하지만, 이 딸들 역시 프로메테우스와 함께 지옥 밑바닥으로 추락한다.

내가 산책이나 여행 중 지나갈 모든 유사한 길들의 실마리로 남아 기쁨의 근원이 되었고, 어떤 단절도 없이 금세 연결되는 덕분에 내 마음과도 즉시 소통할 수 있었다. 왜냐하면 마차나 자동차가, 내가 빌파리지 부인과 함께 돌아다녔던 길의 연장선인 듯 보이는 길에만 들어서면, 그때 내 의식은 가장 가까운 과거에 기대듯이(그동안의 세월은 모두 지워지고) 그날 오후가 끝나 갈 무렵 발베크 부근을 산책했을 때처럼 나뭇잎 냄새가 향기롭게 풍기고 짙은 안개가 일며, 인근 마을 나무들 너머 노을이 마치 다음에 우리가 찾아갈 먼 삼림 지방에서 지는 듯이 보여 그날 저녁 안으로는 도착하지 못할 것 같은 그런 인상을 받았기 때문이다. 이 인상은 그 뒤 다른 지방의 비슷한 길에서 받은 인상에 연결되어 그 두 인상의 공통된 감각인 편한 호흡이나 호기심, 나른함, 식욕, 즐거움 같은 온갖 부수적인 감각으로 둘러싸이면서 다른 감각들은 제외시켜 더욱 강화될 것이며, 그리하여 어떤 특별한 기쁨이 가지는 거의 실존의 기반과도 같은 밀도를 가질 것이다. 게다가 이런 실존의 기반을 발견하는 일은 매우 드물었으며, 그곳에서의 추억의 깨어남은 내 감각이 물질적으로 지각할 수 있는 실재 가운데 단지 우리가 환기하고 몽상한 실재, 포착할 수 없는 실재마저 대부분 옮겨 놓아, 내가 우연히 어느 고장을 지나갈 때면, 그때 그것은 내게 미학적인 감정보다는 훗날 거기서 영원히 살고 싶다는 덧없지만 열광된 욕망을 불러일으켰다. 얼마나 여러 번, 나뭇잎 냄새만 맡아도, 빌파리지 부인의 맞은편 간이 의자에 앉았던 일이, 빌파리지 부인에게 마차 너머로 인사를 보내던 뤽상부르 대공 부인과 마주쳤던 일이, 저녁 식사를 하러 그랜드 호텔로 귀가하던 일이 현재에도 미래에도 더 이상 우리에게 되돌아오지 못하는 일생에 단 한 번밖에 맛볼 수 없는, 그런 말로 형용하기 어려운 행복의 순간으로 보였는지 모른다!

우리가 귀가하기 전에 해가 지는 일이 자주 있었다. 나는 수줍게 빌파리지 부인에게 하늘에 떠오르는 달을 가리키며 샤토브리앙이나 비니, 빅토르 위고의 몇몇 아름다운 표현을 인용했다. "달은 우수(憂愁)의 오랜 비밀을 퍼뜨렸다." 또는 "샘물가의 디아나처럼 울고 있는." "어둠은 결혼식처럼 엄숙하고 장엄하였도다."*

"그 표현들이 아름답다고 생각해요?" 하고 부인이 물었다. "당신들 말로는 천재의 표현이라고 하겠죠? 전 그분들의 재능은 인정하면서도 가장 먼저 조롱했던 그들의 친구들이 이제 와서 이토록 진지하게 받아들이는 게 놀랍기만 하답니다. 전에는 지금처럼 천재라는 말을 함부로 쓰지 않았어요. 오늘날에는 작가에게 재능밖에 없다고 말하면 모욕처럼 들릴 테지만요. 당신은 달빛에 관한 샤토브리앙의 유명한 구절을 인용했는데, 내가 거기에 반대하는 이유를 알게 될 거예요. 샤토브리앙 씨는 아버지 댁에 자주 오셨답니다. 혼자 있을 때는 그나마 소박하고 재미있고 유쾌한 분이셨지만 사람들이 여럿 있기만 하면 금세 잘난 체하기 좋아하는 우스꽝스러운 사

---

* 여기 인용된 작가는 모두 프랑스 19세기 낭만주의 작가들로, 첫 번째 인용된 구절은 샤토브리앙의 소설 『아탈라』, 두 번째는 비니의 시 「목동의 집」, 세 번째는 위고의 시 「잠든 보아즈」에 나온다.

람이 되었죠. 그분은 아버지 앞에서 자신이 국왕 면전에 사표를 던졌다느니 교황 선거 회의*를 주도했다느니 하고 주장했는데, 그 국왕에게 복직을 청원해 달라고 아버지에게 부탁했던 일이나 교황 선거에 관해 가장 엉뚱한 예측을 아버지에게 들려주었던 일은 다 잊어버렸던 모양이에요. 이 유명한 교황 선거에 관해선 샤토브리앙 씨와는 아주 딴판인 블라카스** 씨에게 물어봐야 했어요. 달빛에 관한 문장 같은 건 우리 집에서는 그저 웃음거리에 불과했죠. 우리 집 성관 주변에 달빛이 비칠 때, 그 자리에 새로운 손님이 있기라도 하면 아버지는 그분에게 샤토브리앙 씨를 모시고 저녁 식사 후에 바람이라도 쐬라고 권유하셨죠. 두 분이 돌아오시면, 아버지는 손님을 구석으로 데리고 가는 걸 잊지 않으셨죠. '샤토브리앙 씨가 말을 잘하던가요?' '네, 그렇습니다.' '달빛에 대해 말하던가요?' '네, 그런데 어떻게 그걸 아셨죠?' '잠깐 이렇게 말하지 않던가요?' 하고 아버지는 그에게 그 구절을 읊었죠. '맞아요, 정말 신기하네요.' '또 로마의 들판에 비치는 달빛에 대해서도 말하지 않던가요?'*** '아니, 당신은 점쟁이시군요.' 우리 아버지는

* 1829년에 있었던 비오 8세의 교황 선거를 가리킨다. 비오 8세는 나폴레옹에 대한 충성 서약을 거부했지만, 교황으로 선출된 후에는 프랑스 7월 혁명을 승인했다. 당시 로마 대사였던 샤토브리앙은 비오 8세가 선출된 사실에 그리 놀라지 않았다고 한다.

** 블라카스(Blacas)는 1815년부터 1830년까지 나폴리 대사를 지냈으며 부르봉가에 충실했던 인물이다.

*** 샤토브리앙은 달빛에 대해 여러 번 언급했다. "로마의 들판에 비치는 달빛"은 그의 『이탈리아 여행』(1827)에 나오는 구절이다.

점쟁이는 아니었지만, 샤토브리앙 씨는 언제나 준비한 구절을 내놓는 걸 좋아했으니까요."

비니의 이름이 나오자 빌파리지 부인이 웃기 시작했다.

"'나는 알프레드 드 비니 백작입니다.' 하고 말하는 분 말이죠. 백작이건 백작이 아니건 별로 중요하지 않은데 말이에요."

그리고 어쩌면, 그래도 조금 중요하다고 생각했는지 이렇게 덧붙였다.

"우선, 나는 그분이 백작인지 아닌지 확신할 수는 없지만요, 여하튼 대단한 가문은 아니에요. 그분은 시에서 '귀족의 투구 장식'에 대해 말하는데요. 독자에게는 물론 멋진 취향이고 흥미롭기는 하죠! 이 점은 한낱 파리의 부르주아인 뮈세도 마찬가지예요. 그는 조금 더 과장해서 '내 투구 위에 놓인 황금의 새매'*라고 말하지만요, 진짜 귀족은 절대로 그런 것에 대해 말하지 않는답니다. 적어도 뮈세는 시인으로서 재능이라도 있죠. 그런데 비니의 작품은 『생마르스』**를 제외하고는 하나도 읽을 수 없더군요. 얼마나 지루한지, 책이 손에서 저절로 떨어지더라니까요. 비니에게는 없는 그런 재치와 솜씨가 있는 몰레*** 씨가 비니를 한림원에 받아들이는 자리에서 얼마나 멋있게 공격

---

* 첫 번째 구절은 비니가 『운명』이란 시집에 실은 「순수 정신」이란 시에 나오며, 두 번째 구절은 뮈세(Musset)의 『신(新) 시집』 중 「알프레드 타테 씨에게」란 시에 나온다.
** 『잃어버린 시간을 찾아서』 3권 92쪽 주석 참조.
*** 몰레(Molé) 백작은 1846년 비니를 한림원 회원으로 받아들이는 연설에서 대중적 인기에 영합하는 작가라고 비난했다.

했는지. 뭐라고요? 몰레 씨의 연설을 모른다고요? 그야말로 악의와 무례함의 결정판이라고 할 수 있을걸요."

부인은 발자크에 대해서도 비난했는데 조카들이 좋아하는 걸 보고 놀라기는 했지만, 발자크가 "자신을 받아 주지 않은" 사회를 묘사한다고 주장했으며 또 사실임 직하지 않은 것들만 수없이 늘어놓는다고 말했다. 빅토르 위고에 대해서는 그녀의 아버지인 부이용 씨가, 젊은 낭만파 작가들 가운데 친구가 있어 덕분에 「에르나니」* 초연에 입장할 수는 있었지만, 연극이 끝날 때까지 남아 있지 못할 정도였으며, 작가가 운문에는 재능이 있지만 과장이 너무 심해 우스우며, 또 위고가 대시인이라는 명칭을 부여받은 것도 일종의 거래에 의한 것으로, 사회주의자들의 위험한 헛소리를 두고, 위고가 타산적인 속셈에서 관용을 베풀자고 주장한 데 대한 일종의 보상이라고 말했다.

벌써 호텔과 불빛이 보였다. 처음 도착하던 날 그렇게도 적대적이던 불빛은 이제 집을 알리는 다정스러운 보호자였다. 그리고 마차가 호텔 문 가까이 도착했을 때 문지기와 하인들, 엘리베이터 보이가 우리의 늦은 귀가를 막연히 걱정하면서 열성적으로 순박하게 계단에 모여들었고, 우리는 이런 그들의 모습에 곧 익숙해졌다. 우리가 삶의 행로에서 계속해서 변하듯이 그들은 그렇게 수없이 변하지만, 그들이 잠시 우리 습

---

* 위고는 지나치게 장르의 규칙을 준수하는 고전극에 반대하여 희비극이나 기이함과 숭고함을 혼합하는 낭만주의 드라마를 주창했으며, 이런 고전극의 타도를 목적으로 쓴 작품이 희곡 「에르나니」(1830)다. 이 작품은 많은 반향을 일으켰고 낭만주의 문학의 입지를 굳히는 계기가 되었다.

관의 거울이 될 때, 그들에게서 우리 모습이 충실하고 다정하게 반사되는 걸 보면 감미로움이 느껴진다. 오랫동안 보지 못한 친구들보다 그들을 더 좋아하는 까닭은 그들이 현재의 우리 모습을 더 많이 담고 있기 때문이다. '제복을 입은 종업원'만이 낮 동안 햇볕 아래 있느라 저녁의 싸늘함을 견디기 어려웠는지 호텔로 들어갔는데, 털옷 포대기에 감싸인 모습이 늘어진 오렌지 빛 머리카락, 그리고 묘한 장밋빛 뺨과 더불어 유리문 달린 홀 한가운데서, 마치 추위로부터 보호받는 온실의 화초를 연상시켰다. 우리는 필요 이상으로 많은 하인들의 시중을 받으며 마차에서 내렸는데, 그들은 이 장면의 중요성을 느꼈는지 한 역할을 담당해야 한다고 생각하는 모양이었다. 난 배가 고팠다. 이럴 때면 종종, 저녁 식사에 늦지 않으려고 곧바로 방에 올라가지 않았다. 이제 그 방의 커다란 보랏빛 커튼과 낮은 책장을 다시 보아도 마치 나 자신과 홀로 있는 듯한 느낌이 들었고, 그 안에 있는 물건들도 마치 사람들처럼 내 모습을 반사해 주어 이제 그 방은 정말로 내 방이 되었다. 우리는 모두 함께 홀에서 식당 책임자가 와서 식사 준비가 되었다는 말을 하기만을 기다렸다. 빌파리지 부인의 이야기를 또 한 번 들을 수 있는 기회였다.

"너무 폐를 끼치는군요." 하고 할머니가 말씀하셨다.

"천만에요, 저도 즐거운걸요. 아주 만족해요." 하고 할머니의 친구는 평소의 소박한 태도와 대조를 이루는 아양 떠는 미소를 지으며, 리듬감 있는 어조로 음을 길게 늘이면서 대답했다.

이런 순간의 부인은 사실 자연스럽지 않았는데, 그녀가 받은 교육과 귀족의 처신에 따라 귀부인이 부르주아들을 만날 때는 그 만남이 기쁘고 자기가 교만하지 않다는 걸 보여 주어야 한다는 걸 의식했기 때문이다. 그녀에게서 유일하게 예의에 어긋나는 점이 있다면, 지나치게 예의 바르다는 점이었다. 우리는 거기서 포부르생제르맹 귀부인 특유의 습관을 알아볼 수 있었는데, 그녀는 몇몇 부르주아들에게 어느 날엔가 자신이 비난의 대상이 되리라는 걸 예측하고는 모든 기회를 최대한 이용해 그들에게 베푸는 호의의 통장을 준비했으며, 어느 날엔가 그들을 만찬이나 대연회에 초대하지 않아 적자로 돌아서게 될 때를 대비하여, 미리 통장의 돈을 흑자로 만들어 놓으려 했다. 이처럼 빌파리지 부인의 계급 정신은 예전에는 부인에게 결정적인 영향을 미쳤고, 지금은 상황이 변하고 사람들도 달라졌으므로 부인이 파리에 가서도 자주 부인 집에서 우리를 보고 싶어 한다는 사실은 아직 몰랐지만, 우리가 발베크에 있는 동안은 부인을 열정적으로 부추겨 자신의 다정함을 보여 주는 데 허락된 시간이 너무도 짧다는 듯, 장미꽃과 멜론을 보내고, 책도 빌려 주고, 마차로 산책하고, 말로 감정을 토로하게 했다. 그리하여 ── 바닷가의 눈부신 광채와 다채로운 빛깔로 타오르면서도 바다 밑 미광이 비치는 듯한 방들, 상인의 아들들이 마케도니아의 알렉산더 대왕처럼 기마행렬을 하는 승마 연습 ── 이 모든 것들이 빌파리지 부인의 일상적인 친절과, 여름 동안 일시적으로 그 친절을 받아들인 할머니의 너그러움과 더불어 해수욕장 생활의 특징으로 내 추억속에 남았다.

"저들이 방에 가져다 놓도록 당신 외투를 내줘요."

할머니는 외투를 지배인에게 건넸다. 지배인이 내게 친절하게 대해 줬으므로 난 이런 실례된 행동이 그를 언짢게 할까 봐 송구스러웠다.

"저 사람이 화가 났나 봐요." 하고 후작 부인이 말했다. "당신의 숄을 들기에 자기가 아주 높은 영주라도 된다고 생각하는가 보죠. 제가 아주 어렸을 때, 느무르 공작*께서 부이용 저택 맨 위층에 있는 아버지 방으로 커다란 편지 다발과 신문을 안고 들어오시던 모습이 생각나네요. 예쁜 나무로 내장한 문틀 아래서 푸른 옷을 입은 왕자님을 본 것 같았어요. 바가르**가 만든 걸로 기억하는데, 아주 유연하고 가느다란 목판 위에 세공인이 작은 매듭과 꽃들을 마치 꽃다발 묶는 리본처럼 새겨 놓은 문틀이었어요. '자, 이거 받게나, 시뤼스.' 하고 공작께서는 아버지에게 말했죠. '문지기가 이걸 자네에게 전해 달라고 하더군. 그러면서 이렇게 말하는 거야, 어차피 백작님께서는 방에 올라가실 테니 제가 일부러 층계를 올라갈 필요는 없겠죠. 끈이 풀리지 않게 조심하세요.'라고.' 자, 이제는 짐을 내주었으니 여기 앉으세요. 이쪽으로요." 하고 후작 부인이 할머니의 손을 잡으며 말했다.

"괜찮으시다면, 그 안락의자는 말고요! 두 사람이 앉기엔

---

* 루이필리프(Louis-Philippe)의 아들, 루이 도를레앙(Louis d'Orléans, 1814~1896)을 가리킨다.
** 세사르 바가르(César Bagard, 1639~1709). 프랑스 조각가로 작품 대부분이 프랑스 혁명 때 소실되었다.

너무 작고 제가 혼자 앉기에는 너무 커서 불편할 것 같군요."

"당신 말을 들으니 이런 일이 생각나는군요. 이 의자는 제가 오랫동안 가지고 있던 것과 똑같은 건데, 저 불행한 드 프랄랭 공작 부인이 제 어머니께 주신 거죠. 결국은 더 이상 보관할 수 없게 되었지만요. 제 어머니는 세상에서 가장 소박한 분이었지만, 한편으로는 다른 시대의 사고방식을 가지고 계셔서 이해하기 어려울 때가 많았어요. 어머니는 결혼하기 전에는 세바스티아니 양에 지나지 않았던 프랄랭 부인에게 소개되는 걸 원치 않았죠. 그런데 프랄랭 부인은 자기가 공작 부인이므로 자기 쪽에서 먼저 인사하는 걸 원치 않았고요. 사실." 하고 빌파리지 부인은 이런 종류의 미묘함을 이해하지 못하겠다고 말했던 걸 잊어버리고 이렇게 덧붙였다. "그녀가 드 슈아죌 부인이었다면 그런 자부심을 가질 만도 하지요. 슈아죌 가문이야 대단한 집안이니까요. 루이 르그로 왕의 누이가 조상인 가문으로 바시니의 진정한 군주였죠.* 혼인이나 명성으로 본다면 우리 가문이 우세하지만, 오래된 걸로 따지자면 거의 같다고 할 수 있죠. 누구에게 우선권이 있느냐를 놓고 우스운 일도 많았답니다. 이를테면 한 오찬에서 이 두 부인 중

---

* 슈아죌프랄랭(Choiseul-Praslin, 1805~1847) 공작은 프랑스의 오랜 명문가 출신으로 1824년 세바스티아니 장군의 딸과 결혼하여 자식을 열 명이나 두었지만 가정부와 눈이 맞아 아내를 살해했다. 아내의 죽음으로 체포당한 뒤 공작도 자살했다. 루이 르 그로(Louis le Gros, 1081~1137) 왕은 프랑스 카페 왕조의 다섯 번째 왕인 루이 6세를 가리킨다. 바시니는 프랑스 북동쪽 샹파뉴아르덴 지방의 도시로 슈아죌 가문이 이곳에 정착한 것은 10세기 말로 거슬러 올라간다.

한 부인이 다른 부인에게 소개받는 데 동의하지 않아 한 시간 이상이나 식사가 늦어진 경우도 있었죠. 그렇지만 프랄랭 부인과 제 어머니는 아주 친한 친구가 되셨고, 프랄랭 부인이 어머니에게 이렇게 생긴 안락의자를 주셨답니다. 하지만 이제 막 당신이 했듯이 사람들은 그 의자에 앉기를 거절했죠. 어느 날 어머니가 저택 안마당으로부터 마차 소리가 나는 걸 듣고 어린 하인에게 누구냐고 물으셨어요. '라로슈푸코* 공작 부인이십니다, 백작 부인.' '그래, 그럼 모셔 오도록 하게나.' 그러나 십오 분이 지나도 아무도 들어오지 않았죠. '그런데 라로슈푸코 공작 부인은 어디 계시지?' '계단에서 숨을 헐떡이고 계십니다, 백작 부인.' 하고 어린 하인이 대답했죠. 하인은 시골에서 온 지 얼마 안 되었는데, 어머니에겐 하인을 시골에서 뽑는 좋은 습관이 있었어요. 그들이 태어날 때부터 보아 왔으니까요. 그렇게 해서 충직한 하인들을 집 안에 두게 된 거죠. 집에서 제일가는 사치품이니까요. 사실 라로슈푸코 공작 부인은 어렵게 계단을 올라왔는데 체구가 얼마나 컸던지 그분이 방에 들어오셨을 때, 어머니는 잠시 동안 그분에게 어느 쪽 자리를 드려야 할지 고민했답니다. 그때 프랄랭 부인이 준 안락의자가 눈에 띄었죠. '이곳에 앉으세요.' 하고 어머니가 의자를 내밀며 말했죠. 공작 부인이 앉자 그 커다란 의자가 가장자리까지 꽉 찼답니다. 그분은 거대한 체구에도 불구하고, 꽤 유쾌한 분이셨다나 봐요. 한 친구가 '그분이 들어오실 때면 여전

_____

* 73쪽 주석 참조.

히 인상적이에요.'라고 말했죠. 그러자 제 어머니는 '특히 나가실 때는 더욱 인상적이랍니다.'라고 하셨는데 오늘날에는 받아들여질 수 없는 재담이죠.* 라로슈푸코 부인의 집에서도, 부인의 거대한 몸집에 대해 부인 앞에서도 거리낌 없이 농담을 하곤 했는데, 그 농담에 제일 먼저 웃는 사람도 부인이었답니다. '혼자 계세요?' 하고 어느 날 어머니께서 공작 부인을 보러 갔다가 입구에서 남편의 영접을 받으며, 방 깊숙이 있는 부인을 보지 못하고는 이렇게 물어보셨죠. '라로슈푸코 부인께서는 안 계신가요, 안 보이시네요.' '참 친절도 하시군요!'** 하고 공작이 대답했는데, 그분은 제가 아는 사람 가운데 판단력이 가장 좋지 않았지만, 그래도 어떤 점에서는 재치가 없지도 않았답니다."

저녁 식사 후 할머니와 함께 방으로 올라갔을 때 나는 할머니께 빌파리지 부인이 우리를 매혹했던 그 장점들, 즉 재치며 섬세함이며 신중함이며 자신을 드러내지 않는 점이 그렇게 감탄할 정도는 아닌 것 같다고 말했다. 왜냐하면 그런 장점이 가장 많다고 부인이 거론한 사람들이 몰레, 로메니*** 같은 이들에 지나지 않았고, 또 그런 장점이 없어 일상적인 대인 관계에

---

* 워낙 체구가 거대한지라 그녀가 나가면 드디어 숨을 쉴 수 있겠다는 재담이다. 그러나 이런 재담은 17세기나 18세기 살롱의 대화술에서나 가능했던 것으로 어리석은 부르주아 사회에서는 더 이상 이해될 수 없다는 의미이다.
** 체구가 거대한 아내가 어떻게 안 보일 수 있는지 약간은 비꼬는 말투이다.
*** 로메니(Loménie)에 대해서는 『잃어버린 시간을 찾아서』 3권 92쪽 주석 참조.

서는 불쾌하게 보였을지 모르지만 샤토브리앙이나 비니, 위고, 발자크가 되는 데 전혀 문제가 없었으며,* 비록 이런 사람들이 허영심이 강하고 판단력이 떨어져 쉽게 사람들의 웃음거리가 될 수는 있겠지만, 마치 블로크처럼…… 하지만 블로크라는 이름에 할머니는 그만 소리를 지르셨다. 그러고는 빌파리지 부인에 대한 칭찬을 늘어놓으셨다. 사람들의 말처럼 사랑에서 개개인의 취향을 인도하는 것이 종족의 이익을 위한 일이며, 그래서 가장 정상적인 자식을 낳기 위해 비만인 남자는 마른 여성을, 마른 남자는 비만인 여성을 선택하듯이, 마찬가지로 할머니도 슬픔과 고독에 쉽게 빠지는 내 병적인 성향과 신경과민으로 위협받는 내 행복에 대한 막연한 요구 때문에 절제와 분별력이라는 장점에 가장 중요한 가치를 두셨고, 또 이런 장점은 비단 빌파리지 부인뿐 아니라 내가 마음의 안정과 기분 전환을 발견할 수 있는 사회, 즉 보세르장이나 주베르, 세비녜 부인의 정신은 아니라고 해도, 두당이나 레뮈자의 정신이 꽃피는 사회의 고유한 정신으로,** 이런 정신이야말로 우리 삶에 보다 나은 행복과 품위를 가져다준다고 말씀하셨다. 반면 이와 반대되는 세련된 정신은 보들레르나 포, 베

---

* 19세기 프랑스의 낭만주의를 이끈 대가들이다. 발자크는 후기 낭만주의 문학에 속하지만 사실주의 문학의 선구자로 간주된다.
** 보세르장은 허구 인물이며(26쪽 주석 참조.) 주베르(Joubert)는 샤토브리앙의 친구로 그의 유고집 발간을 주도했다. 두당(Doudan, 1800~1872)은 브로유(Broglie) 백작의 비서로 백작 사후에 서간집을 발간했다. 레뮈자(Rémusat) 백작은 1840년 루이필리프의 통치 시기에 장관을 지내다 1871년 티에르(Thiers) 정부에서는 외무부 장관을 지냈다.

를렌, 랭보*를 고통으로 인도했고, 또 그들의 평판을 위태롭게 했으며, 이것은 할머니가 손자를 위해 전혀 원치 않는 정신이었다. 나는 할머니의 말을 중단하기 위해 키스를 하면서 빌파리지 부인 말 중에 그녀가 고백하지는 않았지만 자신의 태생에 집착하는 여인임을 드러내는 이런저런 말을 귀담아들었는지 물었다. 이렇게 난 내 인상에 대한 판단을 할머니에게 맡겼는데, 할머니의 가르침이 없이는 누군가에 대한 존경심의 척도를 결코 가늠할 수 없었기 때문이다. 저녁마다 나는 할머니에게, 할머니가 아닌 그 존재하지 않는 인간들에 대해 내가 낮 동안 한 스케치를 보여 드렸다. 나는 한번은 이렇게 말했다. "난 할머니가 없으면 살 수 없을 거예요." "그런 소리 하지 마라." 하고 할머니는 당황한 목소리로 말했다. "우린 더 마음을 단단히 먹어야 한단다. 그러다 만약 내가 여행이라도 떠나게 되는 날이 오면 어쩌려고 그러니? 반대로 난 네가 아주 분별력이 있고 아주 행복하기를 바란단다." "며칠만 떠나시는 거라면 난 아주 분별력 있는 아이가 될 거예요. 할머니가 돌아오실 시간을 세면서요." "하지만 내가 몇 달을 떠나는 거라면……(그런 일은 생각만 해도 가슴이 미어질 것 같았다.) 몇 해를…… 또……."

우리 두 사람은 입을 다물었다. 감히 서로를 바라볼 수조차 없었다. 그러나 나의 고뇌보다 할머니의 고뇌가 더 고통스러

---

* 에드거 앨런 포(Edgar Allan Poe, 1809~1849)를 제외하고는 모두 19세기 프랑스의 대표적인 상징주의 시인들이다.

운 듯 보였다. 그래서 창가로 다가가 눈을 다른 곳으로 돌리며 분명한 소리로 말했다.

"할머니는 내가 습관의 존재라는 걸 아시잖아요. 사랑하는 사람들과 헤어지고 나면 처음 며칠은 불행하겠죠. 하지만 여전히 그들을 사랑하면서도 익숙해져 가고, 그러다 보면 내 삶은 안정되고 평온을 찾겠죠. 그들과 헤어져 지내는 것도 견디겠죠. 몇 달……몇 년을……."

나는 아무 말도 하지 않은 채 똑바로 창문을 바라보아야 했다. 할머니는 잠시 방에서 나가셨다. 그러나 다음 날 나는 가장 무심한 어조로, 그래도 할머니가 내 말에 주의를 기울일 수 있도록 신경을 쓰면서 철학에 대해 말하기 시작했다. 과학에서 새로운 발견이 나타난 후에 오히려 유물론이 몰락한 듯 보이며, 아직도 영혼 불멸이나 미래에서 영혼의 만남 같은 것이 더 가능한 일인 듯 보이니 참으로 신기한 일이라고 말이다.

빌파리지 부인은 곧 우리를 자주 만나지 못할 것 같다고 알려 왔다. 소뮈르* 기병 학교를 준비하는 조카가 현재 이웃 마을에 있는 동시에르 병영에 있는데 휴가를 몇 주 받아 부인 곁에서 지내게 되어 그와 많은 시간을 보내야 할 것 같다는 것이었다. 부인은 산책 중 조카의 총명함과 특히 그의 선한 마음씨에 대해 자랑했다. 나는 벌써 그가 내게 호감을 갖고 내가 그의 가장 좋은 친구가 되는 모습을 머릿속에 그려 보았다. 도

---

* 프랑스 서쪽 루아르강 연안 도시로 1763년 루이 15세가 세운 기병 학교와 14세기 말에 건축된 성 그리고 거품 이는 백포도주가 유명하다.

착을 앞두고 그의 고모할머니가 할머니에게, 그가 불행하게도 어느 나쁜 여자의 마수에 걸려 그 여자에게 빠졌으며, 여자도 결코 그를 놓아주지 않는다는 말을 털어놓았다는 걸 알았을 때,* 이런 사랑은 운명적으로 정신이상이나 범죄 또는 자살로 끝나리라고 확신해 왔던 나는, 아직 만나기도 전에 그렇게도 커진 우리 우정에 짧은 시간밖에 남지 않은 걸 깨닫고, 마치 소중한 사람이 중병에 걸려 목숨이 얼마 남지 않았다는 소식을 들었을 때처럼, 우정과 그 우정을 기다리는 불행에 슬픔을 느꼈다.

어느 무더운 오후, 햇빛을 가리기 위해 커튼을 내려 노랗게 물든 커튼 틈 사이로 바다의 푸르름이 윙크하게 내버려 두는 반쯤 어둠에 잠긴 호텔 식당에 앉아 있을 때, 나는 해변에서 도로로 이어지는 길 한가운데 키가 크고 날씬하며 목을 드러내고 머리를 자랑스럽게 높이 쳐들고는 예리한 눈에 마치 태양 광선을 모두 흡수한 듯 살갗이나 머리칼이 온통 금빛으로 빛나는 젊은 남자가 걸어가는 모습을 보았다. 그는 남자로서 감히 입을 수 있으리라고는 생각해 본 적 없는 그렇게도 부드럽고 새하얀 옷을 입고 있었는데, 옷 얇기가 식당 안 시원함만큼이나 밖의 더위를 연상시켰다. 그는 걸음이 빨랐다. 한쪽 눈에서 연신 외알 안경이 떨어지는 그의 눈은 바다 빛이었다. 모두들 그가 지나가는 모습을 호기심 어린 눈으로 바라보았는

---

* 생루가 사랑하는 유대인 여인으로 연극배우 라셀을 가리킨다. 화자는 그녀를 사창가에서 만나 '라셀, 주님께서'라는 별명을 붙여 준다.(『잃어버린 시간을 찾아서』 3권 265~266쪽 참조.)

데, 그 젊은이가 저 유명한 멋쟁이 생루엉브레* 후작이라는 사
실을 알고 있었다. 온 신문이 그가 최근에 젊은 위제** 공작의
결투 입회인을 맡았을 때 입었던 옷차림을 묘사했다. 그의 머
리칼이나 눈, 살갗, 몸매의 특징이 거친 암석 틈 사이로 푸른
빛을 발하는 귀중한 오팔 광맥처럼 군중 한가운데서 그를 뚜
렷이 드러나게 하여 남들과는 다르게 사는 그의 삶을 반영하
는 듯했다. 그 결과 빌파리지 부인이 못마땅하게 여기는 여인
과 관계를 맺기 전 상류사회의 가장 아름다운 여인들이 그를
놓고 쟁탈전을 벌이던 무렵, 그가 환심을 사려 했던 어느 유명
한 미인과 함께 바닷가 같은데 나타나면 사람들의 시선은 그
여인에게만 쏠리지 않고 그녀 못지않게 그에게도 쏠렸다. 그
의 '우아함'이나 '인기 있는 남자'의 도도함, 특히 빼어난 외모
로 몇몇 사람들은 그에게서 여성적인 면모를 발견했는데, 그
렇다고 해서 그 점을 비난하지는 않았다. 그가 얼마나 남자답
고 여인들을 정열적으로 사랑하는지 다들 알고 있었기 때문
이다. 빌파리지 부인이 우리에게 말했던 바로 그 조카였다. 몇

---

* 화자의 친구인 로베르 생루엉브레는 흔히 로베르 생루로 표기되나 귀족이 소
유하는 영지를 나타낼 때는 '로베르 생루엉브레(Robert Saint-Loup-en- Bray)'
라고 표기된다.(브레는 피카르디아와 노르망디 사이 마을 이름으로 '브레의 생
루'란 의미다.) 쥐피앵 그라크(Julien Gracq, 1910~2007)의 『브레에서의 만남』
이란 소설에는 이처럼 프루스트의 추억이 스며 있다. 아폴론의 찬란한 태양을
상징하듯 온통 금빛 기호 아래 묘사되는 생루는 직업군인으로서의 탁월한 지식
과 더불어 특히 라셸과의 불행한 사랑으로 화자에게 큰 영향을 미친다.
** 위제(Uzès) 가문은 프랑스에서 처음으로 공작령(1572년)을 부여받은 명문
이다.

주 동안 그와 알고 지낼 거라 생각하니 나는 황홀했고, 그가 내게 모든 애정을 쏟으리라고 확신했다. 그는 재빨리 호텔 전체를 따라, 그 앞에서 나비처럼 날아가는 외알 안경을 쫓아가듯 길을 건넜다. 해변에서 오는 그의 전신이 호텔 로비 유리창을 절반 높이까지 채우는 바다를 배경으로 뚜렷이 드러났다. 마치 화가들이 현재 생활의 정확한 관찰에 근거하여 조금의 왜곡도 없이 다만 그 모델을 위해 폴로 경기나 골프장 잔디밭, 승마장, 요트 선착장 같은 적절한 배경을 택해서는, 프리미티프 화가들이 풍경 전면에 인간의 얼굴을 나타나게 했던 것처럼 현대판 초상화를 보여 주려고 하는 것 같았다. 말 두 필이 끄는 마차가 문 앞에서 그를 기다렸다. 외알 안경이 햇볕이 내리쬐는 거리에서 뛰노는 동안, 이 빌파리지 부인의 조카는 위대한 피아니스트의 솜씨가 이류 연주가보다 얼마나 탁월한지 보여 주기 힘든 그런 지극히 단순한 부분에서도 상당히 우아하고 능란한 솜씨로 마부가 건네준 고삐를 잡고 마부 곁에 나란히 앉아, 호텔 지배인이 건네준 편지를 개봉하면서 말들을 출발시켰다.

다음 날이나 그다음 날, 매번 그를 호텔이나 밖에서 만날 때마다 — 목을 꼿꼿이 세우고, 마치 춤추듯 사라지는 외알 안경이 몸의 무게 중심인 듯 팔다리의 움직임을 거기에 맞추면서 돌아다니는 그와 마주칠 때마다 — 나는 그가 우리에게 다가오고 싶어 하지 않는다는 걸 알 수 있었고, 또 우리가 자기 할머니의 친구라는 사실을 모르지 않았음에도 우리에게 인사조차 하지 않는 걸 보고 난 얼마나 실망했던가! 빌파리지 부인이 내게 베푼 호의를, 또 그녀 이전에는 노르푸아가 베푼 호의를 떠올리면서, 나는 어쩌면 그들이 가짜 귀족일지도 모르며, 또 귀족 사회를 지배하는 법률의 비밀 조항에 따라 그 사회의 여인들이나 외교관들은, 내가 알 수 없는 이유로 서민들과 함께 있을 때 거만하게 굴지 않는데, 그와 반대로 이 젊은 후작은 가차 없이 거만하게 군다는 생각이 들었다. 내 지성은 이와 반대되는 말을 했을지도 모른다. 그러나 내가 통과하던 이 우스꽝스러운 나이 — 다시 말해 메마르지 않고 아주 감수성이 풍부한 나이 — 의 특징은 지성에 의존하지 않고, 존재의 가장 하찮은 속성을 그 인격과 분리될 수 없는 부분으로 생각한다는 점이다. 괴물과 신 들에 둘러싸인 이 나이는 평온함을 알지 못한다. 이런 시절에 저질렀던 행동 중 나중에 지우고 싶지 않은 것은 하나도 없다. 그러나 반대로 우리가 아쉬워하는 것은 그런 행동을 할 수 있게 이끌었던 자발성을 이제는 더 이상 갖지 못한다는 사실이다. 어른이 되면 사회와 완전히 일치한 가운데 사물을 보다 실질적으로 보지만, 청소년기는 우리가 무언가를 배우는 유일한 시기다.

그러나 내가 드 생루 씨에게서 간파한 그 거만함과 또 거기서 느껴지는 자연스러운 냉정함은 그가 우리 옆을 지나갈 때마다 그의 자세를 통해 확인할 수 있었다. 꼿꼿하고 날씬한 몸, 항상 높이 치켜든 머리, 냉혹하다고까지는 할 수 없지만 감정이 거의 담기지 않은 눈길, 비록 다른 사람들이 자신의 고모할머니를 모른다고 할지라도 그 사람들의 권리를 존중하며, 이를테면 내 경우 가스등 앞에 서 있을 때와 노부인 앞에 서 있을 때가 전혀 같지 않다는 사실을 말해 주는, 막연하게나마 남을 존중하는 기색 같은 건 전혀 찾아볼 수 없는 눈길이었다. 이런 냉정한 태도는 그가 나에 대한 호감을 말하기 위해 써 보내리라고 며칠 전부터 줄곧 상상해 오던 다정한 편지와도 거리가 멀었는데, 마치 잊지 못할 명연설로 의회와 민중을 열광케 한다고 상상하는 자가 혼자서만 꿈속에서 자신을 위해 큰 소리로 잠꼬대하다가 일단 그 상상의 환호성이 진정되면 그 보잘것없고 형편없는 위치가, 마치 커다란 희망을 품었지만 예전과 똑같이 하찮은 처지임을 깨닫는 것과도 같다. 빌파리지 부인은 손자의 오만하고도 심술궂은 성격을 드러내는 이런 겉모습이 불러일으키는 나쁜 인상을 지우고 싶었는지(생루는 부인 조카의 아들이었는데 나보다 몇 살 위였다.) 생루의 헤아릴 수 없이 선량한 마음씨에 대해 말했고, 그때 나는 사교계에서는 모든 진실은 무시하고, 그 사회에 속하는 거물에게만 다정하게 대하면, 아무리 무뚝뚝한 사람도 착한 사람으로 간주된다는 사실에 그저 감탄할 뿐이었다. 빌파리지 부인은 손자 성격의 특징적인 요소에 대한 확증을, 내게는 이미 확실해 보이는, 간접적인 방법으로나마 가르쳐 주었다. 어느 날 내가 아주 좁은 길에서 이 두 사람과 만나 부인이 그에게 나를 소개하지 않을 수 없을 때였다. 그는 사람 이름을 소개받으면서도 듣지 못한 척 얼굴 근육 하나 움직이지 않았다. 그의 눈에는 인간적인 호의를 나타내는 어떤 희미한 빛도 드러나지 않았고 그의 무관심하고 공허한 시선에는 그마저 없으면 생명 없는 거울과 다를 바 없는 어떤 과장된 표현만이 보였다. 그러고는 나에 관해 뭔가를 알려는 듯, 내 인사에 답하기에 앞서 냉담한 시선으로 나를 뚫어지게 쳐다보더니, 의지에서 나온 행동이라기보다는 오히려 근육의 반사작용에서 온 듯한 갑작스러운 몸놀림으로 그와 나 사이의 간격을 최대한 넓히면서 한쪽 팔을 길게 뻗으며 멀리서 손을 내밀었다. 다음 날 그가 내게 명함을 보내왔을 때, 나는 적어도 그가 내게 결투를 신청한 게 아닌가 생각했다. 그러나 그는 문학에 대해서만 말했고, 나와의 긴 대화 후에도, 날마다 몇 시간씩 나와 만나기를 희망한다고 선언했다. 이 방문을 통해 그는 정신적인 것에 대한 열렬한 취향을 입증해 주었을 뿐만 아니라, 전날 인사와는 전혀 어울리지 않는 호감을 표시했다. 그가 다른 사람에게 소개될 때마다 같은 인사를 되풀이하는 모습을 보자, 나는 그것이 그 가문 일부에 밴 특유의 단순한 사교적 습관으로, 그를 예의 바르게 키우고자 했던 어머니가 그의 몸을 이런 습관에 따르게 했음을 깨달았다. 그래서 그는 자신의 멋진 옷이나 아름다운 머리카락을 의식하지 않듯이 이런 인사도 별 생각 없이 습관적으로 행했던 것이다. 내가 처음 생각했던 것과 달리 정신적인 의미가 전혀 없는 이런 인사는 순전히 몸에 밴 것으로, 어떤 사람과 아는 사이가 되면 그 부모에게 즉시 소개받기를 원하는 또 다른 습관과 마찬가지로 그에게는 아주 본능적인 것이어서, 우리가 만난 다음 날 그는 나를 보자마자 달려들어 인사도 하지 않고, 내 옆에 앉은 할머니에게 자기를 소개해 달라고 청했는데, 이렇듯 격정적이고도 성급한 청원은, 마치 맞는 걸 피하거나 끓는 물세례 앞에서 눈을 감는 것과 마찬가지로 어떤 방어 본능, 대비하지 않고 잠시라도 그냥 있으면 위험이 닥치리라고 느끼는 듯한 그런 방어 본능에서 나온 듯 보였다.

심술궂은 요정이 자신의 처음 모습을 벗어던지고 매혹적이고 우아한 모습으로 변신하듯이, 이 첫 번째 마귀 쫓기 의식이 지나자, 나는 이 거만한 인물이 내가 지금껏 만난 사람 중 가장 상냥하고 가장 남을 잘 배려하는 젊은이가 되어 가는 걸 보았다. "그래." 하고 나는 중얼거렸다. "내가 그를 오해했던 거야, 어떤 환영의 희생물이었어. 그러나 두 번째 환영에 빠지기 전에 첫 번째 환영을 물리친 것뿐인지도 몰라. 그는 귀족이라는 신분을 마음껏 즐기는 대영주이면서도 그 신분을 숨기려 했으니까." 그런데 생루가 받은 훌륭한 교육과 상냥함은 얼마 지나지 않아 내가 추측했던 것과는 전혀 다른 존재를 드러냈다.

귀족이면서도 오만한 스포츠맨의 모습을 풍기는 이 젊은이는 오로지 정신적인 것, 특히 그의 고모할머니가 우습게 여기는 문학과 예술에서의 현대적인 움직임에 대해서만 존경과 호기심을 보였다. 한편 그는 그의 고모할머니가 사회주의자들의 연설이라고 부르는 것에 물들어 자신의 계급에 대해 깊은 모멸감을 품었고 니체와 프루동*을 연구하는 데 많은 시간

---

* 생루는 이 시대 다른 젊은이들처럼 니체를 대표적인 지식인으로 간주한다. 그러나 블로크에게 있어 니체는 허무주의보다는 초인과 의지의 인간으로 자리 매김한다. 프루스트와 니체의 관계는 양면적인데, 프루스트 역시 니체를 유럽의 천재로 여겼지만, 니체의 바그너 해석에는 반대 의견을 표명했다. 그리고 피에르 프루동(Pierre Joseph Proudhon, 1806~1865)은 프랑스 철학자이자 사회주의자이며 무정부주의의 선구자로서 프티부르주아를 격렬히 비판했다.

을 쏟았다. 다시 말해 그는 남을 찬미하기에 급급하고 책 속에 파묻혀 고귀한 사상에만 관심을 갖는 '지식인들'* 중 하나였다. 생루에게서 드러난 이토록 추상적인 성향은 나의 일상적인 관심사와는 거리가 멀었고, 감동적으로 보이긴 했지만 약간은 따분했다. 저 유명한 마르상트 백작에 관한 일화로 가득한 회고록을 읽고 그의 부친이 어떤 분인지 알았을 때, 나는 이미 멀어진 시대의 특별한 멋과 몽상으로 가득한 정신으로 요약할 수 있는 마르상트 씨의 생애에 대해 좀 더 자세히 알고 싶었지만, 로베르 드 생루가 자신이 이런 사람의 아들이라는 사실에 만족하지 않고, 또 부친의 삶이었던 그 한물간 소설로 날 안내해 주지 않고 대신 니체와 프루동을 좋아하는 데 이르렀다는 사실을 알고는 화가 났다. 그의 부친은 나의 이런 안타까움을 공유하려 하지 않았을 것이다. 그 자신도 사교계 인간으로 살면서 그 한계를 극복한 매우 지적인 분이었으니까. 그는 아들을 제대로 알아볼 시간이 거의 없었지만, 그래도 아들이 자기보다 나은 사람이 되기를 바랐을 것이다. 나머지 다른 가족들과는 달리 아들의 이런 모습에 감탄하며, 또 경건한 분위기에서 명상하기 위해 자신이 즐겼던 그 하찮은 오락거리를 단념했다는 사실을 매우 기쁘게 여기며, 재치 있는 대귀족의 겸손함으로 아무 말 없이 아들이 자기보다 얼마나 뛰어난 존재인지 음미하기 위해 그가 좋아하는 작가의 작품들을 몰

---

* '지식인(intellectuel)'이란 단어는 1898년 드레퓌스 사건의 진상을 밝힌 피카르 중령을 구하기 위해, 작가들이나 학자들이 발표한(프루스트도 참가한) 「지식인 선언문」에서 유래한다.

래 읽었을 것이다.

　그러나 이처럼 열린 정신의 마르상트 씨가 자신과 그렇게
나 다른 아들을 존중한 데 비해, 예술이나 삶의 몇몇 형식만
이 가치 있다고 믿는 사람들에 속하는 로베르 드 생루가 평생
을 사냥과 승마로 보내고, 바그너의 음악에 하품하고 오펜바
흐에게는 환호하는 아버지에 대해 약간은 다정하지만 조금은
경멸스러운 추억을 가지고 있다는 사실은 지극히 슬픈 일이
었다. 생루는 지적인 가치가 어떤 미학적 형식의 신봉과는 아
무 관계도 없다는 점을 이해할 정도로 총명하지는 못했으며,
부아엘디외 또는 라비슈*의 아들이 가장 난해한 음악과 가장
대표적인 상징주의 문학의 신봉자가 되어 자기 부친들에 대
해 품었을 경멸을 그 또한 마르상트 씨의 '지성'에 대해 느꼈
다. "난 아버지가 어떤 분인지 잘 알지 못하네." 하고 로베르
가 말했다. "아주 훌륭한 분이셨던 것 같긴 하지만, 그분의 불
운은 곧 그분이 살았던 불행한 시대의 탓이라고 할 수 있다네.
포부르생제르맹에서 태어나 「아름다운 엘렌」**의 시대에 살았
다는 사실이 아버지 삶에 재앙을 불러왔으니까. 어쩌면 바그
너의 「니벨룽겐의 반지」***에 열광하는 프티부르주아였다면 다

---

* 프랑수아 아드리앵 부아엘디외(François Adrien Boieldieu, 1775~1834)는
19세기 초반 프랑스의 유명한 오페라 작곡가였으며, 외젠 마랭 라비슈(Eugène
Marin Labiche, 1815~1888)는 대중적인 극 대본을 많이 쓴 극작가였다.
** 자크 오펜바흐(Jacques Offenbach, 1819~1880)의 희가극으로 1864년에
상연되어 큰 성공을 거두었다.
*** 서곡인 「라인의 황금」과 3부작 「발퀴레」, 「지크프리트」, 「신들의 황혼」으로
구성된 바그너의 오페라다. 12~13세기 스칸디나비아의 '에다'와 독일의 '니벨룽

른 사람이 되었을지도 모르지만. 아버지는 문학을 좋아했다고 하지만, 그 문학이란 게 모두 한물간 작품들뿐이니 어디 알 수가 있어야 말이지." 내가 보기엔 이런 생루가 조금은 너무 진지한 게 아닌가 싶었는데, 오히려 생루는 내가 왜 더 진지하지 않은지 이해가 안 간다는 기색이었다. 그는 만사를 그 지성의 무게로만 판단했고, 자기가 경박하다고 판단하는 몇몇 작품들이 내게 주는 상상력의 매력도 인식하지 못했는데, 자기가 나보다 훨씬 열등하다고 믿는 그는 내가 그런 작품에 흥미를 가질 수 있다는 사실에 무척이나 놀라워했다.

첫날부터 생루는 할머니의 마음을 사로잡는 데 성공했다. 그가 우리 두 사람에게 표현하려고 애쓰는 그 끈질긴 착한 마음씨뿐 아니라 모든 일에서 배어나오는 자연스러움 때문이었다. 그런데 자연스러움은 — 아마도 인간이 만든 것 아래 자연을 느끼게 하는 — 할머니가 다른 장점 가운데서도 가장 높이 평가하는 것으로, 할머니는 콩브레의 정원에서도 지나칠 정도로 가지런히 정돈된 화단은 좋아하지 않으셨고, 음식에 넣은 재료를 거의 알아보지 못할 정도로 '데코레이션'하는 것도 좋아하지 않으셨으며, 너무 공들이고 지나치게 기교를 부리는 피아노 연주 대신 루빈스타인*의 연주처럼 불협화음이나 틀린 음에 더 각별한 애정을 보이셨다. 할머니는 이런 자연

겐 영웅담'을 토대로 바그너 자신이 대사를 쓰고 작곡한 작품으로, 1876년 바이로트 바그너 축제 극장 개관 때 초연되었다.(77쪽 참조.)
* 러시아의 피아니스트이자 작곡가인 안톤 루빈스타인(Anton Rubinstein, 1829~1894)을 가리킨다.

스러움을 생루의 부드럽고 멋진 복장에서조차 음미하셨는데 지나치게 '멋 부리지' 않고 '부자연스럽지도' 않으며, 뻣뻣하지 않고 풀 먹인 것 같지도 않다고 하시면서 마음에 들어 하셨다. 할머니는 이 부유한 젊은이가 호사스럽게 살면서도 '돈 냄새를 풍기지 않고' 잘난 체하지도 않으며 그렇게 무심하고 자유로운 태도를 지닌 걸 높이 평가하셨다. 할머니는 이런 자연스러움의 매력을, ─ 보통 유년 시절이 지나면 그 연령의 다른 심리적인 특징과 더불어 사라져 버리는 ─ 감정을 얼굴에 드러내지 않고는 못 배기는 생루에게서 발견하셨다. 예를 들어 원하긴 했지만 기대하지 않았던 뭔가를 받으면, 그것이 단지 칭찬하는 말에 불과할지라도, 그는 너무도 갑작스럽고 타오르는 듯한, 휘발성을 띠고 팽창하는 기쁨을 발산했는데, 그 기쁨을 제어하거나 감추는 일은 불가능해 보였다. 기쁨의 표현이 억제할 수 없을 정도로 그의 온 얼굴을 사로잡았다. 너무도 섬세한 뺨의 살결은 생생한 붉은빛으로 환히 빛났고 두 눈은 당혹감과 기쁨을 반사했다. 할머니는 이런 솔직함과 순진함의 우아한 모습에 무척이나 민감했으며, 적어도 내가 우정을 맺었던 무렵의 생루에게서 이런 모습은 착각이 아니었다. 그러나 나는 일시적으로 얼굴을 붉히는 생리적인 솔직함이 도덕적인 이중성을 배제하지 않는 다른 종류의 인간을 알고 있었으며, 또 그런 인간은 수없이 많은 법이다. 이런 홍조는 기질상 가장 악랄한 속임수를 저지를 수 있는 인간이 그토록 생생한 기쁨 앞에서 무장해제되어 남들 앞에 터뜨릴 수밖에 없는 그런 기쁨의 강도를 증명해 준다. 그러나 할머니가 생루의 자연스러움을 특히 좋아한 이유는 나에 대한 호감을 돌리지 않고 솔직하게 털어놓는 말투와, 이 호감을 표현하는 단어가 할머니 말에 따르면 당신도 그 이상 적절하고 진심으로 다정한 말을 찾아낼 수 없을 정도로, 다만 "세비녜와 보세르장"만이 서명했을 듯한 그런 단어였기 때문이다. 그는 내 결점을 놀리면서도 별로 거북해하지 않았고 — 내 결점을 아주 섬세하게 들추어 냈기 때문에 할머니도 재미있어했다. — 오히려 할머니가 날 놀리듯 다정하게 놀렸으며, 다른 한편으론 내 장점을 마음 놓고 열정적으로 칭찬했으므로, 그 또래의 젊은 이들이 보통 거만하게 군다고 여겨지는 신중함이나 냉정함은 느껴지지 않았다. 그리고 나의 아주 사소한 거북함도 미리 알려 주려 했고, 날씨가 쌀쌀해지기라도 하면 내가 느끼지 못하는데도 내 다리 위에 담요를 덮어 주고, 내가 쓸쓸해하거나 기분이 좋아 보이지 않으면 늦게까지 말없이 내 옆에 남아 나를 보살펴 주었는데, 할머니는 이런 보살핌에 대해 보다 강인하게 구는 편이 건강에는 더 낫다고 생각하여 조금은 지나치다고 여기셨지만, 나에 대한 애정의 표시라는 점에서는 깊이 감동하셨다.

우리 두 사람은 영원히 좋은 친구가 되었다는 사실에 금방 동의했고, 그는 "우리의 우정"이란 말을 우리 밖에 존재하는 뭔가 '중요하고도' 감미로운 것인 양 발음했으며, 그의 삶에서 가장 큰 기쁨이라고 — 정부에 대한 사랑은 제쳐 놓고 — 일컬었다. 이 말이 날 조금은 슬프게 했는데 난 그의 말에 대답할 수 없어 당혹스러웠다. 왜냐하면 나는 그와 함께 있거나 이야기할 때 느낄 수 없던 행복감을 ── 아마 상대가 누구라도 마찬가지였을 것이다. ── 친구 없이 나 홀로 있을 때 느꼈기 때문이다. 때때로 뭔가 감미로운 행복감을 가져다주는 몇몇 인상이 내 마음 깊은 곳에서 밀려오는 걸 느꼈다. 그러나 누군가와 같이 있으면, 또는 어느 친구에게 말을 걸기만 하면, 내 정신은 급히 방향을 틀어 생각은 내가 아닌 상대방을 향했고, 또 생각이 이처럼 반대되는 방향을 따라가는 건 내게 어떤 기쁨도 되지 않았다. 한번은 생루 곁을 떠났을 때, 난 말의 도움을 받아 그와 함께 보냈던 혼란스러운 순간을 정리해 보려고 했다. 내게 좋은 친구가 있으며 좋은 친구란 쉽게 만날 수 있는 게 아닌데 내가 그런 얻기 힘든 행복에 둘러싸였다고 느끼자, 그 순간 나는 자연스럽게 느껴지던 기쁨과는 정반대되는 기쁨을, 내면의 어둠 속에 감추어진 뭔가를 나 자신으로부터 뽑아 내어 빛으로 이끈 듯한 기쁨을 맛보았다. 내가 로베르 드 생루와 두세 시간 이야기하며 같이 보낼 때에도, 또 내가 한 말을 그가 칭찬해 줄 때에도, 난 내 방에 혼자 있지 않고 일할 준비도 되어 있지 않다는 사실에 일종의 가책이나 후회, 피로를 느꼈다. 그러나 인간의 지성은 자신을 위해서만 존재하지 않고, 아무리 위대한 사람도 결국은 다른 사람에게서 인정받기를 원하며, 또 친구의 정신 속에 나에 대한 고귀한 관념을 심어 준 그 시간들을 헛되이 잃어버린 시간으로 생각해서는 안 된다고 혼자 중얼거리자 내가 앞으로 행복해질 거라는 확신이 쉽게 들었으며 내가 그 행복을 느껴 보지 못했던 만큼 결코 다시는 빼앗기지 않기를 더 열렬히 소망하게 되었다. 우리는 다른 무엇보다도 우리 밖에 있는 소유물의 상실을 두려워하는데, 우리 마음이 아직 그걸 차지하지 못했기 때문이다. 나는 다른 누구보다 우정의 미덕을 잘 수행할 수 있을 것 같았다.(왜냐하면 나는 언제나 다른 사람이 집착하는 개인적인 이익보다는 친구의 이익을 더 소중하게 여겼으며, 또 그런 개인적인 이익은 내게 별 의미가 없었기 때문이다.) 하지만 내 영혼과 다른 사람의 영혼 사이에 존재하는 차이를 ─ 우리 각각의 영혼은 차이가 있으므로 ─ 커지게 하는 대신 그 차이를 지워 버리는 감정을 통해 기쁨을 느낄 수 있을 것 같지는 않았다. 반면, 때때로 나는 생루에게서 그 자신보다 더 일반적인 존재, 즉 '귀족'을 엿보았고, 그 사실이 내면의 정신처럼 그의 팔다리를 움직이며 몸짓과 행동을 명령하고 있음을 깨달았다. 그런 순간이면 나는 그의 옆에 있으면서도 마치 내가 그 조화로움을 이해하는 어떤 풍경 앞에 서 있듯이 혼자였다. 그는 내 몽상이 파헤치려고 애쓰는 한 대상에 지나지 않았다. 거기서 나는 전 시대의 오래된 존재, 로베르가 그토록 닮고 싶어 하지 않았던 바로 그 귀족을 발견하고는 생생한 기쁨을, 우정에서 온 기쁨이 아니라 지적인 기쁨을 느꼈다. 그의 다정한 몸짓에 그토록 우아함을 부여하는 정신적이며 육체적인 민첩함, 할머니에게 마차를 제공하고 마차에 오르도록 도와주는 거침없는 솜씨, 내가 추울까 봐 어깨에 외투를 걸쳐 주려고 의자에서 뛰어내리는 능숙한 동작, 지성만을 내세우던 젊은이에게서 조상 대대로 물려 내려오는 능란한 사냥꾼의 유연성이 유전적으로 전해지고 있음을 인지했을 뿐만 아니라, 동시에 부에 대한 그의 취향 옆에 존속하는, 단지 친구들을 기쁘게 하려고 자기 부를 친구 발밑에 무심코 내던지는 그런 부에 대한 경멸을 느꼈다. 나는 거기서 특히 대귀족들이 품었던 '남들보다 우월하다'는 확신 또는 환상을 보았으며, 그 때문에 그들은 생루에게 '남들과 같은 사람'이란 걸 보여 주려는 욕망, 지나치게 친절하게 보일지도 모른다는 두려움 같은 걸 물려줄 수 없었는데, 이런 두려움은 생루에게 아주 낯선 감정으로, 이것이 그에게 평민계급의 가장 진솔한 다정함을 표현하는데도 그토록 뻣뻣하고 어색하며 보기 흉한 모습으로 보이게 했던 것이다. 때때로 나는 내 친구를 하나의 예술품으로 여기면서, 다시 말해 그의 존재의 모든 부분이 달렸지만 그가 알지 못하는, 따라서 그의 고유한 장점이나 그가 그토록 중요성을 부여하는 지성과 도덕성이란 개인적 가치에 아무것도 덧붙여 주지 못하는 어떤 일반적인 관념에 따라 조화롭게 움직이는 놀이를 바라보면서 기쁨을 느끼는 자신을 자책하기도 했다.

그렇지만 이 관념은 어느 정도는 그의 장점을 결정짓는 조건이었다. 건방지고 형편없는 옷차림을 한 젊은 대학생들을 찾아 나서는 그의 정신적인 활동이나 사회주의에 대한 열망은 젊은 대학생들에게서는 결코 찾아볼 수 없는 참으로 순수하고 비타산적인 행동이었으며, 이런 행동은 바로 그가 귀족계급이었기에 가능했던 것이다. 자신이 무지하고도 이기적인 계급의 계승자라고 믿는 그는 귀족 태생이라는 신분을 젊은이들이 용서해 주기를 진심으로 바랐고, 반대로 젊은이들은 그가 귀족 태생이라는 사실에 매력을 느껴 그에 대해 짐짓 냉정하고 거만하게 구는 척하면서도 실은 그와 사귀고 싶어 했다. 이처럼 그는 콩브레의 사회학*에 충실한 우리 부모님께서, 그가 피하지 않는 걸 보면 질겁했을 그런 사람들에게까지 먼저 교제를 청하기에 이르렀다. 어느 날 생루와 모래밭에 앉아 있는데 우리 반대쪽 천막에서 발베크를 오염시키는 저 이스라엘 민족의 들끓음에 대한 저주의 소리가 들려왔다. "놈들과 부딪히지 않고는 한 걸음도 나아갈 수 없다니." 하고 그 목소리는 외쳤다. "유대 국적이라고 해서 원칙상 절대적으로 적대시해야 한다는 건 아니지만 그래도 이곳은 너무 지나쳐. '여보게 아프라함, 난 샤코프를 만났다네.'**라는 소리만이 들리니 말이야. 마치 아부키르 거리***에 있는 것 같다니까." 이렇게 이스라엘에 대해 고함을 치던 남자가 천막에서 나왔을 때, 우리는 눈을 들어 그 반유대주의자를 바라보았다. 나의 학교 친구 블로크였다. 생루는 내게 즉시, 자신이 블로크가 우등상을 받은 '전국 콩쿠르'에서 그를 본 적 있으며 다음에는 어느 민중 대학****에서 봤다는 걸 블로크에게 말해 달라고 부탁했다.

---

* 콩브레의 사회학에 따르면, 사람은 각자 자신이 태어난 카스트나 사회적 '계급'에 충실해야 하며, 그것을 벗어나는 사람은 사회적인 낙오자로 간주된다. 이 낙오자가 바로 부르주아이면서도 귀족 계급을 넘나든 이방인 스완이다.(『잃어버린 시간을 찾아서』 1권 47쪽 참조.)

** 말실수로, 아브라함(Abraham)을 아프라함(Apraham)으로, 자코브(Jacob)를 샤코프(Chakop)로, 독일어처럼 약간은 거칠게 발음하면서 유대인을 비하하고 있다.

*** 파리 2구 유대인이 많이 거주하던 거리 이름이다.

**** 1898년부터 1901년에 걸쳐 서민 계급과 부자 계급의 화합을 도모하기 위해 세워진 학교로 대부분 야간 강좌가 개설되었다.

생루는 그의 지식인 친구들 중 누군가가 사교계에서 실수를 하거나 어리석은 짓을 할 때면 자신은 대수롭지 않게 여기지만, 혹시 다른 사람들이 알아차린 걸 알면 친구가 얼굴을 붉힐 거라 생각하여, 그 친구의 기분을 상하게 할까 봐 걱정했는데, 난 그의 이런 불편해하는 모습에서 그가 배운 예수회 교육의 영향을 알아보고는 기껏해야 이따금 미소를 짓고 말았다. 이를테면 블로크가 로베르를 보러 호텔로 오겠다고 약속한 날도, 마치 자신이 죄인이기라도 한 듯 얼굴을 붉힌 건 오히려 로베르 쪽이었다.

"각국 사람들이 모여들어 온갖 가짜 멋으로 번쩍거리는군. 난 이렇게 소란스러운 곳에서 기다리는 걸 참을 수 없네. 또 접시들 가운데 있는 것도 참을 수 없고. '라이프트(laift)'*에게 가서 접시들 입을 다물게 하고, 즉시 자네에게 알려 달라고 말하게나."

개인적으로 난 블로크가 호텔에 오는 걸 원치 않았다. 그는 발베크에 혼자 오지 않았고 불행히도 누이들과 함께 왔으며, 누이들 역시 발베크에 많은 친척들과 친구들이 있었다. 그런데 이런 유대인 집단은 보기에 즐겁다기보다는 뭔가 '특징적인'** 모습을 띠었다. 발베크에서는 러시아나 루마니아에서처

---

* 블로크의 또 다른 말실수로 엘리베이터 보이를 의미하는 '리프트(lift)'를 '라이프트(laift)'라고 발음한 것이다.
** '특징적인'이라고 옮긴 pittoresque란 단어는 그 어원이 '그림으로 그릴 수 있다'는 의미다. 즉 유대인이 입은 복장이나 모습이 독특해서 그림의 소재가 될 만하다는 뜻이다. 파리에서와 달리 러시아나 동유럽에서 유대인은 그들만의 게토

럼 이스라엘 민족이 이를테면 파리에서와 같은 대우를 받지 못하며, 동일한 동화(同化) 단계에도 이르지 못한다고 지리 수업은 가르친다. 블로크의 사촌 누이들과 아저씨들, 또는 그들과 신앙이 같은 남자나 여자 들은 어떤 이질적인 분자의 섞임도 없이 모두 함께 카지노에 가면서 한쪽은 무도회장으로, 다른 쪽은 바카라 게임 쪽으로 갈라졌는데, 그들은 그 자체로 동질적인 무리를 이루어 그들이 지나가는 모습을 바라보는 사람들과는 완전히 다른 무리를 형성했다. 캉브르메르네 모임이건 법원장 패거리건, 그랑부르주아건 프티부르주아건, 단지 파리의 미곡상이건 간에 사람들은 해마다 이곳에서 그들 일행과 마주치면서도 한 번도 인사를 나눈 적이 없었고, 또 그 부르주아 딸들도 대성당 조각들처럼 거만하고 냉소적인 프랑스인이어서, 지나치게 '해수욕장'의 유행을 따른 나머지 늘 새우잡이에서 돌아온 듯한 옷차림을 하거나 탱고를 추는 듯한 옷차림을 한 그런 못된 여자애들 무리와는 전혀 섞이려 하지 않았다. 그들 일행 남자들로 말하자면, 연미복과 칠피 구두 광택에도 불구하고 그들 족속의 과장된 모습이 복음서나 『천일야화』가 벌어진 고장 사람을 생각하며 그린 삽화, 이를테면 베드로 성인이나 알리바바를 발베크의 가장 '부유한 사람'의 얼굴로 그린, 자칭 '재치 있는' 화가의 노력을 떠올리게 했다. 블로크가 누이들을 소개했다. 오빠가 입을 다물라고 매우 거칠게 말렸지만 그의 누이들은 찬미의 대상이자 우상인 오빠

에서 생활하며 독특한 옷차림을 하고 있어 쉽게 동화되지 않았다.

의 아주 작은 재담에도 깔깔 웃어 댔다. 이런 모습은 이 집단에도 다른 곳과 마찬가지로, 어쩌면 다른 곳 이상으로 많은 즐거움이나 장점과 미덕이 있겠다는 생각이 들게 했다. 그러나 그 점을 알기 위해서는 그들 속으로 들어가야 했다. 그런데 그 집단은 사람들 마음에 들지 않았고, 그들도 그 점을 느꼈으며, 이런 사실에서 사람들은 유대인 배척주의의 증거를 보았는데, 거기에 대항해 견고하고도 폐쇄적인 군대로 맞섰지만, 어느 누구도 그들에게 길을 터 주려 하지 않았다.

'라이프트'란 단어에 내가 놀라지 않은 것은 당연했다. 왜냐하면 며칠 전 블로크가 내게 왜 발베크에 왔는지 물으면서 (반대로 자신이 와 있는 것은 아주 자연스러운 일로 생각했다.) 혹시 '훌륭한 사람과 사귀고 싶은 소망에서' 오지 않았느냐고 했는데, 이 여행은 베네치아에 가고 싶은 소망만큼 그렇게 깊지는 않지만 그래도 나의 오랜 소망을 실현한 거라고 대답하자 그는 이렇게 대꾸했다. "그렇겠지, 물론 저 지겨운 이야기를 끝없이 늘어놓는 진저리 나는 영감 존 러스킨 경의 『베나이스의 돌』*을 읽은 척하면서, 아름다운 부인네들과 소르베나 먹으러 왔겠지." 결국 블로크는 분명히 영국에서는 남자라는 성을 가진 인간은 모두 '경'이라 불리며, i라는 철자는 언제나 ai라고 발음하는 줄로 알고 있었다. 한편 생루로 말하자면, 이런 발음 실수를 보며 블로크가 사교계에 대한 지식이 부족하다는 걸 알아챘지만, 자신이 이런 사교계를 멸시하고 또 잘 알

---

* 베네치아의 영어 발음은 베니스지만 블로크는 Venaice라고 발음한다.

고 있으므로 별로 대수롭지 않게 생각했다. 어느 날 블로크가 베네치아를 베니스라고 발음해야 한다는 사실과 러스킨이 '경'이 아니라는 걸 알고는, 로베르가 그때 자신을 우스꽝스럽게 여겼을 거라고 회고하면서 걱정하자 오히려 관대함으로 넘치던 로베르가 마치 관대함이 부족한 듯 죄책감을 느꼈으며, 또 블로크의 얼굴이 어느 날엔가 자신의 실수를 발견하고는 붉어지리라고 예상했으므로, 이런 예상과 회고로 자기 얼굴이 더욱 달아오르는 걸 느꼈다. 블로크가 이 실수를 자기보다 더 중요하게 여길 거라고 생각했기 때문이다. 며칠 후 블로크가 이를 증명해 보였는데, 어느 날 내가 '리프트'라고 발음하는 걸 들은 블로크는 "아! 리프트라고 말하는 거지." 하며 내 말을 끊었다. 그러고는 무뚝뚝하고도 거만한 말투로 "물론 별로 중요한 건 아니지."라고 말했다. 일종의 반사작용과도 비슷한 이 구절은 자존심 센 사람들이 가장 심각한 상황이나 가장 하찮은 상황에서 동일하게 내뱉는 말로, 중요하지 않다고 말하는 사람에게서 문제의 사건이 얼마나 중요한지를 폭로한다. 오만한 자들에게서 그들이 집착하는 일에 도움 주기를 거절하고 마지막 희망마저 빼앗아 가면 맨 먼저 내뱉게 되는 비극적인 말이다. "아, 별로 중요하진 않아. 다른 방법을 찾아보지, 뭐." 그러나 전혀 중요하지 않다고 말하며 그들이 선택한 방법이 때로는 자살일 수도 있다.

그런 후 블로크는 내게 아주 상냥하게 말을 걸었다. 틀림없이 다정하게 대하고 싶었던 모양이다. 그렇지만 그는 이렇게 물었다. "귀족의 반열에 오르고 싶은 취향 때문인가?" "전혀 귀족 같지 않은 귀족에게. 자네 참 순진하군.""생루엉브레를 자주 만나는가? 자네는 심각한 스노비즘의 위기를 통과하고 있군. 말해 보게나, 자네 속물이지? 그렇지 않은가?" 친절해지고자 했던 그의 소망이 갑자기 달라진 것은 아니다. 정확하진 않지만 프랑스어로 '버릇없이 자란'이라고 부르는 것이 바로 블로크의 결점이었는데, 따라서 그는 자신의 결점을 깨닫지 못했고, 남이 그 때문에 마음 상하리라고는 짐작도 하지 못했다. 모든 인간에게서 동일한 미덕이 자주 나타나는 것은 우리 각자의 고유한 결점의 다양함만큼이나 놀라운 일이다. 아마도 '이 세상에 가장 널리 퍼진 것'은 상식이 아니라 착한 마음씨일 것이다. 우리는 아주 먼 외딴 곳에서도 착한 마음이 스스로 피어나는 걸 보면서 감탄하는데, 이는 마치 외진 산골짜기에서 나머지 다른 곳에 핀 꽃과 마찬가지로, 이따금 그 외로운 붉은 모자를 파르르 떨게 하는 바람밖에 아무것도 보지 못하고 아무것도 알지 못한 채 홀로 피어 있는 개양귀비와도 같다. 설령 어떤 이해관계로 마비되어 실행에 옮겨지지 않을 때에도 그 착한 마음은 여전히 남아 있으며, 어떤 이기적인 동기로 방해받지 않을 때에도, 이를테면 소설이나 신문을 읽는 동안 그 착한 마음은 실제 생활에서는 살인자지만 대중소설 애호가인 한 마음씨 다정한 사람의 마음에까지 꽃을 피워, 약자와 의인 그리고 박해받는 사람 편으로 기운다. 그러나 결점의 다양성도 미덕의 유사성 못지않게 경이롭다. 아무리 완벽한 사람이라 할지라도 상대방 마음을 아프게 하거나 언짢게 하는 결점이 있다. 어떤 사람은 지성이 뛰어나 만사를 고상한 관점에서 바라보며 어느 누구에 대해서도 험담하는 법이 없지만, 자청해서 직접 건네주겠다고 한 중요한 편지를 주머니에 넣고는 잊어버려 그 편지에 적힌 당신의 약속을 망쳐 놓고도 미안하다는 말 한 마디 하지 않으며 단지 시간관념이 없다는 점만을 자랑으로 내세우며 미소를 짓는다. 또 어떤 사람은 매우 섬세하고 부드러우며 자상해서 당신에 대해 당신이 기뻐할 말만 하지만, 실은 마음속에 다른 생각을 숨기고 침묵하고 있어 그 점이 당신을 화나게 하며, 또 어떤 사람은 그 자신은 당신과 만나는 기쁨을 너무도 소중히 여겨 당신을 놓아준다기보다는 오히려 진력나게 한다. 세 번째 사람은 보다 진지하지만 그 진지함이 지나쳐 당신에게 모든 걸 알리지 않고는 못 배기며, 이를테면 당신 건강 상태가 그를 만나러 가는 걸 허락하지 않아 미안하다고 사과하면 극장에 있는 당신을 목격한 사람이 있다느니, 당신 안색이 좋아 보인다느니, 아니면 당신이 그를 위해 한 노력이 별 도움이 되지 않지만 이미 다른 사람들이 도와주겠다고 했으니 신경 쓰지 않아도 된다고 말한다. 첫 번째 친구라면 당신이 극장에 갔다는 사실과 다른 사람들이 당신에게 같은 일을 해 줄 수 있다고 하는 두 경우에도 모른 척했을 것이다. 그러나 그 마지막 세 번째 친구로 말하자면 당신을 매우 불쾌하게 하는 말을 누군가에게 되풀이하거나 폭로하지 않고는 못 배기므로, 자신의 솔직함에 만족해서는 힘주어 "난 이런 사람이야."라고 말한다. 또 다른 친구들은 호기심이 지나치게 많거나, 반대로 아예 호기심이 없어 당신을 귀찮게 하는데, 당신이 그들에게 깜짝 놀랄 만한 사건에 대해 말해도 무슨 말인지 짐작도 하지 못하거나, 당신이 쓴 편지가 당신과는 관련이 있지만 그들과는 관련이 없는 경우 당신을 몇 주나 기다리게 하기도 하고, 또는 부탁이 있어 찾아오겠다는 편지를 보내온 친구를 헛걸음시킬까 봐 외출도 못 하는데도 찾아오지도 않고 몇 주일이고 기다리게 하는 일도 있다. 그러고는 답장을 받지 못해 당신이 화난 줄 알았다는 이유를 대는데, 사실 그들의 편지는 답장을 요구조차 하지 않았다. 또 몇몇 사람은 자기 생각만 하고 당신은 전혀 배려하지 않아, 자기 기분이 좋아서 만나고 싶을 때는 당신에게 할 급한 일이 있어도 아무 말도 하지 못하게 떠드는 반면, 자신은 날씨나 좋지 못한 기분 탓에 피곤하다고 느껴지면 말 한 마디도 하지 않고 당신이 아무리 노력해도 무기력하고 지친 모습만 보여 주면서, 하는 말을 듣지 못했다는 듯 당신 말에 짧은 음절로도 대답하려 하지 않는다. 우리 친구들에겐 이처럼 저마다 여러 결점이 있기에 그런 친구들을 계속 좋아하려면 ─ 그들의 재능이나 선함과 다정함을 생각하면서 ─ 그 결점을 받아들이거나, 우리 모든 선의를 다해 그 결점을 생각하지 않으려고 애써야 한다. 친구의 눈이 멀거나 친구가 상대방 눈이 멀었다고 여기면서 끈질기게 결점을 버리지 않는 집요함은 불행하게도 친구의 결점을 보지 않으려는 우리의 관대한 집요함을 능가한다. 친구는 자신의 결점을 보지 못하며 또는 상대방이 자신의 결점을 보지 못한다고 생각한다. 다른 사람의 마음을 불쾌하게 하는 위험은 특히 무슨 일이 일어났는지, 또는 모르는 사이에 무슨 일이 일어났는지를 구별하기 어려운 데서 연유하므로, 적어도 우리는 신중을 기하기 위해 자신에 관해서는 결코 남에게 말해서는 안 된다. 이 문제야말로 다른 사람의 견해와 우리 견해가 결코 일치하지 않는다는 점을 확인하게 해 준다. 겉으로는 평범하지만 집 안에 들어가 보면 보물이나 자물쇠를 열 때 쓰는 지렛대와 시체로 가득한 집을 발견하면서 느끼는 놀라움이 눈에 보이는 세계 아래서 다른 사람의 진정한 삶과 실제 세계를 발견할 때의 놀라움 못지않다면, 사람들이 우리가 없는 데서 지껄이는 말로 우리가 자신에 대해 만들어 내는 이미지와 사람들이 우리나 우리 삶에 대해 가진 이미지가 얼마나 다른지를 알 때의 놀라움도 이에 못지않다. 그러므로 우리 자신에 대해 말할 때마다 우리가 하는 무해하고도 조심스러운 말을 그들은 겉으로는 예의를 갖추어 동의하는 척하며 듣지만, 이러한 말이 가장 과격한 평이나 가장 듣기 좋은, 또는 어쨌든 가장 덜 호의적인 비판의 빌미가 되는 건 확실하다. 이러한 위험을 최소화하는 방법은 우리 자신에 대한 관념과 우리가 사용하는 말 사이에 존재하는 불균형으로 상대방을 짜증 나게 하는 것인데, 이 불균형은 보통 사람들이 자신이 하는 말을 우스꽝스럽게 여기게 하는 것으로, 마치 가짜 음악 애호가가 자기가 좋아하는 곡을 콧노래로 부르고자 불분명한 속삭임의 부족함을 활기찬 몸짓과 감탄하는 표정으로 보충하면서도 그 찬사가 무엇인지 설명하지 않은 채 우리 귀에 들리게 하는 것과도 같다. 또 자신과 자신의 결점에 대해 말하는 나쁜 습관에 그것과 짝을 이루는, 자기 결점과 유사한 결점이 다른 사람에게도 있다는 걸 지적하는 또 다른 나쁜 습관을 덧붙여야 한다. 그런데 이처럼 우리는 항상 타인의 결점에 대해 말하는데, 이는 자신에 대해 우회적으로 말하는 방법으로서, 죄를 용서받는 기쁨과 죄를 고백하는 기쁨이 합쳐진다고 할 수 있다. 그리고 우리 성격을 특징짓는 데만 늘 관심 있는 우리 주의력은 타인에게서도 다른 무엇보다도 그런 특징에 주목한다. 눈이 나쁜 사람은 상대방에 대해 "그분은 겨우 눈만 뜰 수 있을걸요."라고 말하고, 폐결핵 환자는 건강한 사람의 온전한 폐에 대해 의심을 품으며, 더러운 사람은 다른 사람이 목욕을 하지 않는다고 말하고, 냄새나는 사람은 누구나 다 악취를 풍긴다고 우기며, 배신당한 남편은 도처에서 배신당한 남편만 보고, 바람기 많은 아내는 바람기 많은 아내만을 보며, 속물은 속물만을 본다. 게다가 각각의 악덕은 각각의 직업처럼 전문 지식을 요하고 발전시키는 법이어서 사람들은 그 지식을 과시하는 걸 불쾌하게 생각하지 않는다. 성도착자는 성도착자를 알아보며, 사교계에 초대받은 양재사는 당신과 이야기를 나누기도 전에 벌써 당신이 입은 의상의 질감을 높이 평가하고 손가락으로 만져 보고 싶어 애를 태우며, 치과 의사와 조금 대화를 나눈 후에 진심으로 어떻게 생각하느냐고 물어보면, 그는 당신 충치가 몇 개인지만을 말한다. 치과 의사에게야 이보다 더 중요한 일이 없겠지만, 그의 이런 점을 주목하는 당신에게는 이보다 더 우스꽝스러운 일도 없다. 게다가 우리는 자신에 대해 얘기할 때만 타인을 장님으로 여기지 않고 항상 타인이 장님인 것처럼 행동한다. 우리 각자에게는 어떤 특별한 신이 존재해 우리 결점을 감추어 주어서 남들 눈에 그 결점이 띄지 않는다고 약속하는데, 이는 씻지 않은 사람에게 그들 귀지와 겨드랑이에서 발산되는 땀 냄새에 눈과 코를 막게 해 주고, 사교계에서 별 탈 없이 그 냄새를 끌고 다닐 수 있게 하여 아무도 알아채지 못하리라는 확신을 주는 것과도 같다. 가짜 진주 목걸이를 하거나 선물로 주는 사람들은 그 목걸이가 진짜로 보이리라고 상상한다. 블로크는 버릇없이 자랐고 신경증 증세가 있는 데다 속물이며, 거의 존경받지 못하는 가정에서 태어나, 마치 바다 밑바닥에서처럼 무한한 압력을 버텨 왔는데, 표면에 있는 기독교인뿐 아니라 그의 집안보다 신분이 높은 겹겹이 쌓인 유대 계급이 바로 아래 있는 계급을 경멸로 짓누르면서 압력을 행사해 왔다. 따라서 이 유대인 가문에서 저 유대인 가문으로 상승하며 그 자유로운 대기권까지 뚫고 들어가려면, 블로크에게는 몇천 년이라는 세월이 필요했으리라. 그러니 그보다는 차라리 다른 쪽에서 출구를 개척하는 편이 나았다.

내가 겪을 스노비즘으로 인한 위기에 대해 말하면서 속물이라는 사실을 고백하라고 블로크가 요구했을 때, 나는 "내가 만약 속물이었다면, 자네하고 사귀지 않았을 테지."라고 대답할 수도 있었다. 하지만 나는 그냥 그가 내게 친절하지 않다고만 말했다. 그러자 그는 내게 변명하고 싶어 했는데, 바로 버릇없이 자란 자의 말투로 마치 자기가 먼저 한 말로 돌아가서 더 심한 말을 할 수 있는 기회를 갖게 되어 만족한다는 듯 "날 용서해 주게."라고 말했다. 그러나 지금은 나를 만날 때마다 이렇게 말했다. "내가 자네 마음을 아프게 하고 괴롭혔네. 일부러 심술궂게 굴었네. 그렇지만 — 일반적으로 인간이란, 그리고 특별히 자네 친구인 나는 아주 별난 동물인지라 — 자네를 아주 잔인하게 괴롭힌 내가, 자네에게 얼마나 많은 애정을 품고 있는지는 아마 상상도 하지 못할 걸세. 그 애정 때문에 내가 자네를 생각할 때면 자주 눈물이 난다네." 그런 후 그는 흐느껴 울었다.

블로크의 심술궂은 태도보다 나를 더 놀라게 한 것은 그가 하는 대화의 질이 고르지 못하다는 점이었다. 이 까다로운 소년은 가장 인기 있는 작가들에 대해 이렇게 말했다. "한심한 바보 같으니라고, 정말 멍청한 친구야." 그는 이따금 전혀 재미없는 일화를 무척이나 재미있다는 듯 얘기했고, 아주 형편없는 사람의 이름을 '진짜 흥미로운 사람'으로 인용했다. 사람들의 정신 상태와 가치나 흥미를 판단하는 데 이렇게나 이중적인 잣대를 사용한다는 것이 그의 아버지인 블로크 씨를 알 때까지 계속 나를 놀라게 했다.

나는 우리가 블로크의 아버지를 만나게 되리라고는 꿈에도 생각해 본 적이 없었는데, 아들 블로크가 생루에게는 나에 대해 나쁘게 말하고, 내게는 생루를 나쁘게 말했기 때문이다. 그는 특히 로베르에게 내가 (아직까지도) 지독한 속물이라고 얘기했다. "그래, 그렇다니까, 저 녀석은 르 그 랑 댕 씨와 알게 되어 무척이나 좋아한다니까." 이런 식으로 단어를 하나씩 떼어 발음하는 것은 블로크에게서는 빈정거림의 표시인 동시에 문학의 표시였다. 그 전까지 르그랑댕이란 이름을 한 번도 들어 본 적 없던 생루는 놀라서 "그런데 그분이 누군가?" 하고 물었다. 그러자 블로크가 웃으면서 "오! '아주 훌륭한' 분이라네." 하고 웃으면서 대답하고는 추운 듯 겉옷 주머니에 손을 넣었는데, 자신이 지금 바르베 도르비이*의 작품에 나오는 인물과는 비교가 안 될 정도로 훌륭한 시골 귀족의 생동감 넘치는 모습을 눈앞에서 응시하고 있다고 확신하는 듯했다. 그는 르그랑댕 씨를 보다 생생하게 표현할 수 없는 아쉬움을 '르'란 글자를 여러 번 발음하여 최고급 포도주인 듯 음미하면서 마음을 달랬다. 그러나 다른 사람들은 이런 주관적인 즐거움을 여전히 이해하지 못했다. 그는 생루에게 내 험담을 했던 것처럼 내게도 생루 험담을 했다. 다음 날 우리 두 사람은 각각 이 험담의 내용을 자세히 알게 되었는데, 우리가 서로에게 험담을 되풀이해서가 아니라, 만약 그렇게 했다면 꽤나 죄책감을 느꼈을 테지만, 블로크에게는 그 험담이 우리 두 사람에게 알려질 게 너무도 자연스럽고 불가피해 보였으므로 이에 불안을 느꼈는지 우리 두 사람 중 어느 하나에게만 가르쳐 주어도 나머지 한 사람은 저절로 알게 될 게 확실하다고 생각하고는 선수를 쳐, 생루를 따로 데리고 가서는 그에 대한 험담이 곧 그에게 전해질 거라고 생각해 일부러 나쁘게 말했다고 털어놓았다. "서약의 수호자인 크로니온의 제우스를 걸고"** 자

---

* Barbey d'Aurevilly(1808~1889). 19세기 프랑스의 소설가이자 평론가로, 오만하고 낭만적인 성격 탓에 대중적인 인기는 얻지 못했지만, 프루스트는 그의 특이하고도 비정상적인 인물 묘사와 정념을 관심 있게 고찰했다.
** 크로니온(Kronion)은 크로노스의 아들이란 뜻이다. 자식에게 왕좌를 빼앗긴다는 신탁을 받고 크로노스는 태어난 자식들을 차례로 삼켰지만, 마지막 제

신은 생루를 좋아하며 생루를 위해서라면 목숨도 바치겠다고 맹세하면서 눈물을 닦았다. 같은 날 그는 나 혼자만 만날 수 있게 조치를 취하고는 고백을 했으며, 어떤 사교적 친교가 내게는 치명적이라고 여겨 또 '내가 그런 것보다 더 가치 있다'고 생각되어 날 위해 행동했다고 단언했다. 그러고 나서 감동한 술주정뱅이의 모습으로, 비록 그의 취기는 순전히 신경질적인 반응에 지나지 않았지만, 내 손을 붙잡으며 이렇게 말했다. "나를 믿어 주게나. 만약 내가 지난날 자네와 콩브레를, 자네에 대한 내 끝없는 애정과 심지어 자네는 기억조차 하지 못하는 어느 오후 수업을 생각하면서 밤새도록 흐느껴 울지 않았다면, 밤의 여신 케르*가 즉시 나를 붙잡아 인간들이 그토록 혐오하는 하데스**의 문을 넘어서게 해도 좋다네. 그렇다네, 난 밤새도록 울었어. 자네에게 맹세할 수 있네. 하지만 슬프게도 나는 알고 있네, 나는 인간의 영혼을 아네, 자네가 내 말을 믿지 못하리라는 걸." 사실 난 그의 말을 믿지 못했다. 또 그가 그 순간 말을 지어낸 듯한 느낌을 받았으며, 점점 말이 계속됨에 따라 '케르를 걸고'라는 맹세도 큰 무게를 갖지 못했으며,

우스가 태어났을 때 어머니인 레아가 크로노스를 속여 돌을 삼키게 함으로써 제우스만 살아남는다. 이 문단에서 블로크는 호메로스의 작품을 프랑스어로 번역한 파르나스 파의 시인 로콩트 드릴이 그의 『고대 시집』에서 "제우스, 크로노스의 아들"이라고 한 말을 떠올린 듯 보인다.

* 흔히 케르(Ker)의 복수형인 '케레스(Kères)'로 알려진 이 여신은 죽음의 여신으로 운명 또는 파멸을 뜻하며, 『일리아드』에서는 긴 이에 갈고리처럼 생긴 손톱과 날개 달린 검은 옷을 입은 모습으로 그려졌다.

** 제우스의 형이자 지옥의 신이다.

블로크에게서 그리스 숭배는 순전히 문학적인 숭배에 지나지 않는다는 것도 알아차렸다. 게다가 그는 자신의 거짓 행동에 감동하며 또 남들이 감동하기를 바랄 때면 "자네에게 맹세하지."라는 말을 했는데, 이는 자기 말이 진실임을 믿게 하려는 의도보다는 오히려 거짓말을 통해 히스테리성 쾌감을 맛보려는 의도였다. 나는 그의 말을 믿지 않았지만 그를 원망하지도 않았는데, 어머니와 할머니로부터 물려받은 기질 때문에 심지어는 죄를 많이 지은 사람에 대해서조차도 원한을 품을 수 없었으며, 어느 누구도 비방하지 못했다.

게다가 블로크는 완전히 나쁜 청년은 아니었으며 아주 상냥한 행동도 할 수 있었다. 또 콩브레의 종족, 우리 할머니와 어머니처럼 완전히 흠 없는 인간이 솟아 나온 콩브레 종족이 거의 사라진 후부터는, 다음과 같은 두 종류의 인간 중 한 인간을 선택할 수밖에 없다. 즉 하나는 목소리만으로도 그들이 당신 삶에 대해 전혀 걱정하지 않는다는 걸 알 수 있는 정직하고도 무식하며 무감각한 충직한 사람들이며, 다른 하나는 당신 곁에 있을 때는 당신을 이해하고 애지중지하며 눈물겨울 정도로 다정하게 대하지만, 몇 시간 후에는 당신에 대해 잔인한 농담을 퍼붓는 일로 보복하고 그러다 당신 곁에 돌아와서는 언제나처럼 이해심 많고 매력적이며 일시적으로 당신에게 동화되는 사람들이다. 이들 중, 내가 선호하는 사람은 후자에 속하는 사람들로서, 정신적인 가치는 나눌 수 없을지 몰라도 그들과의 교제는 좋아하는 편이다.

"내가 자네를 생각할 때 느끼는 고통을 자네는 결코 상상도 못 할 걸세." 하고 블로크가 말을 이었다. "사실 그건 나의 유대적인 측면이 다시 나타난 거라네."라고 블로크는 마치 극히 적은 '유대인 피'를 현미경으로 측정하기라도 하듯 냉소적으로 눈을 게슴츠레 뜨면서 말했다. 또 어느 프랑스 대귀족이, 자기 조상은 모두 가톨릭교도인데도 사뮈엘 베르나르*가 그 조상에 포함된다거나, 더 예전으로 거슬러 올라가, 성모 마리아가 레비 가문에서 내려왔다고 주장할 때의 말투로 말했다.(실제로는 결코 입 밖에 내지 않았을 테지만.) "내 감정 속 아주 작은 부분이라 할지라도, 내 유대인 기원에 속하는 것을 표현하기를 바란다네." 그가 이런 말을 한 까닭은 자기 종족에 관한 진실을 말하는 것이 재치 있고 용감한 듯 보이면서도 동시에 그 진실의 신빙성을 현저하게 줄였기 때문으로, 마치 빚을 갚기로 결심했지만 절반밖에 갚을 용기가 없는 구두쇠와도 같았다. 이런 유형의 속임수는 진실을 공표할 용기가 있으면서도 그 진실을 날조하는 거짓말을 상당 부분 섞는 방법으로 우리가 생각하는 것보다 훨씬 많이 퍼져 있으며, 평소에는 그런 속임수를 쓰지 않는 사람들조차도 인생에서 뭔가 위기에 부딪히면, 특히 애정 관계가 위기에 부딪히면 거기에 몰두하곤 한다.

생루에게는 나에 대해, 내게는 생루에 대해 늘어놓았던 블로크의 그 모든 은밀한 험담들도 저녁 만찬 초대로 막을 내렸

* Samuel Bernard(1651~1739). 프랑스의 유명한 재정가로, 네덜란드 프로테스탄트 태생인 그는 프랑스 가톨릭으로 개종하여 1700년경에는 유럽에서 가장 유명한 부호가 되었다.

다. 확신할 순 없지만 원래 그는 생루만을 초대하려고 했던 게 아닌가 싶다. 있음 직한 가설이었지만 성공하지는 못했다. 왜냐하면 블로크가 어느 날 나와 생루에게 이렇게 말했기 때문이다. "친애하는 스승이여, 또 아레스*의 총애를 받는 기사이자 말 조련사인 생루엉브레여, 파도 거품 소리가 요란한 암피트리테의 바닷가에서 므니에의 쾌속정이 있는 천막 근처에서 그대들을 만났기에,** 마음씨가 흠잡을 데 없는 나의 저명한 아버님 댁으로 이번 주 어느 날 저녁 식사를 하러 와 주시겠나이까?" 그는 생루와 더 긴밀한 관계를 맺고 싶어 이런 초대를 했던 것인데 어쩌면 생루 덕에 귀족 사회에 들어갈 수도 있겠다고 기대했던 모양이다. 만약 내가 날 위해 이런 소망을 품었다면, 블로크는 가장 추악한 스노비즘의 표시로 보았을 테고, 이 스노비즘이 지금까지는 적어도 나의 주된 성격이라고 판단하지는 않았지만 그래도 내 성격의 일면이라는 그의 견해와 맞아떨어진다고 생각했으리라. 하지만 동일한 소망도 그의 편에서 보면 아마도 문학적으로 유용하게 쓰일지 모르는 어떤 낯선 사회적 환경에 대한 그 지성의 호기심과 열망의 증거라여겼던 모양이다.

아버지 블로크 씨는 아들이 친구 중 한 명을 저녁 식사에 데려오겠다고 말하면서, 조롱하는 듯 만족스러운 어조로 '생

---

* Ares. 그리스 신화에 나오는 전쟁의 신이다.
** 암피트리테(Amphitrite)는 그리스 신화에 나오는 바다의 신 포세이돈의 아내이며, 므니에(Menier)는 프랑스의 초콜릿 제조업자로 당시 '아리안' 요트를 가졌던 것으로 유명했다.

루엉브레 후작'이라고 이름과 작위를 말하자 심한 충격을 받았다. "생루엉브레 후작이라니! 아, 빌어먹을!" 하고 그는 자신에게서 사회적 존경의 가장 강력한 표시인 욕설을 내뱉으며 소리쳤다. 그리고 이러한 교제를 할 수 있는 아들에게 '정말 놀라운 놈이야, 이 비범한 녀석이 내 아들이란 말인가?'라는 의미를 담은 경탄의 시선을 던졌고, 또 이것은 생활비가 다달이 50프랑 더 들어올 때와 마찬가지로 내 친구에게 큰 기쁨을 주었다. 왜냐하면 블로크는 집에서 불편했고, 자신이 르콩트 드릴이나 에레디아와 그 밖의 다른 '보헤미안들'* 사이에 살고 있어 아버지가 자신을 타락한 사람으로 취급한다고 느꼈기 때문이다. 그런데 그런 녀석이 수에즈 운하의 총재였던 분의 아들인 생루엉브레와 교제하다니!(아! 빌어먹을!) 이는 '이론의 여지가 없는' 명백한 성과였다. 그는 망가질까 겁나 입체경**을 파리에 두고 온 걸 무척이나 후회했다. 입체경을 사용하는 기술, 아니 적어도 사용할 권리는 아버지 블로크 씨에게만 있었다. 블로크 씨가 입체경을 사용하는 일은 매우 드물었으며 그것도 대연회가 열려 추가로 남자 고용인을 집 안에 들이는 경우에만 조심스럽게 사용했다. 따라서 입체

---

* 여기 인용된 시인들은 모두 예술을 위한 예술을 주장한 파르나스 파 시인들로 '보헤미안'이란 수식어가 어울리지 않는다고 지적된다.(『소녀들』 2권, GF플라마리옹, 369쪽 참조.) 특히 이 이야기가 전개되는 1896년경에 이미 르콩트 드릴과 에레디아(Heredia)는 한림원 회원으로 공인된 위치에 있었다.
** 입체경 또는 실체경이라고 불리는 이 기계는 두 장의 사진이나 그림을 사용하여 실물처럼 입체적으로 보이게 하는 기구이다.

경 공개는 참석한 사람들에게 어떤 품위나 특별한 대우를 받는다는 느낌을 주었고, 행사를 주관한 집주인에게는 타고난 재능이 주는 것과 유사한 명예를 주었다. 만약 입체경 사진을 블로크 씨가 직접 찍었고, 그 기구가 그의 발명품이었다면 명예는 더 컸을 것이다. "어제 살로몽 씨 댁에 초대를 못 받으셨나요?" 하고 집안사람들은 말했다. "아니요, 전 그런 선택을 받지 못했는데요. 무슨 일이 있었나요?" "아주 대단했어요, 입체경이며 그 모든 기구들이며!" "아! 입체경이 있었군요, 아쉽군요. 그걸 보여 줄 때 살로몽 씨의 모습은 정말 기가 막힌데." "할 수 없지." 하고 블로크 씨가 아들에게 말했다. "모든 걸 한꺼번에 줘서는 안 되니까. 그렇게 해야 뭔가 그분이 원하는 게 남아 있을 게 아니냐." 그는 아들을 감동시키기 위해 아버지다운 애정으로 그 기구를 가져오게 할까 생각도 해 보았다. 그러나 '물리적인 시간'이 부족했다. 아니, 그럴 거라고 생각했다. 그러나 우리는 이 만찬을 뒤로 미룰 수밖에 없었다. 생루가 빌파리지 부인 옆에서 마흔여덟 시간 지내러 올 외삼촌*을 기다리느라 외출할 수 없었기 때문이다. 신체 단련과 특히 장거리 산책에 열을 올리는 그의 아저씨가 피서를 하던 시골 성관으로부터 밤에는 농가에서 자며 대부분의 시간을 걸어서 오고 있어, 발베크에 언제 도착할지는 불확실했다. 그래서 생루는 꼼짝하려 하지 않았고 전신국이 있는 앵카르빌까지 날마다 정부에게 전보를 치러 가는

---

* 이하에서는 원문의 표현을 존중하여 아저씨라고 옮긴다.

일을 내게 부탁했다. 그가 기다리던 아저씨의 이름은 팔라메드였는데, 이 세례명은 조상인 시칠리아 대공으로부터 물려받은 것이었다. 나중에 역사책을 읽다가 똑같은 세례명이 중세의 포데스타*나 대주교의 이름이었으며, 르네상스의 아름다운 메달처럼 — 어떤 이들은 진정한 고대의 메달이라고까지 했다. — 그 가문에 항상 남아 있어 교황청의 집무실로부터 친구의 아저씨에 이르기까지 대대손손 전해져 왔다는 사실을 알았을 때, 나는 돈이 없어 메달 수집품이나 미술 화랑을 갖지 못한 사람들이 옛 이름들을 찾아내고(옛 지도나 조감도와 표지 또는 관례집같이 참고 자료로 쓰이기도 하고 고장의 특징을 나타내기도 하는 지역명, 우리 조상이 라틴어와 색슨어**를 지속적으로 훼손하여 나중에 문법의 엄격한 규칙이 된 그런 언어의 결함이나 민족상의 속된 억양과 틀린 발음이 프랑스어의 아름다운 끝머리에 남아 우리 귀에 울려 퍼지고 들리는 세례명) 또 이런 옛 억양들을 수집한 덕분에 마치 과거 음악을 옛 악기로 연주하기 위해 비올라 디 감바와 비올라 다모레***를 구입하고는 그들 자신을 위해 연주회를 열 때 느끼는 것과 같은 그런 기쁨을 느꼈다. 생루는

* 중세 이탈리아의 일부 도시 및 프랑스 남부의 행정관이나 집정관을 가리킨다.
** 게르만계의 언어로 작센어라고도 한다. 고대 영어와 고대 독일어의 특징을 함께 갖고 있으나, 문법적인 면에서는 고대 영어에 더 가까웠다.
*** 비올라 디 감바는 저음역을 담당하는 악기로서 첼로 정도의 크기이며 16~18세기 중엽까지 사용되었다. 감바는 '다리'를 뜻하는데 두 발 사이에 악기를 끼고 연주한 데서 연유한 이름이다. 비올라 다모레는 16~17세기에 사용된 비올족의 일종으로, '사랑의 비올라'라는 뜻이다. 비올라보다 크고 현이 일곱 개 있다.

내게 가장 폐쇄적인 귀족 사회에서조차 팔라메드 아저씨는 특히 접근하기 어렵고 거만하며, 귀족이라는 자기 신분에 심취한 인간으로 유명하고, 그분의 형수와 몇몇 선택된 사람들*과 더불어 '페닉스' 클럽을 만들었다고 했다. 그곳에서도 그의 오만함은 대단한 두려움의 대상이어서, 한번은 그와 교제를 원하는 사교계 인사가 그의 친형에게 부탁했다가 단번에 거절당했다고 했다. "내게 내 동생 팔라메드를 소개해 달라는 부탁 같은 건 하지 마시오. 내 아내나 우리 모두가 매달려도 할 수 없을 거요. 게다가 당신에게 친절하게 대하지 않을 수도 있고, 나는 그렇게 되는 걸 원치 않소." 조키 클럽에서도 그는 친구 몇 명과 함께 결코 소개받기를 원치 않는 회원들 이백 명을 정해 놓았다. 그리고 파리 백작은 우아하고 오만한 그를 '왕자'라는 별명으로 불렀다.

생루는 아저씨의 예전 젊은 시절 이야기를 해 주었다. 아저씨는 두 친구와 함께 공동으로 쓰는 독신자 아파트에 날마다 여자들을 데리고 갔는데, 그들도 아저씨처럼 미남이라 '세 명의 카리테스'**로 불렸다.

"포부르생제르맹에서 당시 가장 인기 있는 사람이라고 발자크가 말했을 것 같은, 그러나 인생 초기에는 불운했으며 이상한 취향을 보이던 한 남자가, 어느 날 아저씨에게 그의 독신

---

* 여기서 형수란 게르망트 공작 부인을 가리키며, 몇몇 선택된 사람들에는 스완도 포함된다.
** Charites. 단수형은 카리스(Charis)로 그리스 신화에서 아름다움을 상징하는 세 여신을 가리킨다.

자 아파트를 방문하게 해 달라고 부탁했다네. 하지만 그곳에 도착하자마자 남자는 여인들이 아닌 팔라메드 아저씨에게 고백하기 시작했지. 아저씨는 이해하지 못하는 척하다가 핑계를 대고 그의 두 친구들을 불렀고 친구들은 도착하자마자 죄인을 붙잡아 옷을 벗기고 피가 날 때까지 때리고는 영하 10도의 추위에 발로 차서 내쫓아 버렸네. 그 작자는 거의 반죽음 상태로 발견됐는데 당국이 조사를 하려니까 그 불쌍한 녀석이 조사를 그만두게 하려고 무척이나 애를 썼다고 하더군. 지금은 더 이상 그런 잔인한 짓은 하지 않지만, 아무튼 사교계 사람들에게는 그렇게도 거만한 분이 서민들에게는 또 얼마나 애정을 품고 변호하는지 상상할 수 없을 정도라네. 배신까지 당하면서 말일세. 호텔에서 시중들던 종업원을 파리에 취직시켜 주기도 하고 농부에게는 일을 가르쳐 주었으니까. 이런 일은 사교계 사람으로서의 모습과는 대조적인 매우 관대한 면이라고 할 수 있다네." 생루는 사실 '그의 관대한 면, 그의 진짜 귀족적인 면'이란 표현을 싹트게 할 수 있는 위치에 있는 사교계 젊은이에 속했는데, 이와 같은 표현은 이를테면 자기는 아무것도 아니며 민중이 전부라는 사고방식을 아주 빠르게 만들어 내는 데 소중한 씨앗으로, 요컨대 평민계급의 자존심과는 정반대되는 표현이었다.* "아저씨가 젊은이였을 때 그가 얼마나 사교계를 이끌었고 지배했는지는 상상도 할 수 없

---

* 여기서 '관대한'과 '귀족적인'이라고 옮긴 프랑스어 gentil에는 이 두 가지 의미가 모두 내포되어 있다.

을 걸세. 모든 경우에 아저씨는 자기 마음에 드는 일이나 가장 편한 일만을 했는데 속물들이 곧 그것을 따라했다네. 아저씨가 극장에서 갈증을 느껴 칸막이 좌석 안쪽으로 마실 것을 가져오게 하면, 다음 주 칸막이 좌석 뒤 작은 방에는 음료수가 가득했으니까. 비가 많이 온 어느 여름, 가벼운 류머티즘으로 고생하던 아저씨는 부드럽지만 따뜻한 라마* 코트를 주문했는데, 거의 여행용 담요로밖에 쓰이지 않던 라마 털을 아저씨가 푸른빛과 오렌지 빛 줄무늬를 그대로 살려 코트로 만들게 했네. 그러자 곧 유명 양복점에는 푸른빛 술 장식이 달린 긴 털 코트를 주문하는 고객들이 몰려들었다네. 이런저런 이유로, 하루를 보내는 성관에서 만찬의 모든 격식을 벗어던지고 싶다는 생각이 들면, 아저씨는 이러한 기분을 내려고 연미복을 입지 않고 오후에 입던 재킷 차림 그대로 식탁에 앉았는데, 이 때문에 시골에서 베푸는 만찬에서는 재킷 차림으로 식사하는 게 유행이 되었지. 아저씨가 케이크를 먹을 때 스푼 대신 포크를 쓰거나, 자신이 고안한 식기를 금은 세공사에게 부탁해 만들어 쓰거나 그냥 손가락만으로 식사를 하면, 그 외 다른 방식은 더 이상 용납되지 않았네. 베토벤 사중주곡 중 몇 곡을 다시 듣고 싶으면(그 모든 기발한 생각에도, 아저씨는 어리석은 것과는 거리가 멀었고 아주 재능이 뛰어났네.) 주말마다 그 자신과 몇몇 친구들을 위해 음악가들을 초청했는데, 그러자 그해 가장 멋진 일은 소수가 모여 실내악을 듣는 것이 되었네. 게다가

---

* 남미 안데스 고원지대에 서식하는 동물로 갈색이나 흰색, 검은색 털이 났다.

아저씨는 인생에서 권태를 느끼지 않았을 거네. 미남이었으니 여자들도 많았을 테고! 아저씨가 워낙 신중해서 그 여인들이 누구인지 정확히 말해 줄 수는 없지만. 하지만 난 아저씨가 우리 불쌍한 아주머니를 자주 속였다는 걸 잘 아네. 그렇다고 해서 자상하게 대하지 않았던 건 아니지만. 아주머니도 아저씨를 매우 좋아했고 여러 해 동안 아저씨는 아주머니를 위해 눈물을 흘렸네. 아저씨가 파리에 있을 때면 아직도 거의 매일 묘소에 간다네."

로베르 드 생루가 아저씨를 기다리면서 — 헛된 기다림이 되었지만 — 그에 대한 이야기를 해 준 다음 날 아침, 나는 호텔로 돌아가는 길에 카지노 앞을 혼자 지나가다 누군가가 멀지 않은 곳에서 날 쳐다보는 느낌을 받았다. 고개를 돌려 보니 큰 키에 꽤 뚱뚱하고 새까만 턱수염을 기른 사십 대 남자가 가느다란 단장을 쥐고 바지를 신경질적으로 만지작거리면서 날 주의 깊게 보려고 눈을 크게 뜨고 응시하고 있었다. 때로 그 눈은 지극히 활발한 눈초리로 사방을 관통했는데, 모르는 사람이 보면 무슨 이유인지는 모르겠지만 이를테면 미치광이나 스파이가 아닌 다른 사람에게서는 올 수 없다고 생각되는 그런 눈초리였다. 그는 나에게 대담하면서도 신중하고 빠르면서도 심오한, 마치 도망치는 순간 쏘는 마지막 총알 한 방과도 같은 그런 강렬한 눈길을 던졌다. 그리고 주위를 한 번 둘러본 후에 갑자기 거만하고도 방심한 표정을 지으면서 몸을 획 돌리더니, 눈을 포스터 쪽으로 돌려 포스터를 열심히 읽는 척하면서 콧노래를 흥얼거리거나 단춧구멍의 이끼 장미를 고쳐 꽂았다. 그는 주머니에서 수첩을 꺼내 포스터에 게시된 공연 제목을 적는 척했고, 회중시계를 두세 번 꺼내더니 검정색 밀짚모자를 눈 위로 푹 눌러쓰고는 모자챙에 손을 대어 모자 가장자리를 늘리는 듯한 몸짓을 하며 누가 오지 않나 보았는데, 자신이 꽤 오래 기다린 걸 남에게 보이려는, 하지만 정말로 오래 기다렸을 때는 결코 하지 않을 그런 불만스러운 몸짓이었다. 그러고는 모자를 뒤로 젖히면서 위쪽은 짧게 깎고 옆은 비둘기 날개 모양으로 구불거리는 머리칼을 드러내 보이면서 별로 덥지도 않은데 몹시 더운 듯 보이고 싶어 하는 사람처럼 요란한 숨소리를 내뿜었다. 나는 그가 호텔을 드나드는 사기꾼이 아닐까 생각했다. 며칠 전부터 이미 할머니와 나를 주목하고 뭔가 나쁜 일을 꾸미려고 몰래 엿보다가 내게 들킨 걸 알아차린 게 아닐까 하는 생각이 들었다. 그래서 날 속이려고 애쓰다가 어쩌면 단순히 태도를 바꿔 짐짓 방심하고 초연한 척하는 태도를 보이려 했지만, 공격적인 모습이 지나치게 과장되어 그 목적이 적어도 내가 품었을지도 모르는 의혹을 사라지게 했을 뿐만 아니라, 나도 모르게 그에게 가한 모욕에 대해 복수를 하려는 게 아닐까 하는 생각이 들게 했으며, 또 그가 나를 보지 못했다는 인상을 주려는 게 아니라, 내가 자기 주의를 끌기에 너무도 하찮은 대상이라는 느낌을 주려 한다고 생각했다. 그는 도전적인 태도로 상반신을 뒤로 젖히고, 입술을 오므리고, 턱수염을 추켜올리며, 뭔가 무관심하고도 냉혹하며 거의 모욕적인 눈빛을 띠려고 애썼다. 이러한 기이한 표정은 그를 도적이나 정신병자로 보이게 했다. 하지만 상당히 공들인 그의 옷차림은 내가 발베크에

서 보았던 어느 해수욕객의 옷보다 더 어둡고 단순해서, 해수
욕객들이 바닷가에서 입는 눈부시게 흰 일상복 차림에 자주 수
치심을 느꼈던 내게 일종의 안도감을 주었다. 하지만 할머니가
만나러 와서 함께 산책을 하고 한 시간 후 잠시 호텔로 들어간
할머니를 호텔 앞에서 기다리고 있다가, 나는 빌파리지 부인과
로베르 드 생루가, 카지노 앞에서 나를 뚫어지게 바라보던 그
낯선 남자와 같이 나오는 걸 보았다. 그의 눈길은, 조금 전 내가
그를 의식했던 순간과 마찬가지로 섬광처럼 나를 관통하면서,
그 후에는 나를 보지 못했다는 듯이 다시 그의 눈앞으로 돌아
가 좀 낮은 곳에 가지런히 무디게 놓였는데, 마치 밖의 것이 전
혀 보이지 않는다는 듯 안의 것도 전혀 읽을 수 없다는 듯한 중
성적인 눈길, 행복한 둥근 동공에서 떨어져 나와 주위에 속눈
썹을 느끼는 만족감밖에 드러내지 않는 눈길, 신앙심 깊은 체
하는 몇몇 위선자들의 눈길, 몇몇 바보들의 잘난 척하는 눈길
이었다. 나는 그의 옷차림이 바뀐 걸 보았다. 그가 입고 있는 옷
은 전보다 색깔이 어두웠다. 거짓 단순함과는 거리가 먼 진짜
우아한 차림이었다. 하지만 다른 점도 있었다. 좀 더 가까이에
서 보니 그의 옷에는 색깔이 거의 없었는데, 그렇게 색깔을 추
방한 것이 색깔에 무관심해서가 아니라, 오히려 어떤 이유에서
인지 스스로 색깔을 금한다는 걸 알 수 있었다. 또 그의 옷차림
에서 보이는 이런 수수함은 식욕 결핍에서 온다기보다는 특정
식이요법을 따르는 데서 온 듯 보였다. 바지 양옆에 댄 짙은 초
록색 바이어스 단이 바지 천과 양말 줄무늬에 잘 어울리는 세
련된 취향은 이런 관례적인 멋을 따르는 양보를 제외하고는 곳

곳에 강한 절제된 취향을 드러냈으며, 한편, 넥타이의 붉은 점은 감히 대놓고 과시하지 못하는 자유인 양 미세하게 보였다.

"어떻게 지내요? 내 조카 게르망트 남작을 소개할게요." 하고 빌파리지 부인이 말했다. 그동안 그 낯선 사람은 나를 쳐다보지도 않고 막연하게 "반가워요."라고 입속에서 중얼거리더니, 이어 "흠흠흠." 하며 어쩔 수 없이 친절하게 대한다는 듯한 표정을 지으며 새끼손가락과 집게손가락 그리고 엄지손가락을 구부리고는 내게 가운뎃손가락과 약지를 내밀었는데, 나는 그의 스웨이드 장갑을 낀 손에서 반지라곤 하나도 없는 그 손가락들을 잡았다. 그런 후 그는 나를 향해 눈도 들지 않고 빌파리지 부인 쪽으로 얼굴을 돌렸다.

"아 참, 내가 정신을 어디다 둔 거지!" 하고 빌파리지 부인이 말했다. "게르망트 남작이라고 부르다니. 샤를뤼스 남작을 소개할게요. 그렇게 큰 실수는 아니지만요." 하고 부인이 덧붙였다. "어쨌든 게르망트 가 사람인 건 맞지만."

그동안 할머니가 나오셨고 우리는 함께 걸었다. 생루의 아저씨는 내게 말도 건네지 않았을 뿐만 아니라 눈길도 주지 않았다. 그는 낯선 사람들은 뚫어지게 바라보는 반면(그 짧은 산책 동안에도 두세 번 수심 측량기 같은 그 끔찍하고도 심오한 눈초리를 지나가는 별 볼 일 없는 행인들이나 가장 비천한 계급 사람들에게 던졌다.) 내가 보기에는 어떤 순간에도 자기가 아는 사람은 쳐다보는 것 같지 않았다. 마치 비밀 임무를 맡은 경찰이 친구들을 그들의 직업적인 감시 밖에 두는 것처럼. 나는 할머니와 빌파리지 부인과 남작이 함께 이야기하도록 내버려 두고는 생루를 뒤로 끌어당겼다.

"말해 보게나, 내가 정말로 잘 들은 건가? 빌파리지 부인이 당신 아저씨에게 게르망트 가 사람이라고 한 거 말일세."

"그렇다네. 아저씨는 팔라메드 드 게르망트라네."

"그렇다면 콩브레 근처에 성을 소유한, 자칭 주느비에브 드 브라방의 후손이라고 하는 저 게르망트와 같은 사람이란 말인가?"

"물론이네. 아저씨는 문장학에 조예가 깊으니까, 우리 가문의 구호가, 우리 '전투 구호(cri)'*가 처음에는 '콩브레지스(Combraysis)'였다가 나중에는 '파사방(Passavant)'으로 바뀌었다고 대답해 줄 걸세." 하고 생루는 거의 왕족에 가까운 가문, 귀족 계급의 우두머리만이 소유하는 그 '전투 구호'의 특권을 자랑하는 것처럼 보이지 않으려고 웃으면서 말했다. "아저씨는 그 성의 현 소유주와 형제간이라네."

이처럼 내가 어렸을 때 오리가 문 초콜릿 상자를 주었던 귀부인으로 오랫동안 내 기억 속에 남아 있던 빌파리지 부인이, 메제글리즈 쪽 어느 곳엔가 갇혀 있다고 생각한 것보다 훨씬 더 게르망트 쪽으로부터 멀리 떨어져 있던 그 빌파리지 부인이 게르망트와 아주 가까운 친척이었던 것이다. 그녀의 사회적 신분 역시 내게는 콩브레의 안경집 주인보다 덜 찬란하고 더 낮게 생각되었었는데, 이런 부인이 갑자기 엄청나게 높아

---

* 중세에서 가문이나 단체의 계보를 상징하는 방패꼴 모양 문장 맨 위에 쓰인 전투 구호를 가리킨다. '콩브레지스'는 콩브레 지역을 의미하며, 파사방은 '앞으로 전진(passer devant)'이란 뜻이다.

지면서 이와 병행하여 우리가 소유하는 다른 대상들의 가치를 떨어뜨렸다. 이런 상승과 하락은 우리 젊은 시절과 그 젊음의 흔적이 남아 있는 삶의 부분에 오비디우스*의 변신 못지않은 변화를 가져온다.

"그 성에는 게르망트의 옛 영주들 흉상이 있지 않은가?"

"그렇다네, 근사한 구경거리지." 하고 생루가 빈정대며 말했다. "우리끼리 말이지만, 내 눈엔 그게 다 우습게만 보인다네. 하지만 게르망트 가에는 조금 흥미로운 것도 있네. 카리에르**가 그린 아주머니 초상화는 감동적이지! 휘슬러나 벨라스케스***의 그림처럼 아름답다네." 하고 생루는 덧붙였는데 초심자의 열기로 들떠서 그런지 위대함을 평가하는 기준이 항상 정확하게 지켜지지는 않았다. "귀스타브 모로의 감동적인 그림도 몇 점 있네. 외숙모는 자네 친구인 빌파리지 부인의 조카인데 부인 손에서 자랐고 사촌인 지금의 게르망트 공작과 결혼했다네, 나의 고모할머니 빌파리지 부인의 조카이기도 한."

"자네 아저씨는?"

---

* Ovidius(기원전 43~기원후 17). 로마 시인으로 기원후 8년에 쓴 『변신 이야기』의 저자이다.
** 외젠 카리에르(Eugène Carrière, 1849~1906)는 프랑스 상징주의 화가로 몽롱하고 신비로운 느낌의 갈색 톤 그림을 그렸다. 대표작으로는 「모성애」와 「젊은 어머니」가 있으며 알퐁스 도데와 아나톨 프랑스의 초상화를 그린 것으로도 유명하다. 프루스트는 이런 카리에르의 작품이 주지적이라며 높이 평가했다.
*** 디에고 로드리게스 벨라스케스(Diego Rodriguez de Silva Velázquez, 1599~1660)는 17세기 바로크 시대의 대표적인 스페인 화가로 빛과 색을 중요시했다.

"아저씨에겐 샤를뤼스 남작이라는 작위가 있네. 원칙적으로 우리 외할아버지가 돌아가셨을 때, 팔라메드 아저씨는 자기 형인 게르망트 공작이 되기 전에 가졌던 롬 대공의 작위를 물려받아야 했네. 이 집안에서는 셔츠를 바꿔 입듯 이름을 바꾸니까. 그러나 아저씨는 이 모든 것에 대해 좀 특별한 생각을 하고 있었네. 이탈리아의 공작, 스페인의 대공작 등등 작위를 지나치게 남용한다고 생각했으므로, 비록 네다섯 칭호 중에 선택할 수도 있었지만, 겉으로는 소박하게 보이면서도 마음속으로는 커다란 자만심을 갖고 항의하는 표시로 샤를뤼스 남작이라는 칭호를 선택한 거라네. 아저씨는 이렇게 말했네. '오늘날에는 모두가 대공이란다. 그러니 뭔가 다른 사람과 구별되는 게 필요하지. 익명으로 여행하고 싶을 때 나는 대공이란 칭호를 사용한단다.' 아저씨 말로는 샤를뤼스 남작이란 칭호보다 더 오래된 칭호도 없다는군. 프랑스 최초의 남작이라고 일컬어지는 몽모랑시 남작의 칭호는 그러니까 잘못된 것으로 오로지 그들 영지였던 일드프랑스에서만 통했다는 걸세. 샤를뤼스 남작의 칭호가 몽모랑시 칭호보다 더 오래되었다는 걸 증명할 수 있는 이야기라면, 아저씨는 몇 시간을 들여서라도 자네에게 설명해 줄 걸세. 아저씨는 아주 섬세하고 재능이 많은 분이셔서 그런 이야기라면 아주 활기찬 화제라고 생각한다네." 하고 생루가 웃으면서 말했다. "하지만 난 아저씨와는 다르니, 나한테 족보에 대해 말하라고는 하지 말게. 그보다 더 따분하고 시대에 뒤진 것도 없으니까. 정말이지 인생은 짧지 않은가."

이제 나는 조금 전 카지노 옆에서 나를 뒤돌아보게 했던 그 냉혹한 시선이, 탕송빌에서 스완 부인이 질베르트를 불렀을 때 나를 뚫어지게 바라보던 것과 동일한 것을 알아보았다.

　"자네 아저씨의 그 수많은 정부 중에는 스완 부인도 있었나?"

　"천만에. 아저씨는 스완 씨와 절친한 친구여서 스완 씨를 항상 두둔해 왔다네. 아저씨가 스완 부인의 애인이었다는 말은 한 번도 들은 적이 없네. 자네가 그렇게 믿는 척만 해도 사교계 사람들은 무척이나 놀랄 걸세."

　콩브레에서는 내가 그걸 믿지 않는 게 더 놀라운 일일 거라고는 차마 말할 수 없었다.

　할머니는 샤를뤼스 씨에게 매료되었다. 물론 그는 태생이나 사교계에서의 위치 같은 모든 문제에 대단한 중요성을 부여했으며 할머니도 그 점에 주목했지만, 그럼에도 할머니에게는 자신은 원하지만 소유할 수 없는 이점을 다른 사람이 누리는 걸 볼 때 보통 느끼는 그런 은밀한 질투심이나 분노가 섞인 엄격함이 전혀 없었다. 반대로 할머니는 당신 운명에 만족하고, 더 찬란한 사회에 살지 못한 걸 조금도 후회하지 않았으며, 자신의 지성을 단지 샤를뤼스 씨의 작은 결점을 관찰하는 데에만 썼고, 따라서 생루의 아저씨에 대해서도 아무 사심 없이 관찰하는 대상에 대해 느끼는 기쁨을 보상하듯, 초연한 미소와 거의 호의적인 관대함으로 대하셨다. 더욱이 대상이 유명 인사이고, 그 거만한 태도가 정당하며, 아니 적어도 생동감 넘치는 특징이어서 할머니가 일반적으로 만날 수 있는 사람들하고는 뚜렷이 대조를 이루었으므로 더더욱 호감을 샀다. 하지만 할머니가 샤를뤼스 씨의 귀족적인 편견을 쉽게 용서했던 이유는, 생루가 조롱하는 그 수많은 사교계 사람들과는 달리 샤를뤼스 씨의 지성이나 감성이 지극히 생기 넘친다고 생각하셨기 때문이다. 그렇지만 샤를뤼스 씨는 이런 귀족적인 편견을 자신의 조카처럼 뛰어난 재능을 위해 희생하지 않았다. 오히려 그 편견을 뛰어난 재능과 조화시켰다. 느무르 공작과 랑발 대공의 후손으로서 고문서들과 가구, 장식 융단 그리고 라파엘로와 벨라스케스와 부셰*가 그의 조상들을 위해 그린 초상화들을 소유한 그에게는, 자신이 가진 가문의 유품을 돌보는 일 자체가 어느 박물관이나 도서관을 '방문하는' 일에 비할 만했는데, 조카인 생루가 모든 귀족의 유산을 끌어내린 자리에 그는 그 유산을 복원했다. 또한 아마도 생루보다는 덜 이상주의자이며 공허한 말에 만족하지 못하고 인간을 보다 현실적으로 관찰해서 그런지, 그는 그들 눈에 비치는 명성의 본질적인 요소를 무시하지 않으려 했고, 이 명성은 상상 속에서는 비타산적인 즐거움을 주었지만 그의 타산적인 활동에는 종종 지극히 효과적인 조력자 역할을 했다. 이런 사람들과 내적인 이상에 복종하는 사람들 사이에서 논쟁은 여전히 계속되며, 내적 이상에 따르는 자들은 오로지 그 이상을 실현하기 위해 명성을 버리려 하는데, 이런 점에서 그들은 뛰어

---

* 라파엘로(Raphaello, 1483~1520)는 이탈리아 르네상스 시대의 화가이며, 프랑수아 부셰(François Boucher, 1703~1770)는 로코코 화풍의 프랑스 화가로 그리스 신화에 나오는 여신이나 상류사회 여인을 많이 그렸다.

난 재능을 포기하는 화가나 작가와 비슷하며, 스스로 자신을 근대화하는 예술과 민중, 온 세계의 비무장화를 주도하는 호전적인 민중, 민주화를 통해 그들의 가혹한 법률을 폐지하고자 하는 절대군주제의 정부와도 비슷하다. 그러나 현실은 흔히 그들의 이런 고귀한 노력에 보답하지 않는다. 예술가는 재능을 상실하고 정부는 몇 세기 동안의 우월성을 상실한다. 때로는 평화주의가 전쟁을, 관용이 범죄를 증가시킨다. 진솔함과 해방을 추구하는 생루의 노력을 외부에 나타난 결과로 판단해 본다면 아주 고귀하다고 할 수 있었지만, 이런 노력이 샤를뤼스 씨에게 결여되었다는 점은 오히려 축하할 일이었다. 그는 게르망트 가의 아름다운 내장재들을 조카처럼 현대식 가구나, 르부르와 기요맹*의 작품으로 바꾸지 않고 대부분 자기 집에 옮겨 놓았다. 그렇지만 샤를뤼스 씨의 이상이 무척이나 작위적이라는 사실은 의심할 여지가 없었다. 사교적이며 예술적인 그의 이상에, 이 사교적이라는 수식어가 이상이라는 말에 적용될 수 있을지는 잘 모르겠지만, 그는 두 세기 전 앙시앵 레짐**의 모든 영광과 풍류에 관계했던 여인들을 조상으로 둔, 미모가 탁월하고 보기 드물게 교양 있는 여인들만 품위가 있다고 생각했고, 또 이런 여인들만이 그를 즐겁게 해 줄

---

* 알베르 르부르(Albert Lebourg, 1848~1942)는 인상파의 영향을 받았으나 비교적 아카데믹한 풍경화를 그렸다. 아르망 기요맹(Armand Guillaumin, 1841~1927)은 세잔과 피사로의 친구로 보다 현대적인 그림을 그렸으며, 말년에는 야수파와 가까워졌다.

**『잃어버린 시간을 찾아서』 1권 133쪽 참조.

수 있었는데, 그가 이 여인들에게 바치는 찬사는 진지했지만, 그 찬사 대부분은 바로 여인들의 이름에서 연상되는 역사적이고 예술적인 많은 기억들에서 나온 것으로, 이는 마치 어느 문인이 현대시 자체에는 무관심하고 현대시보다 못한 호라티우스의 오드*를 읽으며 느끼는 즐거움이 고대의 추억 때문인 것과도 같았다. 그런 여인들 중 한 여인이 예쁜 부르주아 여인 옆에 서 있는 모습은 그에게는 도로나 결혼식을 그린 현대 그림 옆에 옛 그림, 즉 그림을 주문한 교황이나 황제로부터 이런 저런 인물들에게 선물이나 매입, 탈취, 상속에 의해 전해져 내려와 우리가 그 내력을 아는 그런 옛 그림들이 있는 것과도 흡사했는데, 이 그림들은 우리에게 어떤 사건 또는 적어도 어떤 역사적 관심거리인 결혼에 대한 이야기를, 따라서 우리가 이미 습득한 지식을 환기하고 거기에 새로운 유용성을 부여하여, 우리 기억이나 학식이 풍요롭다는 느낌을 더해 준다. 샤를뤼스 씨는 그의 편견과 유사한 편견에 의해 몇몇 명문가 귀부인들이 자기들보다 혈통이 순수하지 않은 여성들과 어울리는 걸 피하면서 그 변함없는 고귀함을 훼손하지 않고 그대로 지켜 자신의 숭배 대상이 되어 준 것을 기뻐했다. 이는 마치 평범한 분홍색 대리석 기둥으로 받쳐져 새로운 시대가 어떤 것도 변화시키지 못한 18세기 건물의 어느 정면과도 같았다.

샤를뤼스 씨는 이러한 여인들의 재치와 마음씨가 보여 주

---

* 오드(Ode)는 그리스어의 노래에서 비롯된 말로 주로 음악적인 운율의 서정시를 가리킨다. 고대 로마 시인 호라티우스(Horatius, 기원전 65~기원전 8)는 간소화된 오드를 쓴 것으로 유명하다.

는 '고귀함'을 찬미하면서 이 단어의 애매한 뜻에 대해 말장난을 했고, 그 자신 역시 속아 왔는데, 거기에는 귀족과 관대함과 예술의 혼합물로 이루어진 잡다하고도 모호한 개념의 거짓이 존재했지만, 내 할머니 같은 이들에게는 위험한 매력이기도 했다. 자신의 가문에만 관심이 있고 다른 것에는 무관심한, 그런 천박하지만 보다 순진한 귀족의 편견이었다면, 할머니도 매우 우습게 여겼겠지만, 그 편견이 정신적 우월성이라는 형태로 나타나자, 라브뤼예르나 페늘롱* 같은 이들을 스승으로 둘 수 있어 다른 모든 사람들보다 우위에 있는 왕자를 부러워할 정도로 더 이상 그 매력에 저항할 수 없었다. 그랜드 호텔 앞에서 우린 게르망트네 세 사람과 헤어졌다. 그들은 뤽상부르 대공 부인 댁으로 점심을 먹으러 갔다. 할머니가 빌파리지 부인에게, 그리고 생루가 할머니에게 작별 인사를 하고 있을 때, 그때까지 내게 아무 말도 하지 않았던 샤를뤼스 씨가 몇 발짝 물러서더니 내 옆에 왔다. "오늘 저녁 식사 후에 난 빌파리지 아주머니 방에서 차를 마신다네." 하고 그가 말했다. "자네가 자네 할머니와 함께 와 주었으면 좋겠네." 그러고는 후작 부인을 따라갔다.

그날은 일요일이었는데도, 계절 초와 마찬가지로 호텔 앞에는 삯마차가 없었다. 특히 공증인 부인은 캉브르메르 댁에 가는 게 아니라면 매번 마차를 빌리는 것도 낭비라고 생각하여 그냥 방 안에 있는 걸로 만족했다.

---

* 페늘롱에 대해서는 『잃어버린 시간을 찾아서』 3권 51쪽 주석 참조.

"블랑데 부인은 아픈가요?" 하고 누군가가 공증인에게 물었다. "오늘 안 보이시네요."

"약간 머리가 아픈 모양입니다. 더위며 이 소나기며 아주 조그마한 것도 아내 기분을 불편하게 한답니다. 하지만 오늘 저녁엔 볼 수 있을 겁니다. 제가 아내에게 내려오도록 권했거든요. 그렇게 하면 기분이 좋아질지도 모르니까요."

나는 샤를뤼스 씨가 자기 고모 방에 초대하면서 고모에게 미리 알렸으리라는 점을 조금도 의심치 않았다. 그가 아침 산책에서 보여 주었던 무례함을 만회해 보려고 하는 초대라고 생각했던 것이다. 그런데 빌파리지 부인의 거실에 도착하여 부인의 조카인 샤를뤼스 씨에게 인사하려고 했을 때, 그는 날카로운 목소리로 자기 친척에 관해 꽤 심한 험담을 하고 있어 그의 주위를 빙빙 돌아도 좀처럼 그의 시선을 끌기가 어려웠다. 나는 내 존재를 알리려고 꽤 큰 소리로 그에게 인사를 하기로 결심했는데, 그 순간 그가 이미 나의 존재를 의식한다는 걸 깨달았다. 왜냐하면 내 입에서 어떤 말도 나오기 전에 내가 몸을 기울이는 바로 그 순간, 그는 손가락 두 개를 잡으라는 듯 내게 내밀었고 그렇게 하면서도 눈을 돌리거나 대화를 중단하지 않았던 것이다. 겉으로 드러내지는 않았으나 그는 분명히 나를 보고 있었다. 그때 나는 그의 눈이 상대방에게 결코 고정되지 않고, 마치 겁에 질린 동물의 눈이나, 헛소리를 지껄이며 불법 상품을 진열하는 동안 경찰이 올까 봐 이리저리 살펴보는 노점상의 눈처럼 끊임없이 사방으로 움직인다는 걸 알아차렸다. 그렇지만 나는 빌파리지 부인이 우리가 온 걸 보고 기뻐하면서도 우리 방문을 기대하지 않았다는 사실에 조금 놀랐는데, 거기다 샤를뤼스 씨가 내 할머니에게 하는 말은 더욱 놀라웠다. "아! 우리를 보러 오시기로 하다니 참 잘 생각하셨습니다. 정말 잘 오셨습니다. 그렇지 않아요, 아주머니?" 아마도 우리 방문에 자기 아주머니가 놀란 걸 눈치채고는 악기 음정을 맞추기 위해 '라' 음을 내 보는 데 익숙한 사람으로서 이런 놀라움을 기쁨으로 변화시키려면 자신이 기쁨을 느끼며, 우리 방문이 불러일으키는 감정이 바로 그런 감정이라는 걸 보여 주는 것만으로도 충분하다고 생각했던 모양이다. 그런 점에서 그의 계산은 맞아떨어졌다. 왜냐하면 조카에게 큰 기대를 걸고 또 그 조카를 기쁘게 하기가 무척이나 어렵다는 사실을 잘 아는 빌파리지 부인은, 별안간 내 할머니에게서 새로운 가치를 발견했다는 듯, 할머니를 환대했기 때문이다. 하지만 나는 샤를뤼스 씨가 그날 아침에 그처럼 단순하지만, 그러나 겉으로는 그렇게도 의도적이고 미리 계산된 초대를 해 놓고 나서 몇 시간 지나지 않아 잊어버렸다는 듯이, 그의 생각이 마치 할머니의 생각이었던 것처럼, "참 잘 생각하셨습니다."라고 말하는 게 도저히 이해가 가지 않았다. 한 인간이 가진 의도의 진실 여부는 그 인간에게 물어본다고 해서 알 수 있는 게 아니며, 알지 못하고 그냥 지나쳐 버리는 오해가 순진하게 고집부리는 것보다 덜 위험하다는 사실을 깨닫는 나이에 이르기까지 간직해 온 그런 정확함에 대한 배려에서, 난 이렇게 물었다. "하지만 선생님, 잘 기억하시죠? 그렇죠? 오늘 저녁 제게 와 달라고 말씀하신 분이 선생님이라는 걸?" 샤를뤼스 씨는 내 질문을 들었다는 걸 보여 주는 어떤 움직임도 소리도 내지 않았다. 나는 그런 모습을 보면서 외교관이나 사이가 나쁜 젊은이들처럼 해명하지 않기로 결심한 상대에게서 그 해명을 얻어 내려고 끈질긴 노력을 하면서 그 말을 반복했지만 아무 소용이 없었다. 샤를뤼스 씨는 여전히 대답하지 않았다. 그의 입술에는 아주 높은 곳에서 성격과 교육을 판단하는 자의 미소가 감도는 듯했다.

그가 일체의 설명을 거부했으므로 내 쪽에서 한번 헤아려 보려고 시도했지만 어떤 설명도 적절해 보이지 않아 여러 설명들 사이에서 망설일 뿐이었다. 어쩌면 아침에 내게 말했다는 사실을 그가 기억하지 못하는 게 아닐까, 아니면 내가 잘못 들었을까? 아니, 그보다는 자존심 때문에 자기가 경멸하는 사람을 끌어들이려고 했다는 걸 남에게 보이기 싫어서 그 방문을 자청해서 한 걸로 돌리려는 건 아닐까? 그러나 그렇다면, 만약 그가 우리를 경멸한다면 왜 우리가 오는 데, 보다 정확히 말해 왜 할머니가 오는 데 집착했을까? 그는 저녁 내내 할머니에게만 말을 걸고 내게는 한 마디도 하지 않았으니 말이다. 그는 할머니와 빌파리지 부인과 더불어 아주 활기찬 담소를 나누면서, 마치 칸막이 좌석 안쪽에 있는 사람처럼 어떻게 보면 그들 뒤에 몸을 숨기고는, 이따금 예리한 눈을 내게로 돌려 심문의 눈초리를 보냈으며, 마치 판독하기 어려운 필사본을 보듯 동일한 진지함과 전념하는 듯한 기색으로 내 얼굴을 응시했다.

아마도 그의 눈이 그렇지 않았다면, 샤를뤼스 씨의 얼굴은 대부분의 잘생긴 남자 얼굴과 비슷했을지도 모른다. 그런데 생루는 나중에 다른 게르망트 사람들에 대해 얘기하면서 이렇게 말했다. "정말로 그들에게는 팔라메드 아저씨가 가진 그런 혈통의 모습이, 발톱 끝까지 대귀족인 모습이 없다네." 귀족의 혈통과 품위가 전혀 신비롭거나 새롭지 않으며, 내가 별다른 어려움 없이 어떤 특별한 인상도 느끼지 않고 알아볼 수 있는 요소들로 구성되었다는 사실을 알았을 때, 나는 내 환상 가운데 하나가 사라지는 걸 느꼈다. 하지만 가볍게 분칠을 한 모습이 약간은 연극배우 같은 얼굴에서 샤를뤼스 씨는 자신의 표정을 보이지 않으려고 무척이나 애를 썼지만 아무 소용이 없었다. 그의 눈은 혼자서는 틀어막을 수 없는 균열이나 총구 같은 것이 되어 그를 보는 사람은 위치에 따라 그 총구를 통해 내부에 있는 총기의 불빛과 느닷없이 부딪히는 느낌을 받았는데, 총기를 자유자재로 사용할 수 없는 사람이 몸 안에 총기를 가지고 있어 언제든 폭발할 수 있는 불안정한 균형 상태에 놓인 듯 보였다. 그리고 그의 조심스럽고도 끊임없이 불안해하는 눈의 표현은 그 얼굴에, 눈 주위와 눈 밑으로 처진 부분까지 가득 채운 피곤함과 더불어, 아무리 잘 꾸미고 손질해도 위험에 처한 권력자, 혹은 그저 위험한 한 개인 그러나 비극적인 개인이 익명으로 변장했다는 듯한 느낌을 주었다. 나는 다른 사람들의 눈 속에는 없는 그 비밀, 내가 아침에 카지노 근처에서 보았을 때 샤를뤼스 씨의 눈길을 수수께끼처럼 보이게 했던 그 비밀을 꿰뚫어보고 싶었다. 하지만 지금은 그의 친척 관계를 알았으므로 더 이상 도적의 눈길이라고 믿을 수 없었고, 그와의 대화를 통해 들은 사실에 의해서도 미치광이의 눈길이라고 믿을 수 없었다. 그가 내 할머니에게는 그렇게 상냥하게 대하고 내게는 냉정하게 굴었던 것도, 아마 개인적인 반감이 있어서는 아닐 것이다. 왜냐하면 그는 대체로 여자들에게 친절했고 그들의 결점에 대해서도 너그러움을 잃지 않고 아주 관대하게 말했지만, 남자들, 그중에서도 젊은 남자에 대해서는 여성 혐오자의 증오심을 떠오르게 할 정도로 그렇게 격심한 증오심을 보였기 때문이다. 생루의 친척 또는 친구들 가운데 "늙은 여자를 등쳐 먹고 사는 젊은 남자" 이름 두셋을 생루가 우연히 말하면, 샤를뤼스 씨는 평소의 냉정함과는 뚜렷이 대조를 이루는 거의 사나운 표정을 지으며 이렇게 말했다. "정말로 너절한 놈들이야!" 나는 그가 특히 요즘 젊은이들에 대해 지나치게 여성적이라는 사실을 비난한다는 걸 깨달았다. "진짜 여자들이라네." 하고 그는 경멸하는 듯 말했다. 하지만 아무리 정력적이고 남성다워도 충분치 않다고 여기는 그에게 여성적으로 보이지 않을 삶이 어디 있겠는가?(그는 도보 여행으로 몇 시간을 걷고 난 후 열이 나면 그 뜨거운 몸을 차가운 강물에 내던졌다.) 남자가 반지를 끼는 것도 그는 용납하지 않았다. 그러나 이렇게 남성성을 선호했음에도 그의 감성은 지극히 섬세했다. 빌파리지 부인이 나의 할머니를 위해 세비녜 부인이 머물렀던 성관에 관해 묘사해 주기를 부탁하면서, 세비녜 부인이 그 재미없는 딸인 그리냥 부인과 헤어진 후 보여 준 슬픔에는 뭔가 조금은 문학적인 냄새가 풍긴다고 덧붙이자, 그는 이렇게 대답했다.

"오히려 그 반대죠. 저는 그처럼 진실한 것도 없다고 봅니다. 게다가 그때는 그런 감정이 잘 이해되던 시댑니다. 라퐁텐의 모노모타파*에서 사는 사람은 친구가 꿈속에서 조금 슬픈 표정으로 나타나자 금방 친구 집으로 달려갔고, 「두 마리 비둘기」에 나오는 비둘기는 또 다른 비둘기가 없는 걸 가장 큰 불행으로 여겼건만, 내 아주머니께서는 세비녜 부인이 딸과 단둘이 있게 될 순간을 초조하게 기다리는 심정이 아마도 과장된 듯 여기시는 모양입니다. 세비녜 부인이 딸과 헤어질 때 한 말이 아름답지 않습니까. '이 이별이 내 영혼에 주는 고통이 마치 육신의 아픔처럼 느껴지는구나. 우리가 서로 옆에 없을 때면 시간에서 자유로워져 원하는 시간을 마음대로 앞당길 수 있단다.'** 할머니는 마치 자신이 『서간집』을 인용하듯이 정확히 그 구절이 인용되는 걸 듣고는 무척이나 기뻐하셨다. 남성이 그 책을 그토록 잘 이해한다는 사실이 놀랍게 보였던 모양이다. 할머니는 샤를뤼스 씨에게서 여성적인 섬세함과 여성적인 감성을 발견했다. 나중에 내가 할머니와 단둘이 샤를뤼스 씨에 관해 얘기했을 때, 우리는 아마도 그가 한 여성, 즉 어머니의 영향을 받았거나 또는 훗날 그에게 자녀들이 생긴다면 딸로부터 깊은 영향을 받을 게 틀림없다고 말했다. 나는 마음속으로 '그의 정부로부터 받았을걸요.'라고 중얼거렸는데, 생루의 정부가 생루에게 끼친 것처럼 보이는 영향에

---

* 라퐁텐(La Fontaine, 1621~1695)의 「두 친구」와 「두 마리 비둘기」라는 우화를 암시한다. 「두 친구」는 이렇게 시작된다. "두 명의 진짜 친구가 모노모타파에 살고 있었다."(『우화집』 VIII.)
** 세비녜 부인이 그리냥 부인에게 1671년에 보낸 편지에서 인용한 구절이다.

비추어, 함께 사는 여인이 남성의 감성을 얼마나 세련되게 만드는지 이해할 수 있을 것 같았기 때문이다.

"일단 딸 곁에 있으면 할 말이 없었을 거예요." 하고 빌파리지 부인이 대답했다.

"아니요, 할 말이 많았을 겁니다. 세비녜 부인은 '그토록 하찮아서 너하고 나밖에 알아보지 못하는 거라고'* 말했지만 말입니다. 어쨌든 세비녜 부인은 딸 곁에 있게 되었죠. 그리고 라브뤼예르도 그게 전부라고 하지 않았습니까. '사랑하는 사람 옆에 있으면 말을 하거나 말을 하지 않거나 아무래도 좋다.'** 라고요. 맞는 말입니다. 그게 유일한 행복입니다." 하고 샤를뤼스 씨는 울적한 목소리로 말했다. "그러나 슬프게도 우리네 인생이 잘못돼서 그런지 그런 행복을 맛볼 수 있는 사람은 아주 드뭅니다. 세비녜 부인도 결국 남들보다 더 한탄할 필요는 없었죠. 삶의 대부분을 사랑하는 사람 곁에서 보냈으니까요."

"너는 그게 남녀 간 사랑이 아니라는 걸 잊은 모양이구나. 상대가 딸이라는 걸."

"우리 삶에서 중요한 건 사랑하는 대상이 아니라." 하고 그는 전문가다운 단호하고도 거의 단정적인 어조로 말을 이었다. "사랑한다는 그 자체입니다. 딸에 대한 세비녜 부인의 감정은 아들인 젊은 세비녜와 정부들의 그 시시한 관계보다 훨씬 더, 라신이 「앙드로마크」나 「페드르」에서 묘사한 정념과

---

* 세비녜 부인이 딸 그리냥 부인에게 1675년에 보낸 편지에서 인용한 구절이다.
** 라브뤼예르의 『성격론』 중 「마음에 대하여」에서 인용한 구절이다.

흡사합니다. 신비주의자가 신을 사랑하는 것과도 같습니다. 우리가 사랑 주위에 그리는 지나치게 좁은 경계선은 단지 삶에 대한 우리의 커다란 무지에서 오는 거랍니다."

"아저씨는 「앙드로마크」와 「페드르」를 많이 좋아하시나 봐요?" 하고 생루가 조금은 건방진 말투로 물었다.

"라신의 비극 한 편에는 빅토르 위고의 모든 드라마보다 훨씬 많은 진리가 들어 있단다."* 하고 샤를뤼스 씨가 대답했다.

"그래도 끔찍해, 사교계란." 하고 생루가 내 귀에 대고 말했다. "라신을 빅토르 위고보다 더 좋아하다니, 정말 엉뚱하잖나!" 그는 아저씨 말에 진심으로 서글퍼했지만 '그래도'와 특히 '엉뚱하다'란 말로 마음을 위로했다.

우리가 사랑하는 사람으로부터 멀리 떨어져 살아야 하는 슬픔에 대한 성찰에서,(바로 이런 성찰이 할머니로 하여금 빌파리지 부인 조카가 어떤 작품에 대해서는 그의 고모보다 더 잘 이해하며, 특히 클럽 회원들 대다수보다 훨씬 돋보이는 뭔가를 가졌다고 말하게 했다.) 샤를뤼스 씨는 사실 남자가 갖기 힘든 섬세한 감성을 보여 주었다. 목소리 자체도 중간 음을 충분히 다듬지 못한 콘트랄토**의 어떤 목소리처럼, 젊은 남자와 여자가 교대로 이

---

* 프루스트는 라신의 작품 중 특히 「페드르」, 「아탈리」, 「에스테르」를 집중적으로 인용한다. 그리고 위고에 대해서는 그의 젊은 시절을 찬미하면서도 보들레르에 비해 약간은 빛이 바랬다고 평가한다.(『마르셀 프루스트 사전』 오노레 샹피옹, 484쪽 참조.)
** 테너와 메조소프라노 사이에 위치하는 여성의 낮은 음역으로 남성과 여성의 음역을 함께 놓고 보면 높은 음역에 속한다. 콘트랄토는 또한 어린이의 목소리를 의미하기도 한다.

중창을 부르는 듯했고, 아주 섬세한 생각을 표현하는 순간에도 높은 음을 내어 뜻하지 않은 감미로움을 풍기면서 약혼자나 자매들의 합창이 보여 주는 그런 부드러움을 퍼뜨렸다. 여성적인 걸 끔찍이도 싫어하는 샤를뤼스 씨로서는 그의 목소리가 한 무리 처녀들을 담은 듯 보이는 것은 무척이나 가슴 아픈 일이지만, 이 일은 그의 감정적 악보의 해석이나 운율의 변화에만 한정되지 않았다. 샤를뤼스 씨가 이야기하는 동안 우리는 자주, 기숙사 여학생들이나 애교 떠는 소녀들의 날카롭고도 싱그러운 웃음소리가 남을 헐뜯는 간교한 달변가의 빈정거림과 어우러지는 소리를 들었다.

그는 마리 앙투아네트가 묵은 적이 있으며 르노트르*가 만든 정원이 있는, 자기 가문 소유였다가 지금은 이스라엘의 어느 부유한 재정가가 소유하는 저택에 대해 얘기했다. "이스라엘, 적어도 이것이 그들 이름인데, 이는 고유명사라기보다는 오히려 어떤 인종을 총칭하는 용어라고 생각합니다. 아마도 이런 인간들에겐 이름이 없으며, 단지 그들이 속한 집단으로만 지칭되는 모양입니다. 게르망트의 저택이었던 곳이 이스라엘에 속하는 게 아무것도 아니란 말입니까!" 하고 그는 소리쳤다. "블루아 성의 방이 생각나는군요. 그곳을 안내해 준 관리인이 '이곳이 메리 스튜어트**가 기도하던 방입니다. 지

---

* Lenôtre(1613~1700). 루이 14세의 정원사로, 베르사유 궁전의 정원 조경을 맡은 프랑스 식 정원의 개척자였다.
** 메리 스튜어트(Mary Stuart, 1542~1587)는 스튜어트 왕가 출신 스코틀랜드 여왕이자 프랑스 왕비다. 프랑스에서 유년 시절을 보냈으며, 훗날 잉글랜드와

금은 제가 빗자루를 두는 방이고요.'라고 말했죠. 자기 남편을 떠난 사촌 형수인 클라라 드 시메*와 마찬가지로 나는 그렇게 명예가 곤두박질친 저택에 대해서는 더 이상 아무것도 알고 싶지 않습니다. 하지만 저는 아직 손대지 않았던 초기의 저택 사진을, 시메 공주의 그 커다란 눈망울이 사촌 형만을 바라보던 시절의 사진과 함께 간직하고 있습니다. 사진이 단순한 현실의 복제이기를 그치고 이제는 더 이상 존재하지 않는 걸 우리에게 보여 줄 때, 사진은 나름대로 그것에 부족한 약간의 품위를 지니게 됩니다. 그 저택 사진을 한 장 드릴 수 있습니다. 이런 건축에 관심이 많으신 듯하니." 하고 그는 할머니에게 말했다. 그때 그는 주머니에서 수놓은 손수건의 색깔 있는 가장자리 부분이 약간 삐져나온 걸 알아채고는, 수줍지만 전혀 순진하지 않은 여자가 지나친 세심함으로 약간은 단정치 못하다고 판단한 매력을 숨길 때 짓는 질겁한 표정으로 재빨리 손수건을 집어넣었다. "생각해 보십시오." 하고 그는 말을 계속했다. "그자들이 르노트르가 만든 정원을 부수기 시작했답니다. 푸생의 그림을 찢는 일만큼이나 큰 죄악입니다. 이 일만으로도 그 이스라엘 놈들을 감옥에 처넣어야 합니다. 사실." 하고 그는 잠시 침묵 후에 미소를 지으며 이렇게 덧붙였다. "물론 그 밖에도 그들이 감옥에 있어야 하는 이유는 많지

스코틀랜드의 왕이 되는 제임스 1세의 어머니이다.
* Clara de Chimay. 미국의 복음성가 가수였던 클라라 워드(Clara Ward)는 벨기에 왕자인 조제프 드 시메(Joseph de Chimay)와 결혼했으나 1896년 바이올리니스트와 도망치는 바람에 파경에 이르렀다.

만! 어쨌든 이런 건축물 앞에서 영국식 정원이 어떤 효과를 내는지는 상상할 수 있을 겁니다."

"하지만 그 저택은 프티 트리아농*과 같은 양식인데." 하고 빌파리지 부인이 말했다. "그리고 마리 앙투아네트가 그곳에 영국식 정원을 만들게 했고."

"그게 가브리엘이 만든 저택의 정면을 해치고 말았죠." 하고 샤를뤼스 씨가 대답했다. "명백히 지금 르 아모**를 파괴하는 건 야만적인 짓입니다. 하지만 오늘날의 정신이 어떤지는 잘 모르겠지만, 그래도 전 이 점에서 이스라엘 부인의 변덕에 마리 앙투아네트 왕비의 기념물과 동일한 권위가 있다고는 생각하지 않습니다."

그동안 할머니는 생루의 반대에도 불구하고 내게 방으로 올라가서 자라는 신호를 보냈고, 내가 잠자리에 들기 전에 자주 슬픔을 느낀다는 얘기를 부끄럽게도 생루가 샤를뤼스 씨 앞에 슬쩍 비추었으므로 아저씨가 틀림없이 그 점을 남자답지 않게 여길 거라고 생각했다. 그래도 잠시 지체하다가 자러 갔는데 조금 후에 내 방문을 두들기는 소리가 들려 누군지 물어보자 무뚝뚝한 샤를뤼스 씨의 목소리가 들려와 난 깜짝 놀랐다.

---

* 루이 15세(1710~1774)가 당시 연인이었던 퐁파두르 부인을 위해 지은 건물로, 당대 유명한 건축가 앙주자크 가브리엘(Ange-Jacques Gabriel)이 설계를 맡았다. 루이 16세의 부인 마리 앙투아네트가 이 궁에 머물면서 유명해졌다. 루이 14세가 베르사유에 맹트농 부인을 위해 지은 분홍색 궁은 그랑 트리아농이라고 불린다.
** 마리 앙투아네트가 베르사유 궁전 한 구석 프티 트리아농 옆에 농촌 생활의 매력을 느끼기 위해 1783년에 짓게 한 '촌락(le Hameau)'을 가리킨다.

"샤를뤼스요. 들어가도 되겠소?" 하고 그는 문을 닫은 후에
도 똑같은 어조로 말을 이었다. "좀 전에 내 조카가 말하길, 자
네가 잠들기 전에 약간 힘들어한다고 하고, 또 베르고트의 책
을 좋아한다고 해서 내 가방에서 아마도 아직 자네가 모를 책
한 권을 가지고 왔다네. 행복하다고 느끼지 않는 순간을 보낼
때 좀 도움이 될 것 같아서."

나는 감격해서 샤를뤼스 씨에게 감사드리고 밤이 오면 불
안해한다는 생루의 말 때문에 그의 눈에 혹시 내가 실제보다
더 바보 같아 보이지 않았는지 걱정했다고 말했다. "전혀 그
렇지 않네." 하고 그는 한결 부드러운 목소리로 대답했다. "자
네에겐 아마도 개인적인 가치 같은 건 없을지 모르겠지만, 게
다가 그런 가치가 있는 사람은 아주 드문 법이라네! 하지만 적
어도 얼마 동안 자네에게는 젊음이 있고, 젊음은 늘 매력적이
라네. 게다가 가장 큰 어리석음은 우리가 느끼지 못하는 감정
들을 우습게 여기거나 비난할 만한 것으로 여기는 거라네. 나
는 밤을 좋아하는데 자네는 밤을 두려워하고, 나는 장미 향기
를 좋아하는데 내 친구는 장미 향기를 맡으면 열이 나고, 그렇
다고 해서 내가 그런 사실 때문에 그 친구가 나보다 가치가 떨
어진다고 생각하겠는가? 나는 모든 것을 이해하려 하고 그 어
떤 것도 비난하지 않으려 하네. 요컨대 너무 슬퍼하지 말게.
그러한 슬픔들이 고통스럽지 않다고 말하는 건 아니지만. 나
는 다른 사람들의 이해를 받지 못한다는 게 얼마나 고통스러
운 일인지 잘 아네. 그러나 적어도 자네는 현명하게도 할머니
에게 애정을 쏟고 있지 않는가. 언제나 자주 볼 수도 있고. 게

다가 그건 허락된 애정, 다시 말해 보답을 받는 애정이 아닌 가. 그렇지 못한 사랑도 많은데."

그는 방 안을 이리저리 돌아다니며 이 물건을 바라보고 저 물건을 집어 들기도 했다. 내게 뭔가 알려 주고 싶은 말이 있지만, 어떻게 말해야 할지 잘 모르는 게 아닌가 싶은 인상을 받았다.

그는 "이곳에 베르고트의 다른 책도 가지고 왔다네, 그 책을 찾아오라고 해야겠네." 하고 덧붙이더니 초인종을 울렸다. 잠시 후에 종업원이 왔다. "가서 식당 책임자를 불러오게나. 여기서 제대로 똑똑하게 심부름할 수 있는 사람은 그 사람뿐이니까." 하고 샤를뤼스 씨는 거만하게 말했다. "에메 씨 말씀이시죠, 손님?" 하고 종업원이 물었다. "그자 이름은 모르네. 하지만 에메라고 부르는 걸 들은 것도 같군. 어서 빨리 서두르게, 난 바쁘네." "곧 모셔 오겠습니다. 제가 방금 그분을 아래층에서 보았거든요." 하고 알은체를 하고 싶었던 종업원이 대답했다. 시간이 조금 지나갔다. 종업원이 돌아왔다. "손님, 에메 씨는 잠자리에 들었답니다. 제가 심부름을 대신 해 드릴 수 있습니다." "아냐, 자네는 그냥 그 사람을 깨우기만 하면 돼." "손님, 그렇게는 할 수 없습니다. 그분은 여기서 주무시지 않거든요." "그럼, 그냥 가 봐." 종업원이 나가자 내가 말했다. "하지만 선생님, 선생님께서는 매우 친절하십니다. 베르고트의 책은 한 권이면 충분합니다." "결국은, 뭐 그런 것 같군." 샤를뤼스 씨는 여전히 방 안을 걸어 다녔다. 몇 분간 그렇게 돌아다니다가 잠시 머뭇거리고 나서 다시 같은 짓을 여러 번 반복하더니 획 돌아서서는 다시 준엄해진 목소리로 말했다. "잘 자게."
그는 이 한 마디 말을 던지고는 방을 나가 버렸다. 그렇게도 고결한 감정을 표현하는 걸 들었던 그다음 날, 그날은 그가 떠나는 날이었는데, 바닷가에서 아침 나절 수영을 하는데, 샤를뤼스 씨가 가까이 다가와서는 할머니가 기다리고 있으니 얼른 물에서 나와 할머니에게로 가 보라는 말을, 내 목을 꼬집고 천박하게 웃으며 친숙한 말투로 해서 난 그만 깜짝 놀랐다.

"늙은 할머니가 무슨 상관이야, 안 그래? 이 악동아!"

"어떻게 그런 말씀을, 저는 할머니를 정말 좋아합니다!"

"자네는." 하고, 그는 나로부터 한 발짝 물러서면서 냉정한 목소리로 말했다. "아직 젊어. 이렇게 젊은 시절엔 두 가지를 배워 두는 게 유익할 걸세. 첫 번째는 너무도 자연스러운 감정이라 말할 필요도 없는 감정에 대해 말하지 않는 것이고, 두 번째는 다른 사람에게 대답할 때는 그 뜻을 깊이 새겨 보지 않고 덮어 놓고 싸움을 걸듯 해서는 안 된다는 거라네. 만약 자네가 이 점에 유의했다면, 조금 전에 귀머거리처럼 이것저것 아무거나 말하는 실수를 범하지 않았을 테고, 또 두 번째로, 수영복에 닻 모양 장식을 다는 우스꽝스러운 짓도 하지 않았을 걸세. 자네에게 베르고트의 책을 빌려 줬지만 그 책은 나도 필요하네. 한 시간 안으로 그 이름이 우스꽝스럽고도 부적절한 식당 책임자를 시켜 책을 가져오도록 하게.* 이 시

* 식당 책임자 이름 '에메(Aimé)'는 프랑스어로 '사랑하다'를 의미하는 동사 '에메(aimer)'의 과거분사로, '사랑받는 자'란 뜻이다.

각에는 자지 않을 테니. 내가 어젯밤 너무 일찍 젊음의 매력에 대해 말했다는 걸 자네가 깨우쳐 주었네. 젊음의 경솔함과 무분별함, 그리고 이해력의 결핍을 지적하는 편이 자네에게 더 도움이 되었을 거라는 생각이 드는군. 나의 이 작은 잔소리 '샤워'가 자네에게 해수욕보다 더 유익하길 바라네. 하지만 그렇게 가만히 있지는 말게, 감기에 걸릴지도 모르니까. 잘 있게."

필시 이런 말을 한 것이 후회되었는지 잠시 후 그는 ― 모로코 가죽으로 장정한 책 표지에 네모난 테두리를 두르고 그 안에 가죽으로 엷게 돋을새김한 물망초 한 가지를 끼워 넣은 ― 책 한 권을 보내왔는데, 그가 내게 빌려 준 이 책을 나는 '외출 중'인 에메 대신 엘리베이터 보이를 통해 돌려보냈다.

샤를뤼스 씨가 떠나자 난 로베르와 마침내 블로크네 집에 저녁 식사를 하러 갈 수 있었다. 그런데 이 작은 파티 동안 난 우리 친구가 재미있는 이야기라고 들려주던 이야기가 모두 아버지 블로크에게서 들은 이야기이며, 블로크가 '정말 놀라운 인간'이라고 했던 사람은 늘 그의 아버지가 그렇게 판단했던 아버지 친구 중 한 분이라는 걸 알게 되었다. 우리는 유년 시절에 누군가를, 이를테면 집안 어느 누구보다 재치가 넘치는 아버지나 우리 눈에 형이상학을 이용하여 뭔가 계시를 주는 듯한 교수, 우리보다 앞서 있는 친구(내게는 블로크와 같은)를 존경하기 마련이다. 그런데 이런 친구는 우리가 아직 「신에 대한 희망」을 쓴 뮈세를 좋아할 때는 뮈세를 경멸하고, 우리가 로콩트 드릴 영감이나 클로델을 좋아할 때면 그들을 경멸하면서 다음과 같은 뮈세의 시구에만 열광한다.*

생블레즈에서 쥐에카 섬에서
그대는, 그대는 만족했도다……**

이런 구절이 덧붙기도 한다.

파도바는 무척 아름다운 곳.
위대한 법학 박사가 많은 곳……
그러나 나는 폴렌타를 더 좋아하네……
검은 도미노 옷을 입고 지나가네,
라 토파텔이.***

---

* 「신에 대한 희망」은 19세기 낭만주의 시인인 알프레드 드 뮈세가 1838년 쓴
작품으로, 수사학의 영향이 많이 보인다. 이 문단에서 로콩트 드릴과 폴 클로델
(Paul Louis Charles Marie Claudel, 1868~1955)을 나란히 인용한 것은 조금
놀라운 일로 평가된다. 블로크가 고답파 시인 로콩트 드릴을 좋아하는 것은 이
미 「스완」에도 나와 있지만(『잃어버린 시간을 찾아서』 1권 163쪽 참조.), 그보다
쉰 살이나 연하인 클로델의 인용은 조금 낯설어 보인다. 아마도 미래의 예술에
대한 작가의 관심을 암시하는 듯하다.(『소녀들』 II, GF플라마리옹, 372쪽 참조.)
** 이 시는 「샹송」(1834)의 첫 번째 구절로, 뮈세가 조르주 상드와 베네치아로
여행을 하던 중에 쓴 작품이다. 쥐에카(Zueca, 이탈리아어로 '지우데카')와 생블
레즈(Saint-Blaise, 이탈리아어로는 '산블라시오')로도 많이 알려졌으므로 원문
그대로 표기하고자 한다.
*** 뮈세가 쓴 「이탈리아에서 돌아온 내 동생에게」(1844)란 시에 나오는 구절
이다. '폴렌타'는 옥수수 수프의 일종으로 이탈리아 북부의 전통 음식이다. '라
토파텔'은 검은 도미노(두건이 달린 긴 외투로 가면무도회에서 입는 옷)를 입은
여인을 가리킨다.

그리고 뮈세의 「밤」이란 시 가운데서도 이런 구절만을 기억한다.

> 대서양 앞 르아브르에,
> 베네치아에, 끔찍한 리도 섬에,
> 묘지의 잔디 위로
> 창백한 아드리아 해가 죽으러 오네.*

그런데 우리가 자신의 판단력만을 따를 때는 냉정하게 거부했을 아주 하찮은 것도 누군가를 신뢰하고 존경할 때면 그 사람 것이라는 이유 하나만으로 감탄하며 받아들이고 인용하듯이, 작가란 살아 있는 전체 안에서 오히려 죽은 무게를 느끼게 하는 그런 시시한 부분인 '재담'이나 인물을, 단지 그것이 사실이라는 이유만으로 소설 속에 인용한다. 그러나 생시몽의 인물 묘사에서 그가 어쩌면 별로 감탄하지 않고 기술한 인물들은 감탄할 만한 인물이 되며, 그가 알고 지낸 매력적인 재사라고 인용한 인물은 아주 평범하거나 이해할 수 없는 인물이 되었다. 코르뉘엘 부인 또는 루이 14세에 대해 생시몽은 그토록 섬세하고 멋있게 기록하지만 만약 그가 소설가로서 창작했다면 틀림없이 자신이 기록한 글이 무의미하다는 걸 깨닫고 경멸했을 것이다. 이런 특징은 게다가 다른 많은 작가들

---

* 「밤」은 장시 네 편으로 구성된 뮈세의 대표작으로 여기 나오는 구절은 「12월의 밤」 첫 부분이다. 르아브르는 프랑스의 항구이며, 리도 섬은 베네치아 부근에 있는 섬이다.

에게도 나타나는 것으로, 이에 대해서는 여러 해석이 가능하지만 지금은 단지 이런 점만을 지적하고자 한다. 즉 '관찰할' 때의 정신 상태는 창작할 때의 정신 상태보다 훨씬 열등하다는 사실을.*

내 친구 블로크 안에는 아들보다 사십 년이나 뒤떨어진 아버지 블로크 씨가 들어 있어, 이런 아버지가 괴상한 일화들을 지껄이고 웃어 대면 그만큼 내 친구도 마음속에서 외적인 실제 아버지가 하는 것을 그대로 따라 했는데, 블로크 씨가 마지막 말을 두세 번 반복해서 사람들이 그 이야기를 잘 음미하도록 웃음을 터뜨리면, 거기에 그 아들이 식탁에서 아버지 이야기에 환호하며 요란하게 웃어 대는 소리가 겹쳤다. 이렇게 젊은 블로크는 아주 지적인 얘기를 한 후에는 가족으로부터 물려받은 자산을 과시하면서 아버지 블로크 씨가 특별한 날에만 (그의 연미복과 함께) 내놓는 '명언' 중 몇 개를 골라 서른 번째로 반복했다. 아들이 마음을 사로잡고 싶어 할 정도로 가치 있는 누군가를, 이를테면 그의 교수 가운데 한 분이나, 온갖 상을 독차지하는 '학우', 또는 그날 밤의 생루와 나 같은 사람을 집에 데려오는 특별한 날에만 내놓는 명언이었다. 이를테

---

* 생시몽은 18세기에 속하는 인물이지만, 주로 17세기 루이 14세 시대 인물과 사건을 기록하여 고전주의 시대의 대표적인 연대기 편찬가로 간주된다. 이런 생시몽에 대해 화자는 만약 그가 귀족들의 재담이나 재치를 관찰하고 기록하는 연대기 편찬가가 아니라 소설가였다면 오히려 보다 깊이 있는 성찰을 보여 줄 수 있지 않을까 하는 의견을 표명한다. 이를테면 생시몽이 재치 있다고 전하는 17세기 사교계 여인인 코르뉘엘 부인의 경우 오늘날에는 그 재담의 의미가 퇴색하여 무의미해 보인다는 뜻이다.

면 "한 탁월한 군사 평론가는 어떤 필연적인 이유로 러일전쟁에서 일본군이 패하고 러시아군이 승리를 거둘 것이라고 확고한 증거와 더불어 정교하게 추론했다."* 또는 "그분은 정계에서는 재계의 대가로, 또 재계에서는 정계의 대가로 통하는 명사다."와 같은 말들이다. 이런 말들은 때로 로칠드 남작과 뤼퓌스 이스라엘 경의 이야기로 바뀌기도 했는데 이 인물들은 아주 모호한 방식으로 다루어져 마치 블로크 씨가 개인적으로 그들을 알고 지내는 듯한 암시를 주었다.

나 자신도 그런 암시에 걸려들었고, 또 블로크 씨가 베르고트에 대해 얘기하는 말투로 미루어 나는 베르고트가 블로크 씨의 옛 친구라고 생각했다. 그런데 블로크 씨는 모든 유명 인사들에 대해 그들과 '친분이 없으면서도' 극장이나 대로 먼 곳에서 보기만 한 것으로 그들을 안다고 생각했다. 게다가 그는 자신의 얼굴이나 이름과 인격이 그들에게 알려지지 않은 게 아니며, 그들이 자기를 보고 자주 인사하고 싶은 마음이 들어도 은밀히 참고 있다고 상상했다. 사교계 사람들은 재능이 독창적인 사람들과 알고 지내며 그들을 만찬에 초대하지만 그렇다고 해서 그들을 더 잘 이해하는 것은 아니다. 그러나 사교

* 작품 내적 연대기에 의거해서 작성해 보면 이 장면의 배경은 대략 1898년으로 추정되는데, 이때 블로크 씨는 1904~1905년에 일어난 러일전쟁에 대한 기사를 물리적으로 읽을 수 없다. 게다가 러일전쟁은 일본의 승리로 끝났으며 따라서 연대기 착오가 다시 한번 드러나는 대목이다. 뤼퓌스 이스라엘 경에 대해서는 『잃어버린 시간을 찾아서』 3권 164쪽 참조. 로칠드 가문은 14세기부터 유럽 전역에 걸쳐 금융이나 재정에서 뛰어난 유대인 명문이다.

계에서 조금 지내다 보면, 사교계 인사들의 어리석음이 당신으로 하여금 '친분에 관계 없이' 그저 막연히 알고 지내는 사회에서 살고 싶다는 생각을 들게 하며 또 바로 그곳에 지성이 있다고 믿게 한다. 나는 베르고트에 대해 말하면서 그 점을 깨달았다. 그런데 그의 집안에서 성공을 거둔 사람은 블로크 씨만이 아니었다. 내 친구 블로크 역시 그의 누이들 사이에서는 아버지 이상으로 성공한 사람이었는데, 끊임없이 투덜대는 어조로 접시에 머리를 처박으며 누이들을 심문했고 그러면 누이들은 눈물이 나도록 웃어 댔다. 게다가 누이들은 오빠의 언어가 불가피한 것이며 또 지적인 사람만이 쓸 수 있는 유일한 언어라는 듯 유창하게 따라 했다. 우리가 도착했을 때 큰누이가 동생에게 "사려 깊으신 아버님과 존경하는 어머님께 가서 빨리 이 사실을 알려라."라고 말했다. 그러자 블로크는 누이들에게 "이 계집애들아, 빠른 투창의 명수이신 생루 기사님을 소개하마. 이분은 반들반들 윤나는 돌로 지어진 건물에 말〔馬〕들로 넘쳐나는 동시에르 병영에서 이곳으로 며칠 묵으러 오신 분이시다."라고 소개했다. 블로크는 문학에 소양이 있는 만큼이나 천박했으므로 그의 대화는 보통 호메로스적인 것과는 거리가 먼 농담으로 끝나곤 했다. "이봐, 그 예쁜 고리가 달린 페플로스* 옷이나 좀 여미시지, 점잔 빼는 꼴하고는! 어쨌든 이분이 우리 아버지는 아니잖아!"** 그러면 블로크네 아가

---

* 고대 그리스 여성이 착용했던 느슨하고 주름이 진 겉옷을 말한다.
** 조르주 페도(Georges Feydeau, 1862~1921)의 희극 「막심 레스토랑에서의 부인」에 나오는 유명한 대사이다.

씨들은 폭풍 웃음을 터뜨리며 쓰러졌다. 나는 그녀들의 오빠에게 베르고트를 읽으라고 추천해 줘서 얼마나 큰 기쁨을 얻었는지 또 내가 그 책을 얼마나 좋아하는지 말했다.

아버지 블로크 씨는 베르고트를 멀리서만 알았고, 베르고트의 삶에 대해서도 극장 아래층 뒷좌석에서 주워들은 시시한 이야기를 통해서만 알았으며, 그의 작품에 대해서도 겉모습만 문학인 그런 의견의 도움으로 작품을 이해하는, 아주 간접적인 방식으로만 알았다. 블로크 씨는 허공에다 대고 인사하며 거짓 속에서 판단하는 대충의 세계에 살고 있었다. 그런 세계에서 부정확함과 무능력은 확신을 약하게 하지 않으며, 오히려 그 반대다. 소수만이 찬란한 교제와 깊은 친분을 쌓을 수 있는 법이므로, 그런 교제를 거부당한 사람들은 자존심이라는 고마운 기적 덕분에 자신들이 더 나은 몫을 가졌다고 생각한다. 왜냐하면 사회 계급에 대한 시각이 모든 계급으로 하여금 자기가 차지한 계급을 가장 좋다고 여기며, 우리가 위대한 인물이라고 부르는 자들에 대해서도 자기보다 혜택을 덜 받고 불운하며 동정받아야 할 인간들로 여기며, 그런 인간들을 실제로 알지도 못하면서 비방하고, 이해하지도 못하면서 평가하고 멸시하게 하기 때문이다. 자존심 때문에 개인적인 시시한 장점들을 많이 만들고 그래도 아직 남을 넘어서는 데 필요한 행복의 정량을 다 채우지 못할 경우, 시기심이 그 차이를 채워 준다. 사실 이런 시기심은 경멸조로 표현된다. "나는 그를 알고 싶지 않아."라는 말은 "나는 그와 아는 사이가 될 수 없어."라는 말로 해석해야 한다. 바로 이것이 지적인 의미다. 그러나 감정적인 의미는 분명 "나는 그를 알고 싶지 않아."이다. 말하는 사람은 자신의 말이 진실이 아니라는 걸 알지만, 단순히 기교로만 그렇게 말하는 것은 아니다. 그는 그렇게 느끼기 때문에 말하는 것이며, 또 이것은 그들과의 거리를 없애 주기에, 즉 우리를 행복하게 하기에 충분하다.

이러한 자기중심주의 덕분에 모든 인간은 각각 왕으로 군림하며 세상을 자기 발밑에 두고 내려다보는 것이다. 블로크 씨도 아침에 초콜릿 차를 들며 막 펼쳐 본 어느 신문 기사 밑에서 베르고트의 서명을 보았을 때, 스스로에게 무자비한 왕이 되는 사치를 부여했다. 그는 그 기사를 경멸하듯 대충 읽고 판결을 선고한 뒤, 뜨거운 음료수를 삼킬 때마다 "이 베르고트라는 녀석은 이제 도저히 읽어 줄 수가 없군. 짐승 같은 녀석이 얼마나 귀찮은지, 신문 구독을 중단해야겠어. 우릴 농락하잖아, 이게 웬 장광설이야!"라는 말을 되풀이하는 편안한 기쁨을 자신에게 부여했다. 그러고는 버터 바른 빵을 다시 먹었다.*

블로크 씨의 이런 허황된 중요성은 그의 지각 범주 너머로까지 확대되었다. 우선 그의 자식들은 그를 탁월한 인물로 여겼다. 자식이란 언제나 부모를 폄하하거나 존경하는 법이지만, 착한 아들에게 있어 아버지는 존경할 만한 모든 객관적인 이유를 제외한다 해도 언제나 가장 좋은 아버지이다. 그런데 블로크 씨에게는 이런 객관적인 이유도 절대로 부족하지 않았는데, 그는 교육을 잘 받았고 요령도 좋았으며 자식들에게

---

* 여기서 장광설이라고 옮긴 tartine에는 '버터 바른 빵'이란 뜻도 있다.

도 다정했다. 블로크 씨는 가장 가까운 친척들 사이에서도 함께 있으면 즐거운 사람으로 통했다. '사교계'에서는, 게다가 부조리하기 짝이 없는 개념이지만 표준에 따라 사람을 판단하고, 또 잘못되었지만 이미 고정되어 버린 규칙에 따라 다른 멋쟁이 신사들 전체와 비교해서 판단하지만, 반면 부르주아적인 삶의 구획에서는 친척끼리의 만찬이나 저녁 모임은 유쾌하고 재미있다고 평을 받는 사람들, 사교계에서라면 두 번다시 초대받지 못할 사람들 주위에서 이루어진다. 끝으로 귀족 사회의 인위적인 위대함이 존재하지 않는 사회에서는 보다 엉뚱한 품위가 그 자리를 대신한다. 이렇게 해서 블로크 씨의 가족이나 아주 먼 친척들은 수염을 기른 모양과 코의 높이가 비슷하다고 해서 블로크 씨를 '오말 공작의 분신'*이라고 불렀다.(제복을 입은 클럽 종업원들 사회에서는 모자를 삐뚤게 쓰고 군복 스타일 재킷을 몸에 꼭 끼게 입고, 외국 장교인 척하는 것으로 유명 인사 흉내를 내지 않는가?)

아주 막연한 유사성이라고 해도 그들에게 그것은 거의 작위와도 같았다. 그들은 이런 말을 되풀이했다. "블로크? 누구지? 오말 공작?" 이는 마치 "뮈라 공주? 어떤 뮈라 공주 말인가? '나폴리' 여왕?"**이라고 말하는 것과 같았다. 그 밖에도

---

* 오말 공작에 대해서는『잃어버린 시간을 찾아서』2권 136쪽 주석 참조. 루이 필리프의 네 번째 아들인 오말 공작(앙리 도를레앙)은 특히 복잡한 사랑의 기교로 유명했다.

** 나폴레옹의 여동생 카롤린 보나파르트는 뮈라 장군과 결혼해서 1808년 나폴리의 여왕이 되었다. 그들의 손자인 나폴레옹조아생 뮈라(Napoléon-Joachim

다른 미미한 지표들이 사촌들의 눈에 소위 품위를 부여했다. 자가용 마차까지는 소유하지 못한 블로크 씨가 어느 날 회사의 무개 이륜마차를 빌려 타고 나른하게 옆으로 드러누운 채 두 손가락은 관자놀이에, 다른 두 손가락은 턱에 괴고 불로뉴 숲을 지나갔을 때, 모르는 사람들은 그 때문에 그를 '잘난 체하는 사람'이라고 여겼겠지만, 가족들은 멋이라는 측면에서 살로몽 아저씨가 그라몽카드루스*보다 한 수 위임을 보여 준다고 확신했다. 블로크 씨는 대로의 레스토랑에서 이런저런 신문사의 편집국장과 같은 식탁에서 식사를 했다는 이유만으로 그들 사망 시에 《라디칼》** 사교계 인사 동정란에 "파리지앵에게는 잘 알려진 얼굴"로 표현되는 그런 사람들 중 하나였다. 그는 생루와 내게 자신이, 즉 블로크 씨가 왜 베르고트에게 인사를 하지 않았는지 베르고트도 잘 알며, 그래서 극장이나 클럽에서 자기 얼굴만 보면 눈길을 피한다고 말했다. 생루는 낯을 붉혔다. 그 이유는 블로크 씨가 말하는 클럽이 그의 아버지가 회장인 조키 클럽일 리 없다고 생각했기 때문이다. 한편 블로크 씨가 오늘날이라면 베르고트도 그 클럽에 받아들여질 수 없을 거라고 말했으므로 비교적 폐쇄적인 클럽

Murat, 1834~1894)는 바그람(Wagram) 공주와 결혼했으며, 이 바그람 공주의 살롱에 프루스트도 드나들었다. 아마도 위 문단에서 언급한 뮈라 공주는 이 바그람 공주를 가리키는 것처럼 보인다.(『소녀들』 2권, GF플라마리옹, 373쪽 참조.)
* Gramont-Caderousse(1808~1865). 프랑스의 유서 깊은 가문 그라몽가의 후손으로 방탕한 생활을 하다 의사와 여배우에게 재산을 물려주고 중동 지방에서 사망했다.
** 1871년에 창간된 좌파 신문이다.

일 거라고 생각했다. 그래서 생루는 '상대방을 과소평가했다'는 생각에 몸을 떨면서 혹시 그 클럽이 루아얄 거리의 클럽*이 아니느냐고 물었는데, 이 클럽은 생루의 집에서는 '타락한' 클럽으로 평가되었고, 생루는 몇몇 이스라엘 사람들이 그 클럽에 드나든다는 사실을 잘 알고 있었다. "아니네." 하고 블로크 씨는 무심하고도 거만하며 약간은 수치스러운 듯한 표정으로 말했다. "아주 작은 클럽이지. 그러나 훨씬 더 쾌적한 '가나슈 클럽'**이네. 거기서는 회원을 아주 엄격하게 심사한다네." "뤼퓌스 이스라엘 경이 클럽 회장 아닌가요?" 하고 아버지에게 명예로운 거짓말을 할 기회를 주고 싶었는지 블로크가 물었다. 그러나 생루의 눈에는 자기들이 보는 것만큼 이 재정가가 명예롭게 보이지 않는다는 건 알지 못했다. 사실 이 '가나슈 클럽'에는 뤼퓌스 이스라엘 경이 아닌 그의 회사 직원이 한 사람 있었을 뿐이다. 그러나 사장과 사이가 좋았던 직원은 이 대재정가의 명함을 마음대로 사용할 수 있었고, 그중 한 장을 블로크 씨가 뤼퓌스 경이 운영하는 철도로 여행할 때면 주었는데, 이 때문에 블로크 씨는 "뤼퓌스 경의 추천서를 받으러 클럽에 들러야겠다."라고 말할 수 있었다. 또 이 명함은 역장의 마음을 현혹하기에 충분했다. 블로크네 아가씨들은 베르고트

---

* 거리 이름을 따서 불리는 이 클럽에는 스완의 모델이 되는 샤를 아스 외에 다른 유대인 회원은 없었다.
** 가나슈 클럽은 빅토리앵 사르두(Victorien Sardou, 1831~1908)의 「가나슈들」(1862)이란 희곡에서 연유하는데, 이미 사라진 왕당파 당을 신봉하는 자들을 가리킨다.(『소녀들』, 폴리오, 551쪽 주석 참조.)

에게 관심이 더 많았으므로 '가나슈들'에 대한 대화를 계속하는 대신 베르고트 쪽으로 화제를 돌렸는데, 막내 동생이 세상에서 가장 진지한 목소리로 오빠에게 물었다. 그녀는 재능 있는 사람들을 지칭할 때면, 오빠가 사용하는 표현 외에 다른 표현은 존재하지 않는다고 생각했다. "그 베르고트란 녀석은 정말 별난 놈인가요? 그녀석은 위대한 영감들, 말하자면 빌리에와 카튈 같은 별난 놈들의 범주에 속하나요?"* "나는 그녀석을 무대 총연습 자리에서 여러 번 만났지." 하고 니심 베르나르가 말했다. "그녀석은 좀 거북해하는 듯 보였는데 슐레밀** 같은 사람이었어." 샤미소의 동화에 대한 이런 암시가 그렇게 대단한 것은 아니지만, '슐레밀'이란 수식어가 반은 독일풍이고 반은 유대인풍인 방언이라 블로크 씨는 친한 사람들끼리 있을 때면 몰라도 다른 사람들 앞에서 쓰기에는 조금 저속하고 부적절하다고 판단했다. 그래서 그는 자기 아저씨를 향해 비난의 눈길을 던졌다. "그분에겐 재능이 있습니다." 하고 블로크가 말했다. "아!" 하고 여동생이 그런 조건이라면 자기도

---

* 빌리에는 귀족 출신 작가로 절대적 이상주의를 추구하며 참다운 인간성 회복을 주장한 빌리에 드 릴아당(Auguste Villiers de l'Isle-Adam, 1838~1889)을 가리킨다. 카튈(Catulle Mendès, 1841~1909)은 시인이자 극작가로 『현대 고답파 시집의 전설』의 저자이다.
** 아델베르트 폰 샤미소(Adelbert von Chamisso, 1781~1838)가 쓴 『페터 슐레밀의 이상한 이야기』(1813)에 나오는 인물이다. 샤미소는 프랑스 혁명으로 재산을 몰수당하고 독일로 망명하여 처음에는 프랑스어로 글을 쓰다가 1803년부터 독일어로 썼다. 악마에게 그림자를 판 불행한 사나이의 이야기인 『페터 슐레밀의 이상한 이야기』로 일약 유명해졌다.

용서받을 만하다고 말하려는 듯 엄숙하게 소리쳤다. "작가란 다 재능이 있죠." 하고 아버지 블로크가 멸시하듯 말했다. "그분은 필시." 하고 아들이 포크를 쳐들고는 악마처럼 조롱하는 표정으로 눈에 주름을 지으며 말했다. "한림원 회원이 될 겁니다." "뭐라고! 업적이 충분하지 않을 텐데." 하고 아들이나 딸들만큼은 한림원을 경멸하지 않는 듯 보이는 블로크 씨가 대답했다. "그녀석의 품격은 그에 걸맞지 않는 데다가 한림원은 일종의 살롱인데 베르고트에게는 필요한 인맥이 전혀 없을걸." 하고 블로크 부인에게 유산을 상속해 주기로 결정한 아저씨가 말했다. 그는 악의라고는 전혀 없는 온순한 인물로, 이 베르나르라는 성만으로도 우리 할아버지의 타고난 진단 재능을 일깨웠을 테지만, '수사'의 얼굴에 동양적인 장식을 부여하기를 원한 어느 예술 애호가가 니심이라는 이름을 택해서 그의 얼굴 위에 코르사바드에서 발견한 인간 머리를 가진 수소의 날개처럼 펼치지 않았다면, 이 베르나르라는 성만으로는 다리우스 왕국으로부터 가져와 디윌라푸아 부인이 조립한 그 얼굴과 제대로 조화를 이루지 못했을 것이다.* 블로

---

* 할아버지에겐 화자 친구의 이름만 들어도 상대가 유대인이라는 사실을 알 만큼 뛰어난 진단 재능이 있었다.(『잃어버린 시간을 찾아서』 1권 164~165쪽 참조.) 성이 없는 유대인들이나 고아인 경우 이름을 성으로 사용하는 경우가 많았는데, 베르나르란 이름만 듣고도 진단 재능을 발휘했다는 구절은 이런 사실을 빗댄 것처럼 보인다. 수사는 이란 서부에 위치하는, 다리우스 궁전과 함무라비 법전이 쓰인 석비가 발견된 곳이다. 코르사바드는 사르곤(Sargon) 2세가 (수염이 긴 모습으로 부조된) 기원전 8세기에 사마리아를 점령하여 시리아와 팔레스타인을 평정하면서 거대한 왕궁을 건축한 곳으로, 여기서 사람 얼굴을 하고 날개

크 씨는 아저씨에게 계속 욕을 해 댔는데 놀림을 받은 자가 속수무책으로 당하는 모습에 흥분했는지, 아니면 별장세를 니심 베르나르 씨가 내서 그 혜택을 받은 자가 그래도 독립심이 있다는 걸 보여 주려는 의도였는지, 아니면 특히 이런 부자로부터 받을 유산을 확보하려고 아첨을 하며 애쓰는 모습을 보이고 싶지 않았는지, 어쨌든 계속 욕설을 퍼부었다. 아저씨는 특히 집사 앞에서 무례한 대접을 받은 데 언짢아했다. 그는 뭔가 알아들을 수 없는 소리를 중얼거렸는데, 겨우 들을 수 있는 건 이런 말 정도였다. "메쇼레스*들이 있는 데서." 메쇼레스란 성경에서 신을 섬기는 자를 가리킨다. 그러나 블로크네 집안 사람들 사이에서는 하인들을 가리키는 말로 쓰였고, 그들은 이 단어를 사용하며 무척이나 즐거워했다. 기독교 신자들이나 하인들이 그 말뜻을 이해하지 못하리라는 확신이 니심 베르나르 씨와 블로크 씨에게 '주인과 유대인'이라는 그들의 이중적 특징을 더 돋보이게 해 주었기 때문이다. 그러나 이 만족감의 마지막 원인은 사람들이 있을 때는 불만의 원인이 되었다. 다른 사람들이 있을 때 '메쇼레스'란 단어가 베르나르 아저씨 입에서 나오는 걸 들으면, 블로크 씨는 그의 동양적 측면이 지나치게 드러난다고 여겼는데, 이는 마치 화류계 여자가

가 달린 수소상이 발견되었다. 1881년과 1886년에 프랑스 고고학자 디윌라푸아 부인이 페르시아에서 사수들의 '프리즈'를 발굴해 루브르 박물관에 가져온 사실을 암시한다.

＊ Meschorès. 성경에서 하느님을 섬기는 자를 의미하며, 동유럽 유대인의 히브리어 발음에 따라 표기되었다. 블로크의 유대성을 드러내는 언어 코드이다.

훌륭한 신사들과 함께 친구들을 초대한 자리에서 친구들이 그들의 직업을 암시하거나 귀에 거슬리는 단어를 사용할 때 분개하는 것과도 같았다. 그래서 아저씨가 잘못했다고 사과해도 이 간청은 어떤 효과를 자아내기는커녕, 블로크 씨를 더욱 화나게 만들어 참을 수 없게 했다. 그는 이 불행한 아저씨에게 욕을 퍼부을 기회를 더 이상 놓치지 않았다. "물론 거창하게 허풍을 떨어야 할 때면 아저씨는 실패하는 법이 없죠. 그 녀석*이 여기 있다면, 첫 번째로 녀석의 발을 핥을 사람이 아마도 아저씨일걸요." 하고 블로크 씨가 외쳤고 니심 베르나르 씨는 서글픈 마음으로 사르곤 왕과 같은 고리 모양 턱수염을 접시 쪽으로 기울였다. 내 친구 블로크도 그 곱슬곱슬한 푸른빛 턱수염을 기르면서부터는 그의 작은할아버지와 많이 닮아 보였다. "마르상트 후작 자제분인가? 부친과는 아주 잘 아는 사이였지." 하고 니심 베르나르 씨가 말했다. 난 그가, 블로크의 아버지가 베르고트를 안다고 말했을 때의 의미, 즉 멀리서 본 적이 있다는 뜻으로 말한다고 생각했다. 그러나 니심 베르나르 씨는 덧붙였다. "부친은 나의 좋은 친구들 중 한 사람이었지." 그러자 블로크의 얼굴이 새빨개졌고 아버지 블로크 씨는 무척 난처한 표정을 지었으며 블로크네 아가씨들은 숨이 넘어갈 듯 웃어 댔다. 블로크 씨와 그들의 자식들에게서 억제된, 그 과시하고 싶은 욕망이 니심 베르나르 씨에게는 끊임없

---

* 여기서 '그 녀석'은 베르고트를 가리킨다. 긴 문단이 삽입되어 내용이 불분명해졌다.

이 거짓말을 하는 습관으로 나타났다. 이를테면 여행 중 호텔에서 니심 베르나르 씨는 점심 식사 중 다들 모인 식당으로 하인을 시켜 신문을 가져오게 했는데, 블로크 씨도 마찬가지겠지만, 이는 자기가 하인을 데리고 여행한다는 걸 남들에게 보이기 위해서였다. 하지만 호텔에서 알게 된 사람들에게 이 아저씨는, 그의 조카라면 결코 하지 않았을 말, 즉 자기가 상원의원이라는 말을 했다. 그 칭호가 사기라는 게 언젠가는 들통이 나리라는 걸 뻔히 알면서도, 그 순간에는 그런 칭호를 스스로에게 부여하고 싶은 욕망을 억제하지 못했던 것이다. 블로크 씨는 이런 아저씨의 거짓말과 거짓말이 야기하는 숱한 어려움 때문에 많은 시달림을 받아 왔다. "저분 말에 신경 쓰지 말게. 대단한 허풍쟁이니까." 하고 블로크 씨가 생루에게 낮은 목소리로 말했지만, 거짓말쟁이의 심리에 관심이 많았던 생루로서는 더욱 흥미롭기만 했다. "아테나 여신이 인간 중에 최고의 거짓말쟁이라고 지칭한 이타카의 오디세우스보다 훨씬 더 지독한 거짓말쟁이라네." 하고 우리의 친구 블로크가 말을 마쳤다. "아! 이런 일이." 하고 니심 베르나르 씨가 말했다. "내가 친구 아들과 함께 식사를 하게 될 줄이야! 그런데 파리에 있는 내 집에는 부친의 사진과 편지가 여러 통 있지. 부친은 언제나 날 '내 아저씨'라고 불렀지만 난 그 이유를 알지 못했네. 아주 매력적이고 재기가 넘치는 분이셨지. 니스에 있는 내 집에서 베푼 만찬이 생각나는군. 거기에는 사르두, 라비슈, 오지에……."라고 하자, 아버지 블로크 씨가 그 뒤를 "몰리에르, 라신, 코르네유."라고 야유하듯 이었고, 이번에는 아들이 "플라우투스, 메난드로스, 칼리다사!"라고 덧붙이면서 이름의 나열을 마무리했다.* 상처를 받은 니심 베르나르 씨는 갑자기 이야기를 중단하더니 고행하는 듯 큰 기쁨을 포기하고 만찬이 끝날 때까지 입을 다물었다.

"청동 투구를 쓴 생루여." 하고 블로크가 말했다. "이 기름진 오리고기의 넓적다리를 좀 더 드시게나. 가금을 제물로 바치는 고명한 제관께서 붉은 포도주를 신에게 올리며 여러 번 뿌렸다네."

보통 때는 아들의 저명한 학교 친구에게 뤼퓌스 경과 그 밖의 다른 사람에 대한 고급 이야기를 풀어 놓은 다음 아들이 감동할 정도로 만족했다는 걸 알면, 블로크 씨는 그 '학생' 눈에 '자신의 이름을 더럽히지' 않기 위해 자리를 떴다. 그렇지만 아들이 교수 자격 시험에 합격했을 때처럼 중대 사유가 있는 경우에는, 내밀한 친구들을 위해 남겨 두었던 몇 가지 야유하는 듯한 성찰을 자신의 일상적 이야기 보따리에 추가했다. 아들 블로크는 이 성찰이 자기 친구들에게 말해지는 걸 들으면서 무척이나 자랑스러워했다. "용서받을 수 없는 정부군요. 코클랭** 씨에게 자문을 구하지 않다니요. 코클랭 씨가 불만을

---

* 아저씨가 인용하는 사르두(Sardou), 라비슈(Labichou), 오지에(Augier)는 19세기 말에 활동했던 대중극 작가들이고, 아버지 블로크가 인용하는 몰리에르, 라신, 코르네유는 17세기의 대표적인 고전극 작가들이며, 블로크가 인용하는 플라우투스는 고대 로마의 희극 작가, 메난드로스는 고대 그리스 신희극 작가, 칼리다사(Kalidasa)는 고대 인도의 극작가이다.

** 19세기 후반에 활동했던 유명한 희극 배우다.(『잃어버린 시간을 찾아서』 1권 137쪽, 2권 393쪽 참조.)

표했지요."(블로크는 자기 아버지가 보수주의자라는 사실과 연극 쟁이들을 무시한다는 걸 자랑으로 여겼다.)

그러나 블로크네 아가씨들과 그들의 오빠는 아버지 블로크 씨가 아들의 두 '라바당스'*에게 끝까지 훌륭하게 보이려고 샴페인을 가져오라고 명하고, 또 '한턱 쏘기 위해' 그날 저녁 카지노에서 열리는 '오페라 코믹' 극장 공연의 아래층 앞자리를 잡아 놓았다고 무심히 아무것도 아니란 듯 얘기하자 깊이 감동해서는 귀까지 빨개졌다. 블로크 씨는 칸막이 좌석을 구하지 못한 것이 유감이라고 했다. 전부 매진되었다는 것이다. 게다가 극장에서 여러 번 경험해 보니 아래층 앞자리가 더 낫더라는 말도 덧붙였다. 그런데 아들의 결점, 다시 말해 아들이 남들에게 보이지 않는다고 믿는 결점이 무례함이었다면, 아버지의 결점은 바로 인색함이었다. 그래서 그가 샴페인이란 이름으로 대접한 병에는 거품 이는 시시한 포도주가 들어 있었고, 아래층 앞자리라는 이름으로 잡아 놓은 좌석은 그 반값도 안 되는 아래층 뒷자리였는데, 그의 결점인 신성한 중개 작용에 대한 기적적인 확신으로, 식탁이나 극장에서(칸막이 좌석이 모두 비었는데도) 사람들이 그 차이를 구별하지 못할 거라고 믿었다. 아들이 '허리 부분이 깊게 파인 크라테르'**라는 이름으로 표현하는, 밑이 얕고 납작한 잔에 입술을 적시게 한

---

* 학교나 기숙사의 옛 친구를 가리키는 말로 외젠 마랭 라비슈(Eugène Marin Labiche, 1815~1888)의 희곡 「루르신 가의 사건」에 나오는 사감 이름에서 유래했다.
** 고대 그리스 유물로 옆에 손잡이가 둘 달린 큰 잔을 가리킨다.

다음, 블로크 씨는 자기가 발베크까지 가져올 만큼 좋아하는 그림 하나를 우리에게 찬미하도록 했다. 루벤스의 그림이라고 했다. 생루가 순진하게 서명이 있느냐고 물었다. 블로크 씨는 얼굴을 붉히며 액자 때문에 서명 있는 부분을 잘라 버렸는데 그림을 팔 생각이 없으니 상관없다고 대답했다. 그러고 나서 《관보》를 집중해서 읽어야겠다며 황급히 우리를 내쫓았는데, 쌓인 신문이 집 안을 지저분하게 만드는데도 '의회에서의 자신의 입장 때문에' 신문을 읽어야 한다고 말했다. 그러나 그것이 정확히 어떤 입장인지는 설명해 주지 않았다. "목도리를 하고 가야지." 하고 블로크가 우리에게 말했다. "제피로스와 보레아스 신이 서로 물고기가 들끓는 바다를 차지하려고 다투고 있으며, 연극 구경을 하고 나서 조금이라도 늦어지면 자줏빛 손가락을 가진 에오스의 첫 번째 빛이 비칠 무렵에야 집으로 돌아오게 될 테니.* 그런데……." 하고 우리가 밖에 나왔을 때 그가 생루에게 물었다.(나는 블로크가 이렇듯 냉소적인 어조로 말하는 게 샤를뤼스에 관한 이야기일 거라는 걸 금세 알아차렸으므로 가슴이 철렁했다.) "그저께 아침 바닷가에서 자넬 봤을 때 함께 산책하던, 그 어두운 색 양복을 입은 멋쟁이 허수아비는 누군가?" "내 아저씨라네." 하고 기분이 좀 상한 생루가 대답했다. 불행하게도 블로크에게서 '실수'란 피해야 하는

---

* 제피로스는 티탄족인 아스트라이오스와 새벽의 여신 에오스 사이에서 태어난 아들로 가장 고요한 바람으로 묘사되는 서풍의 신이다. 북풍의 신 보레아스와는 형제 사이다. 그리고 새벽의 여신 에오스는 보통 장밋빛 손가락을 가진 여신으로 묘사되나 여기서는 자줏빛으로 묘사되고 있다.

것과는 거리가 멀었다. 그는 한바탕 웃음을 터뜨렸다. "축하하네, 진작 알아봤어야 하는데. 아주 세련된 차림이면서도 가장 높은 혈통의 괴상하고 얼빠진 낯짝이더군." "절대로 그렇지 않네, 그분은 대단히 지적인 분이네." 하고 생루가 매섭게 반격했다. "유감인걸. 그렇다면 거리가 있군. 게다가 난 그분을 알고 싶네, 그런 사람에게 어울리는 글을 쓸 수 있다고 확신하거든. 그런 작자가 지나가는 걸 보면 웃음이 터진단 말이지. 하지만 그런 우스꽝스러운 면은 무시하기로 하지. 문장의 조형미에 반한 예술가에게는 잠시 동안 나를 웃게 했던 그 얼빠진 낯짝은 미안하지만, 무시할 만한 거니까. 나는 자네 아저씨의 귀족적인 면을 돋보이게 할 걸세. 그 작자는 엄청난 효과를 자아내더군. 우스꽝스러운 순간이 지나자 아주 뛰어난 스타일로 강한 인상을 주면서 말이야." 그리고 그는 이번에는 나를 향해 말을 걸었다. "아주 다른 이야기지만, 자네에게 물어볼 것이 하나 있네. 우리가 함께 있을 때마다, 올림푸스에 거주하는 행복한 신이 이걸 자네에게 물어보는 걸 잊게 만들었는데, 그 점을 알았다면 나에게는 아주 유익할 테고, 또 앞으로도 그럴 텐데. 저어, 아클리마타시옹 공원에서 만났을 때 자네와 함께 있던 그 아름다운 여인은 누구인가? 내가 본 적 있는 듯 보이는 신사와 긴 머리 소녀와 동행하던 여인 말일세." 나는 당시 스완 부인이 블로크의 이름을 기억하지 못한다는 사실을 알아챘었다. 그 이유는 부인이 내 친구 이름을 다르게 말했고, 또 그가 어느 정부 부처에서 일한다고 말했지만, 그가 진짜로 거기 들어갔는지 그 후에 물어보려고 했는데도 잊고 있었기 때문이다. 그런데 그때 스완 부인의 말투로 봐서는 블로크가 부인에게 소개받은 게 분명했을 텐데, 어떻게 지금 그 이름을 모른다고 할 수 있단 말인가? 나는 깜짝 놀라 잠시 대답을 못 하고 가만히 있었다. "어쨌든 축하하네." 하고 그가 말했다. "그녀와 함께라면 지루하지 않았을 테니. 나는 자네하고 만나기 며칠 전 파리의 순환 열차*에서 그녀를 만났네. 자네의 졸개인 나를 위해 기꺼이 허리띠를 풀려고 하더군. 그렇게 즐거운 시간을 보낸 건 처음이었네. 우리가 다시 만날 약속을 정하려는 순간, 운 나쁘게도 마지막 두 번째 역에서 그녀를 아는 사람이 올라탔지 뭔가." 내 침묵이 블로크의 마음을 불편하게 했던 모양이다. "자네 덕분에 그녀 주소를 알아 두고 일주일에 몇 번 그녀 집에 가서 저 신들에게 소중한 에로스의 쾌락을 맛보려고 했는데." 하고 블로크가 말했다. "하지만 더 이상 간청하지는 않겠네. 파리와 푸앵뒤주르 사이에서 가장 세련된 기교로 세 번이나 연이어 내게 몸을 맡겼던 전문 여성에 대해 자네가 신중함을 취하기로 결심한 모양이니. 어느 저녁이건 만나게 되겠지."

나는 이날 저녁 식사 후에 블로크를 만나러 갔고 그도 나를 방문했는데, 내가 마침 외출 중이어서 나에 대해 묻는 블로크의 모습을 프랑수아즈가 보게 되었다. 블로크가 콩브레에 온 적이 있었지만 우연히도 프랑수아즈는 그때까지 한 번

* 여기서 순환 열차라고 옮긴 Ceinture에는 허리띠란 뜻이 있다. 파리 16구를 돌던 작은 순환 열차를 가리키는데 마지막 역이 파리 남서쪽 불로뉴비양쿠르에 있는 푸앵뒤주르였다.

도 그를 보지 못했다. 따라서 프랑수아즈는 내가 아는 '어떤 신사분'이 들른 걸로만 알았을 뿐 평범한 옷차림의 그가 '무슨 목적으로' 왔는지는 몰랐고 또 이렇다 할 인상도 받지 못했다. 그런데 프랑수아즈의 몇몇 사회적 관념을 나는 언제나 이해할 수 없었는데, 몇 번 알아보려 애썼지만 전혀 소용이 없었다. 아마도 부분적으로는 단어나 이름을 한 번 들으면 평생 혼동하기 때문이기도 했지만, 그런 경우에 부딪혀서도 이미 오래전에 질문하는 걸 포기했던 나는, 그래도 어째서 블로크란 이름이 프랑수아즈에게 그처럼 대단하게 보였는지 물어보지 않을 수 없었다. 그러나 프랑수아즈가 보았던 그 젊은이가 블로크 씨라고 말하자 곧 그녀는 뒤로 몇 발짝 물러섰는데 그만큼 놀라움과 실망이 컸던 모양이다. "뭐라고요, 그분이 블로크 씨라고요!" 하고 그녀는, 그토록 명망 높은 분이라면 세상의 위대한 인물처럼 서 있는 동안 즉시 자신을 '드러내 주는' 외모를 갖춰야 하는 게 아니냐는 듯 낙담해서 소리쳤고, 또 역사적인 인물이 그 명성에 못 미친다는 걸 인식했을 때처럼 충격 받은 어조를 반복했는데, 나는 그 어조에서 미래에 대한 보편적 회의주의의 싹을 느낄 수 있었다. "뭐라고요? 그분이 블로크 씨라고요! 아! 그분을 보면 절대로 그런 생각이 들지 않을 거예요." 그녀는 마치 내가 블로크를 '과대 포장'이라도 했다는 듯 날 원망하는 기색이었다. 그렇지만 그녀는 "아무리 블로크 씨가 훌륭한 분이라고 해도 도련님 역시 그분만큼 훌륭한 분이라고 할 수 있어요."라는 말을 덧붙일 만큼 마음씨가 착했다.

프랑수아즈는 이내 그렇게 존경하던 생루에 대해서도 환

멸을 느꼈는데, 이 환멸은 종류가 달랐으며 그 기간도 짧았다. 생루가 공화파라는 사실을 알게 되었기 때문이다. 프랑수아 즈는 이를테면 민중들이 포르투갈 여왕에 대해 쓰는 최상의 존경의 표현조차도 "아멜리, 필리프에게 속한 여동생."*이라 고 잘못 말했지만 그녀는 여전히 왕당파였다. 그러나 다른 무 엇보다도 후작이, 그것도 자기 마음을 사로잡았던 후작이 공 화파라니 정말 믿을 수가 없었던 것이다. 마치 내가 준 상자가 금 상자인 줄 알았다가 보석상이 도금 상자라고 밝혀 기분이 나쁘다는 듯, 그녀는 곧 생루에 대한 존경심을 철회했지만 오 래가지 않아 다시 그를 존경했다. 곰곰이 생각해 보니 생루가 후작인 이상 공화파는 될 수 없으며 그저 이해관계 때문에 그 런 척하는 것이고 지금 정부에서는 그렇게 하는 게 훨씬 이득 이라고 생각했기 때문이다. 그날부터 그녀는 생루에게는 냉 담함을, 내게는 분노를 멈추었다. 그리고 생루에 대해 말할 때 면 "그분은 위선자예요."라고 말하면서도 너그럽고 착한 미소 를 지어 그녀가 첫날만큼이나 다시 그를 '존경하며' 또 용서했 다는 걸 깨닫게 해 주었다.

그런데 생루의 진지함과 초연함은 프랑수아즈의 견해와는 달리 절대적이었다. 이런 커다란 정신적인 순수함은 사랑과 같은 이기적인 감정으로는 결코 완전히 충족될 수 없는 것으

---

* 당시 민중은 흔히 '아멜리, 필리프의 여동생'의 올바른 표현인 Amélie, la soeur de Philippe 대신에 Amélie, la soeur à Philippe라고 표현했다. 이런 민중 의 친숙한 표현을 그대로 사용하는 프랑수아즈이지만, 이 점이 그녀가 왕당파가 되는 데 걸림돌이 되지 않는다는 의미다.

로, 이를테면 자신 외에는 다른 어떤 곳에서도 정신적인 양식을 발견할 수 없는 나 같은 사람에게는 불가능했지만 생루에게는 진정한 우정을 가능하게 했다.

생루가 민중을 멸시하지 않는 척하지만 실은 그렇지 않으며, 이는 마부에게 화를 낼 때 모습을 보면 금방 알 수 있다고 말하는 걸로 미루어 프랑수아즈는 생루에 대해 꽤나 오해했던 모양이다. 사실 로베르는 때때로 마부를 상당히 엄하게 꾸짖었는데, 이는 계급 차이를 의식해서라기보다는 오히려 그들을 평등하게 대하기 때문에 하는 행동이었다. "하지만." 하고 내가 마부를 조금 심하게 다루는 게 아니냐고 비난하면 그는 이렇게 대답했다. "왜 내가 그에게 공손한 척해야 하지? 저자는 나와 동등한 존재가 아닌가? 내 삼촌이나 사촌들처럼 내 가까이에 있지 않은가? 자네는 내가 저자를 아랫사람 대하듯 정중히 대해야 한다고 생각하는 것 같군! 자네야말로 귀족처럼 말하고 있어."

사실 그가 편견을 가지고 불공평하게 대하는 계급이 있다면 그건 귀족 계급이었다. 그는 민중에 속한 인간의 우월성은 쉽게 믿는 대신 사교계 인간의 우월성은 좀처럼 믿지 못했다. 내가 그의 고모할머니와 함께 뤽상부르 대공 부인을 만났다고 말하자 그는 이렇게 말했다.

"잉어만큼이나 어리석지. 하기야 그분 친지들도 다 마찬가지지만. 게다가 부인은 나와 먼 사촌이라네."

자기가 교제하는 사람들에 대해 편견이 있었던 생루는 사교계에 출입하는 일이 매우 드물었고, 거기서 그가 취하는 경멸적이고도 적대적인 태도는 '연극하는' 여자와 맺은 관계에 대해 친척들이 느끼는 고통을 한층 더 가중했는데, 친척들은 그 관계가 치명적일 뿐만 아니라, 특히 그에게서 남을 비방하는 마음 또는 악의적인 마음을 키웠으며, 완전히 '인생 낙오자가 되는' 지경까지 그를 '타락시켰다고' 비난했다. 따라서 포부르생제르맹의 많은 경박한 사람들은 로베르의 정부에 대해 아주 가혹한 비난을 서슴지 않았다. "매춘부도 직업이니 그런 여자들이 다른 사람들보다 더 가치 없다고 말할 수는 없겠지만, 그 여자만은 안 되네! 우린 용서할 수 없네! 우리가 사랑하는 사람에게 너무 나쁜 짓을 했으니까." 물론 그런 여자에게 발이 묶여 꼼짝하지 못한 사람이 생루가 처음은 아니었다. 그러나 다른 이들은 사교계 인사로서 재미를 보았고, 사교계 인사로서 정치와 그 밖의 모든 걸 줄곧 생각했다. 그런데 생루의 경우, 가족들은 그가 무척이나 '신경이 날카로워졌다'고 생각했다. 많은 사교계 젊은이들에게 그들의 정부가 진정한 스승이며, 그런 관계가 고상한 교양에 입문하게 하고, 비타산적인 교제의 진정한 가치를 가르치는 유일한 도덕학교 구실을 하며, 그런 것들이 없다면 그들의 정신은 계속 미성숙 상태로, 그들의 우정도 부드러움이나 취향이 없는 거친 상태로 남게 된다는 사실을 그의 가족들은 이해하지 못했다. 하층민들 중에도(대체로 무례하다는 점에서는 상류사회와 종종 유사한) 어떤 우아함에 관심이 있으며 감정과 예술의 어떤 아름다움을 존중하는, 비록 그런 아름다움을 이해하지 못한다 할지라도 보다 감수성 풍부하고 섬세하며 한가로운 여인이 있는 법인데,

이런 여인은 남자들에게서 가장 열망의 대상이 되는 돈과 지위보다 아름다움을 훨씬 높이 평가한다. 그런데 문제는 생루처럼 젊은 클럽 회원이거나 젊은 노동자(이를테면 전기공은 오늘날에는 진정한 '기사'의 반열에 속한다.)의 정부인 경우, 그 정부를 사랑하는 남자는 지나치게 그녀를 찬미하고 존경한 나머지, 이런 감정을 그녀가 존경하고 감탄하는 것으로까지 확대한다는 점이다. 그리하여 그에게서 가치의 척도가 바뀐다. 단지 여성이라는 성적 특징 때문에 허약하고 신경에 설명할 수 없는 장애가 있다면, 그런 장애를 남성이나 다른 여성 혹은 숙모나 사촌 여성에게서 발견했다면, 이 건장한 젊은이는 그저 웃어 넘기고 말았을 것이다. 그러나 자신이 사랑하는 여자가 괴로워하는 모습은 절대 보지 못한다. 생루처럼 정부가 있는 젊은 귀족은 정부와 함께 고급 식당으로 저녁을 먹으러 갈 때, 그녀가 필요로 할지도 모르는 쥐오줌풀 진정제*를 호주머니에 넣고 다니거나, 종업원에게 빈정거리는 투가 아닌 단호한 목소리로 조용히 문을 닫고 나가라고 하거나, 식탁 위에 습기 찬 이끼를 놓지 않도록 명령하는 습관이 있었는데, 이는 정부가 조금이라도 거북함을 느끼지 않도록 하기 위해서였다. 그 자신은 한 번도 느껴 본 적 없을 이런 거북함은 그녀가 그에게 믿도록 가르쳐 준 현실의 불가사의한 면을 구성한다. 그리하여 그는 이제 자신의 정부가 느끼는 거북함을 이해하지 못하면서도 동정했고, 심지어 그녀가 아닌 다른 애인들이 그

---

* 신경을 안정시키는 효과가 있다 하여 여인들이 많이 들고 다녔다.

러한 거북함을 느껴도 동정했다. 생루의 정부는 마치 중세 때 초기 수도사들이 기독교인에게 가르쳤듯이 동물들을 측은하게 여겨야 한다는 것도 가르쳐 주었는데, 이는 그녀가 자신이 키우는 개나 검은 머리 방울새, 또 앵무새에 대해 커다란 열정이 있었고, 또 그것들을 동반하지 않고는 결코 움직이지 않았기 때문이다. 생루는 이 때문에 어머니 같은 보살핌으로 동물을 보살폈고, 동물을 잘 대하지 않는 사람들을 짐승 취급했다. 게다가 여배우인 그녀는 자칭 여배우라고 하며 생루와 함께 사는 여인으로서 — 당시 나는 그녀가 지적인 여인인지 어떤지 잘 알지 못했다. — 생루로 하여금 사교계 여인들 모임에 싫증을 느끼게 했고, 저녁 모임에 가야 하는 의무를 고역으로 여기게 하여 그를 스노비즘에서 보호해 주었으며 경박함에서도 벗어나게 해 주었다. 그녀 덕분에 사랑에 빠진 이 젊은 이의 삶에서 사교계의 교제가 차지하는 비중은 점점 작아졌고, 대신 그가 한낱 살롱의 남자로 남았다면 허영심과 이해관계가 그의 우정을 이끌면서 거칠음으로 새겨 놓았을 자리에, 그의 정부는 고결함과 세련된 멋을 넣도록 가르쳐 주었다. 여자의 본능으로 그녀가 없다면 생루가 제대로 알아보지 못하고 비웃었을, 어떤 감성적인 자질을 남자에게서도 더 많이 음미하게 해 주면서 생루에게 진정한 애정이 있는 친구와 그렇지 못한 친구를 재빨리 식별하고 또 그들을 좋아하게 해 주었다. 이런 친구들에 대해 고마움을 느끼고 표현하는 방법을 가르쳤고, 친구의 마음을 기쁘게 하거나 아프게 하는 점에 대해서도 주목하게 했다. 그래서 오래지 않아 생루는 그녀가 더 이상 가르쳐 주지 않아도 이 모든 것에 주의했고, 그녀가 없는 발베크에서도, 그녀가 날 한 번도 본 적이 없을 뿐만 아니라 아마도 생루가 편지에서 아직 언급하지 않았을 나에 대해서조차도, 생루는 그 스스로 내가 탄 마차의 창문을 닫아 주거나 내게 고통을 주는 꽃들을 치워 주었으며,* 특히 그의 출발 즈음에 여러 사람에게 동시에 작별 인사를 해야 했을 때에도, 그들과 조금 일찍 헤어져 혼자 남아서는 마지막 시간을 나와 함께 보내며 날 그들과 차별하고 달리 대하려 했다. 이렇듯 그의 정부는 그가 눈에 보이지 않는 세계에 눈뜨게 했고, 그의 삶에는 진지함을, 그의 마음에는 섬세함을 불어넣었지만, 이런 점을 보지 못하는 가족들은 눈물을 흘리며 이런 말을 되풀이했다. "저 매춘부가 생루를 죽일지도 몰라. 그때까지는 명예를 더럽힐 테고." 사실 그는 그녀로부터 취할 수 있는 좋은 점은 이미 모두 취했으며, 그래서 이제 그녀는 그를 끊임없이 괴롭히는 고통으로만 남았다. 그녀가 그를 끔찍이 여기고 고문했기 때문이다. 어느 날부터인가 그녀는 갑자기 그를 어리석고 우스운 남자로 여겼는데, 그녀 친구들 가운데 젊은 작가나 배우 들이 그가 어떤 사람인지 확인해 보았고, 다음에는 그녀 자신이 그동안 전혀 알지 못했던 의견이나 습관을 밖에서 받아들일 때마다 보여 주는 그런 열정으로, 거리낌 없이 자기가 들은 말을 반복하는 것이었다. 그녀 역시 동료 배우들처럼 자기와 생루 사이에 놓인 간극은 극복될 수 없고, 배우들이란 다

* 천식 환자인 화자에게 꽃 냄새는 발작의 원인이 된다.

른 족속이며, 지적인 자신에 비해 생루는, 그가 뭐라고 주장하든 출신부터 지성의 적이라고 주장했다. 이런 관점은 그녀에게 매우 심오해 보였고 그래서 애인의 지극히 하찮은 말이나 사소한 몸짓에서도 그 증거를 찾아내려고 했다. 뿐만 아니라 친구들은 그녀가 보여 준 그 큰 기대들을(그들은 그렇게 말했다.) 그녀와 전혀 어울리지 않는 자와 함께 보내면서 저버렸으며, 그녀 애인이 결국은 그녀의 빛을 바래게 할 것이고, 이런 그와 함께 살다 보면 예술가로서의 장래를 망치게 될 거라고 설득했기 때문에, 그녀는 생루에 대해 모멸감을 느끼며 마치 그가 치명적인 병을 감염시키려고 계속 고집을 피운다는 듯 증오심을 키웠다. 그녀는 가능한 한 그를 보지 않으려고 하면서도 결정적인 결별의 순간을 계속 뒤로 미루었는데, 내가 보기엔 이 결별이 가능할 것 같지 않았다. 생루가 그녀를 위해 그토록 많은 희생을 하고 있는 만큼 적어도 그녀가 그렇게까지 매력적인 여인이 아니라면, 그와 비슷한 희생을 치를 남자를 찾기란 무척 힘들 것이었다.(그런데 생루는 이런 말을 하면서 그녀 사진을 절대로 보여 주려 하지 않았다. "우선 그녀는 미인이 아닌 데다가 사진도 잘 받지 않네. 내가 가진 코닥*으로 직접 찍은 스냅 사진들뿐이어서 그녀에 대해 그릇된 생각을 줄지도 모르고.") 재능이 없으면서도 자기 힘으로 유명해지고 싶은 욕망이나 단지 한 개인의 존경심에 지나지 않을지언정 강한 인상을 준 사람으로부터 받는 존경심(어쩌면 생루의 정부에게는 해당되지 않을

---

* 1888년에 처음 출시된 이래 카메라의 대명사가 되었다.

지도 모르지만)이, 시시한 창녀에게도 때로는 돈 버는 기쁨 이상으로 가장 결정적인 동기를 부여할 수 있다는 걸 난 생각하지 못했다. 생루는 정부의 머릿속에서 어떤 생각들이 오가는지 전혀 눈치채지 못한 채, 그녀가 부당한 비난을 하든 영원한 사랑의 맹세를 하든 간에, 그 비난이나 맹세를 완전히 진심에서 우러나온 말이라고 믿지 않았지만, 그래도 어느 순간 그녀가 헤어지기로 마음먹으면 그럴 수도 있다고 느꼈으므로, 생루 자신보다 더 앞을 내다볼 줄 아는 사랑의 보존 본능에 이끌려, 여기다 그의 마음속에서 가장 고결하고도 맹목적인 열정과 일치하는 실천 능력을 발휘하여, 거금을 빌려다 그녀가 조금도 부족함을 느끼지 않도록 주었는데, 그 돈을 한꺼번에 주지 않고 하루하루 건네 왔다. 그래서 그녀는 정말로 생루를 떠날 생각이었지만 아마도 '한밑천 만들 때까지' 냉정히 기다려 왔는지도 몰랐다. 그러나 그로부터 받아 온 총액에 비추어 볼 때 시간이 그리 오래 걸릴 것 같지는 않았다. 어쨌든 이 짧은 시간은 내 친구의 행복을 — 또는 불행을 — 연장하기 위해 허용된 추가 시간이었다.

그들의 관계가 이렇듯 비극으로 치닫기 시작한 것은 — 또 생루가 옆에 있는 게 짜증난다고 파리 체류를 금지해 병영 가까운 발베크로 강제 휴가를 떠나게 했기에 가장 극심하고 가혹한 시기인 — 어느 날 저녁 생루의 외숙모 댁에서 이루어진 모임이 발단이 되었다. 그날 저녁 생루의 외숙모는 많은 손님들 앞에서 여자 친구를 불러 상징주의 연극의 한 장면을 낭송해도 좋다고 허락했는데, 바로 그녀가 이미 어느 실험 극장 무대에서 연기했고 또 작품에 대해 느낀 감동을 그에게 함께 느끼도록 했던 장면이었다.

그런데 그녀가 손에 커다란 백합을 들고 진정한 '예술의 이미지'라고 로베르에게 주입한 그 「앙킬라 도미니」*에서 베낀 의상을 입고 무대에 나타났을 때, 거기 모인 사교계 남자들과 공작 부인들은 미소로 환영했지만, 얼마 가지 않아 낭송의 단조로운 어조며 몇몇 기이한 단어 사용, 또 그런 단어들의 잦은 반복이 미소를 웃음으로 변하게 했는데, 처음에는 이 웃음을 참아 보려 했지만 나중에는 견디다 못해 폭소가 터지는 바람에 그 가엾은 여자는 더 이상 낭송을 계속할 수 없었다. 이튿날 생루 숙모는 전날 참석했던 모든 사람들로부터 요상한 예술가를 집안에 끌어들였다는 비난을 받았다. 어느 이름난 공작은 생루 외숙모에게, 아무리 비난을 받아도 그녀가 자초한 일이니 다른 사람을 탓할 수 없다고 숨김없이 털어 놓았다.

"어떻게 그러실 수 있습니까? 그렇게 형편없는 걸 보려고 우리가 온 건 아니잖습니까! 재능이라도 있다면 또 모를까, 그 여자에겐 재능이 없을 뿐만 아니라 앞으로도 영영 없을 겁니다. 참 어이가 없어서! 사람들이 흔히 말하듯이 파리가 그렇게

---

* 시인으로도 명성이 높은 단테 가브리엘 로세티(Dante Gabriel Rossetti, 1828~1882)의 그림 「앙킬라 도미니(주님의 종이오니)」에는 천사가 성모마리아에게 수태고지를 하며 한 송이 백합을 내미는 장면이 묘사되어 있다. 이는 하느님의 말씀과 기적이 다정하고 자연스러운 평범한 일상 속에서 일어난다는 의미를 함축한다. 붉은색 바탕에 흰색으로 수를 놓은 백합과 순결을 상징하는 성모마리아와의 연관성을 강하게 부각한 성화이다.

어리석은 건 아니잖습니까! 사교계도 그렇게 바보들로만 이루어진 건 아니고요. 그 변변찮은 아가씨는 자신이 분명 파리를 놀라게 할 거라고 믿었던 모양입니다만. 파리를 놀라게 하기가 어디 그리 쉬운가요. 또 우리가 받아들일 수 없는 일들도 있는 법이잖아요."

그 여배우로 말할 것 같으면, 그녀는 생루에게 이렇게 말하면서 나갔다. "어떻게 날 그처럼 우둔한 여편네들이나 교양 없는 계집애들, 버릇없는 사내들에게 끌어들일 수 있었죠? 솔직히 말하면 거기 참석한 사내들 중에 내게 눈길이나 발끝으로 추파를 보내지 않은 인간이 한 사람도 없었어요. 그 작자들 수작을 뿌리쳤더니 이렇게 앙갚음을 하는 거라고요."

이러한 말들은 로베르가 사교계 사람들에게 품었던 반감을 한층 심각하고 고통스러운 혐오감으로 바꾸어 놓았는데 그중에는 특히 이런 감정과 어울리지 않는, 그에게 헌신적인 친척들도 포함되어 있었다. 그들은 가족을 대표해서 생루의 여자 친구에게 생루와 헤어지라고 설득했지만, 그녀는 그들이 자기에게 마음이 있어서 그런 거라고 말했다. 로베르는 그 즉시 그들과 절교했지만 지금처럼 그녀로부터 멀리 떨어져 있을 때는, 그들 또는 다른 사내들이 이 시기를 틈타 다시 그 일을 시도하여 그녀의 사랑을 받을지도 모른다고 생각했다. 그래서인지 친구들을 배신하고 자기 아내를 타락시키고 사창가로 데려가는 탕아들에 대해 말할 때면 생루의 얼굴에는 고통과 증오의 빛이 어렸다. "그들을 죽이는 건 너그럽고 신의를 지키며 충실한 개를 죽이는 것보다는 훨씬 죄책감이 덜 할 거네.

그런 자들은 빈곤과 냉혹한 부자들 때문에 죄를 짓는 저 불쌍한 자들보다 더 단두대에서 처형받아 마땅한 자들이라네."

그는 대부분의 시간을 정부에게 편지나 전보를 보내며 지냈다. 그녀가 그를 파리로 오지 못하게 막으며 이렇듯 거리를 두고 그와 불화할 방법을 생각해 낼 때마다, 나는 그 사실을 그의 일그러진 얼굴에서 읽을 수 있었다. 그의 정부는 그의 어떤 점이 비난거리가 되는지 한 번도 말해 주지 않았는데, 그녀가 말하지 않는 까닭은 아마도 자기가 무엇을 비난해야 할지 잘 모르며 그저 그에게 싫증이 났을 뿐이라고 짐작은 하면서도, 그녀로부터 설명을 듣고 싶어 "내가 무엇을 잘못했는지 말해 주시오. 나는 내 잘못을 인정할 준비가 되어 있소."라는 편지를 써 보냈다. 슬픔을 느끼다 보니 그 결과 정말로 자기가 잘못 행동했다고 믿게 된 것이다.

그러나 그녀는 무한정 답장을 기다리게 했고 그러다 도착한 답장도 아무 의미가 없었다. 그래서 나는 거의 언제나 수심이 가득한 이마에 빈손으로 우체국에서 돌아오는 생루의 모습을 자주 보곤 했는데, 호텔 내에서 우체국을 찾는 사람은 프랑수아즈와 생루 두 사람뿐이었다. 생루는 연인의 초조함으로, 프랑수아즈는 하인의 경계심으로 우체국에 직접 편지를 찾으러 가거나 부치러 갔다.(전보를 치려면 더 멀리 가야 했다.)

블로크의 집에서 저녁 식사를 하고 나서 며칠이 지난 후 할머니는 기쁜 듯이 내게, 방금 생루를 만났는데 그가 발베크를 떠나기 전에 할머니께 사진을 찍어 드려도 좋은지 물어봤다고 하셨다. 앞에서 사진을 찍으려고 가장 아름다운 옷을 입고 여러 종류의 모자 앞에서 망설이는 모습을 보자 할머니께도 이런 유치한 면이 있었나 싶어 나는 조금 화가 났다. 심지어 내가 그동안 할머니를 잘못 보아 온 게 아닌지, 내가 너무 높게 평가했던 것일 뿐, 늘 믿어 왔듯이 할머니는 그렇게 초연한 존재가 아니며, 할머니와 가장 무관하다고 믿어 온 그 교태란 것을 혹시 갖고 있는 건 아닌지 생각하는 지경에 이르렀다.

불행히도 사진 촬영 계획과 더불어 특히 그 때문에 감동한 듯 보이는 할머니의 만족감에 대해 내가 느끼는 불만이 남이 알아볼 정도로 밖으로 드러났는지, 프랑수아즈가 이를 알아보고, 내가 동의하고 싶지 않은 그런 감정적이고도 감상적인 연설로 내 불만을 본의 아니게 서둘러 키웠다.

"오! 도련님, 가엾은 마님께서는 사진을 찍게 되어 정말로 기쁘실 거예요, 마님의 늙은 하녀인 이 프랑수아즈가 손봐 드린 모자를 쓰실 테니까요. 그냥 그렇게 하시도록 내버려 두시죠, 도련님."

나는 프랑수아즈의 이런 감상적인 말을 비웃는 건 그다지 가혹한 처사가 아니라고 모든 점에서 귀감이 되는 우리 어머니와 할머니께서 종종 말씀하셨던 걸 상기하면서 자신을 설득했다. 그러나 내가 싫어하는 걸 눈치채신 할머니는 만약 내가 사진 찍는 걸 마음에 들어 하지 않으면 포기할 수 있다고 말씀하셨다. 난 그렇게 하는 걸 원치 않으며, 할머니가 사진 찍는 걸 왜 내가 싫어하겠느냐고 안심시켜 드리면서 몸단장을 하도록 내버려 두었지만, 할머니가 사진을 찍으면서 느끼는 듯 보이는 기쁨을 약화하려고, 할머니 마음을 아프게 하는 몇 마디 비꼬는 말을 하면서 내게 통찰력과 힘이 있다는 걸 증명해 보인다고 생각했다. 그래서 할머니의 근사한 모자를 어쩔 수 없이 보면서도 적어도 할머니 얼굴에서 날 행복하게 했을 그 기쁜 표정을 사라지게 했는데, 사랑하는 사람이 살아 있는 동안 종종 있는 일이지만, 이런 표정은 우리가 사랑하는 사람이 가지기를 바라는 그런 소중한 행복의 표현이 아니라, 오히려 우리를 진력나게 하는 불쾌한 결점의 표현처럼 우리 눈에 비친다. 내 기분이 언짢았던 것은 특히 그 주에 할머니가 나를 피하는 듯 보였고, 낮이든 밤이든 단 한순간도 할머니를 내 곁에 붙잡아 둘 수 없었기 때문이다. 오후에 잠시 할머니와 단둘이 있으려고 호텔로 돌아오면 할머니는 안 계시다고 하거나 프랑수아즈와 방에 틀어박혀 긴 밀담을 나누면서 방해가 되니 들어오면 안 된다고 했다. 그리고 생루와 함께 밖에서 저녁을 보내고 돌아오는 길 내내 빨리 할머니 얼굴을 보고 키스하고 싶다는 생각에 할머니가 칸막이벽 너머에서 저녁 인사를 하러 와도 된다는 작은 신호를 보내 주기만 기다렸지만, 이런 기다림도 헛되이 아무 소리도 들리지 않았다. 나는 할머니에게서 정말로 새로운 모습이라고 할 수 있는 이런 무관심과 더불어 내가 그렇게도 기대했던 기쁨을 빼앗아 간 데 대해 조금은 원망하면서 마침내 잠자리에 들어가 어린 시절마냥 두근거리는 가슴으로 아무 말도 없는 벽을 향해 귀를 기울이며 눈물 속에 잠들곤 했다.

* * *

그날도 다른 날과 마찬가지로 생루는 동시에르에 돌아가야 했다. 곧 그가 결정적으로 그곳에 돌아갈 날을 앞두고 뭔가 오후 늦게까지 생루를 필요로 하는 일이 있었던 모양이다. 그가 발베크에 없는 게 안타까웠다. 멀리, 매력적으로 보이는 젊은 여자들이 마차에서 내려 몇몇은 카지노 무도회장으로, 몇몇은 아이스크림 가게로 들어가는 모습이 보였다. 나는 어떤 특별한 사랑도 하지 않은 채 텅 빈 상태로 사방에서 ― 마치 사랑에 빠진 연인이 자신이 반한 대상을 찾아 나서듯이 ― '아름다움'을 욕망하고 찾고 만나는 그런 젊음의 시기를 통과하고 있었다. 단 하나의 실제 모습만으로도 ― 멀리서 혹은 등 뒤에서 여인의 모습을 얼핏 보기만 해도 ― 우리 눈앞에 '아름다움'의 이미지를 투사하고 어디서 본 듯한 여인이라는 생각을 불러일으켜 우리는 그 생각에 설레고 걸음을 재촉하다 여인이 사라지고 나면 분명 그녀였는데 하고 언제까지나 생각하다가 여인을 붙잡고 나서야 비로소 우리 잘못을 깨닫는다.

더구나 건강이 점점 나빠졌던 내겐, 가장 소박한 기쁨조차 내 것으로 만들기 힘들다는 이유로 기쁨을 과장하는 경향이 있었다. 우아한 여인들이 도처에서 보이는 듯했지만, 바닷가에서는 너무 지치고, 카지노나 제과점에서는 너무 소심해서 결국은 어디서도 여인들에게 가까이 다가가지 못했다. 하지만 내가 죽음을 얼마 남겨 두지 않은 거라면, 삶이 제공하는 더없이 아름다운 소녀들은 실제로 어떤 모습인지 가까이에서 보고 싶었다. 비록 그 봉헌물을 즐길 사람이 내가 아닌 다른 사람일지라도, 혹은 그 봉헌물을 즐길 사람이 전혀 없다 할지라도(사실 나는 이런 호기심의 기원에 소유욕이 자리한다는 걸 당시에는 알지 못했다.) 생루가 만약 옆에 있었다면 용감하게 무도회장에 들어갈 수 있었을 텐데. 나는 그저 혼자서 그랜드 호텔 앞을 서성이며 할머니를 보러 갈 시간만을 기다렸는데, 그때 방파제 거의 끝 쪽에서 특이한 얼룩 하나가 움직이는 듯, 그 모습이나 행동이 발베크에서 늘 보아 오던 사람들과는 전혀 다른 대여섯 소녀들이 다가오는 게 보였다. 마치 어딘지 모를 곳에서 날아든 한 무리 갈매기 떼가 해변에서 서로 보조를 맞추며 ― 뒤처진 새들이 날개를 파닥거리며 다른 새들을 쫓아가면서 ― 산책하는 것 같았는데, 그 산책 목적도 새의 정령인 소녀들에게는 분명했겠지만, 그녀들이 쳐다보지도 않는 듯 보이는 해수욕객들에게는 모호하게만 느껴졌다.

이 낯선 소녀들 가운데 한 소녀는 손으로 자전거를 앞으로 밀고, 또 다른 두 명은 골프 '클럽'을 들고 있었다. 그 우스꽝스러운 옷차림은 발베크의 다른 소녀들과 뚜렷이 구별되었는데, 물론 발베크 소녀들 가운데서도 스포츠에 빠진 이들이 있었지만 그렇다고 해서 그 때문에 특별한 옷차림을 하지는 않았다.

마침 신사 숙녀들이 매일 방파제를 한 바퀴 돌려고 나오는 시각이어서, 법원장 부인은 야외 음악당 앞쪽에 나란히 놓인 그 무시무시한 의자들 한가운데 거만하게 앉아, 그들에게 있을지도 모를 흠집을 아주 세세한 부분까지 조사하고 싶다는 듯 무자비한 손안경의 불길 세례를 그들에게 고정하며 퍼부었고, 이런 손안경 불길에 노출된 신사 숙녀들도 조금 후면 배우에서 비평가로 변해 자기들 앞을 줄지어 지나가는 사람들을 평하려고 그곳에 자리 잡을 것이었다. 방파제를 따라 걸어가는 사람들은 모두 마치 배 갑판 위에 있기라도 한 듯 하나같이 몸을 심하게 흔들었고,(그들은 팔을 동시에 휘둘러야만 다리를 움직일 수 있다는 듯 눈을 두리번거리며 어깨를 곧게 펴고는, 몸 한쪽에서 방금 한 동작을 반대쪽에서 하면서 몸의 균형을 잡느라 얼굴이 벌게져 있었다.) 같은 방향으로 걷거나 반대쪽에서 걸어오는 사람들을 바라보지 않는 척 그들에게 관심을 두지 않는 척 믿게 하려고, 또 그들과 부딪히지 않으려고 슬쩍 바라보다가 오히려 부딪히거나 밀착했는데, 이는 서로가 각자에게 은밀한 관심의 대상이면서도 겉으로는 서로를 무시하는 척했기 때문이다. 군중에 대한 이런 사랑은 ── 따라서 두려움은 ── 모든 인간에게서 남들을 기쁘게 해 주거나 놀라게 해 주고 싶을 때, 또는 남들을 경멸한다는 걸 드러내려 할 때 가장 강력한 동기들 가운데 하나가 된다. 고독한 사람이 삶의 마지막 순간까지 계속하는 절대적인 칩거 생활은 원칙적으로는 흔히 군중에 대한 지나친 사랑에서 연유한다. 이러한 사랑은 다른 어떤 감정들보다 강력해서, 자신이 외출할 때 문지기나 행인들 혹은 불러 세운 마차꾼의 존경을 받지 못하기라도 하면, 앞으로는 그들 눈에 영원히 띄지 않는 편이 낫다고 생각하여 외출을 필요로 하는 모든 활동을 단념하게 한다.

이 모든 사람들 가운데 몇몇 이들은 어떤 생각에 골몰하다가 옆 사람들의 조심스러운 비틀거림과는 어울리지 않게 느닷없이 고르지 못한 몸짓을 하거나 시선을 이탈함으로써 사고의 유연성을 표출한 반면 내가 조금 전에 본 소녀들은 완벽한 몸의 유연성이 주는 자유로운 동작과 다른 사람들에 대한 솔직한 경멸과 더불어, 머뭇거림도 어색함도 없이 똑바로 앞을 향해 걸어가면서, 또 팔다리 각각이 다른 부분에 대해 완전한 자율성을 유지하면서 원하는 동작을 정확히 실행했으므로 몸 대부분은 왈츠를 추는 사람처럼 멋있는 부동성을 유지했다. 이내 소녀들이 나와 멀지 않은 곳까지 다가왔다. 소녀들은 제각기 완전히 다른 유형이었지만, 하나같이 아름다웠다. 그러나 사실을 말하자면, 아주 조금 전부터야 바라보았을 뿐인데다, 감히 똑바로 쳐다보지도 못했으므로, 그때까지 나는 소녀들 가운데 어느 누구도 개별화하지 못했다. 다만 코가 곧고 피부가 갈색인 소녀만이 그 가운데서도 르네상스 시기 어느 그림에 나오는 아라비아 풍 동방박사마냥 다른 소녀들과 대조를 이루었는데 이 소녀를 제외하고는, 한 소녀는 강하고 고집 세지만 웃음기 있는 눈으로, 또 다른 소녀는 제라늄을 연상시키는 구릿빛이 감도는 분홍빛 두 뺨으로만 인식되었다. 그나마 이런 특징들조차도 아직은 어느 하나를 확고하게 이 소녀보다는 저 소녀에게 고정할 수 없었다. 그리고 (가장 상이한 모습들이 이웃하며 온갖 단계의 빛깔이 연결된 이 경이로운 전체가, 마치 악절이 전개될 때면 구별되었다가 이내 잊혀 따로 분리될 수도 알아볼 수도 없는 음악마냥 뒤섞인 채 순서에 따라 펼쳐지면서) 흰 달걀 모양 얼굴과 검은 눈, 초록 눈이 나타나는 모습을 보았을 때, 나는 그 모습이 조금 전 내게 매혹을 불러일으켰던 모습과 같은지도 알 수 없었고, 내가 나머지 소녀들로부터 분리해서 인식하는 이런저런 소녀에게 그 모습을 연결할 수도 없었다. 내 시각에서의 이런 경계 부재는 — 내가 곧 그 경계를 설정할 테지만 — 소녀들의 무리 너머로 어떤 조화로운 파동을, 집합적이고 유동적인 액체 같은 아름다움의 부단한 움직임을 퍼뜨렸다.

이렇게 하나같이 아름다운 친구들을 선택하고 한데 모은 것은 단순히 삶의 우연 때문만은 아니었으리라. 어쩌면 소녀들이 우스꽝스럽고 추한 것에는 극도로 민감하면서도 지적이고 정신적인 매력은 아직 받아들일 능력이 없어(그녀들의 태도만 보아도 그 기질이 대담하고 경박하고 거칠다는 걸 충분히 알 수 있었다.) 자연스럽게 자기 또래 학교 친구들 가운데서 사색적이고 감성적인 성향이 수줍고 어색하며 서투른 모습으로 나타나는 친구들은 '적대적인 부류'라고 칭하면서 혐오감을 느껴 따돌리고, 반면 자기들끼리는 어떤 우아함이나 유연성과 육체적인 멋의 혼합으로 서로에게 끌려 오로지 이런 형태로만 매력적인 성격의 솔직함이나 함께 보낼 즐거운 시간의 약속을 상상할 수 있었는지도 모른다. 또 결코 명확히 규정할 수는 없지만, 어쩌면 소녀들이 속한 계층은 그들의 부와 여가 덕분에, 또는 서민층까지 어느 정도 퍼져 있는 스포츠에 대한, 아직은 지성의 숭배가 따르지 않는 육체의 숭배라는 새로운 습관 덕분에, 지나치게 꾸민 부자연스러운 표현을 추구하지 않는 조화롭고도 풍요로운 조각 유파와도 비슷한 어떤 사회 환경이, 아름다운 다리와 멋진 허리, 건강하고도 싱싱한 얼굴에 민첩하고도 꾀바른 표정을 짓는 아름다운 육체들을 자연스럽게, 많이 생산해 내는 그런 진화의 지점에 이르고 있었는지도 몰랐다. 그리고 저기 내가 바다를 배경으로 보는 풍경은 바로 그리스 바닷가 태양 아래 전시된 조각상들처럼 인간의 아름다움을 보여 주는 고귀하고도 고요한 모델이 아니었을까?

방파제를 따라 빛나는 혜성처럼 앞으로 나아가던 그 무리 안쪽에서 소녀들은 주위 군중이 자기들과는 다른 인종인 듯, 또 그들의 고통 역시 자기들 마음속에 어떤 유대감도 불러일으킬 수 없다고 판단한 듯 군중을 바라보지 않는 것 같았고, 나사가 풀린 기계처럼 보행자들을 피하는 수고도 할 필요 없다는 듯, 멈춰 선 사람들에게도 길을 비키도록 강요했으며, 기껏해야 그 존재를 인정하지 않고 접촉도 꺼리는 어느 겁 많은 또는 분노한 노신사가 허둥대거나 우스꽝스러운 모습으로 도망이라도 치면, 자기들끼리 서로 바라보며 웃음을 터뜨렸다. 소녀들은 자기들 그룹에 속하지 않는 사람에 대해서는 짐짓 경멸한다는 듯 굴 필요도 없이 노골적으로 경멸했다. 그러나 장애물을 만나면 껑충 뛰거나 발을 모아 뛰어넘으면서 즐거워 어쩔 줄 몰랐는데, 소녀들 모두가 젊음의 활력으로 가득 차 슬프거나 괴로울 때도 그날 기분보다는 나이가 요구하는 것을 더 많이 따르면서 그 젊음을 발산할 필요를 느꼈기 때문이다. 뛰어넘거나 미끄럼 탈 기회가 생기면 굳이 의식적으로 집중하지 않고도 놓치는 법이 없었고, 현란한 기교에 충동적인 움직임이 섞인 그런 우아한 우회로 — 쇼팽의 가장 우수 어린 악절처럼 — 그들의 느린 발걸음을 장식하거나 중단했다. 그때 한 나이 든 은행가 부인이 남편을 위해 여러 방향의 자리 사이에서 망설이다가, 방파제를 마주하고 야외 음악당이 바람과 햇빛을 가려 주는 곳에 놓인 접이식 의자에 남편을 앉혔다. 남편이 편히 자리 잡은 걸 본 그녀는, 남편에게 읽어 주며 무료함을 달랠 신문을 사러 잠시 자리를 떠났다. 늙은 남편을 혼자 두고 가는 이 짧은 부재는 결코 오 분을 넘기지 않았는데, 그래도 늙은 남편에게는 아주 길게 느껴졌고, 부인은 남편을 정성껏 돌보면서도 그런 보살핌을 감추며 남편이 아직 다른 사람들처럼 살아갈 수 있고 전혀 남의 보호를 필요로 하지 않는다는 느낌이 들도록 자주 남편을 혼자 두었다. 연주자들의 단상이 이 노인 머리 위로 자연스럽고도 매력적인 점프대를 이루고 있었는데, 그 순간 갑자기 무리 가운데 제법 나이가 있어 보이는 소녀가 망설임 없이 달리기 시작하더니 겁에 질린 노인의 머리 위를 뛰어넘으면서 날렵한 발끝이 노인의 마도로스 모자를 스쳤다. 다른 소녀들은 몹시 즐거워했고, 그중에서도 특히 얼굴이 인형 같은 소녀의 초록빛 눈이 이런 행동에 대한 감탄과 쾌활함을 드러냈으며, 나는 그 눈빛에서 다른 소녀에게서는 찾아볼 수 없는 약간의 수줍음, 수치스러워하면서도 허세가 담긴 수줍음을 본 듯했다. "가여워라, 저 불쌍한 노인네. 거의 녹초가 된 것 같아." 하고 한 소녀가 쉰 목소리로 반쯤 빈정대는 억양을 섞어 말했다. 소녀들은 몇 발짝 더 걸어가더니 잠시 길 한복판에서 행인들의 왕래에 방해가 되는 것도 아랑곳하지 않고, 흡사 날아오르는 순간에 한데 몰려드는 새 떼들처럼 불규칙하고 조밀하고 기이한 지저귐의 형태로 비밀 집회나 집합체 같은 걸 이루면서 잠시 멈춰 서더니 다시 바다 위로 방파제를 따라 그 느린 산책을 계속했다.

이제는 소녀들의 매력적인 특징이 모호하거나 혼동되지 않았다. 나는 그 특징들을 분류하고 이런저런 소녀들 주위에 모았다.(그녀들 각각의 이름은 알지 못했으므로) 늙은 은행가를 뛰어넘던 키 큰 소녀, 통통한 분홍빛 볼과 초록빛 눈이 수평선을 배경으로 뚜렷이 드러나던 키 작은 소녀, 다른 소녀들 가운데서 대조를 보이던 갈색 피부에 코가 곧은 소녀, 아주 어린아이에게서나 볼 수 있는 병아리 주둥이마냥 작은 코가 활모양을 그리는 흰 얼굴이 달걀형인 소녀, 여자용 짧은 케이프를 걸친 또 다른 키 큰 소녀,(그 케이프 때문에 그녀는 무척이나 초라해 보이고 세련된 맵시와도 상당히 거리가 멀어 보였는데 내 머릿속에 떠오른 그녀에 대한 설명은, 소녀의 부모가 상당히 훌륭한 집안 출신이어서 자신들의 자존심을 발베크의 해수욕객들과 그들 자식이 입은 의복의 우아함보다 더 높이 평가했으므로 비천한 사람이 보기에도 지나치게 수수해 보이는 복장으로 딸이 방파제를 산책해도 전혀 개의치 않는다는 것이었다.) 웃음기를 머금은 반짝이는 눈에 윤기 없는 통통한 뺨, 그리고 검정색 '폴로 모자'*를 깊숙이 눌러 쓰고 엉덩이를 좌우로 흔들면서 휘청거리는 몸짓으로 자전거

---

* 말을 타고 하키처럼 스틱으로 볼을 쳐서 상대편 골에 넣어 득점을 하는 폴로 경기를 할 때 쓰는 테 없는 둥근 모자이다.

를 밀던 소녀. 그런데 그 소녀는 내가 그 곁을 지날 때 건달들의 은어를 써 가며 얼마나 큰 소리로 외쳐 댔는지(나는 그녀의 말 중에서도 "제멋대로 사는 거야."라는 매우 듣기 거북한 말을 알아들을 수 있었다.) 나는 케이프를 걸친 그녀 친구를 보며 세웠던 가설을 파기하고, 이 소녀들이 모두 경륜장에 드나들며, 아마도 자전거 선수들의 나이 어린 정부가 틀림없을 거라고 결론지었다. 어쨌든 그녀들의 품행이 단정하리라는 추측은 나의 어떤 가설에도 들어 있지 않았다. 첫눈에 ― 웃으면서 서로를 바라보는 태도나, 뺨에 윤기가 없는 소녀의 그 끈질긴 시선에서 ― 나는 그녀들의 품행이 좋지 않다는 걸 알아차렸다. 게다가 할머니는 지나치게 소심하다 싶을 만큼 세심하게 나를 보살펴 오셨기 때문에 우리가 하지 말아야 하는 일 전체가 분리될 수 없는 것처럼 보였으므로, 노인에 대한 존경심이 없는 소녀가, 여든 노인의 머리 위를 뛰어넘는 일보다 더 매력적인 쾌락이 있다고 해서 갑자기 신중해져서는 그 행동을 멈출 거라고는 생각되지 않았다.

이제 그녀들은 개별화되었지만 그럼에도 자족감과 우애심으로 활기를 띤 시선에는 지나가는 사람이 친구인지 행인인지에 따라 때로는 관심 어린 눈길, 때로는 건방지고 무관심한 눈길의 불꽃이 켜졌고, 또한 항상 함께 산보를 하면서 '별도의 무리'를 이룰 만큼 그렇게 내밀하게 서로를 안다는 의식은, 그녀들의 몸이 천천히 걸어가는 동안 그 독립적이고 분리된 몸들 사이에 따사로운 그림자나 대기마냥 눈에 보이지는 않지만 동일하고 조화로운 관계를 설정하여, 군중 속에서 그 육체

행렬이 천천히 펼쳐지는 동안에도 군중과는 다른, 각각의 부분이 서로 결합된 어떤 동질적인 전체를 형성했다.

자전거를 밀던 그 뺨이 통통한 갈색 피부 소녀 옆을 지나다가 나는 한순간 그녀의 웃음기 머금은 곁눈질과 마주쳤는데, 그것은 이 작은 부족의 삶을 가둔 비인간적인 세계, 내가 어떤 사람인지에 대한 관념 따위는 들어갈 자리가 없는 접근 불가능한 미지의 세계에서 온 시선이었다. 친구들이 하는 이야기에 정신이 팔린 채로 이마까지 낮게 폴로 모자를 눌러쓴 그 소녀는, 자기 눈에서 발산된 검은 광선이 나와 마주쳤던 그 순간에 과연 나를 보기나 했을까? 만일 보았다면, 난 그녀에게 어떤 사람으로 비쳤을까? 그녀는 어떤 우주의 내부로부터 나를 구별했을까? 내게는 이를 말하는 것 또한 어려운 일이었는데, 마치 망원경 덕분에 이웃하는 별자리의 몇몇 특징적인 요소들을 볼 수 있게 되었다고 해서, 그 별자리에 인간이 살며 그 인간들이 우리를 보고, 이런 전망이 그들 마음속에 어떤 관념을 일으킨다고 결론짓는 일만큼이나 어려웠다.

만일 우리가 이런저런 소녀의 눈빛이 동그랗게 반짝이는 운모 조각에 지나지 않는다고 생각한다면, 우리는 구태여 그녀 삶에 대해 알려 하거나 그 삶을 우리와 연관 지으려 하지 않을 것이다. 그러나 우리는 그 반짝이는 원반형 물체에서 발산되는 빛이, 단지 원반의 물질적 구성에만 달린 게 아니라, 우리는 모르지만 빛을 발하는 그 존재는 아는 사람들이나 장소들에 관해 — 내게는 페르시아 낙원의 요정들보다 더 매혹적인 그 작은 요정이 페달을 밟으며 들과 숲을 지나 나를 끌고 갔을지도 모르는 경마장 잔디밭이나 오솔길 모래밭과 같은 — 간직하고 있는 관념의 검은 그림자들이며, 또한 그녀가 곧 돌아가려는 집의 그림자이며, 그녀가 구상하거나 누군가가 그녀를 위해 이미 구상해 놓은 계획들의 그림자이며, 특히 그녀의 욕망이나 호감과 혐오감 그리고 막연하지만 부단한 의지임을 느낀다. 자전거 타는 소녀의 두 눈에 담긴 것을 소유하지 않고는 그녀 역시 소유할 수 없음을 나는 깨달았다. 따라서 그녀 삶 전체가 내게 욕망을 불러일으켰다. 그것은 실현될 수 없다고 느껴졌기에 고통스러운 욕망이었으며, 그러나 이제껏 내 삶이었던 것이 돌연 내 삶이기를 그치고 내가 채워 주기를 열망하는, 내 앞에 펼쳐진 작은 공간에 지나지 않는다고 느껴졌기에 황홀한 욕망이었다. 또 소녀들의 삶으로 이루어진 욕망은 자아의 연장이자 자아의 증식을 가능하게 하는 바로 그 행복이란 걸 내게 주었다. 그리고 아마도 우리 사이에 어떤 공통된 습관도 — 어떤 공통된 관념도 — 없다는 점이 내가 그녀들과 사귀고 그녀들 마음에 들게 하는 걸 더욱 어렵게 만들지도 몰랐다. 그러나 어쩌면 또한 이런 차이에 대한 인식과 내가 알고 있거나 소유하는 요소들 중 단 하나도 소녀들의 성격이나 행동을 구성하는 데 들어 있지 않다는 인식 덕분에 내 마음속에는 포만감에 이어 삶에 대한 심한 갈증이 일었는데, — 마치 메마른 땅이 애타게 물을 기다리듯 — 이제껏 내 영혼은 이 목마름을 채워 줄 한 방울의 물도 받아 본 적이 없었던 만큼 더욱더 탐욕스럽게 천천히 음미하면서 완전히 그 물을 빨아들이게 될 것이었다.

반짝이는 눈의 자전거 탄 소녀를 내가 얼마나 바라보았는지 그녀도 눈치를 챈 듯 제일 키 큰 소녀에게 뭔가 한 마디 했다. 내게는 들리지 않았지만 그 말이 그녀를 웃게 한 듯 보였다. 사실 가장 마음에 든 소녀는 이 갈색 머리 소녀가 아니었다. 내가 그녀를 관심 있게 본 것은 그녀 피부와 머리칼이 갈색인 데다, 탕송빌의 가파른 비탈길에서 질베르트를 본 이후부터 내게는 금빛 살갗에 붉은 머리 소녀가 접근 불가능한 이상형으로 남았기 때문이다. 하지만 질베르트도 실은 베르고트의 친구이며, 베르고트와 함께 대성당을 구경하러 간다는 후광에 싸인 양 비쳤기에 사랑했던 건지도 모른다. 마찬가지로 그 갈색 머리 소녀가 날 바라보는 걸 목격했다는 사실에(다른 무엇보다도 그녀와 쉽게 사귈 수 있는 희망을 품게 했기에) 왜 난 기뻐할 수 없었을까? 그녀가 다른 소녀들에게, 노인 머리 위를 뛰어넘던 그 무정한 소녀나 "가여워라, 저 불쌍한 노인네."라고 말하던 잔인한 소녀, 또 그녀의 떨어질 수 없는 동반자라는 매력을 가진 소녀들에게 차례로 날 소개해 주었을 텐데. 그렇지만 언젠가 내가 이런저런 소녀의 벗이 되리라는 가정은 그 미지의 시선이 마치 벽에 비치는 햇살의 효과처럼 나도 모르는 사이에 내 위에 뛰놀면서 이따금 강한 인상을 남겨, 마치 어떤 기적적인 연금술에 의해 말로는 형용할 수 없는 그런 눈빛의 작은 조각들 사이로 내 삶에 대한 관념이나, 나라는 인간에 대한 우정을 슬그머니 스며들게 하여, 나 자신이 언젠가는 그녀들 사이에서 바닷가를 따라 펼치는 그 화려한 행렬 속에 끼일지도 모른다는 생각을 품게 했고, 이러한 가정은 어떤 행렬을 묘사한 고대 사원의 프리즈나 벽화 앞에 서서 그걸 구경하는 내가 그 성스러운 행렬 속 여인들로부터 사랑을 받으며 그들 사이에 낄 수 있다고 믿는 만큼이나 내게는 해결할 수 없는 모순을 담은 듯 보였다.

그렇다면 이 소녀들과 사귀는 행복이란 실현할 수 없는 것이었을까? 물론 내가 이런 행복을 단념한 게 이번이 처음은 아니었다. 발베크에서도 나는 마차가 전속력으로 달리는 순간 수많은 미지의 소녀들을 떠나보냈다. 그리스 처녀들로 구성된 듯 보이는 그 고귀한 작은 무리가 내게 기쁨을 준 것도, 어딘지 길 위에서 스치는 여인이 달아나는 듯한 모습을 띠었기 때문이다. 우리가 모르는 존재들의 이런 덧없음은 우리가 자주 만나는 여인이라면 누구나 결점을 드러내고 마는 일상적인 삶으로부터 벗어나 그 무엇으로도 상상력을 멈추지 못하게 하는 그런 추적 상태로 우리를 이끌어 간다. 그런데 상상력이 제거되고 나면 쾌락은 쾌락 자체로 환원되어 결국은 무의미해지고 만다. 예컨대 내가 소녀들을 어느 포주 집에서 만났거나 — 내가 포주를 경멸하지 않는다는 건 이미 앞에서도 보았을 것이다. — 또는 그렇게도 많은 미묘함과 아련함을 주는 요소가 제거된 채로 만났다면, 나는 소녀들에게 매혹되지 않았을 것이다. 원하는 대상에 도달할 수 없을지도 모른다는 불확실성에 의해 깨어난 상상력은 우리에게 다른 목표가 숨겨진 하나의 목표를 만들고, 또 관능적인 쾌락을 다른 삶 속으로 뚫고 들어간다는 관념으로 대체하면서, 쾌락을 알아보거나 쾌락의 참된 맛을 음미하는 걸 방해하여 쾌락을 관능적인 영역으로 축소하지 못하게 한다. 가령 우리가 식탁 위에 차려진 생선을 처음 볼 때면 생선을 붙잡기 위해 필요한 수많은 술책과 우회 들이 별 가치 없어 보이지만, 낚시질하며 보낸 오후 시간들, 우리가 그 생선들로 무엇을 할지 잘 알지 못한 채 수면에 소용돌이가 일고, 투명하고 유동적인 푸른빛 물결 속에 반짝거리는 살과 어렴풋한 형체가 스쳐 가는 모습이 끼어들 때 비로소 그 가치가 드러나는 법이다.

소녀들 역시 해수욕장 생활의 특징인 사회적 균형의 변화라는 혜택을 받고 있었다. 일상적인 사회 환경에서 우리를 확대하기도 하고 높여 주기도 하는 모든 이점들이 여기서는 눈에 띄지 않을 뿐만 아니라, 사실상 폐기된다. 반면에 이러한 이점을 별 이유 없이 부당하게 누린다고 생각되는 이들은 그들의 허위적 면모를 더 확대하는 듯 보인다. 바로 이런 허위적인 모습 덕분에 미지의 사람들, 특히 그날은 소녀들이 내게서 커다란 중요성을 가질 수 있었으나 나의 중요성을 그녀들에게 인식시키는 건 불가능하게 했다.

그러나 이 작은 무리의 산책이 그 자체로는 지금까지 내 마음을 혼란스럽게 해 온 헤아릴 수 없이 많은 도주의 한 요약에 지나지 않았다 해도, 이러한 도주는 너무도 느리게 진행되어 거의 부동에 가까운 느낌을 주었다. 그런데 바로 이처럼 빠르게 진행되지 않는 과정에서 그 얼굴들은 더 이상 소용돌이에 휩싸이지 않고, 오히려 잔잔하게 구분되어 내게는 여전히 아름답게 보였으므로, 내가 빌파리지 부인의 마차를 타고 달리면서 그처럼 자주 품었던 생각, 즉 좀 더 가까이 다가가서 보면 얇은 피부나 콧방울의 결점, 시들한 눈길, 찌푸린 미소, 보기 흉한 몸매와 같이 세세한 것들이 어쩌면 내가 예전에 여인의 얼굴과 육체에서 상상했던 것들을 대체하게 되리라는 그 생각을 더 이상 품지 못하게 했을 것이다. 왜냐하면 내가 살짝 본 육체의 아름다운 선이나 싱싱한 얼굴빛만으로도, 내가 마음속에서 추억이나 선입견으로 간직했던 어떤 매혹적인 어깨나 어떤 감미로운 시선에 충실히 부합했으므로, 이렇듯 달리는 길에 포착한 존재에 대한 지나치게 빠른 해석은, 마치 음절 단 하나에 기대어 나머지 다른 음절은 식별하지도 않거나, 책에 쓰인 단어 대신 우리 기억이 제공하는 완전히 다른 표현을 덧붙여 빨리 읽을 때와 같은 오류를 범한다. 그런데 이번에는 그렇지 않았다. 나는 소녀들의 얼굴을 자세히 바라보았다. 난 각각의 얼굴들을, 물론 그렇다고 해서 내가 그 모든 옆얼굴들을 다 보았다는 말은 아니며 앞얼굴을 본 경우는 더더욱 드물었지만, 그래도 차별화된 모습 두세 개에 의해 처음 본 시각이 시도한 선이나 색채에 대한 상이한 가정을 수정하고 검토하며 '증명'할 수 있었고, 또 연이어 짓는 표정을 통해 뭔가 변하지 않는 물질적인 것이 그 안에 잔존한다는 걸 느꼈다. 그래서 나는 파리나 발베크에서 내 눈을 멈추게 했던 그 스쳐 가는 여인들 중에, 비록 내가 그녀들과 더불어 이야기를 나누려고 걸음을 멈출 정도로 호의적인 평가를 내린 경우에도, 내가 알기도 전에 나타났다가 사라지곤 하던 이 소녀들만큼 내게 그리움을 주고, 또 이 소녀들과의 우정보다 더한 도취감을 불러일으킨 것도 없었다고 확실히 말할 수 있었다. 나는 여배우들이나 농부 아가씨들, 종교 기숙사의 귀족 아가씨들 가운데서도 이토록 아름답고, 이토록 미지에 스며 있으며, 이토록 헤아릴 수 없을 정도로 소중하고, 이토록 현실적으로 가까이 다가갈 수 없는 느낌을 주는 존재는 결코 본 적이 없었다. 소녀들은 우리 삶이 도달할 수 있는 미지의 행복, 그런 행복을 가장 감미롭고도 완벽한 상태로 구현한 본보기였으므로, 아름다움이 제공하는 더없이 신비스러운 것의 체험은 어떤 실수도 허용하지 않는 유일한 조건에서는 불가능하다는 지적인 이유로 난 절망했다. 우리는 자신이 욕망하는 여인을 결코 소유할 수 없으므로 따라서 욕망하지도 않는 여인에게서 쾌락을 구하며 자신을 달래는데 — 스완이 오데트를 알기 전에는 욕망하지 않는 여인에게서 쾌락을 구하는 걸 늘 거부해 왔지만 — 그러므로 난 소녀들이 주는 쾌락이 무엇인지 결코 알지 못한 채 죽어 갈 것이다. 아마도 현실에는 미지의 쾌락 같은 건 존재하지 않으며 그렇게 보이던 것도 가까이서 들여다보면 신비로움이 사라져 버리는 우리 욕망의 투사, 욕망의 신기루에 지나지 않는지도 모른다. 그러나 이런 경우에도 나는 대상의 결함이 아닌, 다만 자연법칙의 필연성만을 — 만약 이 자연법칙이 소녀들에게 적용된다면 다른 모든 여자에게도 적용될 수 있는 — 비난할 수 있었다. 왜냐하면 내가 여러 대상들 중에서 택한 대상은 식물학자로서의 만족감과 더불어 이 젊은 꽃들보다 더 진귀한 종들이 모인 모습을 발견하기란 불가능하다는 인식을 주었기 때문이다. 그 순간, 젊은 꽃들은 해안 절벽 정원을 장식하는 펜실베이니아 장미 덤불과 마찬가지로 내 앞에 물결이 이루는 선을 그들의 가벼운 울타리로 가리고 있었는데, 장미 덤불의 꽃들 사이로는 어느 증기선이 통과하는 모든 바다의 궤적이 담겼으며, 증기선은 한 꽃줄기에서 다른 꽃줄기로 푸른빛 수평선을 따라 어찌나 느리게 미끄러지는지, 배가 지나간 후에도 한참을 꽃부리 속에서 꾸물대던 게으른 나비는, 반드시 배보다 앞서 그 꽃에 다다를 수 있다는 듯 자신이 향해 가는 첫 번째 꽃잎과 뱃머리 사이의 조그만 틈이 한 조각 하늘빛으로 물들기만을 기다리는 것 같았다.

나는 호텔로 돌아가기로 했다. 로베르와 함께 리브벨에 저녁 식사를 하러 가기로 했고, 할머니께서 이런 저녁에는 출발하기 전 한 시간 정도는 침대에 누워 있어야 한다고 주의를 주셨기 때문인데, 얼마 지나지 않아 발베크의 의사는 다른 날 저녁에도 잠을 자도록 명했다.

게다가 호텔로 돌아가기 위해선 방파제를 떠나 호텔 로비로, 다시 말해 뒤편으로 들어갈 필요도 없었다. 한 시간 일찍 점심 식사를 하던 콩브레에서의 토요일과 마찬가지로, 여름이 한창인 지금은 낮이 몹시 길었으므로, 발베크의 그랜드 호텔에서 저녁 식사가 차려질 무렵에는 아직도 간식 시간인 듯, 해가 하늘 높이 떠 있었다. 또 식당의 미닫이 유리 창문은 방파제와 같은 높이로 활짝 열려 있었다. 그래서 식당으로 들어가려면 얇은 나무 창틀을 넘은 뒤, 곧장 엘리베이터만 타면 됐다.

안내 데스크 앞을 지나가면서 나는 지배인에게 미소를 지어 보였다. 그의 얼굴에 떠오르는 미소를 나도 전혀 싫은 기색 없이 받아들였는데, 내가 발베크에 온 이래로 그 얼굴은 나의 포괄적인 주의력이 스며들어 점차 박물학 표본과도 같은 것으로 변했다. 그의 모습이 내게 일상적인 것이 되면서 평범하지만 우리가 읽어 내는 글씨처럼 어느새 명료해졌으며 그를 처음 보았던 날 그의 얼굴이 내게 나타내 보였던 그 기이하고도 참기 힘든 특징과는 전혀 닮지 않게 되었다. 첫날 내가 눈앞에서 보았던 모습은 지금은 잊힌 인물, 우리 머릿속에 떠오른다 해도 거의 알아볼 수 없는 추하고 대략적인 풍자화처럼 느껴져서 지금의 평범하고도 예의 바른 인물과 동일시하기 힘들었다. 이제 나는 처음 도착하던 날 저녁 느꼈던 수줍음이나 슬픈 기색 없이 벨을 눌러 엘리베이터 보이를 불렀고, 위로 솟은 기둥을 따라 이동하는 흉곽(胸廓) 내부와도 같은 엘리베이터 속에 나란히 서서 올라가는 동안 그도 가만히 있지 않고 내게 이런 말을 되풀이했다. "한 달 전만큼은 사람이 없어요. 벌써 사람들이 떠나기 시작하네요. 낮이 짧아져서 그런가 봐요." 그의 말은 사실이 아니었는데 그는 이미 이 해안의 좀 더 따뜻한 지역에서 일하기로 해서 우리들 모두가 가능한 빨리 떠나서 호텔 문이 닫히고, 자기도 새로운 자리에 '돌아가기'에 앞서 며칠간 자기만의 시간을 가지고 싶었던 것이다. 게다가 '돌아간다'는 말과 '새로운'이라는 말은 모순된 표현이 아니었다. 엘리베이터 보이에게서 '돌아간다(rentrer)'는 '들어간다(entrer)'라는 동사의 일상적인 표현이었다. 다만 나를 놀라게 한 점이 있다면, 그가 '자리(place)'라고 말하는 것을 용인한다는 점이었는데, 왜냐하면 그 언어에는 하인이라는 신분의 흔적을 지우고자 하는 현대적인 프롤레타리아의 열망이 담겨 있었기 때문이다. 뿐만 아니라 그는 잠시 후에 이번에 그가 곧 '돌아가려고' 하는 '자리'에서는 보다 나은 '튜닉'*을 입고, 보다 나은 '대우'를 받게 될 거라고 말했다. '하인 제복'이나 '급료'와 같이 낡아빠진 단어는 부적절한 표현이라는 듯 말이다. 그리고 어떤 부조리한 모순 때문인지는 모르지만 어휘란 '주인들'에게서의 불평등의 개념보다는 더 오래 살아남는 법이므로 나는 엘리베이터 보이의 말이 언제나 잘 이해되지 않았다. 이를테면 할머니가 호텔에 계신지만 알고 싶어 할 때도, 엘리베이터 보이는 내 질문을 앞질러 이렇게 말했다. "부인께서는 지금 막 손님방에서 나가셨어요." 나는 항상 그의 말에 걸려들어 그가 할머니에 대해 말한다고 생각했다. 그런데 "아니에요, 제가 알기로 그 부인은 손님 댁 직원인데요." 이제는 폐기되어야 하는 부르주아의 옛 언어에서도 요리사를 직원이라고는 부르지는 않으므로 나는 잠시 이렇게 생각했다. '뭔가 착각하는 게 분명해. 우리 집에는 공장도 직원도 없는데 말이야.' 갑자기 난, 직원이라는 명칭이, 카페 종업원에게 수염을 기른 용모가 그러하듯이 하인들의 자존심을 충족해 준다는 사실을 기억해 내고는, 방금 외출한 부인이 프랑수아즈구나 하고 생각했지만(아마도 커피 집에 갔거나 벨기에 부인 하녀가 바느질하는 걸 구경하고 있겠지만) 그럼에도 이런 만족감만으로는 아직 충분치 않았는지, 엘리베이터 보이는 항상 자신의 계

---

* 무릎 길이 정도까지 내려오는 재킷이나 블라우스로 하인의 제복이나 군인의 제복으로 이용되었다.

급을 동정하며, 마치 라신이 '불쌍한 사람(le pauvre)'이라고 말할 때처럼 단수형을 사용하면서 '노동자에게서' 또는 '하층민에게서'라는 말을 거리낌 없이 했다.* 하지만 보통 때는 내가 첫날 품었던 열정과 수줍음을 느끼지 못했으므로, 난 더 이상 엘리베이터 보이에게 말을 걸지 않았다. 이제 짧은 횡단 동안 그는 나에게서 아무런 대답도 듣지 못한 채, 장난감마냥 속이 텅 빈 호텔을 통과하며 속도를 냈고, 호텔은 우리 주위에 각각의 층마다 복도의 가지들을 펼쳐 놓아, 복도 깊숙이에는 빛이 벨벳처럼 부드러워지고 희미해지면서, 비상구 문들이나 안쪽 층계 계단들을 보다 가늘게 만들어 석양빛과도 같은 신비스럽고도 조밀한 황금빛 호박색으로 바꾸어 놓았는데, 마치 렘브란트가 석양빛 속에 때로는 창턱을, 때로는 우물의 도르래 윤곽을 뚜렷이 드러나게 한 것과도 흡사했다.** 또 층마다 양탄자 위로 반사되는 금빛 미광은 황혼과 화장실 창문의 존재를 알렸다.

나는 조금 전에 내가 만난 소녀들이 누구인지, 발베크에 살고 있는지 물어보았다. 우리의 욕망이 이처럼 어느 인간 소집단을 택해서 거기로 향하면, 그 집단과 관련된 모든 사실은 감

---

* 이 구절은 라신의 「아탈리」 2막 9장에 나오는 "불쌍한 사람이 너의 식탁에 앉아 있는 동안, 너의 평화로운 모습에서 형언하지 못할 평온함을 음미하리라."에서 나왔다. 프랑스어에서 정관사 단수의 사용에는 개별적인 것을 일반화하는 기능이 있다.

** '창턱'에 대한 렘브란트의 그림은 「명상에 잠긴 철학자」, 「성가족」, 「창가의 소녀」, 「목수의 가족」에서 찾아볼 수 있으며, '우물의 도르래'는 「착한 사마리아인」을 가리키는 것처럼 보인다.(『소녀들』, 폴리오, 552쪽 참조.)

동의 동기가 되고 다음에는 몽상의 동기가 된다. 어느 날 나는 방파제에서 한 부인이 "저 애는 시모네 댁 딸의 친구랍니다." 라고 말하는 걸 들었는데, 그 말투에는 마치 누군가가 "저분은 라로슈푸코 댁 아드님과 항상 붙어 다니는 친구랍니다."라고 설명하는 것처럼 상세한 내용을 아는 사람의 건방진 태도가 배어 있었다. 그러면 곧 우리는 이런 사실을 가르쳐 준 사람의 얼굴에서 '시모네 댁 딸의 친구'라는 그 혜택 받은 자의 얼굴을 좀 더 자세히 들여다보고 싶은 호기심을 느낀다. 물론 이런 특권은 아무에게나 주어지지 않는 듯했다. 귀족이란 상대적이기 때문이다. 그래서 가구점 아들이 젊은 웨일스 공처럼 멋쟁이들의 총아가 되어 신하들 위에 군림하는 싸구려 장소도 많은 것이다. 이후에도 나는 그때 바닷가에서 이 시모네라는 이름이 내 귀에 어떻게 울렸는지를 기억해 내려고 여러 번 돌이켜 보았지만, 여전히 그 이름은 내가 잘 구별하지 못하는 형태로, 또 그 의미나 호칭에 있어서도 왜 그 이름이 이 사람이 아닌 저 사람을 가리키는지 불분명한 채로 남아 있었다. 요컨대 이런 아련함과 새로움으로 새겨져 먼 훗날 이름의 철자가 끊임없는 주의력으로 마음속 깊숙이 매 순간 새겨지면서 우리 마음을 뒤흔들어 놓는 그 이름은(시모네 소녀와 관련된 일이 일어난 건 몇 년이 지나서였다.) 우리가 발견하는(잠 또는 기절에서 깨어난 순간에) 첫 번째 말이 되었다. 당시의 시간이나 우리가 있는 장소에 대한 관념에 앞서, '나'라는 말에 앞서, 마치 이름이 가리키는 존재가 우리 자신보다도 더 '우리'인 듯, 또 잠시 무의식의 상태가 흐른 후에 곧 끝이 날 휴식의 시간이 다른 무엇보다도 그 이름을 생각하지 않았던 순간이라는 듯, 그 이름은 우리가 발견하는 첫 번째 말이 되었다. 왜 내가 첫날부터 이 시모네라는 이름이 그 소녀들 중 누군가의 이름일 거라고 생각했는지 모르지만, 나는 어떻게 하면 시모네 가족과 아는 사이가 될 수 있을지 계속 생각했다. 그리고 시모네 가족이 날 무시하는 생각을 갖지 못하도록, 만약 상대가 서민 출신의 시시한 매춘부에 지나지 않았다면 그렇게 어려운 일이 아니었을 테지만, 그들보다 낫다고 생각되는 사람들을 통해 그들을 사귀고 싶었다. 우리를 멸시하는 사람의 생각을 완전히 물리치지 않은 채로는 멸시하는 자에 대한 완벽한 인식이나 완전한 흡수를 꾀할 수 없기 때문이다. 그런데 매번 너무도 다른 여인들의 이미지가 우리 마음속으로 들어올 때, 적어도 망각이나 다른 이미지와의 경쟁을 통해 그 상을 제거하지 못한다면, 이 낯선 이미지를 뭔가 우리 자신과 비슷한 상으로 전환해야만 우리는 비로소 휴식을 취할 수 있다. 이런 점에서 우리 영혼은 육체 기관과 동일한 반응과 활동을 부여받고 있어, 우리 몸 한가운데 낯선 몸이 침입하는 경우, 즉시 그 불청객을 소화하거나 자기 것으로 동화하지 않고는 이러한 침입을 막지 못한다. 게다가 시모네 댁 딸은 그 모든 소녀들 중에서도 가장 아름다운 소녀임에 틀림없었는데(게다가 내 애인이 될지도 모른다는 생각이 드는) 왜냐하면 그녀만이 내 응시를 의식한 듯 두세 번 머리를 반쯤 돌렸기 때문이다. 나는 엘리베이터 보이에게 발베크에 있는 시모네 집안을 아느냐고 물어보았다. 모른다고 대답하기 싫었는지 보이는 그 이름에 대해 말하는 걸 들은 적이 있다고 말했다. 마지막 층에 이르렀을 때 난 그에게 최근에 호텔에 다녀간 외부 사람 명단을 갖다 달라고 부탁했다.

　나는 엘리베이터를 나와 방 쪽으로 가는 대신 복도 안쪽까지 걸어갔다. 이 층을 담당하는 종업원이 바람이 들어오는 걸 두려워하면서도 이 시각에는 복도 끝 창문을 열어 두었기 때문이다. 창은 바다 쪽이 아닌, 작은 언덕과 골짜기가 보이는 쪽에 면했고, 불투명한 유리 창문이 자주 닫혀 있어 좀처럼 경치를 볼 수 없었다. 나는 창문 앞에 머무르는 짧은 정지 순간에 호텔을 등진 언덕 너머까지 보이는 '전망'을 경배하는 시간을 가졌다. 언덕에는 조금 거리를 두고 집 한 채만이 놓여 있었는데, 원근과 저녁 무렵 빛이 집 전체에 부피감을 더해 주어 귀중한 세공품이나 벨벳 보석함 같은 느낌을 주었다. 마치 유물함으로 쓰이는, 또 드물게만 신자들이 경배하도록 전시하는 금은 세공이나 칠보로 만든 작은 사원과 성당 같은 건축물 모형과도 같았다. 하지만 내가 경배의 시간을 너무 오래 끌었는지 종업원이 한 손에는 열쇠 꾸러미를 들고, 다른 한 손으로는 성당지기가 쓰는 작은 둥근 모자를 만지면서, 저녁의 차고 맑은 공기 탓인 양 모자도 벗지 않은 채 내게 인사를 하고는, 마치 성유물함*의 문짝을 닫듯 유리창 양쪽 문을 닫으러 다가왔고, 결국에는 나의 경배로부터, 기념물 축소 모형과 금빛 성유물함을 빼앗아 가 버렸다. 나는 방으로 들어갔다. 계절이 흐

---

* 성인의 유골이나 유품을 보관하는 상자로 보통 보석으로 장식되어 있다.

르면서 창문에 비치는 그림도 조금씩 달라졌다. 처음에는 햇빛이 찬란했고 날씨가 좋지 않을 때에만 어두웠다. 그리고 그때, 둥근 파도로 부풀어 오른 청록색 유리창에는 채색 유리를 둘러싼 납 테두리마냥 바다가 내 방 십자형 철제 창틀 사이에 끼워져, 만(灣)의 깊숙한 가장자리를 이루는 바위 전체에 깃털 달린 트라이앵글 모양 물거품을 풀어 놓았는데, 마치 피사넬로가 움직이지 않는 거품을 새의 깃털이나 솜털로 섬세하게 표현한 밑그림과 흡사했으며, 갈레가 유리 세공품을 만들며 눈 덮인 지대를 묘사하기 위해 하얗고 변하지 않는 끈적거리는 유약으로 고정해 놓은 듯했다.*

곧 날은 짧아졌고, 내가 방에 들어갈 때면 보랏빛 하늘은 태양의 뻣뻣하고 기하학적이며 순간적이고 섬광 같은 형상으로 낙인찍힌 듯,(어떤 기적의 신호나 신비스러운 출현을 재현하듯) 주 제단(主祭壇) 위에 드리운 한 폭의 종교화마냥 바다 쪽 수평선이 맞닿은 지점으로 기울어져 있었고, 한편 노을 진 하늘의 여러 다른 부분들은 내 방 벽을 따라 놓인 낮은 마호가니 책장 유리 속에 전시되어, 마치 옛 거장이 과거의 동업자 조합을 위해 성유물함에 그려 넣은 상이한 장면들을 하나하나 분리한 채 나란히 박물관 실내에 진열해 놓아, 단지 방문자의 상

---

* 피사넬로(Pisanello, 1395~1455)는 이탈리아 화가이자 메달 조각가로, 섬세한 감각과 끊임없는 사실 탐구에서 비롯된 동물 소묘화를 많이 남겼는데, 여기서 말하는 작품은 루브르 박물관에 보존된 새의 소묘를 가리키는 듯 보인다. 갈레(Gallé, 1846~1904)는 프랑스의 유리 공예가로 색의 효과를 표현한 유리 그릇을 제작했다.(『소녀들』, 폴리오, 552~553쪽 참조.)

상력을 통해서만 제단화의 프리델라* 자리에 다시 갖다 놓을 수 있는 그런 경이로운 그림을 연상시켰다. 그로부터 몇 주가 지나자 내 방에 올라가면 언제나 날이 이미 저물어 어두워져 있었다. 콩브레에서 산책하고 돌아오던 길에 저녁 식사 전 부엌에 내려갈 준비를 할 때 칼베르 언덕 위에서 보았던 것과 흡사한 하늘의 붉은 띠가, 마치 고기 젤리처럼 굳어 칼로 자를 수 있을 정도로 단단한 바다 위에 드리웠고, 그러다 숭어라고 불리는 생선마냥 이미 차갑고 푸른빛으로 변한 바다 위에 잠시 후 리브벨에서 식탁에 올려질 연어와 같은 분홍빛 하늘이 드리워 저녁 식사에 가려고 옷 갈아입는 기쁨을 더 생생하게 했다. 해안에 가까운 바다 위에는 그은 검은 구름이, 그러나 또 반들반들 윤이 나는 마노처럼 단단하며 보기에도 무거워 보이는 구름이, 층층이 겹친 채로 점점 넓게 퍼져 가면서 위로 솟아오르려고 애쓰다가 가장 높이 솟아오른 구름이 빗나간 줄기 위로 기울어져 지금까지 지탱해 온 구름 줄기 중심 밖까지, 이미 거의 하늘 중간 높이까지 다다른 발판을 끌어내려 바닷속으로 내던지는 듯했다. 그때 밤의 여행자처럼 멀어져 가던 배 한 척이 내 눈에 들어왔고, 배의 모습은 어느새 내가 기

---

* 제단화는 종교화의 한 형식으로 교회 제단 뒤편에 걸며, 중앙 패널을 중심으로 그보다 폭이 좁은 날개 패널이 달린 그림을 가리킨다. 각각의 패널에 그려진 그림은 대개 하나의 이야기를 구성하는데, 따라서 이런 연작 시리즈의 그림을 분리해서 박물관에 다시 나란히 걸어 놓으면 과거의 제단화를 연상하게 된다는 의미다. 프리델라는 제단화 아랫부분을 띠 모양으로 장식하는 일련의 그림을 가리킨다.

차 안에 있는 듯한, 그래서 수면의 필요와 방 안의 유폐로부터 해방된 듯한 느낌을 주었다. 게다가 한 시간 후에는 방을 떠나 곧 마차를 탈 예정이었으므로 방에 갇힌 느낌이 들지 않았다. 나는 침대 위로 몸을 던졌다. 그러자 내 가까이에 보이는 배, 또 어둡고 고요하면서도 잠들지 않는 백조들마냥 어둠 속을 천천히 움직이는 걸 보면서도 놀라지 않는 어느 배의 침대 위에 드러누운 듯, 내 주변이 바다의 이미지로 둘러싸였다.

그러나 자주 그것은 사실상 이미지에 지나지 않았다. 나는 이미지의 빛깔 아래서 발베크에 도착하던 날, 그토록 불안하게만 느껴졌던 그 근심스러운 저녁 바람에 해변의 쓸쓸한 공허가 파이던 것을 잊고 있었다. 게다가 방 안에 있어도 그저 지나가는 모습만 목격했을 뿐인 소녀들에게 빠져서는 내 마음속에서 진정으로 심오한 아름다움의 인상이 생기기까지 필요한 고요하고도 초연한 마음을 가질 수 없었다. 리브벨에서의 저녁 식사에 대한 기대가 내 기분을 더욱 가볍게 만들었고, 그때 내 상념은 불이 환히 켜진 레스토랑에서 나를 뚫어지게 쳐다볼 여인들의 시선을 가능한 한 만족시키려고 옷차림에 신경을 쓰면서 내 몸 표면에만 머물렀기 때문에, 사물의 빛깔 뒤로 깊이 파고드는 게 불가능했다. 그리고 만약 창문 아래에서 칼새와 제비 들의 지칠 줄 모르는 부드러운 비상이 분수처럼 또는 생명의 불꽃놀이처럼 치솟으면서, 그 높은 불꽃의 간격을 수평선에 그려지는 움직이지 않는 하얀 줄기의 긴 자취로 이어 놓지 않았다면, 또 내 눈앞에 펼쳐지는 풍경을 현실과 연결하는 자연의 국지적 현상이라는 매혹적인 기적이 없었다면, 이러한 풍경들은 내가 있는 장소에서 또 이 장소와는 그 어떤 필연적 관계도 없는 그림을 누군가가 임의로 선택해서 날마다 새롭게 보여 주는 데 지나지 않는다고 생각했을지도 모른다. 한번은 일본 판화의 전시회*와도 같았다. 달처럼 얇게 오려진 둥근 붉은 해 옆에는 노란 구름이 호수처럼 놓였으며, 하늘에 가늘고 길게 뻗은 검은 자취는 호숫가 나무들인 양 그 윤곽을 드러냈고, 처음 그림물감 상자를 받은 이래로 한 번도 본 적 없는 그토록 부드러운 분홍빛 둑에는 강물처럼 양쪽 가로 물이 불었으며, 강가의 마른 지대에 놓인 쪽배는 누군가가 꺼내 물 위에 띄워 주기만을 기다리는 듯했다. 나는 어느 예술 애호가의 건방지고 따분해하는 경박한 시선으로, 또는 두 차례 사교 방문 사이에 화랑을 다녀가는 어느 부인의 시선으로 이렇게 중얼거렸다. "이 일몰은 신기하네, 좀 달라 보이는군. 하지만 이처럼 섬세하고 놀라운 일몰을 전에도 본 적이 있어." 배 한 척이 수평선에 흡수되어 액체가 되는, 수평선이나 배가 인상파** 화폭에서처럼 다 같은 빛깔로 보이는 저녁이면 내 기쁨은 더 커졌다. 이때 배의 모습은 어렴풋한 푸른 빛 하늘에서 가느다랗게 투명 무늬를 그려 넣은 선체와 밧줄

* 19세기 중반부터 일본 판화가 프랑스에 알려졌으며, 1887년 파리의 탕부랭 카페에서 반 고흐의 주도 아래 처음으로 일본 판화만을 위한 전시회가 열렸다.(Yvonne Thiron, "Le japonisme en France dans la seconde moitié du XIXe siècle à la faveur de la diffusion de l'estampe japonaise" *Cahier de l'Association des Etudes Françaises*, 1961, vol 13, p.128.)
** '인상파'란 단어에 대해서는 31쪽 주석 참조.

만을 오려 낸 듯했으므로 같은 물질처럼 보였다. 때로는 대양이 내 방 창문을 거의 다 채워, 바다와 같은 푸른빛 선으로 하늘의 띠가 창문 위쪽을 에워싸며 창문을 한층 더 높이 치솟게 했으므로, 나는 그 때문에 하늘의 띠를 여전히 바다인 줄 믿었고, 단지 조명 효과 때문에 빛깔이 다르게 보인다고만 생각했다. 또 어떤 날에는 바다가 창문 밑부분에만 그려져 나머지 다른 부분은 수평선 띠로 서로를 밀쳐 내는 수많은 구름들이 가득했으므로 유리창은 마치 화가의 구상, 또는 그의 특징적인 기법으로 그려진 '구름 습작'을 보여 주는 듯했다. 한편 책장의 상이한 진열창들은 비슷하게 생긴 구름을 보여 주면서도 수평선의 다른 부분에서는 빛에 의해 다르게 채색되어, 이 시대 몇몇 거장들이 소중히 여기는 반복 기법처럼 단 하나의 같은 효과를 각기 다른 시간에 포착하여 반복함으로써, 이 다른 시간들이 이제는 예술품의 부동성과 더불어 파스텔로 그려지고 유리문 밑에 놓여 모두 함께 같은 방에서 보여질 수 있었다. 또 때로는 한결같이 회색빛인 하늘과 바다 위에 아주 정교하고도 섬세한 필치로 분홍빛이 조금 덧붙어 그사이 창 아래에서 잠자던 작은 나비 한 마리가, 휘슬러의 취향에 따른 「회색과 분홍색의 하모니」 아랫부분에 자신의 날개로 이 첼시 태생의 거장이 즐겨 넣던 '서명'을 그려 넣은 듯했다.* 분홍빛마저 사라지고 나자 더 이상 바라볼 것이 없었다. 나는 잠시 서

---

* 「회색과 분홍색의 하모니」는 휘슬러가 그린 「뮤즈 부인의 초상화」(1882)를 가리키는 것으로 여기에는 휘슬러의 나비 서명이 들어 있다.(휘슬러에 대해서는 21쪽 주석 참조.)

있다가 다시 잠자리에 들기 위해 커다란 커튼을 닫았다. 침대 위에서 아직 커튼 위에 남아 있던 한 가닥 빛줄기가 점차 어두워지고 가늘어지는 모습을 바라보았다. 여느 때라면 식탁에 앉아 있을 이 시간이 커튼 위로 사라지는 걸 보면서도 나는 슬프거나 안타깝지 않았다. 이날은 여느 날들과는 다른 날로 밤 시간이 단지 몇 분 동안만 중단되는 극지의 날들처럼, 낮이 더 길다는 걸 알았기 때문이다. 나는 이 황혼의 번데기로부터 리브벨 식당이 눈부신 변신을 하면서 찬란한 빛으로 나올 준비를 한다는 사실도 알았다. 나는 "이제 시간이 됐군." 하고 중얼거렸다. 침대에서 기지개를 켜며 일어나 몸단장을 마쳤다. 그리고 아래층에서 다른 사람들이 식사를 하는 이 하루의 끝머리에 아무 일도 하지 않고 비축해 둔 힘을, 머리를 말리고 연미복을 입고 넥타이를 매는 일에 사용하면서, 또 지난번 리브벨에서 눈여겨보았던 여인을, 나를 바라보다 어쩌면 내가 자신을 쫓아올지도 모른다는 생각으로 잠시 식탁에서 자리를 뜬 것처럼 보이는 그 여인을 다시 만날지도 모른다는 기대에서 오는 기쁨이 벌써 내 모든 몸짓을 이끌어 가도록 사용하면서 보내는 무익한 시간들에, 모든 물질적인 중압감에서 해방된 이런 시간들에 난 매력을 느꼈다. 나는 기쁜 마음으로 이 모든 매력들을 나 자신에 덧붙이고 온전히 홀가분한 상태로 자유롭고 근심 없는 새로운 삶에 나를 바치려 했는데, 내 망설임 따위는 생루의 침착한 판단에 맡기고, 매우 진기한 메뉴를 구성하는 박물학에나 나올 법한 온갖 지방 특산물 가운데 내 식탐이나 상상력을 부추길 요리를 선택하면, 생루가 곧 그 요리를 주문해 줄 것이었다.

계절이 끝나 가면서 방파제로부터 곧장 식당을 통해 들어올 수 없는 날들이 다가오자 식당 유리 창문도 닫혔다. 밖은 어두웠고 가난한 사람들이나 호기심 많은 사람들의 벌 떼 같은 무리가 그들이 다다를 수 없는 그 타오르는 불빛에 이끌려, 마치 북풍에 몸이 언 검은 다발처럼 다닥다닥 유리 벌꿀 통의 반짝이는 미끄러운 외벽에 매달렸다.

누군가가 방문을 두들겼다. 에메가 방문객들의 최근 명단을 직접 내게 가져다주려고 온 것이었다.

에메는 내 방에서 나가기 전에 드레퓌스가 유죄라는 사실을 수천 번이나 말하고 싶어 했다. "모든 걸 알게 될 겁니다." 하고 그가 말했다. "금년은 아니지만 내년에는 알게 된다고 참모 본부와 깊은 관계가 있는 분이 내게 말해 주셨습니다.* 저는 올해가 가기 전에 모든 게 밝혀져 결론이 날 수 없느냐고 그분에게 물었습니다. 그분은 담배를 내려놓더군요." 하고 에메가 당시 장면을 흉내 내면서 너무 많은 걸 요구해서는 안 된다는 의미로 자신의 고객이 했던 것처럼 머리와 검지를 흔들

---

* 드레퓌스 사건은 화자가 스완 부인의 집을 방문하던 시기 이후 1897년 11월경에 본격적으로 터진다.(『잃어버린 시간을 찾아서』 3권 163쪽 참조.) 독일 대사관에 군사 정보를 팔았다는 혐의로 포병 대위 드레퓌스(Dreyfus)를 종신형에 처하는데, 진범이 밝혀진 후에도 군부는 1898년 새로운 증거에 의거하여 드레퓌스에게 유죄를 선고한다. 그러나 조작된 증거 서류 제출자인 앙리 소령이 자살함으로써, 1906년에 가서야 드레퓌스는 무죄 선고를 받게 된다. 이런 역사적 사건에 의거해 「소녀들」의 연대기를 작성해 보면, 발베크에서의 체류는 대략적으로 1898년 8월로 추정된다.

며 말을 이었다. "'금년은 아닐세, 에메.' 하고 그분이 제 어깨를 가볍게 두드리면서 말씀하셨지요. '그건 불가능하네. 그러나 내년 부활절쯤이면 해결이 나겠지!'" 그러고는 자기 어깨를 가볍게 치며 "보시다시피, 전 그분이 하신 대로 정확히 해 보인 겁니다."라고 말했는데, 이는 자신이 유력 인사와 친하다는 사실을 자랑하고 싶거나 그 논쟁의 가치와 희망의 논거를 정확히 알고 판단해야 한다는 걸 주지시키기 위함이었다.

외부 방문객 명단 첫 페이지에서 "시모네와 그 가족"이라는 글씨를 보았을 때, 난 가슴에 가벼운 충격이 와 닿는 걸 느꼈다. 내게는 유년 시절부터 품어 온 오랜 몽상이 있었는데, 그것은 내 마음속에 존재하는 모든 애정이, 그러나 내 마음에 의해 느껴져 내 마음과 구별되지 않는 애정이 가능한 한 나 자신과는 다른 존재에 의해 주어졌으면 하는 것이었다. 이러한 존재를 나는 다시 한 번 만들어 냈으며, 이를 위해 시모네라는 이름과 고대 예술품과 조토*에게나 어울릴 법한 스포츠 행렬로 젊은 육체들이 해변에서 펼쳐지는 모습을 보았을 때 그들 사이를 감돌았던 조화로움의 추억을 이용했다. 나는 이 소녀들 중 누가 시모네 양인지, 또 실제로 그런 이름으로 불리는 사람이 그중에 있는지 어떤지도 알지 못했지만, 어쨌든 내가

---

* 조토 디본도네(Giotto di Bondone, 1267?~1337)는 스포츠 행렬에 관한 그림을 그린 적이 없으나, 에릭 카펠리스는 이 문단에서 말하는 행렬이, 파도바의 아레나 성당, 스크로베니 예배당에 있는 「성처녀의 혼례 행렬」을 가리키는 듯 보인다고 말한다.(에릭 카펠리스, 『그림과 함께 읽는 잃어버린 시절을 찾아서』, 까치, 123쪽 참조.)

시모네 양의 사랑을 받고 있으며 또 생루의 도움을 받아 그녀와 사귀려고 노력할 거라는 사실은 알고 있었다. 안타깝게도 이런 정도의 조건으로는 겨우 외출 연장 허가밖에 받지 못했으므로 생루는 매일같이 동시에르로 돌아가야 했다. 그러나 그로 하여금 군대 의무를 조금 소홀히 하게 하려면, 나에 대한 그의 우정보다는 인간 박물학자의 호기심에 기대를 거는 편이 훨씬 효과적일 거라 생각되었다. 왜냐하면 사람들이 말하는 누군가를 보지 않고도, 단지 과일 가게에 예쁜 계산원 아가씨가 있다는 말만 듣고도 나는 종종 여성미의 새로운 변종을 보게 될 거라는 호기심을 느꼈으니까. 그런데 소녀들에 대한 얘기를 생루에게 들려주어 호기심을 자극하려 했던 것은 잘못된 생각이었다. 이미 오래전에 생루의 호기심은 그의 정부인 여배우에 대한 사랑으로 마비되었기 때문이다. 만일 그가 이런 호기심을 조금이나마 다시 느꼈다 해도, 애인의 변함없는 사랑은 자신이 얼마나 그 사랑에 충실한가에 달렸다는, 일종의 미신 같은 신념으로 그 호기심을 억눌렀으리라. 그래서 난 생루에게서 소녀들에 대해 적극적으로 관심을 가지겠다는 약속도 받아 내지 못한 채 리브벨로 저녁 식사를 하러 떠났다.

처음 우리가 그곳에 도착했을 때에는 해는 저물었지만 아직 날이 밝았다. 레스토랑 정원에도 아직 불이 켜져 있지 않고 낮의 열기는 가라앉았으며, 꽃병 밑바닥과 옆 부분에는 대기의 투명하고도 어두운 젤리가 단단히 엉겨 있는 듯했고, 빛이 비치지 않는 어두컴컴한 벽에는 커다란 장미나무 한 그루가 분홍빛 줄을 그어 놓아, 마노 구슬 속에 비치는 나무줄기를 연상시켰다. 그러다 곧 밤이 되었고 우리는 그제야 마차에서 내렸으며, 종종 날씨가 나쁠 때는 잠시 잔잔해지기를 기다리면서 마차에 말을 매는 걸 늦추고 밤이 되어서야 발베크를 떠나기도 했다. 하지만 그런 날 바람 부는 소리가 들려도 난 슬프지 않았다. 바람 소리가 내 계획을 포기하고 방 안에 틀어박혀야 한다고 말하는 것도 아니었고, 집시들의 음악 소리에 맞춰 우리가 들어갈 레스토랑의 커다란 실내에 켜진 무수한 등불들이 그 넓은 황금빛 인두로 어둠과 추위를 쉽게 정복하리라는 것을 알았기 때문이다. 그래서 소나기가 쏟아지는데도 난 우리를 기다리는 마차 속 생루의 옆자리로 즐겁게 올라탔다. 내 주장에도 불구하고, 내가 다른 누구보다도 지성의 기쁨을 맛보기 위해 태어난 자라고 확신했던 베르고트의 말은, 내가 장차 할 수 있는 일에 대해 희망을 주었지만, 정작 책상에 앉아 비평문이나 소설을 쓰려고 하면 권태가 느껴져 이내 실망으로 이어졌다. "어쨌든." 하고 나는 혼자 중얼거렸다. "어쩌면 뭔가를 쓰면서 느끼는 기쁨이 아름다운 문장의 가치를 결정하는 확실한 기준은 아닐 거야. 그 기쁨은 어쩌면 차후에 덧붙는 부차적인 상태일지도 몰라. 기쁨을 느끼지 못한다고 해서 좋은 글인지 나쁜 글인지 속단할 수도 없고, 어쩌면 몇몇 걸작은 하품하는 동안에 씌었을지도 모르지." 할머니는 내 건강이 좀 나아지면 내가 많은 작업을 할 수 있을 테고, 그것도 즐거운 마음으로 할 수 있을 거라고 말씀하시면서 내 의혹을 가라앉혔다. 또 우리 집 주치의는 내 건강 상태가 얼마나 심각한 위험에 직면할 수 있는지를 알려 주는 편이 보다 신중한 처사라고 생각했는지 만일의 경우를 대비해 내가 지켜야 할 모든 건강상의 주의 사항들을 말해 주었으므로, 나는 쾌락보다 무한히 중요하다고 생각되는 목적, 즉 어쩌면 내 안에 품고 있는 작품을 실현할 수 있을 만큼 충분히 건강해져야겠다는 목적을 우선시해 왔으며 발베크에 온 이후로도 끊임없이 세심하고 지속적으로 관리를 해 왔다. 다음 날 피곤하지 않으려면 나는 충분히 수면을 취해야 했으므로 내가 커피에 손이라도 댔다면 누구도 가만 있지 않았을 것이다. 하지만 우리가 리브벨에 도착하자 곧 — 새로운 쾌락에 대한 흥분 때문에 그렇게도 오랜 시간 우리를 현명한 처신으로 인도하면서 인내심을 가지고 실을 잣다가, 그 실을 자른 후 예외적인 사건에 의해 허용된 그 다른 지대에 들어가자 — 마치 내일이란 존재하지 않는다는 듯이, 마치 실현해야 할 드높은 목적도 없다는 듯이, 이 모든 일을 보호하기 위해 작동하던 온갖 신중한 건강 관리의 정확한 장치들이 사라져 버렸다. 식당 종업원이 내 반코트를 받으려 하자 생루가 말했다.

"춥지 않겠나? 그대로 입고 있는 게 좋을 것 같은데. 그렇게 덥지 않은데."

"아닐세, 괜찮네." 하고 난 대답했다. 어쩌면 추위를 느끼지 못했는지, 어쨌든 병에 걸릴지도 모른다는 두려움이나 죽지 말아야 한다는 생각은 더 이상 들지 않았다. 나는 반코트를 내주었다. 우리는 집시들이 연주하는 「군대행진곡」을 들으며 레스토랑 안으로 들어가서, 식사 준비가 된 테이블이 줄지어 놓인 사이로, 쉬운 영광의 길을 따라가듯이 앞으로 나아갔고, 또 환영 의식과 그 과분한 개선 축하를 우리에게 수여하는 오케스트라의 리듬에 맞춰 환희의 열정이 몸 안에 새겨지는 걸 느끼면서도, 개선장군과도 같은 군대식 걸음으로 무대에 달려가 호전적인 노래의 외설스러운 구절을 불러 대는 그 카페 콩세르*의 꼴사나운 젊은이들을 흉내 내지 않기 위해 심각하고도 냉담한 표정과 권태의 빛이 가득한 걸음걸이 아래 그 열정을 숨겼다.

이 순간부터 나는 새로운 인간이었다. 이곳에서 나간 후에야 떠올리게 될 할머니, 그런 할머니의 손자가 아닌, 이제는 우리에게 음식을 가져다줄 종업원들의 일시적인 형제였다.

발베크에서라면 일주일이 걸려도 마시지 못했을 만큼의 맥주나 하물며 샴페인을, 내게 평온하고 명철한 의식이 있을 때라면 이러한 음료의 맛이 주는 기쁨이 분명히 느껴져 그만큼 쉽게 포기했을 테지만, 리브벨에서의 나는 그 맛을 음미하느라 너무 정신이 팔려 포르토 몇 방울을 더 섞어 가면서 한 시간 동안 샴페인을 다 마시고 말았고, 또 무엇을 사려고 했는지 기억은 잘 안 나지만 한 달 전부터 모아 온 2'루이'**를 방금 연주를 끝낸 바이올린 연주자에게 줘 버렸다. 음식을 나르는 종업원 몇 명이 쭉 펴 올린 손바닥에 접시를 올려놓고 식탁 사이로 잠시 풀려났다가 전속력으로 달려가는 모습이, 마치 접시를 떨어뜨리지 않고 하는 달리기 시합처럼 보였다. 실제로 초콜릿 수플레는 뒤집히지 않은 채로 목적지에 도달했고, 영국

---

* 식사나 음료수를 들며 음악을 듣는 곳을 말한다.
** 44쪽 주석 참조.

식 감자 요리 역시 그것을 흔드는 선수의 질주에도 불구하고, 출발 때처럼 포이야크 산 양고기 주위에 얌전히 놓여 있었다.* 나는 이들 종업원들 가운데 키가 매우 크고 근사한 검은 머리칼을 깃털처럼 세우고 분을 칠한, 얼굴빛이 인간보다는 어떤 희귀한 새를 연상시키는 사람에게 주목했는데, 식당 이 끝에서 저 끝으로 쉴 새 없이 달리는 모습이(아무 목적 없이 달린다고 할 정도로) 마치 동물원의 커다란 새장을 불타오르는 색깔과 이해하기 힘든 부산함으로 가득 채우는 커다란 앵무새 '아라'**와도 흡사했다. 이내 그 광경은 적어도 내 눈에는 좀 더 고상하고 고요한 방식으로 정돈되었다. 이 모든 현기증 나는 동작이 잔잔한 조화로움으로 고정되었다. 나는 수많은 사람들이 모여 앉아 있는 레스토랑에 가득 찬 둥근 식탁들을 예전에 어떤 우의(寓意)적인 그림에 그려져 있던 행성인 양 바라보았다. 게다가 어떤 불가항력적인 인력이 이들 상이한 별자리들 사이에 작용했는지 각각의 손님들은 그들이 앉지 않은 식탁 쪽으로만 눈길을 보냈는데, 어느 부유한 암피트리온***만은 예외였다. 유명한 작가 한 사람을 이곳에 데려오는 데 성공한 그는 작가로부터 몇 마디 말을 들으려고 전력을 다했고, 회전

---

* 초콜릿 수플레는 초콜릿과 계란, 밀가루로 만든 케이크이며, 포이야크는 가장 좋은 품종의 포도주를 생산하는 프랑스 보르도 지역 소도시로 지롱드 강 하류에 있어 질 좋은 양고기로도 유명하다.
** 남아메리카의 화려한 금강잉꼬새를 가리킨다.
*** 그리스 신화에 나오는 인물로 『잃어버린 시간을 시간을 찾아서』 3권 94쪽 주석 참조.

탁자 덕분에 여인들은 별 의미도 없는 이야기에 감탄을 표했다. 이러한 별자리 식탁의 조화는 수많은 종업원들의 끊임없는 회전을 방해하지 않았다. 그들은 손님들처럼 앉아 있지 않고 서 있었으므로 더 높은 지대에서 회전하는 셈이었다. 틀림없이 그들 중 한 명은 전채 요리를 나르거나 포도주를 바꾸거나, 잔을 더 갖다 놓기 위해 달렸을 것이다. 그러나 이런 특별한 이유들에도 불구하고 둥근 식탁 사이로 끊임없이 이어지는 경주는 마침내 현기증이 날 정도로 규칙적인 순환 법칙을 산출해 내기에 이르렀다. 수많은 꽃 더미 뒤에 앉아 끝없이 계산에 몰두하던 두 명의 끔찍한 계산대 아가씨들은, 마치 중세 과학에 따라 구상된 천구(天球)에서 때때로 발생할 수 있는 혼란을 점성학적인 산술로 예측하는 일에 전념하는 두 마법사와도 같았다.

나는 이 모든 손님들에게 조금은 동정심을 느꼈다. 왜냐하면 그들에게서 둥근 식탁은 행성이 아니었고, 또 그들은 우리를 일상적인 표면으로부터 해방하여 사물의 유사성을 인지하도록 하는 그런 선별 작업도 하지 않는다고 생각했기 때문이다. 그들은 이런저런 사람과 식사를 하며, 식사 비용이 대략 얼마 정도 들 것이며, 내일도 이 모든 일들이 다시 시작될 거라고 생각하고 있었다. 또 아마도 그 순간에 급한 볼일이 없었던 모양인지 바구니에 담은 빵을 들고 줄을 지어 걸어가는 어린 종업원의 보조 행렬에도 전혀 관심이 없어 보였다. 몇 명의 어린 보조는 식당 책임자가 지나가면서 따귀를 때리자 어리벙벙해서는 서글픈 듯 아득히 멀어진 꿈을 바라보다가, 예전에 자신들이 일했던 발베크 호텔의 손님이 알아보고 말을 걸면서, 이런 마실 수 없는 샴페인은 가져가라고 개인적으로 말해 주면 자존심을 되찾았다.

신경이 끓어오르는 소리가 들렸고, 거기에는 외부 대상과는 무관한 행복감이 깃들어 있어 몸이나 주의력을 조금만 기울여도 마치 한 눈을 감고 살짝 누르면 색채에 대한 감각처럼 행복감이 느껴졌다. 나는 이미 포르토를 많이 마셨고, 그런 내가 거듭 잔을 청했다면, 그것은 새 술잔이 가져다줄 행복감을 위해서가 아니라, 오히려 앞에서 마셨던 술잔에서 생겨난 행복감의 효과 때문이었을 것이다. 나는 음악을 들으며 스스로 내 기쁨을 이끌어 가도록 각각의 음에 내 기쁨을 맡겼고, 기쁨도 온순하게 거기 와서 놓였다. 마치 자연계에서 정말 어쩌다가만 우연히 마주치는 물체를 다량으로 생산해 내는 화학 공장처럼, 이 리브벨의 레스토랑은 산책이나 여행의 우연이 일 년 동안 만나게 했을 여인들보다 더 많은 여인들을 동시에 한데 모아 놓았는데, 이 모든 여인들이 내게는 행복의 전망을 부추기는 듯했고, 다른 한편 우리가 이곳에서 듣는 음악은 — 왈츠나 독일의 오페레타, 카페 콩세르에서 듣는 샹송을 편곡한 곡으로 내게는 모두 새로웠다. — 그 자체로 레스토랑의 쾌락과 겹쳐지는 공기 속 쾌락의 장소 같았지만, 레스토랑의 쾌락보다 훨씬 더 나를 도취시켰다. 왜냐하면 각각의 모티프가 여인처럼 특별하면서도 그 모티프가 숨기고 있는 관능의 비밀을 마치 여인이 하듯 어느 특정 인물을 위해 간직하지 않았기 때문이다. 음악의 모티프는 그 비밀을 내게 제시하며 곁눈질했고, 마치 내가 갑자기 더 매력적이고 더 강하고 더 부자가 되기라도 한 듯 그 변덕스럽거나 저속한 걸음걸이로 다가와서는 내게 몸을 붙이고 애무했다. 하지만 나는 이 곡에서 뭔가 잔인함을 느꼈다. 아름다움에 대한 모든 비타산적인 감정이나 지성의 빛은 하나도 없이 거기에는 오로지 육체의 쾌락만 존재했기 때문이다. 또 이러한 음악은 질투에 사로잡힌 불행한 남자에게는 가장 가혹한, 출구라곤 하나도 찾아볼 수 없는 지옥으로, 자신의 마음을 가득 채우는 여인에게서 이 세상에 유일하게 존재하는 쾌락이란 그녀가 다른 남자와 맛보는 쾌락밖에 없는 것처럼 여겨지기 때문이다. 하지만 내가 곡의 음을 낮은 소리로 되풀이하면서 그 입맞춤에 답하는 동안, 거기서 느껴지는 특별한 관능이 얼마나 소중하게 느껴졌는지, 곡의 모티프가 우수와 활기로 번갈아 가득 채우며 눈에 보이지 않는 선율로 구축하는 유일한 세계 안으로 모티프를 쫓아갈 수만 있다면 부모님을 떠나도 좋으리라는 생각이 들었다. 비록 이런 기쁨은, 자신만이 느낄 수 있는 기쁨이기에 그 기쁨을 느끼는 존재를 더 가치 있게 만들지는 않지만, 또 살아가면서 우리가 우연히 만난 여인의 마음에 들지 않을 때마다, 이런 주관적이고 내적인 행복을 소유하는지 어떤지 상대는 전혀 알지 못하며, 따라서 우리에 대한 견해를 전혀 바꾸려 하지 않을 테지만, 그래도 난 나 자신이 보다 강력하고 보다 매력적인 존재가 된 것처럼 생각되었다. 내 사랑은 이제 남을 불쾌하게 하거나 사람들의 웃음거리가 되지 않고 음악의 감동적인 아름다움과 매력을 지닌 것처럼 느껴졌으며, 음악 자체도 사랑하는 여인과 내가 만나자마자 갑자기 내밀한 사이가 되는 그런 공감 어린 분위기인 듯 느껴졌다.

레스토랑에는 화류계 여자들뿐 아니라 가장 세련된 사교계 인사들도 자주 드나들었는데, 그들은 5시쯤에 간식을 먹거나 만찬을 즐기러 왔다. 간식은 유리가 끼워진 복도 모양의 좁고 긴 방에 차려졌고, 현관에서 식당까지 정원을 따라 길게 뻗은 회랑은 돌기둥 몇 개를 제외하고는 여기저기 열어 놓은 유리창으로만 정원과 분리되었다. 따라서 그곳은 바람이 잘 통할 뿐만 아니라 느닷없는 불연속적인 햇살과 눈부시면서도 불안정한 조명이 간식 먹으러 온 여인들을 거의 식별할 수 없게 만들어, 가느다란 병 주둥이마냥 기다란 장소에서 두 개씩 열 지어 배치한 식탁에 앉아 차를 마시는 여인들의 모습은, 혹은 서로 인사를 나눌 때마다 아롱거리는 모습은, 마치 어부가 잡은 눈부신 빛깔 물고기들이 통발이나 바구니 안에 포개지거나 물 밖으로 반쯤 나온 데 햇빛이 비쳐 다채로운 빛깔로 변하며 반짝이는 것과도 같았다.

몇 시간 후에 있을 저녁 식사는 물론 식당 안에 차려졌고, 밖이 아직 환한데도 식당에는 불이 켜졌다. 그리하여 호텔 앞 정원에 쳐진 천막은 노을빛을 받아 마치 저녁의 창백한 유령처럼 보였고, 마지막 햇살이 꿰뚫은 소사나무 울타리의 푸른 청록색은, 우리가 식사하는 불 켜진 방의 창문 너머로 — 조금 전 오후의 끝자락에 푸르스름한 금빛 복도를 따라 물에 젖어 반짝이는 그물 안에서 간식을 먹던 여인들과는 달리 — 마치 초자연적인 빛을 받은 창백한 녹색의 거대한 수족관 식물처럼 보였다. 사람들이 식탁에서 일어섰다. 그리고 만찬 중에는 손님들이 옆자리 테이블의 손님을 바라보거나 알아보거나 그들 이름을 대거나 하면서 시간을 보내며 완벽한 응집력 속에 붙잡혀 있었다면, 저녁 초대를 한 주인 주위에 손님들을 맴돌게 했던 이러한 인력은 오후에 간식이 차려졌던 같은 복도로 식후 커피를 마시러 가기 위해 손님들이 움직이는 시각이 되자 그만 힘을 잃었다. 이런저런 만찬에서 손님들이 움직이며 이동하는 중에는 다른 경쟁자의 만찬에 강한 매력을 느낀 손님들이 잠시 그들 만찬에서 이탈하여 그 구성원 중 한 명이나 여러 명을 잃는 경우가 종종 있었다. 그들 자리에는 대신 친구들에게 인사하러 온 신사 숙녀들이 들어서서 서둘러 자리에 돌아가기에 앞서 "오늘 저녁 초대를 해 주신 X 씨에게 빨리 돌아가야만 해요."라고 말했다. 그래서 잠시 동안 그 모습은 흡사 분리된 두 꽃다발에서 꽃들이 서로 자리를 바꾸는 것처럼 보였다. 그러다가 복도 자체가 비워졌다. 종종 저녁 식사 후까지도 여전히 날이 밝아 이 기다란 복도에는 불이 켜지지 않았고, 유리창 너머 바깥쪽에서 기운 나무들로 에워싸인 복도는 마치 나무들로 뒤덮인 컴컴한 공원의 산책로 같은 느낌을 주었다. 때때로 어둠 속에서 어느 여자 손님이 늑장을 부릴 때도 있었다. 어느 날 저녁 외출하려고 복도를 지나가다 나는 한 무리 낯선 이들 가운데서 아름다운 뤽상부르 대공 부인이 앉아 있는 걸 보았다. 나는 걸음을 멈추지 않고 모자를 벗었다. 대공 부인도 날 알아보고 미소를 지으며 머리를 기울였다. 그런 몸짓에서 발산되어 나를 향해 건네지는 몇 마디 인사말은 운율을 맞추며 그 몸짓

보다 훨씬 높이 올라갔지만, 내 걸음을 멈추기 위해서가 아니라 단지 몸짓 인사에 말을 보충하기 위한 조금은 긴 인사말에 지나지 않았다. 그러나 그 말들은 너무도 불분명했고, 유일하게 인지할 수 있었던 음은 얼마나 감미로운 여운을 남기며 음악적으로 들렸던지, 마치 어두운 나뭇가지에서 한 마리 나이팅게일이 부르기 시작한 노랫소리처럼 들렸다. 어쩌다 생루의 친구들 무리와 만나기라도 하면, 생루는 이웃 해변 카지노에 가서 나머지 저녁 시간을 보내기로 결정하고는 그들과 함께 떠나면서 나를 혼자 마차에 태웠는데 그럴 때면 나는 남들의 도움을 받지 않고 보내야 하는, 리브벨에 도착한 이후 다른 사람으로부터 받아 온 변화를 스스로 내 감수성에 주지 않으면 안 되는 그 순간이 ─톱니바퀴에 끼인 듯 날 사로잡고 있는 수동적인 상태에서 벗어나 나 자신을 돌아보는─ 조금은 덜 길게 느껴지도록, 마부에게 전속력으로 달려 달라고 부탁했다. 마차한 대가 겨우 지나갈 수 있는 컴컴한 밤길에 반대 방향에서 오는 마차와 충돌할 가능성이나, 자주 무너져 내리는 낭떠러지 지반의 불안정성, 바다에 수직으로 난 가파른 비탈로의 접근, 이 모든 것들 중 어느 것도 그런 위험에 대한 표현과 공포를 이성의 영역으로까지 이끌어 가는 데 필요한 노력을 내 마음속에서 발견하지 못했다. 유명해지고자 하는 욕망이 아니라 근면한 습관이 한 권의 작품을 탄생시키듯이, 현재의 기쁨이 아닌 과거에 대한 현명한 성찰이 우리에게서 미래를 보호해 준다. 그런데 이미 리브벨에 도착하면서, 불구의 몸을 도와 올바른 길을 걸어가도록 도와주는 사고력과 자기 통제의 목발을 멀리 내

던져 버린 나는 일종의 정신적인 조정 불능 상태에 빠졌고, 예외적으로 신경을 긴장시켜 주는 알코올은 현재 순간의 이점이나 매력은 느끼게 했지만, 그렇다고 해서 현 순간들을 옹호할 만큼 그렇게 나를 과감하고 단호한 사람으로 만들지는 못했다. 이러한 흥분 상태는 나에게 이 순간들을 내 삶의 다른 모든 것보다 천배나 더 소중하게 느끼게 하면서 그 순간들로부터 고립시켰다. 나는 영웅이나 술주정뱅이처럼 현재 속에 갇혔다. 그리하여 일시적으로 빛이 사라진 내 과거는 우리가 미래라고 부르는 과거 그 자체의 그림자를 더 이상 내 앞에 투사하지 못했고, 내 삶의 목적을 과거 꿈의 실현이 아닌 현 순간의 행복에 두면서 나는 현 순간보다 더 먼 곳을 내다보지도 못했다. 그리하여 내가 예외적인 기쁨을 느끼며, 내 삶이 행복해질 수 있고, 내눈에 더 가치가 있을 거라고 느끼는 순간, 바로 이런 순간에 삶이 이제껏 괴롭혀 왔던 근심으로부터 해방된 나는, 단지 표면적인 것에 지나지 않는 어떤 모순에 의해 우연히 일어날지도 모르는 사건에 내 삶을 내맡기는 것이었다. 요컨대 나는 대부분의 사람들에게서 그들 생애 전체에 걸쳐 녹아 있는 부주의나 태만을 — 필요하지 않은데도 매일같이 바다를 항해하거나 비행기 혹은 자동차를 타고 돌아다니는 위험과 맞서 싸우면서 집에서 기다리는 가족을 그들 죽음으로 인해 산산조각 나게 만들고, 혹은 그들 삶이 아직 연약한 뇌에 연결되어 있을 때면 곧 출판될 책이 삶의 유일한 이유가 되는 — 단지 한 저녁 모임에 다집중했다. 이와 마찬가지로 내가 리브벨 레스토랑에 와 있던 저녁에 만일 누군가가 나를 죽일 의도로 들어왔다면, 할머니나 내 미래의 삶, 내가 쓸 책들을 이미 현실성 없는 먼 것으로만 바라보며, 이웃 식탁에 앉은 여인의 향기나 식당 책임자의 공손한 태도, 연주 중인 왈츠가 그리는 곡선 같은 데만 온통 들러붙은 채 현 순간의 감각에 밀착하여 그 감각 너머 다른 데로 확장하지 못하고 오로지 그 감각에서 떨어지지 않겠다는 목적밖에 없었으므로, 나는 이런 감각에 기댄 채 죽을 것이며, 어떤 저항의 몸짓도 하지 않은 채 꼼짝하지 못하고 나 자신이 도살당하도록 내버려 두었을 것이다. 마치 담배 연기에 마비된 꿀벌이 그동안 힘들여 모은 저장품이나 벌통을 보존하려고 애쓰지 않듯이.

게다가 이런 격렬한 흥분과는 대조적으로 가장 심각한 문제들이 무의미해졌는데 거기에는 시모네 양과 그녀 친구들까지 포함됨을 말해야겠다. 이들과 사귀려는 계획은 지금의 내게 쉬우면서도 무관심한 일이 되었고, 그 이유는 현재의 감각만이 그 경이로운 힘과 작은 변화까지도, 단지 그것이 지속된다는 이유만으로 내게는 중요하게 느껴졌기 때문이다. 나머지 모든 것, 부모님이나 일, 쾌락, 발베크의 소녀들, 이 모든 것들은 한순간도 제자리에 있지 않는 커다란 바람 속 거품 방울만큼이나 무게가 나가지 않았고, 이제는 이런 내면의 힘과 관계해서만 존재했다. 다시 말해 취기는 몇 시간 동안 주관적 관념론과 순수 현상론을 실현한다.* 모든 것은 표면에 불과하며,

---

* 주관적 관념론이란 사물이 개인의 주관적 관념에 지나지 않는다는, 지각하는 능동적 존재인 영혼 혹은 나 자신이 이런 나와 구별되는 외적 현실인 비자아를 생산한다는 철학 사조로서 조지 버클리(George Berkeley, 1685~1753)가

우리의 숭고한 자아와 관련해서만 존재한다. 이것은 게다가 참된 사랑이, 만일 우리에게 그런 사랑이 있다면, 이와 비슷한 상태에서 존속할 수 없다는 말은 아니다. 그러나 뭔가 새로운 환경에 처했을 때처럼, 미지의 압력이 이 감정의 차원을 변화시켜 더 이상 비슷한 감정으로 여길 수 없다고 느낀다. 물론 우리는 이와 같은 사랑을 발견하기는 하지만, 이 사랑은 자리를 이동하여 더 이상 영향을 끼치지 못하고, 현재가 이 사랑에 주는 감각과 우리를 충족하는 감각만으로 만족하는데, 그 이유는 우리가 현재가 아닌 것에 대해서는 관심을 두지 않기 때문이다. 불행하게도 이렇게 가치의 변동을 나타내는 지수는 취기의 순간에만 그 가치를 바꾼다. 이제는 중요하게 생각되지 않는 사람들, 비눗방울처럼 우리 입김으로 흐트러뜨렸던 사람들이 다음 날이면 그 중요성을 회복할 것이다. 우리는 더 이상 아무 의미도 없는 일들을 다시 시작해야 한다. 더욱 심각한 것은, 이런 내일에 대한 지식이 어제에 대한 지식과 마찬가지로 우리가 불가피하게 직면해야 하는 문제들과 더불어 이런 취기의 시간에도 우리를 지배한다는 점인데, 다만 우리 자신만이 그 사실을 깨닫지 못할 뿐이다. 만약 우리 곁에 정숙한 여인 혹은 적대적인 여인이 있어, 어제는 그렇게도 어려웠던 일이 ─ 다시 말해 그녀 마음에 드는 일이 ─ 지금은 백만 배나 쉬운 일로 생각된다면, 이는 일 자체가 쉬워진 것이 아니라

대표적인 철학자이다. 현상론은 대략적으로 사물이 나타나는 그대로 실재한다는 사실주의와 대립하여 육체의 주관적 성격을 강조한다.(『소녀들』, 2권, GF플라마리옹, 378쪽 참조.)

단지 우리 눈에, 우리 내면의 눈에 우리 자신이 변했기 때문이다. 그리고 여인 앞에서 친숙한 태도를 취하면서 제복 입은 종업원에게 100프랑이나 내준 것을 다음 날 불만스럽게 생각한다면, 우리에게는 다만 지체되었을 뿐인 이런 불만을 술에 취하지 않았던 그 여인은 그날 그 순간에 이미 느꼈을 것이다.

나는 리브벨에 있는 여인들 중 어느 누구도 알지 못했지만, 거울에 반사된 모습이 거울의 일부를 이루듯이, 내 취기의 일부를 이루는 그녀들이, 존재하지 않는 시모네 양보다 천배나 더 탐나는 존재로 여겨졌다. 젊은 금발 아가씨가 홀로, 들꽃을 꽂은 밀짚모자 아래 우수 어린 얼굴로 나를 잠시 꿈꾸는 듯 바라보았고, 나를 마음에 들어 하는 듯했다. 그러다 다른 여인이 나타났고, 또 세 번째 여인이 나타났고, 마지막으로 피부가 눈부신 갈색 머리 여인이 나타났다. 내가 아닌 생루에게는 모두 친숙한 얼굴들이었다.

생루는 현재의 정부와 알기 전 방탕하기 이를 데 없는 세계에서 살아왔으므로, 그날 저녁 리브벨에서 저녁 식사를 하는 모든 여인들은 — 대부분은 애인과 재회하려고, 혹은 새로운 애인을 찾으려고 그저 우연히 온 — 그 자신 또는 친구 가운데 누군가와 적어도 하룻밤을 같이 보낸 사이였다. 그는 그 여인들이 남자와 함께 있으면 인사하지 않았고, 또 여인들은 그가 그의 여배우가 아닌 다른 모든 여자들에 대해서는 무관심하다는 사실을 알았으므로, 이런 그에게 일종의 특별한 매력을 부여하여 남들보다 더 자주 그를 쳐다보았지만, 그렇다고 해서 알은체를 하지도 않았다. 그러다 한 여인이 속삭였다. "저분이 젊은 생루 님이셔. 아직도 그 매춘부를 사랑한다나 봐. 대단한 사랑 아냐? 얼마나 멋진 분인지! 정말 근사한 것 같아! 게다가 얼마나 세련된 분이야! 지독히 운 좋은 여자들도 있나 봐. 모든 게 멋있어. 내가 오를레앙 공과 함께 있었을 때 저분을 잘 알았어. 두 사람이 항상 붙어 다녔거든. 당시에는 방탕한 생활을 하셨는데 지금은 아닌가 봐. 그녀를 배신하지 않잖아! 참 운도 좋은 여자야. 그 여자 어디가 좋은 걸까, 정말 궁금해. 그래도 그렇지, 정말로 바보인가 봐. 배처럼 큰 발하며, 아메리카 식 수염하며,* 더러운 속옷하며! 그 여자의 바지 같은 건 공장 아가씨도 원치 않을걸. 저분 눈 좀 봐. 저런 남자를 위해서라면 난 불속에라도 뛰어들 거야. 어머나, 잠깐 입 좀 다물어 봐, 나를 알아보셨나 봐, 웃으시네, 오! 저분은 날 잘 알아. 누군가 저분께 한 마디만 해 주면 될 텐데." 나는 그녀들과 생루 사이에서 어떤 공모의 시선을 간파했다. 나는 생루가 그 여인들에게 날 소개해 주어 만날 약속을 청하고, 설령 나는 승낙하지 않을지라도 그녀들은 이 만남을 승낙해 주기를 바랐다. 그렇지 않으면 그 얼굴들은 영원히 내 기억 속에서, 모든 여인들에 따라 다양하게 나타나지만 우리가 그 여인을 보지 않고는 상상할 수 없는 얼굴, 단지 우리를 향하고 우리 욕망에 복종하고 우리 욕망을 채워 준다고 약속하는 시선에만 나타나는 그런 얼굴 부분이 결핍된 채로 —— 마치 베일

---

* 아메리카식 수염 또는 할리우드식 수염이란 윗입술을 강조하기 위해 기른 콧수염을 가리킨다. 여기서는 코 밑에 털이 많다는 걸 풍자하고 있다.

에 가리듯 ─ 남을 테니. 그러나 그녀들 얼굴이 이렇게 작아진 채로 남아 있는데도, 그 얼굴은 내가 정숙하다고 알고 있는 여인의 얼굴보다는 훨씬 나아 보였으며, 또 평범하고 비밀이 없으며 단 하나의 조각으로 만들어져 두께도 없는 정숙한 여인의 얼굴처럼 보이지도 않았다. 물론 생루의 생각 속에 담긴 것은 나와 같지 않았을지도 모른다. 무관심을 가장한 그 움직이지 않는 모습 아래서, 하지만 환히 들여다보이는 그런 모습 아래서, 그를 알지 못하는 척하며 또는 누구에게나 똑같이 보내는 평범한 인사말 아래서, 그는 흐트러진 머리카락이나 황홀해하는 입술과 반쯤 감긴 눈을, 마치 화가가 관람자 대부분을 속이려고 점잖은 화폭으로 옷을 입힌, 그런 침묵 속 그림을 기억하며 보았으리라. 물론 그와 반대로, 존재의 어떤 부분도 그런 여인들 속으로 들어가 본 적이 없고, 또 앞으로도 그녀들이 나아가려는 미지의 길에 휩싸일 일은 없을 거라고 느끼는 나에게 그 얼굴들은 닫혀 있었다. 하지만 이 얼굴들이 열린다는 사실을 아는 것만으로도 어떤 가치를 갖기에 충분했는데, 만일 그 얼굴이 사랑의 추억이 담긴 작은 펜던트가 아닌, 그저 아름답기만 한 메달에 불과했다면 그렇게 소중히 다루지 않았을 것이다. 로베르로 말하자면, 의자에 앉을 때도 제자리에 가만히 있지 못하고 귀족의 미소 아래 군인답게 행동에 대한 갈증을 숨기고 있었다. 이런 그를 들여다보노라면, 세모로 각진 얼굴의 튼튼한 골격이 조상들의 골격과 같으며, 그가 허약한 문인보다는 정열적인 궁수가 되기 위해 태어났음을 깨달을 수 있었다. 섬세한 피부 아래 대담하게 구성된 봉건 시대의 건축물이 나타났다. 그의 머리는, 지금은 사용하지 않지만 아직도 우리 눈으로 볼 수 있는, 방어용 요철의 내부를 서재로 개조한 옛 성탑을 연상시켰다.*

발베크로 돌아오면서 나는 생루가 내게 소개했던 낯선 여인들 가운데 이런저런 여인에 대해 한순간도 쉬지 않고, 그러나 그 점을 의식하지 않고 후렴구를 노래하듯 "정말 매력적인 여인이야!"라는 말을 되풀이했다. 물론 이런 말은 지속성이 있는 판단보다는 내 흥분한 신경 상태에 따라 구술된 것이었다. 그럼에도 만약 내 수중에 1000프랑이 있고, 또 그 시각에 아직 문을 연 보석상이 있었다면, 틀림없이 그 낯선 여인에게 줄 반지를 샀을 것이다. 우리 삶의 시간들이 이처럼 너무도 다른 차원에서 전개될 때, 다음 날에는 관심도 갖지 않을 이들에게 지나치게 자신을 내주지 않았나 하는 생각이 들기도 한다. 그러나 우리는 전날 말했던 것에 책임을 느껴 그 말에 대한 약속을 지키려 한다.

이런 밤이면 나는 늦은 시각에야 귀가하여, 이제는 내가 처음 도착했던 날만큼 적대적이지 않은 방을 기쁘게 만났으며, 휴식을 취하는 게 불가능할 것만 같았던 침대에게 이제는 몹시 지친 팔다리가 도움을 청했다. 그래서 나의 넓적다리며 허리며 어깨가 차례차례로, 매트리스를 덮은 침대 시트의 모든 지점에 완전히 붙으려 했는데, 이는 마치 조각가와도 비

---

* 이 묘사는 당시 실존 인물이던 에드몽 드 폴리냐크(Edmond de Paulignac, 1834~1901)를 모델로 한 것처럼 보인다.(『생트뵈브에 반하여』, 플레이아드, 465쪽 참조.)

슷한 내 피로가 인체에 대한 총체적인 주물을 뜨려는 것 같았다. 하지만 나는 잠을 이룰 수 없었다. 아침이 다가오는 걸 느꼈다. 내 몸에서 안정이나 건강은 더 이상 찾아볼 수 없었다. 나는 영영 헤어날 수 없을 것만 같은 슬픔에 잠겼다. 안정이나 건강을 회복하려면 오래 자야 할 것 같았다. 그런데 잠이 든다 해도, 어쨌든 두 시간 후에는 교향곡을 연주하는 소리에 다시 깨어날 것이었다. 그러다 갑자기 잠이 들었고, 무거운 잠 속으로 빠져들었다. 유년 시절로의 회귀, 지나간 세월과 잃어버린 감정의 되찾음, 영혼과 육체의 분리, 영혼의 윤회, 망자의 소환, 광기의 환상, 자연의 가장 원초적 세계로의 퇴행,(우리는 꿈에서 자주 동물을 본다고 말하지만, 우리 자신이 확실성의 빛을 사물에 투사하는 이성 없는 동물이라는 점은 거의 망각한다. 반대로 우리는 꿈에서 삶의 광경에 대해 모호한 시각만을 제공하며, 그리하여 망각에 의해 매 순간 소멸되는 이전의 현실은, 마치 마술 환등기의 영사로 슬라이드가 바뀔 때마다 앞의 장면이 다음 장면 앞에서 사라지는 것과도 같다.) 이 모든 신비에 대해 우리는 알지 못한다고 여기지만 실은 거의 매일 밤 잠 속에서 그 부활과 소멸의 커다란 신비를 깨치고 있는 것이다. 리브벨에서의 저녁 식사가 잘 소화되지 않아 꿈속에서 더 많은 방황을 하던 나는, 내 어두운 과거의 지평을 따라 지속적으로 배회하며 르그랑댕과의 만남을 최고의 행복으로 여기는 인간으로 만드는 조명 장식 덕분에, 이런 그와 더불어 지금 막 꿈속에서 이야기를 나누었다.

그러다 내 삶은, 새로운 배경으로 완전히 가리었고, 그것은 마치 뒤에서 무대 장치를 바꾸는 동안 배우들이 무대 전면에 나와 여흥을 베푸는 장면과도 흡사했다. 내가 역할을 맡은 장면은 동양풍 이야기로서, 삽입된 배경이 얼마나 빠른 속도로 바뀌었는지, 내 과거나 나 자신에 대해 아무것도 알 수 없었다. 나는 나도 모르는 어떤 잘못 탓에, 하지만 아마도 포르토를 너무 마셨다는 이유로 태형을 당하고 갖가지 형벌을 받는 한 인물에 지나지 않았다. 그러다 나는 갑자기 잠에서 깨어났고, 오랜 수면 덕분에 교향곡 연주를 듣지 못했음을 깨달았다. 이미 오후였다. 나는 몇 번의 노력 끝에 몸을 일으켜 손목시계로 오후임을 확인했다. 하지만 이런 노력도 처음에는 아무 보람 없이 여러 번 머리가 베개 위로 떨어지며 중단되었는데, 졸음이 뒤따르는 이런 짧은 순간의 쓰러짐은 술이나 병의 회복기와 같은 다른 형태의 취기에서도 똑같이 나타난다. 게다가 나는 시계를 보기도 전에 정오가 지났다고 확신했다. 어젯밤 나는 텅 비워진 무게 없는 존재에 지나지 않아(앉아 있으려면 드러누워야 하고, 잠자코 있으려면 잠이 들어야 하는) 몸을 움직이거나 말하기를 멈추지 못한 채 더 이상 밀도도 중심점도 없는 곳에 내던져져서는, 달나라까지 그대로 내 울적한 여정을 이어 갈 것만 같았다. 그런데 잠을 자는 동안 내 눈이 시계를 보지 않았음에도, 내 몸은 시간을 측정할 줄 알았으며, 표면에 숫자가 표시된 눈금판이 아닌, 나의 체력이 회복됨에 따라 증가하는 중량에 따라 시간을 측정했고, 강력한 괘종시계처럼 한 단계 한 단계 내 두뇌로부터 몸의 다른 부분으로 그 넘치는 힘들을 내려오게 했으며, 이제는 내 무릎까지 손대지 않은 새로운 힘들로 가득 찼다. 예전에는 바다가 우리 생명의 중심이어서 힘을 회복하려면 바닷속으로 우리 피를 다시 담그지 않으면 안 되었다지만, 만일 이것이 사실이라면 망각이나 정신적인 공허도 마찬가지다. 이런 순간이면 우리는 몇 시간 동안 시간이 존재하지 않는다고 느낀다. 하지만 그 시간 동안 소모되지 않고 쌓인 힘들은, 정확하게 그 쌓인 양에 의해, 괘종시계의 무게나 모래시계의 무너져 가는 언덕처럼 시간을 측정한다. 더욱이 우리가 잠 못 이루는 불면 상태에서 좀처럼 빠져나오지 못하듯이, 이런 긴 수면에서도 쉽게 빠져나오지 못하는 이유는, 모든 일이란 지속되는 경향이 있어 이런저런 마취제가 우리를 잠들게 하면, 오랜 시간 잠자는 것은 그보다 더 강력한 마취제 역할을 하므로 이렇게 잔 뒤에 깨어나기란 무척 힘들다. 마치 자신이 탄 배가 정박하는 부두를 똑똑히 바라보면서도 여전히 배가 파도에 흔들린다고 생각하는 선원처럼, 나는 시계를 보기 위해 여러 번 일어나려 했지만, 내 몸은 줄곧 잠 속으로 다시 빠져들었다. 상륙은 어려웠고, 시계에 손을 뻗어 내 지친 다리가 보여 주는 여러 다양한 증상들이 가리키는 시각과 시계에 표시된 시각을 대조해 보려고 몸을 일으키려 했지만, 그 전에 다시 두세 번 베개 위로 쓰러졌다.

마침내 나는 똑똑히 볼 수 있었다. "오후 2시다!" 나는 종을 울렸지만 이내 다시 잠 속으로 빠져들었고, 이번에는 내가 깨어나는 순간에 느꼈던 휴식의 감정과 거대한 밤이 지나간 듯한 느낌으로 판단해 보건대 무한히 긴 수면 속으로 빠져들었다고 생각했다. 그렇지만 프랑수아즈가 내 종소리를 듣고 방에 들어와 잠에서 깨어났으므로, 이번 잠이 지난번 잠보다 더 길어 보이고, 또 내 마음에 지극한 편안함과 망각을 가져다주 었지만, 실은 겨우 삼십 초밖에 지속되지 않았다.

할머니가 내 방문을 열자 난 할머니께 르그랑댕 가족에 대해 몇 가지 질문을 했다.

이제는 마음의 안정과 건강을 되찾았다는 말만으로는 충분치 않았다. 왜냐하면 전날 나로부터 떨어져 나갔던 이 안정과 건강은 단순한 거리감 이상으로, 밤새도록 그 반대되는 물결과 싸워야 했기 때문이다. 그런 후에 나는 안정과 건강을 되찾았을 뿐만 아니라 이미 그것은 내 몸 안에 들어와 있었다. 그리하여 아직도 약간은 고통스러운 텅 빈 머리, 또 내 관념을 영원히 도주하게 하여 터져 버릴 것 같던 내 머리의 정확한 지점에, 내 관념은 다시 한 번 제자리를 회복했고, 서글프게도 그때까지 이용할 수 없었던 그 고유한 삶을 되찾았다.

한 번 더 나는 잠 못 이루는 상태에서, 신경 발작의 범람과 난파에서 벗어났다. 어젯밤 마음의 안정을 잃었을 때 나를 위협했던 모든 것들이 이제는 하나도 두렵지 않았다. 새로운 삶이 내 앞에 열렸다. 이미 기분은 상쾌했고 아직 피로가 남아 있긴 했지만, 몸을 움직이지 않은 채로 즐겁게 그 피로를 음미했다. 피로가 다리와 팔의 뼈를 따로 분리하고 부숴 놓았는데, 지금은 그것들이 내 앞에 한데 모여 곧 하나가 될 준비를 하는 듯 느껴졌고, 마치 우화 속 건축가처럼* 노래를 부르기만 하면

---

* 우화 속 건축가란 암피온을 가리키는데, 제우스와 안티오페의 아들로 시인이

바로 일어설 수 있을 것 같았다.

갑자기 내가 리브벨에서 보았던, 또 한순간 날 바라보던 그 슬픈 표정의 금발 아가씨가 떠올랐다. 저녁 내내 마음에 든 여인들은 많았지만, 지금은 그 여인만이 내 추억 깊은 곳에서 솟아 나왔다. 그 여인이 날 주목했다고 느낀 나는 리브벨의 종업원이 그녀 말을 전해 오기만 기다렸다. 생루는 그녀를 알지 못했지만, 훌륭한 집안 여자일 거라고 말했다. 그녀를 만나는 일, 더욱이 계속 만나는 일은 무척 어려울 걸로 생각되었다. 그러나 바로 그 때문에 난 모든 걸 할 준비가 되어 있었고 오로지 그녀만을 생각했다. 철학에서는 종종 자유 행위와 필연적 행위에 대해 말한다.* 우리 사유가 활동 중에는 상승하지 못하고 억제되었다가 일단 그 사유가 휴식을 취하면, 지금까지 기분 전환의 압력에 의해 다른 추억과 동일한 수준으로 억눌렸던 추억을 떠오르게 하고 우뚝 솟게 하는데, 이런 행위야말로 우리가 완전히 따르는 필연적 행위라 할 수 있다. 왜냐하면 그 추억은 우리도 모르게 강한 매력을 담고 있어 나중에야, 스물네 시간이 지난 후에야 깨닫게 되기 때문이다. 또는 어쩌

자 음악가이다. 전설에 따르면 암피온은 동생 제토스가 등에 돌을 지고 나르는 동안 리라를 연주했으며, 그 신기한 음률에 돌들이 저절로 움직이면서 테베의 성벽이 완성되었다고 한다. 러스킨은 암피온 이야기가 사회 계급 사이에 어떤 조화로운 관계를 암시해 준다고 생각하여 이 우화를 자주 인용했다.(『소녀들』, 폴리오, 553쪽 참조.)

* 인간의 자유의지와 자연의 필연적 세계에 대한 논의는 17세기부터 자주 행해져 왔다. 영국의 철학자 토머스 홉스(Thomas Hobbes, 1588~1679)는 필연성과 자유의지의 양립 가능성을 주장했다.

면 이보다 더한 자유 행위도 없다고 할 수 있다. 왜냐하면 이 행위에는 우리가 사랑할 때 어떤 사람의 이미지를 배타적으로 재생하는 일종의 정신적 괴벽인 습관이 아직 결여되어 있기 때문이다.

그날은 바다 앞에서 소녀들의 아름다운 행렬이 지나가던 모습을 보았던 바로 다음 날이었다. 나는 거의 매해 발베크에 오는 호텔 손님들 가운데 몇 명에게 그 소녀들에 대해 물어보았다. 그들은 아무것도 가르쳐 주지 못했다. 훗날 사진 한 장이 그 까닭을 설명해 주었다. 모습이 완전히 달라지는 나이로부터 조금은 벗어난, 아니 이미 벗어난 지금의 소녀들에게서 어떻게 겨우 몇 해 전만 해도 천막 둘레 모래밭에 빙 둘러앉아 있던 그 일정한 모습이 없는 감미롭고도 여전히 어린애 같은 한 무리 어린 소녀들을 알아볼 수 있단 말인가? 아련한 하얀 성좌처럼 다른 소녀들보다 더 반짝이는 두 눈이나 짓궂은 얼굴, 금빛 머리를 은하수의 희미한 성운 속에서 구별했는가 싶으면 다시 잃어버리고 혼동했던 그 소녀들을?

아마도 그리 오래되지 않았을 이런 시기에는, 전날 내 앞에 처음 나타났을 때도 마찬가지지만, 그룹의 인상이라기보다는 그룹 자체에 선명함이 부족했을지도 모른다. 그 무렵 소녀들은 너무 어려서 자기들의 개성이 얼굴에 새겨지지 않은, 아직은 인격 형성의 초기 단계에 있었다. 개체가 거의 그 자체로 존재하지 않고, 군체*를 구성하는 개개의 폴립보다 오히

---

* 군체란 여러 개체가 모여 마치 한 개체처럼 사는 것을 가리키는데, 산호초나

려 군체 자체로 설정되는 원시적인 유기체마냥 그녀들은 서로 붙어 있었다. 간혹 한 소녀가 다른 소녀를 넘어뜨리면, 요란한 웃음소리가 개인 삶의 유일한 발현인 듯 소녀들 모두를 동시에 흔들었고, 그 불분명한 쨍긋한 얼굴들을 지우면서 반짝이며 떨리는 한 덩이 젤리 안에 섞어 놓았다. 그런데 그녀들이 어느 날인가 내게 주어 간직했던 옛 사진을 보면, 그 어린애 같은 무리에 속한 수는 나중에 행렬을 지어 몰려다니던 소녀들의 수와 동일하다. 우리는 그 사진에서 그녀들이 자기들을 쳐다보지 않을 수 없게 만드는 독특한 얼룩을 바닷가에서 이미 이루고 있었다는 걸 느낄 수 있었는데, 그 개별적인 모습은 추론으로만 인지할 수 있으며, 어린 시절에 일어날 수 있는 모든 변형을 고려해야 하고, 이 새롭게 만들어진 형태가 어느 순간 다른 개성과 겹칠 수도 있으므로 이를 식별해야 하며, 또 이 아름다운 얼굴이 키 큰 몸매와 곱슬머리와 더불어 오래전에 사진첩에 나와 있는 그 발육 나쁜, 쨍긋하고 쪼그라든 얼굴일 수 있다는 점도 고려해야 한다. 그리고 소녀들 각각의 육체적인 특징이 짧은 시일 동안 관통한 거리는 그 특징을 아주 막연한 기준으로만 삼게 한 한편 그녀들에게 공통된 집합적인 모습은 그때부터 벌써 나타나 있어, 그녀들과 친한 친구들마저 때로는 그 사진을 보고 하나를 다른 하나로 잘못 알아볼 정도였는데, 이런 의혹은 한 소녀가 액세서리를 달고 다른 소녀들은 달지 않았을 때에만 확실히 해소되었다. 내가 방파제

해파리, 히드라가 이에 해당된다.

에서 소녀들을 본 날과는 아주 다른, 다르기는 하지만 시간상으로는 그리 오래되지 않은 그 사진을 본 날 이후부터, 소녀들은 내가 전날 관찰했던 대로 웃음을 터뜨렸지만, 이제 그 웃음은 유년 시절의 간헐적이고 거의 자동적인 웃음, 비본 냇가에서 흩어졌다 사라지며 조금 후에는 다시 모여드는 피라미 떼처럼 예전에 매 순간 머리를 물속에 집어넣게 했던 그런 발작적인 웃음이 아니었다. 소녀들의 얼굴은 이제 스스로를 자제할 수 있었고, 눈은 그것이 추구하는 목적에 고정되었다. 어제는 내 첫 번째 지각의 불확실성과 흔들림이 마치 과거 웃음소리와 옛 사진이 그러했듯이, 그 흩어진 별들을 구별하지 못하고 혼동했다면, 이제 그 별들은 창백한 석산호초에서 분리되고 개별화되었다.

물론 나는 이 아름다운 소녀들이 지나갈 때마다 그녀들을 다시 만나리라고 여러 번 다짐했다. 평소에는 소녀들이 다시 나타나지 않았다. 게다가 기억은 그녀들의 존재를 금방 망각하여 그 모습을 쉽게 떠올리지 못했다. 우리 눈이 어쩌면 그녀들을 알아보지 못하고, 또 다른 소녀들이 지나가는 모습을 본다 해도, 그녀들 역시 다시 알아보지 못할지도 모른다. 그러나 때로는 우연이 우리 앞에 그녀들을 끈질기게 데려오기도 하는데, 이 건방진 작은 그룹의 소녀들에게도 곧 그런 일이 일어났다. 그때 우연은, 그 안에서 우리 삶을 구성하기 위한 조직과 노력의 효시 같은 걸 우리가 식별할 수 있기에 아름답게만 보인다. 우연은 마치 우리가 몇몇 이미지들을 소유하도록 예정되었다는 듯이, 이런 이미지들의 소유를 쉽게 하고, 불가피하게 만들고, 또 때로는 ── 기억하는 걸 멈출 수 있다는 희망을 주는 그런 정지의 순간 후에 ── 잔인하게 만든다. 그리고 이런 우연이 없었다면 처음부터 우리는 다른 수많은 것들과 마찬가지로 그 이미지들을 쉽게 망각했을 것이다.

생루의 체류가 막바지에 이르렀다. 나는 아직 소녀들을 해변에서 만나지 못했다. 생루는 오후에는 거의 발베크에 있지 않아서, 날 위해 그녀들에게 관심을 가지고 만남을 주선해 줄 수 없었다. 그러나 저녁이 되면 보다 자유로운 몸이 되어 날 자주 리브벨에 데려갔다. 이런 레스토랑에는 공원이나 기차에서처럼, 평범한 모습이면서도 우연히 이름을 물어보면 우리를 놀라게 하는 그런 인물들이 오곤 하는데, 그들은 우리가 짐작하듯이 그저 그런 손님이 아니라, 우리가 익히 들어 온 장관이나 공작 같은 사람들이다. 생루와 나는 이미 두세 번 리브벨의 레스토랑에서 손님들이 다 돌아가기 시작할 무렵에 들어와서 식탁에 앉는, 키가 크고 근육질이며 이목구비가 고르고 수염이 희끗희끗한, 그러나 그 꿈꾸는 눈길이 허공 속 뭔가를 응시하고 있는 한 남자를 본 적이 있었다. 어느 날 저녁 우리는 혼자서 늦게 식사하러 오는 이 낯선 사람이 누구인지 레스토랑 주인에게 물어보았다. "뭐라고요? 저 유명한 화가 엘스티르를 모르신다고요?" 하고 주인이 말했다. 스완이 내 앞에서 엘스티르의 이름을 말한 적이 있었는데, 무슨 이야기를 하다 나왔는지는 전혀 기억이 나지 않았다. 그런데 추억의 누락은 독서 중 문장의 한 요소가 누락되었을 때처럼, 때로는 불확실성이 아니라 때 이른 확실성을 꽃피우는 데 도움이 되기도 한다. "저분은 스완의 친구로, 뛰어난 예술가라네. 아주 유명하다네." 하고 내가 생루에게 말했다. 그러자 곧 엘스티르가 위대한 예술가이며 유명한 사람이라는 생각이, 그리고 그가 우리를 다른 손님들과 혼동해서 그의 재능에 대한 관념이 우리에게 불러일으킨 열광을 짐작도 못 할 거라는 생각이 마치 전율처럼 생루와 날 스쳐 갔다. 그가 우리의 찬미나 스완과 알고 지내는 사이임을 알지 못한다는 게, 아마도 해수욕장이 아니었다면 그렇게 힘들지 않았을 것이다. 그러나 아직 자기가 느끼는 열광에 대해 침묵하는 나이에 이르지 못했고, 또 익명의 존재로서 질식할 것 같은 생활을 하던 우리는 흥분한 가운데 우리 두 사람 이름을 서명한 편지를 썼는데, 그 편지에서 우리는 그로부터 몇 발짝 안 되는 곳에 앉아 있는 두 손님이 실은 그의 열렬한 찬미자이며 그의 친구 스완을 아는 두 예술 애호가임을 밝히면서 인사를 드리고 싶다고 했다. 종업원 하나가 이 유명한 분에게 편지를 전해 주는 임무를 맡았다.

당시 엘스티르는 레스토랑 주인이 주장했던 것처럼 그렇게 유명하지 않았지만, 몇 해 지나지 않아 곧 그렇게 되었다. 그러나 레스토랑이 아직 농장에 불과했던 시절부터 그곳에서 살아온 개척자의 한 사람으로서 그는 한 무리 예술가 집단을 그곳으로 데려왔다.(그들은 야외에서 단순한 차양 아래 식사를 하던 농장이 점차 멋쟁이들의 집합소가 되자 모두 다른 곳으로 이주했다. 엘스티르 자신도 리브벨에서 멀지 않은 곳에서 아내와 함께 살았는데 지금은 아내가 외출할 때만 가끔 그곳에 들렀다.) 그러나 위대한 재능은 아직 인정받지 못할 때에도 필연적으로 뭔가 경탄할 만한 현상을 야기하는 법이어서, 이를테면 농장 주인만 해도 잠시 들른 영국 부인이 엘스티르가 어떻게 생활하는지에 대해 여러 소식을 몹시 알고 싶어 하며 질문을 해 대는 걸 보고, 또 엘스티르가 외국에서 받는 편지 수를 보고 드디어는 그의 재능을 지각하게 되었다. 그리하여 식당 주인은 엘스티르가 작업하는 동안에는 방해받기를 싫어하며, 밤중에 일어나 모델 소년을 바닷가에 데리고 가서는 달이 밝으면 알몸으로 포즈를 취하게 한다는 사실에 더 많이 주목했으며, 또 리브벨 입구에 세워진 나무 십자가를 엘스티르의 그림에서 알아보았을 때는 이러한 많은 노력이 의미 없지 않으며 관광객들이 감탄하는 것도 당연하다고 혼자 중얼거렸다. "바로 이거야." 하고 그는 깜짝 놀라 되풀이했다. "못 자국이 네 개 있는 십자가로군!* 아! 여간 힘들지 않겠는걸!"

그런데 그는 엘스티르가 자기에게 준 작은 「바다의 해돋이」**가 한재산 나간다는 사실은 알지 못했다.

엘스티르가 우리 편지를 읽고 호주머니에 넣더니 식사를 계속하면서 소지품을 가져오라고 말하고는 식탁에서 일어나 떠나려는 모습을 보았을 때, 우리는 우리의 시도가 그의 마음을 언짢게 했다고 확신하며 그가 보지 않는 사이에 그만 떠나

---

* 예술을 현실의 모사로 간주하는 식당 주인은 엘스티르의 그림에서 마을 입구에 세워진, 못 자국이 네 개 있는 십자가 형상을 보자 엘스티르의 가치를 인정한다.
** 엘스티르의 모델이 클로드 모네라고 가정하면 여기서 말하는 그림은 바로 모네의 「인상, 해돋이」를 가리킨다.(31쪽 주석 참조.)

고 싶었다.(조금 전에는 그가 우릴 알아보지 못하고 떠날까 봐 걱정
했었는데.) 우리는 한순간도 우리에게 무척이나 중요한 것임
에 틀림없는 한 사실에 대해서는 전혀 생각하지 못했다. 엘스
티르에 대한 우리 열광이,(사람들이 이 열광의 진지함을 의심했
다면 결코 용서하지 않았을, 그 증거로 때때로 기다림에 숨을 죽이
는 모습을 들 수 있는) 이 위대한 사람을 위해서라면 어떤 어려
운 일이나 영웅적인 일도 마다하지 않겠다는 우리 욕망이, 실
은 우리가 생각하듯이 진정한 찬미가 아니었다는 사실이다.
왜냐하면 우리는 그때까지 한 번도 엘스티르의 작품을 본 적
이 없었으며, 따라서 우리가 찬미하는 대상은 여태껏 본 적 없
는 그의 작품이 아니라 '위대한 예술가'라는 텅 빈 관념에 지
나지 않았다. 그러므로 그 찬미는 기껏해야 공허한 찬미나 그
림 없는 견고한 액자, 이유 없는 찬미의 감상적인 뼈대와도 같
은, 다시 말해 어른이 되면 없어지는 몇몇 기관처럼 유년 시절
과 밀접하게 결부된 그 무엇이었다. 우리는 아직 어린아이였
다. 그동안 엘스티르는 출입문까지 갔다가 갑자기 방향을 바
꾸어 우리 쪽으로 다가왔다. 나는 뭔가 감미롭고도 두려운 감
정에 사로잡혔는데, 몇 해 후였다면 아마도 느끼지 못했을 감
정이었다. 나이가 들면 우리 능력이 줄어들듯이, 세상에 대한
습관이 이렇게 낯선 기회를 야기하거나 이런 종류의 감동을
느끼게 하는 모든 관념을 제거하기 때문이다.

　엘스티르가 우리 식탁에 앉으면서 하는 몇 마디 말에 나는
스완의 말을 여러 번 끼워 넣었지만 그는 한 번도 그 말에 대꾸
하지 않았다. 나는 엘스티르가 스완을 알지 못한다고 생각했

다. 그래도 그는 내게 발베크에 있는 그의 아틀리에로 찾아오라고 했다. 생루에게는 하지 않고 내게만 한 이 초대는, 만일 엘스티르가 스완과 친분이 있었다 해도 스완의 추천만으로는 어쩌면 가능하지 않았을 것이다.(남성의 삶에서는 이해관계를 떠난 감정의 몫이 우리가 생각하는 것보다 훨씬 크다.) 이 초대는 내가 예술을 좋아한다고 생각하게 하는 몇 마디 말을 했기 때문에 이루어졌다. 그가 내게 베푼 호의는 프티부르주아의 상냥함보다 낫다고 할 수 있는 생루의 호의보다 훨씬 나았다. 위대한 예술가의 호의에 비해 대귀족의 호의는 아무리 매력적이라 할지라도 배우의 연기나 꾸밈인 듯 보인다. 생루는 내 마음에 들려고 노력했지만 엘스티르는 남에게 주기를, 자신을 내주기를 좋아했다. 그는 자기를 이해하는 사람이라면 누구에게나 자신이 소유한 모든 것을, 사상이며 작품을, 그리고 그 밖에 그가 덜 중요하게 여기는 것들도 모두 기쁘게 내주었을 것이다. 그러나 마음에 맞는 친구가 없어 홀로 떨어져 사는 비사교적인 그를 두고 사교계 사람들은 교육을 잘못 받아 잘난 체하는 자라고 불렀고, 당국은 저항 정신이라고 불렀으며, 이웃 사람들은 광기, 가족은 이기심과 오만이라고 불렀다.

그리고 틀림없이 엘스티르 자신도 초기에는 그를 무시하거나 기분을 상하게 하는 자들에게 작품이라는 수단을 통해 거리감을 두고 말하다 보면, 자신에 대한 보다 드높은 관념을 전할 수 있을지도 모른다고 홀로 고독 속에서도 즐겁게 생각했을 것이다. 어쩌면 그 무렵 그는 다른 사람들에 대한 무관심 때문이 아니라 오히려 그들에 대한 사랑 때문에 홀로 살았는지도 모른다. 마치 내가 좀 더 다정한 빛깔로 다시 나타나기 위해 잠시 질베르트를 단념했듯이, 엘스티르도 어떤 사람들을 생각하고 그들 앞에 다시 돌아가기 위해 작품을 만들고, 그들을 실제로 보지 않고도 작품 속에서 그들을 사랑하고 찬미하며 그들과 더불어 이야기를 나누려고 했으리라. 단념이란 언제나 처음부터 완전한 것은 아니다. 병자나 수도사, 예술가 또는 영웅의 단념이라 할지라도, 우리는 예전 마음으로 단념을 결심하며 이런 단념이 반응을 보이는 것은 나중 일이다. 그러나 그가 비록 어떤 사람들을 대상으로 작품을 만들기를 원했다 할지라도, 작품을 만드는 과정에서 그는 사회로부터 멀리 떨어져 거기에 무관심해졌으며 오로지 자신을 위해 살았다. 마치 위대한 일을 하기에 앞서 고독을 몸으로 실천한다는 것이 처음에는 우리가 집착하는 작은 일상의 것들과 어울리지 않는 듯하여 두려움을 주지만, 이런 작은 것들을 멀리하면서 오히려 박탈감을 덜 느끼게 되는 것처럼, 그는 고독을 실천하는 중에 고독을 사랑하게 됐다. 고독의 실천을 체험하기에 앞서 우리의 모든 관심사는 우리가 알자마자 금세 중단되는 몇몇 기쁨과 어느 정도까지 그 고독을 양립할 수 있는가 하는 데 있다.

엘스티르는 우리와 이야기하며 오래 머물지 않았다. 나는 이삼 일 내로 그의 아틀리에를 방문하겠다고 약속했다. 그런데 다음 날 저녁 할머니를 모시고 카나프빌* 절벽 쪽에 있는

---

* 바스노르망디주에 있는 작은 해안 마을이다.

방파제 끝까지 갔다 돌아오는 길에 해변과 수직으로 이어지는 오솔길 모퉁이에서 한 소녀와 마주쳤다. 소녀는 억지로 외양간에 끌려 들어가는 짐승처럼 머리를 숙이고, 손에는 골프채를 든 채, 틀림없이 그녀 또는 그녀 친구의 '영국인 가정교사'인 듯 보이는 한 권위적인 사람 앞에서 걸어가고 있었다. 그 사람은 좋아하는 음료수로 홍차보다는 '진'을 더 즐겨 마시는 듯 안색이 붉었고, 무성한 회색 코밑수염이 씹는담배로 얼룩진 카이저수염처럼 검은 갈고리 모양으로 늘어져 있었는데 그 모습이 흡사 호가스가 그린 「제프리스 가족」* 초상화와 비슷했다. 그녀 앞에서 걸어가던 소녀는, 검정 폴로 모자 아래 무표정하고 통통한 얼굴에 웃음기 있는 눈길이, 작은 무리 속 소녀와 닮아 보였다. 그러나 작은 무리 속 소녀보다 더 예쁘고 콧날도 곧았으며, 콧날 밑부분도 더 탐스럽고 도톰했다. 게다가 작은 무리 속 소녀는 창백하고 거만한 듯 보였는데, 길에서 만난 이 소녀는 온순하게 길든 듯 보이는 분홍빛 피부의 아이였다. 그렇지만 비슷한 자전거를 밀고 있었고, 또 똑같은 순록 가죽 장갑을 낀 걸로 보아 이 둘의 차이는 내가 서 있는 위치와 상황 때문이라는 결론에 이르렀다. 왜냐하면 발베크에서 그토록 비슷한 얼굴과 똑같은 옷차림을 한 소녀가 또 있다는 건 거의 불가능했으니 말이다. 그녀는 내 쪽으로 슬쩍 눈길을 던졌다. 다음 며칠 동안 바닷가에서 그 작은 무리와 다시

---

* 윌리엄 호가스(William Hogarth, 1697~1764). 영국 화가로 당시 시대상을 풍자한 판화를 많이 그렸다. 여기서 말하는 그림은 존과 엘리자베스와 아이들을 그린 「제프리스 가족」(1730)을 가리킨다.

만났을 때도, 또 나중에 그 무리를 이루는 소녀들 모두를 내가 알게 되었을 때도, 나는 그녀들 가운데 누가 ── 그녀들 중 그 녀와 가장 비슷한 자전거 타는 소녀마저도 ── 그날 저녁 해변 끝머리 길모퉁이에서 나와 마주쳤던 소녀였는지, 행렬 속에 서 처음 내 눈에 띄었을 때와 그리 다르지는 않았지만 그래도 조금은 달랐던 그 소녀였는지, 결코 완전히 확신할 수 없었다.

그날 오후부터, 전에는 주로 키 큰 소녀를 생각해 왔던 내게 골프채를 든 소녀, 시모네 양으로 추정되는 소녀가 마음을 끌 기 시작했다. 다른 소녀들과 함께 걸으면서도 그녀는 자주 걸음을 멈추었고, 그러면 그녀를 매우 존경하는 듯 보였던 친구들의 걸음도 자연히 멈추었다. 이렇게 걸음을 멈추고 폴로 모자 아래서 눈을 반짝이며 바다를 배경으로 한 화면에 실루엣을 그리면서 투명하고도 푸른 공간과 그 후에 흘러간 시간에 의해 나로부터 분리되어 내 추억 속에 그렇게도 가느다랗게 남아 있던 모습이, 내가 욕망하고 쫓아다니고 망각하고 되찾은 얼굴의 첫 번째 이미지를 이후에도 여러 번 과거 속에 투영하여 그 순간 내 방에 있는 소녀를 보고도 "바로 그녀다!"라고 외칠 수 있었던 그 모습이, 지금도 눈에 선하다.

그러나 그때 내가 가장 알고 싶었던 소녀는 제라늄 얼굴빛에 초록빛 눈 소녀였는지도 모른다. 게다가 이런저런 날에 내가 보고 싶어 한 소녀가 누구든지 간에, 만약 그 소녀를 빼고 다른 소녀들만 있었다 해도 내 마음은 충분히 감동을 받았으리라. 내 욕망은 한번은 이 소녀에게 한번은 다른 소녀에게 이끌리면서 ── 혼동을 일으키던 첫날의 내 시각처럼 ── 그녀들을 한데 모아 공동 생활로 활기를 띤 별도의 작은 세계를 계속해서 만들었고, 그녀들도 틀림없이 그런 세계를 만들려고 상상했을 것이다. 소녀들 가운데 한 소녀의 친구가 되어 — 세련된 이교도이거나 야만인 고장에 간 어느 세심한 기독교인마냥 — 건강이나 무의식, 관능, 잔혹, 지적이지 않은 기쁨이 지배하는, 우리를 젊게 만드는 그런 세계 안으로 들어가고 싶었다.

엘스티르와의 만남에 대해 말씀드리자 할머니는 그와의 우정에서 내가 취할 수 있는 모든 지적인 이점에 기뻐하시면서 내가 여태 방문을 하지 않은 것은 상식을 벗어나는 상냥치 못한 처사라고 말씀하셨다. 그러나 내 머릿속은 온통 그 작은 무리에 대한 생각뿐이었고, 또 소녀들이 방파제를 지나가는 시각을 정확히 알 수 없어 감히 다른 곳으로 멀리 가지도 못했다. 할머니는 또 여태껏 가방 속에 처박아 두었던 옷을 내가 갑자기 기억해 내는 걸 보고 웬일로 멋을 부린다며 놀라셨다. 나는 날마다 다른 옷을 입었고 새 모자와 새 넥타이를 보내 달라고 파리에 편지까지 보냈다.

발베크 같은 해수욕장의 삶에 덧붙는 또 다른 매력은 아름다운 소녀의 얼굴이, 조개나 과자 또는 꽃을 파는 아가씨가 우리 상념 속에서 선명한 빛깔로 채색되어 매일같이 아침부터 해변에서 보내는 그 한가롭고도 빛나는 나날의 목적이 된다는 점이다. 이런 나날에는 그다지 할 일이 없어도 우리는 마치 일하는 날처럼 활기에 넘치며, 바늘처럼 예민해져서는 자기(磁氣)를 띠고 다가올 순간을 향해 가볍게 흥분한 마음으로,

사블레* 과자를 사거나 장미꽃과 암몬조개 화석**을 사면서 단지 꽃 위에만 펼쳐지던 빛깔을 여인 얼굴에서 보며 즐긴다. 그러나 적어도 이 어린 장사꾼 아가씨들에게는 다른 무엇보다도 말을 걸 수 있으며, 따라서 초상화 앞에서처럼 단순한 시각적인 지각이 우리에게 제공하는 것 외에, 다른 부분을 상상력으로 꾸미거나 그들 삶을 다시 지어내고 그 매력을 과장하는 걸 피하게 해 준다. 특히 그녀들에게 말을 걸면 어디서 몇 시에 다시 만날 수 있는지를 알 수 있다. 그런데 이 작은 무리 소녀들에 대해서는 전혀 그렇지 못했다. 소녀들의 습관은 내가 전혀 알 수 없는 세계였으므로, 그 모습이 안 보이는 날이면, 그 까닭을 모르는 나는 이 부재의 이유가 뭔가 정해진 것인지, 이틀에 한 번만 나타나는지, 또는 이런저런 날씨에만 나타나는지, 아니면 전혀 나타나지 않는 날이 있는지 애써 찾아보았다. 나는 그들의 친구가 되어 이렇게 말하는 모습을 그려 보기도 했다. "요전 날에는 오지 않았던데요?" "아! 맞아요, 그날은 토요일이어서요. 토요일에는 절대로 오지 않는답니다. 왜냐하면……." 그 서글픈 토요일에는 아무리 애를 써 봐야 소용이 없었다. 해변을 돌아다니고, 과자 가게 진열장 앞에 앉아서 에클레르***를 먹는 체하고, 기념품 가게에 들어가 해수욕할 시간이나 연주회, 밀물이나 노을, 밤이 오기를 기다려 봐야

---

* 비스킷의 일종으로 모래처럼 부스러지기 쉬운 과자란 뜻이다.
** ammonite. 숫양의 뿔 모양으로 생긴 화석으로 암모나이트 또는 암몬조개라고 불린다. 고대 이집트 신 '암몬(Ammon)'에서 그 이름이 유래한다.
*** 길쭉한 슈크림 표면에 초콜릿을 바른 과자를 말한다.

내가 바라던 소녀들의 무리는 만날 수 없었다. 그러나 이것만이 문제였다면 얼마나 간단했을까? 이런 운명적인 날은 어쩌면 일주일에 한 번만 돌아오는 게 아닌지도 몰랐다. 어쩌면 반드시 토요일에만 오지 않는 것 같기도 하고, 대기 상태가 그날에 영향을 미치는 듯도 했고, 또는 전혀 상관없는 듯 보이기도 했다. 우연의 일치에 속아 넘어가지 않고, 또 우리 예측이 틀리지 않았다는 걸 확신하기 위해서, 또는 이 정열적인 천문학으로부터 고통스러운 경험의 대가를 치르고서야 얻어지는 몇몇 법칙을 추출하기 위해서는, 이런 미지의 세계의 그 불규칙한 표면에 나타나는 움직임을 얼마나 인내심 있게, 그러나 애끓는 심정으로 관찰해야 하는가! 오늘과 같은 요일에는 그녀들을 본 적이 없다는 걸 기억해 내고 나는 그녀들이 오지 않으리라고, 해변에 있어 봐야 아무 소용도 없을 거라고 혼잣말을 하고 있었다. 그런데 바로 그때 소녀들의 모습이 보였다. 반대로 이런 성좌의 회귀가 어떤 법칙에 따라 조종된다고 추측하면서 내가 행운의 날이라고 예측했던 날에는 그녀들은 오지 않았다. 내가 그녀들을 볼 수 있을까 하는 이 첫 번째 불확실성에, 다시는 보지 못할지 모른다는 보다 심각한 불확실성이 덧붙었으며, 어쨌든 나는 소녀들이 아메리카로 떠날지 파리로 돌아갈지도 전혀 알 수 없었다. 그러나 이런 사실만으로도 나는 그녀들을 얼마든지 사랑할 수 있었다. 우리는 어떤 인간에 대해 좋아하는 감정을 느낄 수 있다. 그러나 사랑을 예고하는 그 슬픔, 그 돌이킬 수 없음의 감정, 그 고뇌가 폭발하기 위해서는 반드시 불가능이라는 위험이 따라야 한다.(이처럼 우리 정념이 불안에 떨며 포옹하려고 애쓰는 대상은 사람들이 흔히 말하듯이 인간이라기보다는 이 불가능이라는 감정이다.) 우리의 연속적인 사랑의 행로를 통해 되풀이되는 이런 영향이 이미 내게 작동하기 시작했고(게다가 이런 일은 대도시 삶에서 흔히 일어난다. 이를테면 우리는 쉬는 날을 알지 못하는데, 여공 아가씨들이 공장이 파해도 나오지 않으면 몹시 걱정되듯이) 적어도 내 사랑의 행로에서 다시 시작되었다. 어쩌면 이 영향은 사랑과 분리될 수 없는지도 모른다. 어쩌면 첫 번째 사랑의 특징을 이루던 모든 것이 추억이나 암시 또는 습관에 의해 두 번째 사랑에 덧붙으면서 우리 삶의 연속적인 기간을 가로질러 그 다양한 양상에 일반적인 성격을 부여하는지도 모른다.

소녀들과의 만남이 기대되는 시각에 해변에 나가려고 나는 온갖 핑계를 댔다. 한번은 점심 식사를 하는 동안에 소녀들이 얼핏 눈에 띈 것 같아 뒤늦게 해변으로 나가 그녀들이 지나가기만을 방파제에서 한없이 기다렸다. 식당에 앉아 있는 아주 짧은 시간에도 나는 유리창의 푸른빛을 살펴보았다. 소녀들이 다른 시각에 산책하는 경우에 대비해서 그녀들을 놓치지 않으려고 후식이 나오기도 전에 자리에서 일어나거나, 소녀들을 만나는 데 유리해 보이는 시각이 지나도록 날 옆에 붙잡아 두면서 무의식적으로 심술궂게 구는 할머니에게 짜증을 내기도 했다. 나는 의자 위치를 옆으로 바꾸며 시야를 넓히려 했다. 어쩌다 우연히 그중 한 소녀의 모습이 눈에 띄기라도 하면, 그녀들 모두가 어떤 특별한 본질을 공유하는 듯했으므로, 조금 전까지도 내 머릿속에만 존재하던, 게다가 영속적인 방식으로 거기 머물면서 존재하던 꿈이, 열렬히 갈망하지만 내게는 적대적인 그 꿈이, 조금은 바로 내 앞에서 악마적인 환각 속에 투사되어 빙빙 도는 듯했다.

나는 그녀들 모두를 사랑하면서 그중 어느 누구도 사랑하지 않았다. 그렇지만 그들을 만날 가능성이 내 일상에서 유일하게 감미로운 요소였기에, 단지 이 만남의 가능성만으로도 내 삶의 온갖 장애물을 허물 수 있을 듯한 희망이 생겼고, 동시에 이 희망은 내가 그녀들을 만나지 못하는 경우에는 자주 분노로 이어졌다. 그런 순간이면 소녀들은 내게서 할머니의 빛을 바래게 했다. 그녀들이 있는 장소에 가기 위해서라면 나는 어떤 여행도 마다하지 않았을 것이다. 내가 다른 것을 생각하거나 아무것도 생각하지 않는다고 믿을 때에도 내 생각은 어느샌가 소녀들에게 멈춰 있었다. 그러나 내가 그녀들을 생각한다는 사실을 알지 못한 채 보다 무의식적으로 생각할 때면, 그녀들은 내게 산악 지방의 푸른 파동 같은 바다와, 이런 바다를 배경으로 펼쳐지는 행렬의 옆모습으로 나타났다. 만약 내가 소녀들이 있을 것 같은 어떤 도시로 간다면, 내가 만나기를 열망하는 곳은 언제나 바다였다. 한 인간에 대한 가장 절대적인 사랑은 언제나 다른 것에 대한 사랑이다.

내가 지금은 골프와 테니스에 지극히 관심이 있으므로, 할머니는 자신이 가장 위대하다고 생각하는 예술가 중 한 사람이 작업하는 모습을 보고 그의 말을 들을 기회를 놓쳐 버린 데 대해, 내가 보기에 조금은 편협한 시각에서 나온 듯한 그런 멸시를 보이셨다. 예전에 샹젤리제에서 예감했고 그 후에 깨달은 사실은, 한 여인을 사랑한다는 것은 그 여인에게 우리 영혼 상태를 투사하는 일일 뿐이며, 따라서 중요한 것은 여인의 가치가 아니라 그 상태의 깊이다. 그리고 어느 평범한 소녀가 우리에게 주는 감동은 훌륭한 사람과의 대화나, 그 작품에 대해 감탄하며 감상할 때의 기쁨보다 훨씬 더 개인적이고 깊이가 있으며 본질적인 우리 자신의 가장 내밀한 부분에 우리 의식이 닿게 해 준다는 점이다.

나는 할머니의 말을 따를 수밖에 없었지만, 엘스티르가 방파제에서 꽤 멀리 떨어져 있는, 발베크에서도 가장 최근에 생긴 거리에 살고 있어 더 짜증이 났다. 한낮의 열기 탓에 '해변'의 길을 관통하는 전차를 타지 않을 수 없었고, 그래서 난 킴메르 족 왕국이자 마르크 왕의 나라이며 브로셀리앙드 숲이 위치했던 곳에 있다고 애써 생각하면서,* 눈앞에 펼쳐지는 그 싸구려 건축물의 사치스러운 모습을 보지 않으려고 애썼다. 아마도 엘스티르의 빌라는 그런 건축물들 가운데서도 가장 보기 흉하게 화려한 건물인지도 몰랐다. 그런데도 그 집을 빌린 것은 발베크에 있는 빌라 가운데 유일하게 넓은 아틀리에를 제공했기 때문이다.

이렇게 눈을 딴 곳으로 돌리면서 잔디밭이 있는 정원 — 파

---

* 킴메르족에 대해서는 95쪽 주석 참조. 마르크 왕은 컬트족의 전설인 「트리스탄과 이졸데」에 나오는 인물로 조카인 트리스탄을 시켜 이웃 나라 공주 이졸데를 데려오게 하나, 트리스탄은 이졸데와 비극적인 사랑에 빠진다. 브로셀리앙드 숲은 브르타뉴 지방의 전설적인 숲으로 『원탁의 기사』에서 마술사 메를랭과 요정 비비안이 살던 곳으로 알려져 있다.

리 근교 여느 부르주아 집에서 찾아 볼 수 있는 아주 작은 정원이었다. ─ 을 가로지르자 어느 사랑에 빠진 정원사의 작은 석상, 사람 모습이 들여다보이는 유리 공, 가장자리에 베고니아 꽃이 심긴 화단, 나뭇잎으로 덮인 아치 밑에 흔들의자가 철제 탁자 앞에 놓여 있는 모습이 보였다. 그러나 이렇게 도시의 추함이 새겨진 주위를 통과하고 일단 아틀리에 안으로 들어선 뒤에는 더 이상 주춧돌의 초콜릿색 쇠시리에도 개의치 않게 되었다. 무척이나 행복한 느낌이었다. 왜냐하면 내 주위에 있던 그 모든 습작품으로 인해 지금까지는 내가 현실의 총체적인 광경으로부터 분리하지 못했던 수많은 형태에 대해, 기쁨으로 가득한 시적 인식으로까지 나 자신을 높일 수 있을 것처럼 느껴졌다. 엘스티르의 아틀리에는 새로운 세계를 창조하는 일종의 실험실 같아 보였고, 그곳에서 그는 모든 방향으로 놓인 다양한 직사각형 캔버스 위에 우리가 보는 것은 모두 혼돈으로부터 꺼내어, 이쪽에는 모래사장 위에 라일락 빛 물거품을 터뜨리는 노기 띤 파도를, 저쪽에는 갑판 위에 팔꿈치를 괸 흰색 리넨 양복을 입은 젊은 남자를 그려 넣었다. 젊은 이의 윗도리와 부서지는 파도는, 이제는 아무도 입지 못하며 더 이상 아무것도 적시지 못한다는, 다시 말해 그것이 가졌다고 여겨지는 속성으로부터 벗어났지만 계속 존재한다는 사실로 인해 새로운 품격을 획득했다.

내가 들어갔을 때 창조자는 손에 붓을 쥐고 지는 해의 형태를 마무리하고 있었다.

거의 모든 방향에 블라인드가 쳐진 아틀리에 안은 제법 서

늘했고, 대낮의 햇빛이 그 찬란하고도 일시적인 장식을 벽에다 붙이는 곳을 제외하고는 어두웠다. 인동덩굴*로 둘러싸인 작은 직사각형 창문만이 열려 있는 그곳은, 정원 화단을 지나면 곧바로 길가로 통했다. 그래서 아틀리에를 차지하는 공기 대부분은 덩어리진 부분에서는 어둡고 투명하고 농밀했으며, 빛이 스며든 틈새에서는 습하고 반짝거려, 마치 한 면을 이미 갈고닦아 윤이 나는 수정 덩어리마냥 여기저기 거울처럼 반짝거리며 무지갯빛으로 아롱졌다. 내 간청으로 엘스티르가 계속 그림을 그리는 동안, 나는 한 그림 앞에서 걸음을 멈추었다 또 다른 그림 앞에서 멈추면서 그 명암 사이를 돌아다녔다.

주위 그림 가운데는 내가 가장 보고 싶었던 그림은 없었다. 그랜드 호텔 객실 탁자 위에 펼쳐져 있던 영국의 어느 미술 잡지에 따르면, 엘스티르의 1기 혹은 2기에 속하는 그림은 대부분 신화적 양식과 일본 양식** 영향을 받았는데, 그 두 양식을 훌륭하게 표현한 작품을 현재 게르망트 부인이 소장하고 있다고 전했다. 물론 지금 그의 아틀리에에 있는 그림들은 거의 이곳 발베크에서 그린 바다 풍경뿐이었다. 하지만 나는 거기서 각각의 그림이 가진 매력이 우리가 시에서 은유***라고 부르

---

* 꽃이 하얗게 피었다 노랗게 시든다고 해서 금은화라고 불리기도 한다.
** 엘스티르의 신화적 양식은 특히 귀스타브 모로를 가리키는 것처럼 보인다고 지적된다.(『소녀들』, 폴리오, 554쪽 참조.) 모로에 대해서는 106쪽 주석, 또 일본 영향에 대해서는 『잃어버린 시간을 찾아서』 3권 329쪽 주석 참조.
*** "은유만이 문체에 일종의 영원성을 부여할 수 있다."(프루스트, 「플로베르 문체에 대하여」, 『생트뵈브에 반하여』, 플레이아드, 586쪽.)

는 것과 유사한 일종의 재현된 사물의 변형에 있으며, 만물의 창조주인 신이 명명함으로써 사물을 창조했다면, 엘스티르는 사물로부터 그 이름을 제거하고 다른 이름을 부여함으로써 사물을 재창조한다는 사실을 깨달았다. 사물을 지칭하는 이름들은 언제나 우리의 참된 인상과는 무관한 지성의 개념에 상응하며, 이런 개념과 관계 없는 것들은 모두 우리의 인상에서 제거하도록 강요한다.

가끔 발베크 호텔 내 방 창가에서 프랑수아즈가 아침마다 빛을 가리는 덮개들을 벗길 때면, 혹은 저녁에 생루와 함께 출발하는 순간을 기다릴 때면, 나는 햇빛의 효과 덕분에 조금 더 어두운 바다 부분을 머나먼 해안으로 여기거나, 푸른빛으로 출렁이는 지대를 바다인지 하늘인지도 알지 못한 채 즐겁게 바라보곤 했다. 그때 내 지성은 곧바로 내 인상에서 지워진 경계를 각각의 요소들 사이에 복원했다. 마찬가지로 파리의 방 안에서도, 사람들이 싸우는 소리나 거의 폭동에 가까운 소리를 들었다고 생각하다가도, 그 소리의 원인이 이를테면 요란하게 바퀴 소리를 내며 다가오는 마차라는 사실을 알면, 내 지성은 마차 바퀴가 그런 소리를 내지 않는다는 걸 알고 있었으므로, 내 귀가 실제로 들었다고 믿은 그 날카롭고도 시끄러운 울부짖음을 삭제했다. 그러나 엘스티르의 작품은 자연이 시적(詩的)인 상태로 있는 드문 순간들로 이루어져 있었다. 지금 이 순간 엘스티르 옆에 있는 바다 풍경에서 가장 빈번히 등장하는 은유 가운데 하나는 바로 땅과 바다를 비교하면서 그 사이에 놓인 모든 경계를 삭제하는 은유였다. 동일한 캔버스에서 암묵적으로 끈질기게 반복되는 이러한 비교가 화폭에 다양한 형태의 강력한 통일성을 부여했으며, 이 통일성이야말로 바로 그의 그림이 몇몇 애호가들에게 불러일으키는 열광의 원인이었는데, 그들 자신도 아직 명확히 깨닫지 못하고 있었다.

엘스티르가 얼마 전에 끝냈으며, 내가 그날 오랫동안 바라보았던 카르케튀트* 항구를 그린 그림에서 그가 도시를 그리기 위해서는 바다의 요소만을, 바다를 그리기 위해서는 도시의 요소만을 사용하면서 관람자의 정신에 예고한 것은 바로 이런 종류의 은유였다. 집들이 항구의 일부를 가리는지, 선박 수리를 하는 도크를 가리는지, 아니면 발베크 지방에서 흔히 찾아볼 수 있는, 육지에서 만(灣)으로 움푹 들어간 바다 자체를 가리는지 잘 알 수 없었지만, 어쨌든 도시가 세워진 앞쪽으로 돌출된 곳의 다른 편엔, 지붕들 위로 (마치 굴뚝이나 종탑이 지붕 위로 솟아 나오듯) 돛대가 비죽 솟아 나와 있었고, 돛대는 그것이 속한 선체를 뭔가 도시적이며 땅 위에 세워진 건축물

---

* 이 이름의 어원에 대해 브리쇼는 『소돔과 고모라』(폴리오, 282~283쪽)에서 마을 사제의 설명이 틀렸다면서 일장 연설을 한다. 시골 사제가 카르케튀트(Carquethuit)에서 carque는 성당, thuit는 오두막을 의미하는 toft에서 왔으며 따라서 카르케튀트에는 오래된 성당이라는 뜻이 있다고 설명한 데 반해, 브리쇼는 그것이 thveit = essart에서 온 것으로 '개간한 성당,' 즉 물을 제거한 성당이나 가시덤불을 제거한 성당이라고 주장하며, 엘스티르 그림에 나오는 수륙 양서의 특징을 강조한다. 또한 카르케튀트 항구의 모델로는 터너의 「포츠머스에서 본 바다」, 「바람 속 어부들」, 「디에프 항구」와 모네의 「옹플뢰르 항구」, 마네의 「포크스톤을 출발하는 증기선」, 카르파초의 「성녀 우르술라의 전설」 등이 거론되지만(『소녀들』, 폴리오, 554쪽 참조.) 어느 특정 작품으로도 환원될 수 없는 프루스트 상상력의 산물로 평가된다.

같은 걸로 보이게 했으며, 더욱 인상적인 것은 부두에 길게 늘어선 배들이 어찌나 빽빽이 열을 짓고 있던지, 사람들이 이 배에서 저 배로 이야기를 나누어도 배의 경계나 물의 틈새가 보이지 않았으며, 그리하여 이 어선 무리는 오히려 크리크베크 성당들보다 덜 바다에 속한 듯 보였다. 도시의 모습이 가린 채 멀리서 사면이 바다로 둘러싸여 태양과 파도 먼지 속에 보이는 크리크베크 성당들이 마치 설화석고나 물거품으로 부풀어 올라 뭍에서 빠져나온 듯 보였고, 또 다채로운 빛깔의 무지개 띠 안에 갇혀 비현실적이고 신비로운 화폭을 구성하는 듯했기 때문이다. 해변 전경을 그린 부분에서도 화가는 땅과 대양 사이에 고정된 경계나 절대적인 구획을 알아차리지 못하도록 우리 눈을 길들일 줄 알았다. 배를 바다로 미는 사람들은 모래뿐만 아니라 파도 속에서 달리는 듯했으며, 축축해진 모래는 마치 물속에 잠긴 듯 벌써 선체를 반사했다. 바다 자체도 규칙적으로 솟아오르지 않고, 모래톱의 불규칙한 기복을 따랐으며, 이런 모래톱을 원근법이 한층 더 들쭉날쭉하게 만들어, 바다 한가운데 있는 배 한 척은 조선소 앞으로 튀어나온 물체들 때문에 반쯤 가린 채로 도시 한가운데를 항해하는 듯 보였다. 바위에서 작은 새우를 채취하던 여인들은 물로 둘러싸이고, 거기다 바위들의 원형 장벽 뒤 움푹 들어간 곳이 해변을 (양쪽이 육지와 가장 가까운 부분인) 바다 수준으로 낮추는 바람에 작은 배와 파도로 돌출된 바다 동굴 안에 있는 것처럼 보였으며, 동굴은 기적적으로 갈라진 물결 한가운데 열려 보호받는 듯했다. 그림 전체가 이처럼 바다가 땅으로 들어가고, 땅이 이미 바다가 되어 수륙 양서 인간들이 사는 항구 같은 인상을 풍겼지만, 바다의 원소가 가진 힘이 도처에서 터져 나왔다. 또 바위 근처 바다가 출렁이는 선창가 어구에는, 창고와 성당과 도시의 집들이 고요하게 수직으로 서 있는 앞에, 어떤 이들은 고기잡이에서 돌아오고 또 어떤 이들은 고기잡이하러 떠나는 가운데, 급격한 각도로 누운 배의 기울기와 어부들의 노력으로 미루어, 이들 어부들이 마치 사납고 날쌘 짐승의 잔등에 올라탄 듯 물 위에서 거칠게 움직이는 것이 느껴졌는데, 만약 숙련된 솜씨가 아니었다면 갑자기 튀어 오르는 짐승 때문에 그만 땅바닥에 나가떨어질 것만 같았다. 한 무리 산책자들이 이륜마차마냥 흔들리는 작은 배를 타고 신이 나서 바다로 나갔다. 쾌활하지만 조심성 있는 뱃사람이 고삐를 당기듯 키를 잡고 펄럭이는 돛을 조종했으며, 배에 탄 사람들은 저마다 한쪽으로 무게가 쏠려 배가 뒤집히지 않도록 제자리를 지키면서, 햇볕이 잘 드는 들판을 지나 비탈길을 급히 내려가 그늘진 경치 속을 달려갔다. 폭풍우가 한바탕 몰아친 뒤였지만 화창한 아침이었다. 폭풍우의 강력한 힘이 아직 느껴져서 햇빛과 시원함을 만끽하면서도 꼼짝하지 않는 배의 적절한 균형감으로 그 힘을 약화해야 했다. 반면 바다가 무척이나 잔잔한 부분에서 반사광은, 햇빛의 효과로 증발되고 원근법에 의해 겹쳐진 선체보다 더 단단하고 더 현실적으로 보였다. 아니, 그 부분은 바다의 다른 부분이 아닌 듯 보였다. 왜냐하면 이 바다의 부분들 사이에는 이들 중 하나와 뭍에서 솟아오른 성당, 또는 도시를 등진 배들 사이에 존재하는 차이만큼이나 큰 차이가 있었기 때문이다. 다음으로 우리 지성은 거기 있는 것을 동일한 원소로 만들어, 이곳은 폭풍우 효과로 어두우며, 조금 더 멀리는 하늘과 한 색을 이루어 하늘처럼 반짝반짝 윤이 나고, 또 저곳은 태양과 안개와 물거품으로 무척이나 뽀얗고 조밀하게 집들에 둘러싸여, 바위 제방이나 눈 덮인 들판을 연상시켰으며, 그 위로 배 한 척이 급경사 진 메마른 곳을 올라가는 걸 보자니, 마치 냇가에서 빠져나오며 몸을 부르르 떠는 마차를 보는 것 같아 불안했지만, 잠시 후 단단한 고원의 높고도 울퉁불퉁한 지대에서 수많은 배들이 흔들리는 걸 보고는 이 모든 다채로운 양상에도 여전히 똑같은 바다임을 깨달았다.

비록 진보와 발견은 과학에만 존재할 뿐, 예술에는 없으며, 예술가들은 각자 자신을 위해 개인적인 노력을 재개하면서 다른 누군가의 노력으로 도움을 받거나 방해를 받지 않는다는 말이 이치에 맞는다 할지라도, 예술이 몇몇 법칙을 밝혀내고 그 법칙이 일단 산업에 의해 대중화되는 범위에 있어서는, 이전 예술이 나중에 돌아보면 조금은 독창성을 상실하게 된다는 점 또한 인정해야 한다. 엘스티르가 등단한 후부터, 우리는 풍경과 도시의 '경탄할 만한' 사진이라고 불리는 것들을 알게 되었다. 예술 애호가들이 이 경우, 이런 수식어로 가리키는 것이 무엇인지 규명하려면, 우리는 이 수식어가 보통 우리가 아는 것과는 다른 독특한 이미지, 우리가 습관적으로 보아 온 것과는 다른 이미지에 적용된다는 사실을 알아야 하는데, 독특하지만 진실된 이 이미지는 우리를 놀라게 하고 습관에서 벗어나게 할 뿐만 아니라, 동시에 어떤 인상을 환기하여 우리 자신의 내부로 들어가게 한다는 이유 탓에 이중으로 우리 마음을 사로잡는다. 예를 들어 이런 '경이로운' 사진들 중 어떤 것은 원근법을 설명하기 위해 어느 대성당을 보여 주는데, 우리가 도시 한가운데서 익숙하게 보아 온 성당이지만, 반대로 하나의 지점에서 선택하고 포착함으로써 성당은 집들보다 서른 배나 더 높아 보이고, 실제로는 멀리 떨어져 있는데도 강가에 우뚝 솟은 듯이 보인다. 그런데 엘스티르의 노력은, 그가 아는 대로의 사물이 존재하는 방식에 따라 사물을 전시하지 않고 우리 첫인상이 만들어지는 착시 현상에 따라 사물을 전시함으로써, 이런 원근법 가운데 몇 개를 밝혀내기에 이르렀다. 당시 이 법칙이 더욱 인상적으로 보였던 것은 예술이 이런 법칙들의 베일을 처음으로 벗겼기 때문이다. 하나의 강은 그 흐름의 굽이 탓에, 하나의 만(灣)은 절벽이 눈에 띄게 가까이 있기에, 사방이 완전히 막힌 평야나 산 한가운데 호수를 파낸 듯했다. 무더운 여름날 한낮의 발베크를 배경으로 한 그림에서는, 바다가 더 멀리서 시작되었으며 움푹 들어간 부분은 분홍빛 화강암 성벽에 갇혀 바다가 아닌 듯 보였다. 대양(大洋)의 연속은 갈매기 떼로만 암시되었고, 관람자의 눈에 암석처럼 보이는 것 위를 빙빙 도는 갈매기 떼는 실은 파도의 수분을 들이마시고 있었다. 또 다른 법칙들이 동일한 캔버스에서 추출되었는데, 이를테면 커다란 절벽 아래 푸른 거울 위에 비치는 하얀 돛이 마치 잠든 나비처럼 보이는 릴리푸트 마을*의 우아함이나 그림

---

*『걸리버 여행기』에 나오는 소인국 이름이다.

자 깊이와 빛의 희미함 사이의 어떤 대조 같은 것들이었다. 사진이 나타나면서 역시 진부해진 이 그림자놀이는 얼마나 엘스티르의 관심을 끌었던지, 예전에 그는 진짜 신기루라고 할 수 있는 이런 것들을 즐겨 그렸다. 화창한 날씨의 보기 드문 선명함이 물속에 비치는 그림자에 돌과 같은 단단함과 광채를 주어서인지, 아니면 아침 안개가 그림자와 마찬가지로 돌을 증발시켜서인지, 탑이 씌어 있는 성(城)은 꼭대기에서 하나의 탑으로 연장되고 밑에서는 거꾸로 된 탑으로 연장되어 완전히 둥근 성처럼 보였다. 마찬가지로 바다 너머 숲이 늘어선 뒤로는 석양의 분홍빛에 물든 또 하나의 바다가 시작되었는데, 하늘이었다. 빛은 새로운 고체 모양을 만들고 그것으로 선체를 두들기면서 그늘 속에 있는 또 다른 선체 뒤로 밀어 넣어 실제로는 평평하지만, 단지 조명에 부서진 듯 보이는 아침 바다 표면에 크리스털 계단을 설치했다. 도시 다리 밑으로 흘러가는 강은 절대적으로 분산된 관점으로 포착된 듯, 여기는 호수처럼 펼쳐지고 저기는 물줄기처럼 가늘며, 또 다른 곳은 저녁마다 도시 사람들이 시원한 밤공기를 마시러 가는 숲에 둘러싸인 언덕의 끼어들기로 잘려 있었다. 이처럼 혼란스러운 도시의 리듬은 오로지 종탑의 꼿꼿한 수직선에 의해서만 지켜지는 듯했지만, 그 종탑도 위로 올라가지 않고, 오히려 무게가 나가는 추를 매단 다림추*에 따라 「개선행진곡」마냥

* 실 끝에 원뿔 모양 추를 매단 것으로 어느 점을 동일 연직선 상으로 옮기는 데 사용된다.

박자를 고르게 하면서, 부서지고 떨어져 나간 강가를 따라, 안개 속에 겹겹이 쌓인 집들의 어렴풋한 덩어리를 아래로 늘어뜨리는 듯했다. 그리고 (엘스티르의 초기 작품은 풍경화에 인물을 넣어 멋을 주던 시대에 속했으므로) 절벽 위나 산속 오솔길 같은, 인간의 모습이 가끔 보이는 자연 부분에서는 강이나 바다와 마찬가지로 원근법이 퇴색했다. 산 능선이나 폭포 위 안개 또는 바다는, 산책자에게는 보이지만 우리에게는 보이지 않는 길이 지속되는 걸 방해했고, 유행이 지난 옷을 입은 어느 작은 인물은 이처럼 고독한 장소에서 길을 잃어 종종 어느 심연 앞에 멈춘 듯 보였는데, 이 인물이 접어든 오솔길은 거기서 끝난 한편 그 인물보다 300미터가량 더 높은 전나무 숲에 여행자의 발을 환대하는 얇고 흰 모래가 다시 나타나는 걸 보며 우리 눈은 감동하고 마음은 안도했지만, 폭포나 만을 에워싼 산비탈이 중간의 구불구불한 길을 가렸다.

　현실과 마주하여 자신의 모든 지성의 개념으로부터 벗어나고자 했던 엘스티르의 노력은 특히 경탄할 만했는데, 그는 그림을 그리기에 앞서 자신을 무지 상태로 만들고, 우리가 아는 것은 우리 것이 아니므로 모든 것을 정직하게 다 망각하려고 하는, 정말 예외적인 교양의 지성인이었다. 내가 그에게 발베크 성당 앞에서 느꼈던 실망감에 대해 털어놓자 그는 "뭐라고?" 하며 말했다. "정문에 실망했다고? 그 정문은 사람들이 결코 읽은 적 없는, 종교적인 인물이 가장 아름답게 묘사된 성경책이라네. 성모 마리아와 그 삶을 얘기하는 모든 부조물은 중세가 성모 마리아의 영광을 위해 바쳤던 그 오랜 숭배와 찬미의 시(詩) 가운데서도 가장 다정하고 가장 영감이 풍부한 표현이네. 지극히 섬세한 정확함으로 신성한 텍스트를 번역했다는 점 외에도, 그 늙은 조각가가 부드러움을 표현하기 위해 얼마나 독창적인 발상을 했으며, 또 그의 생각이 얼마나 심오하고 얼마나 감미로운 시(詩)를 보여 주는지 자네는 알아야 하네! 감히 직접 만지기에는 너무도 성스러운 성모 마리아의 몸을 천사들이 커다란 천에 싸서 나르도록 생각한 점이나(나는 생탕드레데샹 성당에도 같은 주제의 그림이 그려져 있다고 말했다. 그는 그 성당 정문을 사진으로 본 적이 있다고 말했는데, 성모 마리아 옆으로 한꺼번에 달려드는 그 평범한 시골 사람들의 성급함은, 이처럼 날씬하고 온화하며 거의 이탈리아인 같은 두 키 큰 천사가 보여 주는 근엄함과는 다르다고 지적했다.) 성모 마리아의 영혼과 몸을 결합하려고 그 영혼을 가져오는 천사, 성모 마리아와 엘리사벳의 만남에서 마리아의 가슴을 만지며 그 부푼 느낌에 놀라는 엘리사벳의 몸짓, 성모 마리아의 무염시태*를 만져 보지 않고는 믿지 않으려 했던 산파의 붕대 감은 팔, 성모 마리아가 사도 토마스에게 승천의 증거로 준 허리띠,** 또한 성모 마리아가 가슴에서 뜯어내어 아들의

---

* 성모 마리아도 예수 그리스도와 마찬가지로 원죄 없이 태어났다는 로마 가톨릭의 교리다. 엘리사벳은 성모 마리아의 사촌이자 세례자 요한의 어머니다.
** 사도 토마스는 예수 그리스도의 열두 제자 중 하나로 자신이 없을 때 예수가 부활하자 직접 만지지 않고는 믿지 못하겠다고 했으며, 나중에 성모 마리아가 죽고 나서도 승천했다는 사실을 믿지 못하자, 성모 마리아가 그 징표로 사도 토마스에게 나타나 허리띠를 줬다고 한다. 이 일화는 이탈리아 화가 베노초 고촐리의 그림으로 더 유명해졌다. (『잃어버린 시간을 찾아서』 3권 194쪽 참조.)

벌거벗은 몸을 감싼 천 조각, 그 옆에서는 교회가 성체성사의 포도주인 성혈을 거두어들이는 한편, 다른 쪽에선 통치가 끝난 유대교가 눈가리개를 하고 반쯤 부서진 왕홀을 쥐고는 머리에서 떨어지는 왕관과 함께 고대 율법이 새겨진 판자가 빠져나가도록 내버려 두는 장면, 또 최후의 심판 때 무덤에서 나오는 젊은 아내를 도와 그녀 손을 자기 심장에 갖다 대며 아내를 안심시키고 그 고동이 진짜임을 증명하려는 남편, 이 모든 것이 꽤 멋진 발상이며 참신하다고 생각하지 않는가? 그리고 십자가 빛이 천체 빛보다 일곱 배나 강할 것이라고 쓰인 까닭에 불필요해진 태양과 달을 가져가는 천사, 예수를 씻길 물이 충분히 따뜻한지 보려고 물속에 손을 담가 보는 천사, 구름에서 나와 성모마리아의 이마 위에 왕관을 씌워 주는 천사, 하늘 높은 곳에서 천상의 예루살렘 난간 사이로 굽어보면서 악인이 형벌을 받는 모습과 의인들이 행복해하는 모습을 보며 겁에 질린 듯 혹은 기뻐하는 듯 팔을 쳐든 천사들! 자네가 거기서 보는 건 하늘의 모든 동심원들이자, 한 편의 거대한 신학적이고 상징적인 시(詩)라네. 자네가 이탈리아에서 보게 될 그 어떤 것보다 천배는 뛰어난 참으로 대단하고 성스러운 작품이지. 게다가 재능이 훨씬 떨어지는 이탈리아 조각가 하나가 이 팀파눔*을 그대로 베꼈다네. 자네도 알다시피, 이 모든 것은 다 재능 문제라네. 모든 사람에게 재능이 있

---

* 고딕 성당에서 서쪽 중앙 정문 위에 새겨진 삼각형 합각머리를 가리킨다. 몇 층의 아치와 다양한 주제의 조각들과 부조로 구성된다.

는 시대란 존재하지 않네. 만약 그런 시대가 있었다고 한다면 그야말로 황금시대보다 뛰어났겠지만, 다 헛소리야. 이런 정면을 조각한 자에겐 자네가 오늘날 경탄해 마지않는 사람들만큼이나 훌륭하며 심오한 사상이 있다네. 언제 함께 가게 되면, 자네에게 보여 주지. 성모승천일 미사 경문의 몇몇 구절을 번역한 글이 거기 새겨졌는데, 그 정교함은 아마 르동*도 따라가지 못할 걸세."

그가 말하는 천상의 광활한 광경과 또 거기 적혀 있다고 지금 내가 이해한 그 거대한 신학적인 시, 내가 성당 정면에서 열망 가득한 눈으로 보았던 것은 이런 것들이 아니었다. 나는 발판 위에 세워져 일종의 길 같은 걸 형성하던 성인들의 커다란 조각상에 대해 말했다.

"그 길은 창세기에서 시작하여 예수 그리스도에게 이른다네." 하고 그가 말했다. "한쪽에는 정신을 따르는 그리스도의 조상들이 있고, 다른 한쪽에는 육체를 따르는 유다의 왕들과 그 조상들이 있네. 모든 세기가 거기 있지. 발판에 보이는 걸 좀 더 자세히 살펴보았다면, 거기 놓인 게 무엇인지 말할 수 있었을 걸세. 모세의 발밑에는 금송아지가, 아브라함의 발밑에는 숫양이, 요셉의 발밑에는 보디발의 아내에게 조언하는

---

* 오딜롱 르동(Odilon Redon, 1840~1916). 프랑스 화가로 인상파의 외적인 현실 묘사에 동의하지 않고, 환상적이고도 상징적이며 일종의 초현실주의적인 그림을 그렸다. 꽃과 소녀를 주제로 그림을 많이 그렸지만, 이 문단에서 말하는 그림은, 그리스도의 열두 제자 중 하나인 사도 요한이 파트모스 섬에서 받은 계시를 다분히 환상적으로 그린 「요한묵시록」(1899)을 가리킨다.

악마가 있다는 걸."*

나는 또한 거의 페르시아풍에 가까운 건물을 보리라고 기대했었는데, 그게 아마도 내 실망의 이유 중 하나였을 거라고 말했다. "물론이네." 하고 그가 대답했다. "정말 그렇다네. 몇몇 부분들은 상당히 동양풍이라네. 기둥머리가 어찌나 정확하게 페르시아적 주제를 재현하는지, 동양 전통의 잔존이라고 하기에는 설명이 충분치 않아. 항해자들이 가져온 어느 작은 궤를 조각가가 모방한 게 틀림없네." 사실 그가 나중에 기둥머리 사진을 보여 주었는데, 거기에는 서로 삼키려고 덤벼드는 거의 중국풍인 용들이 새겨져 있었지만, 발베크에서 나는 이 작은 조각 부분을, '거의 페르시아 풍인 성당'이라는 말이 내게 환기했던 것과 전혀 닮지 않은 건물 전체에서 보지 못한 채 그대로 지나쳤다.

이 아틀리에에서 내가 음미하는 지적인 즐거움은 우리 뜻과는 무관하게 우리를 둘러싸는 것들을 느끼는 데에도 전혀 방해가 되지 않았다. 미지근한 글라시,** 반짝이는 방의 미광, 또 인동덩굴로 뒤덮인 작은 창의 끝머리와 전부 시골풍인 길에서 태양빛에 타오르는 단단한 흙의 메마름, 나무들의 간격

---

* 「창세기」 37~42장에 나오는 이야기로, 야곱의 열두 아들 중 열한 번째 아들인 요셉은 형들의 시기로 이집트에 팔려 간다. 시위 대장 보디발 장군 집에서 노예로 일하던 요셉은 자신에게 반한 보디발 장군의 아내로부터 유혹을 받는데 이를 거절했다가 감옥에 갇힌다. 그러나 장군의 꿈을 해석하고 이어 왕의 꿈을 해석한 덕분에 이집트의 총리가 된다. 이 일화는 좋은 꿈의 실현에 대한 하느님의 축복을 표상한다.

** 『잃어버린 시간을 찾아서』 3권 179쪽 주석 참조.

과 그림자가 단지 투명함만을 가리는 흙의 메마름 같은, 어쩌면 이 여름날이 불러오는 무의식적인 행복감이 마치 흘러드는 물줄기처럼 「카르케튀트 항구」 그림을 보면서 생긴 즐거움을 더 크게 해 주었는지도 모른다.

나는 엘스티르가 겸손한 사람이라고 믿었는데, 내가 감사의 말로 "명성"이라고 했을 때, 그의 얼굴에서 서글픈 빛이 감도는 걸 보고는 내가 잘못 생각했다는 걸 깨달았다. 자신의 작품이 지속되리라고 믿는 이들은 — 엘스티르의 경우도 마찬가지지만 — 그들 자신이 한 줌의 먼지로나 남을 시기에 자기 작품들을 위치시켜 보는 습관이 있다. 이처럼 허무에 대한 성찰을 강요하는 명성이란 관념은, 죽음의 관념과 분리될 수 없기에 그들을 슬프게 한다. 본의 아니게 엘스티르의 이마에 드리우게 한 이 오만한 우수의 구름을 지우기 위해 난 대화 주제를 바꿨다. "누군가가 제게 이런 조언을 하더군요." 콩브레에서 르그랑댕과 나눴던 대화를 떠올리면서, 그에 대해 엘스티르의 의견을 들을 수 있게 된 것을 만족스럽게 생각하며 난 이렇게 말했다. "브르타뉴에 가지 말래요, 꿈을 꾸는 경향이 있는 정신에는 해롭다고요." "전혀 아닐세." 하고 그가 대답했다. "꿈을 꾸는 경향이 있는 정신인 경우, 꿈을 멀리하거나 꿈의 양을 제한해서는 안 되네. 정신을 꿈에서 다른 데로 돌리는 한 정신은 꿈을 알지 못할 걸세. 그리고 꿈을 이해하지 못하는 자네는 수많은 외관의 희생물이 되겠지. 약간의 꿈이 위험하다면, 이를 낫게 하는 것은 꿈을 덜 꾸는 것이 아니라 더 꾸는, 아니 온통 꿈만 꾸는 것이라네. 꿈으로 고통받지 않으려면,

꿈을 완전히 아는 게 중요하지. 꿈과 삶 사이에는 어떤 분리가 있으며, 분리란 것은 많은 경우 유용하므로, 어쨌든 이 분리를 미리 예방 차원에서라도 시도해 봐야 하지 않을까 하고 나 스스로도 묻고 있다네. 마치 몇몇 외과 의사가 나중에 맹장염에 걸릴 가능성을 피하기 위해 어린 시절에 맹장을 제거해야 한다고 주장하듯이 말일세."

엘스티르와 나는 아틀리에 안쪽, 거의 시골풍인 작은 길을 가로질러 좁은 길가의 정원 뒤에 난 창가로 갔다. 늦은 오후의 신선한 공기를 마시기 위해서였다. 나는 작은 무리 소녀들과 꽤 멀리 있다고 느꼈고 할머니 청에 따라 엘스티르를 방문함으로써 소녀들과 만날 희망을 한 번 더 희생했다고 생각했다. 자기가 찾는 것이 어디 있는지도 모르면서, 누군가로부터 초대받은 곳을 여러 다른 이유로 꽤 오랫동안 피하는 일이 있다. 우리가 생각하던 존재를 바로 거기서 만나리라고는 꿈에도 생각하지 못하면서. 나는 아틀리에 밖을, 바로 옆에 있지만 엘스티르 집으로 통하지 않는 시골길을 막연히 바라보고 있었다. 갑자기 거기 그 작은 무리 속에서 자전거 타는 소녀가 나타났는데, 검은 머리에 통통한 뺨까지 폴로 모자를 눌러 쓴 그 소녀는 쾌활하지만 약간은 고집스러운 눈으로 오솔길을 따라 빠르게 걷고 있었다. 그리고 감미로운 약속으로 가득한 이 기적적인 행운의 오솔길 나무 아래서 나는 그녀가 엘스티르에게 미소를 지으며 친구로서 다정한 인사를 건네는 걸 보았고, 그러자 이 인사가 내 눈에는 물과 뭍으로 이루어진 우리 세계를 이제껏 도달할 수 없다고 판단했던 지대에 연결해 주는 무지개처럼 보였다. 그녀는 걸음을 멈추지 않고 화가에게 다가와 손을 내밀었고, 나는 그녀 턱에 작은 점이 있는 걸 보았다. "저 소녀를 아시나요?" 하고 나는 엘스티르가 그녀를 소개해 줄지도 모르며 그의 집에 초대해 줄 수도 있다고 생각하면서 말했다. 그러자 시골 지평선 속 그 평화로운 아틀리에에 더 많은 감미로움이 가득 채워졌다. 마치 어느 집에서 아이가 후하게 준 좋은 물건들로 이미 만족하는데도, 거기에다 고귀한 분들이 무한정으로 선물을 베푸는 호화로운 다과회가 자기를 위해 준비되었다는 걸 알 때와도 같다. 엘스티르는 소녀 이름이 알베르틴 시모네라고 알려 주었고, 나는 그가 망설이지 않도록 꽤 정확하게 그녀 친구들을 묘사했으며, 그러자 그는 친구들의 이름도 말해 주었다. 나는 소녀들이 속한 사회적 신분에 대해 잘못 알고 있었는데, 평소에 발베크에서 통용되는 의미에서의 잘못은 아니었다. 나는 장사꾼의 아들이라도 말을 타면 쉽게 왕자라고 믿어 왔다. 그런데 이번에는 산업계와 실업계에서 꽤 이름을 날리는 부유한 프티부르주아 집안 소녀들을 의심쩍은 계급에 위치시켰던 것이다. 이 프티부르주아란 계층은 처음부터 내 관심에서 가장 벗어나 있었는데, 거기에는 민중의 신비도 게르망트 세계와 같은 신비도 없었기 때문이다. 소녀들과 사귀기 전에 이미 해변 생활의 빛나는 공허함에 현혹된 내 눈이 소녀들의 매력을(이제는 그녀들이 더 이상 상실하지 않을) 그토록 높이 평가하지 않았다면, 아마도 나는 그녀들이 거상의 딸일지도 모른다는 생각을 쉽게 물리치지 못했을 것이다. 프랑스 부르주아 계급이 얼마나 다양한 조각상을 진열하는 멋진 아틀리에인지 나는 경탄하지 않을 수 없었다. 얼굴의 성격을 규정하는 데 있어 얼마나 예기치 않은 유형이 있으며 얼마나 독창적인지, 또 이목구비가 얼마나 뚜렷하고 상쾌하며 순진한지! 이런 디아나*들과 정령들을 태어나게 한 저 탐욕스러운 늙은 부르주아들이 내게는 가장 위대한 조각가들로 생각되었다. 내가 소녀들의 사회적인 변신을 알아차릴 시간을 갖기도 전에, 잘못을 발견하고 인물에 대한 개념 변화가 화학반응처럼 순식간에 일어나, 내가 자전거 선수나 권투 선수의 정부라고 여겼던 불량스러운 소녀들 얼굴 뒤에, 어쩌면 우리가 잘 아는 공증인 집안과 무척 가까운 사이일지도 모른다는 관념이 이미 자리 잡았다. 나는 알베르틴 시모네가 누구인지 거의 알지 못했다. 그녀 자신도 앞으로 그녀가 내게 어떤 사람이 될지 몰랐음에 틀림없다. 해변에서 들은 적이 있는 이 이름 시모네(Simonet)를 누군가가 내게 적어 보라고 했다면, 나는 틀림없이 이 가족에게 n 자가 하나인 게 얼마나 중요한 줄도 모르고 n 자를 두 개 썼을 것이다. 사회계층이 밑으로 내려갈수록 그 속물근성은 하찮은 것에 집착한다. 어쩌면 귀족 계급의 명예만큼이나 별 의미가 없는 이 하찮은 것은, 그러나 각 개인에 따라 더 모호하고 더 특별해서 우리를 더욱 놀라게 한다. 어쩌면 시모네 가문에는 사업에 실패했거나 더 나쁜 일을 한 사람이 있었던 모양

---

* 로마 신화의 여신으로 흔히 그리스 신화의 아르테미스와 동일시되나, '비추다'는 의미의 디아나는 수렵의 여신인 아르테미스보다는 오히려 달의 여신이란 의미가 더 강조되어 그리스 신화의 셀레네와 혼동되기도 한다.

이다. 어쨌든 시모네 가문의 사람들은 누군가가 n 자를 두 개 쓰면 마치 모욕이라도 받은 듯 번번이 화를 냈다. 그들은 n 자가 둘이 아닌 하나만 있는 유일한 가문임을, 마치 몽모랑시 가문이 프랑스 최초의 남작 가문이라고 뽐내듯 자랑했다. 엘스티르에게 소녀들이 발베크에 사느냐고 묻자, 그중 몇 명은 그렇다고 했다. 그 가운데 한 소녀의 별장이 바로 해변 끝, 카나프빌 절벽이 시작되는 곳에 있다고 했다. 그녀가 알베르틴 시모네의 친한 친구였으므로, 내가 할머니와 함께 그곳에 갔을 때 만난 소녀가 알베르틴이라고 믿을 만한 이유가 더 커졌다. 물론 해변과 수직으로 난 작은 길들은 많았고 다들 비슷한 각을 이루고 있어 정확히 어떤 길인지는 말할 수 없었다. 정확히 기억해 두고 싶지만 그 순간 시각이 흐려지는 경우가 많다. 하지만 알베르틴과 함께 친구 집으로 들어가던 소녀가 동일 인물이라는 것은 거의 확실해 보였다. 그럼에도 그 후에 갈색 피부의 골프 치는 소녀가 내게 제시했던 수많은 이미지들은 모두 다르면서도 겹치는 데가 있어(그 이미지들이 전부 그녀에게 속한다는 걸 이제는 알기에) 나는 기억의 실타래를 거슬러 올라가, 이런 동일성의 포장 아래 마치 내부 통로를 통해 가듯 동일 인물에서 벗어남 없이 이 모든 이미지들을 통과할 수 있었지만, 단지 할머니와 함께 있던 날 마주쳤던 소녀에게까지 거슬러 올라가려면 밖의 자유로운 대기 속으로 나와야 했다. 내가 만난 사람이 알베르틴임을, 친구들 한가운데서 산책 중 자주 걸음을 멈추며 바다의 수평선 위로 솟아오르는 소녀와 같은 사람임을 난 확신했다. 그러나 내 눈을 사로

잡았던 순간 그녀가 가지지 못했던 정체성을 나중에 회고적으로 부여할 수는 없었기에 이 모든 이미지들이 할머니와 함께 산책하던 날 보았던 이미지와 분리된 채 남아 있었다. 아무리 확률의 법칙이 내게 확신을 준다 할지라도, 해변의 작은 길모퉁이에서 그토록 나를 대담하게 쳐다보던 뺨이 통통한 그 소녀, 그 순간 내가 사랑을 받을 수도 있다고 믿었던 그 소녀를, 재회라는 단어의 엄밀한 의미에서는 결코 다시 보지 못했다.

처음 나를 그토록 혼란스럽게 했던 집단의 매력을 저마다 조금씩 간직한 그 작은 무리 속 여러 소녀들 사이에서의 망설임이 이런 소녀들의 추억에 덧붙어서는, 나중에 내가 알베르틴에 대한 가장 큰 사랑을 — 두 번째 사랑을* — 하게 되었을 때에도 뭔가 그녀를 사랑하지 않을 자유를 극히 짧은 순간이긴 하지만 간헐적으로나마 내게 준 것은 아니었을까? 알베르틴에게 결정적으로 시선을 고정하기에 앞서 그녀의 모든 친구들 사이를 방황하던 내 사랑은, 가끔 내 사랑과 알베르틴의 이미지 사이에서 어떤 '유희'를 위한 공간을 마련하여 마치 잘못 맞춰진 조명처럼 그녀를 비추기에 앞서 다른 소녀들을 먼저 비추었다. 내 마음이 느끼는 아픔과 알베르틴과의 추억이 필연적으로 연결되지도 않았고, 어쩌면 이 아픔을 다른 소녀 이미지에다 연결할 수 있을 것도 같았다. 이런 사실은 섬광 같은 순간에 현실을 사라지게 했고, 질베르트에 대한 내 사랑처

---

* 5편 「갇힌 여인」에서 알베르틴과의 동거 생활을 가리킨다.

럼 외적인 현실뿐 아니라(나는 이 사랑을 사랑하는 이의 개별적인 장점이나 특이한 성격, 사랑하는 이를 내 행복에 불가피한 존재로 만드는 온갖 요소가 오로지 내 자아에서만 나오는 그런 내적인 상태로 인식했다.) 내적이고 순전히 주관적인 현실마저도 사라지게 했다.

"소녀들 가운데 하나는 아틀리에 앞을 지나가다 잠시라도 반드시 들른다네." 하고 엘스티르가 말했다. 난 할머니께서 엘스티르를 찾아가 보라고 했을 때 바로 방문했더라면 이미 오래전에 알베르틴과 아는 사이가 되었을 텐데 싶어 무척이나 가슴이 아팠다.

그녀는 멀어져 갔다. 이제 아틀리에에서는 그 모습이 보이지 않았다. 친구들을 만나러 방파제로 가는 거라고 생각했다. 그곳에 엘스티르와 함께 갈 수만 있다면 그녀들을 소개받을 수 있을 텐데. 나는 엘스티르가 나와 함께 해변을 한 바퀴 도는 일에 동의하게 하려고 수많은 구실을 생각해 냈다. 소녀가 작은 창틀에 나타나기 전의 평온함을 잃어버린 내 눈에는 그때까지 인동덩굴 아래서 그렇게 매력적으로 보이던 작은 창틀도 텅 비어 보였다. 엘스티르는 나와 함께 몇 걸음 걷는 것도 좋지만, 우선은 그리던 그림을 마쳐야 한다면서 내게 고통이 섞인 기쁨을 주었다. 그는 꽃을 그리고 있었다. 내가 그려 달라고 부탁하고 싶었던 꽃은 아니었다. 내가 주문하고 싶었던 꽃은 인물 초상보다는 꽃의 초상으로, 내가 그토록 자주 그 앞에서 — 하얀색 또는 분홍색 산사나무 꽃, 수레국화, 사과나무 꽃 — 헛되이 찾았던 것을 그의 천재적 계시를 통해 배우고 싶었기 때문이다. 엘스티르는 그림을 그리면서 식물학에 대해 얘기했지만 내 귀에는 거의 들리지 않았다. 이제 엘스티르는 그 자체로 충분한 존재가 아니라 그저 소녀들과 나를 이어 주는 중개자에 지나지 않았다. 조금 전 그의 재능에 부여했던 명예도, 그가 나를 이 작은 무리에 소개해 주어 그들 눈에 날 매력적으로 보이게 하는 한에서만 가치가 있었다.

나는 그의 작업이 끝나기만을 초조하게 기다리면서 아틀리에 안을 왔다 갔다 했다. 벽 쪽에 겹겹이 싸인 습작품을 보려고 몇 개 집어 들었다. 그러다 엘스티르의 삶에서 꽤 오래된 시기에 그려진 것처럼 보이는 수채화 하나를 밝은 곳으로 꺼냈는데, 그 작품은 멋진 솜씨와 독특하고도 매력적인 주제를 다룬 데서 오는 특별한 매혹을 내게 안겨 주었다. 우리는 이 매력이 자연 속에서 이미 물질적으로 실현된 것으로, 화가가 단지 이를 발견하고 관찰하고 재현하기만 하면 된다고 생각하며, 이 매력의 일부를 주제 덕분으로 돌린다. 이러한 대상이 화가의 해석과는 별도로 아름답게 존재할 수 있다면, 이 대상이 이성에 의해 반박되는 우리 본래의 물질주의적인 성향을 만족시켜 주고 미학의 추상화에 대항하기 위한 견제로서 작용하기 때문이다. 그 수채화는 썩 아름답지는 않지만 묘한 타입의 여인을 그린 초상화로, 그림 속 주인공은 버찌 빛 실크 리본을 두른 중산모와도 비슷한 머리띠를 하고 있었다. 손가락 끝이 보이는 장갑 낀 손 하나는 불붙인 담배를 쥐고 있었고, 다른 한 손은 단순한 햇빛 가리개인 커다란 정원용 밀짚모자를 무릎 높이까지 들고 있었다. 그녀 옆 탁자에는 장미가 가득 담긴 작은 꽃병이 놓여 있었다. 흔히 이 경우도 마찬가지지만, 이런 작품들이 특이한 것은 처음에는 명확하게 알아보기 어려운 어떤 특수한 상황에서 제작되었기 때문인데, 이를테면 여자 모델의 낯선 분장이 가장무도회를 위한 변장인지, 반대로 화가의 충동에 따라 입힌 노인의 붉은 외투가 교수나 판사의 가운인지, 아니면 추기경의 어깨 망토인지 잘 알 수 없을 때가 있다. 내 눈 아래 보이는 이 존재의 모호한 성격은 예전에 배우였던 여자가 반쯤 남자로 가장한 데서 연유한 듯했지만 잘 이해가 가지 않았다. 그러나 짧지만 부푼 머리칼에 얹힌 중산모와 안감 없는 벨벳 재킷 속에 주름 있는 셔츠가 보이는 모습이, 내게 그것이 유행했던 시기와 모델 성별에 대해 망설이게 했으므로, 화가가 그린 그림 중 가장 밝다는 점만을 제외하고는, 정확하게 무엇을 그린 것인지 알 수 없었다. 또 그림이 주는 기쁨도 엘스티르가 지체하는 바람에 소녀들을 놓쳐 버리지는 않을까 하는 두려움 때문에 방해를 받았는데, 해가 이미 기울어 작은 창문 아래로 낮아졌기 때문이다. 이 수채화 속 어떤 것도 단순히 사실로 확인되거나 장면의 효용성 때문에 그려지지 않았다. 예를 들어 여인이 옷을 입어야 했기에 의상이, 꽃을 꽂아야 했기에 꽃병이 그려진 게 아니라는 말이다. 꽃병 유리는 그 자체의 특징으로 사랑을 받으며 물을 담은 듯했고, 그 안의 카네이션* 줄기는 물처럼 투명해서 거의 액체처럼 보였다. 여인의 옷차림은 그 자체로 독

---

* 위에서는 꽃병에 꽂힌 꽃이 장미로 되어 있다.

립적이면서도 우호적인 매력을 지닌 질료에 둘러싸여, 옷이라는 공산품도 매력의 측면에서는 자연의 경이로움 못지않다는 듯, 고양이 털이나 카네이션 꽃잎, 비둘기 깃털과 마찬가지로 무척이나 섬세했고, 눈으로 만지기에도 촉감이 좋았으며, 매우 상쾌하게 그려져 있었다. 주름진 셔츠의 하얀빛은 마치 싸락눈의 정교함과 가벼운 주름이 은방울꽃의 작은 종을 늘어놓은 듯 방의 밝은 반사광으로 별처럼 총총 빛났고, 반사광도 그 자체로 날카로웠으며 리넨 천에다 수놓은 꽃다발마냥 섬세한 뉘앙스를 풍겼다. 그리고 진주 빛으로 반짝이는 벨벳 재킷도 여기저기 삐죽삐죽하고 너덜너덜한 데다 털로 덮여, 꽃병 속 카네이션의 흐트러진 모습을 연상시켰다. 그러나 사람들은 특히 엘스티르가, 재능을 가지고 맡은 역할을 연기하기보다는 몇몇 관객의 무기력하고 퇴폐적인 관능에 몸을 맡기는 그런 자극적인 매력을 더 중요하게 여기는 것처럼 보이는 이 젊은 여배우의 남장이, 어떤 부도덕함을 나낼 가능성에도 개의치 않고 오히려 그런 모호함의 특징에 집착하여, 마치 미학적인 요소라도 되는 듯 일부러 그 점을 강조하고 돋보이게 하려고 온갖 노력을 기울였다는 걸 느낄 수 있었다. 얼굴 선을 따라 드러난 모습은, 조금은 사내아이 같은 소녀라는 점을 고백하는 듯했으며, 잠시 자취를 감추었다가 다시 나타난 모습은 이번에는 방탕하고 몽상에 잠긴 여성스러운 젊은이일지도 모른다는 암시를 주었고, 그러다 다시 사라지면서 포착할 수 없는 것이 되어 버렸다. 꿈꾸는 듯 슬픔에 젖은 눈길의 특징도 세심한 주의를 기울여 방탕함과 연극 세계에 속하는 액세서리와 대조를 이루도록 그려졌는데 우리를 당혹스럽게 하는 요소 중 하나였다. 게다가 이 특징은 꾸민 것처럼 보였고, 도발적인 의상으로 애무에 몸을 맡기는 듯 보이는 젊은이는 은밀한 감정과 고백하지 못할 슬픔을 담은 소설적인 표현을 그 옷에 덧붙이며 재미있어하는 것 같았다. 초상화 아래에는 "미스 사크리팡, 1872년 10월."*이라고 적혀 있었다. 나는 감탄하지 않을 수 없었다. "오! 아무것도 아닐세. 젊은 시절에 그린 엉터리 그림이라네. 바리에테 극장** 공연을 위한 의상이었지. 다 오래된 얘기지만." "모델은 어떻게 되었습니까?" 내 말에 엘스티르가 놀란 얼굴을 하더니 금세 무관심하고 멍한 표정으로 바뀌었다. "자, 어서 내게 그림을 주게." 하고 그가 말했다. "엘스티르 부인이 오는 소리가 들리는군. 비록 이 중산모를 쓴 젊은 여인이 내 삶에서 어떤 역할도 하지 않았다고 단언할 수 있지만, 그래도 구태여 아내에게

---

* 「미스 사크리팡」은 필리프 질(Philippe Gille)의 대본과 쥘 뒤프라토(Jules Duprato)의 작곡으로 1866년 처음 파리에서 상연된 오페레타다. 사크리팡이라는 별명으로 불리는 지오바노가 여자로 변장하면서 벌어지는 이야기로, 지오바노 역을 여자 배우가 연기함으로써 성적인 모호성이 강조되었다. 또한 이 초상화 모델에 대해서는 여러 그림이 거론되는데, 르누아르가 그린 「남장을 한 앙리오 부인」,(앙리오 부인은 당시 코메디 프랑세즈의 여배우로 강아지를 찾으러 갔다 화염에 싸여 사망한 비극의 주인공이다.) 휘슬러의 「올란도로 분장한 아키볼드 캠벨 부인」(1879)과 「푸른 옷, 코니 질크리스트」(1879), 마네의 「에스파다 옷을 입은 빅토린 뫼랑」(1862) 등이 있다. 게다가 마네와 휘슬러의 이름은 이 텍스트 뒷부분에서 직접 명시된다.
** 1807년 몽마르트르에 세워진 이 극장은 오펜바흐의 희가극으로 큰 성공을 거두었다.

이 수채화를 보일 필요는 없겠지. 그 시대 극장에 대한 재미 있는 자료로 보관하고 있을 뿐이니까." 그러고는 수채화를 등 뒤에 감추기 전에, 아마도 오랫동안 보지 못했던지 그는 주 의 깊게 눈길을 쏟았다. "머리 부분만 남겨 뒀어야 해." 하고 그가 중얼거렸다. "아랫부분은 정말 잘 못 그렸는걸, 초보자 의 솜씨야." 엘스티르 부인의 도착으로 우리 산책이 지체되는 게 정말 안타깝기만 했다. 창문 테두리가 이내 장밋빛이 되었 다. 이제는 외출이 필요없어졌다. 지금 나가도 소녀들을 만날 가능성은 전혀 없었으므로, 엘스티르 부인이 빨리 나가든 늦 게 나가든 이미 상관이 없었다. 게다가 부인은 오래 있지 않 았다. 나는 그녀가 매우 따분하다고 생각했다. 만약에 그녀 가 스무 살이고 로마 들판에서 소를 몰고 있었다면 아름답다 고 생각했을지 모른다. 그러나 그녀의 검은 머리칼은 이제 희 게 세고 있었다. 그녀는 소박하지도 않은 그저 평범한 여자였 으며, 자신의 조각 같은 아름다움을 위해 엄숙한 태도와 당당 한 자태가 필요하다고 믿는 듯했지만, 이것도 나이 때문에 모 든 매력을 잃었다. 그녀의 옷차림은 지극히 단순했다. 엘스티 르가 말끝마다 존경을 담은 다정한 목소리로 "나의 아름다운 가브리엘!"*이라고 말하는 걸 들으면서, 마치 그 말을 발음 하는 것만으로도 그에게는 감동과 존경이 생기는 것처럼 보 여 사람들은 감동하면서도 의아해했다. 훗날 엘스티르가 그

---

* 가브리엘은 르누아르(Auguste Renoir, 1841~1919)가 말년에 좋아하던 모델 이자 정부로, 관능적이고 풍만한 여인의 모델로 자주 등장하는 그녀의 특징은 오르세 미술관의 「장미꽃 꽂은 가브리엘」(1911)에서 잘 드러난다.

린 신화적 주제의 그림을 알게 되고서야, 나도 비로소 엘스티르 부인을 아름답게 보게 되었다. 나는 그의 작품에서 끊임없이 반복되는 몇몇 선과 아라베스크로 요약되는 어떤 이상적인 유형이나 어떤 표준적인 아름다움에 그가 성스러운 성격을 부여하고 있음을 깨달았다. 왜냐하면 그는 자신의 모든 시간, 가능한 모든 사유의 노력, 한 마디로 그의 삶 전체를, 이러한 선들을 보다 명확히 하고 보다 충실히 재현하는 데 바쳤기 때문이다. 이러한 이상이 엘스티르에게 고취한 것은 무척이나 경건하고 까다로운 숭배, 결코 자신이 만든 작품에 만족하지 못하게 하는 숭배였다. 이 이상은 그의 가장 내밀한 부분이었으며, 그래서 그는 초연한 마음으로 그 이상을 바라볼 수도, 거기서 감동을 끌어낼 수도 없었다. 그러다 드디어 그의 밖에 있는 한 여인의 몸, 즉 나중에 엘스티르 부인이 된 여인의 몸에서 이 이상이 구현된 걸 보자, 그는 자신의 이상이 가치 있고 감동적이며 신성하다는 사실을(이러한 일은 우리 자신이 아닌 것에서만 가능하기에) 깨달았다. 게다가 지금까지 숱한 노력으로 자신에게서 끌어내야 했던 그 '아름다움' 위에 입술을 얹을 수 있으며 그 신비로운 아름다움의 화신이 일련의 유효한 영성체를 위해 그에게 몸을 내맡겼으니 이 얼마나 커다란 휴식이겠는가! 이 시기의 엘스티르는 이상의 실현을 오로지 사유의 힘에만 기대하는 젊음의 초기 시절에서 이미 벗어나 있었다. 그는 정신력을 자극하기 위해 육체의 만족에 의지하는 나이, 정신의 피로가 우리를 물질적인 것으로 기울게 하고 활동력의 감소가 다른 사람의 영향을 수동적으로 받아들일 수 있는 쪽으로 기울게 하면서 어쩌면 자연스럽게 우리 이상을 실현해 주는 몇몇 육체와 직업과 특권적인 리듬이, 재능이 없어도 어깨의 움직임이나 목의 팽팽한 선을 그대로 모사하기만 해도 걸작을 만들 수 있다고 자신을 설득하기 시작하는 그런 나이에 이르고 있었는지도 모른다. 또 이 나이에는 장식 융단이나 골동품 가게에서 발견하는 티치아노의 아름다운 스케치, 또는 티치아노의 스케치만큼 아름다운 정부에게서, 즉 우리 밖이나 가까이에 있는 '아름다움'을 우리 시선으로 어루만지기를 좋아한다. 이러한 사실을 깨닫자 나는 엘스티르 부인을 바라보며 기쁨을 느끼지 않을 수 없었고, 그녀의 몸도 더 이상 둔중해 보이지 않았다. 이는 내가 그녀의 몸을 하나의 관념, 즉 비물질적인 창조물이자 엘스티르의 초상화라는 관념으로 채웠기 때문이다. 그녀는 내게 그런 초상화 중 하나였고, 틀림없이 엘스티르에게도 그러했을 것이다. 예술가에게 삶의 요인은 중요하지 않으며 단지 그의 천재성을 드러내 보이는 기회일 뿐이다. 엘스티르가 그린 다른 열 명의 초상화를 나란히 놓고 보아도 난 그것이 무엇보다도 엘스티르의 작품이라는 걸 느낄 수 있었다. 단지 삶을 뒤덮는 재능이라는 밀물이 지나가면, 뇌가 피로해지고 조금씩 균형이 깨지면서, 마치 만조 때 강어귀에 높은 파도가 생겨났다가 본래 흐름을 되찾듯이, 우리 삶이 다시 그 위를 차지한다. 그런데 첫 번째 시기가 지속되는 동안, 예술가는 조금씩 그의 무의식적 재능의 법칙과 표현을 끌어낸다. 그가 만약 소설가라면 어떤 상황이, 화가라면 어떤 풍경이 그에게 작품 소재를 제공하는지 알 수 있으며, 이 소재는 그 자체로는 중요하지 않지만, 실험실이나 아틀리에처럼 그의 탐색에는 필수적이다. 그는 부드러운 빛의 효과와 만족하지 못하는 부분을 고쳐 그리는 후회의 감정으로, 또 나무 아래서 포즈를 취하는 여인이나 조각상처럼 반쯤은 물에 잠긴 여인으로 자신이 걸작을 만들었다는 사실을 안다. 어느 날 두뇌의 노쇠 때문에 자신의 재능이 사용했던 소재를 앞에 두고도 작품을 만들 힘이 더 이상 남아 있지 않은 날이 와도 작품 소재가 그의 마음속에 일깨우는, 즉 일을 하도록 부추기는 미끼인 그런 정신적인 즐거움 때문에 그런 소재를 옆에 둔다는 사실만으로도 행복해하며, 계속해서 소재를 탐색할 것이다. 그리고 그 소재가 다른 무엇보다도 탁월하며, 그 안에 예술 작품의 상당 부분이 이미 자리하고 있어, 어떤 점에서는 이미 완성된 작품을 담고 있기라도 한 듯, 일종의 미신과도 같은 신앙으로 그 소재를 감싸면서 예술가는 모델을 자주 만나 찬미하는 일밖에 다른 일은 더 이상 하지 않을지도 모른다. 그가 과거에 쓴 소설의 주제가 죄인의 회한이나 갱생이었다면, 그는 이 회개한 죄인과 더불어 끝없이 이야기를 나눌 것이다. 안개가 빛을 무디게 하는 고장에 별장을 사고 여인들이 해수욕하는 모습을 바라보면서 오랜 시간을 보내리라. 아름다운 천을 수집하리라. 그리하여 삶의 아름다움이란 뭔가 의미를 상실한 이 단계, 내가 일찍이 보았듯이 스완이 멈추었던 예술 이전의 이 단계는, 창조적 재능의 약화로 인해 자신에게 영감을 주었던 형식을 우상처럼 숭배하고, 최소한의 노력만 기울이기를 열망하는 단계로서, 언젠가는 엘스티르도 틀림없이 점차로 가게 될 퇴보의 단계였다.*

마침내 그는 그리던 꽃 그림에 마지막 붓질을 가했다. 나는 꽃을 바라보며 잠시 시간을 보냈다. 이제 해변에 소녀들이 없다는 걸 알았으므로 서두를 필요가 없었다. 하지만 소녀들이 아직 해변에 있고 이렇게 시간을 보내느라 소녀들을 놓친다 해도, 나는 여전히 꽃들을 바라보았을 것이다. 엘스티르는 소녀들과 나를 만나게 하는 일보다 꽃에 더 관심이 있다고 스스로에게 말했을 테니까. 나의 철저한 이기주의와 정반대되는 우리 할머니의 성품은, 그렇지만 내 성격에도 반영되고 있었다. 사실은 별 관심이 없으면서도 언제나 사랑하고 존경하는 척하는 누군가가 귀찮은 일을 당하면, 내가 설사 위험에 처할지언정 내 위험은 대수롭지 않게 여기고, 상대방의 어려움을 중대한 일로 여기며 동정하는 수밖에 달리 어쩌지 못했을 것이다. 그 일이 상대방에게는 그런 비중으로 보였을 테니까. 사실 있는 그대로 말하자면 그보다 도가 지나쳐 나 자신에게 도래한 위험을 한탄하기는커녕 그 위험과 맞서 싸우려 했으며, 또 타인에 관계되는 위험인 경우, 오히려 나 자신에

---

* 여기서 '이 단계'란 예술 자체보다 삶의 아름다움을 더 중요시하는 단계, 즉 프루스트가 '우상 숭배(idolâtrie)'라고 부르는 단계를 가리킨다. 스완의 잘못은 러스킨과 마찬가지로 자신의 삶을 예술 작품에 버금가는 미학적인 가치를 가진 것으로 만드는 데 있으며, 이처럼 창조에 이르지 못하고 타인의 예술을 맹목적으로 숭배하는 스완은 실패한 예술가가 될 수밖에 없다.(『잃어버린 시간을 찾아서』 2권 67~71쪽 참조.)

게 다가올 위험의 가능성이 더 많은데도 타인을 위험에서 벗어나게 하려고 애썼을 것이다. 이는 내 명예와는 전혀 상관없는 몇 가지 이유에 기인한다. 그중 하나는 내 이성으로 추론하는 한, 나는 내가 특히 생명에 집착한다고 믿었으므로, 내 삶의 여정 동안 말하기조차 민망할 정도로 유치한 도덕적 근심이나 신경 불안에 자주 사로잡혔지만, 만약 내게 생명의 위협이 될 만한 뜻밖의 상황이 벌어질 경우, 이 죽는다는 새로운 걱정거리가 다른 걱정들에 비해 상대적으로 가볍게 느껴졌으므로 거의 희열에 가까운 안도감을 느끼며 이 걱정거리를 받아들였다. 세상에서 가장 용기 없는 인간인데도, 이성으로 따져 볼 때는 내 기질에는 아주 낯선, 생각할 수도 없는 그런 위험에의 도취를 체험했다고 생각한다. 하지만 아주 평온하고 행복한 시기에 어떤 위험이, 설령 치명적인 위험이 닥친다 할지라도 내가 만약 다른 사람과 함께 있다면, 그 사람을 피신하게 하고 위험한 자리는 내가 맡았을 것이다. 이처럼 꽤 많은 경험이 내가 항상 이렇게 행동해 왔으며 그것도 즐겁게 한다는 걸 나 자신에게 가르쳐 주었는데, 실은 내가 이처럼 믿고 확인한 것과 달리, 나는 내가 타인 의견에 매우 민감하다는 사실을 깨닫고는 엄청난 수치심을 느꼈다. 이런 말 못할 자존심은 그렇지만 허영심이나 거만함과는 전혀 상관이 없다. 왜냐하면 허영심이나 거만함을 충족시킬 수 있는 것은 내게 어떤 기쁨도 주지 않았으며, 나는 늘 그런 기쁨을 삼가 왔기 때문이다. 그러나 내가 사람들 앞에서 보잘것없는 존재가 아니라는 인상을 줄 만한 아주 작은 장점도 완벽하게 감추는 데 성공했다고 해서, 나보다 그들을 죽음에서 보호하려고 더 많은 노력을 기울인다는 점을 그들에게 보여 주는 기쁨을 스스로 거절할 필요는 없었다. 그러므로 내 동기는 자존심이지 미덕이 아니며, 그런 이유로 나는 그들이 상황에 따라 행동을 달리해도 당연하게 생각한다. 나는 그 점에 대해 그들을 비난하지 않는다. 만약 그들과 마찬가지로 이 경우 반드시 해야만 하는 의무감이라는 생각에 따라 움직였다면 나도 분명 그렇게 했을 것이기 때문이다. 오히려 나는 그들이 목숨을 보존하려고 한 사실을 매우 현명하게 생각하며 내 목숨을 소홀히 하지 않고는 못 배겼는데, 이런 사실은 폭탄이 터질 때 내가 앞장서서 보호하던 사람들이 내 목숨보다 가치 없는 사람이라는 사실을 알게 된 후부터는 너무도 어리석게 생각되어서 죄책감마저 들었다. 게다가 엘스티르를 방문한 날은 이런 가치의 차이를 인식한 날과는 시간적으로 거리가 멀었으며 위험과도 전혀 관계없는, 그저 아직 끝나지 않은 수채화가의 작업보다 내가 열렬히 바라는 기쁨에 더 중요성을 부여하는 모습을 보이지 않으려는 유독(有毒)한 자존심의 전조에 지나지 않았다. 드디어 수채화가 완성됐다. 그리고 밖에 나와 보니 — 이 계절에는 낮이 길었으므로 — 내 생각보다 그렇게 늦은 시각이 아니었다. 우리는 방파제로 갔다. 소녀들이 아직 지나갈 듯한 장소에 엘스티르를 멈추게 하려고 얼마나 술책을 부렸던지! 우리 옆에 치솟은 절벽을 가리키며 끊임없이 그에게 절벽에 대한 이야기를 청하면서 그가 시간을 잊고 그곳에 머물도록 했다. 해변 끝으로 가면 그 작은 무리를 따라

잡을 기회가 많을 것 같았다. "저 절벽 근처에 선생님과 함께 잠시 가 보고 싶어요." 하고 나는 엘스티르에게 말했다. 소녀들 가운데 한 소녀가 종종 그쪽으로 가는 걸 마음에 새겨 두었기 때문이다. "가는 동안 카르케튀트에 대해 말해 주세요. 아! 정말 카르케튀트에는 꼭 가 보고 싶었거든요!" 하고, 난 엘스티르의 「카르케튀트 항구」에 그토록 힘차게 드러난 새로운 특징이, 이 해변의 특별한 가치보다는 어쩌면 화가의 시각에서 비롯되었다는 사실은 생각하지도 못한 채 이렇게 덧붙였다. "그 그림을 본 후부터는 푸앵트뒤라*와 더불어 제가 가장 알고 싶은 장소가 됐나 봐요. 하기야 여기서는 꽤 먼 여행이 되겠지만요." "비록 푸앵트뒤라보다 가깝지는 않지만 그래도 자네에게는 카르케튀트를 권하는 게 나을 것 같군." 하고 엘스티르가 대답했다. "푸앵트뒤라도 감탄이 나오는 곳이지만, 그래도 그곳은 결국 자네도 잘 아는 노르망디나 브르타뉴의 커다란 절벽에 지나지 않으니까. 카르케튀트는, 낮은 해변에 있는 바위들하며, 아주 다르네. 내가 알기로 프랑스에는 그와 유사한 곳이 없네. 차라리 플로리다의 몇몇 장소를 연상시킨다고나 할까. 매우 신기한 데다가 지극히 야생적인 곳이지. 클리투르와 느옴** 사이에 있는데 알다시피 해역이 얼마나 황량한지 모르네. 해안선도 매력적이고. 이곳 해안선은 그저 그렇지만, 그곳은 얼마나 우아하고 부드러운지 말

---

* 대서양 연안에 있는 브르타뉴 지방의 곶 이름을 말한다.
** 가상의 도시처럼 보인다.

로 다 할 수 없다네."

해가 지고 있었다. 돌아가야 했다. 엘스티르를 별장 쪽으로 끌고 갔을 때, 난 갑자기 파우스트 앞에 나타난 메피스토펠레스처럼 길 끝에서 — 나처럼 연약하거나 고통스러운 감수성과 지성이 과도한 자에게는 없는, 나의 기질과는 완전히 반대되는 거의 야만적이고 잔인한 생명력이 단지 비현실적이고 악마적인 표현으로 객관화되었다는 듯이 — 다른 어떤 것과도 혼동할 수 없는 정수(精髓)의 몇 방울 얼룩이, 자포동물* 소녀들 무리에서 떨어져 나온 별들이 몇 개 나타났다. 그녀들은 나를 보지 못한 기색이었지만, 아마도 나에 대해 냉소적인 판단을 할 게 틀림없었다. 그녀들과 우리 사이의 만남이 불가피하다고 느끼면서, 또 엘스티르가 나를 부르리라고 예상하면서, 난 마치 파도를 받아 넘기려는 해수욕객처럼 등을 돌렸다. 나는 갑자기 길을 멈추고는, 나의 저명한 동반자가 계속 길을 가도록 내버려 두고 뒤에 처져서는, 그 순간 우리가 지나가던 골동품 가게 진열창에 갑자기 흥미를 느끼기라도 한 듯 몸을 기울였다. 소녀들에게 내가 다른 생각을 하고 있는 척해 보이는 게 불쾌하지만은 않았다. 그리고 엘스티르가 날 소개하기 위해 부를 때, 놀란 것이 아니라 짐짓 놀라는 척해 보이고 싶은 욕망에서 일종의 묻는 듯한 눈길로, — 이 경우 우리는 각자 서툰 배우이며 또는 상대방이 훌륭한 관상학자이기에 — 또 손가락으로는 내 가슴을 가리키며 "당신이 부른 사람이 바로 난가요?"라고 물

---

* 산호나 해파리처럼 동물이지만 식물로 보이는 생물을 말한다.

으면서, 알고 싶지 않은 사람에게 소개되느라 옛 도자기 감상을 방해받았다는 듯 짜증이 묻어나는 걸 냉정하게 감추고는, 복종과 온순함으로 머리를 굽히고 재빨리 달려가리라는 걸 나는 이미 막연하게 알고 있었다. 그동안 나는 진열창을 주시하면서 엘스티르가 소리 높여 부르는 내 이름이 마치 우리가 기다리는, 별로 위험하지 않은 공처럼 날 때릴 순간을 기다렸다. 소녀들을 소개받는다는 확실성이 그 결과로서 소녀들에 대한 무관심을 가장하게 했을 뿐만 아니라 실제로 그런 감정을 느끼게 했다. 그녀들을 알게 되는 기쁨을 피할 수 없게 된 지금 그 기쁨은 압축되고 축소되어, 생루와 이야기하거나 할머니와 저녁 식사를 하거나, 근교에서 즐기는 소풍의 기쁨보다 더 하찮게 생각되었고, 틀림없이 역사 기념물 같은 것엔 관심도 없을 그녀들과의 친분 때문에 어쩔 수 없이 소풍도 소홀히 해서 후회를 하게 될 거라는 생각도 들었다. 게다가 내가 맛보게 될 기쁨을 작아지게 한 것은 실현이 임박하다는 점뿐만 아니라, 그 비일관성이었다. 정수역학(靜水力學)의 법칙과도 같은 정확한 법칙은 정해진 순서에 따라 우리가 형성하는 이미지를 쌓아 올리다가 사건이 임박해지면 그 순서를 전복시킨다고 한다. 엘스티르가 나를 부르려고 했다. 소녀들을 알게 되는 장면을 해변이나 내 방에서 몇 번 상상해 본 적은 있지만 이런 방식은 전혀 아니었다. 지금 일어나려고 하는 것은 내가 전혀 대비하지 못한 다른 사건이었다. 나는 내 욕망도 목적도 알아보지 못했다. 엘스티르와 외출한 게 거의 후회되기까지 했다. 하지만 무엇보다 이전에 내가 느낄 거라고 믿었던 기쁨이 줄어든 것은 이제는 그 무엇도 내게서 그 기쁨을 빼앗지 못하리라는 확실성에서 비롯했다. 그리고 기쁨이 이런 확실성의 압박에서 벗어나 탄력적인 힘 덕분에 본래 높이를 되찾은 것은, 내가 고개를 돌리려고 결심한 순간, 몇 발짝 떨어진 곳에서 소녀들과 함께 멈춰 서 있는 엘스티르가 작별 인사를 하는 모습을 본 순간이었다. 엘스티르 옆에 가장 가까이 있던 소녀의 얼굴은 통통하고 눈빛이 반짝거려, 조금이라도 하늘이 보이게 틈을 남겨 둔 케이크 같았다. 그녀의 눈은 고정되어 있어도 움직이는 듯한 인상을 주어 마치 강풍이 부는 날, 대기가 눈에는 보이지 않아도 무척 빠르게 창공을 지나가는 모습을 인지할 때와도 같았다. 한순간 그녀의 눈길이 내 눈길과 마주쳤는데, 흡사 폭풍우가 치는 날, 조금은 느리게 흘러가는 구름에 다가가 구름을 만지고 앞지르는 하늘의 나그네들인 듯했다. 하지만 나그네들은 서로를 알지 못한 채 멀리 날아가는 법. 이처럼 우리 눈길도 한순간 마주쳤지만, 각자 자기 앞에 있는 천상의 대륙이 미래에 대해 어떤 약속과 위협을 담고 있는지 알지 못했다. 그녀의 눈길이 속도를 늦추지 않으면서 정확히 내 눈길에 들어온 순간, 구름이 가볍게 그녀의 눈길을 가렸다. 이처럼 맑은 밤, 바람이 실어 온 달은 구름 밑을 지나 잠시 그 빛을 가리다가 빠르게 다시 나타났다. 하지만 엘스티르는 나를 부르지도 않은 채, 이미 소녀들 옆을 떠났다. 소녀들은 지름길로 들어섰고, 그는 내게로 왔다. 모든 게 어긋났다.

나는 그날 알베르틴이 이전 날들과 같아 보이지 않으며 그녀를 볼 때마다 매번 다르게 보인다고 말한 적이 있다. 하지만 그 순간 나는 한 존재의 외모나 중요성, 체격에서의 몇몇 변화는 그 존재와 우리 사이에 놓인 몇몇 상태의 변화에서 비롯된다는 걸 느꼈다. 이런 점에서 가장 중요한 역할을 하는 것 중 하나가 믿음이다.(그날 저녁 내가 알베르틴을 알게 되리라는 믿음과, 뒤이어 그 믿음의 상실은 몇 초 간격으로 내 눈에 그녀를 거의 아무것도 아닌 존재로 만들었다가 또 한없이 소중한 존재로 만들었다. 몇 해 후에도 알베르틴이 내게 충실하다는 믿음과 또 그 믿음의 상실은 이와 유사한 변화를 가져왔다.)

물론 콩브레에서 나는 이미 시간에 따라, 내 감성이 나뉘는 커다란 두 방식 가운데 어느 하나에 들어가느냐에 따라, 어머니가 곁에 없는 슬픔이 작아졌다 커졌다 하는 것을 보아 왔는데, 그 슬픔은 오후 동안에는 마치 햇빛이 비칠 때의 달빛처럼 보이지 않다가, 밤이 오면 최근에 지워진 기억 대신 내 불안한 영혼 속을 홀로 지배했다. 하지만 그날, 나를 부르지 않은 채 소녀들과 헤어지는 엘스티르의 모습을 보면서, 나는 어떤 기쁨이나 슬픔이 우리 눈에 보이는 중요성의 변화는 이 두 상태의 교차에서뿐 아니라 보이지 않는 믿음의 이동에 따라 생긴다는 걸 깨달았으며, 이 믿음이 이를테면 우리로 하여금 죽음에 대해 무관심하게 만든다는 것도 깨달았다. 이는 믿음이 죽음 위에 비현실의 빛을 뿌려 놓기 때문인데, 그래서 우리는 음악이 연주되는 저녁 모임에 가는 데 그토록 중요성을 부여하다가도 갑자기 단두대에서 처형당하게 될 거라는 통보를 받으면 그만 이 모임을 적시던 믿음이 사라지면서 그 매력을 잃게 된다. 물론 이런 믿음의 역할에 대해 내 마음속의 뭔가는 알고 있었는데, 바로 의지였다. 하지만 지성과 감성이 계속해서 의지를 모르는 한, 의지가 아무리 안다 한들 아무 소용없는 일이다. 우리가 아직도 정부에게 집착한다는 걸 의지만이 알고, 지성과 감성은 우리가 그녀와 헤어지고 싶어 한다고 믿는다면, 그때 지성과 감성은 진심으로 믿은 것이다. 잠시 후 우리가 그녀를 다시 만나게 되리라는 믿음에 의해 지성과 감성이 흐려진 것이다. 하지만 이 믿음이 흩어지고, 정부가 우리 곁을 영원히 떠났다는 걸 갑자기 지성과 감성이 알게 되면 그때부터 지성과 감성은 초점을 잃고 광기에 사로잡힌 듯 아주 작은 기쁨도 무한히 키운다.

믿음의 변화는 또한 사랑의 소멸이다. 이미 존재하는 유동적인 사랑은 단지 한 여인에게 도달할 수 없다는 불가능성으로 인해 그 여인의 이미지에 멈춘다. 그때부터 우리는 머릿속에 그려 보기 힘든 여인을 생각하기보다는 그 여인과 사귈 방법을 더 많이 생각한다. 그리하여 고뇌의 온 과정이 전개되며, 그 과정은 우리가 거의 알지 못하는 대상인 여인 위에 우리 사랑을 고정하기에 충분하다. 우리 사랑은 거대해지며, 현실의 여인이 거기서 얼마나 작은 자리를 차지하는지는 생각조차 하지 않는다. 그러다 갑자기, 엘스티르가 소녀들과 함께 걸음을 멈추는 모습을 내가 본 순간처럼, 우리 불안이나 우리 사랑의 전부인 고뇌가 멈추는 순간, 우리가 충분히 생각해 보지 못한 가치를 가진 먹잇감을 마침내 손에 넣은 순간, 느닷없이 그 사랑은 사라진 것처럼 보인다. 난 알베르틴에 관해 과연 무엇을 알고 있었을까? 바다 위에 드러난 옆모습 한두 개, 베로네제*가 그린 여인들의 옆모습에 비해 아름다움이 훨씬 못 미치는 그 모습은, 내가 순전히 미학적인 이유에만 복종했다면, 그녀보다는 오히려 베로네제가 그린 여인들을 더 좋아했으리라. 그런데 불안한 마음이 가라앉기만 하면 다시 내 앞에 떠오르는 모습은 말없는 그녀의 옆모습뿐인데, 어떻게 다른 이유를 따를 수 있단 말인가? 알베르틴을 본 순간부터 나는 매일 그녀에 대해 수없이 생각했으며, 내가 그녀라고 부르는 인물과 더불어 끊임없이 내적 대화를 이어 가며 그녀로 하여금 질문하고 답하고 생각하고 행동하도록 했고, 시시각각 내 마음에 연이어 나타나는 상상의 알베르틴이라는 그 무한한 계열체 안에서, 해변에서 얼핏 본 실제 알베르틴은, 마치 어느 역을 '창조한' 스타 여배우가 긴 공연 일정 중 처음 며칠만 출연하듯이, 처음에만 그 모습을 드러냈다. 이런 알베르틴은 그저한 실루엣일 뿐 그 위에 겹쳐진 것은 모두 내가 만들어 낸 것이었다. 이처럼 사랑하는 이보다는 — 단지 양의 관점에서만 보아도 — 우리 자신이 사랑에 더 많이 기여한다. 가장 실제적인 사랑인 경우에도 이것은 진리다. 사랑은 아주 하찮은 걸로 이루어질 뿐만 아니라, 또 그런 것 주위에서 존속될 수 있다. 그리고 이 점은 성적 욕망을 충족한 사람의 경우에도 마찬가지다. 우리 할머니의 옛 그림 선생으로 신분이 비천한 정부에게서 딸 하나를 둔 분이 있었다. 아이가 태어난 지 얼마

---

* 14쪽 주석 참조. 베로네제는 종교화에도 아름다운 색채를 많이 사용했으며 당시 베네치아의 화려한 풍속화를 많이 그렸다.

지나지 않아 엄마는 죽었고, 그림 선생도 무척 슬퍼한 나머지 오래 살지 못했다. 선생이 죽기 몇 달 전에, 그 여자에 대해 한 번도 언급하지 않았던 나의 할머니와 콩브레의 몇몇 부인들은 — 선생이 그녀와 공식적으로 살지도 않았고 친척도 거의 없었으므로 — 선생에게 종신연금을 주기 위해 모금을 해서 어린 딸의 장래를 보장해 주자는 생각을 했다. 이 제안을 한 사람은 우리 할머니였는데, 몇몇 친구들은 귓등으로 흘렸다. 어린 딸이 정말로 그처럼 대단한 존재이며, 아버지라고 믿는 자의 딸이기는 한 걸까? 게다가 어머니라는 자가 그런 여자이고 보면 결코 확신할 수 없다고 했다. 그래도 결국은 모금을 하기로 결정했다. 어린 딸이 감사 인사를 하러 왔다. 못생긴 데다 늙은 그림 선생과 닮은 딸의 모습에 모든 의혹이 제거되었다. 딸이 가진 것 중 유일하게 머리칼이 고와 보였으므로, 한 부인이 딸을 데려온 아이 아버지에게 말했다. "머리칼이 참 곱네요!" 그러자 그 죄 많은 여자도 죽었고 선생도 거의 반송장이 된 상태여서 이제껏 모른 체해 오던 그 과거를 언급해도 별 해가 없을 거라 생각한 우리 할머니는 "아마도 유전인가 보죠. 이 아이 엄마 머리칼도 이처럼 고왔나요?"라고 덧붙였다. 그러자 "모르겠는데요." 하고 아이 아버지가 순진하게 대답했다. "전 모자 쓴 모습밖엔 본 적이 없거든요."

엘스티르에게 가야만 했다. 거울에 내 모습이 비쳤다. 소개받지 못한 참담함에 넥타이가 옆으로 비뚤어지고, 모자 밖으로 긴 머리칼이 삐져나온 모습이 정말로 꼴사나웠다. 그러나 그녀들은 어쨌든 이런 모습으로라도 엘스티르와 함께 있는 나를 보았고, 따라서 나를 잊을 수 없을 것이기에 행운이라고 생각했다. 게다가 그날 하마터면 끔찍한 조끼를 입을 뻔했는데 할머니의 조언으로 멋있는 조끼로 바꿔 입었으며, 내 지팡이 중 가장 멋있는 지팡이를 들고 나온 것 또한 행운이었다. 우리가 원하는 사건은 결코 우리가 생각하는 대로 일어나지 않으며, 기대할 수 있다고 믿었던 이점 대신에 우리가 기대하지도 않았던 다른 이점들이 나타나 결국 모든 것은 상쇄되기 마련이다. 또 우리는 최악의 상황을 두려워하기 때문에 전체를 통틀어 살펴보면 결국은 우연의 도움을 받았다고 생각하는 쪽으로 기울게 된다. "그 소녀들을 소개받았더라면 정말 좋았을 텐데요." 하고 나는 엘스티르 옆으로 가며 말했다. "그럼, 왜 그렇게 멀리 떨어져 있었나?" 그가 입 밖에 낸 이 말은 자신의 생각을 표현한 것이 아니었으리라. 만약 그가 정말로 내 소원을 들어주고 싶었다면, 내 이름을 부르는 거야 정말 쉬웠을 테니까. 그러나 어쩌면 잘못을 저지른 평범한 사람이 흔히 쓰는 이런 표현을 들은 적이 있기 때문에, 또 아무리 위대한 인물이라도 어떤 일에 있어서는 평범한 사람들과 똑같으므로 매일 먹는 빵을 같은 빵집에서 사는 것처럼 일상의 핑곗거리를 똑같은 목록에서 취하기 때문에 그런 말을 한 건지도 몰랐다. 이런 말은 어떻게 보면 거꾸로 읽혀야 하는지도 모른다. 왜냐하면 그 말이 문자 그대로 표현한 것은, 반사작용의 필연적인 결과이자 반사작용이 음화처럼 반대로 인쇄된 것과 같다는 점에서 진실의 반대를 의미하기 때문이다. "그녀들이 서둘러서요." 나는 분명 소녀들이 자신들에게 별로 호감을 느끼지 않는 누군가를 엘스티르가 부르지 못하도록 막았을 거라고 생각했다. 그렇지 않다면 내가 했던 온갖 질문으로 미루어 내가 소녀들에게 관심이 있다는 걸 그가 놓칠 리 없었기 때문이다. "자네한테 카르케튀르에 대해 말했었지." 하고 그는 내가 문을 나서기에 앞서 말했다. "작은 스케치 하나를 그린 게 있는데, 해변 윤곽이 잘 보인다네. 그림도 그렇게 나쁘지 않고. 하지만 아주 다른 종류의 그림이야. 자네가 원한다면 우리 우정의 기념으로 내 스케치를 주지." 하고 덧붙였는데, 마치 진짜 원하는 걸 거절한 대신 다른 걸 주겠다는 말처럼 들렸다.

"혹시 선생님께서 가지고 계시다면, 전 미스 사크리팡의 작은 초상화 사진을 한 장 받고 싶습니다만. 그런데 그 이름은 도대체 무슨 뜻인가요?" "아주 시시한 오페레타에서 모델이 맡았던 인물 이름이라네." "하지만 전 전혀 모르는 여자인데요. 선생님께서는 그렇게 생각하지 않으시는 모양이지만요." 엘스티르는 침묵을 지켰다. "혹시 결혼 전의 스완 부인은 아니겠지요." 하고 나는 우연히 갑작스러운 진실과의 만남을 예견한 듯 이렇게 말했는데, 이런 만남은 극히 드물긴 하지만 나중에 자신의 예감이 맞았다는 이론을 성립시키는 데 어떤 충분한 근거를 제공한다. 그 이론을 약화하는 오류를 모두 망각하도록 노력한다는 조건 아래에서 말이다. 엘스티르는 대답하지 않았다. 그것은 분명 오데트 드 크레시의 초상화였다. 그녀는 여러 이유로 그 초상화를 보관하고 싶어 하지 않았는데, 그중 몇 가지는 너무도 분명했다. 또 다른 이유도 있었다. 초상화는 오데트가 자기 모습을 다듬으며 얼굴과 몸매를 창조해 나가기 이전 것으로, 오랜 시간에 걸쳐 그녀의 미용사나 양재사 그리고 그녀 자신도 ─ 자세를 똑바로 하고, 말하고, 미소 짓고, 손을 놓고, 시선을 보내고, 생각하는 모습에서 ─ 그 선 대부분을 존중하게 될 것이었다. 스완이 그의 매력적인 부인인 '변하지 않는(ne variatur)' 오데트의 수많은 사진보다, 방 안에 둔, 팬지꽃으로 장식한 밀짚모자 아래 부푼 머리칼과 초췌한 모습에 야위고 추해 보이기까지 하는 젊은 여인의 작은 사진을 더 좋아했다면, 이는 사랑에 싫증을 느낀 연인의 타락한 취향 때문이었는지도 모른다.

그러나 그 초상화가 스완이 선호하던 사진과 마찬가지로, 오데트의 얼굴이 당당하고 매력적인 새로운 유형으로 자리 잡기 이전 것이 아니라 그 이후 것이었다 해도, 엘스티르의 시각은 그 유형을 얼마든지 해체했을 것이다. 예술적인 재능은 극도로 높은 고열과 같은 방식으로 작용하는 법이어서, 원자를 분해하고 또 절대적으로 반대되는 순서에 따라 다른 유형에 부응하는 원자를 한데 모은다. 여인이 자신의 얼굴에 가하는 이 모든 인공적인 조화를, 매일 외출하기 전에 모자의 기울기나 머리칼의 윤기, 눈의 생기를 거울 속에서 계속 살피고 그 변함없는 모습을 확인하는 이런 조화를, 위대한 화가의 눈길은 순식간에 파기하고, 그 자리에 대신 자기가 마음에 품은 여인의 회화적인 이상형을 충족시키기 위해 그 여인의 모습을 재구성한다. 마찬가지로 어느 나이에 이르면, 위대한 탐색자의 눈은 도처에서 관계를 설정하는 데 필요한 요소들을 발견하며, 또 그런 관계만이 그의 관심을 끈다. 마치 몇몇 일꾼들이나 노름꾼들이 당황하지 않고 자기 손에 떨어진 것에 만족하면서, 자기들이 이용할 수 있는 거라면 뭐든지 상관없다고 말하는 것과도 같다. 이렇게 해서 가장 도도한 미인인 뢰상부르 대공 부인의 사촌은 예전에 당시 새로웠던 예술에 심취해서는 한 자연주의 대가에게 자신의 초상화를 그려 달라고 부탁한 적이 있었다. 화가의 눈은 즉시로 자신이 도처에서 찾고 있던 것을 발견했다. 그리하여 그가 캔버스에 그린 것은 귀부인 대신 심부름꾼이었으며, 그녀 뒤로 비스듬하게 기운 광대한 보랏빛 배경은 피갈 광장*을 연상시켰다. 하지만 이런 경지까지는 가지 않더라도, 거장이 그린 여인의 초상화는 여인의 다양한 요구를 — 예를 들어 여인이 나이를 먹기 시작하면서 젊은 몸매를 과시하기 위해 딸의 동생 또는 딸의 딸처럼 보이게 하려고 거의 소녀 같은 옷차림으로 사진을 찍는다거나, 필요하다면 경우에 따라 자기 옆에 '보기 흉한 옷차림의' 딸을 두게 하는 — 충족해 주기는커녕 오히려 여인이 감추고자 하는 약점을 부각한다. 이 약점은 거의 초록빛이 감도는 여인의 병약한 안색처럼 어떤 '성격'를 드러내 주어 그만큼 화가의 관심을 더 끌지만 평범한 관람자에게는 환멸을 주기에 충분해서 여인이 거만하게 그 뼈대를 유지하는 이상형, 그리하여 여인을 환원 불가능한 유일한 형태로 멀리 인간 밖에, 인간 위에 군림하게 했던 이상형을 산산이 부숴 버린다. 누구도 손댈 수 없는 위치에서 군림하던 여인은 이제 자신의 고유한 '전형' 밖

* 파리의 대표적인 환락가이다.

으로 밀려나면서, 그녀를 우월하게 보던 우리의 모든 믿음을 잃어버린 채 평범한 여인으로 실추하고 만다. 이러한 '전형' 안에 우리는 오데트의 아름다움뿐 아니라 그녀의 인격이나 정체성도 포함시켰는데, 그녀에게서 이런 전형을 제거한 초상화를 앞에 두자 "진짜 흉하군!"이라는 외침에 더해 "하나도 안 닮았네!"라는 말이 나오려고 한다. 이 초상화가 그녀의 초상화라는 사실마저도 믿기 어렵다. 우리는 그녀를 알아보지 못한다. 그렇지만 이미 본 적이 있다고 분명히 느껴지는 존재가 저기 있다. 하지만 그 존재는 오데트가 아니다. 그 얼굴이며, 몸매며, 모습이 우리에게 친숙한 것이다. 그것들은 우리에게 이런 자세를 한 번도 취해 본 적 없는 여인, 그 일상적인 자태가 결코 이처럼 낯설고 도발적인 아라베스크*를 전혀 그려본 적 없는 여인이 아니라, 비록 그 모습은 항상 달라도 엘스티르가 그린 다른 모든 여인들을 환기한다. 그는 이렇게 여인 모습을 정면에서 그리기를 좋아했는데, 활처럼 휜 발이 치마 밖으로 나오고, 손에 든 크고 둥근 모자가 덮은 무릎 높이에서 대칭적으로 정면에 보이는 또 다른 원형인 얼굴과 조화를 이루었다. 그리고 마지막으로, 천재가 그린 초상화는 교태와 아름다움에 관한 이기적인 발상에 따라 정의된 여성의 전형을 해체할 뿐만 아니라, 옛 초상화라 할지라도 시대에 뒤진 옷이나 장신구로 치장하고 찍은 실물을 사진처럼 구식으로 보이게 하는 데 그치지 않는다. 초상화에서는 여인이 옷을 입는 방

---

* 아라비아풍의 다양한 문자나 식물의 기하학적 무늬를 말한다.

식뿐 아니라 화가가 여인을 그리기 위해 사용한 기법 또한 시대를 드러낸다. 엘스티르가 초기에 사용했던 기법은 오데트에게는 가장 견디기 힘든 출생증명서였는데, 이 기법은 당시 사진들처럼 그녀를 유명한 화류계 여자들의 막내 동생쯤으로 만들었을 뿐만 아니라 그녀의 초상화를, 마네나 휘슬러가 이미 망각 또는 역사 속으로 사라진 무수한 모델들을 보고 그린 수많은 초상화들과 동시대 작품으로 만들었다.

엘스티르를 집까지 배웅하는 동안 그의 곁에서 조용히 생각을 반추해 보면서, 나는 모델의 정체성과 관련하여 내가 방금 막 발견한 사실에 사로잡혔는데, 이 첫 번째 발견이 화가의 정체성과 관련된 두 번째 발견으로 이어지자 더욱 혼란스러웠다. 그가 오데트 드 크레시의 초상화를 그린 것이었다. 천재이자 현자이며 고독한 이 사람이, 모든 것을 주도하던 이 뛰어난 화술의 철학자가 오래전 베르뒤랭네 일원으로 받아들여졌던 그 우스꽝스럽고도 변태적인 화가라는 사실이 가능하단 말인가? 나는 그에게 혹시 그가 베르뒤랭네를 아는지, 또 당시 비슈 씨라는 별명으로 불리지 않았는지 물어보았다. 그는 당황하는 기색 없이 그렇다고 대답했는데, 마치 그 일이 그의 삶에서 이미 옛 부분에 지나지 않으며, 그 일이 내게 불러일으킬 엄청난 환멸 같은 건 짐작도 못 한다는 듯. 그러다 눈을 쳐드는 순간 그는 내 얼굴에서 환멸을 읽었다. 그의 얼굴에 불만이 떠올랐다. 이미 그의 집에 거의 도착했으므로, 지성이나 마음씨가 덜 훌륭한 사람이었다면 단지 냉담하게 잘 가라는 인사만 하고 이후부터는 날 피했을지도 모른다. 하지만 엘스티

르는 그러지 않았다. 그는 진정한 거장으로서 — 순수 창작의
관점에서 본다면 그의 유일한 결점은 거장이라는 사실로,(이
단어의 어원적 의미에서)* 예술가가 완벽하게 정신적인 삶의 진
실 속에 있으려면 혼자여야만 하고, 제자들에게조차 자신의
자아를 아낌없이 내주어서는 안 되기 때문이다. — 젊은이들
에게 훌륭한 가르침을 주기 위해, 그에 관해서든 타인에 관해
서든 모든 경우에 그것이 지닌 진실의 몫을 끌어내려고 노력
했다. 그러므로 그는 자신의 자존심을 회복하기 위한 말보다
는 내게 교훈이 될 수 있는 말을 택했다. "아무리 현명한 사람
이라도." 하고 그는 말했다. "젊은 시절 어느 한때는 생각만 해
도 불쾌해져서 할 수만 있다면 지우고 싶은 말을 하고 그런 삶
을 경험하는 법이라네. 하지만 그런 사실을 그렇게 후회하지
않아도 되는 게, 현자가 되기 위해서는, 가능한 일이라면, 이
마지막 화신에 앞서 어리석고 추악한 단계를 모두 거쳐야만
하기 때문이지. 나는 명문가 출신 자손으로 중학교 시절부터
가정교사에게 정신의 고결함과 도덕적인 정중한 태도를 교
육받은 젊은이들이 있다는 것도 잘 아네. 아마도 그들 삶에는
버릴 게 하나도 없으며, 그들이 말한 모든 걸 책으로 발표하
거나 서명할 수도 있겠지. 하지만 그들은 교조주의자의 무력
한 후손들로서 그들의 정신은 더없이 초라하고 그 지혜는 부
정적이며 불모의 것이라네. 지혜란 거저 얻어지는 게 아니라,

---

* 여기서 거장이라고 옮긴 maître의 라틴어 어원은 magister로서, 예술의 모든
기법을 깨우친 거장이자 그 기법을 제자에게 전수하는 자를 뜻한다.

그 누구도 우리를 도와줄 수 없고, 면제해 줄 수 없는 긴 여정을 통해 스스로 발견하는 것이라네. 지혜란 사물을 보는 하나의 관점이기 때문이지. 자네가 감탄하는 삶, 고상하다고 생각하는 태도는 집안 가장이나 가정교사에게서 배운 것이 아니라, 삶의 주변을 지배하는 악덕이나 평범한 것의 영향을 받아 아주 상이한 출발점에서 만들어진 거라네. 그 삶들은 투쟁과 승리를 표현하네. 첫 번째 시기에서의 우리 모습은 이제 알아보기도 힘들 정도로 불쾌하다는 걸 난 아네. 그럼에도 이런 모습을 부인해서는 안 된다네. 왜냐하면 이 모습은 우리가 진정한 삶을 살았다는 증거이며 우리가 영위하는 삶과 정신의 법칙에 따라 삶의 공통되는 요소들로부터, 화가인 경우 아틀리에 생활이나 예술가 그룹의 생활로부터 그 모든 것을 초월하는 뭔가를 끌어냈다는 걸 증명하니까." 우리는 그의 집 문 앞에 도착했다. 나는 소녀들을 소개받지 못해 실망했다. 하지만 언젠가는 결국 그녀들을 다시 만날 수 있을 것이었다. 다시는 그 모습을 보지 못하리라고 믿었던 수평선에서 이제 그녀들은 단지 스쳐 가기만 하는 존재가 아니었다. 그녀들 주위에는 더 이상 소용돌이가, 그녀들로부터 우리를 갈라놓으며 또 그녀들에게 다가갈 수 없다는, 그녀들이 영원히 도주할지도 모른다는 생각이 우리 마음속에 일깨운 불안감에서 부양된, 지속적으로 활동하는 유동적이고 임박한 욕망의 번역에 지나지 않은 그 커다란 소용돌이가 맴돌지 않았다. 그녀들에 대한 내 욕망이 실현 가능하다는 걸 알자, 실현을 미루어 온 다른 무한한 욕망들 곁에 내 욕망을 쉽게 내버려 두거나 저장소에 보관할 수 있었다. 엘스티르와 헤어지고, 난 다시 혼자가 되었다. 그러자 갑자기 내 실망에도 불구하고, 결코 일어나리라고는 상상조차 하지 못했던 이 모든 우연들이 내 머릿속에 떠오르는 것을 보았다. 엘스티르가 소녀들과 알고 지내는 사이이며, 아침까지만 해도 내게는 바다를 배경으로 한 그림 속 인물에 지나지 않던 소녀들이 지금은 나를 보며, 내가 위대한 화가와 아는 사이라는 걸 알아보았으며, 또 화가가 그녀들을 알고 싶어 하는 내 욕망을 알고 있으므로, 틀림없이 그 욕망이 실현되도록 도와줄 거라고 생각했다. 이 모든 것은 나를 기쁘게 했지만 이러한 기쁨은 줄곧 내게 보이지 않게 감춰져 있었다. 마치 손님들이 자기들이 와 있음을 알리기 위해 다른 사람이 떠나고 우리가 혼자 되기만을 기다리듯. 그때 우리는 그들을 알아보고 "자, 이제 당신 차례니 뜻대로 하세요."라고 말하며 그들 말을 들을 수 있다. 이따금 이러한 기쁨이 우리 마음에 들어오는 시간과 우리 스스로가 이런 기쁨 속으로 들어가는 시간 사이에 많은 시간이 흘러, 그동안 많은 사람들을 만나야 했으므로, 우리는 그들이 우리를 기다리지 않고 그냥 가 버린 것은 아닌지 걱정하기도 한다. 하지만 그들은 참을성이 있고 싫증을 내지 않으며, 그래서 모든 사람들이 떠나고 나면, 우리는 다시 그들과 마주한다. 때로는 너무 피곤한 나머지 기력이 다한 사고 속에서, 나약한 자아가 유일하게 거주할 수 있는 장소이자 실현 방식인 추억이나 인상을 포착할 만한 힘이 없을 것 같은 생각이 들기도 한다. 그러면 우리는 이를 안타깝게 생각할 것이다. 왜냐하면 현실의 먼지가 마법의 모래에 섞이는 날,

어느 하찮은 사건이 소설적인 사건의 시동 장치가 되는 날, 그런 날에야 삶이 홍미로워 보이기 때문이다. 갑자기 접근할 수 없는 세계의 곶(串)이 몽상의 빛을 받아 그 모습을 드러내고 우리 삶 속으로 들어와, 마치 잠에서 깨어난 사람처럼, 우리가 그렇게 열렬히 꿈꾸던, 그래서 꿈속에서만 볼 수 있으리라고 믿었던 사람들을 우리 삶에서 만나게 해 준다.

내가 원하면 언제라도 소녀들을 소개받을 가능성이 가져다 준 마음의 진정은, 생루의 출발 준비 며칠 동안 계속해서 소녀들을 엿볼 수 없었던 탓에, 그만큼 더 소중하게 느껴졌다. 할머니는 생루가 할머니와 내게 그토록 다정하게 대해 준 데 대해 사례를 하고 싶어 하셨다. 나는 할머니께 생루가 열렬한 프루동 예찬자라고 말했고, 그러자 할머니는 예전에 사 두었던 이 철학자의 많은 친필 서한 중 몇 개를 보내오도록 하면 어떻겠느냐고 말씀하셨다. 생루가 출발하기 전날 그 서한이 도착했고, 생루가 그걸 보기 위해 호텔로 왔다. 그는 편지들을 아주 열심히 읽었으며, 한 장 한 장 조심스럽게 다루며 문장들을 암기하려고 애썼는데, 잠시 후 자리에서 일어나더니 너무 오래 머물렀다고 할머니께 사과했다. 그때 이렇게 대답하시는 할머니의 목소리가 들려왔다.

"괜찮아요, 그 편지들을 가져가요, 당신 거니까. 당신에게 주려고 일부러 보내오게 한 거예요."

생루는 우리 의지와 상관없이 일어나는 신체적 증상보다 더 억제할 수 없는 기쁨에 휩싸여, 막 벌을 받고 난 아이처럼 얼굴이 새빨개졌고, 할머니는 온 몸을 뒤흔드는 기쁨을 억제하려고 그렇게 애쓰는(비록 성공하지는 못했지만) 모습을 보자, 그가 온갖 표현을 동원해 하는 감사의 말을 들었을 때보다 더 감동하셨다. 하지만 생루는 감사 표시를 제대로 하지 못한 데 대해 걱정하면서 다음 날 부대로 돌아가려고 승차한 작은 지방 열차 차창에 기대어 할머니께 이 점에 대해 용서를 빌어 달라고 내게 부탁했다. 사실 부대는 그리 먼 곳에 있지 않았다. 저녁에 돌아가야 하거나 완전히 귀대하지 않는 경우에 자주 그래 왔던 것처럼 처음에는 마차로 돌아갈까 생각했다. 그렇지만 이번에는 기차에 실을 짐들이 많았다. 그래서 마차 또는 작은 열차 중에 어느 편이 낫겠느냐는 질문에 "거의 애매한데요.(ce serait à peu près équivoque.)"*라고 답한 지배인의 의견에 따라, 기차로 돌아가는 편이 더 편리하겠다고 생각했다. 지배인이 한 말은 거의 비슷하다는 의미였다.(요컨대 프랑수아즈가 "결국 그건 마찬가지예요."라고 말하는 것과 같은 의미였다.) "좋습니다, 그 작은 토르티야르**를 타기로 하죠." 하고 생루가 결정했다. 나도 그렇게 피곤하지만 않다면 그 열차를 타고 동시에르까지 내 친구를 따라갔을 것이다. 그러나 적어도 우리가 발베크 역에 있는 동안은 — 다시 말해 그 작은 열차의 기관사가 늦게 도착하는 동료들을 두고 출발하기를 원치 않았으므로 그들을 기다리거나 시원한 음료수를 조금 마시느라 시간을 보내는 동안은 — 나는 일주일에 몇 차

---

* 지배인의 또 다른 말실수로, '같다(équivalent)'라는 단어 대신에 '애매한(équivoque)'이란 표현을 사용했다.

** 꼬불꼬불한 노선을 빙빙 돌아서 가는 지방 열차를 가리킨다.

례 그를 보러 가겠다고 약속했다. 블로크 역시 역에 나왔는데 — 생루의 커다란 골칫덩이였다. — 생루는 점심이나 저녁 식사 또는 동시에르에 하룻밤 묵기 위해 내게 와 달라고 부탁하는 말을 블로크가 들은 걸 눈치채고는 아주 냉담한 어조로 그에게 말했다. 초대라는 격식에 어쩔 수 없이 동반되는 상냥함을 바로잡아 블로크가 초대를 진지하게 받아들이지 않도록 하기 위한 어조였다. "혹시라도 내 자유 시간에 자네가 동시에르에 오는 일이 있다면, 나를 보러 왔다고 병영에 면회를 요청할 수는 있겠지만, 내겐 자유 시간이 거의 없다네." 아마도 로베르는 내가 혼자서는 오지 않을 테고, 또 내가 말한 것보다 훨씬 더 블로크와 친하다고 생각하여, 이렇게 얘기함으로써 날 그곳에 오게끔 재촉하는 길동무를 마련한다고 생각했는지도 모른다.

나는 이러한 어조, 당사자에게 오지 말라고 권하면서 누군가를 초대하는 방식이 블로크를 언짢게 하지나 않을까 우려했고, 생루가 차라리 아무 말도 하지 않는 편이 낫지 않았을까 생각했다. 하지만 잘못된 생각이었다. 왜냐하면 기차가 출발한 후 함께 길을 가다 내가 호텔 쪽으로, 블로크는 별장 쪽으로 가야 하는 교차로에 이를 때까지, 블로크는 내내 우리가 언제 동시에르에 갈지 물어 왔던 것이다. "생루가 그렇게 친절하게 대해 주었는데" 그의 초대에 응하지 않는다면 "자기 쪽에서 너무 무례하게" 구는 셈이 되지 않겠느냐면서 말이다. 나는 생루의 초대가 약간의 예의만을 차린, 그렇게 간절하지 않은 어조였다는 걸 블로크가 알아차리지 못하고, 혹은 알아차리지 못한 척하고 싶어 할 만큼 그의 기분이 나쁘지 않다는 사실을 알고 다행이라 생각했다. 하지만 블로크가 당장 동시에르로 가는 우스운 꼴만은 피하게 해 주고 싶었다. 그러나 그가 바삐 서두르는 것만큼 생루가 그렇게 간절히 원하지 않는다고 말하면, 혹시나 그의 기분이 상할까 봐 감히 충고도 하지 못했다. 그는 지나치게 서둘렀고, 그의 이런 결점들이, 보다 신중한 사람들에게는 없는 그런 뛰어난 재능으로 상쇄되어 왔음에도, 이번에는 성가실 정도로 경솔하게 밀어붙이려 했다. 그의 말을 듣고 있으면, 이번 주 안에 우리가 동시에르에 가지 않으면 안 될 것만 같았다.(그는 '우리'라고 말했는데, 나의 존재가 자기가 그곳에 가는 걸 조금은 용서해 주리라고 기대했던 모양이다.) 돌아가는 내내, 나무들 속에 파묻힌 체육관이나 테니스 코트, 시청, 조개 장수 앞에서 그는 내 걸음을 멈추게 하면서 가는 날을 정하자고 졸라 댔는데, 내가 응하지 않자 화를 내며 이렇게 말하고 떠났다.

"귀하가 좋을 대로 하시게. 어쨌든 난 초대를 받았으니 갈 수밖에."

생루는 할머니께 감사 인사를 제대로 하지 못했다고 걱정하면서, 감사의 말을 전해 달라고 부탁하는 편지를, 주둔하던 도시에서 이틀 후에 보내왔는데, 도시 이름이 우체국 소인으로 봉투에 찍힌 그 편지는 나를 향해 달려와서는, 성벽 사이에서, 루이 16세의 기병대 안에서, 그가 날 생각한다는 걸 말해 주는 듯했다. 편지지에는 마르상트 가문 문장이 찍혀 있었고, 그 문장에서 나는 사자 위에 프랑스 대귀족의 모자로 감싸인 왕관이 얹혀 있는 걸 볼 수 있었다.*

　"역에서 산 아르베드 바린의 책을 읽으면서**(내 생각에는 러시아 작가인 듯한데, 외국인이 쓴 것치고는 아주 잘 쓴 것 같네. 자네 평을 듣고 싶군. 모든 책을 읽은 학문의 보고인 자네는 틀림없이 이 책을 알 테니까.) 무사히 여정을 마치고 이 고단한 삶의 한복판으로 다시 돌아오니, 슬프게도 발베크에 두고 온 것이라곤 아무것도 찾아볼 수 없는 이곳에서 유형에 처한 느낌이 드네. 여기서의 삶은 어떤 애정의 추억도 어떤 지성의 매력도 없어, 아마도 자네는 이런 삶의 분위기를 경멸할 테지만 그렇다고 해서 아주 매력이 없는 것도 아니라네. 내가 그곳을 떠나온 후부터 모든 것이 변했네. 왜냐하면 그사이 내 삶의 가장 중요한 시기, 우리 우정의 시기가 시작되었기 때문이지. 나는 우리 우정이 영원하기를 바라네. 우리 우정과 자네에 대해 난 오직 한 사람, 놀랍게도 내 곁에서 한 시간 정도 보내려고 온 여자 친구에게만 말했네. 여자 친구는 자네를 몹시 만나고 싶어 하네. 자네와 잘 맞으리라 생각하네. 그녀 역시 문학적 소양이 대단하니까. 그런데 우리 대화에 대해 다시 생각하고 결코 잊지 못할 그 순간들을 되살리기 위해 나는 동료들과 떨어져 있을 수

---

* 여기서 말하는 '사자 위에 왕관이 얹힌 문양'은 원래 프랑스 왕을 상징하나, 프랑스 대귀족이 쓰는 챙 없는 모자가 거기에 덧씌워져 대귀족을 상징하는 문양이 된 것이다.
** 아르베드 바린(Arvède Barine)은 생루의 말처럼 러시아 태생이 아닌, 루이즈 세실 뱅상(Louise Cécile Vincens, 1840~1908)의 필명이다. 《데바》 집필자로 뮈세와 17세기에 관한 저술이 있으며, 프랑스에 입센과 스펜서, 톨스토이를 알리는 데 기여했다.

밖에 없었네. 다들 훌륭한 젊은이들이지만 이 점만은 도저히 이해할 수 없을 테니까. 자네와 함께 보낸 순간들에 대한 추억을, 첫날에는 자네에게 편지를 쓰지 않고 나 혼자만 회상하는 편이 낫지 않을까 생각도 했지만, 정신이 섬세하고 감성이 지극히 민감한 자네가, 자네 생각을 이 거친 기병의 수준까지 낮춰 이 기병의 투박함을 벗겨 내고 보다 섬세하게 만들어 조금이나마 자네에게 어울리는 사람으로 만들려고 많은 일을 해야만 하는 자네가, 만약 내 편지를 받지 못하면 얼마나 상심할까 두려웠네."

어쨌든 이 편지는 내가 아직 생루를 잘 알지 못했을 무렵, 그가 나에게 써 보내리라고 상상했던 편지와 그 다정한 어조가 많이 비슷했는데, 내가 그를 처음 만났을 때 그의 냉담한 태도는 나를 이런 몽상에서 깨어나게 하여 차가운 현실과 직면하게 했지만, 그것이 돌이킬 수 없는 최종 현실은 아니었다. 그의 편지를 받은 이후부터, 매번 점심시간에 종업원이 가져온 우편물을 받아 볼 때면, 그로부터 온 편지는 금방 알아볼 수 있었다. 그의 편지에는 부재 시에도 자신을 드러내는 두 번째 얼굴이 항상 있었으며, 이러한 특징에서(필체의 특징에서) 우리는 콧날이나 혹은 어조 변화와 마찬가지로 개개인의 영혼을 충분히 파악할 수 있었다.

이제 나는 종업원이 와서 식탁을 치우는 동안에도 기꺼이 식탁에 남았고, 작은 무리 소녀들이 지나가는 시간 외에는 해변 쪽만 바라보지도 않았다. 엘스티르의 수채화에서 이러한 것들을 보고 난 후부터 나는 현실에서 아름다움을 다시 찾으려고 애썼고, 뭔가 시적인 것인 양 좋아했다. 자르다가 멈춘 듯 비스듬하게 놓인 나이프, 흐트러진 냅킨에 햇빛이 노란 벨벳 조각을 끼워 넣어 둥글게 불룩 튀어나온 모양, 반쯤 비워진 잔이 정교하게 벌어진 형태를 더욱 돋보이게 하는 포도주 잔, 반투명 유리잔 밑에 마치 햇빛이 응결된 듯 어두운 색이지만 빛에 반짝이는 포도주 찌꺼기, 부피의 이동, 조명에 의한 액체의 변모, 이미 반쯤 빈 과일 그릇에 담긴 초록빛에서 푸른빛으로 그리고 푸른빛에서 금빛으로 바뀌는 자두 빛깔의 변화, 식도락 축제가 거행되는 성당 제단과도 같은 식탁에 깔아 놓은 식탁보 주위에 하루에 두 번씩 자리를 잡으러 오는 낡은 의자들의 산책, 그리고 식탁 위 굴 껍질 속에 마치 작은 돌 성수반에서마냥 남아 있는 몇몇 반짝이는 물방울들을. 내가 한 번도 아름다움이 있다고는 생각하지 못했던 바로 그곳에서, 가장 일상적인 물건이나 '정물'*의 심오한 삶 속에서 나는 아름다움을 찾으려고 애썼다.

생루가 떠나고 며칠 후 엘스티르가 나의 부탁으로 알베르틴을 만날 수 있는 작은 낮 모임을 주선해 주었을 때, 그랜드 호텔에서 나오는 순간 나는 비록 잠시 동안이었지만 내게서 발산되는 매력과 우아함(충분히 휴식을 취하며 특별히 공들여 몸치장을 한 탓에)과 엘스티르의 신뢰를, 알베르틴이 아닌 보다 흥미로운 누군가를 위해 남겨 놓지 못한 것을 후회했고, 또한

---

* 프루스트가 1895년경에 쓴 샤르댕에 관한 글을 연상시키는 대목이다.(『생트 뵈브에 반하여』, 플레이아드, 375쪽 참조.)

이 모든 걸 단지 알베르틴과 친분을 쌓는 기쁨에만 낭비한 것도 후회했다. 내 지성은 이 기쁨이 확실하다는 걸 안 순간부터 더 이상 그 기쁨을 소중히 여기지 않았다. 하지만 내 속의 의지는 한순간도 이러한 환상에 동참하지 않았는데, 의지는 연속적인 우리 인격의 인내심 많은 부동(不動)의 심부름꾼으로, 평소에는 어둠 속에 감춰져 무시당하면서도 한결같이 충실하며, 우리 자아의 변화에도 개의치 않고, 자아가 필요로 하는 것이 결코 부족하지 않도록 끊임없이 작업한다. 욕망의 여행이 막 실현되려는 순간 우리 지성과 감성은 정말 그럴 만한 가치가 있는지 자문하기 시작하지만, 의지는 이 게으른 주인들이 여행을 할 수 없게 되었다는 걸 알면 그 즉시 여행을 경이롭게 여기리라는 걸 깨닫고, 역 앞에서 주인들이 길게 이유를 대며 수없이 망설이도록 내버려 둔다. 하지만 의지는 표를 사게 한 뒤 출발 시각에 맞춰 우리를 객차에 오르게 한다. 의지는 지성과 감성만큼 자주 변하지 않지만, 침묵을 지키고 그 이유를 말하지 않으므로 거의 존재하지 않는 듯 보인다. 우리 자아의 다른 부분들은 이러한 의지의 확고한 결단력을 따르지만 그 사실을 인식하지 못하는 반면 그들 고유의 불안정성은 분명히 인식한다. 따라서 나의 감성과 지성이 알베르틴을 알면서 느끼게 될 기쁨의 가치에 관해 논쟁을 벌이는 동안, 나는 자아의 다른 부분들이 또 다른 기회를 위해 그대로 보존하고 싶어 하는 그 공허하고도 부서지기 쉬운 매력들을 거울 속에서 바라보았다. 하지만 내 의지는 떠나야 할 시간을 그대로 지나치게 내버려 두지 않았으며 마차꾼에게 엘스티르의 주소를 주었다. 내 지성과 감성은 한가롭게도 이제 주사위가 던져진 이상, 안된 일이지만 어쩔 도리가 없다고 생각했다. 만약 내 의지가 다른 곳의 주소를 주었다 해도 내 지성과 감성은 거기 걸려들었을 것이다.

잠시 후 엘스티르의 집에 도착했을 때, 처음에 나는 시모네 양이 아틀리에에 없다고 생각했다. 실크 원피스를 입고 모자를 쓰지 않은 한 소녀가 분명 앉아 있었지만, 나는 그녀의 아름다운 머릿결이나 코, 피부 빛깔을 알아보지 못했고, 또 거기서 폴로 모자를 쓰고 해안을 따라 산책하던 그 자전거 타는 소녀에게서 추출했던 실체도 발견하지 못했다. 그렇지만 그녀는 알베르틴이었다. 그녀가 알베르틴이라는 사실을 알았음에도 나는 그녀에게 온 신경을 쏟지는 않았다. 젊을 때는 어떤 사교 모임이든 우리는 그 모임에 들어가면서 옛 자아를 죽이고 새로운 인간이 된다. 살롱이라는 상이한 도덕 관점의 법칙을 따르면서 다음 날이면 틀림없이 잊어버리겠지만 그 순간에는 영원토록 중요하게 생각되는 인물이나 춤, 카드 게임 같은 데 우리 주의력을 쏟아 붓는 새로운 세계이기 때문이다. 알베르틴과 담소를 나누기 위해 내가 따라가야 했던 길은 내가 마음속에서 그렸던 길과는 전혀 달랐는데, 먼저 엘스티르 앞에 멈추었다가 다른 초대 손님 무리를 지나면서 그들에게 내 이름이 소개되고, 다음으로 뷔페를 차려 놓은 식탁에 들러 딸기 파이를 먹고, 그동안 사람들이 음악을 연주하기 시작해서 그 음악을 꼼짝하지 않고 들었으며, 나는 이런 다양한 에피소드들에 시모네 양에게 소개되는 것과 동일한 중요성을 부여했다. 그래서 시모네 양에게 소개되는 일은 이런 다양한 일 가운데 하나에 지나지 않게 되었고, 몇 분 전만 해도 내가 이곳에 온 유일한 목적이었다는 사실도 까맣게 잊히고 말았다. 게다가 우리의 활동적인 삶에서, 참된 행복이나 크나큰 불행도 이와 같은 길을 밟는 게 아닐까? 우리가 사랑하는 사람으로부터 일 년 전부터 기다리던 답장을, 좋은 소식이든 나쁜 소식이든 받게 되는 건 다른 사람들과 함께 어울릴 때이다. 그러나 우리는 계속 이야기를 해야 하고 여러 생각들이 서로 추가되면서 표면을 넓혀 가기 때문에, 이러한 표면 아래서 지극히 깊지만 매우 한정된 기억은, 우리에게 불행이 닥쳐왔다는 기억은 이따금 은밀히 스쳐 갈 뿐이다. 불행이 아닌 행복 역시 마찬가지여서, 아주 오랜 세월이 지난 후에야 우리는 감정적인 삶에서 가장 중요한 사건이 일어났다는 사실을 기억하는 경우가 있다. 이를테면 오로지 그런 사건이 일어나기만을 기대하면서 참석하던 사교 모임에서 주의를 기울이거나 의식할 틈조차 없이 그 사건이 일어나는 경우가 있는 것이다.

엘스티르가 조금 멀리 앉아 있는 알베르틴에게 날 소개하려고 오라고 했을 때, 나는 커피 에클레르를 먹고 난 후였고, 방금 소개받은 노신사가 단춧구멍에 꽂은 장미꽃을 칭찬해주었으므로 그분에게 꽃을 드려도 되지 않을까 생각하면서, 또 노신사의 이야기가 흥미로워 노르망디의 몇몇 장날에 대해 더 자세히 얘기해 달라고 부탁하고 있었다. 그렇다고 해서 그다음에 소개받은 사람이 내게 기쁨을 주지 않았다거나, 내 눈에 중요하게 보이지 않았다는 말은 아니다. 물론 이 기쁨에 대해서는 잠시 후에 호텔에 돌아와 혼자가 되었을 때, 다시 나 자신으로 돌아왔을 때에야 비로소 실감했다. 이런 점에서 기쁨은 사진과 흡사하다. 사랑하는 사람 앞에서 찍은 사진은 음화(陰畵)에 지나지 않아, 사람들과 함께 있을 때는 출입이 '금지되었던' 그 내면의 암실을 나중에 우리가 집에 돌아가 마음대로 사용할 수 있을 때라야 현상할 수 있다.

이처럼 기쁨의 인식이 내게서 몇 시간 지체되었다면, 이 소개의 중요성은 바로 느낄 수 있었다. 소개받는 순간, 우리는 몇 주 전부터 탐색해 온 미래의 기쁨에 대해 유효한 '통행증'을 갑자기 얻었다고 느끼지만 실은 부질없는 일이다. 이런 통행증의 취득은 우리의 고통스러운 탐색에 종지부를 찍게 하는 동시에 ── 우리를 기쁨으로 채워 줄 수 있는 ── 우리 상상력으로 변형된 존재, 결코 알 수 없다는 불안한 두려움으로 확대된 그런 존재의 실존에도 종지부를 찍는다. 소개하는 사람 입에서 우리 이름이 울리는 순간, 특히 엘스티르가 지금 하듯이 칭찬으로 그 이름을 에워쌀 때는 ── 마치 요정 이야기에서 요정이 누군가에게 갑자기 다른 사람이 되라고 명령할 때와 흡사한 이런 성사 의식의 순간에는 ── 우리가 가까이 다가가기를 열망하던 존재는 사라져 버린다. 우선 어떻게 그녀가 예전 모습 그대로 남아 있을 수 있겠는가? 왜냐하면 ── 미지의 여인이 우리 이름을 듣고 우리라는 인간을 보면서 나타내야 하는 관심으로 ── 우리가 찾고 있는 의식적인 시선이나 알 수 없는 상념이 어제만 해도 무한한 곳에 위치했던 눈길 속에서(방황하는 다양한 우리 시선이 초점을 잘못 맞추어 영원히 만나지 못하리라고 생각하며 절망하는 눈길에서) 기적적으로 단지 우리 자신의 모습으로 바뀌어 마치 환하게 웃는 거울에서처럼 그 눈길 속에 그려졌는데? 우리와 가장 다르게 보였던 사람으로 우리 자신의 육화는 바로 우리가 조금 전에 소개받은 인간의 모습마저 대부분 변화시키지만, 이 인간의 형체는 여전히 어렴풋하게 남아 있어서 우리는 이 인간이 신인지, 테이블인지, 혹은 대야인지 물어본다.*
그러나 미지의 여인이 몇 마디 말을 하기만 하면, 그 말은 마치 우리 눈앞에서 오 분 만에 흉상을 만들어 내는 밀랍 제조인마냥 재빨리 그 인간의 형체를 뚜렷하게 해 줄 것이며, 전날까지만 해도 우리 욕망과 상상력이 몰두하던 모든 가정들을 일소해 버릴 결정적인 뭔가를 그녀에게 줄 것이다. 물론 이 모임에 오기 전에도 알베르틴은 내게 미지의 인물이자 거의 식별할 수조차 없던, 그저 지나는 길에 스친 여인, 그래서 우리 삶을 오랫동안 사로잡게 될 그런 유일한 환영은 아니었다. 그녀가 봉탕 부인과 친척이라는 사실이 이런 경이로운 가정들을 축소했으며, 이러한 가정이 널리 확산될 경로도 차단했다. 내가 그녀에게 가까이 가고 그녀에 대해 더 많이 알수록, 그녀에 대한 내 인식은 뺄셈으로 전개되었는데, 상상력과 욕망이 차지하던 부분 각각이 그보다 훨씬 가치가 낮은 개념으로 대체되면서, 또 이 개념에 우리 삶의 영역에

---

* 라퐁텐의 우화 「제우스의 동상과 조각가」에 대한 암시이다.

서 이와 비슷한, 금융사에서 처음 산 주식을 상환한 후에 받는 이른바 배당주* 같은 것이 더해지면서 그렇게 되었다. 그녀의 이름과 친척 관계는 내 가정에 영향을 미친 첫 번째 한계였다. 아주 가까운 거리에서 그녀 눈 밑 뺨에 난 작은 점을 살펴보는 동안, 그녀의 상냥함은 또 다른 한계였다. 마지막으로 난 그녀가 '완전히'라는 말 대신에 '완벽하게'라는 부사를 쓰는 걸 듣고 놀랐는데, 이를테면 그녀는 어느 두 사람에 대해 말하면서, 그중 한 사람에 대해서는 "그 사람은 완벽하게 미쳤어요."라고 했고, 또 다른 사람에 대해서는 "그 신사는 완벽하게 평범하고 완벽하게 따분한 인간이에요."라고 말했다. '완벽하게'라는 단어가 조금은 귀에 거슬렸으나, 어쨌든 자전거 타는 디오니소스 축제의 여제관, 골프에 열중하는 뮤즈**가 도달했다고는 도저히 상상할 수 없는 그런 문화나 교양 수준을 보여 주었다. 게다가 이 첫 번째 변신 후에도 알베르틴은 내 눈에 여러 번 다른 모습을 보여 주었다. 한 존재의 얼굴 전면에 배열된 장점과 결점은 우리가 다른 방향에서 접근하면, 완전히 다른 구성에 따라 배열되고 있음을 보

---

* 배당주를 뜻하는 프랑스어 action de jouissance에는 '쾌락의 행동'이라는 뜻도 있다.

** 이렇게 알베르틴은 디오니소스 신이 상징하는 쾌락과, 자전거와 골프가 상징하는 현대성을 동시에 구현한다. 쾌락과 욕망을 향해 앞으로 질주하는 알베르틴은 지적인 것과는 거리가 먼 본능적이며 신화적인 존재로 묘사된다. 또한 디오니소스(본문에는 바쿠스 신으로 표기됨.) 축제의 인용은 이 축제가 처음에는 여자들만 참석하는 가운데 비밀리에 열렸으나, 나중에는 남자들의 참석도 허용했다는 점에서, 알베르틴의 동성애적인 성향을 암시하는 듯 보인다.

여 주는데, 이는 마치 도시에서 단 하나의 선에서 보면 무질서하게 흩어진 듯 보이지만, 다른 각도에서 보면 기념물들이 세로로 배열되고 그 상대적 크기도 맞바꾸는 것 같다. 처음 내가 알베르틴에게서 발견한 것은 냉혹한 모습이 아닌 겁먹은 아이 모습이었다. 내가 그녀에게 말하는 소녀들에 대해 그녀는 모두 "그 앤 버릇이 없어요. 그 애에겐 요상한 버릇이 있어요."라고 말했는데, 이런 수식어로 판단해 본다면, 그녀는 버릇이 없다기보다는 오히려 모범생인 듯 보였다. 끝으로 그녀 얼굴의 조준점은 붉은 염증이 있는 관자놀이로, 별로 유쾌하지 않았지만 그때까지 내가 그 얼굴을 생각하며 떠올렸던 그 독특한 눈길은 찾아볼 수 없었다. 하지만 이것은 어디까지나 나의 두 번째 시각에 불과했으며, 아마도 거기에는 내가 연속적으로 통과해야 할 또 다른 시각들이 존재하는 게 틀림없었다. 이처럼 우리는 시행착오를 거치면서 첫 번째 시각의 오류를 깨달은 후에야 한 존재에 대한 정확한 인식에 ─ 만약 이런 인식이 가능하다면 ─ 도달한다. 그러나 정확한 인식은 사실 불가능하다. 왜냐하면 그 사람에 대한 우리 시각이 수정되는 동안, 그 사람 자신도 무기력한 대상이 아닌 이상 변하기 마련이므로, 그를 포착했다고 생각하는 순간 그는 다른 곳으로 이동하며, 마침내 그 모습을 보다 분명히 보았다는 생각이 들 때도 우리가 규명하는 데 성공했다고 믿은 그 이미지는 단지 예전에 포착했던 옛 이미지들에 지나지 않으므로 더 이상 그를 나타내 주지 못한다.

그렇지만 우리가 살짝 엿본 것, 그래서 우리가 상상할 여유를 가졌던 것을 향해 다가가려는 이런 시도가 필연적으로 환멸을 가져온다 할지라도, 이러한 시도야말로 우리 감각을 위해서는 건전하며 식욕을 유지해 주는 유일한 방법이다. 게으름이나 소심함 때문에 상대방에 대해 몽상할 시간도 가지지 못한 채, 길을 가는 도중에 그들이 욕망하는 것 옆에 감히 멈추지도 못한 채, 곧바로 아는 친구 집으로 마차를 모는 사람들의 삶에는 더할 수 없이 음울한 권태의 흔적이 새겨져 있지 않은가!

이 낮 모임을 생각하면서, 나는 엘스티르가 알베르틴 옆으로 데리고 가기 전에 내가 먹었던 커피 에클레르, 노신사에게 준 장미꽃 등, 어떤 상황으로 우리 자신도 모르게 선택하게 된 그 모든 세부적인 것들, 특별하고도 우연한 배치에 따라 우리 첫 만남의 그림을 구성하는 그 모든 것들을 떠올렸다. 하지만 이러한 그림을 나는 다른 관점에서, 그것이 오로지 내게만 존재하는 그림이라는 사실을 깨달았으며 나로부터 멀리 떨어진 곳에서 바라보는 듯한 인상을 받았는데, 몇 달 후에 놀랍게도 내가 알베르틴에게 그녀를 소개받은 첫날에 대해 말했을 때, 그녀는 에클레르 과자와 내가 준 꽃, 그리고 내게만 중요하다고 말할 수는 없지만 그래도 나만이 지각했다고 믿었던 것들을 모두 기억하고 있었다. 그래서 난 그것들을 알베르틴의 상념 속에 옮겨 적은 형태로, 지금까지 한 번도 그 존재를 상상조차 해 보지 못했던 그런 형태로 되찾았다. 이 첫날 이후로 호텔에 돌아와 내가 가져온 기억들을 머리에 떠올렸을 때, 나는 마법의 술책이 완벽하게 실행되었음을, 바닷가에서 그토록 오랫동안 뒤쫓아 다니던 소녀와는 무관한, 마법사의 능숙한 손길 덕분에 바뀐 어느 한 사람과 잠시 이야기를 나누었음을 깨달았다. 게다가 나는 이 사실을 미리 예측할 수 있었다. 바닷가 소녀는 내가 만든 존재였으니까. 그럼에도 엘스티르와 나눈 대화에서 나는 이런 상상 속 알베르틴을 현실의 알베르틴과 동일시했고, 상상 속 알베르틴에 대해 내가 했던 사랑의 약속을 현실의 알베르틴에게도 해야 한다는 도덕적인 의무감 같은 걸 느꼈다. 이는 대리인을 내세워 약혼한 후에 그 대리인과 결혼해야 한다고 느끼는 것과도 같다. 게다가 '모범생 같은' 태도와 "완벽하게 평범한"이란 표현, 그리고 붉은 관자놀이에 대한 기억이 진정시켰던 고뇌가 일시적으로 내 삶에서 사라지면서, 그 기억이 내 마음속에 또 다른 욕망을, 부드럽고 전혀 고통스럽지 않은 거의 형제애와도 같은 욕망을 불러일으켜 그 모범생 같은 태도와 수줍음이 내 상상력의 무의미한 흐름을 멈추게 하는 동시에 감동 어린 감사의 마음을 우러나게 하여, 이 새로운 사람을 포옹하고 싶다는 욕망을 매 순간 느끼게 했으므로 이 욕망은 결국에 가서는 위험해질 소지가 있었다. 그리고 기억은 금방 서로에게 무관한 사진을 찍기 시작하며 거기 나타난 장면들 사이의 모든 관계나 모든 발전 과정을 제거하므로, 기억이 전개하는 사진 앨범에서는 최근 사진이라고 해서 반드시 이전 사진을 파기하지 않는다. 나와 이야기를 나눈 그 평범하고도 인상적인 알베르틴에 앞서, 난 바다 앞에 서 있던 신비스러운 알베르틴을 보고 있었다. 그 모습들은 이제

단순한 추억, 다시 말해 하나가 다른 하나와 마찬가지로 사실로 보이지 않는 그림에 지나지 않았다. 끝으로, 알베르틴을 소개받은 첫날 저녁, 눈 밑 뺨에 난 작은 점을 떠올리려고 했을 때, 난 엘스티르의 집에서 알베르틴이 떠나는 모습을 바라보던 날 그녀 턱에서 그 점을 본 적이 있다는 사실을 기억해 냈다. 요컨대 그녀를 볼 때마다 나는 얼굴에 점이 있다는 사실에 주목했지만, 방황하는 나의 기억은 이 점을 알베르틴의 얼굴 여기저기로 끌고 다니다 어느 때는 이쪽, 어느 때는 저쪽에 갖다 놓았던 것이다.

시모네 양이 내가 아는 여느 소녀와 크게 다르지 않다는 걸 알게 된 것은 적잖이 실망스러운 일이었지만, 발베크 성당 앞에서 느꼈던 환멸이 캉페를레와 퐁타뱅, 베네치아*에 가고자 하는 나의 욕망을 가로막지 못했듯이, 비록 내가 만나고자 한 사람은 아닐지 몰라도 적어도 나는 알베르틴을 통해 그 작은 무리 친구들을 사귈 수 있지 않을까 생각했다.

처음에는 그 일이 불가능할 수도 있다고 생각했다. 왜냐하면 알베르틴은 앞으로도 꽤 오랜 시간을 발베크에서 머무를 테고, 나 역시 지나치게 이 작은 무리를 만나려고 애쓰기보다는 이 무리와 우연히 마주치는 기회를 기다리는 편이 낫다고 생각했기 때문이다. 하지만 매일 그렇게 한다 해도, 그녀가 멀리서 내 인사에 답례하는 걸로 그치는 그런 두려운 상황이 벌

_____

* 고장 이름에 관한 몽상에 대해서는 『잃어버린 시간을 찾아서』 2권 343~351쪽 참조.

어질 수도 있었는데, 만약 계절 내내 그런 인사가 되풀이된다면, 나한테는 도움 될 게 하나도 없었다.

이 일이 있고 나서 얼마 지나지 않아 비가 온 끝이라 거의 냉기까지 느껴지던 어느 아침, 방파제에서 챙 없는 모자를 쓰고 토시를 낀 소녀가 내 옆으로 다가왔는데, 엘스티르의 모임에서 보았던 모습과는 너무도 달라서, 그녀를 동일 인물로 인식한다는 게 정신적으로 불가능한 작업처럼 생각되었다. 그렇지만 내 정신은 그녀를 동일 인물로 인식하는 데 성공했고, 그러나 내가 놀라던 그 짧은 순간의 모습을 알베르틴도 놓치지 않은 듯했다. 한편 나는 강한 인상을 주었던 그날의 '예의 바른 태도'를 떠올리고는, 그녀의 거친 어조와 '작은 무리'의 태도 때문에 그날과는 상반되는 놀라움을 느꼈다. 뿐만 아니라 그녀의 관자놀이는 내가 그녀 반대편에 있어서인지, 혹은 그녀의 챙 없는 모자가 가려서인지, 아니면 염증이 지속적이지 않아서 그랬는지 얼굴에서 시선을 집중하는 확실한 중심점이 되기를 멈추었다. "날씨가 왜 이래!" 하고 그녀가 말했다. "사실, 발베크에서 여름이 끝없이 계속된다는 말은 지나친 허풍이에요. 당신은 이곳에서 아무것도 하지 않나요? 골프장이나 카지노 무도회에서는 한 번도 본 적이 없으니 말이에요. 말도 타지 않죠. 얼마나 지루할까! 온종일 바닷가에서 시간을 보내다간 바보가 되지 않겠어요? 아! 당신은 빈둥대는 걸 좋아하나 봐요? 시간 여유가 많은가 보죠. 나하고는 다른가 봐요. 나는 스포츠란 스포츠는 다 좋아하거든요. 소뉴의 경마장에 안 가 봤죠? 우린 '트람'을 타고 갔어요. 하긴 그런 '타코'를 타는 게 당신에게야 즐거울 리 없겠지만요!* 두 시간이나 걸린 걸요! 자전거를 타고 갔다면 세 번은 왕복했을 텐데." 생루는 수없이 돌아간다고 해서 그곳 지방 열차를 '토르티야르'라고 아주 자연스럽게 지칭했는데, 이 말에 감탄해 마지않았던 나는, 알베르틴이 쉽게 '트람'이니 '타코'니 하자 그만 주눅이 들었다. 그녀에게 사물 이름을 자유자재로 지칭하는 재능이 있다는 걸 깨달은 나는, 그녀가 내 열등함을 확인하고 무시하지나 않을까 겁이 났다. 작은 무리가 이 열차 이름을 지칭하기 위해 가지고 있던 그 풍부한 동의어들은 내게는 아직 알려지지 않은 것들이었다. 알베르틴은 말을 하며 머리를 움직이지 않은 채로, 콧구멍을 좁히고 입술 끝만 움직였다. 그 결과 느릿느릿하고 비음 섞인 소리가 이어졌는데, 이러한 음의 구성에는 아마도 시골 사람이라는 유전적 요인과, 영국인의 냉정함을 가장하는 젊은 사람의 꾸밈, 외국인 가정교사의 교육, 그리고 코 점막의 울혈성 비대증이 영향을 미친 듯했다. 이 발성법은 그녀가 사람들과 점점 친해짐에 따라 금세 멈추어 자연스럽게 다시 어린애처럼 되었는데, 사람에 따라서는 불쾌하게 들릴 수도 있었다. 하지만 그 발성법은 특이했고 나를 매혹했다. 그녀를 보지 못하고 며칠이 지날 때면, 난 "골프장에서는 당신을 한 번도 본 적이 없으니 말이에요."라는 문장을 마치 그녀가 말하듯이 머리를 움직이지 않고 비음 섞인 어조로

---

* '트람'은 전차를 의미하는 tramway의 준말이며, '타코'는 낡아빠져 덜컹거리는 자동차를 가리킨다. '토르티야르'에 대해서는 371쪽 주석 참조.

되풀이하면서 흥분했다. 그때 그녀만큼 내 욕망을 자극하는 사람은 없었을 것이다.

그날 아침, 우리는 방파제 여기저기를 산책하는, 몇 마디 말을 주고받기 위해서만 만나고 멈추었다 흩어져서는 각기 따로 산책을 하는 그런 커플들 중 하나였다. 나는 이런 부동성을 이용해 그녀의 얼굴 점이 정확히 어디에 있는지 살펴보고 싶었다. 그런데 뱅퇴유 소나타 중에서도 나를 사로잡았던 악절을, 내 기억이 안단테에서 피날레까지 이리저리 옮겨 다니다가 드디어 어느 날인가 악보를 손에 넣게 되어 찾아내어 내 기억 속 제자리에, 스케르초에 고정할 수 있었듯이, 그녀의 점도 마찬가지로 어떤 때는 뺨에, 어떤 때는 턱에 있다고 생각했는데, 마침내 코 밑 윗입술 위에 영원히 멈추면서 자리를 잡았다. 이처럼 우리는 머릿속에서 암기하던 시구절이 꿈에도 생각하지 못했던 희곡 작품에 있는 걸 발견하고 놀랄 때가 있다.

그때, 태양과 바람에 익은 금빛과 장밋빛 처녀들의 아름다운 행렬이, 그 화려한 장식 전체가 바다 전면에 갖가지 다채로운 형태로 자유롭게 증식하면서, 다리가 아름답고 몸매는 유연한, 그러나 모습 각각이 너무도 다른 알베르틴의 친구들이 무리를 지어 나타나더니 점점 커지면서 보다 바다 가까운 곳에 나란히 있는 우리를 향해 다가왔다. 나는 알베르틴에게 잠시 그녀와 같이 걸어도 되겠느냐고 물었다. 유감스럽게도 그녀는 친구들에게 손을 흔들어 인사하는 걸로 그쳤다. "하지만 친구들을 그냥 보내면 서운해할 텐데요." 하고 나는 그녀들과 같이 산책할 수 있기를 기대하며 말했다. 마침 이목구비가 고른 한 젊은 남자가 라켓을 손에 들고 우리 쪽으로 다가왔다. 바카라 게임에서 터무니없이 많은 돈을 걸어 법원장 부인을 몹시 화나게 했던 바로 그 인물이었다. 그는 냉정하고도 무감동한 표정이었는데, 아마도 그런 모습이 최상의 품위를 보여 준다고 생각하는 것 같았다. 그가 알베르틴에게 인사했다. "골프 치고 오나 봐요, 옥타브?" 하고 그녀가 말했다. "잘 쳤어요? 컨디션은 좋았어요?" "오! 지긋지긋해요. 꼴찌랍니다." 하고 그가 말했다. "앙드레도 거기 있었나요?" "네, 77타를 쳤죠." "오! 기록인데요." "전 어제 82타 쳤어요." 그는 차기 만국박람회* 조직위원회에서 중요한 역할을 맡게 될 부유한 기업가의 아들이었다. 나는 이 젊은 남자와 또 소녀들에게 몇 안 되는 남자 친구들에게서, 옷이나 옷 입는 방식, 여송연, 영국식 음료, 말〔馬〕 따위에 대한 그들의 모든 지식이 — 이 젊은 이도 이런 지식에 관한 한 아주 세세한 면까지 통달해 학자의 겸손한 침묵에 버금가는 그런 거만한 정확성에 이르고 있었다. — 지적인 교양이 전혀 수반되지 않은 채 따로 발달하고 있다는 사실에 무척이나 놀랐다. 그는 시간에 맞춰 연미복이나 잠옷을 선택하는 데는 전혀 망설임이 없었지만, 어떤 경우에 어떤 단어를 사용해야 하는지에 대해서는 전혀 알지 못했고, 심지어 프랑스어의 가장 단순한 규칙조차도 몰랐다. 이런

---

* 발베크 체류를 1898년에 일어난 일로 추정한다면 1900년에 개최된 만국박람회를 가리킨다.

두 종류 교양 사이에 놓인 격차는 발베크의 지주 조합장인 그의 아버지에게서도 똑같이 나타났는데, 그의 아버지는 최근 벽이란 벽엔 모두 붙인 유권자에게 보내는 공개 편지에 이렇게 썼다. "나는 이 문제에 관해 시장과 만나 얘기하려고 했습니다만, 시장은 나의 정당한 불만을 들으려고조차 하지 않았습니다." 옥타브는 보스턴 왈츠나 탱고 같은 모든 카지노 경연 대회에서 상을 받았는데, 비유적인 의미에서가 아니라 문자 그대로 아가씨들이 자신들의 '댄서'와 결혼하는 이런 '해수욕장'의 분위기에서는, 원하기만 하면 얼마든지 화려한 결혼도 할 수 있을 것 같았다. 그는 마치 말을 계속하며 급한 용무를 마치려고 허락을 구하는 사람처럼 "괜찮겠습니까?" 하고 말하며 여송연에 불을 붙였다. 그는 "아무것도 하지 않고는 지낼 수 없는" 사람이었지만, 실제로 하는 일은 아무것도 없었다. 완전한 무위(無爲)는 정신 분야나 육체와 근육을 쓰는 삶에서 결국은 과도한 노동과 동일한 효과를 불러오는데, 생각에 잠긴 듯한 옥타브의 이마 밑에 담긴 그 한결같은 지적인 무능은, 그의 침착한 표정에도 불구하고, 너무도 생각을 하고 싶어 하지만 도저히 생각을 할 수가 없어 잠 못 이루는 과도한 형이상학자의 얼굴을 연상시켰다.

소녀들의 남자 친구를 알게 되면 그녀들을 볼 기회가 더 많아질 거라고 생각하여, 나는 알베르틴에게 옥타브를 소개해 달라고 부탁할 참이었다. 그래서 그가 "꼴찌랍니다."를 연발하며 우리 곁을 떠나자마자, 알베르틴에게 그를 소개해 달라고 부탁할 참이었다고 말했다. 이렇게 하면 그녀 머릿속에 다음

번에 그를 소개해 줘야겠다는 생각을 불어넣을 수 있을 것 같았기 때문이다. "뭐라고요?" 하고 그녀가 소리쳤다. "전 당신을 그런 돈 많은 여자들의 기둥서방에게 소개해 드릴 수 없어요! 이곳에는 기둥서방들이 우글거려요. 하지만 저런 작자들은 당신과 얘기도 할 수 없어요. 저 작자는 골프는 아주 잘 치지만, 그게 전부죠. 난 잘 알아요. 절대로 당신 같은 사람이 될 수 없다는 걸." "그래도 저분을 그냥 가게 내버려 두면 당신 친구들이 불평할 텐데요." 하고 나는 그녀가 친구들에게 함께 가자고 제안하기를 기대하면서 말했다. "아니에요, 내 친구들은 전혀 날 필요로 하지 않아요." 우리는 블로크와 마주쳤는데, 그는 뭔가를 암시하는 듯한 교활한 미소를 보냈으며, 또 자기가 알지 못하는, 또는 "소개를 받지 않은 채 그냥 알고 있는" 알베르틴에 대해 당황한 듯, 아주 뻣뻣하고 무뚝뚝한 동작으로 머리를 셔츠 깃 쪽으로 움츠렸다. "저 괴짜는 이름이 도대체 뭐예요?" 하고 알베르틴이 내게 물었다. "알지도 못하는 나한테 왜 인사를 하는지 모르겠네요. 그래서 그 사람 인사에 답하지 않았어요." 내가 알베르틴에게 대답할 새도 없이 블로크가 우리 쪽으로 곧장 걸어와서 이렇게 말했다. "얘기를 방해해서 미안하네만, 내일 동시에르에 간다는 걸 알려 주고 싶었네. 더 이상 지체하면 실례가 될 것 같아서 말이야. 또 생루엉브레가 날 어떻게 생각할지 걱정도 되어서 2시 기차를 타기로 했다는 걸 미리 말하네. 그러니 자네는 마음대로 하게." 그러나 내게는 알베르틴을 다시 만날 생각과 그녀 친구들을 사귀려는 생각밖에 없었으며, 그녀들이 동시에르에는 가지도 않을 테고, 그곳에 가면 그녀들이 해변에 나타나는 시간 후에야 돌아오게 될 테니까, 그런 동시에르가 내게는 세상 끝에 있는 것처럼 생각되었다. 나는 블로크에게 갈 수 없다고 말했다. "그럼 나 혼자 가겠네. 생루의 교권주의를 기쁘게 해 주기 위해, 아루에 선생의 우스꽝스러운 두 알렉상드랭을 빌려 이렇게 말하겠네.*

나의 의무가 그의 의무에 달려 있지 않음을 알라.
그가 의무를 저버리고 싶어 해도 난 내 의무를 해야 하느니."

"저 사람 꽤 잘생긴 건 인정하지만 난 저런 사람 구역질 나요!" 하고 알베르틴이 말했다.
난 블로크가 잘생긴 남자일 수도 있다는 생각은 한 번도 해 보지 않았다. 사실 그는 미남이었다. 약간 튀어나온 이마에 심한 매부리코, 지극히 섬세한 모습, 그리고 자신의 섬세한 모습을 확신하는 듯한 꽤 호감 가는 얼굴이었다. 하지만 알베르틴의 마음에는 들 수 없는 얼굴이었다. 아마도 알베르틴의 나쁜 면, 즉 작은 그룹의 냉담함과 무감동, 그리고 자기 그룹이 아닌 모든 사람에게 무례하게 구는 태도 때문인지도 몰랐다. 게다가 나

---

* 블로크의 현학주의가 18세기 계몽주의 작가 볼테르(Voltaire, 1694~1778)를 아루에 선생(Monsieur Arouet)이라고 칭한 것이다. 그러나 블로크의 이 인용은 오류로, 이 두 시구는 볼테르 것이 아닌 17세기 비극작가 피에르 코르네유(Pierre Corneille, 1606~1684)의 「폴리왹트」3막에 나오는 구절이다. 알렉상드랭은 12음절 시구를 가리킨다.

중에 내가 그 두 사람을 소개했을 때에도 알베르틴의 반감은 줄어들지 않았다. 블로크는 사교계를 조롱하면서도 동시에 '흠 잡을 데 없는' 인간이 가져야 하는 예의 바른 태도를 충분히 존중하는 것 사이에 일종의 특이한 타협이 이루어지는 사회 그룹에 속했는데, 이러한 타협은 분명 사교계의 처신과는 다르지만 그럼에도 사교계에 대한 집착을 말해 주는 유난히 가증스러운 태도이다. 사람들이 그를 소개할 때면 그는 동시에 회의적인 미소와 과장된 경의를 표하면서 머리를 숙이고는, 소개받은 사람이 남자라면 "만나서 반갑습니다, 선생." 하고 자신이 입 밖에 내는 말을 비웃는 듯한, 그러나 분명 자신이 천한 사람이 아니라는 걸 의식하는 어조로 말했다. 관례를 따르면서 동시에 조롱하는 듯한 이런 첫 순간이 지나가면(그는 1월 1일에 "당신에게 행복하고 좋은 것이 되기를 바랍니다."*라고 말했다.) 그는 아주 세련되고 교활한 태도를 취하면서 '무척이나 미묘한 일들에 대해 얘기했는데' 이 말들은 진실로 가득했지만 종종 알베르틴의 '신경을 건드렸다.' 이 첫날, 내가 그의 이름이 블로크라고 말하자 알베르틴은 이렇게 소리쳤다. "안 그래도 유대인일 거라고 확신했어요. 고약한 짓을 하는 자들은 다 그 족속이라니까요." 뿐만 아니라 블로크는 그 후에도 다른 방식으로 알베르틴의 신경을 건드렸다. 지식인들 대부분이 그러하듯이, 블로크는 단순한 걸 단순하게 말하는 법이 없었다. 그는 매사에 재

---

* "행복하고 좋은 한 해가 되기를 바랍니다.(Je vous souhaite une bonne et heureuse année.)"라는 관례적인 표현 대신에, 블로크는 "Je vous la souhaite bonne et heureuse."라고 말함으로써 '해(année)'를 '대명사(la)'로 바꾸었다.

치 있는 수식어를 찾아내어 일반화했다. 이 점이 알베르틴의 비위를 건드렸다. 그녀는 자기가 하는 일에 간섭하는 걸 아주 싫어했는데, 그녀가 발목을 삐어 가만히 있는데도 블로크는 이렇게 말했다. "그녀는 긴 의자에 앉아 있도다. 하지만 도처에 존재하는 편재성으로 인해 멀리 있는 골프장과 어느 보잘것없는 테니스장을 동시에 드나들기를 멈추지 않는구나." 이 것은 뭔가 '문학'에 지나지 않았지만, 움직일 수 없다며 초대를 거절한 사람들에게 어떤 불쾌함을 줄지도 모른다고 느낀 알베르틴은 이 말을 한 청년의 얼굴과 어조에 반감을 느낄 수밖에 없었다. 알베르틴과 나는 언제 한번 산책이나 같이 하자고 약속하고는 헤어졌다. 나는 끝없는 심연 속으로 조약돌을 던지듯이, 내 말이 어디 떨어지는지 또 어떻게 되는지도 모르면서 그냥 그녀와 이야기를 했다. 말이란 보통 우리의 말 상대가 자신의 실체에서 꺼낸 의미로, 그래서 우리가 그 말에 집어넣은 것과는 아주 다른 의미로 채워지며, 바로 이것이 우리가 일상생활에서 지속적으로 부딪히는 현실이다. 그러나 만약 거기에 더해 상대방이 어떤 교육을 받았는지 전혀 알 수 없고(내게는 알베르틴의 교육이) 그 취향이나 독서와 원칙도 전혀 모르는 사람 옆에 있을 경우, 우리 말이 상대 마음속에 무엇을 환기하는지, 동물에게도 어느 정도는 이해시킬 수 있는 법이므로, 뭔가 동물과 더 비슷한 걸 환기하는 게 아닌지도 알지 못한다. 따라서 알베르틴과의 교제는 불가능과의 접촉 혹은 적어도 미지의 세계와의 접촉처럼 보였고, 말을 조련하거나 꿀벌을 치거나 장미꽃을 재배하는 일만큼이나 힘든 훈련처럼 생각되었다.

몇 시간 전만 해도 나는 알베르틴이 내 인사에 멀리서만 응하리라고 생각했다. 그런데 지금은 함께 소풍을 가자는 계획을 짜고 헤어졌다. 때문에 나는 다음에 알베르틴을 만나면, 보다 대담하게 대하리라 맹세했으며, 그녀에게 할 말이나 요구할 모든 기쁨(이제는 그녀가 가벼운 여자일 거라는 인상을 전적으로 가지게 되었기에)에 관한 계획까지 미리 머릿속에 그려 놓았다. 그러나 정신은 식물이나 세포와 화학원소처럼 외부 영향을 받을 수 있어서 우리가 정신을 어떤 환경 안에 집어넣으면, 그 정신을 변화하는 환경은 기회가 되고 새로운 배경이 된다. 알베르틴을 다시 만났을 때, 그녀 존재 자체로 다른 사람이 된 나는, 전에 내가 계획했던 것과는 아주 다른 것을 얘기했다. 그리고 그녀의 붉은 관자놀이를 떠올리면서, 사심 없어 보이는 친절함을 그녀가 더 높이 평가하지 않을까 자문했다. 끝으로 그녀의 시선이나 미소 앞에서 나는 언제나 당황했다. 그것은 품행이 가볍다는 걸 의미할 수도 있지만, 또한 쾌활한 소녀의, 근본은 정숙하지만 약간은 어리석은 명랑함을 의미할 수도 있기 때문이었다. 언어와 마찬가지로 얼굴에서도 단 하나의 같은 표정이 얼마나 다양한 의미를 가질 수 있는지, 나는 그리스어 시를 번역하다 어려움에 직면한 학생마냥 망설였다.

이번에는 거의 바로, 우리는 키 큰 앙드레와 만났다. 전에 법원장 머리 위를 뛰어넘었던 소녀다. 알베르틴은 그녀에게 날 소개할 수밖에 없었다. 유난히 눈이 맑은 그 친구의 모습은, 마치 그늘진 방 입구의 열린 문을 통해 햇빛과 반짝이는 바다의 초록빛 반사광이 들어오는 것과도 같았다.

　발베크에 도착한 이래 자주 본 적이 있어 잘 아는 다섯 신사가 지나갔다. 나는 그들이 누구인지 스스로에게 곧잘 물어보곤 했었다. "그다지 멋진 사람들은 아니에요." 하고 알베르틴이 경멸의 표정을 지으며 냉소적으로 말했다. "저 키 작고 염색한 머리에 노란 장갑을 끼고 기품 있어 보이는 점잖은 노인은 발베크의 치과 의사인데 선량한 분이죠. 그리고 저기 뚱뚱한 사람은 시장이에요. 키 작은 뚱보 말고, 저 자는 아마 당신도 본 적이 있을걸요, 춤 선생이에요, 꽤 야비한 사람이죠. 우리가 카지노에서 시끄럽게 굴면서 의자도 부수고, 양탄자도 깔지 않은 채 춤을 추고 싶어 하는 걸 참을 수 없었던 모양이에요. 제대로 춤을 출 줄 아는 사람은 우리밖에 없는데도 절대 상을 주지 않더라고요. 치과 의사는 친절한 분이어서 춤 선생을 화나게 하기 위해서라도 의사 양반에게 인사할까 생각도 했지만, 드 생트크루아 씨가 그들과 함께 있어 그럴 수가 없었어요, 생트크루아 씨는 도 의원인 데다 아주 좋은 가문 출신인데 돈 때문에 공화당 편에 붙어, 정직한 사람들은 아무도 그에게 인사를 하지 않는답니다. 우리 아저씨가 정부 부처에서 일하고 있어 아저씨하고는 알고 지내는 사이지만 나머지 가족들은 모두 그에게 등을 돌렸어요. 레인코트를 입은 저 삐쩍 마른 사람은 오케스트라 단장이에요. 어머나, 저분을 모르세요! 저분 연주는 완벽해요. 「카발레리아 루스티카나」*를 들으

---

* '시골의 기사도'란 뜻의 이 오페라는 이탈리아 소설가 조반니 베르가(Giovanni

러 가지 않았어요? 참 이상적인 연주라고 생각해요! 오늘 저녁 저분 연주회가 있지만 우린 거기 갈 수 없는 게, 그리스도상을 철거한 시청 홀에서 콘서트가 열리거든요. 우리가 그곳에 가면 앙드레 어머니는 뇌출혈로 쓰러질 거예요. 당신은 우리 아주머니의 남편이 정부에서 일하지 않느냐고 말하겠지만요. 하지만 그게 뭐 대순가요. 아주머니는 아주머닌데요. 그런 이유로 내가 아주머니를 좋아하는 건 아니잖아요! 아주머니의 소원은 오로지 나를 쫓아 버리는 것 하나랍니다. 하지만 적어도 아주머니는 어머니 대신 나를 진심으로 보살펴 줬고, 나와 그리 가까운 친척이 아닌데도 돌보아 주시니 두 배로 고마운 분이죠. 말하자면 내가 어머니처럼 사랑하는 친구 같은 분이랍니다. 사진을 보여 줄게요." 잠시 후에 골프 대회 우승자이자 바카라 노름꾼인 옥타브가 우리 쪽으로 다가왔다. 나는 그 친구와 나 사이에서 어떤 관계를 발견했다고 생각했다. 그가 베르뒤랭네의 먼 친척이라는 점과, 더 나아가 베르뒤랭네 사람들로부터 사랑을 받는다는 걸 대화 도중에 알게 되었기 때문이다. 하지만 그는 저 유명한 베르뒤랭네 수요 모임에 대해 경멸하는 투로 말했고, 베르뒤랭 씨가 연미복 용도도 잘 모른다면서, '뮤직홀' 같은 데서 만나면 무척이나 난처하다고 덧붙였다. 시골 공증인처럼 검은 넥타이에 실용적인 재킷 차림 신사가 "안녕, 꼬맹이." 하고 외치는 소리를 듣고 싶지 않다는

Verga, 1840~1922)의 소설을 소재로, 피에트로 마스카니(Pietro Mascagni, 1863~1945)가 작곡한 작품으로 1890년 로마에서 초연되었다.

것이었다. 그런 후 옥타브는 우리 곁을 떠났고, 곧 앙드레 차례로 그녀는 산책하는 중 한 마디 말도 하지 않다가 별장 앞에 이르자 그냥 안으로 들어가 버렸다. 앙드레와의 작별이 더욱 안타깝게 느껴진 것은, 알베르틴에게 그녀 친구가 내게 얼마나 냉정한지 모른다고 지적하면서 마음속에서는 알베르틴이 그녀 친구들과 날 사귀게 해 주려 하다가 뜻대로 되지 않은 어려움을, 엘스티르가 첫날 내 소원을 들어주려 하다가 부딪혔을지도 모르는 그 적대감과 결부하여 생각하고 있었는데, 그때 마침 젊은 앙브르자크 아가씨들이 지나갔고, 내가 그 아가씨들에게 인사하고 알베르틴도 인사했기 때문이다.

알베르틴에 대한 내 입장이 조금은 나아지리라는 생각이 들었다. 앙브르자크 아가씨들은 빌파리지 부인의 친척 부인의 딸들로, 이 부인은 뤽상부르 대공 부인과도 친분 있는 사이였다. 발베크에 작은 별장을 둔 앙브르자크 부부는 엄청난 부자이면서도 무척이나 검소한 생활을 해서 남편은 언제나 같은 재킷을 입었고, 부인은 어두운 색 옷을 입었다. 두 분은 모두 할머니께 극진한 인사를 건넸지만 그 이상의 진척은 없었다. 딸들은 매우 아름답고 세련된 옷차림이었으나 도시적인 세련미로, 바닷가에 어울리는 차림은 아니었다. 긴 드레스에 커다란 모자를 쓴 두 아가씨는 알베르틴과는 다른 인간에 속한 듯했다. 알베르틴은 아가씨들이 누구인지 잘 알았다. "아! 앙브르자크 아가씨들을 아세요? 그럼 아주 멋진 분들을 아는 거랍니다. 그렇지만 아주 검소한 분들이죠."라고 말하면서, 마치 이 두 가지 사실이 모순이라도 된다는 듯 덧붙였다. "두 분은 무척이나 상냥하지만, 너무 교육을 잘 받은 탓에 부모님이 카지노 근처에는 얼씬도 못 하게 한답니다. 특히 우리 때문이죠. 우리에 대한 평판이 좋지 않거든요. 아가씨들이 마음에 들어요? 글쎄요, 사람마다 다르니까요. 완전히 순진한 아가씨들이죠. 아마도 그런 점이 매력일 수 있겠지만. 만약 당신이 저런 순진한 여자들을 좋아한다면, 당신이 원하는 대로 되겠죠. 이미 저들 중 하나가 생루 후작의 약혼녀가 되었으니 말예요. 이 일은 젊은 후작을 연모하던 동생에게 아주 큰 아픔을 주었답니다. 전 말예요, 저분들이 입술 끝으로 말하는 투가 정말 마음에 안 들어요.* 게다가 웃기는 차림새하며, 실크 드레스를 입고 골프를 치러 가다니! 저 나이에 지나치게 멋 부리는 꼴이 정말로 옷을 입을 줄 아는 여인들보다 더하다니까요. 엘스티르 부인을 보세요, 그분이야말로 진짜 멋쟁이죠." 나는 내가 보기엔 엘스티르 부인이 정말 단순하게 입는 것 같다고 말했다. 알베르틴이 웃어 댔다. "사실이에요, 아주 단순한 옷차림이죠. 그러나 사실은 황홀할 정도로 옷을 잘 입으시는 거랍니다. 그리고 당신이 단순함이라고 여기는 것에 도달하기 위해 어마어마한 돈을 쓴답니다." 엘스티르 부인의 드레스는, 몸단장에 쓰이는 물건들에 대한 확실하고도 담백한 안목이 없는 사람들의 눈에는 주목을 끌 만한 것들이 아니었다. 내게는 그런 안목이 없었다. 알베르틴의 말에 따르면 엘스티르에겐

---

* 당시 귀족들에겐 아주 빨리 탁탁 끊으며 입술 끝으로 말하는 습관이 있었다. 알베르틴은 이런 귀족들의 말투에 대한 반감을 표시하고 있다.

최고 경지의 안목이 있다는 것이다. 나는 그런 사실을 짐작하지도 못했고, 그의 아틀리에를 가득 채운 그 소박하지만 아름다운 물건들이 오랜 시간에 걸쳐 엘스티르가 욕망하던 경이로운 물건들로, 물건들의 내역을 잘 알던 그가 충분히 돈을 벌어 그 물건들을 소유할 때까지 이 경매에서 저 경매로 쫓아다녔다는 사실도 짐작하지 못했다. 그러나 이 점에 대해서는 알베르틴도 나처럼 무지했으므로 아무것도 가르쳐 줄 수 없었다. 하지만 몸단장에 대해서만큼은 외모에 신경을 쓰는 여자의 본능과, 또 어쩌면 자신의 몸에 장식할 수 없는 것을 부유한 사람들에게서 더욱 초연하고 섬세하게 음미하려는 가난한 소녀의 부러움 탓에, 그녀는 엘스티르의 세련된 취향에 대해서는 얼마든지 말할 수 있었다. 엘스티르의 취향은 얼마나 까다로웠던지, 그는 모든 여자들이 옷을 잘 못 입는다고 생각했고, 또한 모든 사람들을 어떤 비율의 개념이나 미묘한 차이 속에 집어넣었으며, 자기 아내를 위해서도 엄청난 돈을 쓰면서 파라솔이나 모자와 코트를 제작하게 했다. 그는 알베르틴에게, 내가 조금 전에 한 것처럼 안목이 없는 사람이라면 주목하지도 못했을 물건들에 대해 매력을 느낄 수 있도록 가르쳐 주었다. 더욱이 알베르틴은 자신에게 어떤 '재능'도 없다고 고백했지만, 예전에 그림을 조금 그려 본 적이 있어 엘스티르를 매우 존경했고, 또한 엘스티르가 그녀에게 해 준 말과 보여 준 것 덕분에 「카발레리아 루스티카나」에 대한 열광과는 아주 대조적인 방식으로 그림에 정통하게 되었다고 말했다. 그러나 아직 겉으로 드러나지는 않았지만 실제로 그녀는 매우 총명했고, 그녀가 했던 말들에 담긴 어리석음도 그녀 것이 아니라, 그녀를 둘러싼 환경과 나이 탓이라는 생각이 들었다. 엘스티르는 알베르틴에게 좋은 영향을 미쳤지만, 그 범위는 부분적이었다. 알베르틴이 갖춘 지성의 형태는 모두 수준이 제각각이었다. 그림에 대한 안목은 몸단장과 온갖 형태의 멋에 대한 안목만큼 일정한 수준에 이르렀지만, 음악에 대한 안목만큼은 그보다 상당히 뒤처져 있었다.

알베르틴이 앙브르자크 아가씨들을 안다 해서 내게 뭔가 도움이 되었던 것은 아니다. 어려운 일을 해낸다고 해서 쉬운 일도 해낸다고 할 수는 없는 것처럼, 내가 그 자매와 인사를 나눈 후에도 알베르틴은 여전히 친구들에게 날 소개해 주려고 하지 않았다. "그런 애들을 중요하게 생각하다니 참 친절도 하군요. 신경 쓰지 마세요. 별 볼일 없는 애들이니까. 당신같이 훌륭한 분에게 그런 애송이들이 무슨 의미가 있나요? 어쨌든 앙드레만은 기가 막히게 머리가 좋은 친구지만요. 아주 착한 아이지만 진짜 변덕스럽답니다. 하지만 다른 애들은 정말로 멍청해요." 알베르틴과 헤어진 후, 나는 생루가 약혼한 사실을 숨긴 것과, 정부와의 사이를 정리하지 않은 채 결혼하는 부적절한 짓을 하려 한다는 생각에 갑자기 슬퍼졌다. 그렇지만 며칠 지나지 않아 나는 앙드레에게 소개되었고, 그녀가 상당히 오래 말을 했으므로, 그 틈을 타 다음 날 그녀를 또 만나고 싶다고 말했는데, 그녀는 어머니가 아프셔서 혼자 계시게 할 수 없으므로 그럴 수 없다고 대답했다. 이틀 후 엘스티르를 만나러 갔을 때, 그는 앙드레가 내게 큰 호감을 보이더라고 말해 주었다. 난 엘스티르에게 이렇게 말했다. "하지만 첫날부터 호감을 느낀 건 저인걸요. 다음 날 만나자고 청했는데 안 된다고 하더군요." "그래, 알고 있네. 그녀도 말하더라고." 하고 엘스티르가 말했다. "몹시 아쉬워하던걸. 하지만 여기서 40킬로미터나 떨어진 곳에서 열리는 야유회 초대를 수락해 놓은 터라 사륜마차를 타고 가기로 약속한 걸 취소할 수 없었다고 하더군." 비록 앙드레와 잘 아는 사이가 아니었으므로 이런 거짓말 정도야 별로 대수롭지 않은 일일 수도 있었지만 그래도 그런 거짓말을 할 수 있는 사람과는 교제를 계속하지 말았어야 했다. 왜냐하면 사람들은 한번 한 짓은 끊임없이 되풀이하기 때문이다. 처음 약속한 장소에 오지 않거나, 감기에 걸렸다는 친구를 해마다 다시 찾아가 보면, 우리는 그때에도 여전히 감기에 걸렸거나 다른 약속 장소에 나타나지 않는 친구를 본다. 친구는 상황에 따라 여러 다른 이유를 댄다고 생각하지만 그가 대는 핑계는 언제나 변함이 없다.

앙드레가 자기 어머니 곁에 있어야 한다고 말한 날부터 얼마 지나지 않은 어느 아침, 나는 알베르틴과 함께 몇 발자국 걸었다. 그날 그녀를 발견했을 때, 그녀는 가는 끈 끝에 매달린 어떤 기이한 물건을 들어 올리고 있었는데, 그 모습이 마치 조토가 그린 「우상숭배」*와도 흡사했다. 게다가 '디아볼

---

* 조토에 대해서는 『잃어버린 시간을 찾아서』 1권 147쪽 주석 참조. 여기 인용된 작품은 「우의상 14도」 중 한 남자가 목에 끈으로 매단 이교도의 우상을 오른손으로 들어 올리는 모습을 나타낸 「불신앙」이다.(프랑스어로는 '우상숭배'로 옮겨졌다.)(『소녀들』, 폴리오, 558쪽 주석 참조.)

로'*라고 불리는 이 놀이는 폐기되어 아주 구식이 되었으므로, 미래 비평가들은 이런 디아볼로를 든 소녀의 초상화 앞에서, 마치 그들이 아레나 성당의 우의상 앞에 서 있기라도 한 듯 소녀가 손에 쥔 것에 대해 긴 토론을 벌일 것이다. 잠시 후 첫날 앙드레의 날랜 발에 스쳤던 노신사를 두고 "가여워라, 저 불쌍한 노인네." 하며 무척이나 심술궂게 비웃었던 그 초라하고 무뚝뚝해 보이는 친구가 다가오더니 알베르틴에게 "안녕, 실례해도 될까?" 하고 말했다. 모자가 불편했는지 그녀가 모자를 벗자 우리가 모르는 일종의 매력적인 식물의 변종 같은 머리카락이 줄기에 난 잎처럼 섬세하게 이마 위에 늘어진 모습이 드러났다. 알베르틴은 그녀의 모자 벗은 모습에 화가 났는지, 대꾸도 하지 않고 차갑게 침묵을 지켰다. 그래도 그녀는 알베르틴을 사이에 두고 나와 조금 떨어져서 걸었다. 알베르틴은 때로는 그녀와 단둘이 걸었고, 또 때로는 그녀를 뒤처지게 내버려 둔 채 나와 나란히 걸었다. 나는 그녀 앞에서 알베르틴에게 날 소개해 달라는 부탁을 해야만 했다. 알베르틴이 내 이름을 말하는 순간, 나는 "가여워라, 저 불쌍한 노인네."라고 말했을 때 엿보았던 그토록 잔인한 표정과 푸른빛 두 눈에서 이번에는 다정하고 애정 어린 미소가 반짝 스치는 걸 보았는데, 이내 소녀는 내게 손을 내밀었다. 그녀의 머

* 왕정복고 시대에 유행했던 놀이로, 두 개의 장대에 끈을 달아 공중에서 팽이를 돌리는 놀이이다. 중국이나 일본에서 전해진 것으로 알려졌는데, 디아볼로(diabolo)는 '악마(diable)'라는 뜻으로, 팽이가 내는 소리 또는 일본의 악마에서 유래한다는 설이 있다.

리칼은 금빛이었고, 아니, 머리칼만이 금빛은 아니었다. 그녀의 볼은 분홍빛이고 두 눈은 푸른빛이었으며, 아직 붉은 색으로 물든 아침 하늘 곳곳에 금빛이 솟아오르며 반짝이는 듯했다.

그 즉시 불이 붙은 나는, 그녀가 사랑할 때는 수줍어하는 아이로, 알베르틴의 매정한 거절에도 우리 곁에 남은 것은 순전히 날 위해, 나에 대한 사랑 때문이며, 다른 사람에게는 끔찍하게 굴어도 내게는 온순하다는 점을 자신의 미소가 담긴 선한 눈길로 내게 고백할 수 있어 행복해하는 게 틀림없다고 혼자 중얼거렸다. 어쩌면 내가 아직 그녀를 알지 못했을 때에도 그녀는 이미 해변에서 날 주목했고 그 후부터 줄곧 나를 생각해 왔음이 틀림없다. 어쩌면 노신사를 놀린 것도 내 감탄을 자아내기 위해 한 짓이며, 그 후의 나날에서 울적한 모습을 보인 것도 나와 알고 지내지 못해서였을 것이다. 호텔에서 종종 그녀가 저녁에 바닷가를 산책하는 모습이 보였다. 필시 나와 마주치고 싶은 소망을 담은 산책이었으리라. 작은 무리 소녀들로 방해를 받았던 만큼이나 알베르틴이란 존재로 방해받고 있는 지금, 점점 더 심해져 가는 친구의 냉정한 태도에도, 분명 우리 곁을 따라붙은 건, 단지 끝까지 남아 가족이나 친구들 몰래 빠져나갈 기회를 잠시 얻어, 미사 전이나 골프 후 안전한 장소에서 나와 만날 약속을 잡으려는 소망 때문일 것이다. 그러나 앙드레와 사이가 나빴고, 또 앙드레가 그녀를 싫어했으므로 그녀를 만나기란 더더욱 어려운 일이었다. "전 오랫동안 그 애의 끔찍한 위선이나 제게 했던 그 천박하고 비열한 짓들을 참아 왔어요. 다른 애들 때문에 그 모든 걸 참아 왔다고요. 하지만 그애가 최근에 한 짓은 이 모든 걸 넘어섰어요." 하고 앙드레가 말했다. 또 그녀는 이 소녀가 했던 악의적인 험담에 대해 얘기해 주었는데, 사실 앙드레에게 해를 끼쳤다고 말할 만했다.

그런데 나는 지젤의 시선이 내게 했던 약속을, 알베르틴이 우리 둘을 함께 놔두었다면 들었을 테지만 그렇지 못한 탓에 듣지 못했다. 왜냐하면 알베르틴이 끈질기게 우리 둘 사이에 끼어들어 계속해서 짧게 대답하다가 급기야는 지젤의 말에 일절 대꾸를 하지 않는 바람에 결국 지젤이 자리를 떴기 때문이다. 나는 알베르틴에게 왜 그렇게 불쾌하게 대하느냐며 나무랐다. "그렇게 해야 좀 더 신중할 필요가 있다는 걸 배울 테니까요. 나쁜 애는 아니지만 좀 귀찮은 애예요. 모든 일에 참견할 필요는 없잖아요. 부탁하지도 않았는데 뭣 때문에 들러붙는데요? 하마터면 쫓아 버릴 뻔했다니까요. 게다가 머리를 그 꼴로 하고 다니는 것도 정말 마음에 안 들어요, 예의가 아니잖아요." 알베르틴이 내게 말하는 동안 난 그녀의 두 볼을 바라보며 저 볼에선 어떤 향기, 어떤 맛이 날까 생각했다. 이날 그녀는 무늬 없는 분홍빛, 또는 보랏빛이나 크림 빛이 감도는 몇몇 밀랍 광택을 바른 장미꽃잎처럼 싱싱하지는 않았지만 매끄러웠다. 나는 사람들이 어떤 꽃에 대해 느끼는 것과 같은 열정을 그녀의 두 볼을 보며 느꼈다. "제게는 그렇게 보이지 않던데요." 하고 나는 그녀에게 대답했다. "하지만 당신은 그 앨 아주 유심히 바라보던데요, 마치 초상화라도 그리려는 것처럼." 하고 알베르틴은 지금 이 순간 내가 그렇게도 자기를 바라보고 있는데도 마음이 풀리지 않는다는 듯 말했다. "그래도 전 그 친구가 당신 마음에 들 거라고는 생각하지 않아요. 남자의 환심을 사려고 하는 애가 아니니까요. 당신은 남자의 환심을 사려는 여자를 좋아하잖아요. 어쨌든 그 애는 귀찮게 달라붙다가 떨어져 나가는 짓 따위는 하지 않을 거예요, 곧 파리로 돌아가니까요." "다른 친구들도 함께 떠나나요?" "아뇨, 그 애만 가요. 가정교사랑 떠난답니다. 시험을 다시 봐야 하거든요. 불쌍한 것, 공부를 열심히 해야 할 거예요. 장담하지만 유쾌한 일은 아니죠. 어쩌다 좋은 주제가 걸리는 경우도 있지만요. 그런 우연은 대단한 거고요. 친구들 중 한 애가 그런 적이 있긴 했어요. '당신이 목격한 사건을 이야기해 보시오.'와 같은 문제 말예요. 운이 좋았죠. 하지만 또 '알세스트와 필랭트* 가운데 당신은 누구를 친구로 삼고 싶습니까?'와 같은 문제를 풀어야 했던 애도 알고 있어요.(그것도 필기시험으로요.) 그런 문제가 나온다면 나라도 대답하지 못했을 거예요! 우선 무엇보다도 그건 여자애에게 낼 문제는 아니잖아요. 여자애들은 다른 여자애들하고만 사귀지 남자애들을 친구로 삼

---

* 17세기 프랑스 극작가 몰리에르의 「인간 혐오자」의 등장인물들로, 스무 살에 과부가 된 셀리멘의 사랑을 차지하기 위해 알세스트를 비롯한 여러 젊은 귀족들이 경합을 벌인다. 이들은 시의 한 형식인 '소네트' 논쟁을 펼치는데 이를 빌미로 법원에 제소되고 만다. 이 사건으로 알세스트는 패소하며, 인간의 타락한 본성을 저주할 권리를 획득했다고 자부하면서 친구인 필랭트와 셀리멘의 사랑을 빌며 떠난다.

지는 않으니까요.(이 말은 내가 그녀의 작은 무리에 받아들여질 기회가 거의 없을 거라는 뜻이었으므로 날 불안하게 했다.) 여하튼 이런 문제가 남자애에게 주어졌다 한들 대답할 게 있다고 생각해요? 꽤 많은 가족들이 이와 같은 문제의 어려움에 대한 불평을 《골루아》*에 투고했답니다. 더구나 더 황당했던 건 상 받은 학생들의 가장 좋은 숙제를 모은 책자 안에서조차, 이 주제가 두 번씩이나 완전히 다른 방식으로 다루어졌다는 거예요. 모든 게 시험관 손에 달렸으니까요. 한 시험관은 필랭트를 아첨꾼이자 교활한 인간으로 대답하기 원했고, 또 한 시험관은 알세스트에 대해 감탄하지 않을 수는 없지만 알세스트가 지나치게 까다로운 인간인 까닭에, 친구로는 역시나 필랭트가 낫다고 대답하기 원했어요. 선생님들 사이에서도 의견이 다른데, 불쌍한 학생들이 도대체 어떻게 알 수 있겠어요? 그리고 이건 아무것도 아녜요. 진짜는 매년 문제가 점점 어려워지고 있다는 점이죠. 그러니 지젤도 높은 사람의 도움을 받아야만 거기서 빠져나올 수 있을 거예요."

호텔로 돌아온 나는 할머니가 안 계셔서 오래 기다렸다. 드디어 할머니가 돌아오셨고, 난 할머니에게 예기치 않은 일로 어쩌면 사십팔 시간 정도 걸리는 여행을 해야 할 것 같으니 허락해 달라고 졸랐다. 할머니와 함께 점심 식사를 하고 마차를 한 대 불러 역으로 갔다. 지젤은 날 보아도 놀라지 않으

---

* 1868년 창간된 신문으로, 사교계 인사에 대한 기사와 젊은 아가씨라는 독자층을 자랑하며《르 피가로》의 독자 상당수를 빼앗아 갔다.

리라. 동시에르에서 파리행 기차로 갈아타기만 하면, 거기에는 객실 통로가 있으니까 가정교사가 잠든 동안 지젤을 컴컴한 구석으로 데리고 가서, 내가 파리에 돌아간 후 그녀와 만날 수 있도록 약속을 정하고, 또 난 가능한 한 앞당겨서 파리로 돌아가면 될 테니까. 그녀가 표명하는 의사에 따라, 난 캉이나 에브뢰까지 그녀와 동행했다가 다음 기차를 타고 돌아오면 되겠지.* 그렇지만 내가 그녀와 그녀 친구들 사이에서 오랫동안 망설였고, 그녀와 마찬가지로 알베르틴이나 눈동자가 맑은 소녀, 또 로즈몽드를 사랑하고 싶어 했다는 사실을 만약 그녀가 안다면 과연 어떻게 생각할까? 서로에 대한 사랑으로 지금 지젤과 맺어지려고 하는 이때 나는 뭔가 양심의 가책을 느꼈다. 게다가 난 지젤에게 알베르틴이 더 이상 내 마음에 들지 않는다고 정말로 믿게 할 수도 있었다. 그날 아침 지젤에게 말을 걸려고 알베르틴이 거의 등을 돌린 채 내게서 멀어져 가는 모습을 보았으니까. 토라진 듯 기울어진 그녀의 머리 위로 삐져나온 머리칼은 등 뒤에서 보니 다른 머리카락과 달리 더 검게 보였고 물에서 갓 나온 듯 반짝거렸다. 그때 나는 물에 젖은 암탉을 떠올렸는데, 그 머리칼은 내게 이제껏 보랏빛 얼굴과 신비로운 눈길이 보여 주던 것과는 다른 영혼을 알베르틴의 몸속에 구현했다. 머리 뒤에서 빛나던 그 머리칼은 내가 한순간 그녀로부터 인식할 수 있었던 전부이자 내가 계속 보던 유일한 것이었다. 우리 기억이란 진열창 달린 상점마

---

* 캉과 에브뢰는 실제로 노르망디에 위치한 도시들이다.

낭 누군가에 대해 한번은 이런 사진을 다음에는 다른 사진을 전시한다. 그래서 보통 때는 가장 최근 기억만이 잠시 우리 시야에 남는다. 마부가 말을 급하게 모는 동안, 나는 지젤이 했던 감사와 애정에 넘치는 말들을, 하나같이 그녀의 상냥한 미소와 내민 손에서 나온 말들을 듣고 있었다. 아직 그녀를 사랑하지는 않지만, 곧 그렇게 되기를 열망하는 이런 삶의 시기에는, 내 마음속에 아름다움에 관한 어떤 육체적인 이상이 있을 뿐만 아니라(앞에서도 살펴보았듯이 멀리 스쳐 가는 여인에게서도 그 어렴풋한 모습이 이런 이상과의 합치에 지나치게 위배되지 않는다면 멀리서도 알아보았던) 날 좋아할 여인이 어린 시절부터 내 머릿속에 가득 적어 놓았던 애정극에서 내 대사에 응답하는 그런 여인의 정신적인 환영마저(언제나 육화될 준비가 된) 있었으므로, 조금이라도 이 배역에 맞는 신체적 조건을 갖추기만 하면 어떤 상냥한 소녀라도 이 역을 맡아서 연기하고 싶어 할 거라고 생각했다. 내가 이 연극에서 창작하거나 재현하기 위해 부르는 새 '스타'가 누구이든 간에 배역이나 시나리오, 사건의 급변, 대본까지도 이 모든 것들은 '변하지 않는(ne varietur)' 형태를 유지했다.

우리를 소개하면서 보여 준 알베르틴의 그 성의 없는 태도에도, 며칠 후 나는 발베크에 남아 있는, 첫날 내가 보았던 작은 무리 소녀들 모두와 인사했고(지젤은 제외해야 했는데, 기차역 차단기 앞에서 마차가 너무 오래 멈추었으며 기차 시간이 변경되어 결국 내가 도착하기 오 분 전에 출발해 버린 데다가 이제 그녀 생각은 나지도 않았다.) 그녀들은 내 부탁을 들어 다른 두세 친구들도 소개해 주었다. 이렇듯 어느 새로운 소녀와 더불어 누릴 기쁨에 대한 기대는 그 소녀를 알게 해 준 또 다른 소녀에게서 왔으며, 그때 가장 최근에 알게 된 소녀는 마치 다른 종류 장미꽃 덕분에 얻은 장미의 변종과도 같았다. 꽃부리에서 꽃부리로 거슬러 올라가는 이런 꽃들의 연쇄에서, 다른 꽃을 알아 가는 기쁨은 그 다른 꽃을 알게 해 준 꽃부리 쪽으로 나를 돌아가게 하여 새로운 기대만큼이나 욕망이 섞인 감사의 마음을 품게 했다. 곧 나는 이 소녀들과 더불어 나날을 보냈다.

아! 슬프게도 더없이 싱싱한 꽃 속에서도 우리는 지극히 미세한 점을 알아볼 수 있으니, 이 점은 정통한 정신에게 오늘 꽃핀 육체마저도 건조하고 열매를 맺어 씨앗이라는 예정된 불변의 형태가 되리라는 걸 벌써부터 그려 보인다. 아침 바다를 감미롭게 부풀리며, 조수가 밀려와도 알아차리지 못할 정도로 그토록 고요한 바다이기에 움직이지 않아, 그런 듯 보이는 잔물결과도 흡사한 코를 우리는 기쁘게 좇아간다. 인간의 얼굴은 우리가 바라보는 동안은 변하지 않는 것처럼 보이는데, 눈으로 지각하기에는 얼굴 변화가 너무도 느리게 진행되기 때문이다. 하지만 소녀들 곁에서는 소녀들의 어머니나 아주머니만 보아도 그들 모습이 관통한 거리를 충분히 측정할 수 있으며, 내면의 인력 작용에 따라 대개는 끔찍한 형태로 바뀌는 그 모습은, 삼십 년도 안 되는 사이에 눈매가 처지고 얼굴이 지평선 너머로 저물어 더 이상 빛을 받지 못한다. 자기 종족으로부터 완전히 해방된 줄로 믿고 있는 사람들 안에 감추어진 유대인 애국주의나 그리스도교인의 유전적 특징처럼 그렇게도 깊숙이 피할 수 없는 채로, 난 알베르틴이나 로즈몽드와 앙드레의 장미 꽃송이 아래서 그녀 자신들도 인식하지 못하는, 어떤 상황을 위해 보존한 듯한 커다란 코나 튀어나온 입, 통통한 몸집이 자리 잡고 있음을 깨달았다. 이런 모습은 사람들을 놀라게 할 테지만, 실은 무대 뒤에 있어 언제라도 무대에 나갈 준비가 되어 있는데, 이를테면 어떤 상황의 부름을 받아 개인 자체를 앞선 본성에서 갑자기 발생한, 예기치 않은 운명적인 드레퓌스주의나 교권주의, 또는 민족적이고 봉건적인 영웅주의 같은 것들이다. 개인은 이러한 본성을 통해, 그리고 자신이 본성이라고 여기는 것을 개인적인 동기와 구별하지도 못한 채 생각하고 살고 진화하고 확고히 하며 또는 죽어 간다. 정신적인 측면에서도 우리는 우리가 믿는 것보다 훨씬 더 많이 자연계 법칙에 의존하므로, 우리 정신은 어느 은화식물*이나 이런저런 벼과 식물마냥 우리 스스로 선택한 줄로만 여기는 여러 특징들을 미리 소유한다. 그러나 우리는 이런 일차적 원인을(유대인 혈통이나 프랑스 가문 등) 인식하지 못하고 이차적 관념만을 포착하는데, 실은 이 일차 원인이 이차 원인을 필연적으로 생산해 냈으며, 그것이 때가 오면 겉으로 나타나는 것이다. 그러나 어쩌면 어떤 관념은 심사숙고의 결과처럼 보이며, 또 다른 관념은 건강상 부주의의 결과처럼 보일지 모르지만, 마치 콩과식물이 종자로부터 그 형태를 이어받듯

---

* 민꽃식물 또는 포자식물이라고도 하는데, 이끼나 미역처럼 꽃 없이 포자를 이용하여 번식한다. 종자식물에 대응되는 식물이다. 벼과 식물은 갈대나 억새 같은 식물로 화본과라고도 한다.

이, 실은 우리도 우리 가족으로부터 사는 데 필요한 관념이나 죽음에 이르는 병을 이어받는다.

　마치 모종판 하나에서 꽃들이 저마다 다른 시기에 무르익어 가듯, 나는 발베크 해변의 노부인들에게서 언젠가는 내 친구들도 닮을 그 단단한 씨앗과 무른 덩이줄기를 보았다. 하지만 무슨 상관이랴! 그때는 꽃들의 계절이었으니. 그래서 난 빌파리지 부인이 산책에 초대해도 뭔가 약속이 있다며 핑계를 댔다. 엘스티르도 나의 새 여자 친구들이 동행하는 경우에만 찾아갔다. 이미 약속했지만 생루를 방문하기 위해 동시에 르까지 갈 오후 한나절도 틈을 낼 수 없었다. 사교계 모임이나 진지한 대화, 심지어 정다운 담소마저도, 만일 그것이 소녀들과의 외출을 방해한다면, 마치 점심시간에 누군가가 우리를 식사하러 데려가는 대신 앨범을 보여 주려고 데려갈 때와 똑같은 느낌을 받았을 것이다. 우리에게 호감을 가졌을지도 모르는 남자들이며 젊은이들, 나이 든 또는 성숙한 여인들은 오로지 견고하지 못한 하나의 평평한 평면 위에서 존재하는 듯했으며, 이는 우리가 그 자체로 축소된 시각을 통해서만 그들을 의식하기 때문이다. 하지만 시각이 소녀들을 향하는 것은 다른 감각들의 대리인으로서다. 이 감각들은 소녀들에게서 차례로 향기, 촉각, 맛의 여러 다양한 특질을 찾아내고, 손과 입의 도움 없이도 음미하게 한다. 그리하여 전환 기술과 통합 재능 — 욕망이 탁월한 기량을 발휘하는 — 덕분에, 감각은 소녀들의 뺨이나 가슴 빛깔 아래서 애무나 맛, 금지된 접촉을 그려 볼 수 있게 하여, 장미 정원에서 꿀을 수집할 때나 포도밭에서 포도송이들을 눈으로 따먹을 때와 같은 달콤한 농밀함을 소녀들에게 부여한다.

비 오는 날이면 나쁜 날씨도 겁내지 않고 알베르틴이 이따금 비옷 차림으로 자전거를 타고 폭우 속을 달리는 모습을 볼 수 있었고, 그와 달리 우리는 하루 종일 카지노에서 보냈다. 그런 날에는 카지노에 가지 않는 게 불가능해 보였기에 나는 그곳에 한 번도 들어가 본 적 없는 앙브르자크 아가씨들에 대해 커다란 경멸의 감정을 느꼈다. 또 춤 선생을 골탕 먹이고자 하는 여자 친구들도 기꺼이 도와주었다. 우리는 곧잘 책임자의 권한을 침범했으므로, 지배인이나 직원들의 훈계를 들어야 했다. 왜냐하면 내 여자 친구들은 심지어 앙드레조차도 — 앙드레를 처음 본 날 그녀의 이런 모습 때문에 무척이나 디오니소스적인 인물로 생각했는데, 오히려 그녀는 아주 가냘프고 지적인 소녀였으며, 그해에는 건강이 아주 나빴는데도 그런 건강 상태에 따르기보다는 환자나 건강한 사람 모두를 사로잡으며 쾌활함에 녹아들게 하는 나이의 특성을 따르고 있었다. — 현관 입구에서 축제장에 이르는 동안 펄쩍펄쩍 뛰면서 의자 위를 모조리 뛰어넘거나, 우아한 팔의 움직임으로 균형을 잡으며 미끄럼을 타거나 노래를 부르면서 모든 재주를 한데 섞는 그런 젊음의 초기에 있었기 때문이다. 마치 아직 장르가 분리되지 않아 한 편의 서사시 안에 신학적 가르침과 농사에 대한 교훈을 한데 섞는 고대 시인들과도 같았다.*

* 기원전 8세기 말경, 헤시오도스가 쓴 『노동과 나날』을 연상시킨다. 고대 그

첫날 내가 가장 냉담하게 보았던 이 앙드레는 알베르틴보다도 훨씬 섬세하고 다정하고 예민했으며 알베르틴에게는 큰 언니처럼 아주 상냥하고도 부드러운 애정을 보여 주었다. 그녀는 카지노에서 내 곁에 와 앉았고, 왈츠 출 차례를 — 알베르틴과는 달리 — 거절할 줄 알았으며, 심지어 내가 피곤해하면 카지노에 가는 걸 포기하고 대신 호텔로 왔다. 그러면서도 나와 알베르틴에 대한 우정을, 마음속 일들에 대해 더할 나위없이 섬세한 이해심이 있다는 걸 보여 주는 그런 미묘한 차이까지 표현했는데, 이는 어쩌면 어느 정도는 그녀의 병약한 몸 상태 때문인지도 몰랐다. 앙드레는 항상 명랑한 미소를 띠며 장난치는 기쁨이 제공하는 그 참을 수 없는 유혹을 순진하고도 격하게 표현하는 알베르틴의 어린애 같은 행동을 변명하려는 듯했고, 이런 장난보다는 나와 함께 이야기하는 편이 더 좋다고 단호하게 말했지만, 알베르틴은 앙드레처럼 그런 말을 할 줄 몰랐다. 골프장에서 제공하는 오후 간식 시간이 다가올 무렵, 그때까지 우리가 모두 함께 있을 경우, 알베르틴은 일어날 준비를 하고 앙드레에게 다가가서 "자, 앙드레, 뭘 꾸물대는 거니? 골프장에 간식 먹으러 간다는 걸 알잖아." 하고 말했다. 그러면 앙드레는 "난 싫어, 여기 남아서 저분하고 얘기할래."라며 날 가리켰다. "그래도 뒤리외 부인이 널 초대했잖아." 하고 알베르틴은 큰 소리로 말했는데, 마치 나와 함께

리스의 서사 시인인 헤시오도스는 '이오니아파'의 호메로스와는 대조적으로 농경 기술과 노동의 신성함을 서술하여 교훈적이고 실용적인 '보이오티아파'를 대표한다.

남겠다는 앙드레의 의사가 초대받은 사실을 몰라서라고밖에는 설명되지 않는다는 듯한 말투였다. 그러면 앙드레는 "그만해, 그렇게 바보같이 굴지 마."라고 대답했다. 알베르틴은 누가 남으라고 할까 봐 겁이 나 더 이상 고집하지 않았다. 그녀는 머리를 저으면서 "마음대로 해."라고 말하고는, 마치 쾌락을 좇느라 서서히 건강을 해치는 환자에게 말하듯 "난 갈래, 네 시계는 아무래도 좀 느린 것 같아."라고 대답하고는 쏜살같이 도망쳤다. "귀여운 애지만, 도가 좀 지나쳐요." 하고 앙드레는 귀여워하면서도 동시에 비판하는 듯한 미소로 친구를 감싸며 말했다. 만약 이런 놀이에 대한 취향에서, 처음 질베르트에게 있었던 것과 유사한 뭔가가 알베르틴에게도 있었다면, 이는 우리가 연이어 사랑하는 여인 사이에는 변화를 보이면서도 우리 기질의 고정된 성격에서 연유하는 어떤 유사성이 존재하기 때문이다. 바로 이러한 기질이 우리와 상반되면서도 보완해 주는 여인을, 다시 말해 우리 감각을 충족하는 동시에 고통스럽게 하는 데 적합한 여인을 선택하고, 그렇지 못한 여인은 모두 제거하는 것이다. 이렇게 선택된 여인들은 우리 기질의 산물이자 이미지이며, 거꾸로 비친 상(像)이자 우리 감성의 '음화'다. 그래서 소설가는 작품에 나오는 주인공의 삶을 통해 그가 연이어 경험했던 사랑을 거의 흡사하게 정확히 그릴 수 있으며, 또 그렇게 함으로써 자신을 모방한다기보다는 창조한다는 인상을 줄 수 있다. 왜냐하면 어떤 인위적인 창조보다 새로운 진실을 암시하도록 마련된 반복에 더 많은 힘이 실리기 때문이다. 게다가 소설가는 연인의 성격 속에 새로운 고장이나 다른 생활권에 들어감에 따라 점점 뚜렷해지는 변화의 징후를 기록해야 한다. 따라서 만약 소설가가 다른 등장인물의 성격은 상당히 잘 묘사하면서도 사랑하는 여인에 대해서는 어떤 특징도 주려고 하지 않는다면, 이는 아마도 그 나름대로 또 하나의 진실을 표현한다고 보아도 좋을 것이다. 우리와 무관한 자들의 성격은 잘 알지만 우리 삶과 얽혀 있어 이내 우리 자신으로부터 분리할 수 없는 사람의 성격이나, 또 불안한 가정을 세웠다가도 끊임없이 수정해야 하는 그런 행동의 동기를 우리가 어떻게 파악할 수 있단 말인가? 사랑하는 여인에 대한 호기심은 우리 지성 밖으로 뛰쳐나가 그것이 달리는 중에 여인의 성격을 지나쳐 버린다. 물론 여인의 성격에 머무를 수도 있지만 아마도 우리가 그렇게 하기를 원치 않으리라. 우리의 불안한 탐색 대상은 다양한 배합에 의해 살갗의 화려한 독창성을 만들어 내는 작은 마름모꼴 표피와 마찬가지로 그 성격적인 특징들보다 더 본질적이다. 이렇듯 우리 직관에 의한 방사선은 이러한 특징들을 꿰뚫어, 그것이 비추는 영상은 더 이상 어느 특별한 얼굴의 상이 아닌, 침울하고도 고통스러운 골격의 보편적인 상이다.

앙드레는 엄청난 부자였고 알베르틴은 가난한 고아였으므로 앙드레는 후한 인심을 베풀어 알베르틴이 자신의 사치를 함께 누리도록 했다. 지젤에 대한 앙드레의 감정도 내가 생각했던 것과 완전히 달랐다. 우리는 곧 이 여학생의 소식을 전해 듣게 되었다. 지젤이 알베르틴에게 다른 친구들에게 아직 편지를 보내지 못한 게으름에 대해 사과하면서 여행과 도착에 관한 소식을 작은 그룹에게 알리려고 편지를 보냈고, 이 편지를 알베르틴이 우리에게 보여 주었다. 나는 지젤과 아주 사이가 나쁘다고 생각해 온 앙드레가 "내일 편지를 써 보내야겠어. 워낙 게으른 애라 그 애 편지를 기다리다가는 한도 없을 테니까."라고 말하는 걸 듣고 꽤나 놀랐다. 또 앙드레는 내 쪽으로 몸을 돌리며 이렇게 말했다. "분명 그 친구에게는 이렇다 하게 주목할 만한 점이 없다고 생각하겠지만, 그래도 정말 좋은 애예요. 정말이지 난 그 친구를 많이 생각해요." 나는 앙드레의 불화가 그리 오래가지 않는다는 결론을 내렸다.

이런 비 오는 날만 제외하면, 우리는 자전거로 절벽 위나 들판에 가기로 했으므로, 나는 이미 한 시간 전부터 모양을 내려고 애썼으며, 프랑수아즈가 내 옷을 제대로 준비해 놓지 않으면 투덜댔다.

그런데 프랑수아즈는 파리에서도 자기 자존심을 맞추어 주면 겸손하고 소박하고 상냥했지만, 조금이라도 자기 잘못을 들추면 화가 나, 나이 때문에 이미 구부정해지기 시작한 허리를 거만하게 똑바로 세우곤 했다. 이런 자존심이야말로 그녀 삶의 커다란 원동력이었으므로, 프랑수아즈의 만족감과 유쾌한 기분은 사람들이 그녀에게 시키는 일의 어려움에 정비례했다. 발베크에서 그녀가 해야만 하는 일은 너무도 쉬운 일이어서, 프랑수아즈는 늘 불만스러운 기색이었고, 이러한 불만은 내가 여자 친구들을 만나러 갈 때 모자를 솔질하지 않았거나 넥타이가 정리되지 않았다고 불평이라도 하면, 금세 백 배로 커져서는 거기에 거만하고도 냉소적인 표정이 곁들었다. 아무리 어려운 일을 해도 해야 할 일을 했을 뿐 대단치 않다고 여기던 그녀였건만, 재킷이 제자리에 있지 않다는 간단한 지적에도, 자기가 얼마나 정성 들여 "먼지가 묻기도 전에 재빨리 챙겨 넣었는지"를 자랑했을 뿐만 아니라, 자기가 한 일이 얼마나 적법한지 잔뜩 찬사를 늘어놓으면서 발베크에 왔는데도 휴가 온 느낌이 들지 않는다며 세상에 자기같이 사는 사람은 둘도 없을 거라고 한탄했다. "어떻게 이 모양으로 옷을 팽개칠 수 있는지 전 도통 이해가 안 가요. 이렇게 뒤죽박죽인 옷을 금세 찾아낼 수 있는 사람이 어디 있는지 한번 알아보시라고요. 마귀가 와도 못 할 테니." 아니면 여왕 같은 표정을 짓는 것으로 그치고는 불꽃 튀는 눈길을 던지면서 조용히 침묵하다가 일단 문을 닫고 복도로 나가서 그 침묵을 깨뜨렸다. 이내 복도에서는 욕설로 짐작되는 말들이 울렸지만, 그녀의 말은 무대에 등장하기에 앞서 무대 뒤에서 대사 첫 부분을 암송하는 인물들의 말처럼 분명하지 않았다. 게다가 내가 이처럼 소녀들과의 외출을 위해 준비할 때면, 빠진 것이 하나도 없고 프랑수아즈의 기분이 좋을 때에도 그녀는 여전히 견디기 힘들었다. 왜냐하면 내가 소녀들 이야기를 하고 싶은 욕심에 소녀들에 대해 했던 농담을, 프랑수아즈는 멋대로 사용해서 나도 모르는 뭔가를 폭로하는 듯한 표정을 짓곤 했는데, 만일 그 농담이 정확했다면 그러려니 했겠지만, 프랑수아즈가 농담의 뜻을 잘못 이해하여 정확하지 않았기 때문이다. 프랑수아즈에게도 다른 모든 사람들처럼 그녀만의 고유한 성격이 있었다. 그런데 인간이란 결코 곧게 난 길과 닮지 않아서 다른 사람들이 알지 못하고, 또 우리가 지나가기 힘든 그렇게 기이하고도 피할 수 없는 우회로를 취하여 우리를 놀라게 한다. 내가 말을 하다가 매번 '제자리에 없는 모자'나, '앙드레 또는 알베르틴의 이름'과 같은 지점에 이를 때마다, 나는 프랑수아즈 때문에 접어든 그 엉뚱한 우회로에서 길을 헤매느라 매번 지체해야만 했다. 이런 일은 간식 시간에 절벽 위에서 소녀들과 함께 먹을 체스터 치즈와 샐러드를 곁들인 샌드위치를 만들어 달라고 부탁하거나 파이를 사 오도록 시킬 때도 마찬가지였는데, 이럴 때면 프랑수아즈는 시골 사람 특유의 억척스러움과 상스러움이라는 유전적 특징에 힘입어, 아가씨들이 그렇게 타산적이지 않다면 순번을 정해 돈을 내고 사 올 수도 있는 것 아니냐고 선언했는데, 이런 그녀의 모습을 보면, 이제는 고인이 된 윌랄리로부터 분리된 영혼이, 성 엘루아*의 몸이 아니라 이 작은 무리 소녀들의 매력적인 몸속에서 보다 우아하게 강생한 듯했다. 나는 이 정겨운 시골길의 여러 장소들 중한 곳에서 프랑수아즈의 성격이라는 발부리에 걸려 더 이상 앞으로 나아가지 못하는 느낌이 들었고(다행히도 그리 오래 걸리지는 않았지만) 몹시 분개하면서 그 불평들을 들었다. 그러다 저고리를 찾아내고 샌드위치가 준비되면 나는 알베르틴과 앙드레와 로즈몽드, 때로는 다른 소녀들을 찾으러 갔고, 우리는 함께 도보나 자전거로 길을 떠났다.

---

* 윌랄리라는 이름과 성 엘루아의 관계에 대해서는 『잃어버린 시간을 찾아서』 1권 188쪽 참조.

예전 같았으면 나는 나쁜 날씨에 이런 산책을 하는 편을 더좋아했을 것이다. 당시 나는 발베크에서 '킴메르 족의 나라'를 찾고 있었으며, 이렇게 아름다운 날씨는 이곳에 존재해서는 안 되고, 해수욕객들이 침범한 천박한 여름도 이 안개로 가려진 고대 지역에서는 존재할 권리가 없다고 생각했기 때문이다. 하지만 이제는 내가 경멸하고 눈을 돌렸던 이 모든 것을, 햇빛의 효과뿐 아니라 요트경기나 경마마저도 열정적으로 추구하게 되었다. 예전에 폭풍우가 몰아치는 바다만을 보기를 원했던 것과 같은 이유, 그것들이 둘 다 어떤 미학적인 관념에 결부되었다는 이유에서였다. 소녀들과 함께 이따금 엘스티르를 만나러 가거나 소녀들이 그곳에 있는 날이면, 엘스티르는 요트 타는 아름다운 여인들의 크로키나 발베크 인근 경마장을 그린 스케치를 즐겨 보여 주었다. 나는 그런 곳에서 열리는 모임에는 가고 싶지 않았다고 수줍게 먼저 엘스티르에게 털어놓았다. "잘못 생각한 거네." 하고 엘스티르가 말했다. "아주 아름답고 신기한 풍경이야. 우선 그 특별한 존재인 기수가 그렇게도 많은 시선을 받으며 대기소 앞에서 화려한 조끼를 입고 침울한 잿빛 얼굴로 빙빙 돌며 뛰어오르는 말을 진정시키면서 말과 하나가 되는데, 기수의 이런 직업적인 동작을 추출하고, 경기장에서 기수가 만드는 얼룩을, 또 말의 털 색깔이 만드는 그 반짝이는 얼룩을 보여 주는 일이 얼마나 흥미로운지 모른다네! 그토록 많은 그림자와 반사광 앞에서 놀라움을 금치 못하는 경마장의 거대한 빛 속에서 그 모든 사물들이 변형되는 모습이란, 오로지 그곳에서만 볼 수 있는 광경이라네! 여인들의 아름다움이야 말할 것도 없고! 특히 첫날 모임은 황홀했네. 더없이 우아한 여인들이 습기를 머금은, 거의 네덜란드 풍 빛 아래 있었는데, 햇빛이 비치는데도 살을 에는 듯한 물의 냉기가 올라오는 게 느껴졌지. 아마도 바다의 습한 기운 탓이겠지만 그와 비슷한 빛 속에서, 마차를 타거나 눈에 쌍안경을 낀 여인들이 도착하는 모습은 이전에는 한 번도 본 적 없는 광경이었네. 아! 그 빛을 얼마나 그려 보고 싶었는지! 난 작업하고 싶은 열망에 사로잡혀 미친 듯이 경마장에서 돌아왔네!" 그리고 그는 요트경기에 대해서도 경마 시합 이상으로 감탄했다. 나는 옷을 멋있게 입은 여인들이 해상 경기장의 청록빛 속에 잠긴 요트경기나 스포츠 대회가, 베로네제나 카르파초*가 그토록 즐겨 그렸던 축제만큼이나 현대 화가에게 흥미로운 주제가 될 수 있음을 깨달았다. 엘스티르가 말했다. "그림 속 축제의 배경인 도시 일부가 해상에 위치했다는 점에서 자네의 비교는 정확하다고 할 수 있네. 다만 당시 선박의 아름다움은 대부분 그 무게감이나 복잡함에 비례했지. 이곳에서처럼 수상 시합도 열렸는데, 카르파초가 「성녀 우르술라의 전설」**에서 그렸듯이 대개는 어느 외교사절들을 영접하

* 비토레 카르파초(Vittore Carpaccio, 1460~1525)는 이탈리아 베네치아파의 화가로 종교를 주제로 당시 건물이나 풍물을 배경으로 한 화려한 색채의 그림을 그렸다. 특히 대형 캔버스화 연작인 「성녀 우르술라의 전설」이 유명하다.(『잃어버린 시간을 찾아서』 1권 307쪽 참조.)
** 가톨릭교 성녀로 가장 존경받는 전설적인 인물이다. 프랑스 북부 브르타뉴의 왕녀인 우르술라는 이교도인 영국 왕 아들이 청혼하자 그 조건으로 처녀 1만 1000명과 함께 로마를 순례하고 그동안 약혼자가 개종할 것을 요구했다. 드디어

기 위해 행해졌네. 선박들은 무척이나 육중해서 건축물처럼 구성되었으며, 마치 베네치아 한가운데 또 다른 작은 베네치아가 있는 것처럼 거의 수륙 양서의 도시인 듯 보였고, 배들이 진홍색 새틴과 페르시아 융단으로 뒤덮인 도개교의 도움으로 부두에 정박했을 때는 화려한 버찌 빛 비단 옷과 초록빛 다마스쿠스 천으로 지은 옷을 입은 여인들이 배에 타고 있었고, 그 바로 옆 가지각색 대리석이 박힌 발코니에는 검정색 소매에 하얀색 천이 밖으로 드러나 보이는 곳에 진주를 촘촘히 달거나 기퓌르*로 장식한 옷차림 여인들이 구경하려고 기대고 있었네. 어디서 뭍이 끝나며 어디서 물이 시작되는지, 어디까지가 궁전이고 어디까지가 배인지, 또 쾌속 범선인지 대형 범선인지, 아니면 뷔상토르**인지 전혀 구별이 되지 않는다네." 알베르틴은 엘스티르가 우리 눈앞에 그려 보이는 옷차림의 세세한 부분이나 호화로운 이미지에 열정적인 관심을 기울였다. "어머! 선생님께서 방금 말씀하신 기퓌르 레이스를 정말 보고 싶어요. 베네치아 식으로 뜬 레이스는 정말 예쁘잖아요." 하고 그녀는 외쳤다. "전 정말 베네치아에 가고 싶어요!" 그러자 엘스티르가 말했다. "아마도 머지않아 당시 사람들이 입었던 그 경이로운 옷감들을 볼 수 있을 거네. 그동안 베네치아파

로마 교황으로부터 결혼을 허락받아 돌아가는 길에 쾰른 시를 포위하던 핀 족에 잡혀 그 수장의 구혼을 거절하고는 교황과 다른 처녀들과 함께 순교했다. 카르파초는 이런 우르술라 성녀의 생애 주요 장면을 거대한 화폭에 담았다.

* 바탕이 되는 그물코 없이 무늬를 짜 넣은 화려한 레이스의 일종이다.

** 베네치아 총독의 전용선이다.

화가들의 그림을 통해서나, 아주 드물게 성당 보물들 또는 간간이 경매를 통해서만 보았던 것들이지. 사람들 말이 베네치아 화가인 포르투니*가 베네치아 직물 제조법의 비결을 발견했다고 하더군. 그래서 몇 해 안으로 우리는 예전에 베네치아 사람들이 귀족계급 여인을 위해 동방 무늬로 장식했던 옷과 똑같은 금은실로 수놓인 화려한 비단 옷을, 산책할 때나 특히 집에서 입게 될 걸세. 하지만 내가 그런 옷을 좋아할지는 알 수 없군. 오늘날의 여성들이 요트경기에서 그런 옷을 입고 과시한다면, 지나치게 시대착오적으로 보일 테니까. 현대 유람선으로 돌아가 보면 '아드리아 해의 여왕'인 베네치아 시대와는 아주 다르다네. 요트나 요트 내부 실내장식, 그리고 요트용 복장의 가장 큰 매력은 바다와 관계된 것들이 다 그러하듯, 그 단순함에 있지 않을까. 그리고 난 바다를 아주 좋아하네! 내가 베로네제 시대나 심지어 카르파초 시대의 유행보다 오늘날의 유행을 더 좋아한다는 걸 고백해야겠군. 우리가 타는 요트 중에서도 가장 아름다운 건 ─ 난 특히 중간 크기 요트를 좋아한다네. 너무 거대한 선박 같은 건 좋아하지 않지. 모자와 마

---

* 마리아노 포르투니(Mariano Fortunay y Madrazo, 1871~1949). 스페인 화가이자 패션 디자이너로 1899년 어머니와 함께 베네치아로 이주하여 그곳에서 여생을 보냈다. 사진술과 연극 무대 장치에도 관심이 많아 바그너의 「파르시팔」의 '꽃의 소녀들' 무대 장치를 만들기도 했는데, 프루스트는 음악가 레날도 안의 동생을 통해 포르투니에게 관심을 가졌다. 포르투니의 옷에 대한 묘사는 「갇힌 여인」의 주요 모티프로서, 고대 그리스나 베네치아 유파 그림에서 영향을 받아 포르투니가 제작한 실크 드레스는 감각적인 색채와 자연스러운 움직임이 특징이다. 그의 작품은 대부분 베네치아 포르투니 미술관에 전시되어 있다.

찬가지로 거기에는 우리가 따라야 할 어떤 비율의 개념이 있으니까. ── 단순하고도 밝은 회색빛 단색 요트로, 흐리고 푸르스름한 날에는 희미한 크림 빛으로 보이는 거라네. 요트 안은 작은 카페 같은 분위기를 풍겨야 해. 요트에 탄 여인들의 옷차림도 마찬가지지. 우아하게 보이는 것은 하얀빛 나는 단색 면포나 한랭사, 중국 비단, 리넨으로 만든 가벼운 옷으로, 태양과 푸른 바다에서는 흰 돛처럼 눈부시게 하얀빛을 띠지. 물론 제대로 옷을 입을 줄 아는 여인은 아주 드물지만, 그래도 간혹 아주 멋지게 옷을 잘 소화하는 여인들도 있네. 경마장에서 작은 하얀색 모자에 작은 하얀색 양산을 든 레아 양의 모습은 참으로 매력적이더군. 그 작은 양산을 갖기 위해서라면 난 뭐든지 줬을 거네." 나는 그 작은 양산이 다른 것들과 어떤 점에서 달랐는지 무척이나 알고 싶었고, 알베르틴도 다른 이유이긴 하지만 아름답게 보이려는 여자의 마음에서 더더욱 알고 싶어 했다. 그런데 프랑수아즈가 수플레*를 만들 때 "손재주죠."라고 말했듯이 그 차이는 재단법에 있었다. "그건." 하고 엘스티르가 말했다. "아주 작고 아주 동그란 중국 양산 같았네." 나는 몇몇 여성들의 양산을 예로 들었지만 전혀 달랐다. 엘스티르는 내가 열거한 양산들이 흉하다고 했다. 취향이 까다롭고 섬세한 그는 여자들 대부분이 쓰는 양산 가운데서 혐오감을 주는 양산과 마음을 끄는 아름다운 양산의 차이를, 아주 사

---

* 달걀 흰자 거품에 치즈나 고기, 과일 등의 재료를 섞어서 오븐에 구워 '부풀린' 과자를 말한다.

소하지만 그에게는 전부라고 할 수 있는 그런 것에 두었다. 사치스러운 거라면 뭐든지 무익하다고 여기는 나와 달리 그에게 있어 아름다운 것은 '그와 똑같이 아름다운 걸 만들기 위해' 그림을 그리려는 욕망을 자극했다. "자아, 여기 그 모자와 양산이 어떤 건지 벌써 이해한 아가씨가 있군." 하며 엘스티르는 부러움 가득한 눈동자를 반짝이는 알베르틴을 가리켰다. "요트를 가질 수 있을 만큼 부자였으면 좋겠어요!" 하고 알베르틴이 화가에게 말했다. "나중에 선생님께 요트 실내장식에 대한 자문을 구할게요. 얼마나 멋진 여행이 될까요! 그리고 카우즈* 요트경기에 갈 수 있다면 얼마나 좋을까요! 또 자동차도요! 자동차 탈 때의 여성 패션이 멋있다고 생각하세요?" "아니." 하고 엘스티르가 대답했다. "하지만 곧 그렇게 될걸. 그런데 디자이너가 별로 없어. 한두 사람 될까, 칼로는 레이스를 지나치게 많이 사용하긴 하지만, 그리고 두세, 슈뤼, 가끔은 파캥 정도를 꼽을 수 있겠군.** 나머지는 엉망이고." "그럼 칼로의 의상과 그저 그런 디자이너의 의상은 차이가 큰가요?" 하고 내가 알베르틴에게 물었다. 알베르틴이 대답했다. "그럼요, 엄청나죠, 나의 어린 신사 양반. 오! 미안해요. 단지 다른 곳에서는 300프랑 하는 게 그 집에서는 2000프랑이나 하거든요. 하지만 옷이 달라요, 아무것도 모르는 사람들에게

---

* 영국 남서부 솔렌트 해협에 인접한 카우즈항에는 1815년부터 귀족을 중심으로 요트 클럽이 결성되었으며, 이것이 오늘날 유명한 '로열 요트 선단'으로 발전했다.
** 당시 파리에서 활동하던 유명 디자이너들이다.

는 다 비슷하게 보일지 모르지만요." 엘스티르가 대답했다. "맞는 말일세. 랭스 대성당과 생토귀스탱 성당에 있는 조각상만큼이나 차이가 크다고는 할 수 없지만.* 그런데 참, 대성당에 대해서는." 하며 그는 특히 나를 쳐다보며 말을 건넸다. 그 주제에 대해서는 이제껏 소녀들이 끼어든 적이 없으며 또 전혀 관심이 없다고 생각했기 때문이다. "요전에 내가 발베크 성당을 하나의 커다란 절벽, 그 고장 돌을 쌓은 커다란 제방이라고 했는데, 하지만 반대로 여기." 하고 그는 내게 수채화 하나를 내밀며 말했다. "이 절벽을 좀 보게!(여기서 아주 가까운 레크뢰니에**의 스케치였다.) 이 힘차고 섬세하게 잘린 바위들이 대성당을 연상시키지 않나?" 과연 그것은 거대한 분홍빛 궁륭같아 보였다. 그러나 무더운 대낮에 그려진 바위는 먼지가 되어 열기로 증발한 듯했으며, 바다를 반쯤 삼켜 버린 열기는 화폭 전체에 걸쳐 거의 기체 상태가 된 것 같았다. 빛이 현실을 파괴해 버린 듯한 이날, 현실 그 자체도 뭔가 어둡고 투명한 존재 속에 농축되어 대조적으로 훨씬 강렬하고 절박한 생명의 인상을 자아냈는데, 바로 그림자였다. 대부분의 그림자는 시원함을 갈망하듯, 타오르는 난바다를 도망쳐 나와 태양을 피해 바위 밑에 숨어 있었다. 또 다른 그림자들은

---

* 파리의 생토귀스탱 성당은 1860년 발타르(Baltard)가 이탈리아 르네상스와 비잔틴 예술에 영향을 받아 건축했으며, 성당 정면에는 폴 뒤부아(Paul Dubois)가 랭스 대성당의 잔다르크 동상을 본떠 만든 조각상이 세워져 있다.(『소녀들』 2권, GF플라마리옹, 384쪽 참조.)
** 노르망디 트루빌 근처 해변이다.

수면 위를 돌고래처럼 천천히 헤엄치면서 그곳을 유람하는 쪽배 허리에 매달려 그 윤기 나는 푸른빛 몸으로 창백한 수면에 선체를 확대했다. 아마도 이날의 더위를 가장 잘 느끼게 해 주고 또 레크뢰니에를 모른다는 사실이 얼마나 유감스러운 일이냐고 외치게 한 것은, 아마도 그 그림자들을 통해 전해진 시원함에 대한 갈증이었을 것이다. 알베르틴과 앙드레는 내가 그곳에 한 백번은 갔을 거라고 확신했다. 만약 그렇다면 그림자들의 전망이 내게 이처럼 아름다움에 대한 갈증을 줄 수 있다고는 한 번도 생각해 보지 못한 채, 또 그런 사실을 전혀 모른 채 그곳에 갔던 셈인데, 그 아름다움은 내가 이제껏 발베크 절벽에서 찾았던 것과 동일한 자연의 아름다움이 아니라 오히려 건축물과도 같은 아름다움이었다. 폭풍우의 왕국을 보려고 이곳에 왔음에도, 빌파리지 부인과의 산책에서, 흔히 멀리서 나무들 사이로 그려진 듯한 대양밖에 보지 못했던 나는, 거의 육중한 물 더미를 분출하는 듯한 인상을 주는 그렇게 현실적이고도 움직이는, 살아 있는 대양은 한 번도 보지 못했으며, 특히 겨울 안개의 수의(壽衣) 아래 꼼짝하지 않는 대양을 보고 싶어 했던 내가, 이제 농밀함과 색채를 잃고 고작 희끄무레한 수증기에 그치고 만 바다를 꿈꾸게 될 줄은 생각조차 못 했다. 그러나 이런 바다의 매력을, 엘스티르는 마치 더위로 마비된 쪽배 안에서 몽상하는 이들처럼 아주 깊숙이 음미했으므로, 눈에 띄지 않은 미세한 썰물의 움직임이나 행복한 순간의 박동마저도 화폭에 옮겨 고정할 수 있었다. 그리고 우리는 이 마술적인 초상화를 보면서 갑자기 사랑에 빠진 듯, 즉시 잠이 든 우아한 모습으로 그 도주해 버린 하루를 되찾기 위해 온 세계를 유랑하고 싶은 생각밖에 나지 않았다.

그리하여 엘스티르를 방문하고, 미국 국기를 게양한 요트 안에서 가벼운 면포나 한랭사로 만든 드레스를 입은 젊은 부인이 내 상상력에 그것과 똑같은 '복제품'을 갖다 놓아, 그 즉시 바다 가까이에서 새하얀 한랭사 드레스와 국기를 보고 싶다는 채워지지 않는 욕망을 품게 한 그의 바다 그림을 보기 이전에는, 마치 이런 일이 이제껏 내게 한 번도 일어난 적 없다는 듯이, 내가 바다 앞에 서서 전면의 해수욕객들을 비롯하여 해변의 의상으로는 지나치게 새하얀 돛을 단 요트, 또한 인류가 출현하기도 전에 이미 그 신비로운 삶 자체를 펼쳐 왔던 태고의 파도를 응시한다는 나의 확신을 방해하는 모든 것들, 이를테면 안개와 폭풍우가 휘몰아치는 해안에 보편적인 여름의 속된 모습을 덧씌우고, 우리가 흔히 음악에서 소리 내지 않는 마디라고 부르는 것과 동등한, 단지 휴지부를 표시하는 듯 보이는 화창한 날들에 이르기까지, 이 모든 것들을 내 시야에서 쫓아 버리려고 늘 애써 왔다면, 지금은 오히려 나쁜 날씨가 더 이상 아름다움의 세계 속에서는 자리할 수 없는 어떤 불길한 사건처럼 여겨지면서 그토록 나를 힘차게 열광시켰던 것을 현실 속에서 되찾고 싶은 욕망을 강하게 느꼈으며, 동시에 엘스티르의 화폭에 있는 것과 동일한 푸른빛 그림자를 절벽 위에서 내려다보기 위해 날씨가 좋아지기만을 열망하게 되었다.

길을 따라가면서도 나는 더 이상 이전처럼 손 가리개를 하지 않았다. 자연을, 만국박람회나 여성용 모자 가게에서 나를 권태로움으로 하품하게 했던 그 진저리 나는 산업 문명의 산물과는 대립되는 것을, 인간이 출현하기 이전 삶으로 약동하는 그 무엇이라 생각했던 날에는, 바다에서도 증기선이 없는 부분만을 보려고 해서 바다를 태곳적 뭍에서 떨어져 나온 시대와 동일한, 적어도 그리스 초기와 동시대 모습으로 재현하고자 했는데, 블로크가 그렇게 자주 읊어 대는 '르콩트 영감'의 시를 내가 문자 그대로 반복했던 것도 그 때문이었다.

　　충각(衝角)을 단 범선의 왕들은 떠났도다!
　　아! 슬프게도 폭풍우 몰아치는 바다 위로,
　　그리스의 용맹한 머리 긴 전사들을 데리고 떠났도다.*

　이제 나는 여성 모자를 제조하는 여공들을 멸시할 수 없었다. 마지막 바느질을 마무리하는 그들의 섬세한 손길, 완성된 모자의 매듭이나 깃털 장식에 가하는 정성스러운 애무는 경마 기수의 동작(알베르틴을 매료한) 못지않게 그림으로 그리고 싶을 만큼 흥미롭다고 엘스티르가 말했기 때문이다. 하지만 모자 만드는 여공을 만나려면 파리로 돌아갈 날을 기다려야 했고, 경마나 요트경기를 구경하려면 발베크에서는 다음 해가 될 때까지 기다려야 했다. 하얀 한랭사 옷을 입은 여인들을

---

* 117쪽 참조.

태운 요트도 찾아볼 수 없었다.

우리는 종종 블로크의 누이들과 마주쳤는데, 나는 그녀
들 아버지의 집에서 저녁 식사를 하고 난 후로는 인사를 하
는 것조차 내키지 않았다. 내 여자 친구들은 블로크의 누이
들을 알지 못했다. "이 이스라엘 사람들(israélites)하고는 놀지
말라고 했어요." 하고 알베르틴이 말했다. '이즈라엘 사람들
(izraélites)'이라고 말하는 대신 '이쓰라엘 사람들(issraélites)'이
라고 발음하는 투가,* 설령 이 말의 첫 부분을 듣지 않았다 해
도 신앙이 독실한 가문에서 자라나 유대인이 기독교인의 아
이들을 학살했다는 말을 쉽게 믿었을 이 부르주아 아가씨들
의 감정이 선택받은 민족에 대해 호의적이지 않다는 걸 충분
히 보여 주었다. "게다가 당신 여자 친구들은 품행이 단정치
못해요." 하며 앙드레는 그녀들이 내 친구가 아니라는 걸 잘
안다는 듯한 미소를 지으면서 말했다. "그 족속에 관계된 건
다 그렇지, 뭐." 하고 알베르틴은 많은 경험이라도 한 양 거만
한 어조로 대꾸했다. 사실을 말하자면, 블로크의 누이들은 지
나치다 싶을 만큼 정장 차림을 했는데도 반쯤은 벌거벗은 듯
한, 시들하면서도 대담하고, 호사스러우면서도 불결한 옷차
림이 그리 좋은 인상을 주지 못했다. 또 그녀들의 사촌 자매
가운데 하나는 기껏 열다섯 살밖에 안 되었는데도, 레아 양에

---

*『그랑 로베르』 사전에 따르면 이스라엘과 이즈라엘 중 이스라엘이 발음상 맞
는데도 일반 민중 사이에서는 관습적으로 혼동과 망설임이 있다고 한다. 이스라
엘에 s를 하나 더 붙여 '이쓰라엘'이라고 발음함으로써 이스라엘인에 대한 반감
을 나타내는 몇몇 사람들에 대한 작가의 풍자이다.

대한 찬사를 공공연하게 늘어놓는 바람에 카지노 사람들의 빈축을 산 한편 아버지 블로크 씨는 레아 양에 대해 여배우로서의 재능은 높이 평가했지만, 그 취향이 특별히 신사들을 향한다고는 생각하지 않았다.*

이웃 마을 농장 식당에 가서 간식을 먹는 날도 있었다. 레제코르, 마리테레즈, 라크루아됭랑, 바가텔, 칼리포르니, 마리앙투아네트 같은 농장들이었다.** 작은 무리가 택한 곳은 바로 이 마지막 농장이었다.

그러나 때로는 농장에 가는 대신 절벽 꼭대기까지 올라갔고, 그곳에 도착하면 풀밭 위에 앉아 샌드위치와 케이크 꾸러미를 풀었다. 내 여자 친구들은 샌드위치를 더 좋아했는데, 내가 설탕을 고딕 풍으로 장식한 초콜릿 케이크나 살구 파이를 먹는 걸 보고 놀라곤 했다. 체스터 치즈나 샐러드가 든 샌드위치 같은 내가 알지 못하는 새로운 음식에 대해서는 할 말이 없었다. 하지만 이런 샐러드와 샌드위치와 달리 케이크에 대해서는 많은 사실을 알고 있었으며, 파이에 대해서도 할 말이 많았다. 케이크에는 크림의 싱거운 맛이, 파이에는 신선한 과일 맛이 담겼는데, 케이크와 파이는 콩브레와 질베르트에 대해 꽤 많은 사실을 알고 있었다. 콩브레에서 알던 질베르트뿐

---

* 블로크의 사촌과 같이 사는 이 여배우는 여성 동성애를 암시하는 인물로서, 샹젤리제에서 질베르트와 산책하는 젊은 남자로 이미 등장한 적이 있다.(『잃어버린 시간을 찾아서』 3권 343쪽 참조.)
** 이 중에서도 라크루아됭랑과 마리앙투아네트 농장은 노르망디의 카부르와 트루빌 사이 생바스트 근처에 있다.

아니라 내가 그녀 집에서 간식 시간에 그것들을 먹은 적 있는 파리의 질베르트까지도 잘 알고 있었다. 케이크는 또한 내게 『천일야화』* 이야기가 그려진 작은 비스킷용 접시를 생각나게 했는데, 그 접시들로 말하자면 프랑수아즈가 레오니 아주머니를 위해 하루는 「알라딘의 마술 램프」, 또 어떤 날은 「알리바바」와 「잠에서 깨어난 사람」 또는 「온갖 보물을 싣고 바소라 항구에서 승선한 선원 신바드」가 그려진 접시를 가져와서는 수많은 '주제의 이야기들'로 레오니 아주머니의 기분을 풀어 주었던 접시였다. 나는 무척이나 그 접시들이 보고 싶었지만, 할머니는 어떻게 됐는지 알지 못한 데다가 시골에서 산 하찮은 접시라고 믿고 계셨다. 어쨌든 그 그림 장식들은 샹파뉴** 지방에 속하는 콩브레의 잿빛 속에, 마치 컴컴한 성당 안쪽에 움직이는 보석들로 반짝거리는 채색 유리나, 내 방 황혼 속에 비치던 마술 환등기, 기차역과 지방 열차가 보이는 곳 앞쪽에 심겨 있던 인도산 금빛 미나리아재비와 페르시아의 라일락 꽃, 또는 시골 노부인의 어두컴컴한 처소에 놓인 고모할머니의 오래된 중국 도자기 수집품마냥 다채로운 빛깔로 박혀 있었다.

---

* 『천일야화』는 화자가 글을 쓰기로 결심하면서 생시몽의 『회고록』과 더불어 맨 먼저 머리에 떠올리는 책이다. 임박한 죽음의 위협 앞에 목숨을 보존하기 위해 이야기를 해야 한다는(또는 글을 써야 한다는) 점에서 그 주제적인 유사성이 일찍부터 프루스트 연구자들의 관심을 끌었다. 특히 「잠에서 깨어난 사람」은 갑자기 낯선 방에서 깨어난 인물이 느끼는 혼미로 『잃어버린 시간을 찾아서』의 서두를 연상케 한다.
** 『잃어버린 시간을 찾아서』 3권 167쪽 주석 참조.

절벽에 누운 내 앞에는 작은 초원들과 그 위로 기독교 우주
관에서 말하는 일곱 하늘이 아니라 단 두 겹의 하늘이, 좀 더
짙은 색깔 바다와 높은 곳에 있는 좀 더 창백한 빛의 하늘이
나란히 보였다. 우리는 간식을 먹었고, 혹시 내가 여자 친구들
중 이런저런 친구를 기쁘게 해 줄 작은 선물을 가져오기라도
하면, 그들의 반투명한 얼굴은 갑작스럽고도 격렬한 기쁨으
로 가득 차 순식간에 새빨개졌으며 입술은 힘을 잃고 그 기쁨
을 흘려보내고 터뜨렸다. 소녀들이 내 주위로 모여들었다. 서
로의 얼굴이 그리 멀지 않은 사이로 공기가 얼굴들을 가르면
서, 마치 작은 장미 덤불 한복판에 정원사가 자신이 돌아다닐
수 있게 작은 틈새를 마련하려고 터놓은 듯 푸른 빛깔 오솔길
이 그려졌다.

가져온 음식을 다 먹고 나면 우리는 '탑이여, 경계하라', '누
가 먼저 웃나'* 같은 놀이를 했는데, 지금까지는 따분하고 유치
하게만 보이던 그 놀이를 이제 나는 무슨 일이 있어도 놓치고
싶지 않았다. 소녀들의 얼굴을 아직 붉게 물들이고, 또 내게선
이미 벗어난 그 젊음의 여명이 그녀들 앞에 놓인 모든 걸 환하
게 비추면서, 어느 프리미티프 화가의 물 흐르는 듯한 화폭처

---

* '탑이여, 경계하라(La Tour, prends garde)'는 루이 15세 때 사냥하며 부르던
노래로 이 놀이에는 역사적인 함의가 담겨 있다. 프랑수아 1세의 사촌이자 마리
냥 전투에 참가했던 부르봉 공작이, 루이 11세의 손녀인 부인이 자식 없이 죽자,
유산 문제로 프랑수아 1세를 배반하고 카를 5세에 가담한 것을 풍자한 대화체
곡이다. '누가 먼저 웃나(A qui rira le premier)'는 맨 먼저 웃는 사람이 뺨을 맞
는 놀이이다.

럼 그녀들 삶에서 가장 하찮고 세세한 부분까지 금빛 배경 속에서 뚜렷이 드러냈다. 소녀들의 얼굴은 대부분 어렴풋한 붉은빛 여명에 섞여 확실한 특징들이 아직 솟아나지 않은 상태였다. 몇 해가 지나서야 분명해질 그 구별되지 않는 윤곽 아래로 매혹적인 빛깔만이 보일 뿐이었다. 지금의 윤곽에는 결정적인 요소가 하나도 없었으며, 그저 자연이, 가족 가운데 고인이 된 분에게 추모 인사를 드리는 정도의 일시적인 유사성만이 존재했다. 그러나 더 이상 아무것도 기대할 수 없고 우리 몸이 어떤 놀라움도 약속하지 않는 부동성 속에 고정되는 순간은 너무도 빨리 오는 법이어서 그때 가면 한여름에도 벌써 죽은 잎이 보이는 나무들처럼 아직은 젊은 얼굴 둘레에 머리칼이 빠지고 희끗해져 가는 모습을 보면서 우리는 모든 희망을 상실한다. 이 찬란한 아침은 그토록 짧기에 우리는 소중한 밀가루 반죽마냥 아직 만들어지는 중인 살갗을 가진 어린 소녀들만을 특히 사랑한다. 소녀들은 매 순간 그녀들을 지배하는 일시적인 인상들로 응고된 유연한 물질의 물결에 지나지 않는다. 소녀들 저마다가 차례차례로 솔직하고 완벽하며 그러나 덧없는 표현으로 주조되어 쾌활함과 진지한 젊음, 응석과 놀람을 담고 있는 작은 조각상인 듯하다. 이러한 가소성(可塑性) 덕분에 우리는 한 소녀가 보여 주는 상냥한 배려에 다양한 모습과 매력을 느낀다. 물론 이런 상냥함은 성숙한 여인들에게도 없어서는 안 되는 것이지만 그 여인들은 우리 마음에 들지 않으며, 또는 우리가 마음에 든다는 것을 내색하지 않아 뭔가 따분하게도 획일적으로 보인다. 그러나 이런 상냥함 자체도 일정한 나이에 이르면 더 이상 얼굴에 유연한 변화를 가져다주지 못하여, 생존경쟁이 영원히 투사의 얼굴 또는 종교적 황홀에 사로잡힌 얼굴로 만들고 굳어지게 한다. 어떤 얼굴은 ─ 남편이 아내를 복종하게 하는 그 지속적인 지배력 탓에 ─ 여성의 얼굴이라기보다는 오히려 병사의 얼굴로 보이며, 어떤 얼굴은 어머니가 자식들 때문에 날마다 견디어 온 희생이 새겨져 사도(使徒)의 얼굴로 보인다. 또 어떤 얼굴은 수년간의 항해와 폭풍우가 늙은 뱃사공을 연상시켜 단지 복장에서만 여성이란 성별이 드러난다. 물론 우리에 대한 한 여인의 관심은 우리가 그 여인을 사랑할 때면 그녀 곁에서 보내는 시간들에 새로운 매력의 씨앗을 뿌리기도 한다. 그러나 그녀는 우리에게 연달아 다른 여인으로 보이지 않는다. 쾌활하든 쾌활하지 않든 여인의 겉모습은 항상 똑같다. 그러나 청소년기는 완전한 응고가 진행되기 전이라, 소녀들 곁에 있을 때면 그 불안정한 대립 속에 끊임없이 변화하고 유희하는 형태가 주는 광경에 상쾌함을 느끼게 되고, 이 대립은 우리가 바다 앞에서 관조하듯, 자연의 기본 원소들이 끊임없이 재창조되는 모습을 떠올리게 한다.

내가 여자 친구들과 '고리 찾기' 놀이를 하거나 '수수께끼 맞추기' 놀이를 하면서 포기한 것은 사교적인 낮 모임이나 빌파리지 부인과의 산책만은 아니었다. 로베르 드 생루는 내가 자기를 보러 동시에르에 가지 않자, 여러 번 자기 쪽에서 스물네 시간 휴가를 받아 발베크에 와서 지내겠다고 통보해 왔다. 그때마다 나는 마침 그날은 할머니와 함께 집안 의무로, 이웃 마을에 가야 하므로 발베크에는 없을 거라는 구실을 대면서 오지 말라는 편지를 써 보냈다. 아마도 생루는 그의 고모할머니를 통해 내가 말한 집안 의무란 것이 무엇인지, 또 그 경우 할머니 역할을 대신하는 사람이 누구인지를 알아내어 날 나쁜 사람으로 생각했을 것이다. 그렇지만 내가 이 소녀들의 정원에서 온종일 즐겁게 시간을 보내느라, 사교적인 즐거움뿐 아니라 우정의 즐거움마저 희생한 게 어쩌면 잘못된 일이 아니었는지도 모른다. 이런 것을 희생할 수 있는 존재들에겐 ― 사실 예술가들이 그러한데, 나는 오래전부터 예술가가 될 수 없다는 것을 확신하고 있었다. ― 또한 그들 자신을 위해 살아야 할 의무도 있다. 그런데 우정은 그들에게 이러한 의무를 면제하며 자아를 포기하게 한다. 우정의 표현 방식인 대화조차도 피상적인 횡설수설일 뿐 우리에게는 아무 득이 되지 않는다. 한평생 말을 한다 해도 우리가 무한히 반복하는 것은 한순간의 공허일 따름인 반면 예술 창조의 고독한 작업에서 사유의 진행은 깊이를 추구하는 방향으로 이루어져, 사실 큰 고통이 따르기는 하지만, 이것만이 진실의 목적을 위해 우리가 발전할 수 있는, 또 우리에게 닫혀 있지 않은 유일한 방향인 것이다. 우정은 대화처럼 미덕이 부재할 뿐만 아니라 더 나아가 해를 끼치기까지 한다. 왜냐하면 순전히 내적인 방향에서 발전 법칙이 이루어지는 우리 같은 몇몇 인간에게는, 친구와 같이 있을 때면, 다시 말해 깊은 곳을 향해 발견의 여행을 떠나는 대신 자아의 표면에 머물러 있을 때면 권태의 감정을 느끼지 않을 수 없는데, 이런 권태의 인상도 다시 우리가 혼자 있게 되면 우정에 의해 수정되고 친구가 한 말을 감동적으로 상기하도록 설득되어 소중한 지침으로 여기게 한다. 이는 우리가 밖에서 돌을 덧붙일 수 있는 건물이 아니라, 줄기에 나타날 다음 마디와 위쪽을 뒤덮는 무성한 잎을 자신의 수액으로 끌어내는 나무와도 같기 때문이다. 생루처럼 그렇게 선하고 지적이고 인기 있는 친구로부터 사랑과 존경을 받으며 기뻤을 때, 또 내가 느꼈던 그 어렴풋한 인상들을 밝혀내는 일이 내 의무라고 느끼면서 그 일에 지성을 집중하는 대신 오로지 친구 말에만 몰두했을 때, 난 자신을 속이고 진정으로 성숙하고 행복해질 수 있는 방향으로의 발전을 멈추고 있었다. 친구가 한 말을 되풀이하면서 — 또는 우리 마음속에 사는 자아가 아닌, 우리가 사유의 짐을 맡길 수 있어 만족하는 자아가 내게 그 말을 되풀이하게 하면서 — 내가 진정으로 혼자 있을 때 침묵 속에서 추구하던 아름다움과는 다른, 단지 로베르나 나 자신과 내 삶에 더 많은 가치를 줄 수 있는 아름다움을 찾으려고 애썼다. 난 이런 친구가 주는 아름다움 속에서, 마치 고독으로부터 따뜻하게 보호받는 듯 이 친구를 위해서라면 고결하게 나 자신을 희생하기를 갈망하게 되어 더 이상 자아 실현을 할 수 없을 것 같았다. 그러나 반대로 소녀들 곁에서 맛보는 기쁨은 비록 이기적인 기쁨일지언정, 적어도 우리가 완벽히 혼자는 아니라는 걸 믿게 하는 거짓에 근거하지 않았으며, 우리가 다른 사람과 얘기할 때면 말하는 사람이 우리 자신, 낯선 사람들과 구별되는 우리 자신이 아니라, 그 낯선 사람을 본뜬 우리라는 걸 인정하지 않는 거짓에도 근거하지 않았다. 작은 무리 소녀들과 나 사이에 오갔던 말들은 그렇게 흥미롭지 않았으며, 더욱이 내 쪽에서 긴 침묵을 지켜 말이 중단되거나 겨우겨우 이어지는 경우도 있었다. 그럼에도 소녀들이 말할 때면, 그 말을 들으면서 나는 그녀들을 바라볼 때와 같은 기쁨을 느꼈고, 그녀들 각각의 목소리에서 선명하게 채색된 그림 한 폭을 발견하는 기쁨도 느꼈다. 나는 마음껏 소녀들의 지저귐에 귀를 기울였다. 사랑이란 구별하고 차이를 느끼도록 도와준다. 새를 좋아하는 사람은 숲에 들어서는 순간 보통 사람들 같으면 구별하지 못할, 새들의 특유한 지저귐을 금방 구별해 낸다. 소녀들을 좋아하는 사람은 인간의 목소리가 새의 목소리보다 더 다양하다는 걸 안다. 목소리 각각에는 가장 음량이 풍부한 악기보다 더 많은 음이 담겨 있다. 그 음들을 한데 모으는 목소리의 배합은 무한히 다양한 인간의 개성만큼이나 고갈될 줄 모른다. 내가 한 여자 친구와 이야기할 때면, 그녀만의 독특하고도 유일한 그림은 얼굴 굴절과 마찬가지로 목소리 굴절에 의해서도 정교하게 그려져 강제로 내게 부과되었고, 나는 이 얼굴과 목소리라는 두 광경이 각기 저마다의 도면에 동일한 현실을 표현한다는 걸 깨달았다. 물론 목소리 선 역시 얼굴 선과 마찬가지로 아직은 결정적으로 고정되지 않았다. 목소리가 변하듯 얼굴도 계속해서 변해 가리라. 아이들에게는 액체를 분비하는 샘이 있어 젖의 소화를 돕지만 어른이 되면 더 이상 그런 게 존재하지 않는 것처럼, 소녀들의 재잘거림에는 성숙한 여인들에게서는 찾아볼 수 없는 어떤 음색이 있었다. 그리고 소녀들은 이런 다양한 소리를 내는 악기들을, 마치 벨리니* 그림에 나오는 작은 천사 음악가들처럼, 입술로 열성을 다해 열정적으로 연주했는데, 이러한 열성과 열정이야말로 젊음의 독점적인 전유물이다. 이를테면 알베르틴이 권위적인 어조로 재담을 늘어놓을 때면, 그녀보다 어린 소녀들은 감탄하며 듣다가 재채기가 나오는 걸 도저히 참을 수 없다는 듯 미친 듯이 폭소를 터뜨렸으며, 혹은 앙드레는 그들의 놀이보다도 더 유치한 학교 공부에 대해 어린애처럼 지극히 심각한 표정으로 말하기 시작했는데, 머지않아 소녀들은 가장 단순한 것에도 매력을 부여하는 이런 열광적인 확신에 찬 억양을 잃게 될 것이었다. 또 소녀들의 말에는 여러 다른 음색이 담겨 있어, 마치 시(詩)가 아직 음악과 구별되지 않고 여러 다른 음으로 낭송되던 고대 시절(詩節)과도 비슷했다. 그럼에도 소녀들의 목소리는 이 작은 사람들 하나하나가 삶에 대해 취하는 태도를 벌써부터 분명히 드러냈다. 이 태도는 아주 개별적이어서, 그중 한 소녀에 대해 누군가가 "그 애는 모든 걸 농담으로 생각해."라고 하거나 다른 소녀에 대해서는 "그 애는 너무 단정적으로 말해."라고 하고 또 다른 소녀에 대해서는 "그 애는 지나치게 망설여."라고 말한다면, 이는 너무 일반적인 단어를 사용한 셈이다. 우리 얼굴 모습은 습관에 따라 결정적

---

* 프루스트가 벨리니를 언급할 때는 조반니 벨리니(Giovanni Bellini, 1430?~1516)보다는 그의 형인 젠틸레 벨리니(Gentile Bellini, 1429?~1507)를 가리키는 것처럼 보인다.(젠틸레 벨리니가 그린 무함마드 2세의 초상화에 대해서는 『잃어버린 시간을 찾아서』 2권 286쪽 참조.) 베네치아 방문 시에 벨리니가 그린 천사 음악가 그림을 본 것으로 추정된다.(『소녀들』, 폴리오, 559쪽 참조.)

으로 굳은 움직임에 지나지 않는다. 자연은 폼페이의 재앙이나 님프의 변신처럼, 우리를 익숙한 움직임 속에 고정해 놓았다. 마찬가지로 억양 역시 삶에 대한 우리 철학을, 다시 말해 인간이 사물에 대해 줄곧 말해 온 내용을 담고 있다. 아마도 이런 특징은 소녀들뿐 아니라 그녀들의 부모에게도 속했으리라. 개인은 그보다 더 일반적인 것 안에 포함된다. 그렇다면 부모는 얼굴과 목소리 모양이라는 일상적인 표시뿐 아니라 몇몇 말투나 집안의 상투적인 표현까지 물려주어, 결국 억양은 거의 무의식적이고 뿌리 깊은 삶에 대한 관점까지 담게 된다. 사실 소녀들의 경우, 그들에게는 어느 나이에 이르기까지는, 다시 말해 일반적으로는 성숙한 여인이 되기 전에는 부모들이 물려주려 하지 않는 어떤 표현들이 있다. 소녀들은 이런 표현들을 따로 보관해 둔다. 그리하여 이를테면 누군가가 엘스티르의 친구 중 한 사람의 그림에 대해 말하면, 아직 머리칼을 등 뒤로 내려뜨렸던 앙드레는, 결혼한 언니와 자기 어머니가 쓰는 "'남자'로서는 매력적인가 봐!"라는 표현을 아직 개인적으로는 할 수 없었지만, 팔레루아얄 극장 출입을 허락받는 날부터는 쓸 수 있었다. 또 알베르틴은 첫 영성체를 받은 후부터* 이미 자기 아주머니의 친구처럼 "전 아주 끔찍하다고 생각해요."라는 말을 쓰기 시작했다. 또 주변 사람들은 그녀에게 다른 사람 말에 흥미를 느끼는 척하고, 또 자신의 개인적인 견해를 구상하는 척하기 위해 남이 한 말을 되풀

---

* 사람에 따라 다르지만 첫 영성체는 철들 무렵(대략 7세부터) 받는다.

이하는 습관을 선물로 주었다. 누군가가 그녀에게 어느 화가의 그림이 좋다거나, 화가의 집이 멋있다고 말하면 "아! 그림이 좋아요? 아! 집이 멋있어요?"라고 되풀이했다. 요컨대 가족의 유산보다 더 보편적인 것은 시골 출신이라는 요소가 부과한 맛깔스러운 소재로서, 소녀들은 거기서 자기 목소리를 끌어냈고, 억양 역시 그에 맞물렸다. 앙드레가 어느 장중한 곡을 빠르게 연주할 때면, 그녀의 목소리라는 악기의 페리고르* 현은 남쪽 지방 출신의 순수함을 간직한 얼굴과도 잘 조화를 이루는, 노래 부르듯 울려 퍼지는 목소리를 내지 않고는 못 배겼다. 또 로즈몽드의 빈번한 장난에 나타나는 '북쪽' 출신 얼굴과 목소리라는 질료는 모든 것에도 불구하고 그녀 고향의 억양과 잘 맞아떨어졌다. 이 시골과 시골 억양을 발음하는 소녀의 기질 사이에서 나는 어떤 아름다운 대화를 인지했다. 대화이지 불협화음은 아니었다. 어떤 불협화음도 소녀와 소녀의 고향을 분리하지 못할 것이다. 그녀는 더 나아가 고장 그 자체다. 게다가 향토적인 질료를 사용하는 천재에게 이 질료가 미치는 반응은, 작품 개성을 악화하기보다는 오히려 작품에 많은 활력을 부여하여, 건축가의 작품이든 가구 제조인의 작품이든 음악가의 작품이든 간에, 예술가가 가진 개성의 가장 정교한 특징을 섬세하게 반영한다. 왜냐하면 건축가는 상리스 지방 맷돌이나 스트라스부르의 붉은색 사암토로 작

---

* 프랑스 남서쪽에 위치한 곳으로 현재의 도르도뉴도에 해당한다. 선사시대 유적인 라스코 동굴 벽화가 유명하다.

업해야 했으며,* 가구 제조인은 물푸레나무 고유의 나뭇결을 존중했고, 음악가는 악보를 쓸 때 음역의 영역과 한계, 플루트 또는 비올라의 가능성을 고려했기 때문이다.

말을 많이 하지 않았는데도 이 모든 사실을 깨닫다니! 빌파리지 부인이나 생루와 함께 있을 때는, 내가 실제로 느끼는 기쁨보다 더 많은 기쁨을 그들에게 말로 증명해 보이려고 노력해서인지 헤어질 때면 몹시 피로했다. 그런데 반대로 소녀들 사이에 드러누워 있을 때 느끼는 충일감은, 인간 말의 빈약함과 부족함을 무한히 넘어서서 내 부동성과 침묵을 행복의 물결로 넘쳐흐르게 했고, 그 찰랑거리는 물결은 이 어린 장미꽃들 발밑에서 잦아들었다.

하루 종일 꽃을 재배하는 정원이나 과수원에서 휴식을 취하는 회복기 환자에게는 꽃향기와 과일 향기가 그 무위도식의 나날을 이루는 수많은 하찮은 것들 속에 깊숙이 스며들듯이, 내게서도 내 눈길이 소녀들에게서 찾는 그 빛깔과 향기의 감미로움이 드디어는 내 몸과 하나를 이루었다. 이렇게 해서 포도는 햇빛 아래서 더 단맛을 낸다. 그리고 그토록 단순한 놀이가 느리게 계속되면서, 마치 바닷가에 누워 소금기를 들이마시며 살을 태우는 일밖에 다른 일은 하지 않는 이들처럼, 이

---

* 상리스는 파리에서 북쪽으로 40킬로미터 떨어진, 고딕 성당이 있는 중세 유적 도시로서, 규토질 퇴적암으로 만든 건축물로 유명하다. 구멍이 나 있는 이 돌은 맷돌로 많이 쓰였으며, 20세기 초반 파리 건축물에도 많이 쓰였다. 스트라스부르는 프랑스 동쪽 국경 지대에 있는 도시로서 보주 지방의 붉은색 사암토로 지은 건축물로 유명하다.

놀이는 내 마음속에 휴식과 행복한 미소를, 내 눈까지 와 닿는 아련한 현기증을 가져다주었다.

때때로 어느 한 소녀의 상냥한 관심이 내 마음속에 폭넓은 파장을 일으켜 잠시 다른 소녀에 대한 욕망을 멀어지게 한 적도 있었다. 일례로 어느 날 알베르틴이 "누가 연필을 가지고 있지?" 하고 말했다. 앙드레가 연필을, 로즈몽드가 종이를 주었고, 알베르틴은 "어린 숙녀 여러분, 지금부터 내가 쓰는 건 아무도 보면 안 돼요."라고 말했다. 그녀는 종이를 무릎에 대고 한 자 한 자 정성껏 쓴 다음 그 종이를 내게 주며 말했다. "다른 사람이 보지 않게 조심해요." 나는 종이를 펼쳤고, 그녀가 쓴 글을 읽었다. "난 당신이 참 좋아요."

"하지만 이런 바보 같은 글을 쓰는 대신에." 하고 그녀는 갑자기 격정적이고도 엄숙한 표정을 지으면서 앙드레와 로즈몽드 쪽으로 몸을 돌리며 외쳤다. "지젤이 오늘 아침 보내온 편지를 보여 줄게. 내가 잠시 정신을 잃었나 봐. 호주머니에 넣어 왔는데, 우리에게 유익한 편지였으면 좋겠어!" 지젤은 중학교 수료증을 받기 위해 쓴 작문을 다른 친구들에게 알려 주기 위해 알베르틴에게 보내야 한다고 생각했던 모양이다. 지젤이 두 주제 중 택해야 했던 문제는 알베르틴이 걱정하던 것보다 훨씬 어려웠다. 하나는 "소포클레스가 라신에게 「아탈리」의 실패를 위로하기 위해 지옥에서 보내는 편지."*라는 주

* 소포클레스(Sophocles, 기원전 496?~기원전 406)와 에우리피데스(Euripides, 기원전 484?~기원전 406?)는 라신에게 영향을 미친 그리스 비극 작가로 평가된다. 「페드르」 이후 라신은 장세니스트의 본거지인 포르루아얄에서 은둔하며 두 편

제였고, 다른 하나는 "「에스텔」 초연 후 세비녜 부인이 라파예트 부인에게, 그녀가 얼마나 라파예트 부인이 참석하지 않은 걸 섭섭하게 생각했는지 가정해 보라."라는 주제였다.* 그런데 지젤은 틀림없이 시험 감독관의 마음을 감동시켰을 과도한 열성으로 두 문제 중 더 어려운 첫 번째 문제를 택했고, 또 그 문제를 훌륭하게 다루어 14점이나 받아 심사 위원으로부터 칭찬을 받았다. 스페인어 시험만 '망치지 않았다면' 수 등급을 받았을 것이다.** 알베르틴은 지젤이 보낸 복사본을 그 자리에서 바로 읽었는데, 나중에 자기도 같은 시험을 봐야 했기 때문이다. 알베르틴은 앙드레가 그들 중 가장 뛰어나고, 좋은 '정보'를 줄 수 있다고 기대했으므로 앙드레의 의견을 무척이나 듣고 싶어 했다. "그 앤 운이 좋았어." 하고 알베르틴이 말했다. "여기서 그 애 프랑스어 선생이 열심히 공부하게 한 문제가 바로 그 문제였거든." 지젤이 쓴 라신에게 보내는 소포클레스의 편지는 이렇게 시작했다. "친애하는 친구여, 당신

의 종교극 「아탈리」와 「에스텔」을 썼지만 이전과 같은 문학적 명성은 얻지 못했다.
* 여기에 인용된 라신의 작품 두 편 중 「아탈리」는, 유대왕국이 유대와 이스라엘 두 왕국으로 갈라져 종교를 달리했을 때 이스라엘 태생으로 이교를 믿는 아탈리가 유대 왕비가 되어 왕손들을 모두 학살하고 왕위를 빼앗는데, 조아스라는 아이만이 조아드 사제장의 도움으로 살아남아 아탈리를 물리치고 왕위에 오른다는 이야기다.(『잃어버린 시간을 찾아서』 1권 194쪽 주석 참조.) 그리고 세비녜 부인은 1689년 딸 그리냥 부인에게 보낸 편지에서 자신이 실제로 「에스텔」 초연에 참석했음을 밝혔으며, 17세기 여류 작가이자 『클레브 공작부인』의 저자인 라파예트 부인(Mme. de La Fayette)과는 친구 사이로 알려져 있다.
** 프랑스에서는 일반적으로 20점을 만점으로 하여 14점 이상이면 좋은 성적으로 간주한다.

을 개인적으로 알지 못하는데도 이렇게 편지를 보내는 걸 용서해 주십시오. 그러나 당신의 새로운 비극 「아탈리」야말로 본인의 보잘것없는 작품을 당신이 완벽하게 연구했음을 보여주지 않나요? 당신은 주인공이나 극 주요 인물의 입에서만 시를 읊게 하지 않더군요. 아첨하려고 하는 말이 아닙니다만, 당신은 합창대를 위해서도 매력적인 시를 쓰셨더군요. 이 합창대라는 것이 사람들 말에 따르면 그리스 비극에서는 효과적이었던 모양입니다만, 프랑스에서는 진정 새로운 시도니까요.* 더욱이 당신의 재능, 그렇게도 섬세하고 정교하며, 매혹적이고 예리하며, 세련된 재능이 에너지로 분출된 데 대해 경의를 표하지 않을 수 없습니다. 아탈리와 조아드는 당신의 라이벌인 코르네유**도 만들 수 없을 정도로 잘 구상된 인물입니다. 인물의 성격은 남성적이며 스토리는 단순하고 힘이 있습니다. 주요 모티프는 사랑이 아닌 비극이었으며, 저는 이 점에 대해 진심으로 찬사를 보냅니다. 가장 많이 알려진 교훈이라고 해서 가장 진실한 건 아니니까요. 그런 예들 가운데 하나를 인용해 보겠습니다.

이 정념에 대한 가장 예리한 묘사가
우리 마음을 찌르는 가장 확실한 길이구나.***

---

* 합창대는 「아탈리」와 「에스텔」의 진짜 주인공이라고 할 만큼 중요한 역할을 한다. 막이 끝날 때마다 합창대는 하느님의 뜻을 전하며 하느님을 찬양한다.
** 코르네유는 라신과 동시대인 17세기 비극 작가이다.
*** 이 문단에서 앙드레는 17세기 고전주의 문예 이론을 대표하는 부알로(N.

당신은 당신의 합창대에 넘쳐흐르는 그 종교적인 감정이 사람들을 감동시킨다는 걸 아주 잘 보여 주었습니다. 대중은 당황했을지 모르지만, 진정으로 안목 있는 사람들은 당신을 정당하게 평가할 겁니다. 존경하는 동료에게, 내 모든 축하 인사와 아울러 깊은 경의를 보냅니다."

알베르틴의 눈은 이 글을 읽는 동안 줄곧 반짝거렸다. "어디서 베낀 것 같아." 하고 그녀는 다 읽고 나서 소리쳤다. "감히 지젤이 이런 숙제를 해낼 거라고는 한 번도 생각하지 못했어. 게다가 인용한 시는 또 어떻고? 도대체 어디서 베꼈을까?" 알베르틴의 찬미는 물론 대상이 바뀌기는 했지만, 점점 더 커져 가면서 그 열정적인 관심과 더불어 놀라움으로 연신 '그녀의 눈을 얼굴에서 튀어나오게 했다.' 그동안 가장 나이가 많고 머리가 좋은 앙드레는 질문을 받고 우선 지젤의 숙제에 대해 냉소적으로 말한 뒤, 진지함을 잘 감추지 못하는 약간 경솔한 태도로 같은 편지에 대해 자기 식으로 고쳐 말했다. "그렇게 나쁘지는 않아." 하고 그녀는 알베르틴에게 말했다. "그러나 내가 너라면, 그리고 만약 똑같은 주제가 주어졌다면, 자주 나오는 주제니까, 그렇게 쓰지는 않았을 거야. 나 같으면 이런 요지로 썼을 거야. 우선 내가 지젤이라면, 그렇게 흥분하지 않고 먼저 다른 종이에 논문 개요를 쓰는 걸로 시작하겠어. 서두에서는 문제 제기와 주제 도입, 다음 본론에서는 주제 전

Boileau, 1636~1711)가 "정념의 비극만이 우리 마음을 감동시킨다."라고 말한 구절을 인용하면서(여기 인용된 글은 그의 『시학』에 나오는 구절이다.) 종교극도 이에 못지않은 감동을 줄 수 있다고 주장하며 반대 의견을 피력한다.

개에 필요한 전반적인 내용을 다루겠지. 마지막으로 문체에 대한 평가, 그리고 결론에 이르겠지. 이런 식으로 하면 참조할 개요가 있으니 자신이 어느 쪽으로 가야 할지 알 수 있지. 주제 도입부에서부터, 아니, 네가 좋아한다면 티틴,* 이건 서간문이니까 머리말이라고 해 두자. 그런데 지젤은 이런 머리말에서부터 실수를 한 거야. 왜냐하면 17세기 인간에게 편지를 보내는데 소포클레스가 '친애하는 친구여'라고 쓸 리는 없거든." "맞아, '친애하는 라신'이라고 썼어야 했는데." 하고 알베르틴이 힘차게 외쳤다. "아니야." 하고 앙드레는 조금은 빈정거리는 투로 대답했다. "'작가님'이라고 썼어야지. 마찬가지로 끝맺는 말도 '작가님,(적어도 '존경하는 작가님'이라고 써야 했어.) 당신의 심부름꾼이 되는 영광과 더불어 삼가 경의를 표하는 걸 허락해 주십시오.'라고 썼어야 해. 한편 지젤은 「아탈리」에서 합창대가 새로운 시도라고 했는데, 별로 유명한 작품은 아니지만, 「에스텔」과 다른 비극 두 편은 잊어버렸나 봐. 금년에 선생님께서 바로 이 두 작품을 정확히 분석하셨으니 그 작품을 인용하기만 했어도, 선생님이 즐겨 말하셨던 거니까, 합격은 확실했을 텐데 말이야. 로베르 가르니에의 「유대여인들」과 몽크레티앵의 「아만」이란 작품 말이야."** 앙드레는

---

* 알베르틴의 애칭이다.
** 앙드레가 인용하는 이 두 작품은 「에스텔」과 동일하게 유대인의 고통을 다룬다. 로베르 가르니에(Robert Garnier, 1544~1590)의 「유대 여인들」은 복수를 다루며, 몽크레티앵(Montchrestien, 1575~1621)의 「아만」은 「에스텔」과 비슷한 내용이다. '아만'에 대해서는 『잃어버린 시간을 찾아서』 3권 68쪽 주석 참조.

이 두 제목을 인용하면서 어떤 관대한 우월감을 감추지 못했는데, 게다가 이 우월감은 우아한 미소로 표현되었다. 알베르틴이 더 이상 참지 못하고 "앙드레, 너 정말 대단하다." 하고 외쳤다. "그 두 제목 좀 적어 줄래? 그런 문제가 나올 거라고 생각해? 그런 문제를 시험에서, 구두시험에서라도 받을 수 있다면 얼마나 좋을까! 그러면 제목을 인용하기만 해도 대단한 효과를 자아낼 텐데." 후에도 알베르틴은 앙드레에게 그 두 연극의 제목을 적게 다시 말해 달라고 부탁했지만, 그때마다 이 박학한 친구는 잊어버렸다며 절대 다시 말해 주지 않았다. "다음으로." 하고 앙드레는 자기보다 더 어린애 같은 친구들에 대해, 눈에 띄지 않는 미미한 경멸을 담아, 그러면서도 칭찬받는 걸 즐기며, 그녀가 보여 주려고 한 것보다 더 많은 중요성을 작문하는 방식에다 부여하며 말을 이었다. "지옥에 있는 소포클레스는 틀림없이 많은 걸 알 거야. 따라서 「아탈리」가 일반 관객이 아니라 태양왕*과 몇몇 특혜 받은 궁정 사람들 앞에서 상연되었다는 사실도 알 거야. 이 점에 대해 지젤이 안목 있는 사람의 평가 운운한 건 그리 나쁘지 않지만, 좀 더 보완이 필요했어. 불멸의 존재가 된 소포클레스에겐 틀림없이 예언 능력이 있었을 테니, 볼테르가 「아탈리」는 라신의 걸작일 뿐만 아니라 인간 정신의 걸작이리라.'**라고 한 말을 미리 인용했어야 하지 않을까." 알베르틴은 이 모든 말에 귀를 기

---

* 루이 14세를 가리킨다.
** 18세기 프랑스 계몽주의 철학가인 볼테르는 자신의 비극 「게브르」의 공연을 위해 (미공연 작품인) "「아탈리」는 아마도 인간 정신의 걸작이리라."라고 썼다.

울렸다. 그녀의 눈동자는 활활 타올랐다. 로즈몽드가 놀자고 제안해도 몹시 화를 내며 거절했다. "결국." 하고 앙드레는 똑같이 초연하고도 경쾌하며 조금은 냉소적인, 그러나 열정적인 어조로 확신에 차서 말했다. "만약 지젤이 전개할 전반적인 내용에 대해 침착하게 적어 놓았다면, 나라면 그렇게 했겠지만, 소포클레스 시대의 합창대와 라신의 합창대에서의 종교적인 영감의 차이를 지적할 수 있었겠지. 나라면 소포클레스를 통해, 비록 라신의 합창대에도 그리스 비극의 합창대와 마찬가지로 종교적인 감정이 깃들어 있지만 같은 신이 아니라는 점을 지적했을 거야. 조아드의 신은 소포클레스의 신과는 아무 상관이 없으니까. 그리고 이것은 자연스럽게 본론이 끝난 후에 "신앙이 다른 게 무슨 상관이란 말인가?"라는 결론으로 이어지겠지. 소포클레스는 그 점을 강조하는 걸 주저할지도 몰라. 그는 라신의 신념에 상처를 줄까 두려워서 이 점에 관해 라신이 포르루아얄의 스승들에 대해 한 말을 슬그머니 끼워 넣음으로써, 자기 경쟁자의 시적 재능이 향상된 걸 축하하는 편을 더 좋아했겠지."

얼마나 감탄하면서 열심히 귀를 기울였는지, 알베르트는 굵은 땀방울까지 흘렀다. 앙드레는 여자 댄디*처럼 미소를 지으며 냉정함을 유지했다. "그리고 몇몇 저명한 비평가의 의견

---

* '댄디(dandy)'란 멋쟁이를 뜻하는 단어로, 18세기 말에서 19세기 초 귀족 스타일을 본받으며 문학과 예술에 심취하던 영국 중산층 남성에서 유래했다. 그러나 프루스트는 이 문단에서 앙드레를 '여자 댄디'라고 칭함으로써 일종의 성적 도치를 하고 있다.

을 인용하는 것도 그리 나쁘지 않을 거야." 하고 놀이를 시작하기 전에 그녀는 다시 말했다. "맞아." 하고 알베르틴이 대답했다. "사람들이 그렇게 말했어. 대체로 가장 추천할 만한 사람은 아마도 생트뵈브와 메를레*의 평이 아닐까?" "네 생각도 전혀 틀린 건 아냐." 하고 알베르틴의 청에도 불구하고 다른 두 사람 이름을 써 주기를 거부한 앙드레가 대꾸했다. "메를레와 생트뵈브도 나쁘진 않아. 하지만 특히 델투르와 가데포세를 인용해야 해."**

그동안 나는 알베르틴이 내게 넘겨준 수첩의 작은 쪽지에 대해 생각했다. "난 당신이 참 좋아요." 그리고 한 시간 후 발베크로 돌아오는 길, 내 취향에는 조금 지나치다 싶게 가파른 비탈길을 내려오면서, 그녀와 함께 사랑의 소설을 만들리라고 중얼거렸다.

평소에 우리가 사랑에 빠졌다는 걸 알아볼 수 있는 지표들로 특징지어지는 상태는, 이를테면 소녀들 중 한 사람 외에는 어떤 방문객이 찾아와도 깨우지 말라고 호텔 종업원에게 명한다든가, 소녀들(나를 보러 오기로 한 소녀가 누구든 간에)을 기다리는 동안 두근거리는 가슴, 또는 수염을 깎으려고 하는데

---

* 귀스타브 메를레(Gustave Merlet, 1828~1891)는 루이르그랑 고등학교 수사학 교사로서 프랑스 고전문학에 관해 많은 교재를 썼다.
** 펠릭스 델투르(Félix Deltour, 1822~1904)는 교수이자 작가로 특히 『라신의 적들』(1859)이란 저서로 유명하다. 가데포세(Léon Gax-Desfossés)는 『인문계 대학 입학 자격시험을 위한 프랑스어 작문 주제집』의 저자이다. 이 책에는 라신에 관한 작문과 몽크레티앵의 「아만」에 관한 글이 실려 있다.(『소녀들』, 폴리오, 560쪽 참조.)

이발사가 없어 알베르틴과 로즈몽드 또는 앙드레 앞에 보기 흉한 모습으로 나타날 걸 생각하며 느끼는 분노, 이런저런 소녀에 대해 번갈아 가며 생겨나는 이러한 상태는 우리가 일반적으로 사랑이라고 부르는 것과는 달랐다. 생존이나 개체가 갖가지 상이한 유기체 사이에 배분된 자포동물의 삶이 인간 삶과 다르듯이. 그러나 자연사는 이러한 동물 조직이 관찰될 수 있다는 사실을 가르쳐 주며, 또 우리 자신의 삶도 조금 더 나이가 들면 예전에는 생각해 보지도 못했던 상태들의 현실이 점차로 드러나면서, 비록 나중에는 버린다 해도 우리가 그런 상태를 통과해야 한다는 걸 가르쳐 준다. 동시에 여러 소녀들에게 나뉘고 있는 내 사랑의 상태 역시 그러했다. 아니, 그 상태는 나뉠 수 있는 게 아니었다. 왜냐하면 내가 생각할 때 세상 그 무엇과도 비교할 수 없을 만큼 달콤한 것은, 내일 또다시 만나리라는 희망이 내 삶의 최고의 기쁨이 될 정도로 소중해지기 시작한 것은, 바로 절벽에서, 그 바람 불던 시간 동안 내 상상력을 그렇게나 자극했던 알베르틴과 로즈몽드와 앙드레의 얼굴이 놓였던 그 풀밭에서 함께 보냈던 오후 나절 전체에 포착된 소녀들 그룹 전부였기 때문이다. 그래서 그들 중 누가 특별히 그곳을 그처럼 소중한 장소로 만들었는지, 또 내가 누굴 가장 사랑하고 싶어 하는지도 말할 수 없었다. 사랑의 시작에서는 그 끝과 마찬가지로 우리는 전적으로 사랑의 대상에 집착하지 않으며, 오히려 사랑을 낳게 하는 그 사랑하고 싶은 욕망은(또 나중에는 사랑이 남기는 추억은) 서로 교환될 수 있는 매력의 지대에서 — 때로는 단순한 자연의 매력이

나 식탁 혹은 주거의 매력 같은 ─ 그들 중 어느 사람 옆에서나 낯선 감정이 느껴지지 않는 조화로운 매력의 지대에서 관능적으로 배회한다. 게다가 소녀들 앞에서 굳은 습관이 없던 나는 그녀들을 제대로 볼 수 있었으며, 다시 말해 그녀들 옆에 있을 때면 언제나 깊은 놀라움을 느꼈다. 아마 이런 놀라움 중 일부는 상대방이 우리에게 보여 주는 새로운 면 때문이기도 할 것이다. 그러나 각 다양성이 아무리 크고, 또 얼굴과 육체 선이 아무리 풍요롭다 해도 우리는 그 사람 곁을 떠나는 순간, 추억의 자의적인 단순함 탓에 그 선들을 거의 알아보지 못한다. 이는 기억이 우리에게 강한 인상을 주었던 한 특징을 택해 그 특징을 분리하고 과장하여, 키가 커 보였던 여인은 엄청나게 길게 늘여 놓은 모습으로 스케치하거나, 분홍빛 뺨에 금발로 보였던 여인은 순수한 '분홍색과 금빛의 하모니'*로 만들기 때문인데, 여인이 다시 우리 앞에 서면, 우리는 잊고 있었지만 그 여인과 균형을 이루던 모든 특징들이 혼란스럽고도 복합적인 양상과 더불어 우리에게 밀려들면서, 높이를 낮추거나 분홍빛을 녹여 우리가 기대했던 특징들을 다른 특징들로 바꾸어 놓아, 비로소 우리는 처음 이런 특징들에 주목했던 사실을 기억해 내고, 어떻게 해서 그 특징들을 다시 보려고 하지 않았는지 이해할 수 없게 된다. 공작새를 향해 다가갔다고 기억하지만, 우리가 발견하는 것은 모란꽃이다. 피할 수 없는 놀

---

* 휘슬러의 그림 「살색과 분홍색의 심포니: 레일런드 부인의 초상화」를 가리키는 듯 보인다.

라움은 이걸로 끝나지 않는다. 이런 놀라움 옆에 추억의 양식화와 현실의 차이에서뿐 아니라, 우리가 마지막으로 본 존재와 오늘 우리에게 다른 각도에서 나타나 우리에게 새로운 모습을 보여 주는 존재의 차이에서 연유하는 놀라움도 있다. 인간의 얼굴은 진정으로 어떤 동양의 신통기(神統記)*에 나오는 신의 얼굴과도 흡사하다. 상이한 면 속에 나란히 놓여 있지만 한 번에는 볼 수 없는 한 덩어리 얼굴들.

그러나 이런 놀라움은 상당 부분 그 존재가 우리에게 예전과 같은 얼굴을 보여 준다는 점에서 연유한다. 우리가 아닌 다른 곳으로부터 우리에게 제공된 것은 무엇이나 — 비록 과일 맛이라 할지라도 — 그것을 다시 만들어 내기 위해서는 많은 노력이 필요하므로, 우리가 어떤 인상을 받으면 자기도 모르는 사이에 기억의 언덕을 내려가 그런 사실을 깨닫지도 못한 채 아주 짧은 시간 동안 예전에 느꼈던 인상으로부터 멀어진다. 따라서 무언가를 새로 만난다는 것은 실제로 매번 이전에 보았던 것 쪽으로 우리를 데려가는 일종의 복원 작업이라 할 수 있다. 한 존재를 회상한다는 건 실은 그 존재를 기억하지 못하고 있었다는 뜻이다. 하지만 아직 우리 눈이 볼 수 있는 한, 망각했던 모습이 다시 나타나면, 우리는 그 모습을 알아보고 그 빗나간 선을 수정한다. 이처럼 해변에서 아름다운 소녀들과의 일상적인 만남을 그토록 유익하고도 유연하게 만들었

---

* 신통기란 일반적으로 신들의 기원에 관한 신화를 가리킨다. 그리스 신들을 다룬 헤시오도스의 『신통기』가 가장 유명하다.

던 그 지속적인 풍요로운 놀라움은, 동시에 발견이자 회상으로 점철되었다. 이런 놀라움에 소녀들이 야기한 동요를 덧붙인다면, 즉 소녀들이 내가 생각했던 모습과 한 번도 같지 않으며 다음 만남에 대한 내 기대도 그 전에 품었던 기대와 같지 않고 오히려 만남이 거듭될수록 마음이 설렌다는 점을 덧붙인다면, 각각의 산책은 갑자기 내 사유의 방향을 바꾸어 놓았고, 이 방향은 내 방의 고독 속에서 휴식을 취한 머리로 그릴 수 있었던 것과 전혀 다르다는 걸 이해할 수 있을 것이다. 이 방향은 내 마음을 혼란스럽게 하고 나서도 오랫동안 내 마음 속에 울리는 이야기 때문에 마치 벌집처럼 진동하는 듯했지만, 집에 돌아올 때면 이미 잊히고 폐기되었다. 각각의 존재는 일단 우리가 보기를 멈추면 소멸된다. 그러다가 다음에 다시 나타나면 그것은 새로운 창조로서, 모든 창조와 다르지는 않지만 적어도 바로 그 직전의 것과는 구별된다. 왜냐하면 이런 창조를 지배하는 최소한의 변화는 이원적이기 때문이다. 우리는 그 사람의 힘찬 눈길과 대담한 모습을 기억하다가, 다음 번에는 필연적으로 그의 거의 초췌한 옆얼굴을, 꿈꾸는 듯한 부드러운 모습을 보게 되는데, 이런 모습은 조금 전 기억에서는 소홀히 했던 것으로, 다음 만남에서 우리를 놀라게 할, 다시 말해 유일하게 우리를 사로잡을 그런 모습이다. 바로 이 모습이 우리 추억과 새로운 현실의 대조에서 환멸 또는 놀라움을 표시하며, 우리 기억이 잘못되었다는 점을 알려 주면서 현실을 수정하는 듯이 보인다. 그리고 지난번에 소홀히 했던 얼굴 모습은 바로 그 때문에 이번에는 가장 인상적이고 가장 현실적이며 가장 수정 가능한 얼굴이 되어 몽상과 추억의 소재가 될 것이다. 우리가 다시 보기를 열망하는 얼굴은 초췌하고 둥근 옆얼굴, 부드럽고도 꿈꾸는 듯한 표정이다. 그리고 다음 번에는 다시 그의 날카로운 눈길과 뾰족한 코, 꽉 다문 입술에서 풍기는 의지 강한 모습이, 우리의 욕망과 그 욕망에 부합하는 대상의 차이를 수정하러 온다. 물론 내가 여자 친구들 옆에 있을 때마다 충실히 되살아나는 이런 첫인상, 순전히 육체와 관계되는 이 첫인상은 그녀들의 얼굴 모습하고만 관계가 있지 않았다. 왜냐하면 이미 앞에서도 살펴보았듯이, 나는 그녀들의 목소리, 어쩌면 내 마음을 얼굴보다 더 혼란스럽게 하는 그 목소리에 또한 민감했으며(왜냐하면 목소리는 얼굴과 같은 독특하고도 관능적인 표면을 제공할 뿐만 아니라, 희망 없는 입맞춤에 대한 현기증 나는 그 도달할 수 없는 심연에 속하기 때문이다.) 그것은 또한 그녀들의 모든 것을 집어넣은, 오로지 그녀들에게만 속하는 작은 악기의 유일한 소리와도 같았기 때문이다. 어느 한 억양으로 그려지는 이런 목소리의 심오한 선을, 오랫동안 망각하다가 다시 알아볼 수 있게 되자, 난 그만 깜짝 놀라고 말았다. 그래서 매번 그녀들과 다시 만날 때마다 그 완벽한 정확한 일치를 되살리기 위해 내가 해야만 했던 수정 작업은 마치 조율사나 성악 교사 또는 도안가의 그것과도 흡사했다.

이 소녀들로부터 내 마음속에 전파되는 다양한 감정의 파동은, 저마다 다른 소녀들의 팽창을 견제하는 저항의 몸짓으로 조화로운 결속력을 유지했는데, 우리가 '고리 찾기 놀이'를 하던 오후, 드디어 이 결속력은 알베르틴에게 유리한 쪽으로 깨지고 말았다. 절벽 위 한 작은 숲에서였다. 그날은 많은 사람이 필요했으므로 소녀들 그룹은 다른 사람들을 데려왔고, 난 그 그룹과는 무관한 낯선 두 소녀들 사이에서, 알베르틴 옆에 앉은 젊은 남자를 부럽게 바라보며 내가 저 자리에 있었다면, 이 기대하지 않았던 순간에, 어쩌면 다시는 돌아오지 않을지도 모르고 또 날 멀리 가게 해 줄지도 모르는 이 순간에, 내 여자 친구의 손을 잡을 수도 있을 텐데 하고 생각했다. 알베르틴의 손과 접촉한다는 사실만으로도, 비록 그로 인해 어떤 결과에 도달하지 못한다 해도 나는 더없이 달콤한 기분을 느꼈으리라. 그녀의 손보다 더 아름다운 손을 보지 못했던 것은 아니다. 알베르틴의 여자 친구들 그룹에서도, 앙드레의 손은 마르고도 더 섬세했고 어떤 특별한 삶을 영위하는 듯 그녀의 명령에 순종하면서도 자율적이었으며, 또 마치 고결한 사냥개마냥 그녀 앞에 나태하게 오랫동안 꿈을 꾸며 늘어졌다가도 갑작스레 손가락 마디를 길게 뻗곤 했는데, 바로 이런 점 때문에 엘스티르는 앙드레의 손을 소재로 습작을 여러장 그렸다. 그런 습작 가운데는 앙드레 손이 불을 쬐는 모습을 그린 그림이 있었는데, 불빛을 받은 손은 두 가을 잎처럼 금빛 투명체 그 자체였다. 그러나 이보다 조금 통통한 알베르틴의 손은, 잡는 손의 압력에 잠시 자기를 내맡겼다가 금세 저항하는 모습이 아주 특별한 감각을 전달했다. 알베르틴의 손을 누르는 행위는 관능적인 감미로움으로 약간은 보랏빛 감도는 그녀의 분홍빛 피부와도 잘 어울렸다. 그녀의 손을 잡으면 마치 구구거리는 비둘기 소리나 어떤 외침과도 같은 조금은 외설적인 그녀 웃음소리의 울림처럼, 그녀의 몸속으로, 그녀의 관능 깊숙한 곳으로 들어가는 듯한 느낌이 들었다. 그녀는 손을 잡는 이에게 큰 기쁨을 주는 여인으로, 젊은 남녀가 서로 만났을 때 악수하는 인사를 합법적인 행위로 인정하는 문명에 감사하고 싶게 만드는 여인이었다. 만약 예절이라는 자의적인 습관이 악수하는 동작을 다른 동작으로 바꾸었다면, 나는 그 뺨을 맛보고 싶은 호기심 못지않게, 그 만질 수 없는 손의 감촉을 느껴 보려는 호기심으로, 매일같이 그 손을 바라보았을지도 모른다. 그러나 내가 만약 고리 찾기 놀이에서 그녀 옆 사람이 되어 그 손을 오랫동안 붙잡을 수 있었다 해도, 내가 기대한 것은 이런 기쁨만이 아니었을 것이다. 그때까지 소심해서 고백하거나 표현하지 못했던 속내를 손을 잡는 어떤 방식을 통해 전달하려고 했을 것이며, 그녀 역시 손을 누르는 몇몇 방식으로 내게 응답하려고 했을 것이며, 또 이렇게 하여 얼마나 쉽게 나를 받아들이는 표시를 할 수 있었겠는가! 얼마나 멋진 공모이며, 얼마나 멋진 쾌락의 시작인가! 그녀 옆에서 보내는 그 몇 분 동안 내 사랑은 이제껏 내가 그녀를 알고 지내 왔던 시간보다 훨씬 더 많은 진전을 보게 될 것이었다. 그러나 그들은 이 어린애 같은 놀이를 아마도 더는 계속하지 않을 테고, 일단 놀이가 끝나면 모든 기회가 지나가 버릴 것이기에, 나는 이 순간이 오래 지속되지 않고 곧 끝나리라는 걸 느끼고는 제자리에 그대로 있지 못했다. 그래서 난 일부러 내 손에 들어온 반지를 들키게 했고, 일단 한가운데로 나가 앉자, 반지가 어디 있는지를 보지 못한 척하면서 알베르틴 옆에 앉은 사람 손에 들어갈 순간만을 기다리며 눈으로 좇았다. 알베르틴은 있는 힘을 다해 웃었고, 놀이가 주는 활기와 기쁨에 넘쳐 온통 분홍빛에 휩싸였다. "우리는 바로 예쁜 숲에 있어요." 하고 앙드레가 우리를 둘러싼 나무들을 가리키면서 내게만 보내는 눈길로 미소를 지으며 말했다. 그 눈길은 마치 우리두 사람만이 우리 자신을 이분화하고, 놀이의 시적(詩的) 성격을 알아차릴 수 있는 지적인 사람이라는 듯, 다른 놀이꾼들을 무시하는 것처럼 보였다. 그녀는 이런 정신의 섬세함을 밀고 나가 별로 원치 않았을 텐데도 노래까지 불렀다. "숙녀 여러분, 숲의 흰 족제비가 이곳을 지나갔어요. 예쁜 숲의 흰 족제비가 이곳을 지나갔어요."* 마치 트라아농 궁을 지나려면 루이 16세풍 잔치를 베풀어야만 하며, 노래가 쓰인 배경에서 노래를 부르는 게 재미있다고 생각하는 사람들 같았다. 나라면 반대로, 비록 그에 대해 생각할 틈이 있었다 해도, 이런 실현에 별다른 매력을 느끼지 못했을 거라고 생각하니 괜히 서글퍼졌다. 그러나 내 정신은 다른 곳에 가 있었다. 놀이하는 남자들과 여자들은 내가 멍청하게 반지를 찾아내지 못하자 놀라기 시작했다. 나는 너무나 아름답고도 무심하며 즐거워하

---

* '고리 찾기 놀이(le furet)'는 루이 14세와 루이 16세도 즐겨 했던 아주 오래된 놀이이다. 사람들이 빙 둘러앉아 손에서 손으로 끈을 이용해 반지를 돌리며 "예쁜 숲의 흰 족제비가 지나갔어요."라고 노래를 부르다, 술래가 반지 있는 손을 알아맞히면 걸린 사람이 술래가 된다.(furet는 흰 족제비를 뜻한다.) 베르사유 궁전 안에 있는 트리아농 궁에 대한 언급은 바로 이런 놀이의 역사적 배경을 암시한다.

는 알베르틴을 바라보았는데, 어떤 술책 덕분에 필요한 사람 손에 반지가 멈추기만 하면 그녀 옆자리에 틀림없이 앉을 수 있을 것이었다. 그녀는 나의 술책을 눈치채지 못했으며, 혹시라도 눈치챘다면 틀림없이 화를 냈으리라. 놀이의 열기 속에 알베르틴의 긴 머리칼이 반쯤 풀려, 곱슬거리는 머리칼이 한 줌 뺨 위로 늘어졌고, 머리칼의 건조한 갈색 덕분에 분홍빛 살색이 더욱 돋보였다. "당신은 로라 디안티와 엘레오노르 드 기엔, 그리고 샤토브리앙이 그토록 사랑했던 엘레오노르 후손의 머리칼을 가졌군요.* 당신은 항상 머리칼을 조금 길게 늘어뜨리는 게 좋겠어요." 하고 나는 그녀에게 다가가 귀에 대고 속삭였다. 갑자기 반지가 알베르틴의 옆 사람 손에 넘어갔다. 그 순간 나는 곧 달려들어 그의 손을 난폭하게 벌리고는 반지를 잡았다. 그는 나 대신 원 한가운데로 나가야 했고 나는 알베르틴의 옆자리를 차지했다. 조금 전만 해도 나는 그 젊은 남자의 손이 끈 위를 스쳐 가면서 줄곧 알베르틴의 손에 부딪히는 모습을 보고 부러워했었다. 하지만 이제 내 차례가 되고 보

---

* 로라 디안티(Laura Dianti)는 알폰스 1세의 애첩으로 티치아노(『잃어버린 시간을 찾아서』 1권 79쪽 주석 참조.)의 유명한 초상화 「플로라」와 「화장하는 여인의 초상(일명 거울 앞의 소녀)」의 모델로 추정되는 여인이다. 엘레오노르 드 기엔(Eléonore de Guyenne, 1122~1204)은 아름다운 머리칼을 지녔던 것으로 유명하다. 그러나 이 여인은 샤토브리앙이 사랑했던 여인과는 아무 관계도 없으며, 『무덤 너머의 회고록』에서 "성 루이 대왕의 부인인 마르그리트 드 프로방스의 피를 이어받은, 긴 머리칼의 후계자"라고 적은 퀴스틴(Custine, 1770~1826) 후작 부인과 혼동한 듯 보인다.(『소녀들』 2권, GF플라마리옹, 385쪽 참조.)

니, 그런 접촉을 시도하기에 나는 너무 소심했고, 그 접촉을 음미하기에는 너무도 흥분한 상태라 심장이 빠르고 고통스럽게 울리는 것밖에 아무것도 느낄 수가 없었다. 한순간 알베르틴이 뭔가 공모하는 듯한 표정으로 통통한 장밋빛 얼굴을 내게 기울이며 반지를 가진 척하면서, 술래를 속여 반지가 넘어가는 쪽을 보지 못하게 했다. 나는 알베르틴의 눈길이 이런 술책을 암시한다는 걸 금방 알아챘지만, 그래도 순전히 놀이의 필요에 따라 가장된, 지금까지는 그녀와 나 사이에 존재하지 않았던 어떤 비밀의, 공모의 이미지가 그녀 눈길에 스쳐 가는 걸 보면서 무척 당황했고, 동시에 이제부터는 우리 둘 사이에 그 비밀이나 공모가 가능할 것 같은 생각에 무척이나 달콤한 기분에 휩싸였다. 이런 생각에 열중했을 때, 알베르틴의 손이 가볍게 내 손을 누르면서 손가락으로 애무하듯 내 손가락 아래로 끼어드는 걸 느꼈고, 동시에 내게 윙크를 하며 남의 눈에 띄지 않게 하려고 애쓰는 모습을 보았다. 그러자 단번에 그때까지 나 자신에게 보이지 않았던 수많은 희망들이 결정화(結晶化)되었다. '나를 좋아한다는 걸 느끼게 하려고 놀이를 이용하는구나.'라는 생각에 나는 기쁨의 절정에 도달했는데, 그때 알베르틴이 격분하며 "잡지 않고 뭐해요. 한 시간 전부터 당신에게 반지를 넘기고 있잖아요!"라는 말이 들려와 그 절정에서 이내 아래로 추락했다. 슬픔에 얼이 빠진 나는 그만 끈을 놓아 버렸고, 그러자 곧 술래가 반지를 보고 달려들어 나는 다시 원한가운데 섰으며, 절망에 빠진 채 내 주위를 빙빙 도는 그 미친 듯한 원무를 바라보면서, 모든 놀이에 가담한 소녀들이 놀리는 소리에 대꾸하려고 원치 않아도 억지로 웃을 수밖에 없었다. 한편 알베르틴은 계속해서 이렇게 지껄여 댔다. "다른 사람 놀이를 망치고 싶지 않으면 놀이에 신경을 써야지. 다음부터 놀이하는 날에는 이 사람을 부르지 마, 앙드레, 안 그러면 난 안 올래." 놀이에 초연한 앙드레는 '예쁜 숲' 노래를 불렀고, 로즈몽드는 별 확신도 없이 그저 모방 정신에서 그 뒤를 따라 불렀다. 앙드레는 알베르틴의 비난을 잠시 잊게 하려고 내게 말했다. "당신이 그렇게도 보고 싶어 하던 레크로니에가 여기서 얼마 안 되는 거리에 있어요. 저 미친 애들이 여덟 살 난 아이처럼 구는 동안 내가 아주 작은 예쁜 오솔길로 그곳에 데려다 줄게요." 앙드레가 얼마나 상냥하게 대해 주었는지, 나는 가는 길에 내가 느끼는 알베르틴의 사랑스러운 면을 앙드레에게 모두 말했다. 앙드레는 자기도 알베르틴을 아주 좋아하며, 매력적으로 생각한다고 대답했다. 그렇지만 내가 자기 친구를 칭찬하는 건 마음에 들지 않았던 모양이다. 갑자기 움푹 팬 오솔길에서 유년 시절의 감미로운 추억이 가슴에 와 닿아 나는 걸음을 멈추었다. 오솔길 입구를 향해 뻗어 나온, 가장자리가 갈라진 반짝이는 잎에서, 아! 슬프게도 봄이 끝난 후부터 꽃이 진 산사나무 덤불을 알아보았다. 내 주위에는 오래전 성모성월의 분위기가, 일요일 오후의 믿음과, 잊었던 내 과오의 분위기가 감돌았다. 나는 그것을 다시 붙잡고 싶었다. 내가 두 번째로 걸음을 멈추자 앙드레는 멋진 선견지명으로 그 관목 잎들과 내가 잠시 얘기하도록 내버려 두었다. 나는 나뭇잎들에게 꽃 소식을, 분별없이 애교를 부리면서도 신앙심 깊은 쾌활한 소녀들과 흡사한 산사나무 꽃 소식을 물어보았다. "그 아가씨들은 이미 오래전에 떠난걸요." 하고 나뭇잎이 대답했다. 그리고 어쩌면 나뭇잎은 내가 소녀들의 가장 친한 친구라고 주장하지만 소녀들의 습관에 대해 별로 아는 게 없다고 생각했을지도 모른다. 친한 친구이기는 하지만, 다시 만나자는 약속을 해 놓고도 아주 오랜 세월 만나지 못한 친구. 그렇지만 질베르트가 내가 처음 사랑한 소녀였듯이, 산사나무는 내가 처음 사랑한 꽃이었다. "그래요, 나도 알아요. 그 아가씨들이 6월 중순경에는 떠나간다는 걸." 하고 나는 대답했다. "그러나 아가씨들이 살던 장소를 이곳에서 보면 기쁠 거예요. 콩브레에선 내가 아플 때 어머니께서 방으로 꽃들을 가져다주었거든요. 그리고 성모성월에는 토요일 저녁마다 만났고요. 이곳에서도 아가씨들은 성당에 갈 수 있나요?" "오! 물론이죠. 게다가 이곳에서 가장 가까운 교구인 생드니뒤데제르 성당에서는 그 아가씨들이 오기를 매우 원한답니다." "그럼 지금 그 아가씨들을 보려면 어떻게 해야 하죠?" "오! 내년 5월까지는 안 될 거예요." "내년에 온다는 건 믿을 수 있을까요?" "그럼요, 해마다 어김없이 온답니다." "다만 내가 그 장소를 제대로 찾을 수 있을지 모르겠네요." "당연히 찾을 수 있죠. 얼마나 명랑한 아가씨들인지, 찬송가를 부를 때만 웃음을 멈춘답니다. 그러니 절대 놓칠 일은 없어요. 오솔길 끝에서부터 그 향기를 알아볼 수 있을 거예요."

나는 곧 앙드레와 합류하여 다시 알베르틴에 대한 칭찬을 늘어놓았다. 내가 끈질기게 칭찬하는 걸 보면 알베르틴에게 그 말을 전하지 않고는 못 배기리라 생각했기 때문이다. 그러나 알베르틴이 내가 칭찬하는 말을 들었다는 소식은 결코 듣지 못했다. 그래도 앙드레는 우리 마음의 일에 관해 깊은 이해심을 보여 주었으며 상냥함도 세련되게 표현할 줄 알았다. 아주 재치 있게 상대방을 기쁘게 해 줄 눈길이나 단어와 행동을 택했으며, 상대방 마음을 아프게 할지도 모르는 생각에 대해서는 입을 다물었고, 슬픔에 잠긴 남자 친구나 여자 친구 곁에 함께 있으려고 놀이를 한 시간 희생했으며, 더 나아가 낮 모임이나 가든파티마저도 희생하면서(희생한다는 기색은 보이지 않고) 경박한 즐거움보다 소박하게 친구와 보내는 편을 더 좋아한다는 걸 친구에게 보여 주려 했는데, 이런 것이 그녀가 일상적으로 보여 주는 자상한 모습이었다. 그러나 그녀를 좀 더 알게 되었을 때는, 그녀가 무척이나 겁이 많지만 자신의 두려움을 극복하고 싶어 하는 용감한 겁쟁이라는 사실을, 그런 용기야말로 특히 가치가 있다는 걸 알 수 있었다. 정신적인 품위나 감수성, 좋은 친구로 보이고자 하는 고결한 의지로 그녀가 매 순간 표현하는 그런 선의의 감정을 그녀 성격 깊숙한 곳에서는 전혀 찾아볼 수 없었다. 알베르틴과 나 사이의 가능한 애정에 대해 앙드레가 말해 주는 달콤한 말들을 듣고 있노라면, 그녀가 온 힘을 다해 우리 애정을 맺어 주려고 노력할 것 같았다. 그런데 우연인지는 모르겠지만, 마음만 먹으면 얼마든지 할 수 있는 지극히 하찮은 일도, 그녀는 나를 알베르틴에게 연결하기 위해서는 결코 하려 들지 않아서 난 알베르틴의 사랑을 받고 싶어 하는 내 노력이, 이 노력을 방해하려는 목적을 가진 은밀한 술책이 아니라면, 적어도 어떤 분노의 감정을 그녀 마음속에 불러일으켜 그녀가 내색은 하지 않으면서도 그 감정을 감추려 했던 것은 아닌지, 또 그녀의 자상한 마음씨가 이런 감정에 맞서 싸우지는 않았는지 단언할 수 없었다. 알베르틴은 앙드레처럼 자주 세련된 호의를 드러내지는 않았지만, 내가 나중에 알베르틴에게서 발견했던 그 깊은 호의를 앙드레에게서는 확신할 수 없었다. 앙드레는 알베르틴의 활기찬 경박함에 대해서도 항상 다정한 관대함을 보이면서 친구의 미소와 말로 그녀를 대했고, 더 나아가 친구로서 행동했다. 나는 날마다 자신의 호화로운 생활을 가난한 친구와 나누고 친구를 행복하게 해 주기 위해, 전혀 이해관계가 없으면서도 왕의 총애를 얻고자 노력하는 신하 이상으로 그녀가 수고를 하는 모습을 보았다. 누군가가 그녀 앞에서 알베르틴의 가난한 처지를 동정하는 말을 할 때면, 그녀의 부드러운 마음과 다정하고도 슬픔이 깃든 말은 더없이 아름다웠으며, 또 알베르틴을 위해서라면 부자 친구를 위하는 일보다 천배나 더한 수고도 마다하지 않았다. 그러나 알베르틴이 사람들이 말하는 만큼 그렇게 가난하지 않을지도 모른다고 누군가가 주장하면, 거의 식별하기 어려운 검은 구름이 앙드레의 이마와 눈을 가려 기분이 나빠지는 것 같았다. 그러다가 사람들이 말하듯이 알베르틴을 결혼시키는 일이 그다지 어렵지 않을지도 모른다고 말하는 지경까지 이르면, 앙드레는 격렬하게 그 말을 반박하면서 거의 화를 내듯 이런 말을 되풀이했다. "슬픈 일이지만 결혼은 할 수 없을걸요. 난 잘 알아요. 그래서 마음이 아프지만요!" 나에 관해서도 누군가가 불쾌한 말을 할 경우, 소녀들의 그룹에서 유일하게 그 말을 되풀이하지 않을 사람이 앙드레였다. 더욱이 그런 불쾌한 말을 한 사람이 바로 나라면, 그녀는 그 말을 믿지 못하겠다는 시늉을 하거나 별 해를 끼치지 않을 거라는 설명을 덧붙였다. 바로 이런 장점들의 전체를 우리는 임기응변이라고 부른다. 이는 우리가, 가령 결투 장소에 나간다고 말하면, 우리에게 축하 인사를 전하면서도 결투까지는 갈 필요가 없지 않느냐는 말을 덧붙임으로써, 우리가 강요받지 않고 스스로 증명해 보인 용기를 우리 눈에 더 크게 보여 주고자 하는 사람들의 전유물이다. 이들은 동일한 상황에서 "결투를 하게 되어 무척이나 난처했겠지만, 한편 그런 모욕을 참을 수는 없었을 테니 어쩔 수 없었겠군요."라고 말하는 사람들과는 정반대다.* 그러나 모든 일에는 찬반이 있는 법이라, 만약 우리에 관한 모욕적인 말을 우리 친구들이 전하면서 기뻐하거나 적어도 무관심을 보이는 경우, 이런 모습은 친구들이 그 말을 전하는 순간 우리 입장에 서지 않고, 마치 짐승 가죽으로 만든 물병에다 하듯 우리 살갗을 바늘이나 칼로 찌르는 걸 증명한다면, 우리 행동에 대해 다른 사람에게서 전해 들은 것, 또는 우리 행동이 그들에게 영향을 준 의견 중 우리에게 불쾌할 만한 의견을 언제까지나 숨기는 기술은, 다른 친구들, 즉 요령 좋은 친구들에게는 은폐 기술이 뛰어나다는 사실을 증

---

* 프루스트 자신도 1897년 파리 근교 뫼동 숲에서 작가이자 비평가인 장 로랭 (Jean Lorrain, 1855~1906)과 결투한 적이 있다. 로랭은 프루스트의 첫 번째 작품인 『즐거움과 나날들』을 비난하는 글에서 알퐁스 도데의 아들 뤼시앵 도데 와 프루스트의 관계를 암시하여 결투를 야기했다.

명한다. 이러한 은폐 기술은 그들이 우리에 대해 나쁘게 생각하지 않고, 남들이 하는 말이 우리를 괴롭힐 때 그들 자신도 괴로워한다면 별 문제가 되지 않는다. 나는 앙드레가 그런 경우에 해당된다고 생각했지만, 전적으로 확신할 수는 없었다.

우리는 작은 숲에서 나와 사람들이 별로 드나들지 않는 그물 같은 오솔길 하나를 따라갔는데 앙드레는 이런 길들을 아주 능숙하게 잘 찾았다. "자, 보세요." 하고 그녀가 갑자기 말했다. "당신이 말하던 그 유명한 레크뢰니에가 저기 있어요. 더구나 당신은 운이 좋군요. 엘스티르가 그린 바로 그 날씨에, 똑같은 빛 속에서 보게 되다니." 그러나 나는 아직도 고리 찾기 놀이를 하다가, 희망의 꼭대기에서 굴러떨어진 사실로 슬픔에 젖어 있었다. 이런 일만 없었다면, 아마도 나는 갑자기 내 발밑에서 더위를 피해 바위 사이에 웅크리고 있는 바다의 '여신들'을, 엘스티르가 몰래 엿보다가 기습했으며 레오나르도 다빈치 같은 이가 그렸을 법한 그토록 아름다운 어두운 글라시 아래서 알아보고는 기뻐했을 것이다. 몰래 피신한 덧없이 날렵하고도 조용한, 그 경이로운 '그림자들은' 첫 번째 빛의 소용돌이가 일자 바위 아래로 미끄러져 구멍 속에 들어가 숨을 준비를 하다가, 빛의 위협이 지나가자 재빨리 바위나 해초 옆으로 돌아와, 절벽과 빛바랜 '대양을' 조각조각 부스러뜨리는 태양 아래서, 바다의 졸음을 꼼짝않고 지켜보는 경쾌한 감시인답게, 그 끈적끈적한 몸과 어두운 눈동자의 주의 깊은 시선을 수면에 보일 듯 말 듯 드러냈다.

우리는 돌아가려고 다른 소녀들을 찾으러 갔다. 이제 난 알베르틴을 사랑한다는 사실을 알게 되었다. 하지만 슬프게도! 난 그녀에게 그 사실을 알려 줄 생각은 하지 못했다. 샹젤리제에서의 놀이 이후로 내가 전념하는 대상은 언제나 거의 같았지만, 내 사랑의 관념이 달라졌기 때문이다. 한편으로 사랑하는 여인에 대한 애정 고백과 선언은 이제 내게 있어 사랑에 반드시 수반되는 중요 장면으로 보이지 않았고, 사랑 역시 어떤 외적인 현실이 아니라 그저 주관적인 기쁨으로만 생각되었다. 그리고 이 기쁨도, 알베르틴이 내가 그걸 느낀다는 걸 모르는 만큼 더욱 기쁨을 유지하기 위해 그녀가 필요한 일을 해줄 거라고 느껴졌다.

우리가 돌아오는 동안, 다른 소녀들이 발산하는 빛 속에 잠긴 알베르틴의 이미지는 내게 있어 유일한 이미지는 아니었다. 그러나 구름보다는 조금 더 특징이 있고 좀 더 고정된 형태이지만 낮 동안은 작은 하얀 구름에 불과했던 달이 해가 지면 그 모든 힘을 발휘하듯이, 호텔에 돌아오고 나서야 알베르틴의 이미지만이 홀로 내 가슴에 솟아오르면서 반짝이기 시작했다. 내 방도 갑자기 새로워 보였다. 물론 이미 오래전부터 이 방은 첫날 저녁의 적대적인 방이 아니었다. 우리는 끊임없이 우리 곁 처소를 변화시켜 나간다. 우리 습관이 더 이상 주변 것들을 느끼지 않게 됨에 따라 우리 마음속의 불편함을 객관화했던 색깔이며 크기며 냄새 등의 해로운 요소를 제거해 나가는 것이다. 그 방은, 물론 내게 아픔이 아닌 기쁨을 주기 위해 아직도 내 감성에 영향력을 미쳤지만, 화창한 날씨가 물에 젖은 빛의 푸르름을 반짝거리게 하는, 또 빛에 반사되어 사

라져 가는 돛단배가 한순간 더운 열기의 발산인 양 촉지할 수
없는 하얀빛으로 뒤덮인 듯한, 절반 높이까지 물이 찬 수영장
과도 흡사한 그런 화창한 날들을 품고 있지는 않았다. 또한 그
림에 그려진 저녁처럼 순전히 미학적인 방도 아니었다. 그 방
은 내가 너무도 많은 날들을 보낸 곳이어서 보고도 보지 않는
듯 느껴졌다. 그런데 지금 나는 눈을 다시 뜨고 방을 보기 시
작했다. 이번에는 사랑의 관점이라 할 수 있는 이기적인 관점
에서 방을 보기 시작했다. 비스듬히 걸린 아름다운 저 거울이,
유리문이 달린 책장이, 알베르틴이 만약 나를 보러 온다면, 나
에 대해 좋은 인상을 주리라고 생각했다. 바닷가나 리브벨로
도피하기 전 잠시 스쳐 가는 경유지가 아닌, 알베르틴의 눈으
로 방 안 가구들을 하나씩 감상하자 내 방은 다시 현실적이고
소중하며 새로운 곳이 되었다.

　고리 찾기 놀이를 하고 나서 며칠 후 산책을 하다 너무 멀
리까지 간 우리는, 다행히 멘빌에서 좌석이 두 개 있는 '작은
이륜마차' 두 대를 빌릴 수 있었고, 그 마차를 타고 돌아가면
저녁 식사 시간에는 도착할 수 있겠다 생각하여 무척이나 기
뻐했는데, 알베르틴에 대한 내 사랑이 얼마나 열렬했는지, 그
결과 나는 로즈몽드와 앙드레에게는 함께 마차에 타자고 제
안했지만, 알베르틴에게는 한 번도 제안하지 않았다. 그리고
특히 앙드레와 로즈몽드에게는 같이 타자고 하면서 시간이
나 길, 외투 같은 부차적인 조건 때문에, 내 뜻은 아니지만 내
가 알베르틴과 같이 타는 편이 가장 편리하다는 결정을 다른
사람들로 하여금 내리게 하여, 이런 그녀와의 동행에 그럭저

력 체념하는 척했다. 불행히도 사랑이란 한 존재에 대한 완전한 동화를 지향하며 대화만으로는 어떤 존재도 소유할 수 없기에, 돌아오는 동안 알베르틴이 아무리 상냥하게 굴어도 나는 별로 위안을 얻지 못했다. 집 앞에 내려 주었을 때 그녀는 내게 행복감을 주었지만, 출발 때보다 더욱 날 굶주리게 했고, 이제 막 우리가 함께 보낸 이 순간을 그 자체로서는 중요하지 않은, 다음에 올 순간을 위한 서곡으로 만들었다. 그렇지만 이 서곡에는 다시는 되찾을 수 없는 첫 번째라는 매력이 있었다. 나는 아직 알베르틴에게 아무것도 요구하지 않았다. 그녀는 내가 원하는 걸 상상했겠지만 확신이 서지 않아, 내가 그저 뚜렷한 목적 없는 교제만을 원한다고 가정하고는, 이런 교제에 내 여자 친구는 많은 놀라움이 기대되는 감미롭고도 아련한 그런 소설적인 것을 발견했는지도 모른다.

그다음 주에도 나는 알베르틴을 만나려고 별로 애쓰지 않았다. 앙드레를 더 좋아하는 척했다. 사랑이 시작되면 우리는 사랑하는 여인이 우리가 사랑할 수 있는 미지의 인간으로 남기를 바라면서도 그녀를 필요로 하며, 그녀 몸을 만지는 일보다 그녀의 관심이나 마음을 만지는 일에 더 관심을 보인다. 우리는 편지에 악의적인 말을 끼워 넣어 그 냉담한 여인이 우리를 상냥하게 대하도록 유도한다. 그리고 사랑은 어떤 확실한 기술에 따라, 사랑하지 않을 수도 사랑을 받지 않을 수도 없는 악순환의 고리에서 엇갈린 움직임으로 그 고리를 더욱 조여 나간다. 다른 사람들이 낮 모임으로 보내는 시간을 나는 앙드레에게 할애했다. 앙드레가 날 위해 그 모임을 기쁘게 포기할 것이며, 설령 그렇지 않다 해도 자신이 사교적인 기쁨에 가치를 부여한다는 인상을 다른 사람이나 자기 자신에게 주지 않으려는 고결한 정신에서 그 모임을 포기하리라는 걸 난 잘 알고 있었다. 그렇게 하여 난 저녁마다 앙드레를 독점할 수 있었으며, 이는 알베르틴의 질투를 유발하려는 생각에서가 아니라, 알베르틴의 눈에 나에 대한 신망을 높여 주거나, 적어도 내가 사랑하는 사람이 그녀이지 앙드레가 아니라는 점을 알려 주어 나에 대한 신망을 떨어뜨리지 않게 하기 위해서였다. 알베르틴에게 알려질까 두려워 나는 이런 사실을 앙드레에게 말하지 않았다. 앙드레와 함께 알베르틴에 대해 말할 때면 나는 무관심을 가장했지만, 이런 내 모습을 쉽게 믿는 척하는 걸 모양과 달리, 앙드레는 나보다 덜 속고 있었는지도 모른다. 그녀는 알베르틴에 대한 나의 무관심을 믿는 척했고, 알베르틴과 나 사이에 가장 완벽한 결합을 바라는 척했다. 그런데 아마도 이와는 반대로 그녀는 내 무관심을 믿지 않았으며 결합도 바라지 않았는지 모른다. 내가 앙드레에게, 그녀 친구인 알베르틴에게는 별 관심이 없다고 말하는 순간에도, 내 머릿속은 어떻게 하면 봉탕 부인과 알고 지내는 사이가 될 수 있을까 하는 생각뿐이었다. 부인이 발베크 근교에 며칠 보내러 오게 되어 알베르틴이 곧 그곳에 가서 사흘을 지낼 예정이었기 때문이다. 물론 나는 이런 희망을 앙드레에게 말하지 않았다. 알베르틴 가족에 대해 얘기할 때도 되도록 방심한 표정을 지었다. 앙드레의 대답은 분명히 내 진심을 의심하는 것 같지 않았다. 그렇다면 왜 그런 나날들 가운데 어느 날 그녀는 "내가 '마침'

알베르틴의 아주머니를 만났어요."라는 말을 자기도 모르게 내뱉고 말았을까? 물론 그녀는 "난 당신 말에서, 우연히 내뱉은 말이긴 하지만, 당신이 알베르틴의 아주머니하고 알고 지내고 싶은 생각뿐이라는 걸 간파했어요."라고 말하지 않았다. 그러나 앙드레의 머릿속에는 내게 숨기는 게 더 예의 바르다고 생각하는, 다시 말해 '마침'이라는 말과 연결된 듯 보이는 생각이 따로 존재하는 듯했다. 이 말은 듣는 사람이 직접 알아들을 수 있게 고안된 논리적이고 합리적인 형태는 없지만 듣는 사람에게는 그 진정한 의미가 전달되는 어떤 시선이나 몸짓과 같은 종류에 속했는데, 마치 인간의 말이 전화기 속에서는 전류로 전환되었다가 우리 귀에 들릴 때는 다시 말로 바뀌는 것과도 같다. 그래서 난 앙드레의 머릿속에서 봉탕 부인에 대한 나의 관심을 지우기 위해, 봉탕 부인에 대해 단지 방심한 투로만 말하는 대신 악의를 담았다. 예전에 그 미치광이 같은 여자를 만난 적이 있으며 두 번 다시는 그런 일이 없기를 바란다고 말이다. 그런데 나는 이 말과는 반대로 어떻게 해서든 부인을 만나려고 애쓰고 있었다.

나는 엘스티르에게, 내가 부탁했다는 말은 아무에게도 하지 말고, 부인에게 내 말을 전해 주고 부인과 함께 불러 달라고 간청했다. 엘스티르는 부인에게 소개해 주겠다고 약속했지만, 내가 그런 만남을 원한다는 사실에 무척이나 놀라워했다. 왜냐하면 그는 부인을 경멸받아 마땅한 모사꾼, 남에 대한 관심은 많지만 남의 관심은 받지 못하는 여자로 평가했기 때문이다. 내가 봉탕 부인을 만나면 앙드레가 머지않아 그 일을 알게 될 테니, 미리 알려 주는 편이 낫다고 생각했다. "가장 피하려고 하는 건 피할 수가 없는 법인가 봐요." 하고 나는 말했다. "봉탕 부인을 만나는 일처럼 싫은 일도 없는데, 도저히 피할 수 없을 것 같아요. 엘스티르가 날 부인과 함께 초대할 생각인 것 같아요." "나는 한순간도 그 사실을 의심해 본 적이 없어요." 하고 앙드레가 씁쓸한 어조로 소리쳤는데, 그동안 그녀의 두 눈은 불만으로 커져 갔고 눈빛도 변하면서, 뭔가 눈에 보이지 않는 걸 노려보는 것처럼 보였다. 앙드레의 이 말은 어떤 생각을 일관되게 진술하지는 못했는데, 이렇게 요약될 수 있었다. "나는 당신이 알베르틴을 사랑한다는 걸 잘 알아요. 그래서 그녀 가족에게 접근하려고 온갖 수단을 다 쓰고 있다는 것도요." 하지만 이 말은 내가 그녀와 부딪히면서 억지로 터져 나오게 한 생각의 단편적인 조각들로 형태는 일정하지 않지만 쉽게 다시 조립할 수 있는 것들이었다. 이 말은 '마침'이라는 단어와 마찬가지로 이차적인 단계에서만 의미가 있었다. 다시 말해 누군가에 대해 존경심이나 경계심을 불러일으켜(직접적인 긍정이 아니라) 우리와 그 사람 사이를 틀어지게 하는 말이었다.

내가 알베르틴 가족에 대해 아무 관심도 없다고 말했을 때 앙드레가 내 말을 믿지 않은 건, 내가 알베르틴을 사랑한다고 생각했기 때문이리라. 그리고 그녀는 아마도 그런 사실이 별로 마음에 들지 않았던 모양이다.

앙드레는 보통 나와 친구의 만남에 제삼자로 참석했다. 그렇지만 내가 알베르틴과 단둘이서만 만나야 하는 날이 있었고,

그런 날들이면 나는 열에 들뜬 마음으로 그녀를 기다렸지만, 결정적인 건 아무것도 가져다주지 못하고 그냥 지나가 버려 중요한 날이 되지 못해서 난 그 임무를 다음 날에 맡겼지만 다음 날 역시 임무를 다하지 못했다. 이처럼 날들은 파도처럼 차례차례 부서지면서, 그 정점이 이내 다른 정점으로 바뀌었다.

고리 찾기 놀이를 한 지 약 한 달쯤 지났을 때, 누군가가 알베르틴이 봉탕 부인 댁에서 마흔여덟 시간을 보내러 가기 위해 다음 날 아침 일찍 기차를 타야 하므로, 전날 그랜드 호텔로 자러 올 거라는 말을 해 주었다. 호텔에서 승합마차를 타면 그녀가 현재 머무르는 친구 집에서 친구를 번거롭게 하지 않고도 첫 기차를 탈 수 있었기 때문이다. 나는 이런 사실을 앙드레에게 말했다. "난 그 말을 전혀 믿지 않아요." 하고 앙드레는 불만 섞인 표정으로 말했다. "게다가 당신 일에 전혀 도움이 되지 않을걸요. 알베르틴이 혼자 호텔에 온다 해도 틀림없이 당신을 만나려고 하지는 않을 거예요. 그건 '예절에(protocolaire)' 어긋나니까요." 하고 그녀는 얼마 전부터 즐겨 쓰게 된 형용사를 '관례적'이라는 의미로 덧붙였다. "알베르틴의 생각을 잘 아니까 이런 말을 하는 거예요. 당신이 그녀를 보든 보지 않든 나한테야 그게 무슨 상관이죠? 나야 아무래도 상관없잖아요."

옥타브가 우리 쪽으로 와서는 어제 친 골프 타수를 앙드레에게 거침없이 떠들어 댔고, 다음으로는 산책 중이던 알베르틴이 마치 묵주를 다루는 수녀처럼 디아볼로를 돌리며 다가왔다. 그녀는 이 놀이 덕분에 몇 시간이고 혼자서도 지루하지 않게 지낼 수 있었다. 우리와 합류하자마자 그녀의 장난기 어린 코끝이 내 눈에 들어왔는데, 최근 며칠 동안 나는 그녀를 생각할 때 이 부분을 빠뜨리고 있었다. 그녀의 검은 머리칼 아래로 보이는 이마에 난 수직선은 내가 그녀에 대해 간직했던 그 어렴풋한 이미지와 대립했으며 ── 물론 처음은 아니었지만 ── 대신 이마의 하얀 빛깔이 내 눈에 강렬하게 파고들었다. 추억의 먼지에서 나온 알베르틴이 내 앞에서 재구성되었다. 골프를 치다 보면 혼자서 기쁨을 즐기는 습관을 갖게 된다. 디아볼로가 주는 습관도 틀림없이 그러하리라. 그렇지만 우리와 합류한 후에도 알베르틴은, 마치 친구들이 방문하러 와도 뜨개질을 멈추지 않는 부인네들처럼 우리와 얘기를 이어 가면서도 놀이를 계속했다. "빌파리지 부인이." 하고 그녀는 옥타브에게 말했다. "당신 아버지께 항의했다고 하던데요."(나는 이 '하던데요.'라는 말 뒤에서 알베르틴 특유의 음 하나를 들었다. 그 음들을 잊었다고 생각할 때마다, 동시에 나는 그 음 뒤에서 알베르틴의 프랑스 사람다운 단호한 표정을 엿본 기억이 떠올랐다. 설령 눈이 먼 장님이었다 해도, 나는 그녀의 코끝과 마찬가지로 그 음에서 그녀의 민첩하고도 다소 시골 사람 티가 나는 몇 가지 특징을 알아보았으리라. 목소리나 코끝은 별 차이가 없어 서로 교환될 수 있으며, 또 그녀 목소리는 미래의 광전 전화*가 실현할 거라고들 하는 것과 유사했는데, 즉 목소리에 시각적 영상이 뚜렷이 드러나

---

* 여기서 '광전 전화'라고 옮긴 photo-téléphone이라는 단어는 어원적으로 '빛과 소리를 멀리 전파한다'는 의미로 미래 텔레비전을 암시한다.

보였다.) "게다가 부인은 당신 아버지에게뿐 아니라, 동시에 발베크 시장에게도, 앞으로는 방파제에서 디아볼로 놀이를 하게 두면 안 된다는 편지를 보냈대요. 누군가 그분 얼굴에 팽이를 던졌다고요."

"네, 그런 항의에 대해 들은 적이 있어요. 우습기 그지없는 일이죠. 그렇지 않아도 여기에는 오락거리가 별로 없는데 말이에요."

앙드레는 대화에 끼어들지 않았는데, 알베르틴이나 옥타브만큼 빌파리지 부인을 잘 알지 못했기 때문이다. "그 부인이 왜 그런 소란을 피웠는지 모르겠어요." 하고 그래도 앙드레가 말했다. "늙은 캉브르메르 부인도 팽이에 맞았지만, 한 마디 불평도 하지 않았는데 말이죠." "제가 그 차이를 설명해 드리죠." 하고 옥타브가 성냥개비 하나를 그으면서 정중하게 대꾸했다. "제 의견으로는 말입니다, 캉브르메르 부인은 사교계 여인이고, 빌파리지 부인은 출세주의자여서 그런 것 같아요. 오늘 오후에 골프 치러 가세요?" 하고 말하며 그는 우리를 떠났고, 앙드레도 떠났다. 나는 알베르틴과 단둘이 남았다. "자, 봐요, 당신이 좋아하는 대로 이제 머리 모양을 바꾸었답니다. 보세요, 이렇게 머리털 한 줌을 늘어뜨렸잖아요. 다들 놀려 대지만, 내가 누구를 위해 이렇게 하는지는 아무도 몰라요. 우리 아주머니도 날 놀릴 거예요. 난 이유를 아주머니에게도 말하지 않을 테지만요." 난 옆에서 알베르틴의 뺨을 바라보았다. 뺨은 가끔 창백해 보이기도 했는데, 그래서인지 이렇게 보니 뺨을 환히 비추는 맑은 피에 적셔져서는, 마치 어느 겨울날 아침 햇빛에 부분적으로 비친 돌들이 분홍빛 화강암인 양 모습을 드러내며 기쁨을 발산하는 듯한 광택을 띠었다. 이 순간 알베르틴의 뺨을 보는 기쁨도 그처럼 생생했지만, 이 기쁨은 다른 욕망, 산책의 욕망이 아닌 입맞춤의 욕망으로 나를 이끌었다. 나는 사람들이 말하는 그녀의 계획이 정말인지 물어보았다. "그래요." 하고 그녀가 말했다. "오늘 밤은 당신이 머무르는 호텔에서 보낼 거예요. 감기가 든 것 같아 저녁 식사 전에 잠을 자려고요. 제 침대 옆에서 저녁 먹는 걸 지켜봐도 돼요. 그런 후에는 당신이 원하는 걸 하며 놀기로 해요. 내일 아침 당신이 역에 와 주면 기쁠 거예요. 이상하게 보이지 않을까 좀 걱정은 되지만요. 앙드레는 똑똑한 애라서 말하지 않았어요. 그렇지만 다른 애들은 나올 거예요. 혹시 아주머니에게 누군가 말이라도 전하면 큰 소동이 벌어질 거예요. 하지만 오늘 저녁은 함께 보낼 수 있어요. 우리 아주머니는 이 사실을 전혀 모를 거예요. 앙드레에게 인사하러 가야겠어요. 이따 봐요. 일찍 오세요. 오래도록 함께 시간을 보낼 수 있게." 하고 그녀는 미소를 지으며 덧붙였다. 이 말에, 나는 질베르트를 사랑했던 시절보다 더 멀리, 사랑이 외적인 실체일 뿐만 아니라 실현될 수 있는 그 무엇으로 보였던 그런 시절까지 거슬러 올라갔다. 그러나 샹젤리제에서 만났던 질베르트가 내가 홀로 있을 때 발견하는 질베르트와 다른 인물이었던 반면, 내가 매일 만나고, 부르주아의 편견으로 가득하며 자기 아주머니와 솔직하게 이야기를 나눈다고 여겨지는 현실의 알베르틴에게, 내가 아직 그녀를 잘 알지 못했을 무렵 방파제에서 나를 몰래 훔

쳐본다고 생각했던 상상 속 알베르틴이, 멀어져 가는 내 모습을 바라보면서 마지못해 발길을 돌리는 듯 보였던 상상 속 알베르틴이 갑자기 나타나 하나가 되었다.

나는 할머니와 저녁 식사를 하러 갔다. 내 마음속에 할머니가 모르는 비밀이 감춰져 있다고 느꼈다. 알베르틴도 마찬가지일 거라고 생각했다. 내일 그녀 친구들은 그녀와 같이 있으면서도 우리 두 사람 사이에 어떤 일이 새로이 일어났는지 알지 못하며, 봉탕 부인도 조카딸의 이마에 키스할 때, 그 둘 사이에 남몰래 나를 기쁘게 할 목적으로 늘어뜨린 머리칼의 형태로 나란 존재가 끼어 있음을 알지 못하리라. 지금까지 그렇게나 봉탕 부인을 부러워했던 내가, 자기 조카딸과 같은 사람들과 친척지간이며, 같은 날 상복을 입고 같은 친척을 방문한다는 이유로 그렇게나 부인을 부러워했던 내가 알베르틴에게서 그녀 아주머니 이상의 존재임을 알게 되었다. 아주머니 곁에서도 그녀는 내 생각을 하리라. 조금 후에 무슨 일이 일어날지는 알 수 없었다. 어쨌든 그랜드 호텔이나 저녁 시간이 더 이상 공허해 보이지 않았다. 그 안에는 내 행복이 담겨 있었다. 나는 알베르틴이 예약한, 골짜기 쪽으로 면한 방에 올라가려고 엘리베이터 벨을 눌렀다. 승강기 의자에 앉는 지극히 사소한 동작마저도 내 마음과 직접 관계가 있었으므로 감미롭게 느껴졌다. 승강기를 들어 올리는 줄이나, 걸어서 올라가는 몇 개의 계단도 내게는 내 기쁨이 물화된 기구나 계단으로만 보였다. 복도에서 몇 걸음만 걸어가면 그 장밋빛 몸이라는 소중한 실체가 갇힌 방에 이를 수 있었고, 뭔가 감미로운 행위가 벌어질 그 방은, 그런 사실을 알지 못하는 숙박객들에게는 다른 모든 방들과 비슷해 보이겠지만, 방의 물건들을 집요하게 침묵시키는 증인, 비밀을 털어놓을 수 있는 신중한 친구, 침범할 수 없는 쾌락의 수탁인으로 만드는 그런 영속성을, 그런 존재의 모습을 띠게 되리라. 층계참에서 알베르틴의 방으로 가는 몇 걸음을, 누구도 멈추게 할 수 없는 그 몇 걸음을, 나는 마치 새로운 원소 속으로 잠겨 들듯이, 마치 앞으로 나아가면서 천천히 행복을 옮기듯이, 전능이라는 미지의 감정과 동시에 언제나 내 것이었던 유산을 드디어 받으러 가는 듯한 감정으로, 지극히 기쁜 마음으로 조심스럽게 걸어갔다. 그러자 갑자기 내가 의심했던 게 잘못이라는 생각이 들었다. 그녀가 잠자리에 들었을 때 오라고 하지 않았던가. 명백했다. 나는 기뻐서 날뛰다 하마터면 도중에 만난 프랑수아즈를 넘어뜨릴 뻔했다. 나는 두 눈을 반짝이며 알베르틴의 방으로 달려갔다. 침대에 누운 알베르틴을 보았다. 목을 드러낸 하얀 슬립이 얼굴 비율을 바꾸어, 침대 위치나 감기, 식사로 충혈된 얼굴을 더욱 분홍빛으로 보이게 했다. 몇 시간 전 방파제에서는 내 옆에 있던 얼굴 빛깔을 떠올리는 게 고작이었는데, 이제 드디어 그 맛을 음미하려 하고 있었다. 그녀 뺨에는 내 마음에 들고자 완전히 풀어 놓은 길게 구불거리는 검은 머리 한 가닥이 위에서 아래로 흘러내렸다. 그녀가 미소를 지으며 날 바라보았다. 그녀 옆 창문에서 달빛이 골짜기를 환히 비추었다. 알베르틴의 드러난 목과 분홍빛 뺨이 날 얼마나 도취하게 만들었는지, 다시 말해 이 세상 현실을 더 이상 자연이 아닌 억제하기 힘든 관능의 분출로 이동하게 했는지, 이 모습은 내 존재 안에서 흐르던 그 파괴할 수 없는 광대한 삶과, 이에 비해 너무나 연약하기만 한 우주의 삶 사이의 균형을 깨뜨렸다. 창문을 통해 골짜기 옆 바다, 멘빌 앞 절벽의 볼록한 젖가슴, 달이 아직 한가운데 솟아 있지 않은 하늘, 이 모든 것이 내 동공에는 새털보다 더 가볍게 들릴 듯 보였고, 나는 동공이 눈꺼풀 사이로 팽창하고 단단해져서는 수많은 무거운 짐, 세계의 모든 산들을 그 섬세한 표면 위로 들어 올리는 듯한 느낌을 받았다. 내 동공은 수평선의 넓은 지대로도 충분히 채워지지 않을 것 같았다. 자연이 내게 가져다줄 수 있는 어떤 생명도 초라해 보였으며, 내 가슴을 부풀어 오르게 하는 그 거대한 열망에 비하면 바다의 숨결도 아주 짧게만 느껴졌다. 나는 알베르틴에게 입을 맞추려고 몸을 기울였다. 죽음이 지금 들이닥친다 한들 별 상관이 없었으며, 아니, 차라리 죽음이 내게는 불가능해 보였다. 삶이 내 밖이 아닌 내 안에 있었으니까. 만약 한 철학자가 어느 날인가, 비록 먼 훗날이라 할지라도 내가 죽을 것이며 자연의 영원한 힘은 나보다 오래 살아남아 이런 자연의 힘 아래에서 나란 존재는 먼지 한 톨에 지나지 않으리라고 말한다 해도 나는 아마 연민의 미소를 감추지 못했으리라. 내가 죽은 후에도 여전히 이 둥글고 볼록한 절벽이, 이 바다가, 이 달빛이, 이 하늘이 존재한다니! 어떻게 그런 일이 가능하단 말인가? 어떻게 세계가 나보다 더 오래 지속된단 말인가? 내가 세계 속에서 사멸되지 않고, 이 세계가 내 안에 담겨 있으며, 또 세계가 나를 채워 주기는커녕 내 안에서 다른 수많은 보물을 쌓아 놓을 빈자리를 느끼면서 하늘과 바다와 절벽을 한구석으로 경멸하듯 내던지고 있는데? "멈춰요, 멈추지 않으면 초인종을 누르겠어요." 하고 알베르틴이 키스하려고 덮치는 나를 보자 외쳤다. 그러나 나는 한 소녀가 젊은 남자를 은밀히 오게 하면서 자기 아주머니가 알지 못하도록 조치를 취한 것이 아무 짓도 하지 않기 위해서는 아닐 것이며, 기회를 이용할 줄 아는 대담한 자만이 성공하는 법이라고 생각했다. 흥분 상태에서 본 알베르틴의 동그란 얼굴은 야등에 비친 듯 내면의 불길로 뚜렷이 부각되면서, 마치 움직이지 않는 듯 보이지만 현기증이 날 정도로 빙빙 돌아가는 소용돌이에 휩싸인 미켈란젤로의 얼굴들처럼 활활 타오르는 천체의 회전을 모방하면서 빙글빙글 돌고 있는 것 같았다.* 나는 드디어 그 미지의 분홍빛 과일이 지닌 향기와 맛을 음미하고자 했다. 다급하고도 길게 울리는 요란한 소리가 들렸다. 알베르틴이 온 힘을 다해 초인종을 누른 것이었다.

나는 알베르틴에 대한 내 사랑이 육체를 소유하려는 희망에 있는 게 아니라고 믿어 왔다. 그렇지만 그날 저녁의 경험을 통해 이런 소유가 불가능하다는 걸 알았을 때, 첫날 해변에서 알베르틴이 방탕한 소녀라고 확신한 후에 여러 중간 단계의 가정을 거쳐 드디어 그녀가 절대적으로 품행이 단정하다는 사실을 결정적인 방법으로 깨달은 것처럼 생각되었을 때,

---

* 시스티나 성당에 있는 미켈란젤로의 「천지창조」와 「최후의 심판」에 대한 암시처럼 보인다.(『소녀들』, 폴리오, 주석 561쪽 참조.) 미켈란젤로의 '구체'에 대한 프루스트의 묘사는 『잃어버린 시간을 찾아서』 2권 401쪽 참조.

일주일 후 아주머니 댁에서 돌아온 그녀가 "당신을 용서해 드리죠. 마음을 아프게 해서 미안해요. 그렇지만 다시는 그런 짓 하지 마세요."라고 냉정하게 말했을 때, 그때 난 블로크가 내게 모든 여자를 가질 수 있다고 하던 말을 들으면서 내 마음이 느꼈던 것과는 반대로, 마치 내가 현실의 소녀 대신 밀랍 인형을 사귀었다는 듯, 그녀 삶으로 뚫고 들어가고 싶은 욕망으로부터도, 그녀가 유년 시절을 보낸 고장으로 쫓아가서 그녀에게 스포츠를 배우며 살고 싶다는 욕망으로부터도, 그녀로부터도 점차 멀어져 갔다. 이런저런 주제와 관련하여 그녀의 생각을 알고 싶어 하던 내 지적인 호기심도 그녀에게 키스할 수 있다는 믿음이 사라지자 더 이상 지속되지 못했다. 육체적인 소유와는 무관하다고 여겼던 내 몽상도 소유의 희망으로 부양되기를 멈추자 그녀를 버렸다. 그리하여 몽상은 자유를 얻어 알베르틴의 친구들 가운데 이런저런 소녀에게로 옮겨 갔고 — 어느 특별한 날, 내가 발견한 매력이나 다른 무엇보다도 내가 그녀로부터 사랑을 받을 가능성과 행운에 따라 — 그중에서도 먼저 앙드레 쪽으로 갔다. 그렇지만 만약 알베르틴이 존재하지 않았다면, 아마도 나는 그 후의 나날에서 앙드레가 보인 상냥함에 기쁨을, 점점 더 커져 가는 기쁨을 느끼지는 못했으리라. 알베르틴은 내 시도가 실패로 돌아간 이야기를 어느 누구에게도 말하지 않았다. 그녀는 아주 어린 시절부터 그 아름다움이나, 특히 어쩌면 생명력의 저장소 같은 곳에 원천이 있는, 그래서 자연의 혜택을 받지 못한 사람들이 그 샘으로 갈증을 채우러 오는 그런 신비로운 멋과 매력으로 언제나 ― 가족이나 친구들 또는 사교적인 모임에서 ― 사랑받아 온, 자기보다 아름답고 부유한 여자들보다 훨씬 더 많이 사랑받아 온 아름다운 소녀들 중 하나였다. 또한 그녀는 사랑을 알 나이에 이르기 전부터, 또는 사랑을 알 나이가 되면서부터는 더욱더, 자기가 요구하고 줄 수 있는 것보다, 사람들로부터 훨씬 더 많은 요청을 받는 그런 존재에 속했다. 어린 시절부터 알베르틴은 항상 그녀를 감탄하며 바라보는 네댓 친구들을 자기 앞에 데리고 다녔고, 그 가운데는 자기보다 더 뛰어나고, 그런 사실을 아는 앙드레가 있었다.(또 어쩌면 알베르틴이 무의식적으로 행사하는 이런 매력이 작은 무리를 이룬 동기가 되었는지도 모른다.) 이런 매력은 꽤 멀리 비교적 훌륭한 집안에까지 알려져, 그런 집안에서 파반* 무용곡을 출 때면, 좋은 가문 소녀보다 알베르틴에게 부탁할 정도였다. 그 결과 지참금도 한 푼 없는 데다, 약간은 부패한 사람으로 알려졌으며 그녀를 떨쳐 버릴 생각만 하는 봉탕 씨의 신세를 지는 궁핍한 생활을 하면서도, 그녀는 여러 사람들로부터 저녁 식사뿐 아니라, 집에 와서 지내라는 초대를 받았다. 그녀를 초대하는 이들은 생루의 눈에는 전혀 품위 없는 사람들이었지만, 그들을 잘 알지 못하는 지극히 부유한 로즈몽드나 앙드레 어머니의 눈에는 뭔가 대단한 사람으로 보였다. 이렇게 해서 알베르틴은 해마다 프랑스 국립은행 이사 및 철도회사 이사회 회장 댁에서 몇 주일

---

* 16~17세기에 유행했던 궁정 무용곡으로 근대에 이르러 카미유 생상스(Camille Saint-Saëns, 1835~1921)나 라벨(Ravel, 1875~1937) 등에 의해 재조명되며 널리 알려졌다.

을 보냈다. 이 재정가 부인은 주요 인물들을 초대했지만, 앙드레 어머니에게는 한 번도 자신의 '방문일'을 말해 준 적이 없어, 앙드레의 어머니는 부인을 무례하다고 생각하면서도 그 집에서 일어나는 일에 대해 많은 관심을 기울였다. 그래서 해마다 앙드레에게 알베르틴을 별장에 초대하라고 부추겼는데, 혼자서는 여행할 형편이 못 되고, 아주머니가 거의 돌보아 주지 않는 소녀에게 이처럼 바닷가에서 지낼 수 있도록 해 주는 것은 커다란 선행을 베푸는 일이라고 앙드레 어머니는 말했다. 물론 앙드레의 어머니가, 알베르틴이 자기와 자기 딸의 귀여움을 독차지한다는 사실을 국립은행 이사 부부가 전해 듣고 좋은 인상을 가질 거라고 기대해서, 하물며 그렇게 착하고 수완 좋은 알베르틴이 자기를 재정가 집에 초대받게 해 주거나, 적어도 앙드레만이라도 가든 파티에 초대받게 해 줄 거라고 기대해서 그렇게 행동한 것은 아니었을 것이다. 그러나 저녁 식사 시간마다 그녀는 거만하고도 무심한 태도로, 성에서 일어났던 일이나 거기 초대받은 사람들에 대해 들려주는 알베르틴의 이야기를 황홀해하며 듣곤 했는데, 거의 모두가 멀리서 바라보거나 이름으로만 아는 사람들에 대한 얘기였다. 그녀가 그런 식으로밖에 그들을 알지 못한다는 사실, 다시 말해 그들을 모른다는 생각이(이런 걸 그녀는 '오래전부터 알고 지내는 사이'라고 일컬었다.) 앙드레 어머니에게 조금은 울적함을 안겨 주었다. 한편 그녀가 알베르틴이 들려주는 그들의 이야기를 들으며 매우 거만하고도 방심한 표정으로 입술 끝으로 질문할 때, 만약 "이 완두콩이 충분히 무르지 않았다고 요리장에게 일러요."라고 식당 책임자에게 말함으로써 두려움을 떨쳐 버리고 '삶의 현실'로 되돌아오지 않았다면, 그녀는 자기 신분의 중요성에 대해 불확실하고도 불안하게만 느꼈으리라. 이런 말을 하고 나서야 그녀는 마음의 평정을 되찾았다. 그리고 앙드레를 물론 훌륭한 집안에, 더 나아가 자기처럼 요리장과 마부가 둘 있는 아주 부유한 집안의 자제와 결혼시키기로 단단히 결심했다. 바로 이것이 사회적 신분의 현실이자 실질적인 증거였기 때문이다. 하지만 알베르틴이 이런저런 부인과 함께 은행 이사 별장에서 식사를 했으며, 그 부인이 알베르틴을 다음 해 겨울 자기 집에 초대했다는 사실을 들은 이상 앙드레 어머니는 알베르틴에 대해 특별한 호의를 가질 수밖에 없었으며, 이는 알베르틴의 가난한 처지가 일으키는 동정심과 멸시와도 잘 어우러졌다. 이러한 멸시는 봉탕 씨가 자기편을 배신하고 ─ 파나마 운하 사건에 연루되었을지 모른다는 막연한 소문만으로도 ─ 정부와 결탁했다는 사실이 드러나면서 더욱 커졌다.* 그럼에도 앙드레의 어머니는 알베르틴을 하류 계층이라고 믿는 사람들을 향해 진실한 사랑에서 우러나오는 경멸의 눈길을 보냈다. "뭐라고요? 얼마나 좋은 가문인데요. n 자를 하나 쓰

---

* 19세기 말(1892년) 프랑스의 페르디난트 레셉스(Ferdinand Marie Vicomte de Lesseps, 1805~1894)가 주도한 파나마 운하 건설공사가 실패하면서, 이 건설을 담당했던 파나마 운하 회사는 1888년 도산하기 전 모집한 채권을 입법화했다. 이때 유대인 금융 자본가를 통해 의원들이 매수되었다는 사실이 폭로되면서 공화파의 많은 의원들과 공화국 정부 각료들이 퇴진했다. 왕당파이긴 하지만 공화국 정부 일원이었던 건설부 비서실장 봉탕 씨가 이런 왕당파를 배신하고 공화국 정부와 결탁했다는 의미다.

는 시모네(Simonet) 집안이에요." 물론 모든 것이 진화하는 환경에서, 다시 말해 돈이 아주 중요한 역할을 하며 당신의 우아한 모습이 초대는 허락하지만 결혼은 금지하는 환경에서, 알베르틴이 누리는 이런 특별 대우는 그녀에게 '그만하면 만족할 수 있는' 결혼을 하는 데 유익한 영향을 끼칠 듯이 보이지도 않았고, 그녀의 가난을 상쇄하는 것 같지도 않았다. 결혼에 이르는 희망을 가져다주지도 못했지만, 이런 '성공'은 그 자체만으로도 몇몇 심술궂은 어머니들의 시기심을 자극해서 그들은 자신들이 잘 알지 못하는 국립은행 이사 부인이나 앙드레 어머니까지도 알베르틴을 '집안의 아이'로 대접하는 모습을 보고는 적잖이 분통을 터뜨렸다. 그런 여자들은 앞에서 말한 두 부인과 공통되는 친구들에게, 그 두 부인이 진실을 알면 무척이나 격분할 것이라고 말했다. 다시 말해 부인들은, 부주의하게도 알베르틴을 그들의 내밀한 관계 안에 끌어들여, 이런 내밀함 덕분에 알베르틴이 한 집에서 캐낼 수 있는 모든 작은 비밀들을 캐내 다른 집에 전했으며(또는 그 반대로) 이런 비밀들이 공개되면 당사자에게는 한없이 불쾌한 일이 벌어질 거라고 말했다. 시기심 많은 부인들은 이런 말이 되풀이되다 보면 그 때문에 알베르틴과 후원자들 사이가 틀어지리라고 생각했던 것이다. 그러나 이런 전언은 흔히 그렇듯이 성공을 거두지 못했다. 말을 한 사람의 악의가 너무도 명백하게 느껴져, 그 말을 주도한 사람들을 더욱 경멸하게 만들었을 뿐이다. 앙드레의 어머니는 알베르틴에 대한 견해를 바꾸기에는 알베르틴에 대한 믿음이 지나치게 확고했다. 그녀는 알베르틴을 '불행한 아이'로 생각했지만 품성이 착하며 다른 사람의 마음을 기쁘게 해 주는 일 외에 다른 일은 아무것도 할 줄 모른다고 생각했다.

알베르틴이 얻고 있는 이런 인기는 그녀에게 어떤 실질적인 이득도 가져다주지 않는 듯이 보였지만 그래도 항상 다른 사람들이 그녀와 사귀고 싶어 했으므로, 구태여 노력할 필요도 없이, 그래서 자신이 누리는 성공을 과시하기는커녕 오히려 감추기까지 하는 사람들만의 독특한 성격을 이 앙드레의 친구에게 새겨 놓았다.(유사한 이유로, 이런 성격은 사회의 또 다른 극단에 있는 아주 우아한 여인에게서도 발견된다.) 알베르틴은 누군가에 대해 결코 "그 사람이 날 보고 싶어 해."라고 말하지 않고, 모든 사람들에 대해 마치 자기 자신이 그들 뒤를 쫓아다니며 사귀고 싶어 한다는 듯이 극진한 호의를 표현했다. 만약 사람들이, 그녀로부터 만날 약속을 거절당해 몇 분 전에 단둘이 있는 자리에서 그녀에게 가혹한 비난을 퍼부은 남자 이야기를 하면, 그녀는 그런 사실을 공개적으로 자랑하거나 그 남자를 원망하기는커녕 "정말 친절한 남자예요."라며 오히려 그 남자를 칭찬했다. 그녀는 지나치게 다른 사람 마음에 드는 일조차 불편하게 생각했는데, 이런 경우 필연적으로 실망이 동반되기 때문이다. 그녀의 원래 성격은 남을 기쁘게 하는 것인데 이처럼 다른 사람 마음을 기쁘게 해 주는 일을 너무도 좋아한 나머지, 몇몇 유용한 사람들이나 몇몇 성공한 사람들에게 특별한 거짓말을 하기에 이르렀다. 많은 사람들에게서 배아 상태로 존재하는 이런 불성실한 행동은 단 하나의 행동으로, 그 행동 덕분에 단 한 사람을 기쁘게 하는 것으로 만족할 줄 모른다는 것이 문제다. 이를테면 알베르틴의 아주머니가 별 재미없는 낮 모임에 조카딸이 동반해 주기를 바라면, 알베르틴은 그곳에 감으로써 아주머니를 기쁘게 해 드리는 정신적인 이득만 취해도 충분했을 것이다. 그러나 집주인의 공손한 대접을 받은 그녀는 오래전부터 뵙기를 무척이나 열망했으며, 이 기회를 빌어 자신이 아주머니에게 방문을 허락해 달라고 간청했다고 말하는 편이 더 낫다고 생각했다. 게다가 이것이 다가 아니었다. 그 낮 모임에는 큰 슬픔에 잠긴 알베르틴의 여자 친구가 한 명 있었다. 알베르틴은 그녀에게 "널 혼자 두고 싶지 않았어. 옆에 있어 주면 네가 좋아할 것 같아서, 네가 원한다면 이 모임을 팽개치고 다른 데로 갈 수도 있어. 네가 원하는 거라면 난 뭐든지 할 수 있어. 내가 바라는 건 다른 무엇보다도 네가 슬퍼하지 않는 거야."라고 말했다.(게다가 사실이었다.) 그렇지만 때로 허구적인 목적이 실제 목적을 파기하는 경우도 있었다. 일례로 알베르틴은 한 친구 일로 부탁할 것이 있어 어느 부인을 찾아간 적이 있었다. 그러나 그 선량하고 동정심 많은 부인 댁에 도착하자, 알베르틴은 자기도 모르게 하나의 행동을 여러 용도로 사용하는 원칙에 복종하여, 오로지 부인을 다시 만나는 기쁨 때문에 찾아온 듯한 모습을 보이는 편이 더 정감 있을 거라고 생각했다. 부인은 알베르틴이 순수한 우정으로 그렇게 먼 길을 찾아왔다는 사실에 더없이 감동했다. 이처럼 부인의 감격한 모습을 보자 알베르틴은 부인을 더욱 좋아하게 됐다. 다만 이런 일은 있었다. 순수한 우정 때문에 왔다고 거짓 주장하던 그 우정의 기쁨이 얼마나 생생했던지, 만약 자신이 부인에게 친구 일을 부탁한다면, 실제로 그 진지한 감정을 의심하지나 않을까 걱정한 것이다. 부인은 알베르틴이 친구 일을 부탁하러 왔다고 믿을 것이며(사실이었다.) 부인을 만나는 순수한 기쁨은 없다는 결론을 내릴지도 몰랐다.(틀린 생각이었다.) 그래서 알베르틴은 친구 일을 부탁하지도 않고 그냥 돌아왔는데, 이는 마치 한 여인의 사랑을 얻으려는 희망에서 착하게 굴던 남자가, 그 선한 행동의 고결한 성격을 간직하기 위해 자신의 사랑을 고백조차 하지 못하는 것과 같은 경우다. 또 다른 경우에는, 진짜 목적이 나중에 상상한 이차적인 목적 때문에 희생된다고까지는 말할 수 없어도, 그러나 첫 번째 목적이 두 번째 목적과 너무도 상반되어 알베르틴이 말한 두 번째 목적을 듣고 감동한 사람이 실은 첫 번째 목적이 있었음을 안다면, 그 기쁨은 이내 가장 심각한 아픔으로 바뀌었을지도 모른다. 이 이야기의 나중 부분에 가면 이런 모순을 더 잘 이해하게 될 것이다. 여기서는 전혀 다른 사실에서 빌린 예를 들어 이런 모순되는 일이 우리 삶의 여러 다른 상황에서 종종 일어난다고만 말해 두자. 여기 자신의 부대가 주둔하는 도시에 정부를 둔 남편이 한 사람 있다고 하자. 이 일의 진실에 대해 절반쯤 알게 된 파리 사는 아내가 남편에게 질투가 담긴 편지를 써 보낸다. 그런데 정부에게 파리에 가서 하루를 보내야만 하는 일이 생긴다. 남편은 같이 가자는 정부의 청을 거절할 수 없어 스물네 시간 휴가를 받는다. 그러나 착한 남편은 자신이 아내 마음을 아프게 했다는 사실에 자신도 마음이 아파, 집에 가서 아내에게 진심에서 우러난 눈물 몇 방울을 흘리며, 아내의 편지를 받고 너무 놀라 아내를 위로하고 포옹하기 위해 부대에서 어렵게 빠져나왔다고 말한다. 이렇게 해서 남편은 단 한 번의 여행으로 정부와 아내에게 사랑을 증명할 방법을 찾았던 것이다. 그러나 남편이 파리에 온 진짜 이유를 알게 되면 아내의 기쁨은 틀림없이 고통으로 바뀔 것이다. 그나마 불충실한 남편이라도 보는 것이, 어쨌든 그의 거짓말로 괴로워하기만 하는 것보다는 더 자신을 행복하게 해 준다고 생각하지 않는다면 말이다. 일거다득(一擧多得)의 방법을 줄기차게 활용한 듯 보이는 사람 가운데는 노르푸아 씨가 있다. 그는 때때로 사이가 틀어진 두 친구 사이에서 중재를 맡아서 사람들은 그를 가장 친절한 사람이라고 불렀다. 그러나 그는 부탁하러 온 사람의 청을 들어주는 데서 만족하지 않고, 상대방에게 자기가 전자의 부탁 때문이 아니라 후자에게 이익이 되기 때문에 이 일을 한다고 말했는데, 이런 말은 자기 앞에 가장 '남을 잘 도와주는 사람'을 두고 있다는 생각에 이미 젖어 있는 사람을 쉽게 설득할 수 있게 해 주었다. 이런 방식으로 그는 양다리를 걸치면서, 증권 거래소 용어로 말하면 중개인이 고객 주문과는 반대로 사고팔기를 하면서, 자신의 영향력은 결코 위험에 빠뜨리지 않았고, 또 그가 도움을 준 일도 원금 손실을 보기는커녕 투자한 금액의 일부에 대한 성과금을 받았다. 다른 한편 각각 두 배가 되어 돌아온 것처럼 보이는 그의 도움은 남의 일을 잘 돌보아 주는 친구라는 명성을, 더 나아가 부탁을 받으면 칼로 물을 베는 식으로 끝나

지 않고, 모든 교섭이 이윤을 남기는 '남의 일을 효과적으로
잘 돌보아 주는 사람'이라는 명성을 증폭했으며, 이는 두 당사
자들이 표현하는 감사 인사를 통해 입증되었다. 이런 친절함
의 이중성은 모든 인간에게서 그렇듯이, 그 모순되는 행동과
더불어 노르푸아 씨의 성격에서 중요한 일부를 이루었다. 그
는 정부 부처에서 나의 아버지를 이용했지만, 순진한 아버지
는 자신이 그를 위해 봉사한다고 믿었다.

　자기가 원하는 것보다 훨씬 더 쉽게 사람들의 마음을 사로
잡아, 성공을 떠벌릴 필요가 없었던 알베르틴은 나와 있었던
침대 사건에 대해서도 침묵을 지켰는데, 아마도 그녀가 못생
긴 여자였다면 그 일을 온 세상에 알리고 싶어 했을 것이다.
게다가 그 사건에서 그녀가 취한 태도는 전혀 설명이 되지 않
았다. 그녀가 절대적으로 순결하다는 가정으로 말하자면(이
가정은 다른 무엇보다도 알베르틴이 내 키스와 내 품에 안기기를
격렬하게 거부했던 사실에서 연유했는데, 그렇다고 해서 내가 그
전부터 내 여자 친구의 선량함과 그 근본적인 정숙함의 필수 요소
로 그런 태도를 갖추어야 한다고 믿었던 것은 아니다.) 나는 이 가
정을 여러 번에 걸쳐 수정하지 않으면 안 되었다. 내가 알베
르틴을 처음 만난 날 세웠던 가정과 너무도 상반되었기 때문
이다! 그리고 그녀가 그 후에 보여 준 수많은 상이한 행동들
이, 내게는 그토록 상냥했던 그 모든 행동들이(애무하는 듯, 때
로는 불안하고 겁에 질린 듯, 앙드레에 대한 내 애정을 질투하는 듯
한 상냥함이) 사방에서 몰려와, 나로부터 벗어나려고 초인종
을 잡아당기던 그 거친 몸짓을 에워쌌다. 왜 그녀는 자기 침

대 옆에서 밤을 보내러 오라고 청했을까? 왜 그녀는 줄곧 애정이 담긴 언어를 구사했을까? 남자 친구를 보고 싶어 하고, 남자 친구가 자기보다 자기 여자 친구를 더 좋아할까 두려워하고, 그 남자 친구를 기쁘게 해 주려고 애쓰면서 자기 곁에서 밤을 보내도 아무도 알지 못할 거라고 그렇게도 멋진 소설 같은 이야기를 하고 나서 그처럼 단순한 기쁨을 거절하고, 또 자기에게는 전혀 기쁜 일이 아니라고 말하는 그 욕망은 도대체 무엇에 근거하는 걸까? 그래도 난 알베르틴의 품행이 그 정도로까지 단정하다고는 생각할 수 없었다. 그녀의 격렬한 몸짓에는 뭔가 남의 환심을 사려는 목적, 이를테면 자기 몸에서 불쾌한 체취가 난다고 생각해서 내 마음에 들지 않을까 봐 두려워하는 이유가 아니라면, 적어도 사랑의 현실을 너무 몰라서 내 신경쇠약이 키스를 통해 뭔가를 전염시킬지도 모른다고 여기는 그런 소심한 이유가 있었던 게 아닌지 난 스스로에게 물어보기까지 했다.

그녀는 나를 기쁘게 해 줄 수 없었던 일을 확실히 유감스럽게 생각한 모양인지 내게 금빛 연필을 주었다. 이는 당신의 친절함에 감동하면서도 그 친절함의 요구를 받아들이는 데는 동의하지 않지만, 그래도 당신을 위해 뭔가를 베풀고 싶어 하는 이들이 보이는 그런 변태적인 미덕과도 흡사했다. 다시 말해 비평가가 소설가의 기분을 좋게 해 줄 평론을 쓰는 대신 식사에 초대하거나, 공작 부인이 어느 속물을 데리고 극장에 함께 가는 대신 자기는 가지 않을 저녁의 칸막이 좌석 입장권을 보내 주는 것과도 같다. 이처럼 최소의 일만 하고 다른 일은 하지 않으려는 사람들은 그래도 양심의 가책으로 뭔가를 하지 않고는 못 배긴다! 나는 알베르틴에게, 연필을 받은 것이 무척이나 기쁘지만, 그래도 그 기쁨은 그녀가 호텔에 와서 자던 날 내게 키스를 허락함으로써 느꼈을 기쁨에 비하면 그리 크지 않다고 말했다. "그렇게 해 주었다면 난 정말이지 더없이 행복했을 거예요! 그게 당신에게 무슨 해가 되죠? 거절하다니, 난 무척이나 놀랐어요." 그녀가 대답했다. "날 놀라게 한 건, 당신이 놀랍다고 생각하는 바로 그 점이에요. 어떤 부류의 여자들과 사귀어 왔는지는 모르지만, 내 행동이 어째서 그토록 당신을 놀라게 했는지 묻고 싶답니다." "당신을 화나게 한 건 미안하지만, 지금도 난, 내가 정말로 잘못했다고는 말하지 못하겠어요. 내 의견으로는 그런 일들은 전혀 중요하지 않으며, 다른 사람 마음을 그렇게 쉽게 기쁘게 해 주는 아가씨가 어떻게 거기에 동의하지 않는지 도무지 이해가 가지 않아요. 우리, 분명히 하기로 하죠." 하고 나는 그녀와 그녀 친구들이 어떻게 여배우 레아의 여자 친구를 비난했는지를 환기하면서, 그녀의 도덕 관념에 별로 만족하지 못한다는 사실을 보여 주려고 덧붙였다. "내 말은, 젊은 여자라면 원하는 대로 뭐든지 다 할 수 있고, 이 세상에 부도덕한 짓 같은 건 하나도 없다는 의미가 아니에요. 자, 그 예로 당신이 요전에 말하던, 발베크에 사는 소녀와 여배우 사이에 있었던 관계에 대해 말해 본다면, 난 그 관계가 아주 역겹다고 생각해요. 어느 정도냐면 난 그 이야기가 소녀를 싫어하는 사람들이 지어낸 이야기라고, 전혀 사실이 아닐 거라고 생각할 정도예요. 내겐 있을 법하지도 않고 불가능해 보이는 이야기라고요. 그러나 키스를 허락하는 건, 그것도 친구에게, 당신이 스스로 친구라고 말하는 사람에게 하는 건, 뭐 그렇게……." "당신은 친구예요. 하지만 당신을 알기 전에도 다른 친구들이 있었고, 젊은 남자들과도 알고 지내는 사이였고, 당신에게 맹세하지만 그들도 모두 나에 대해 당신만큼이나 우정을 느꼈어요. 하지만 그들 가운데 감히 그런 짓을 하려고 한 사람은 아무도 없었어요. 만약 그렇게 했다면 뺨을 두 대나 맞으리라는 걸 알고 있었으니까요. 그런 짓은 꿈에도 생각하지 않았고, 우린 좋은 친구로서 솔직하게 정답게 악수만 했어요. 키스 같은 건 말한 적도 없고, 그렇다고 해서 친구가 아닌 것도 아니었어요. 자, 당신이 우정을 원한다면 이대로 만족할 줄 알아야 해요. 내가 당신을 상당히 좋아하나 봐요. 용서하는 걸 보니. 하지만 당신이 내게 관심이 없는 건 분명해요. 당신이 마음에 두고 있는 사람이 앙드레라는 걸 고백하세요. 당신이 옳아요. 앙드레가 나보다 훨씬 상냥하고, 또 아주 매력적이랍니다! 아! 남자들이란!" 최근의 실망에도 불구하고, 이런 솔직한 말들로 나는 알베르틴을 높이 평가하게 되었고, 아주 따뜻한 인상도 받았다. 어쩌면 이런 인상은 오랜 시간이 흐른 후 내게 아주 중대하고도 난처한 결과를 가져다주었는지도 모른다. 알베르틴에 대한 내 사랑의 한가운데 언제나 존속하게 될 거의 가족 같은 감정, 그 도덕적인 중심이 형성되기 시작한 것은 바로 이런 인상을 통해서였다. 이런 감정은 가장 큰 아픔의 원인이 될 수도 있다. 한 여인으로 인해 진심으로 괴로워하려면 먼저 그 여인을 완전히 믿어야 하기 때문이다. 지금은 이 도덕적인 존경과 우정의 배아(胚芽)가 내 영혼 한가운데 미래를 위한 포석마냥 그렇게 놓여 있었다. 이 배아가 이처럼 자라지 못하고, 그다음 해에도, 하물며 내 첫 번째 발베크 체류의 마지막 몇 주 동안 계속되어 무기력한 상태로 남는다면, 이 배아만으로는 내 행복에 맞설 수 있는 힘을 얻지 못했으리라. 쫓아 버리는 편이 더 신중했을 테지만, 낯선 영혼 한가운데 연약하게 고립되어 잠정적으로 어떤 해도 끼치지 않으므로 우리가 방해하지 않고 그냥 자리에 내버려 두는 손님들처럼 그 배아는 그렇게 내 안에 있었다.

내 몽상은 이제 자유로운 몸이 되어 이리저리 알베르틴의 친구들 사이로 옮겨 다녔고, 그중에서도 먼저 앙드레에게로 옮겨 갔는데, 앙드레의 친절함도 알베르틴이 알고 있다고 내가 확신하지 못했다면 그렇게 나를 감동시키지는 못했을 것이다. 물론 오래전부터 앙드레를 특별히 좋아하는 척해 왔기 때문에 이런 선호가 — 함께 이야기를 나누고 애정을 고백하는 습관에서 — 이미 준비된 사랑의 소재를 제공하는 듯했으니, 거기에 이제껏 결핍된 진실의 감정만을 추가하기만 하면 되었는데, 이제 자유를 얻은 내 마음이 그걸 제공할 수 있을 듯 보였다. 그러나 내가 진심으로 사랑하기에 앙드레는 지나치게 지적이고 예민하고 병약하며 지나치게 나와 비슷했다. 지금 내 눈에 알베르틴은 텅 비어 보이는 반면, 앙드레는 내가 너무도 잘 아는 뭔가로 채워져 있었다. 바닷가에서 그녀를 처음 보던 날, 나는 그녀가 스포츠에 열을 올리는, 육상선수의 애인쯤 될 거라고 생각했는데, 지금 그녀는 의사 지시에 따라 신경쇠약과 소화불량을 고치기 위해 운동을 시작했다며, 자기에게서 가장 행복한 시간은 조지 엘리엇*의 소설을 번역할 때라고 말했다. 사실 앙드레가 어떤 인간인지 처음 잘못 본 결과에 따라 생긴 이런 환멸은 내게 전혀 중요하지 않았다. 그러나 이 잘못이 사랑을 태어나게 하고, 또 사랑이 더 이상 바꿀 수 없는 현실이 될 때까지 잘못으로 인식되지 않는다면 이런 잘못은 고뇌의 원인이 된다. 이 잘못은 ── 내가 앙드레에 대해 저지른 것과는 다르다고 할 수 있는, 오히려 정반대되는 ── 특히 앙드레의 경우, 있는 그대로의 모습이나 태도보다는 환상을 일으키기에 충분한, 또 그렇게 되기를 바라는 모습이나 태도를 취하는 데서 기인한다. 겉모습이나 가식적인 행동, 흉내, 착한 사람이든 나쁜 사람이든 그들로부터 찬사를 받고 싶은 욕망, 바로 이런 것들이 말이나 몸짓에 거짓 꾸밈을 덧붙이는 것이다. 파렴치한 행동이나 잔인함도 어떤 선량함이나 관대함처럼 시련에 부딪히면 견디지 못한다. 자선 행위로 유명한 사람에게서 종종 허영심 많은 수전노를 발견하는 것과 마찬가지로, 방탕한 척 떠드는 그녀의 헛소리는 메살리나**를 떠올리게 했지만, 사실 그녀는 부르주아의 편견으로

---

* George Eliot(1819~1880). 영국 소설가로 뛰어난 심리 묘사와 지적이고 예술적인 고찰로 현대문학을 선도했다. 프루스트는 특히 그녀의 『플로스 강의 물방앗간』(1860)과 『미들마치』(1871~1872)를 즐겨 인용했다.(『잃어버린 시간을 찾아서』 3권 229쪽 참조).
** Messalina. 16세에 50세 로마 황제 클라디우스와 결혼하여 네로 황제의 아

가득한 정숙한 소녀였다. 나는 앙드레를 건강하고 단순한 여자로 여겼지만 실은 건강을 되찾는 중인 한 존재에 지나지 않았으며, 그녀가 건강하다고 여겼던 다른 많은 사람들처럼, 이를테면 붉은 얼굴에 하얀 플란넬 재킷을 입은 뚱뚱한 관절염 환자가 당연히 헤라클레스가 아닌 것처럼, 실제로는 건강하지 않았다. 그런데 건강하게 보이기 때문에 우리가 사랑했던 사람이 실은 그 건강을 남에게서 전해받은 병자에 지나지 않는다는 사실은, 마치 유성이 다른 유성의 빛을 받은 데 지나지 않듯, 또는 몇몇 물체가 전기를 통과하는 데 지나지 않듯, 우리 행복과 그리 무관하지 않은 경우가 있다.

어쨌든 앙드레는 로즈몽드나 지젤처럼, 아니, 그녀들 이상으로 알베르틴의 친구였고, 알베르틴의 삶을 공유하며 그 태도를 모방하고 있어, 첫날 나는 그녀들을 서로 구별조차 하지 못했다. 그 주요 매력이 바다를 배경으로 나타나는 데 있는 장미꽃 줄기와도 같은 소녀들 사이에서, 내가 그녀들을 잘 알지 못했던 시절처럼, 또 그녀들 가운데 한 소녀가 나타나면 작은 그룹이 그리 멀지 않은 곳에 있다는 사실을 알려 주어 그토록 커다란 감동을 불러일으키던 시절처럼, 똑같은 미분화의 상태가 지배했다. 지금까지도 소녀들 가운데 하나를 보는 것은 내게 큰 기쁨이었다. 그 기쁨 속에는 다른 소녀들이 연이어 그 뒤를 쫓아오리라는, 또는 조금 후면 그녀를 찾으러 올 것이라

내인 옥타비아와 브리타니쿠스를 낳았으며, 온갖 문란한 성행위를 일삼아 타락한 성을 표상하는 인물이다.

는 기쁨이 말하기 어려울 정도의 비율로 섞여 있었고, 그녀들이 오늘 오지 않아도 그녀들에 대해 이야기하는 기쁨, 그리고 내가 해변에 갔었다는 사실이 그녀들에게 알려지리라는 걸 아는 기쁨이 섞여 있었다.

이 모든 소녀들 사이에서 망설여지는 마음은, 단지 첫날의 매력에서만 아니라 그들을 진심으로 사랑하고 싶은 마음에서도 나타났다. 그처럼 소녀들 하나하나는 자연스럽게 다른 소녀의 대체물이었다. 나의 가장 큰 슬픔은 소녀들 가운데 특히 내 마음에 드는 소녀로부터 버림받았다는 점이 아니었으리라. 왜냐하면 그녀가 나를 버리면 나는 금방 이 소녀들 사이에서 불분명하게 감돌던 슬픔과 몽상 전체를 그녀에게 고정하여, 곧 그녀를 다른 어느 소녀보다도 더 좋아했을 테니까. 더욱이 이 경우, 나는 그 친구들 눈에 곧 매력을 잃을 것이 틀림없었으므로, 그녀를 통해 그녀 친구들 모두를 무의식적으로 그리워했을 것이다. 나는 소녀들에 대해 정치가나 배우 들이 대중에게 갖는 사랑, 말하자면 일종의 집단적인 사랑을 바쳤다. 그런데 그들은 그 모든 인기를 누리다가 버림을 받으면 쉽게 마음을 달래지 못한다. 그러나 나는 알베르틴에게서 얻을 수 없었던 그 애정의 표시를, 그날 저녁 내게 한 마디 말을 던지거나 모호한 눈길을 던지면서 떠나는 이런저런 소녀에게서 갑작스레 기대했고, 그 말이나 눈길 덕분에 다음 날 내내 내 욕망은 그녀를 향했다.

내 욕망은 소녀들의 변화무쌍한 얼굴에 비교적 고정된 특징이 나타나기 시작하면서부터, 또 비록 그 얼굴이 아직 변하고 있어도 우리 눈이 그 유연하고도 유동적인 형상을 구별하면서부터, 소녀들 사이를 더욱 관능적으로 배회했다. 이런 얼굴들의 차이는 각각의 이목구비가 보여 주는 길이와 넓이에 해당하는 차이와 일치하지 않았지만, 또 소녀들이 그토록 다르게 보였지만, 그럼에도 어쩌면 소녀들은 서로 포개질 수 있을 것만 같았다. 그러나 얼굴에 대한 우리의 인식은 수학적이지 않다. 우선 그 인식은 부분부터 측정하기 시작하는 게 아니라, 어떤 표정이나 전체에서 출발한다. 예를 들어 앙드레의 경우, 부드러운 눈길의 섬세함은 좁고 가느다란 코로 이어졌는데, 하나의 단순한 곡선마냥 그렇게도 가느다랗고 좁은 코는 먼저 한 쌍의 눈길에 담겨 두 미소로 나뉜 섬세함의 의도를 단 하나의 선으로 쫓아가기 위해 거기 그려진 듯했다. 또 하나의 똑같이 섬세한 선이 그녀의 머리칼 사이로, 바람이 모래사장에 고랑을 낸 듯 그렇게도 유연하고 깊게 파여 있었다. 그 선은 아마도 유전적 요인에서 온 듯, 앙드레 어머니의 하얀 머리털도 땅의 기복에 따라 높고 낮은 눈 더미처럼, 여기는 불룩하고 저기는 푹 꺼져 앙드레와 같은 모양으로 물결쳤다. 물론 앙드레 코의 섬세한 윤곽에 비하면, 로즈몽드의 코는 단단한 토대 위에 세워진 높은 탑처럼 넓은 표면을 제공하는 듯 보였다. 비록 얼굴 표정만으로도 지극히 미세한 부분들 사이에 엄청난 차이가 있음을 믿게 했지만 — 지극히 미세한 부분들 자체만으로도 절대적으로 특별한 표정과 개성을 만들었지만 — 소녀들의 얼굴이 서로에게 환원될 수 없었던 것은 그처럼 지극히 미세한 선과 독특한 표정 때문만은 아니었다. 내 여자 친구들의 얼굴에서 두드러진 것은 바로 채색의 차이였다. 그러나 이 차이는 색깔이 제공하는 여러 다양한 대조적인 색조의 아름다움에 있다기보다는 —— 그 색깔이 얼마나 대조적이었던지 유황빛 도는 장밋빛이 넘쳐흐르는 가운데 눈의 초록빛이 여전히 반짝거리는 로즈몽드와, 또 하얀 뺨이 검은 머리칼의 엄격한 기품을 반사하는 듯 보이는 앙드레 앞에서, 나는 차례차례로 햇빛 비치는 바닷가의 제라늄 꽃과 어둠 속에서 동백꽃을 보는 것과 같은 즐거움을 느꼈다. —— 특히 이런 지극히 미세한 선이 색깔이라는 새로운 요소에 의해 엄청나게 확대되면서 표면들 사이의 관계도 완전히 변한다는 데 있었다. 색깔이라는 이 새로운 요소는 얼굴빛의 분배자인 동시에 얼굴 크기의 생성자 또는 적어도 그 변경자이다. 그래서 어쩌면 별 차이 없이 구성된 얼굴들도 그 분홍빛 안색이 붉은 머리의 불길로, 또는 윤기 없는 창백한 안색이 하얀 광선에 비치느냐에 따라 길게 늘어나거나 폭이 넓어지면서 전혀 다르게 변했다. 마치 대낮에 보면 둥근 종이 고리에 지나지 않는 러시아 발레단 장식이, 박스트* 같은 천재가 연한 살구색 또는 달빛 조명

---

* 프루스트는 1910년 처음으로 댜길레프(Sergei Pavlovich Diagilev, 1872~1929)의 러시아 발레 공연을 접하는데(림스키코르사코프(Rimsky Korsakov, 1844~1908)의 「셰에라자드」) 그때의 무대 장식가가 레온 박스트(Leon Bakst, 1866~1924)였다. 박스트는 무대 배경과 의상에서 통일된 인상을 강조하여 무대 장치에 혁명을 일으킨 무대 장식가이자 화가로, 파리에서 댜길레프의 발레 「클레오파트라」, 「셰에라자드」, 「다프네와 클로에」를 통해 큰 명성을 얻었다. 또 그는 단눈치오(Gabriele D'Annunzio, 1863~1938)의 작품 「성 세바스티안의 순교」 무대장치를 맡기도 했는데 프루스트도 이 공연을 관람했다.

에 무대를 잠기게 하면, 궁전 정면에 단단히 박힌 터키 구슬이나 정원 한가운데 부드럽게 피어난 벵골장미*처럼 보이듯이. 이렇게 얼굴을 의식하면서부터 우리는 측량가가 아닌 화가로서 얼굴을 측정한다.

알베르틴의 얼굴도 친구들의 얼굴과 같았다. 때로는 가녀린 잿빛 안색에 침울한 표정을 지으며, 때로 바다가 그러하듯, 보랏빛 투명함이 눈동자 깊숙한 곳으로부터 비스듬히 내려와 마치 유형에 처한 자의 슬픔을 맛보는 듯 보였다. 또 어떤 날은 보다 매끄러운 얼굴이 바니시를 칠한 표면에 욕망을 엉기게 하여 더 이상 욕망이 들어가지 못하게 했다. 그렇지만 그녀 얼굴을 살짝 옆에서 바라보면, 하얀 밀랍처럼 윤기 없던 두 뺨이 너무도 투명한 분홍빛으로 보여 그 뺨에 키스하고 싶고 빠져나가는 다른 빛깔도 붙잡고 싶었다. 또 어떤 때는 행복이 그토록 변화가 많은 빛으로 두 뺨을 적셔 액체마냥 투명해진 살갗은 피부 밑 눈길 같은 걸 통과시키는 듯 다른 빛깔로 보였지만, 그렇다고 해서 눈과 다른 물질로 만들어진 것처럼 보이지는 않았다. 아무 생각 없이 작은 갈색 점이 점점이 난 그녀 얼굴을 바라보노라면, 때로 거기에는 다른 점보다 더 푸른 두 반점이 떠다녔는데, 방울새의 알 같기도 하고 또 어떻게 보면 갈색 원석을 두 곳에서만 닦아 세공한 유광 마노인 양 하늘색 나비의 투명한 두 날개처럼 반짝거렸으며, 눈 속 상은 거울이 되

---

* 장미과의 한 종류로, 원산지가 중국인 로사 키넨시스(Rosa chinensis) 또는 월계화이다.

어 몸의 다른 어떤 부분보다도 우리를 영혼에 더 가까워지게 하는 듯한 환상을 심어 주었다. 그러나 보다 자주 그녀는 더 많은 색깔로 채색되어서 더욱 생기가 넘쳤다. 이따금 그녀의 하얀 얼굴에서 코끝만 붉어져 그 섬세한 모양이, 같이 놀고 싶은 고양이의 작고 앙증맞은 코같아 보이기도 했다. 때로는 두 뺨이 너무도 매끄러워 우리 시선은 마치 미세화를 바라보듯 그 분홍빛 에나멜 위를 미끄러져 가면서 포개진 검은 머리칼 덮개 아래로 살짝 드러난 분홍빛 살을 보다 섬세하고 보다 내밀하게 만들었다. 두 뺨의 안색이 시클라멘처럼 보랏빛 감도는 분홍빛이 될 때도 있었고, 충혈되거나 열이 있는 안색이 병약한 체질이라는 인상을 풍기면서 내 욕망을 뭔가 보다 육감적인 것으로 끌어내릴 때도 있었으며, 그녀의 시선에 뭔가 보다 변태적이고 건전하지 못한 빛을, 어떤 장미의 어두운 자줏빛 같은 거의 검붉은 빛을 띠게 할 때도 있었다. 이처럼 알베르틴의 모습 각각은, 마치 다양하게 빛나는 영사기 조명에 따라 색깔이나 모양, 성격이 무수히 바뀌는 어느 발레리나의 출현처럼 완전히 다르게 보였다. 아마도 훗날 내가 어떤 알베르틴을 생각하느냐에 따라 나 자신이 다른 인물로 변하는 습관을 가지게 된 것도, 어쩌면 이 무렵 내가 그녀 안에서 관조한 그토록 다양한 모습 때문이었으리라. 질투하는 사람, 무관심한 사람, 관능적인 사람, 우울한 사람, 분노하는 사람은 우연히 되살아난 추억뿐 아니라, 같은 추억이라도 내가 음미하는 방법에 따라 거기 삽입된 믿음의 힘에 의해 다양하게 재창조되었다. 내가 돌아가야 했던 것은 항상 이 지점, 바로 이런 믿음이었으며, 이 믿음은 거의 언제나 우리가 의식하지 못하는 사이에 우리 영혼을 채우는 데다가, 우리 행복의 관점에서 보면 현재 우리가 만나는 이런저런 존재보다 훨씬 중요하다. 왜냐하면 우리는 바로 이런 믿음을 통해 그 존재를 보며 이 믿음이 현재 우리가 보는 존재에 일시적인 중요성을 전하기 때문이다. 정확히 말하면 그 후 나는 알베르틴을 생각했던 각각의 내 자아에 다른 이름을 붙여야 했다. 아니, 차라리 내 앞에 결코 같은 모습으로 나타나지 않은 각각의 알베르틴에게 다른 이름을 붙여야 했는데, 마치 연이어 나타나면서도 한 번도 같았던 적이 없는 바다인 듯, — 단순히 내 편의를 위해 그냥 바다라고 부르는 — 그런 바다 앞에 또 다른 님프인 알베르틴이 뚜렷이 그 모습을 드러냈다. 하지만 특히 — 하나의 이야기에서 이런저런 날의 날씨가 어떠하다고 말하는 것과 같은 방법으로, 아니, 소녀들이 나타날 때마다 내 마음을 지배하는 심리적 상태를 말하는 것이 보다 중요하기에 훨씬 유용한 방법으로 — 난 알베르틴이 나타날 때마다 내 마음을 지배하던 믿음에 이름을 붙여야 했고, 그것으로 거의 보일 듯 말 듯한 구름에 따라 달라지는 바다의 모습마냥 존재들의 분위기나 모습을 만들었다. 농밀함과 움직임, 그리고 흩어짐과 사라짐에 따라 사물의 색깔을 변하게 하는 구름은 — 어느 날 저녁 엘스티르가 걸음을 멈추고 소녀들과 함께 있으면서도 나를 소개해 주지 않아 찢어진 듯 보였지만, 소녀들이 내 곁에서 멀어지자 그 이미지는 홀연 더 아름답게 보였으며 — 며칠 후 소녀들과 아는 사이가 되었을 때는 다시 돌아와 소녀들의 광채를 가리면서 자주 소녀들과 내 눈 사이에, 마치 베르길리우스의 레우코테아*마냥 불투명하고도 부드러운 모습으로 끼어들었다.

물론 소녀들의 얼굴은, 얼굴 읽는 방법이 소녀들의 말을 통해 어느 정도 내게 알려진 후부터는 그 의미가 달라졌다. 내게 이토록 중요한 의미가 있는 말은, 마치 대조와 검사를 통해 자신의 가정을 확인해 보는 어느 실험가처럼, 내가 질문을 통해 마음대로 유발하고 다양하게 만들어 놓은 것인 만큼 나는 거기에 보다 많은 가치를 부여할 수 있었다. 요컨대 이것은 실존의 문제를 해결하는 또 하나의 방법으로, 멀리서 볼 때는 그토록 아름답고 신비롭던 존재와 사물이 실은 신비롭지도 아름답지도 않다는 걸 깨달을 만큼 충분히 가까이 다가가는 방법이다. 이것은 우리가 택할 수 있는 건강법 중 하나로, 그다지 추천할 만한 방법은 아니지만 삶을 영위하는 데 있어 어느 정도의 안정감을 주며, 또한 ── 우리가 최고 경지에 도달했으며, 이 최고 경지도 별게 아니라고 설득하면서 아무런 미련도 가지지 않게 하여 ── 우리를 체념하게 하고 죽음을 받아들이게 한다.

나는 이 소녀들의 머릿속에 든 순결에 대한 경멸과 일상적

---

* 베르길리우스(Vergillius, 기원전 70~기원전 19)의 「아이네이스」에 따르면, 카드모스의 딸인 이노는 헤라의 분노 때문에 바다에 뛰어들었는데, 이를 불쌍히 여긴 신들이 그녀를 레우코테아(Leucothea, '하얀 여신' 또는 '물거품의 여신'이란 뜻)라고 명명했다고 한다. 난파선을 구하는 힘을 가진 여신으로 알려졌다.

인 바람기의 추억을 대신 정숙함의 원칙들로 바꾸었다. 소녀들이 어린 시절부터 부르주아 환경에서 물려받은 이 원칙은 잠시 흔들릴 수는 있었겠지만 이제껏 모든 탈선으로부터 그녀들을 보호해 주었다. 그런데 우리는 아무리 하찮은 것이라 할지라도 처음부터 잘못 생각했을 경우, 가정 또는 추억의 착오가 악의적인 험담을 한 주범이나 뭔가를 잃어버린 장소를 틀린 방향에서 찾게 할 경우, 자신의 잘못을 발견해도 그 잘못을 진실로 바꾸지 않고 또 다른 잘못으로 대체하곤 한다. 소녀들의 생활 방식과 소녀들을 대하는 내 행동으로 말하자면, 그녀들과 친근하게 담소를 나누면서도 나는 그 얼굴에서 '순진함'이라는 단어를 읽고 거기서 끌어낼 수 있는 모든 효과를 끌어내고 있었다. 그러나 너무 빨리 판독할 때 오류를 범하는 것처럼 어쩌면 너무 경솔하게 그 단어를 읽은 탓인지 순결이라는 단어는 거기 쓰여 있지 않았다. 이는 마치 내가 라 베르마를 처음 들었던 날, 낮 공연 프로그램에 쥘 페리*라는 이름이 없는데도 개막극을 쓴 사람이 틀림없이 쥘 페리라고 노르푸아 씨에게 주장하는 데 방해가 되지 않았던 것과도 같았다.

작은 무리의 친구들 가운데 누구든지, 내가 가장 마지막으로 본 얼굴이 내가 기억하는 유일한 얼굴이 아닌 이유는, 바로 우리 지성이 어떤 사람에 대한 추억에서 우리 일상과 관련

---

* Jule Ferry(1832~1893). 프랑스 정치가로 제3공화정 초기에 두 차례나 총리를 지냈으며(1880~1883) 반교권적인 교육 정책을 실시했고 프랑스의 식민지 확장에 기여했다.

된 요소들 중 즉각적으로 유용하지 않은 요소를 모두 제거하기 때문이 아닐까?(특히 이 관계가 사랑의 요소로 적셔진다면, 사랑이란 결코 충족되지 않는 법이므로, 항상 이렇게 충족되기만을 기다리며 사는 경우에는 특히 그렇다.) 이 유용성은 지나온 날들의 사슬이 풀리도록 내버려 두고, 어둠과 우리 삶을 관통하는 여행 도중에 사라진 사슬의 고리와는 다른 금속의 맨 끝자락만을 종종 붙들면서, 현재 우리가 있는 고장만을 현실로 여기기 때문이다. 나의 첫 인상은 이미 너무 멀리 가 있어, 소녀들이 날마다 변해 가는 모습에 맞서기 위해 나는 내 기억에 도움을 청할 수 없었다. 소녀들과 함께 이야기를 하고 간식을 먹으며 놀던 그 긴 시간 중에도, 나는 그녀들이 벽화에서처럼 열 지어 바다 앞을 지나가던 그 비정하고도 육감적인 처녀들과 같은 인물이라는 사실조차 기억하지 못했다.

지리학자나 고고학자 들은 칼립소가 사는 섬으로 우리를 데려가기도 하고, 미노스의 궁전을 발굴하기도 한다. 다만 칼립소는 한 여인에 지나지 않으며, 미노스도 신성이라고는 전혀 찾아볼 수 없는 한낱 왕에 불과하다.* 비록 역사를 통해 극

---

* 칼립소(Calypso)는 그리스 신화에서 트로이 전쟁이 끝난 후 배를 타고 귀향길에 오른 오디세우스가 폭풍우로 피신한 섬에서 칠 년 동안 함께 살았던 요정이다. 미노스 궁전은 지중해 크레타 섬의 크노소스에 있던 고대 왕국 궁전으로, 1900년 영국의 고고학자 존 에번스(Sir Arthu John Evans, 1851~1941)가 발굴했다. 미노스는 바로 이 크레타 섬의 왕으로 처음에는 입법자였지만 사후에는 지옥의 재판관이 된다. 하지만 칼립소가 사랑에 빠지면서 신성을 잃었듯이, 미노스도 아내를 사랑하는 동안은 평범한 왕에 지나지 않았다는 사실을 환기한다.

히 현실적인 인물의 전유물이었다고 배운 장점이나 단점도, 이들과 이름이 같은 전설적인 인물에게 우리가 부여하는 장점과 단점과는 종종 다른 경우가 있다. 이렇게 내가 소녀들과 처음 만났던 나날에 구상했던 그 고상한 해양 신화가 사라져 버렸다. 하지만 적어도 가끔은 우리가 욕망하던 사람에 대해, 다가갈 수 없는 사람이라고 느끼면서도 그 사람과 더불어 친밀한 시간을 보내는 일이 무의미한 것만은 아니다. 그러나 처음 불쾌하게 생각했던 사람들과의 교제에서는 그들 옆에서 마침내 맛보게 되는 인위적인 기쁨 가운데서조차도 여전히 그들이 숨기는 데 성공한 결점의 쓰디쓴 맛은 남는 법이다. 그러나 내가 알베르틴과 그 친구들과 맺었던 관계에서 그 근원에 있던 참된 기쁨은, 억지로 익힌 과일이나 햇볕에 여물지 않은 포도 등 어떤 인공적인 기술로도 주지 못하는 그런 향기를 남겼다. 소녀들이 한순간 내게 초자연적인 존재였다는 사실은 나도 모르는 사이에 그녀들과 가졌던 지극히 평범한 관계에 어떤 경이로움을 부여했고, 아니, 보다 정확히 말해 전혀 평범한 관계가 되지 않도록 보호해 주었다. 첫날 마치 다른 우주의 광선처럼 내 시선과 마주쳤던, 그러나 지금은 나를 알아보고 내게 미소 짓는 그 눈의 의미를, 내 욕망은 더없이 탐욕스럽게 탐색했으며, 해안 절벽 위에 비스듬히 드러누운 내게 단지 샌드위치를 건네거나 혹은 수수께끼 놀이를 하던 소녀들의 살갗에서 내 욕망은 그 색깔과 향기를 더없이 폭넓고 세밀하게 배분했으며, 내가 오후에 종종 몸을 길게 뻗을 때면 마치 현대인의 삶에서 고대의 위대함을 찾으려고 어느 발톱 깎는 여인에게 「가시 뽑는 소년」*의 고귀함을 부여한 화가들처럼, 또는 루벤스 같은 이들이 신화적 장면을 그리기 위해 자기가 평소에 알던 여인들로 여신을 만들었듯이,** 나는 내 주위 풀밭에 흩어진 그토록 대조적인 유형의 아름다운 갈색과 금빛 육체들을 바라보면서, 일상적인 체험의 하찮은 내용물들로 채운 육체를 어쩌면 비우지 않은 채, 그렇다고 해서 일부러 그들의 천상의 기원도 떠올리지 않으면서, 마치 헤라클레스나 텔레마코스***마냥 님프들 한가운데서 놀고 있었다.

그러면서 연주회 시즌이 끝났고 날씨가 나빠지자 내 친구들은 모두 제비마냥 함께 떠나지는 않았지만, 같은 주에 발베크를 떠났다. 알베르틴이 갑자기 먼저 가 버렸는데, 그녀를 불

---

* 로마의 카피톨리노 미술관에 있는 청동상으로 헬레니즘 시대 작품으로 간주된다. '발톱 깎는 여인'은 에드가 드가(Edgar Degas, 1834~1917)의 몇몇 파스텔화를 암시하는데, 프루스트는 1913년 가브리엘 아스트뤽(Gabreil Astruc)에게 보낸 편지에서 "정말로 고대적인 것, 현대 예술에서 「가시 뽑는 소년」과 동등한 작품은, 고대를 흉내 내는 아카데믹한 그림이 아니라, 발톱이나 발의 살을 잡아당기는 드가의 현대적인 여인이라고 할 수 있습니다."라고 썼다.(『소녀들』, 폴리오, 562쪽 참조.)
** 루벤스는 그리스 신화를 모티프로 그림을 많이 그렸는데, 특히 그의 대표작이라 할 수 있는 파리 뤽상부르 궁전에 있는 21면의 연작 벽화 「마리 드 메디치의 생애」에는 많은 여신들이 등장한다. 이러한 연작 중 하나인 「마리 드 메디치의 교육」에는 헤라와 아테네, 카리테스 여신 셋이 나온다. 또 그의 「베누스에 봉헌」에는 아내인 엘렌 푸르망(Hélène Fourment)이 직접 등장하기도 한다.
*** 아버지 오디세우스가 트로이 원정에서 돌아오지 않자 아테네 여신의 도움을 받아 아버지를 찾아 떠나는 인물이다. 텔레마코스의 의미는 '멀리 떨어져 있는 싸움꾼'으로, 트로이 전쟁에 참가하지 못한 것을 빗대어 지은 이름으로 풀이된다.(『잃어버린 시간을 찾아서』 3권 51쪽 주석 참조.)

러들일 만한 공부도 기분 전환거리도 없는 파리로 어째서 그
녀가 그렇게 갑자기 돌아갔는지, 그때에도 나중에도 친구들
은 알지 못했다. "알베르틴은 이런저런 말도 없이 떠났대요."
하고 프랑수아즈가 투덜댔는데, 이번 경우에는 우리도 그렇
게 해 주었으면 하고 바라는 눈치였다. 그녀는 이전보다 수가
많이 줄어들긴 했지만, 얼마 안 되는 손님들 때문에 붙잡힌 종
업원들에 대해서나 '돈을 괜히 낭비하는' 지배인에 대해서도
우리가 무례를 범하고 있다고 생각했다. 사실 오래전부터 거
의 모든 사람들이 떠난 호텔은 곧 문을 닫으려 하고 있었다.
이처럼 호텔이 쾌적한 적도 없었다. 그러나 지배인의 생각은
달랐다. 그는 하인 한 명도 문 앞에서 지키지 않는 객실을 따
라 복도를 돌아다니면서, 새 프록코트를 입고, 미용사가 얼마
나 공들였는지 마치 살갗의 한 부분을 세 가지 화장품으로 버
무려 놓은 듯한 밋밋한 얼굴로 넥타이를 수없이 고쳐 맸다.(이
렇게 멋을 부리는 게 난방을 하거나 직원을 그대로 유지하는 것보다
는 싸게 먹혔는데, 예컨대 자선사업에 더 이상 10만 프랑을 낼 수 없
는 사람이 전보를 가져다준 배달부에게 사례로 100수*를 주면서 그
저 그런대로 관대한 척해 보이는 것과도 같다.) 그는 허무를 감시
하는 듯했으며, 그 자신의 훌륭한 옷차림 덕분에 좋은 시절이
지나간 호텔에서 느껴지는 비참함이 일시적인 모양에 지나지
않는다는 듯, 마치 오래전 자신의 궁전이었다가 지금은 폐허
가 된 곳을 떠나지 않으려고 다시 돌아오는 왕의 유령인 듯했

---

* 프랑스의 옛 동전으로 1수는 5상팀이며, 따라서 100수는 5프랑에 해당한다.

다. 여행자들이 별로 없어 지방 열차가 다음 봄까지 운행을 중단했을 때 지배인은 특히 불만을 표했다. "이곳에 부족한 것은 충격 수단(moyen de commotion)이죠."* 그는 호텔이 적자를 기록했음에도 다음 해를 위해 거창한 계획을 세웠다. 그리고 호텔 운영에 관계되거나 그 중요성을 찬양하는 목적인 일에 대해서는 정확하게 미사여구를 구사할 줄 알았다. 그는 이렇게 말했다. "절 보좌해 주는 사람이 충분치 않았나 봅니다. 뭐 주방에 좋은 군대를 두었긴 합니다만, 병사들이 좀 부족합니다. 내년에 제가 어떤 보병들을 모집할지 두고 보십시오." 그동안 BCB ** 열차의 운행이 중단되어, 지배인은 편지를 찾으러 사람을 보내거나 이따금 여행자들을 이륜마차로 데리고 오지 않으면 안 되었다. 그래서 나는 자주 마차꾼 옆에 태워 달라고 부탁했고, 그 때문에 콩브레에서 지낸 겨울처럼 어떤 날씨에도 산책할 수 있었다.

그렇지만 때로는 지나치게 휘몰아치는 폭우가 할머니와 나를 호텔에 붙잡아 두었다. 카지노는 닫혔고, 호텔 방들은 바람 부는 날 선창 바닥처럼 거의 비어 있었다. 그러자 석 달 동안 함께 있었으면서도 서로 모른 채 지내 온 옆방 사람들, 즉 렌의 법원장과 캉의 변호사 협회 회장, 아메리카 태생 부인과 그 딸들 가운데 매번 새로운 사람이, 마치 항해 중일 때처럼

---

* 지배인의 말실수로, '운송 수단(moyen de locomotion)'이란 표현을 써야 할 자리에 '충격 수단(moyen de commotion)'이라고 했다.
** 무엇의 약자인지는 아직 알려지지 않았지만 발베크를 이어 주는 작은 열차의 약자로 추정된다.

우리를 찾아와서는 대화를 나누고, 뭔가 시간이 덜 지루하게 느껴지는 방법을 생각해 내고, 숨겨진 재능을 보이거나 놀이를 가르쳐 주고, 차 마시러 오라고 초대하고, 연주를 하고, 정해진 시각에 모여 우리에게 기쁨을 주는 진짜 비결인 오락거리를 함께 고안해 냈는데, 이는 기쁨 자체를 열망한다기보다는 단지 서로 도우며 이 지루한 시간을 보내자는 목적이었다. 내일이면 차례로 출발하여 중단되고 말 친교를 우리는 체류 마지막에 가서야 드디어 맺게 되었다. 나는 부자 청년과 그의 두 귀족 친구 중 한 사람, 그리고 며칠 묵으러 다시 돌아온 여배우와도 사귀었다. 이 작은 사교 모임은 부자 청년의 다른 한 친구가 파리로 돌아가는 바람에 세 명으로 구성되었다. 그들은 내게 레스토랑에 가서 같이 저녁 식사를 하자고 했다. 지금 생각해 보니 초대에 응하지 않는 편이 그들에게는 더 좋았을 것 같다. 그들은 매우 다정하게 나를 초대했고 ── 다른 사람은 단지 손님에 지나지 않았으므로 실은 부자 청년의 초대였다. ── 그가 데려온 친구도 모리스 드 보데몽 후작이라는 상당한 가문 출신이었기에, 여배우는 본능적으로 내게 함께 가지 않겠느냐고 물으면서 내 비위를 맞추려는 듯 이렇게 덧붙였다.

"당신이 오면 모리스가 무척 기뻐할 거예요."

그리고 로비에서 내가 세 사람을 만났을 때, 부자 청년은 뒤로 물러선 채 보데몽 씨가 말했다.

"우리와 함께 식사를 하시지 않겠습니까?"

요컨대 발베크에서의 생활을 얼마 누리지 못했던 만큼 나는 더욱 이곳에 다시 오고 싶었다. 이곳에서의 시간이 너무 짧게 느껴졌다. 그러나 내 친구들의 생각은 달라서, 그들은 내게 발베크에서 영원히 살 생각인지 편지로 물어 왔다. 그래서 그들이 봉투 위에 적어야 했던 발베크라는 이름을 보면서, 내 방 창문이 들판이나 거리가 아닌 바다라는 들판에 면했으며, 잠들기 전에 쪽배인 양 내 수면을 바다의 웅성거림에 맡기고는 밤새도록 그 소리를 들었으므로, 이 파도와 더불어 보낸 잠거생활이, 마치 졸면서 배우는 학과처럼, 파도의 매력에 대한 관념을 나도 모르는 사이에 물질적으로 내 몸속에 스며들게 했을 거라는 환상을 심어 주었다.

지배인은 내년에 더 좋은 방을 준비하겠다고 말했지만, 이제 나는 내 방을 좋아했고, 방에 들어갈 때도 쇠풀 냄새가 더 이상 느껴지지 않았으며, 예전에는 높게만 느껴져 천장에 닿기 힘겨워하던 내 생각도 지금은 정확하게 방 높이에 맞춰졌으므로, 파리에 돌아가 천장이 낮은 내 방에 눕게 되면 이와 반대되는 조치를 취할 필요가 있었다.*

사실 발베크를 떠나야 했다. 벽난로와 난방장치가 없는 이 호텔에 오래 머무르기에는 추위와 습기가 너무 깊이 파고들었다. 게다가 이 마지막 몇 주 동안의 일들을 나는 거의 금방 잊었다. 발베크를 생각할 때면 거의 변함없이 떠오르는 모습은, 화창한 계절에는 오후마다 알베르틴과 그녀의 친구들과

---

* 「스완네 집 쪽으로」 서두에서 화자는 자신이 머물렀던 방들을 회상하는데, 특히 발베크의 높은 천장과 쇠풀 냄새를 떠올린다.(『잃어버린 시간을 찾아서』 1권 24쪽 참조.)

함께 외출해야 했으므로, 할머니가 의사의 명령에 따라 아침마다 나를 억지로 어둠 속에 잠들게 한 그 순간들이었다. 지배인은 내가 있는 층에서는 소음을 내지 않도록 명령했고, 그 명령이 잘 지켜지는지 몸소 감시하러 왔다. 햇빛이 너무 눈부셔 첫날 저녁 그토록 내게 적대감을 내뿜던 커다란 보랏빛 커튼을 나는 그대로 닫은 채 두었다. 하지만 프랑수아즈가 저녁마다 햇빛이 들어오지 못하게 자신만이 풀 수 있는 핀으로 커튼이나 담요, 붉은 면직 탁자 덮개, 또는 여기저기서 주워 모은 천들을 고정했는데도 정확하게 틈새를 다 메우지 못해 방의 어둠이 완전하지 못한 가운데, 아네모네의 진홍빛 꽃잎이 뜯긴 듯 여기저기 양탄자 위에 뿌려져 그 꽃잎 사이로 벗은 발을 잠시라도 내딛지 않고는 못 배겼다. 창문 맞은편 벽에는 부분적으로 빛이 비치면서 어떤 것으로도 떠받쳐지지 않은 금빛 원기둥이 수직으로 놓이더니 마치 사막에서 히브리인을 앞장섰던 불기둥*마냥 천천히 움직였다. 나는 다시 잠자리에 들었다. 아침이 내게 권하는 놀이, 해수욕, 걷기의 즐거움을 오로지 상상력을 통해서만 전부 동시에 꼼짝하지 않은 채로 맛보아야 했던 나는, 마치 꼼짝하지 않으면서도 한창 작업 중인 기계가 제자리에서 빙글빙글 돌며 속도를 내듯, 그 기쁨에 내 가슴이 요란하게 고동치는 것이었다.

내 친구들이 방파제에 있다는 건 알았지만 눈으로 볼 수는

---

* 모세가 히브리인들을 이끌고 이집트에서 나와 광야를 헤맬 때 히브리인들을 인도해 준 불기둥을 가리킨다.(「출애굽기」 13장 21절)

없었다. 그동안 소녀들은 바다의 고르지 못한 사슬고리 앞을 지나가고 있었고, 바다 멀리 저편에는 이탈리아의 어느 작은 마을처럼 푸르스름한 바다 봉오리 한가운데 새인 양 앉아 있는 작은 도시 리브벨이 이따금 날씨가 갤 때면, 태양으로 아주 미세하게 재단되어 그 모습을 드러냈다. 친구들 모습은 보이지 않았지만(프랑수아즈가 '신문기자'라고 부르는 신문팔이의 외침과 해수욕하는 사람들, 또 노는 아이들 소리가 바닷새의 지저귐마냥 부드럽게 부서지는 파도 소리에 점철되어 내 방 전망대까지 올라오는 동안) 난 그녀들의 존재를 짐작할 수 있었고, 곧 네레이드의 웃음마냥 잔잔한 물결 소리에 휩싸여 내 귀까지 올라오는 웃음소리가 들렸다. "우리는 계속 바라보았어요." 하고 알베르틴이 저녁이 되자 말했다. "당신이 내려오지 않나 하고요. 하지만 당신 방 덧문은 연주회 시간까지도 닫혀 있었어요." 사실 10시가 되면 내 방 창 너머로 음악이 터져 나왔다. 악기들 사이로, 만일 바다가 만조라면, 연이어 흐르는 물결 소리가 미끄러지듯 흘러나오면서 크리스털 소용돌이 속에 바이올린 선율을 감싸는 듯했고, 해저 음악의 간헐적인 메아리 위로 그 거품을 분출하는 듯했다. 나는 옷을 입고 싶었지만 아직 옷을 가져오지 않아 마음이 초조해졌다. 정오가 울리고 드디어 프랑수아즈가 들어왔다. 그리고 몇 달 동안, 폭풍우가 휘몰아치고 안개 속에 파묻힌 모습을 상상하며 그토록 오고 싶었던 이 발베크에서 화창한 날씨가 얼마나 눈부시게 지속되었는지, 프랑수아즈가 창문을 열러 올 때면, 창문 밖 모서리에서는 한결같은 빛깔로 접힌 똑같은 햇빛 조각이 어김없이 발견되었으나 그 조각은 윤기 없는 가짜 칠보의 빛깔보다 더 우중충해 보여 여름의 표시로서는 그다지 감동을 주지 못했다. 그러다 창문 위쪽 채광창에서 프랑수아즈가 핀을 뽑고 덮개를 걷어 내며 커튼을 당기면서 열어젖히는 여름날은, 우리 늙은 하녀가 내 눈에 드러내기 전에 감싸고 있던 천 조각들을 조심스럽게 풀어 헤치는 그 수천 년 지난 화려한 미라의 향기로운 황금빛 옷처럼 기억 속에서 사라지는 듯 그토록 아득해 보였다.*

2편 「꽃핀 소녀들의 그늘에서」 끝

3편 「게르망트 쪽」에서 계속

---

* 이 마지막 부분은 「스완」과 대칭을 이룬다. 잠에서 깨어난 화자가 불안한 마음으로 방 가구들을 하나씩 지각하면서 의식 세계로 돌아오는 소설 서두에 비해, 프랑수아즈에 의한 이 아침의 기상은 찬연한 황금빛 밝음과 행복한 어조 속에 이루어진다.(『소녀들』, 폴리오, 서문 23쪽 참조.)

작품 해설

1 작가의 꿈을 이루어 가는 이야기

1909년부터 1912년까지 비교적 짧은 시간에 『잃어버린 시간을 찾아서』의 전체적인 구상과 집필을 마친('마음의 불연속성'이라는 전체 제목 아래 「잃어버린 시간」과 「되찾은 시간」으로 구성된) 프루스트는 1912년 출판사를 찾아 나선다. 그러나 잠에서 깨어난 주인공이 자신이 누구인지를 깨닫기 위해 예전에 보냈던 방들을 환기하는 장면으로 시작되는 작품의 첫머리를 잘 이해하지 못했던 출판사들은 대부분 출판을 거절했고(앙드레 지드가 관여하던 갈리마르 출판사를 포함하여) 출판사를 찾는 데 실패한 프루스트에게 1913년 3월 신생 출판사였던 그라세 출판사가 자비출판을 조건으로 출판을 수락하면서 작품은 빛을 보게 된다. 그러나 800여 쪽(타이핑한 분량은 712쪽)이나 되는 1편의 분량을 한 권으로 묶을 수 없다는 출판사의 요청에 따라 작품 권수는 처음 계획했던 두 권에서 세 권으로 늘어나게 된다. 따라서 1913년 11월 『잃어버린 시간을 찾아서』란 전체 제목 아래 1편 「스완네 집 쪽으로」가 출판되었을 때 예고되었던 작품은 2편 「게르망트 쪽」과 3편 「되찾은 시간」이었다. 그러나 1차 세계 대전의 발발로 출판이 지연되면서 「게르망트 쪽」에 포함될 예정이었던 부분과 「되찾은 시간」의 한 부분으로 계획되었던 '꽃핀 소녀들의 그늘에서'를 발전시키고 알베르틴에 관한 부분을 추가 집필함으로써 오늘날 우리가 읽는 「꽃핀 소녀들의 그늘에서」(1919년)가 탄생한다.

이처럼 「꽃핀 소녀들의 그늘에서」는 뒤늦게 빛을 본 작품에 속하지만 작품 제목만은 이미 오래전에 구상된 것처럼 보인다. 1908년 여름 노르망디의 카부르 해변에서 프루스트의 친구인 마르셀 플랑트비뉴(Marcel Plantevignes)는 프루스트가 구상하는 작품의 한 제목으로 '꽃핀 소녀들의 그늘에서'를 쓸 것을 제안했다고 한다. '조금은 양재사들이 읽는 연재소설' 같은 인상을 줄 수도 있지만 그래도 무척이나 시적인 제목이라는 플랑트비뉴의 의견에 프루스트도 공감했는지 「되찾은 시간」에서 한 부의 이름으로 쓰려고 계획했을 정도였다. 꽃과 그늘의 대조를 함축하는 '꽃핀 소녀들의 그늘에서'는, 지금은 활짝 핀 소녀들이지만 어느 날엔간 시들고 늙어 망각으로 추락할 존재라는 점에서 이 작품의 중요한 '시간'이라는 주제를 드러내며, 더 나아가 밝음과 어둠이라는 명암 대비와 시간의 흐름 속에 포착된 덧없는 이미지의 구현이라는 인상파의 미학에도 부합된다는 점에서 가장 시적이고 예술적인 함의가 담긴 제목으로 평가된다. 이외에도 보들레르의 「악의 꽃」(「소녀들」에서 다섯 번이나 인용된다.)과 바그너의 「파르시팔」에 나오는 '꽃의 소녀들', 네르발의 「불의 소녀들」에 대한 기억이 문화적 지시물로 작용한다.[*]

그러나 이처럼 복합적인 집필 과정을 거친 데 반해 작품 주제는 비교적 일관된 흐름을 이어 간다. 『잃어버린 시간을 찾아서』의 줄거리가 대략적으로 '마르셀, 작가가 되다'라는 문학적 소명 이야기로 압축된다면, 특히 「꽃핀 소녀들의 그늘에서」는 이런 소명 의식을 고취하는 세 예술가 중 작가인 베르고트와 화가인 엘스티르를 소설 전면에 부각함으로써 작가의 꿈이 이루어져 가는 과정을 형상화한다. 전체 두 부로 구성된 작품 중 1부인 「스완 부인의 주변」에서 화자는 베르고트라는 문학적 스승과의 만남을 통해 작가의 삶과 작품의 관계에 대한 질문을 제기하면서 무엇을 쓸 것인가에 대한 성찰을 개진하고, 2부에서는 엘스티르라는 한 인상파 화가와의 만남을 통해 어떻게 쓸 것인가에 대해 모색한다. 여기에 1부의 배경인 파리의 겨울 풍경과 2부의 배경인 발베크의 여름 풍경이, 또 그 각각의 공간에 소년기의 사랑과 청년기의 사랑이 겹치면서 삶에 대한 구체적인 배움이 이루어져 가는 과정을 보여 준다. 1편 「스완네 집 쪽으로」가 마르셀의 유년 시절 추억과 할

---

[*] Pierre-Louis Rey, *A l'ombre des jeunes filles en fleurs*, Editions Slatkine, 1983, 14~18쪽 참조.

아버지 친구였던 스완의 불행한 사랑을 얘기했다면, 이제 마르셀의 삶이 본격적으로 시작되는 「꽃핀 소녀들의 그늘에서」는 질베르트와 알베르틴에 대한 사랑과 베르고트와 엘스티르라는 두 정신적 스승의 가르침에 따라 문학에 대한 꿈이 구체화되어 가는 행복한 가능성의 공간으로 그려진다. 작품의 이런 행복한 어조는 『잃어버린 시간을 찾아서』를 구성하는 작품 중에서도 가장 즉각적인 반응을 일으켜, 「꽃핀 소녀들의 그늘에서」는 출간되자마자(1919년 6월) 같은 해 12월에 '공쿠르상'을 받는다.

2 베르고트와 삶의 글쓰기

「꽃핀 소녀들의 그늘에서」는 아버지가 노르푸아라는 외교관을 집에 초대하는 사건으로부터 시작된다. 어린 화자는 마르탱빌 종탑을 바라보며 또는 베르고트의 책을 읽으며 또는 게르망트 쪽을 산책하며 글을 쓰고 싶다는 강렬한 욕망을 느낀다. 그러나 아들이 작가가 되겠다는 소망을 별로 탐탁지 않게 여겼던 아버지는 아들이 외교관이 되어 화려한 삶을 살기를 바라면서 전직 대사였던 노르푸아 후작을 집에 초대한다. 왕당파 내각에서 대사로 일했고, 이후 급진파 내각에서도 수많은 국제 조정 업무를 맡았던 뛰어난 수완가인 노르푸아는 젊은 외교관들의 무례한 언행에 실망했는지 아버지의 바람과 달리 작가가 돼도 외교관 못지않은 명성과 부를 누릴 수 있다고 단언하여 아버지를 놀라게 한다. 노르푸아의 이런 발언은 문학을 다른 무엇보다도 출세와 명예의 수단으로 생각하는 지식인들, 보다 구체적으로는 작가라는 경력을 단순히 한림원 회원이 되기 위한 수단으로만 생각하는 일련의 작가군(19세기 말 가장 강력한 문학 권력이었던 《르뷔 데 되 몽드》의 보수적 이데올로기에 찬동하는)을 표상하는 것으로, 글쓰기에 대한 화자의 욕망을 떨어뜨리는 데 일조한다. 그렇지만 노르푸아의 방문을 계기로 화자의 가족은 작가가 되려는 꿈이 그리 허황된 것이 아니며 오히려 병약한 아들이 사회적인 성공을 성취하는 가장 확실하고도 바람직한 길이 될 수도 있겠다는 생각을 하게 된다. 그리하여 건강 문제로 화자의 극장 출입을 반대해 오던 부모는 노르푸아의 충고에 따라 화자의 극장 출입을 허용하는 등 화자의 작가 수업에 적극 동참한다. 그러나 화자는 라 베르마의 지나치게 절제된 몸짓 앞에서 그 단조로움의 의미가 「페드르」의 신화적 기원에 연유한다는 사실도 알지 못한 채 깊은 환멸에 사로잡힌다.

노르푸아와 라 베르마로 표상되는 예술에 대한 일련의 부정적 이미지와 이로 인한 화자의 환멸은 특히 베르고트라는 인물을 처음 만나는 장면에서 극대화된다. 어린 시절 우상이었던 베르고트를 스완네 집 만찬에서 처음 대면하면서 '온화한 백발 시인'을 상상했던 화자 앞에 "젊고 투박하며 키가 작고 다부진 체형에 근시이며 코가 달팽이 껍데기 모양으로 붉은, 검은 턱수염 남자"의 출현은 커다란 슬픔을 안겨 준다.

왜냐하면 지금 재가 되어 버린 것은 아무 흔적도 남지 않은 처량한 늙은이만이 아니라, 그의 쇠진해진 성스러운 몸 안에 내가 머물게 할 수 있었던 거대한 작품의 아름다움이었기 때문이다. 내가 일부러 아름다움을 기리기 위해 전당처럼 축조해 놓았던 그 몸, 그러나 내 앞에 있는 납작코와 턱수염을 가진 이 키 작은 남자의 혈관이나 뼈, 신경마디로 채워진 땅딸막한 몸 어디에도 그런 아름다움을 위한 자리는 마련되어 있지 않았다.(3권 215~216쪽)

이처럼 볼품없고 투박한 인간에게서 어떻게 작품이 주었던 그 고귀한 시적 감동을 찾을 수 있단 말인가? 그러나 화자는 베르고트와의 대화를 통해 그의 작품이 주는 감동은 절대적으로 작가의 외형이나 도덕적 자아와는 무관한 창조적 자아의 산물이며, 아무리 초라하고 시시한 삶을 보낸 작가라 할지라도 일단 그가 자신을 위해 사는 걸 포기하고 자신을 객관적인 성찰 대상으로 삼을 수 있다면 예술의 창조적 기쁨에 이를 수 있다고 생각한다.

가장 훌륭한 작품을 만드는 이들은 가장 세련된 환경에서 살고 가장 재치 있는 화술과 가장 폭넓은 지식을 가진 사람이 아니라, 갑자기 그들 자신만을 위해 살기를 멈추고 자신의 개성을 거울처럼 투명하게 만들어, 비록 현재의 삶이 사회적으로 또 어떤 점에서는 지적인 면에서조차 초라하다 할지라도 그 삶을 거울에 반영하는 자이다.(3권 227~228쪽)

우리는 이 문단에서 프루스트가 『생트뵈브에 반하여』에서 그토록 줄기차게 주장해 오던, 작가의 창조적 자아는 그 도덕적 인격이나 겉모습, 즉 사회적 자아와는 다르다는 명제를 다시 한 번 확인할 수 있다. 비록 인간 베르고트는 이기적이고 천박하고 인색하며 재치도 없는 속물이지만, 자신의 삶을 비우고 투명하게 만들어 그 삶을 작품 속에 반영할 줄 아는 위대한 작가다. 이처럼 작가에게서 중요한 것은 뛰어난 재치나 지식 등 외면적인 모습이 아니라 내면 깊은 곳에서 울리는 목소리이며, 이런 자기만의 목소리를 작품에 반영하기 위해서 사회적으로 소외된 존재여야 한다. 그러나 다음 문단은 프루스트의 이런 창조적 자아의 이론과는 모순되는 견해를 표출하는 것처럼 보인다.

즐거운 구절의 마지막 단어에서는 뭔가 거칠고도 쉰 소리가 났으며, 구슬픈 구절 끝에서는 쇠약하고도 숨이 꺼질 듯한 소리가 났다. 이 '거장'의 어린 시절을 알았던 스완은 내게 당시 베르고트나 그의 형제자매들에게서 들었던 격한 즐거움의 외침과 우수에 찬 느린 속삭임이 번갈아 나타나는 이런 일종의 가족적 억양에 대해 말해 주었는데 (……) 나는 거기서 나중에 베르고트 가족의 금관악기 같은 발성법과 동등한 음악적 표현을 발견했다.(3권 225~226쪽)

베르고트 문체의 특징을 이루는 행복한 숨결 가운데 터져 나오는 갑작스러운 이질적인 목소리, 또는 삶에 대한 즐거운 외침과 동시에 삶의 고뇌를 드러내는 그 거칠고 쉰 목소리가 바로 '베르고트 가족의 금관악기 같은 발성법'에서 연유한다는 화자의 설명은* 프루스트의 작품이 오히려 '생트뵈브에 반하여'가 아닌 '생트뵈브를 위하여'라고 해석될 가능성이 있음을 말해 준다. 즉 베르고트의 문체에는 순전히 작가 자신의 닫힌 과거 속에서 솟아나는 개인적인 신화가 담겨 있다. 수직적인 차원에서 분출되는 이런 문체는 문화적인 습득이나 후천적인 배움을 통해서 이루어지는 것이 아니라 오로지 작가 자신의 개인적이고 생리적인 가족적인 삶에 의해서만 드러나는 것이다. 그렇다면 왜 프루스트는 베르고트라는 허구 인물을 통해 한편으로는 『생트뵈브에 반하여』에서 주장했던 창조적 자아와 사회적 자아의 분리를, 또 다른 한편으로는 작가의 문체란 바로 작가 개인의 개인적인 신화와 연결된다는 주장을 펼치는 것일까? 이런 맥락에서 「되찾은 시간」에서의 다음 구절은 하나의 단초를 제공하는 것처럼 보인다.

진정한 삶, 마침내 발견되고 밝혀진 삶, 따라서 우리가 진정으로 체험하는 유일한 삶은 바로 문학이다. 이 삶은 어떤 점에서는 예술가와 마찬가지로 모든 인간의 마음속에 매 순간 살고 있다. 그러나 그들은 이 삶을 밝히려고 하지 않기 때문에 보지 못한다. (……) 문학 작품의 이 모든 소재는 내 지나간 삶이

---

* Antoine Compagnon, "Écrire la vie: Proust", Conférence du 29 mars 2012, Bibliothèque de France.

라는 걸 깨달았다. 이 소재는 하찮은 쾌락이나 게으름, 다정함, 고통의 순간에 내게로 온…….(『되찾은 시간』, 플레이아드 IV, 474~478쪽)

물론 위 인용문에서도 프루스트는 문학이 구현하는 진정한 삶과 우리의 사회적이고 개인적인 자아가 구현하는 표면적인 삶을 대립시킨다. 그러나 이 진정한 삶이 "모든 인간의 마음속에서 매 순간 살고 있다면" 프루스트가 꿈꾸는 문학은 더 이상 형이상학적인 진리의 추적이나 발견이 아닌, 우리 몸이 매일 같이 느끼는 감동이나 감각, 욕망, 충동의 표현임을 말해 준다. 진실의 순간은 하찮은 기분이나 날씨, 일상적인 소일거리를 통해, 또는 가까운 친구나 연인이 우리 몸에 불러일으키는 다양한 감각의 파장을 통해 모습을 드러내는 것이지, 거창한 철학적 담론의 추상화와 관념화 작업을 통해서 나타나는 것이 아니다. 베르고트 문학의 진정한 아름다움은 어느 누구도 흉내 낼 수 없는 작가 자신만의 그 거칠고 이질적인 불협화음에 있으며, 이것은 베르고트 개인의 가족적 기원을 통해서만 솟아날 수 있다. 이처럼 작가는 자신이 체험한 삶을 바탕으로 거기에 스토리를 부여하고 수많은 상상의 자아들을 통해 자신을 분산시키고 비개성화하는 자로서, 이런 모순된 역설이 때로는 프루스트의 소설을 자서전이자 문학 이론서, 허구적 자서전이자 시적 담론으로 자리매김하게 하는 것이다. 어쩌면 리쾨르의 말처럼 작가란 기억과 글쓰기의 움직임에 따라 과거에 경험한 단편적이고 이질적인 자아를 재구성하고 그리하여 고양된 주체가 아닌 모욕받은 주체를 극복하기 위해 글을 쓰는 자에 지나지 않는지도 모른다. 따라서 이런 '서사적 정체성(identité narrative)'의 구현은 바로 프루스트 소설에서 깊은 울림을 발견하며,* 그리하여 허구적 자서전 또는 자서전 소설이라고 불리는 글쓰기가 프루스트의 『잃어버린 시간을 찾아서』에서 시작되어 무질, 상드라르, 셀린, 밀러로 이어지면서 소설의 위기에 새로운 돌파구를 마련했다면, 그 배경에는 이처럼 무엇을 쓸 것인지에 대한 화자의 모색에 '삶의 글쓰기(écrire la vie)'라는 베르고트의 울림이 닿아 있다. 페르메이르가 그린 「델프트 풍경」을 보면서 죽어 가는 「갇힌 여인」에서의 그의 모습은 글쓰기와 죽음의 인식에 관한 또 다른 성찰을 제공할 것이다.

3 엘스티르와 은유적 글쓰기

화자는 친구인 생루와 더불어 리브벨의 한 레스토랑에서 허공을 바라보는 한 신사에 주목하다가 그가 바로 스완이 말하던 화가 엘스티르임을 깨닫는다. 화자의 열정에 감동한 엘스티르가 그를 아틀리에에 초대하고, 화자는 거기서 새로운 세계를 창조하는 실험실에 와 있는 듯한 인상을 받는다.

---

* Paul Ricœur, *Soi-même comme un autre*, Seuil, 1990, 11~38쪽 참조.

엘스티르의 아틀리에는 새로운 세계를 창조하는 일종의 실험실 같아 보였고, 그곳에서 그는 모든 방향으로 놓인 다양한 직사각형 캔버스 위에 우리가 보는 것은 모두 혼돈으로부터 꺼내어, 이쪽에는 모래사장 위에 라일락 빛 물거품을 터뜨리는 노기 띤 파도를, 저쪽에는 갑판 위에 팔꿈치를 괸 흰색 리넨 양복을 입은 젊은 남자를 그려 넣었다. 젊은이의 윗도리와 부서지는 파도는, 이제는 아무도 입지 못하며 더 이상 아무것도 적시지 못한다는, 다시 말해 그것이 가졌다고 여겨지는 속성으로부터 벗어났지만 계속 존재한다는 사실로 인해 새로운 품격을 획득했다.(4권 321쪽)

이처럼 사물을 혼돈으로부터 꺼내 새로운 사물과의 가능성을 모색하는 엘스티르의 그림 앞에서 화자는 도구성에서 벗어난 사물의 진정한 본질을 인식한다. 사물은 더 이상 입고 적시는 현실이 아니며 가르치고 보여 주는 객관적인 언어도 아닌, 암시적이며 은유적이며 상징적인 '시적 언어'로서, 이러한 언어야말로 누구나 접할 수 있는 초라한 외적인 사실을 벗어나 사물의 진정한 본질을 함유한다. 엘스티르가 1기의 신화적 단계를 거쳐(귀스타브 모로의 상징주의 회화를 연상하는 듯한) 빛과 인상에 의한 사물의 변형이라는 2기의 인상파 단계에 도달할 수 있었던 것은 세비녜 부인처럼 "원인부터 설명하지 않고 우리 지각이 받아들이는 순서에 따라 사물을 제시"(4권 29쪽)했기 때문이다. 우리의 첫인상이 만드는 이런 착시 현상은 역설적이긴 하지만 우리를 진리로 이끌어 가는 유일한 길이기도 하다. 왜냐하면 그것은 사물을 우리가 아는 대로 전시하지 않고 우리가 보는 대로 전시하기 때문이다. 화자는 이런 인상의 중요성을 설명하기 위해 사진을 예로 든다. 사진에 의해 드러나는 "독특하지만 진실된 이 이미지는 우리를 놀라게 하고 습관에서 벗어나게 할 뿐만 아니라 동시에 어떤 인상을 환기하여 우리 자신의 내부로 들어가게 한다."(4권 327∼328쪽) 게다가 이 이미지는 "응시된 대상의 변형을 야기할 뿐만 아니라 그 대상을 응시하는 주체의 변신도 야기하여 주체를 내면으로 향하게 한다."*고 설명된다.

모네의 「인상, 해돋이」를 본 미술 평론가 르루아(Leroy)가 야외에서 그리는 일련의 화가들을 조롱하기 위해 인상파(Impressioniste)라는 명칭을 붙였다면, 이런 인상파의 미학은 다른 무엇보다도 시간의 흐름 속에서 가장 덧없이 변하고 사라지는 풍경들, 즉 바다나 구름 안개 등 시시각각 변하는 그 '덧없는' 이미지를 화폭에 고정하는 데 목적이 있었다. 이런 인상파의 가르침은 화자에게도 충실하게 재현되었는데, 발베크로 가는 기차에서 바라보는 '해돋이' 풍경이나, 엘스티르의 아틀리에를 방문했을 때 엘스티르가 그리던 「카르케튀트 항구」는 모두 이런 인상파의 '증기적' 풍경을 투사한다.

사진이 나타나면서 역시 진부해진 이 그림자놀이는 얼마나 엘스티르의 관심을 끌었던지, 예전에 그는 진짜 신기루라고 할 수

---

* *Dictionnaire de Marcel Proust*, Honoré Champion, 2004, 331쪽 참조.

있는 이런 것들을 즐겨 그렸다. 화창한 날씨의 보기 드문 선명함이 물속에 비치는 그림자에 돌과 같은 단단함과 광채를 주어서인지, 아니면 아침 안개가 그림자와 마찬가지로 돌을 증발시켜서인지, 탑이 씌어 있는 성(城)은 꼭대기에서 하나의 탑으로 연장되고 밑에서는 거꾸로 된 탑으로 연장되어 완전히 둥근 성처럼 보였다. 마찬가지로 바다 너머 숲이 늘어선 뒤로 석양의 분홍빛에 물든 또 하나의 바다가 시작되었는데, 하늘이었다. 빛은 새로운 고체 모양을 만들고 그것으로 선체를 두들기면서 그늘 속에 있는 또 다른 선체 뒤로 밀어 넣어 실제로는 평평하지만, 단지 조명에 부서진 듯 보이는 아침 바다 표면에 크리스털 계단을 설치했다.(4권 329쪽)

엘스티르의 바다 풍경은 우리 지성이 생각하는 바에 따라 묘사되지 않고 우리 눈이 받아들이는 순서에 따라 그려진다. 그리하여 지상 부분이 바다 부분보다 더욱 바다같아 보이며, 바다가 땅보다 더 땅처럼 보인다. 물속에 반사되는 그림자는 태양 효과로 돌의 단단함과 광채를 부여받으며, 반대로 돌은 아침 안개 탓에 그림자와 마찬가지로 증발한다. 이처럼 빛과 대기의 움직임에 의해 고정된 형태나 윤곽을 상실하고 변화하는 자연 풍경은 화가의 눈에 각인된 빛과 색의 움직임과 다르지 않으며, 모든 것은 끝없이 변하는 자유로운 변전의 상태에 놓인다. 그러므로 사물이 증기처럼 증발하는 바다 풍경에서, 바다를 사실적으로 재현하려는 노력은 아무 의미가 없으며, 여기서 중요한 것은 관찰자의 눈에 포착된 빛과 대기의 움직임뿐이다. 프루스트는 땅이 바다가 되고 바다가 땅이 되는 재현된 풍경 속에서 사물 사이의 경계가 지워지고 사물의 동일성이 사라지는 현상을 은유라고 부른다.

그러나 엘스티르의 작품은 자연이 시적(詩的)인 상태로 있는 드문 순간들로 이루어져 있었다. 지금 이 순간 엘스티르 옆에 있는 바다 풍경에서 가장 빈번히 등장하는 은유 가운데 하나는 바로 땅과 바다를 비교하면서 그 사이에 놓인 모든 경계를 삭제하는 은유였다.(4권 323쪽)

그렇다면 왜 프루스트는 한 대상에서 다른 대상으로의 이동이나 변형을, 즉 은유만이 사물의 본질을 찾기 위한 지극한 수단이라고 생각할 것일까? 게다가 "은유만이 문체에 일종의 영원성을 부여할 수 있으며, 우리는 플로베르의 전 작품을 통하여 단 하나의 아름다운 은유도 찾아볼 수 없다."*라는 말은 또 어떻게 해석해야 할까? 이 말은 프루스트에게서 은유가 단순한 수사학적인 기법이나 장식의 문제가 아닌 '비전'의 문제라는 점을 확인하면서도, 플로베르에 대한 그의 오랜 찬미와는 상반된, 그리하여 이해하기 힘든 것처럼 보이기 때문이다. 이런 맥락에서 그가 샤르댕과 렘브란트를 비교하는 대목은 하나의 실마리를 제공한다.

---

* Proust, "A propos du style de Flaubert", *Essais et articles*, Pléiade, 1971, 586쪽.

샤르댕은 사물을 응시하는 정신 앞에서, 사물을 장식하는 빛 앞에서 모든 사물의 영적인 동등함을 주장했다. (……) 렘브란트와 더불어 현실 자체가 초월된다. 그리하여 우리는 아름다움은 대상 안에 존재하는 것이 아니라는 점을 알게 된다. 그렇지 않으면 그것은 그렇게 심오하지도 신비스럽지도 않을 것이다.*

프루스트에 따르면 샤르댕이 구현하는 미학은 존재하는 것이 곧 아름다움으로 이어지는, 혹은 색채 자체의 심오한 투명성으로 인해 일상적인 장면이나 사물이 즉각적으로 '영적인' 가치를 부여받는 '존재론적인(ontologique)' 미학으로서, 이를 문학적으로 표현한 이가 바로 플로베르라는 것이다. 일찍이 그는 플로베르에 대해 "현실의 모든 부분은 하나의 실체, 단조로운 번쩍임의 거대한 표면으로 전환된다. 거기에는 어떤 불순물도 남아 있지 않고 (……)모든 것은 동질적인 실체를 변질시키지 않고 반사에 의해 채색된다."**라고 말하면서 이것을 '실체적 문체(style substantiel)'라고 명명한 적이 있다. 그러나 프루스트가 추구하는 글쓰기는 이처럼 직접적인 지각이나 재현에 의해 사물의 본질을 포착하려는 존재론적인 미학이나 실체적 문체가 아니라, 거기에는 어떤 초월적인 아름다움이 덧붙어야 하며, 바로 이것이 렘브란트 혹은 엘스티르가 구현한다고 생각되는 은유적인 글쓰기인 것이다.***

* Proust, "Chardin et Rembrandt", 앞의 책, 380쪽.

** Proust, *Contre Sainte Beuve*, Pléiade, 1971, 269쪽.

*** 김희영, 「프루스트의 은유와 환유」, 『기호학연구』, 한국기호학회, 문학과 지

그러나 은유의 사용이 이처럼 심오한 정당성을 부여받는다면 바로 여기에 어려움이 있다고 지적된다.* 왜냐하면 프루스트의 은유가 사물의 공통된 성질이 아니라 차이적 구조를 지향한다면, 이것은 「되찾은 시간」에서 "시간 속에 분리된 두 감각의 공통된 성질을 은유 속에 결합시킬 때라야 시간의 우연성에서 벗어나게 할 수 있다."(플레이아드 IV, 468쪽)는 은유에 대한 그의 정의와 상반될 뿐만 아니라, 수많은 차이의 누적은 그 자체로 텍스트적인 과잉을 이루어 서로를 부정하고 파괴하는 신기루 같은 움직임만을 낳기 때문이다. 화자는 발베크로 가는 기차에서 "변덕스럽고도 아름다운 아침의 그 불연속적이고 대립되는 단편들을 한데 모아 새로운 화폭에 담기 위해" 이 창문에서 저 창문으로 계속 쫓아다닌다. 하지만 지나치게 세부적인 관찰은 그 단편들을 한데 모아 "전체적인 시각과 연속적인 화폭"(4권 31쪽)으로 고정하려는 화자의 노력을 무산시켜 버린다. 또 알베르틴의 얼굴에 대한 시선의 과다한 침투는 그녀의 얼굴을 통합적으로 인식할 수 없게 한다.

그녀의 뺨을 향한 내 입술의 짧은 여정 속에서 내가 본 것은 열 명의 알베르틴이었다. 내가 마지막으로 본 알베르틴은 내가 자기에게로 다가가려고 하자 다른 알베르틴에게 자리를 내주었다. 그러자 갑자기 내 눈은 보기를 멈추었고, 따라서 내 코도 납

성사, 1999), 136~141쪽 참조.

* Genette, "Proust Palimpseste", *Figures I*, Seuil, 1966, 52쪽.

작해진 채 어떤 냄새도 맡지 못했다. (……) 나는 이 가증스러운 기호들 앞에서 내가 알베르틴의 뺨에 키스하는 중이라는 걸 깨달았다.(「게르망트 쪽」, 플레이아드 II, 660~661쪽)

프로이트가 말하는 성감대가 무엇보다도 "즉각적으로 느낄 수 있는 차이의 중심부가 되는 몸의 장소"*로 정의된다면, 뺨, 눈, 코 등 각 부분에 대한 지나친 관찰이나 묘사는 오히려 그 개별성이나 차이를 더 이상 지각하지 못하는 상태에 이르게 한다. 이처럼 시선의 과다한 침투나 은유로 인한 차이의 누적은 "복사할 수 있는 존재의 표면적인 아름다움"에 그치지 않는 깊이의 미학을 구현한다는 점에서는 긍정적이지만, 그 결과는 출발 의도와 상반되는, 서로가 서로를 파괴하는 그런 모호한 풍경만을 그릴 뿐이다. 상이한 시간과 공간 속에 누적된 수많은 알베르틴의 얼굴들, 하나의 얼굴에 대한 지각은 곧 앞 얼굴에 대한 배반을 의미하며, 그리하여 그 계속되는 이탈과 부정은 존재의 불변적인 성질을 구축하려는 화자의 노력을 허사로 만들고, 드디어는 "그 가증스러운 기호들" 앞에서 화자는 자신이 포옹한다는 사실마저도 인식하지 못하는 것이다.

이런 맥락에서 엘스티르가 그린 미스 사크리팡의 초상화는 주목할 만하다. 화자는 엘스티르가 그린 과거 습작품에서 기이한 초상화를 발견하고 그것이 남장을 한 오데트의 젊은 시절 모습이라는 걸 알게 된다.

---

* Anika Lemaire, *Jacques Lacan*, Pierre Mardaga, 1977, 227쪽.

그 수채화는 썩 아름답지는 않지만 묘한 타입의 여인을 그린 초 상화로, 그림 속 주인공은 버찌 빛 실크 리본을 두른 중산모와 도 비슷한 머리띠를 하고 있었다. (……) 그러나 사람들은 특히 엘스티르가 (……) 이 젊은 여배우의 남장이, 어떤 부도덕함을 나타낼 가능성에도 개의치 않고 오히려 그런 모호함의 특징에 집착하여, 마치 미학적인 요소라도 되는 듯 일부러 그 점을 강 조하고 돋보이게 하려고 온갖 노력을 기울였다는 걸 느낄 수 있 었다. 얼굴의 선을 따라 드러난 모습은, 조금은 사내아이 같은 소녀라는 점을 고백하는 듯했으며, 잠시 자취를 감추었다가 다 시 나타난 모습은 이번에는 방탕하고 몽상에 잠긴 여성스러운 젊은이일지도 모른다는 암시를 주었고, 그러다 다시 사라지면 서 포착할 수 없는 것이 되어 버렸다.(4권 342~344쪽)

르누아르가 그린 「남장을 한 앙리오 부인」을 모델로 한 것 처럼 보이는 이 초상화에서 꿈꾸는 듯한 눈의 특징은 여인의 방탕함을 보여 주는 액세서리와 일치하지 않으며, 남자인지 여자인지, 여자라면 성숙한 여인인지 어린 소녀인지 그 이질 적이고도 비일관된 모습은 '포착할 수 없는 자아', 끊임없이 우리 손으로부터 빠져나가는 '사라지는 존재(être en fuite)'에 대한 인식을 심화한다. 이런 미스 사크리팡의 얼굴에, 아침, 낮, 오후, 저녁 빛에 따라 다양하게 펼쳐지는 모네의 루앙 성 당처럼 각각의 시각에 따라 변하는 알베르틴의 얼굴이 응답 하며("때로는 가녀린 잿빛 안색에 침울한 표정을 지으며 (……) 유 형에 처한 자의 슬픔을 맛보는 듯 (……) 시클라멘처럼 보랏빛 감도는 분홍빛이 될 때도 있었고(······) 변태적이고 건전하지 못한 빛을 (······) 띠게 할 때도 있었다."(4권 501~502쪽)) 그녀가 쓴 중산 모에는 알베르틴의 폴로 모자가 겹친다. 게다가 미스 사크리 팡이란 이름 아래에는 젊은 시절 화자가 아돌프 할아버지 댁 에서 만난 분홍빛 드레스를 입은 여인이, 어쩌면 샹젤리제에 서 질베르트가 한 남자와 걸어가는 모습을 보고 절망에 빠진 화자로 하여금 질베르트와의 이별을 결심케 한 남장 여자의 레아가, 또는 생루가 사랑하는 유대인 여배우 라셸이 기재되 어 있는지도 모른다. 이 문단에 쓰인 '포착할 수 없는'이란 수 식어는 훗날의 알베르틴을 지칭하는, 더 나아가 프루스트의 인물을 정의하는 핵심적인 단어로서 열 명의 오데트, 열 명의 알베르틴, 열 명의 생루, 열 명의 샤를뤼스가 그리는 그 '비동 일성의 소용돌이'는 텍스트를 항상 유보된, 그리하여 항상 다 시 시작해야 하는 불안정한 움직임의 회로에 집어넣는다. 이 런 점에서 우리는 "모호함의 특징에 집착하여, 마치 미학적인 요소라도 되는 듯 일부러 그 점을 강조하고 돋보이게 하려고 온갖 노력을 기울였다는 걸 느낄 수 있었다."라는 화자의 설명 에 유의할 필요가 있다. 즉 화자가 엘스티르의 그림에서 파악 한 것은 바로 이런 재현된 대상의 변형, 간접화된 지각의 표현 으로 비록 그의 그림이 하나의 단일한 의미로 귀결되기는커 녕 서로를 부정하고 파괴하는 그런 환상적인 초인상의 결과 에 이른다 할지라도, 적어도 그것은 복사할 수 있는 존재의 표 면적인 현실이 아닌 깊이의 미학을 구현하며, 현실이 가진 충 만함 때문에 그 자체가 소멸되는, 그리하여 포착할 수 없는 본질에 대한 불가능한 염원을 드러내기 때문이다. 그러므로 엘스티르와의 만남은 '어떻게 볼 것인가' 또는 '어떻게 쓸 것인가'에 대한 단순한 기법적인 문제를 넘어서 사물과 존재에 대한 화자의 성찰에 중요한 전환점을 마련한다.

4 사랑의 담론: 질베르트와 알베르틴

화자는 또한 사랑의 체험을 통해 글쓰기에 이른다. 일찍이 들뢰즈는 프루스트의 소설이 현재에서 충족되지 못한 존재가 과거 회상을 통해 충일감을 찾는다는 식의 과거지향적인 소설이 아니라, 한 문학청년의 수련을 이야기하는 형성 소설이라는 점을 강조하면서 이런 배움이 이루어지는 공간으로 사랑, 사교계, 예술, 감각 기호를 지적한 적이 있다. 소설 주제는 비의지적인 기억이 아니라 기호 해독을 통한 진리 탐구로서 이러한 과정을 통해 주인공은 작가가 되어 간다는 것이다. 이제 이러한 견해는 프루스트 연구자 대부분이 거의 기정사실로 받아들이고 있다. 그런데 베르고트와 엘스티르로 대변되는 예술가의 가르침 못지않게, 아니, 어쩌면 더욱 큰 비중으로 화자의 감정적, 감각적 계보에 영향을 미치는 것이 바로 사랑이다. 질베르트에 대한 사랑이 스완과 스완 부인, 그들 친구인 베르고트 심지어는 그들 집 문지기, 질베르트와 놀던 샹젤리제 또는 스완 부인이 산책하는 불로뉴 숲으로까지 확대되어 나타난다면, 발베크에서 만난 알베르틴에 대한 사랑은 바다를 배경으로 산책하는 소녀들 전부와 이런 바다 풍경을 그리는 엘스티르의 인상파 그림에 대한 사랑과 혼재되어 나타난다. 또한 질베르트와 알베르틴에 대한 사랑은 각 공간(파리와 발베크)과 각 시간(소년기와 청년기)에 연결되면서 화자의 작가 수련 과정에 동참한다.

우선 질베르트와의 성적 접촉이 이루어지는 일화를 살펴보자. 어느 날 화자는 질베르트의 아버지인 스완에 대한 존경과 찬미가 담긴 편지를 보낸다. 그러나 질베르트는 그 편지가 아버지에게 별 효과를 주지 못했다면서 편지를 돌려준다는 핑계로 샹젤리제의 월계수 덤불 뒤로 화자를 유인한다. 그 사이 화장실에 가고 싶다는 프랑수아즈 때문에 화자는 공중변소에 간다. 그곳에는 뺨에 분을 덕지덕지 바르고 붉은 가발을 쓴 나이 든 관리인 여자가 화자에게 찬바람을 쐬지 말라고 권하면서 남자들이 스핑크스처럼 쭈그리고 앉아 있는 네모난 석실의 지하 문을 열어 주려 한다. 그러나 프랑수아즈가 '후작 부인'이라고 부르는 관리인 여자의 제안을 거절한 화자는 질베르트 곁으로 돌아간다. 그러나 화장실의 습한 곰팡내에서 화자는 이유도 알지 못한 채 예전에 콩브레에서 느꼈던 기쁨을 느낀다. 다시 질베르트 곁으로 돌아간 화자와 편지를 돌려주지 않고 뒤로 숨기는 질베르트 사이에 격렬한 몸싸움이 벌어지면서 화자는 "마치 애를 쓴 탓에 떨어지는 몇 방울의 땀방울처럼, 쾌락이 발산되는 걸" 느낀다. 이처럼 밀폐된 것의 습한 냄새가 현재 샹젤리제의 시간을 과거의 콩브레에 연결하고, 지하 화장실로의 하강 후에 월계수 덤불에서 오르가슴을 느끼는 이 일화는 「스완네 집 쪽으로」에서의 마들렌 일화와 동일 선상에서 해석될 수도 있지만, 우리는 나중에 가서 화자의 소명이 산사나무나 종탑 앞에서 느꼈던 것과 마찬가지로 이런 인상이나 감각을 예술 작품으로 고정하는 데 있음을 알게 된다. 그렇다면 왜 하필 화자는 이런 은밀한 성적 욕망의 계시 후에 예술에 대한 소명 의식을 느끼는 것일까? 이 일화는 프루스트에게서 모든 체험이나 인상이 동등하게 가치가 있으며, 예술적인 주제는 바로 이런 일상적인 욕망이나 쾌락 또는 환상 같은 부스러지기 쉬운 하찮은 나날의 먼지에서 발견된다는 것을 말해 준다. 그것이 성적 욕망의 발현이든, 미래 작품에 대한 예감이든 이런 욕망의 태동은 마치 베르그손이 말하는 생의 비약과도 흡사하다. 여하튼 이 사건 후에 화자는 더 이상 샹젤리제에 가지 않게 되며 질베르트와의 관계는 자꾸만 악화된다. 새해 첫날 마르셀은 질베르트의 편지를 기다리면서 이 새로운 날이 그들 사이에 화해의 시발점이 되기를 애타게 소망하지만, 오지 않는 편지 앞에서 화자는 자신이 상상력으로 사랑의 기쁨을 만들어 냈던 것처럼, 이별의 고통 역시 자신이 만들어 낸 것임을 깨닫는다. 이제 질베르트를 사랑했던 자아는 죽었으며 그녀를 사랑했던 기억은 망각 속으로 사라진다. 그러나 스완이 오데트를 더 이상 사랑하지 않는다고 생각한 순간 극적인 방식으로 다시 그녀를 꿈속에서 만났듯이, 황혼 속에서 질베르트가 한 낯선 젊은 남자와 샹젤리제를 걸어가는 모습을 목격한 화자는 가슴을 찌르는 듯한 아픔을 느낀다.

마부가 이미 베리 거리 모퉁이를 지났을 때, 난 스완네 집 근처에서, 그러나 반대 방향으로 멀어져 가는 질베르트를 황혼 속에서 얼핏 본 것 같았다. 그녀는 천천히 그러나 결연한 걸음걸이로 어떤 젊은 남자 옆에서 함께 이야기를 나누며 걸어갔는데 남자의 얼굴은 식별이 되지 않았다. 나는 마차를 멈추게 하려고 몸을 일으켰다가 이내 주저앉았다. 두 산책자는 이미 멀어졌고, 그들의 느린 산책이 긋는 두 줄의 완만한 평행선은 서서히 샹젤리제의 어둠 속으로 사라졌다.(3권 343쪽)

우리는 이 젊은 남자가 「스완네 집 쪽으로」의 음악가 뱅퇴유 양과 함께 아버지 사진에 침을 뱉던 레아 양임을 나중에 알게 된다.(「사라진 알베르틴」) 이처럼 사랑은 수많은 오인과 우연에 의해 왜곡된 운명의 길을 밟도록 정해졌으며, 질베르트와 화자 사이에 놓인 이 평행선은 사랑하는 주체와 사랑받는 대상 사이에 놓인 그 극복할 수 없는 간극을 상징한다. 이별의 아픔이 서서히 잊혀 가는 과정이 모피를 두른 스완 부인이 거리를 산책하는 겨울 풍경과 봄이 되자 보랏빛 양산을 들고 우아한 옷차림으로 찬미자들의 시선을 받으며 걸어가는 불로뉴 숲 모습과 겹치면서, 사랑과 이별과 망각의 고통이 이 작품의 주된 리듬임을 말해 준다. 질베르트를 사랑했던 화자는 이제 죽었으며 그리하여 그는 자유로이 텅 빈 상태에서 새로운 사랑을 맞이할 준비를 하는 것이다.

질베르트에 대한 사랑이 어쩌면 화자의 어린 시절 우상이었던 베르고트와 함께 고딕 성당을 보러 다니는 소녀를 알고 싶다는 호기심에서 비롯되었다면 이제 알베르틴에 대한 사랑은 사회적 신분 차이나 전통의 무게가 완전히 제거된 절대적 무(無)의 공간인 바다에서 시작된다. 그런데 화자의 삶에서 가장 큰 사랑이 될 알베르틴은 '내 것과는 아주 다른 낯선 삶'을 향해 끝없이 도주하는 포착할 수 없는 타자의 이미지로 나타난다. 그녀는 생각이나 시선의 통로를 통해 끊임없이 화자로부터 빠져나가며, 아니, 자아 밖에 있는 모든 것을 자기 안으로 불러들이고 용해하여 늘 자기 몸 안에 타자를 담고 있거나, 끝없이 다른 것을 향해 질주하며 자기가 아닌 다른 것으로 변신하고자 하는 욕망을 투영한다. 옆에 있으면서도 늘 다른 곳을 향하고, 자전거와 골프, 요트 등 온갖 현대적인 스포츠에 매료되어 미래를 향해 열려 있으면서도,* 뱅퇴유 딸과 연계되어 끊임없이 과거를 환기하는 알베르틴은 현대성의 표징이자 과거의 흔적이다. 프루스트의 인물 중 가장 모호하고 포착하기 힘든 인물로 평가되는 알베르틴은 고모인 봉탕 부인이 보살피기는 하나 이 집 저 집을 마음대로 돌아다니는 고아로서 사회적이고 도덕적인 관습에 아랑곳하지 않으며 어떤 고정된 정체성도 없는 절대적인 자유인이다. 이런 알베르틴이 속한 소녀 무리가 처음 등장하는 모습은 찬란한 바다의 태양 아래 전시된 그리스 조각상처럼 움직이는 육체로 나타난다.

---

* 미래주의자로서의 알베르틴에 대해서는 Julie Solomon, "La Bacchante à bicyclette: la séduction du moderne chez l'Albertine de Proust", *Bulletin Marcel Proust*, N. 54, 2004, 135~144쪽.

어쩌면 소녀들이 속한 계층은 그들의 부와 여가 덕분에, 또는 서민층까지 어느 정도 퍼져 있는 스포츠에 대한, 아직은 지성의 숭배가 따르지 않는 육체의 숭배라는 새로운 습관 덕분에, 지나치게 꾸민 부자연스러운 표현을 추구하지 않는 조화롭고도 풍요로운 조각 유파와도 비슷한 어떤 사회 환경이, 아름다운 다리와 멋진 허리, 건강하고도 싱싱한 얼굴에 민첩하고도 꾀바른 표정을 짓는 아름다운 육체들을 자연스럽게, 많이 생산해 내는 그런 진화의 지점에 이르고 있었는지도 몰랐다. 그리고 저기 내가 바다를 배경으로 보는 풍경은 바로 그리스 바닷가 태양 아래 전시된 조각상들처럼 인간의 아름다움을 보여 주는 고귀하고도 고요한 모델이 아니었을까?(4권 254~255쪽)

이처럼 아름다운 다리와 멋진 허리, 건강하고도 싱싱한 얼굴을 지닌 소녀들의 아름다움이 역동적인 힘과 생명력으로 넘치는 남성적인 육체를 묘사한 고대 그리스 조각상에 비유된다면, 그것은 "자전거를 타는 디오니소스 축제의 여제관"이라는 보다 구체적인 표현으로 이어지면서 알베르틴이 쾌락을 좇아 앞으로 질주하는, 지적인 것과 거리가 먼 거의 본능적이며 신화적인 기원에서 유래하는 존재임을 암시한다. 게다가 자전거를 타는 소녀란 기존의 수동적인 여성성과는 어울리지 않는 쾌락을 능동적으로 추구하는 현대적인 여성성을 표상한다. 과거의 전통과 습관에 마비된 발베크의 부르주아 사회와는 다른 건강미와 스포츠로 무장한 새로운 역동적인 사회계층이 소녀들의 행렬을 통해서 그 모습을 드러낸 것이다. 이처

럼 앞을 향해 달리는 알베르틴의 모습은 미래주의자로서 알
베르틴을 예시하는 것으로 화자는 그녀가 미국으로 떠나는
게 아닌지 질문을 던지기도 한다. 알베르틴은 단순히 빛과 색
변화에 따른 사물 풍경을 그리고자 했던 인상파의 미학을 넘
어서서 모든 과학의 발전과 속도, 기계 문명의 움직임을 강렬
하고 역동적으로 표현하고자 했던 미래파의 미학을 대변한
다. 육체의 역동성과 기계나 속도에 대한 열광으로 특징 지어
지는 이러한 새로운 세계가 과거 영광만을 읊조리는 게르망
트의 귀족 사회나 발베크의 부르주아 사회와 대립하면서 화
자를 매혹한다.

그러나 이런 알베르틴에 대한 사랑은 콩브레의 산사나무
아래서 질베르트에게 첫눈에 반했던 사랑과는 달리 산호초
와도 같은 미분화된 그룹에서 개별화로 넘어가는 긴 결정화
(cristallisation) 과정을 통해 이루어진다. 스탕달에 따르면 평
범한 한 존재가 상상적인 것의 조명을 받으며 예외적인 특별
한 존재로 변모하기 위해서는 어떤 우연이, 즉 사랑하는 대상
의 부재나 결핍이 필요하다. 이처럼 알베르틴에 대한 화자의
사랑도 두 번의 실패를 통해 공고해진다. 한 번은 절벽 위 숲
에서 소녀들과 고리 찾기 놀이를 하던 중 화자가 느닷없이 알
베르틴의 통통한 손과 분홍빛 뺨에 욕망을 느껴 그녀의 손을
붙잡으려고 술책을 꾸미지만 알베르틴의 냉정한 거부로 실패
하는 것이며, 다른 한 번은 알베르틴이 기차를 타기 위해 전날
호텔에 머물며 화자를 호텔 방으로 놀라오라고 초대하자 이
런 초대가 아무런 의미도 없을 리는 없다며 잔뜩 기대에 부풀

어 올라 알베르틴의 뺨에 키스를 하려고 하는 일이다.

홍분 상태에서 본 알베르틴의 동그란 얼굴은 야등에 비친 듯 내면의 불길로 뚜렷이 부각되면서, 마치 움직이지 않는 듯 보이지만 현기증이 날 정도로 빙빙 돌아가는 소용돌이에 휩싸인 미켈란젤로의 얼굴들처럼 활활 타오르는 천체의 회전을 모방하면서 빙글빙글 돌고 있는 것 같았다. 나는 드디어 그 미지의 분홍빛 과일이 지닌 향기와 맛을 음미하고자 했다. 다급하고도 길게 울리는 요란한 소리가 들렸다. 알베르틴이 온 힘을 다해 초인종을 누른 것이었다.(4권 481쪽)

화자는 자신의 입맞춤이 마치 우주 생성의 드라마라도 되는 듯 개인적이고 우발적인 체험을 미켈란젤로의 「천지창조」나 「마지막 심판」에 나오는 움직임에 비유한다. 에덴동산에서 아담이 금지된 선악과를 따먹고 신으로부터 쫓겨나듯, 알베르틴이 힘껏 누르는 초인종 소리는 이런 절박한 욕망을 비웃듯 화자를 혼미의 소용돌이로 몰고 간다. 그러나 프루스트에게는 이런 연인의 거부가 "그 사람을 소유하려는 고통스럽고도 미친 욕망"으로 대체되면서 사랑의 조건이 성립되고, 그리하여 사랑의 대상은 더 이상 쾌락의 대상이 아닌 탐색과 고통의 대상이 되는 것이다.

『잃어버린 시간을 찾아서』에서 사랑은 존재하지 않는다. 우리는 그것을 욕망과 동일시하거나, 대상도 목적도 없는 탐색과 동일시한다. 하지만 그것은 사랑을 대신하며, 사랑의 효과라고 할 수 있는 질투에 의해 현존한다.*

이처럼 프루스트적인 사랑이 '대상 없는 탐색' 또는 주체의 내면에서 야기되는 거대한 '질투'의 울림으로 정의된다면, 그것은 레비나스의 말처럼 프루스트의 사랑이 결코 합일을 이룰 수 없는 타자의 이타성을 체험하는 질투와 고통의 담론임을 말해 준다. 타자의 세계는 나 없이 생겨난 것이며 그러나 이 배제됨이 내 사랑을 존속시킨다. 사랑하는 사람이 나로부터 계속 빠져나갈 때에만, 그리하여 그의 부재나 결핍이 계속해서 나에게 상처를 주는 한에서만 나는 그 사람을 사랑할 수 있으며, 따라서 완전한 소유는 사랑의 소멸을 의미한다. 그러나 이런 사랑이 부정적인 것만은 아니다. 인간은 사랑과 고통을 통해서만 무지에서 성숙으로, 오인에서 진실로 나아갈 수 있으며 「갇힌 여인」과 「사라진 알베르틴」의 그 긴 고통의 시간을 거친 후에야 화자는 드디어 글쓰기를 통한 삶의 가능성이라는 인식에 도달할 수 있기 때문이다. 우리는 예술을 통해서만 존재의 해체와 소멸을, 사랑하는 사람에 대한 불충실과 망각을 보충할 수 있으며, 그리하여 쾌락의 직접적인 추구가 아닌 상상의 매개에 의해 타자와의 합일이라는 그 불가능한 꿈에 다가가게 되는 것이다.

---

* A. Bouilllaguet et T. Freslon, *Proust*, Albin Michel, 1993, 130쪽.

5 사회적 만화경

스완이 표현하는 부르주아 세계와 게르망트가 상징하는 귀족 사회의 대립과 갈등이 『잃어버린 시간을 찾아서』를 축조하는 두 개의 커다란 기둥이라면, 「꽃핀 소녀들의 그늘에서」의 1부 「스완 부인의 주변」은 부르주아 쪽을, 2부 「고장의 이름 ― 고장」은 빌파리지 부인에 의해 게르망트 쪽을 향한다는 점에서 이 작품은 스완과 게르망트를 연결하는 일종의 가교라고 할 수 있다. 두 인물이 작품의 역사적 배경을 설명하는 역할을 담당한다. 우선 전직 대사라는 직함을 가진 노르푸아라는 인물은 19세기 말 서구 열강의 현란한 각축을 환기하는 장이 된다. 또 다른 인물은 1896년 펠릭스 포르 대통령의 초대로 프랑스를 방문했던 러시아 마지막 황제 니콜라이 2세이다.(작품 속에서는 로마제국의 테오도시우스 황제를 환기하듯 테오도시우스란 이름으로 지칭된다.) 이외에도 1870년 프랑스와 독일 전쟁, 그리고 1877년 5월 16일 막마옹의 쿠데타, 러일전쟁, 비스마르크와는 반대되는 빌헤름 2세의 세계화 정책이 일으킨 세계 대전의 전조가 작품 배경을 이룬다. 노르푸아의 장황한 담화는 '두 세계의 잡지'라는 의미의 《르뷔 데 되 몽드(Revue des Deux Mondes)》의 논설을 패러디하는데, 프랑스를 다른 유럽 국가, 특히 미국에 연결하는 것이 목적인 이 잡지는 프랑스 우월주의에 사로잡힌 19세기 말 프랑스 작가나 지식인 들, 또 한림원 회원이 되는 것만을 지상 목표로 삼는 문인들의 실상을 폭로한다. 문학에서는 아카데미즘을, 정치에서는 보수주의를 표방하는 이 잡지는 특히 문학 비평가이자 교수인 브륀티에르(Brunetière)가 책임을 맡아 당시 지식인 사회에서 막대한 영향력을 행사했으며, 화자의 아버지는 노르푸아가 브륀티에르와 친하다는 말을 듣고 화자의 글이 이 잡지에 실리기만을 열망한다. 19세기 말 서구 열강들의 각축과 문학 권력 투쟁을 동일 차원에서 재현하는 노르푸아란 인물을 통해 프루스트는 이러한 힘의 논리가 얼마만큼 사람들의 의식 속에 깊이 스며들었는지를 간접적으로 암시한다. 콩브레에서 우리와 낯선 사람들 사이에 놓인 그 극복할 수 없는 간극이 이제 유대인 배척주의와 드레퓌스 사건을 통해 점차 그 모습을 드러낸다.

처음에 드레퓌스 사건은 졸라의 「나는 고발한다」에 비해 별로 중요하지 않은 것처럼 보인다. 그러나 "사건 표면 아래 감춰져 역사가의 주의에서 벗어나 정치나 경제사에 나타나지 않는 사회적 요소들을 단지 시인이나 소설가만이 그들의 뛰어난 열정과 통찰력으로 전달할 수 있다."*라는 한나 아렌트의 말이 사실이라면, 프루스트의 작품 곳곳에 유령처럼 배회하는 드레퓌스 사건은 일반 대중의 삶 속에 스며든 사건의 파급효과와 그 사건이 전달되는 과정에서 왜곡되거나 굴절되어 가는 현상을 통해 악의 태동을 묘사했다는 점에서 어느 누구보다도 드레퓌스 사건의 본질을 가장 잘 파악한 것으로 높이 평가된다. 우선 이 사건은 스완 부인의 살롱에서 유대인의 위

---

* Hanna Arendt, *Les origines du totalitarisme*, Gallimard, 2002, 315쪽.

상 변화를 암시하는 지표로 처음 등장한다.

게다가 스완 부인은 사람들이 '공직 사회'라고 부르는 부분에
한해서만 성공을 거두었다. 우아한 여인들은 그 집에 가지 않았
다. 그런 여인들이 멀어진 이유는 단지 그곳에 공화정 명사들
이 참석한다는 사실 때문만은 아니었다. 내가 어렸을 때 보수
사회에 속했던 것은 모두 사교계와 관련 있었기 때문인데 입지
가 확고한 살롱에서는 결코 공화당원을 초대하는 법이 없었다.
(……) 드레퓌스 사건은 내가 스완 부인 댁을 출입하기 시작하
던 시절 이후에는 판단 기준을 새로이 변화시켰고, 만화경은 그
채색된 작은 마름모꼴을 다시 한 번 뒤집었다. 유대인과 관련된
모든 것은, 설령 우아한 귀부인이라 할지라도 밑바닥으로 추락
했으며, 무명의 민족주의자들이 상승하여 그 자리를 대신 차지
했다. 파리에서 가장 화려한 살롱은 오스트리아 태생이자 급진
적 가톨릭 신자인 어느 대공의 살롱이었다. 만일 드레퓌스 사건
대신 독일과의 전쟁이 일어났다면, 만화경은 다른 방향으로 돌
아갔을 것이다.(3권 162~163쪽)

드레퓌스가 독일 대사관에 군사 정보를 팔았다는 혐의로
체포된 것은 1894년 일이지만, 헝가리 태생 에스테라지 소령
이 진범이며 드레퓌스는 무죄라는 사실을 밝힌 피카르 중령
이 재판에 회부되면서 사건이 본격적으로 수면에 떠오르기
시작한 것은 1897년 일로, 화자가 스완 부인의 살롱을 드나들
던 시기보다 일 년쯤 뒤이다. 그러나 열렬한 드레퓌스 지지자

였던 프루스트는 『잃어버린 시간을 찾아서』 내내 이 사건에 관한 구체적 언급은 삼가며, 위 인용문이 보여 주듯 단순히 유대인의 위상과 관련된 사회적 만화경의 변화에 더 큰 의미를 부여한다. '판단 기준을 새로이 변화'시킨 이 역사적 사건은 유대인 배척주의와 민족주의자, 더 나아가 극단적인 국수주의자의 출현을 야기하면서 지금까지 존경받던 스완이나 레이디 이스라엘, 로칠드 경 같은 유대인 명사들을 사회 맨 밑바닥으로 추락시키는 계기가 되지만, 이 사건과 무관한 일반 대중에게는 뭔가 바캉스의 무료함을 달래기 위한 새로운 소일거리인 양, 그저 귀를 시끄럽게 울리다 사라지고 말 신문 삼면기사인 양 받아들여질 뿐이다. 이처럼 발베크 호텔의 식당 책임자 에메는 매일 똑같이 되풀이되는 바캉스 생활에 새로운 활기를 불어넣기 위해 손님들에게 이 이야기를 꺼낸다.

에메는 내 방에서 나가기 전에 드레퓌스가 유죄라는 사실을 수천 번이나 말하고 싶어 했다. "모든 걸 알게 될 겁니다." 하고 그가 말했다. "금년은 아니지만 내년에는 알게 된다고 참모 본부와 깊은 관계가 있는 분이 내게 말해 주셨습니다. 저는 올해가 가기 전에 모든 게 밝혀져 결론이 날 수 없느냐고 그분에게 물었습니다. 그분은 담배를 내려놓더군요." 하고 에메가 당시 장면을 흉내 내면서 너무 많은 걸 요구해서는 안 된다는 의미로 자신의 고객이 했던 것처럼 머리와 검지를 흔들며 말을 이었다. "'금년은 아닐세, 에메.' 하고 그분이 제 어깨를 가볍게 두드리면서 말씀하셨지요. '그건 불가능하네. 그러나 내년 부활절쯤이면 해결이 나겠지!'"그러고는 자기 어깨를 가볍게 치며 "보시다시피, 전 그분이 하신 대로 정확히 해 보인 겁니다."라고 말했는데, 이는 자신이 유력 인사와 친하다는 사실을 자랑하고 싶거나 그 논쟁의 가치와 희망의 논거를 정확히 알고 판단해야 한다는 걸 주지시키기 위함이었다.(4권 279~280쪽)

국익을 위한다는 명분으로 군부가 온 나라를 마비시킨 이 악덕이 새로운 것을 갈망하는 피서객들의 호기심을 충족시키기 위한 단순한 가십거리로 등장하는 것은 앞으로 「게르망트 쪽」에서 이 사건이 어떤 운명에 처할지를 미리 예고해 준다. 그들에게 드레퓌스란 마치 낯선 것에 대한 호기심 때문에 스완이 포부르생제르맹에 일시적으로 받아들여졌듯이, 사교계의 한담거리로 자리하다가 어느 날 군부의 기계적인 음모의 희생물이라는 사실이 밝혀지는 날 관심 밖으로 사라지게 될 일상의 먼지인 것이다. 그리하여 오늘날 "프루스트의 작품은 우리가 말하는 것보다 훨씬 더 사회적인 작품이다."*라고 정의된다면, 「꽃핀 소녀들의 그늘에서」는 작품 전체를 관통하는 드레퓌스 사건의 운명을 알리는 전조로서, 이 전조는 「게르망트 쪽」에서 보다 구체적인 형상을 띠게 된다.

이처럼 「꽃핀 소녀들의 그늘에서」는 예술과 사랑과 사회에 대한 체험과 탐색을 통해 어린 시절에 느꼈던 작가의 꿈을 이

---

* R. Barthes, *Le Bruissement de la langue*, Seuil, 1984, 310쪽.

루어 가는 이야기로서, 노르푸아가 보여 주는 출세의 도구로서의 문학의 부정적 이미지나 위디메닐의 세 그루 나무 앞에서 더 이상 영감을 느끼지 못하는 감수성의 고갈로 인한 글쓰기의 불가능성은 베르고트와 엘스티르라는 두 예술적 형상에 의해 점차 가능성의 공간으로 변모하면서, 마치 프랑수아즈가 풀어헤치는 그 찬란한 황금빛 미라처럼 새로운 아침을, 새로운 삶을 추구하게 해 준다는 점에서 『잃어버린 시간을 찾아서』 중 가장 행복한 울림을 자아낸다.

2014년 봄

김희영

참고 문헌

1 불어 텍스트

A la recherche du temps perdu, édition établie sous la direciton de Jean Milly, GF Flammarion, 1984~1987.

A la recherche du temps perdu, édition établie sous la direciton de Jean-Yves Tadié, Gallimard, Pléiade, 1987~1989.

Le Temps retrouvé, Texte présenté par Pierre-Louis Rey et Brian Rogers, établi par Pierre-Edmond Robert et Brian Rogers, et annoté par Jacques Robichez et Brian Rogers, Gallimard, Pléiade, 1989.

Le Temps retrouvé, édition présentée par Pierre-Louis Rey, établie par Pierre-Edmond Robert, et annotée par Jacques Robichez avec la collaboration de Brian G. Rogers, Gallimard, Folio, 1990.

Le Temps retrouvé, édition présentée, établie et annotée par Eugène Nicole, Le livre de Poche, 1993.

Le Temps retrouvé, édition corigée et mise à jour par Bernard Brun, GF Flammarion, 2011.

Contre Sainte-Beuve précédé de *Pastiches et mélanges* et suivi de *Essais et articles*, Gallimard, Pléiade, 1971.

*Marcel Proust Lettre*s, sélection et annotation revue par Françoise Leriche, Plon, 2004.

Dictionnaire Marcel Proust, publié sous la direction d'Annick Bouillaguet et Brian G. Rogers, Honoré Champion, 2004.

2 한·영 텍스트

「되찾은 시간」, 『잃어버린 시간을 찾아서』, 김창석 옮김, 정음
사, 1985.

Finding Time Again, In Search of Lost Time, Translated and with an
Introduction and Notes by Ian Patterson, Penguin Books, 2003.

3 작품명과 약어 목록

『잃어버린 시간을 찾아서(À la recherche du temps perdu)』→
『잃어버린 시간』

　1편「스완네 집 쪽으로(Du côté de chez Swann)』→「스완」

　2편「꽃핀 소녀들의 그늘에서(À l'ombre des jeunes filles en
fleurs)』→「소녀들」

　3편「게르망트 쪽(Le côté de Guermantes)』→「게르망트」

　4편「소돔과 고모라(Sodome et Gomorrhe)』→「소돔」

　5편「갇힌 여인(La Prisonnière)』→「갇힌 여인」

　6편「사라진 알베르틴(Albertine disparue)」→「알베르틴」

　7편「되찾은 시간(Le Temps retrouvé)」→「되찾은 시간」

옮긴이 **김희영** Kim Hi-young. 한국외국어대학교 프랑스어과를 졸업하고 프랑스 파리 3대학에서 마르셀 프루스트 전공으로 불문학 석사와 박사 학위를 받았다. 서울대 불어불문학과 및 대학원 강사, 하버드대 방문교수와 예일대 연구교수, 한국외국어대학교 서양어대 학장 및 프랑스학회와 한국불어불문학회 회장을 역임했다. 「프루스트 소설의 철학적 독서」, 「프루스트의 은유와 환유」, 「프루스트와 자전적 글쓰기」, 「프루스트와 페미니즘 문학」 등의 논문을 발표했고, 『문학장과 문학권력』(공저)을 썼으며, 롤랑 바르트의 『사랑의 단상』과 『텍스트의 즐거움』, 사르트르의 『벽』과 『구토』, 디드로의 『운명론자 자크와 그의 주인』을 번역 출간했다. 현재 한국외국어대학교 명예 교수로 있다.

잃어버린 시간을
찾아서 4

꽃핀 소녀들의 그늘에서 2

1판 1쇄 펴냄 2014년 4월 15일
1판 24쇄 펴냄 2023년 12월 8일

지은이 마르셀 프루스트
옮긴이 김희영
발행인 박근섭·박상준
펴낸곳 (주)민음사

출판등록 1966. 5. 19. 제16-490호
주소 서울특별시 강남구 도산대로1길 62(신사동)
      강남출판문화센터 5층 (우편번호 06027)
대표전화 02-515-2000 | 팩시밀리 02-515-2007
홈페이지 www.minumsa.com

© 김희영, 2014. Printed in Seoul, Korea

ISBN 978-89-374-8564-0 (04860)
       978-89-374-8560-2 (세트)